陈敬黎 著

茶道通漠北

作家出版社

一

何建朴因为父亲连遭同道暗算突然病逝，从日本中止学业匆匆赶回，接手掌管何氏茶业后，这是他第一次带着十万斤"生牲川"牌青砖茶庞大商队，从湖北咸宁淦水中游的柏墩三岔口渡口离岸，经淦水往北入长江，到汉口码头换大船装茶入汉江北上，至襄阳入襄河进河南境内，在赊旗店起岸，换马队驮运至黄河孟津渡口过黄河，入山西再换成骆驼驮运出杀虎口，一路行程一千多里进入大漠北蒙古草原。哪晓得他的商队进入蒙古，天便下起了雨，并且越下越大。有驼工说这是近三十年来最大最长的一场雨。还有驼工说这场雨是上天在哭泣，预示着绥远这片早已伤痕累累的土地上将会有躲不过的腥风血雨。

船队离开汉口码头的时候，天气还出奇的好。何建朴仰头看了天上纷纷扬扬的雨，长长叹了一口气，又回头看了一眼来路，巴不得跟在何氏茶业船队离开汉口码头的钱氏商行的驼队过来，更担心这无情的凄风苦雨，打湿了随钱氏商行船队北上的钱家大小姐。在何、钱两家船队快启航时，站在头船甲板上的何建朴转身突然看见钱氏商行头船甲板上，站着一个身穿一袭月白色旗袍的秀丽女子，哪晓得她也正看着他，对他莞尔一笑。何建朴顿时心慌意乱，连忙微笑还礼。他只听说过钱家有一个貌似天仙的女儿叫珍珠，估计这个美若天仙的女子，便是钱府千金。此时此刻，看见她不转眼地望着他，何建朴巴不得长翅膀飞过去，将她拥入怀中，可是不懂人情的船老大此时扯开嗓门，拖着长腔吼着："开船啰！"各船船夫随即附和着吼："开船啰！"他愣在船头，直勾勾地与珍珠对视着，直到他的船队越走越远，钱家小姐的身影变得越来越小，最终消失在他的视线里，他才长叹一声，转身迎着日出立在船头，任由江风撩起他的长袍，吹乱他的思绪。

倾盆暴雨中，何氏驼队艰难前行，越发缓慢，看样子是没法按照原计划日期赶到归化城了。哪晓得偏偏在这个时候出了岔子，入道不久的年轻赶驼人王六斤又累又饿突然栽倒在泥泞中，不省人事。驼队顿时骚动起来，不得不停止赶路。其他赶驼人有的在安慰有些焦躁不安的骆驼，有的急忙围着王六斤，抱着他又是掐人中，又是拍背。

"怎么回事？"看见驼队突然停了，走在驼队尾部的何氏茶业管家何安逸眉头微蹙，神色颇为不悦，举头望去，一脸疑惑。

何建朴也看见了停下来的驼队，暗暗一惊。

骑在一匹高大蒙古黑马上的何建刚，挺起腰，神色冷峻，策马在驼队前开道，扫视着四周的动静，好像驼队不管发生什么事都与他无关。只是他冷峻的神色，让人望而生畏。

驼帮帮主老骆驼飞跑过来抱起一动不动地躺在泥泞里的王六斤，把他靠在自己的胸前，抬手抹去王六斤脸上的泥水，掐着他的人中，焦急地呼唤着："六斤，六斤，你咋啦，赶紧醒醒，赶紧醒醒。"

无论他怎么叫，王六斤还是紧闭着眼睛，咬紧牙关，浑身哆嗦。

"建刚，安逸叔，我们赶紧去看看。"何建朴向前后大吼一声急忙翻身下了驼背，快步向老骆驼奔去，深一脚浅一脚踩得泥泞飞溅。

何建刚见何建朴已经下了骆驼，一个翻身跃下蒙古黑马，几步追了上去，如影随形，一看就是个骑射高手。

等何安逸从队尾跑过来，何建朴和何建刚已经站在老骆驼面前。

老骆驼又摸了摸王六斤的额头，一双浓眉越拧越紧，也将焦虑、恼怒、无奈和疼惜紧拧在了一起。他焦躁不安地取下挂在腰上的水壶，用牙齿咬开软木塞子，把水壶靠近他的嘴唇，想给王六斤灌一口水，无奈他的牙齿咬得太紧，水灌不进去，都沿着他的嘴角流进了他的脖颈，与他一身泥泞混在一起。

"老骆驼，六斤这是怎么了？"何建朴喘着粗气，紧盯着老骆驼怀里的王六斤，急切地问了他一句，伸手摸了摸王六斤的额头，吃了一惊，说了句，"好烫！"

"何东家，实在对不住，恐怕要耽误您的行程了。这娃昨日就有些发烧，我叫他不要硬撑，让他留在右玉好好养病，可他硬是要逞强，要跟着驼队走，现在越烧越重，烧迷糊了就坠下驼背了。"老骆驼说这话的时候一脸歉意，一脸怨怒，一脸心疼。

"老骆驼，您这说的是哪里的话，六斤病成这样了，生意再重要，也没有人命重要。这老天爷也不知道是怎么了，我们何家好像也没得罪它，雨不见小，反而越下越大，一时半会儿怕是停不了。再说让大家冒雨赶路，本来就万万不该，大家也都疲累不堪了。我看我们还是赶紧找个地方避避风雨，把六斤抢过来，让大家好好休息休息，吃点东西。"何建朴抬头望了一眼天幕，视线却被漫天风雨绞碎了，天地间只有不断线的雨丝在狂飘乱舞。他忧心忡忡地说："老骆驼，这地方你熟，我们赶紧找个安身之处吧！"

"何东家，拖累您了。"老骆驼一脸沮丧。

"老骆驼你言重了，大家都是出来讨生活，都不容易，我看我们赶紧找地方避避雨吧！"何建朴边说边蹲下身来，捡起泥泞里的水壶木塞，在雨衣上擦了擦，塞进抓在老骆驼右手上的那个羊皮水壶口，又伸手去扶他怀中昏迷不醒的王六斤起来。

老骆驼急忙将水壶系在腰上，在何建朴、何建刚兄弟俩的扶持下背起王六斤，又掏出一根麻绳将王六斤与自己绑在一起，免得他掉下来，大吼一声："走！"

"老骆驼，您这样行吗？"何建朴不无担心地看着老骆驼。

"没问题的，何东家，您不用担心，只是拖累您了，您赶紧上驼。前方三里处有片榆树林，树林里有一些窝棚，是我们这些赶驼人平日休息的地方，我们赶紧去那个地方躲雨。"

"那好，赶紧走吧。"何建朴稍稍安了心，转身向自己的骆驼走去。

何建刚看着眼前的一切，自始至终沉默不语。

何安逸紧跟其后，不无担忧地轻声道："大掌柜，时间紧迫啊！"

何建朴明白何安逸的意思，看了他一眼，苦涩一笑，轻轻叹了一口气说："安逸叔，事情既已发生，就算此刻赶到了归化，我们也改变不了违约的事实。再说，王六斤都病成这样了，大家都已经累了，我也累了，想必你也累了，若是再强行坚持下去，倒下的人恐怕会更多。到时候行程只会更慢，不仅得不偿失，而且实在有违人道。我们何氏一向秉承的是仁义经商，合作共同获利的为商之道。"何建朴说完话，翻身上了骆驼背，缓缓抬头，望着漫天风雨，长长叹了一口气。

何建刚沉默不语，翻身上了马背，静静地看着何建朴的侧脸，他那张冷漠而又刚毅的脸上看不出什么表情，但是他那双望着何建朴的眼睛，却极为明亮。其实，他还小，不过十七岁，看上去却比二十七岁的人还要成熟稳重。他脸上那道伤疤，彰显着他经历过人生大事的淡定。他很清楚何氏茶业以仁义经商，不吃独食，与合作者共同得利的为商之道已得同道称颂，大哥才敢为救驼工兄弟，不顾于货期违约。

"大掌柜说得有理。"何安逸叹息着，也翻身上了骆驼背。

"安逸叔不必担心，既然货期违约，我们想办法补救便是了。"

何安逸看见何建朴不急不躁，动了动嘴巴，有话没说出口。

"兄弟们，打起精神来，何东家说了，我们到前面那片榆树林里休整。"老骆驼铜锣般的声音竟未被风雨撕碎，依然雄浑嘹亮，给人一种莫名的勇气和力量。在大漠北，这些接手了商家委托运送货物的赶驼人有个规矩，必须按签订的时间把货物送到指定地点，驼工生死与商家无关，途中遇到天上下冰雹也不能停步。

驼工们听了头人的话，都不禁欢呼起来："多谢何东家，多谢何东家。"他们怕何建朴逼他们赶路，那还要累倒人。

何建朴向众人微笑点头致意。

"兄弟们，出发喽！"老骆驼拉着驮着茶包的骆驼背着王六斤迈开了步。

短暂的停留，这支由将近四百峰骆驼组成的浩浩荡荡的驼队，再次动了起来，因为目标就在眼前，大家都加快了速度，不久，驼队便到了那片榆树林山脚下。

这片榆树林不大，有些榆树却出奇地大，树冠撑天盖地，有些活得久的足有几百年树龄。因为大树罩着，一些幼树麻秆似的伸着脖子立在大树旁边，远远看去，一株株都仿佛竭尽全力固执地挺直着腰杆，默然屹立在风雨中坚守这片故土的兵士。川流不息的赶驼人在树林中搭起一些窝棚，在他们遇到暴风大雨狂雪时有地方躲。

因为有了这些兵的遮挡，再加上地势颇高的缘故，榆树林中的积水要少得多，如果非要在这前不着村后不着店的荒原寻一个躲避风雨的去处，这片树林无疑是最好的选择。

何建朴赶着骆驼跟上老骆驼，问他道："老骆驼，你说的树林就是这里吗？"

"呵呵，何东家，您可别小看这片树林，这大漠荒原能有这片榆树林遮风避雨，已是万幸了。"老骆驼那黝黑的脸上，现出了难得的笑容。

他们前不着村，后不着店，何建朴无奈地点了点头。

"唉！"老骆驼一声轻叹，边走进树林边说："何东家，这地方方圆数里在十年前可还是一片郁郁葱葱的榆树林，是曾经盛极一时的祁县裕隆商行裴家的私产。民国三年，裴家遭遇滔天巨祸，一家老小三十二口都被巨匪卢金斗残忍杀害了，裴家被灭门，裴家大院和裕隆商行都被洗劫一空，这里也就成为一片无主之地。那一大片大榆树，不到两年就被盗伐得所剩无几了。后来绥远都统下令，禁止砍伐，才得以保存这片树林，盛极一时的裴家就剩下如今这般惨淡光景了。"

说到裴家惨遭横祸，何建朴其实很清楚，隔着雨幕他愣愣地望着那片残林，一切都已成为过往，他暗叹一声，自言自语了一句："卢金斗！就是那个令各大商旅闻风丧胆的巨匪卢阎王！"他目光闪烁，暗含杀气，只是隐而不泄。

"就是他，就是那个该死的卢阎王。"老骆驼说这话的时候，满眼都是怨恨和不甘，一副恨不能生吞活剥了卢阎王的恶相，看样子他与卢阎王也有仇。

"恶人自有恶人磨，善恶到头终有报。卢阎王总有一天会有人收拾他的。"何建朴边走边说："生逢乱世，是我们的不幸，但也是我们的幸运。帝制已经被推翻，普天之下，已不再是莫非王土，国民已经不再是臣民。我们已经迎来了一个崭新的时代，只要坚持，只要努力，我们就会看见美丽的曙光，我们就能过上好日子。"他仿佛在吟诗。

"何先生不愧是大老板，也不愧是读书人，说出的话让我这个粗人打心眼里敬佩，感觉人生突然充满了希望。"老骆驼满脸敬佩地望着何建朴。

"老骆驼你言重了，我不过是有感而发。我们只要还活着就有希望。我们要好好活着。"

"是啊，只要还活着就有希望，我们要好好活着。"老骆驼轻轻咀嚼着这句话，黝黑的脸上，那双虎一样的眼睛在冒火。

与何建朴如影随形的何建刚，听见老骆驼在说裴家，不知何时捏紧了双拳，瞪着明亮的双眼静静地凝视着眼前稀疏颓败的榆树林，没有人知道他在想什么。他弓着背，整个人看上去就像一支随时都要发出去射杀敌人的箭。

何安逸静静地凝视着何建朴的侧脸，他那双有些浑浊的眼睛微微闭着，透出一股赞赏之意，还有他的精明和狡黠。他习惯性地抬手抚摸着自己有些花白的胡须，只是胡子早已被雨水打湿，感觉颇为糟糕，不像往日捋起来顺溜。他精明地做着何氏茶业的大管家，却心有不甘地为年轻的族侄何建朴跑腿。

"兄弟们，我们赶紧进榆树林，分散到各个窝棚里休息，生火做饭。"老骆驼边吼边带着驼队很快走进了那片榆树林。大伙儿先将各自的骆驼系在各自身边的榆树上。骆驼背上都背负着茶箱，箱子里装着青砖茶。这些箱子是木制，虽有雨布遮挡风雨，但时间一久，青砖茶难免打湿生霉，需要搭帐篷集中堆放避雨。

大伙儿各自先搭帐篷，再在帐篷内的地上铺上厚实的雨布，然后将驼背上所有的货物都卸下来堆在雨布上。狂风暴雨终于被完全挡在帐篷外。大伙儿一个个都成了落汤鸡，疲惫不堪，但此刻他们的脸上都露出了轻松愉快的笑意。他们三三两两结伙，各找一处窝棚生火做饭。在这些窝棚内，赶驼人有一个不成文的规矩，无论哪个住进窝棚，走的时候一定要把前人留下的柴火补齐。所以窝棚里始终有干柴。

老骆驼把王六斤背进老驼工老羊头的帐篷内，叫他赶快烧火把王六斤烘热，转身出了门。

天已经黑了下来，陆续有人点起了马灯，星星点点、微微弱弱的火光让人感觉异常的温暖和安全。

何建朴和何安逸、何建刚、老骆驼住在一个大帐篷里。这个帐篷搭在这片树林中最大的一棵榆树下。

这棵大榆树仿佛一把撑天大伞，遮盖着方圆十米地面，粗躯干得有三个人才能合抱，树高几丈，根部有个空洞，足够一个成年男子藏身。树干上布满了深浅不一的裂纹，但它未死，依然顽强地活着，枝繁叶茂。它的主人倒了，裴家败了，它却不倒不败。

"何东家，今夜我们就落脚在这里了。"老骆驼看着何建朴，有些歉意地说，"这个地方条件有限，多有怠慢，还请您多多包涵。"按规矩，驼队头人自接手货物后，一路上不仅要保证货物安全，还要负责货主吃住。因为货主人生地不熟。

"这里已经很好了，老骆驼。"何建朴抬头看着帐篷外的雨，笑着说，"老骆驼，相对于外面来说，这里已算是天堂了。"

"何东家不介意就好。"老骆驼松了一口气，转身站在帐篷门口，大声吼道："各位兄弟，今晚我们就住这里了，该生火做饭的生火做饭，该守夜的去守夜，总之一切都要按照规矩来。"

"好嘞。"众人齐声应道，各自有条不紊地忙着自己的事。

老骆驼看见何建朴几个人浑身透湿，便说他去弄点干柴过来生火，让他们把衣裤烤干，他边说边冒雨出了帐篷。

"我们也去帮忙吧。"何建朴有些不好意思地说。

"大掌柜，你休息，我去。"何安逸挡了他一句，转身出了帐篷。

"哥，驼工做事熟门熟路，你休息。"何建刚没有动，只是静静地守护在何建朴身边。

何建朴笑了笑，不再多说话，抬头打量着眼前这棵树根空心的大榆树，感激地对它说你救了我们。

不一会儿，何安逸同一个驼工先后抱着干柴提着一口铁锅进了帐篷。那个驼工在一块没有垫雨布的地上用几根粗树枝搭起一个三脚架，在三脚架上挂了一根木钩，再在树枝做好的吊钩上挂上铁锅，用羊皮袋打来一袋水倒进铁锅里，准备点燃火做饭。

几个驼工将一棵已经死了的榆树砍成了一堆柴火，搬到了何建朴的大帐篷里，码在那棵大榆树旁边。那个先进来的驼工往几根湿了的柴火里倒了些许煤油，点燃火，湿柴猛烈地燃烧起来，冒出熏人的烟味，大家不约而同地咳了起来，边咳边揉眼睛。不一会儿烟味散了，大帐篷里很快被大火映得通红，温暖可人。几个驼工向何大掌柜告辞后，先后出了帐篷。

榆树林里烟雾缭绕，大家都在火堆边脱下身上的湿衣服烤着。何安逸给何建朴和何建刚拿来了两包干净衣服，叫他们换下身上的湿衣，挂在火堆边的树上烤。

这时，仍然一身湿漉漉的老骆驼过来了，看见何建朴在揉眼睛，笑着道："何大掌柜，这柴火湿气重，这烟味恐怕一时半会儿难消，您的眼睛怕是受不了，我看您要不先出去透透气？"

"没事，习惯就好了。"何建朴咳嗽一声，问他道，"六斤怎么样了？"

"没事，我们这些常年在外讨生活的，皮糙肉厚，我给他喂点药让他好好烤烤火睡一觉，出一身汗也就好了。"老骆驼毫不在意地说。也许他见多了，心里有底。

"那就好。"何建朴点了点头，又问他还有些什么吃的东西。

老骆驼如数家珍地说："托您的福，我们昨天在右玉补充了两百斤羊肉和牛肉，一百斤烧酒，大饼大米和干菜也买了不少。"

"那您别省着，尽量让大家吃好喝好。"

"遇到您这样的主家，舍得给驼工吃，是我们大伙儿的福气。"火光下，老骆驼那张黝黑的脸开始泛红，一双虎眼炯炯有神，他恭敬地对何建朴说，"您和老东家一样，宽容又善良。何家有您当家做主，只会越来越强。"

"老骆驼，您说错了。这样的天气，让弟兄们跟着我一起吃苦受罪，如果还不让弟兄们吃好喝好，我良心实在难安，家父如果有灵，恐怕也会指责我。"

一说到何建朴的父亲何安鹤，老骆驼的神色便有些哀伤落寞。他走到正在做饭的驼工身边，用蒙语交代了他几句，那驼工点头笑了。老骆驼拍了拍他的脑袋，转身对何建朴笑着说："何东家，走，我陪您出去透透气。"其实他是想带何老板看看他已经安排人在保护他的货物，让他好安心休息。

"好。"何建朴晓得他的意思，起身披上油布，戴着皮帽，跟在老骆驼的身后出了帐篷。何建刚紧随其后也出了帐篷。

呼啸的风雨扑面而来，让他们不禁打起了冷战。老骆驼领着他们往树林外走，出了榆树林。正在值哨的驼工阮长武，背着土铳，披着油布，听到响动转身看见老骆驼一伙人来了，连忙走过来，叫了老骆驼一句："叔。"又对何建朴恭谨地叫了一声："何东家。"叫了何建刚一句小少爷。

何建朴朝他温和地笑了笑，关心地说："长武，回去躲一下雨，别淋病了。"

老骆驼接过话头说:"何东家,这是我们驼队的规矩,骆驼歇下来必须有人守哨。"

"这么冷的天,怎么受得了?"何建朴皱了皱眉头。

"没事的何东家,大家轮流值班,你好好休息,不用担心。"阮长武毫不在意地笑着说。

"为了防备万一。"老骆驼抬头望着昏暗的天幕,低声说,"这地方,别说是大风大雨,就算是风雪漫天的隆冬时节也不安全,甚至比平时更加危险,那些畜生为了吃喝享乐,不怕雨,不怕雪,说不定已经出来祸害人了。"

何建朴扫视了四周一眼,点了点头说:"您说得对。"

老骆驼又问阮长武带几个人在值哨。阮长武认真地回答说:"加上我一共四个人,夏兴保、阿林和瘦猴,每人守一个方向。有我们四个在,叔、何东家、小少爷,你们就放心吧!"

老骆驼点了点头说:"好!"

"辛苦了。"何建朴伸手轻轻地拍了拍阮长武那不算厚实的肩膀。

"不辛苦,走何东家的货,我们高兴还来不及呢!"阮长武有些讨好何建朴。

"呵呵,那以后可要多多辛苦你们了!"何建朴满脸笑意。

"我们乐意。"阮长武满脸欢欣。

"好了,你们先好好守哨,何先生弄了好吃好喝的在等你们换班了回去吃。"老骆驼转头看着何建朴说。

何建朴点了点头,跟着老骆驼转身往回走。

回到大帐篷里,何建朴、老骆驼和何建刚又坐到火堆边,看着何安逸忙着准备晚餐。

大家一路劳顿,也实在是饿了,都目不转睛地盯着那口大铁锅。铁锅里正在煮着的牛肉,随着腾腾的热气,散发出来的香味勾得他们忍不住暗暗吞咽口水。

老骆驼左手托着水烟筒,点燃烟,怡然自得地吞云吐雾,烟雾飘飘渺渺,吐出一种特别诱人的芳香。

何建朴闻到烟香向老骆驼的身边挪了挪,老骆驼对他一笑,将水烟筒递给何建朴说:"来一口?"

何建朴稍作迟疑接过水烟,抱在手上,也不嫌弃,就着白铜云纹烟嘴缓缓地吸了一口,水烟入口有一种淡淡的甜隽之味,醇香爽口,让人迷醉。原本不抽烟的何建朴像个瘾君子一样迷恋上了这种味道。也许是累了,这东西可以解乏。

何建朴低下头缓缓地吸着,老骆驼看见他吸得起劲,又给他换了新烟丝,拿起一根燃烧着的柴火,往斜升出来的烟嘴点着火。很快一锅烟又被他吸完了,何建朴有些意犹未尽地吐出缕缕烟雾,将水烟筒递给老骆驼。

老骆驼并未急着去接,笑着说:"接着来?"

何建朴摇了摇头,笑叹道:"我再抽下去就要醉了。"

"水烟是我们这些跑野外的男人的命。孤独时抽,难过时抽,欢快时抽,悲伤时抽,疲倦时抽。烟瘾来了,骑马也抽,打猎也抽,不分场合,不分时间,随时随地,想抽就抽。要是没有烟抽,那无异于要人命,我们这些卖力气的男人会变成软脚虾,头昏脑涨,手脚乏力,身体疲软,精神不振,我们这样的男人将一事无成,也就不是个男人了。"老骆驼说完话,看着何建朴,接过烟筒,又埋头继续自顾自美滋滋地吸着烟。

肉煮熟了,老骆驼提来一壶酒,一包饼子,给每个人分了两个大饼,倒了一碗烧酒。何建朴给大家每人舀了一碗牛肉汤。

大伙儿开始放开肚皮吃肉喝酒,一个个吃得肚皮圆滚,有了醉意才丢碗。

阮长武四个人换岗回来了,换了干净衣服,坐下来一顿猛吃猛喝,各自拍着浑圆鼓胀的肚皮走了。

大家吃饱喝足了,都在各自的棚内你靠着我,我靠着你打起盹来,有的驼工裹着棉衣,躺在铺着几层厚实雨布的地上。不一会儿,各处棚内鼾声四起了。

二

整个天地都安静下来，只有帐篷外的风雨在响。

老骆驼又吸了一袋水烟，收起水烟枪，往火堆里加了一些柴，边烤湿衣裤边打盹，不时起身仔细查看货物，不敢多睡。

何建朴也不敢睡实。何安逸半眯半瞌着眼睛，一副昏昏欲睡的模样。何建刚一直倚靠着那棵大榆树，双手抱在胸前，瞌着眼皮，一动不动。

何建朴想看看外边的动静，起身出了门，走了不远，没想到右脚不慎碰到了一根鼓起的树根，一个踉跄。他连忙伸手想抓住点什么东西稳住身子，但什么都没有抓到，摔了个嘴啃泥。他轻轻"哎哟"一声，还没有回过神来，便僵住了，整个人都僵硬地趴在一团湿漉漉的草皮上，不敢动，只瞪大眼睛，呆呆地看着从旁边一棵树洞里伸出来，指在自己眉心的黝黑冰冷的一支枪口，他缓缓转动眼珠看到了那支枪口后面的一双眼睛。

"哥！"原本瞌着双眼的何建刚听到动静，猛地睁开眼睛，站了起来，跑出帐篷紧张地四处搜寻，看到了趴在地上一动不动的何建朴。

"哥，你怎么啦？"何建刚吃了一惊，几步过去，弯下腰来，伸手要去搀扶大哥。

"不要过来！"何建朴紧盯着枪口后面那双眼睛，突然发现他的眼皮是耷拉着的，他在尽力睁着眼，眼光却仿佛释放着迷茫、绝望，如同一盏快要油尽的枯灯，正在一点一点暗淡下去，好像马上就要熄灭。

那人用力睁大眼睛，与何建朴四目相对，原本黯淡的双眼竟慢慢有了期冀的光，他仿佛很虚弱，无力地动了动嘴皮，却说不出一个字。

"不要乱动。"何建朴仍然僵硬地趴着，谨慎地盯着那双眼睛，试探着问他道，"你想说什么？"

何建刚愣在一边，不晓得大哥在跟谁说话。他剑眉微蹙，已经意识到树洞里有人。他紧盯着树洞，突然看到大哥对面趴着一个人，大吃一惊，连忙拔出短枪，紧握在手上，枪口对准那个黑人影，压低声音吼了一句："放开我哥。"

正在打盹的老骆驼听到声音，感觉到不对头，连忙跑出帐篷看见紧握着短枪、一身杀气的何建刚，看着他枪口所指的那个人影，大惊失色，顺手拔出绑在右腿上的一把短刀，站在何建刚的左手边，他也看到了正顶着何建朴的眉心的黝黑的枪口，至于树洞里握枪的人，因为天昏地暗他无法看清。

走了二十来年的驼帮，做了十来年的驼帮帮主，老骆驼遇到过好多生死危机，却从未被人用枪口指着脑袋，他很清楚何建朴现在所承受的压力，此时他与何建刚一样，不知道该说什么，该做什么，如果稍有不慎，那支枪便可能立马响了，导致无法挽回的悲剧。他的额头已不知不觉渗出一层细细密密的冷汗。老骆驼深吸一口气，定了定神，尽量让自己显得温和一些，对那个用枪指着何建朴的人说："这位大哥，你想要什么，跟我说，我去办。枪子无眼，还请你万万不要伤了我家兄弟。"

除了风雨声，老骆驼没有得到任何回应。

何建朴也不敢多说话，只是直直地盯着那个似乎随时都会睡去的陌生人。他慢慢发现那双眼睛此刻充满了哀求，还有一种我要活下去的顽强信念，他再次嗫动了几下嘴皮，尽管虚弱至极，却艰难地断断续续地吐出了两个字："救……我……"话毕，那人抓着枪的右手松了，又隐隐约约从他嘴里冒出两个字："快走。"

何建朴猛然瞪大眼睛，愣愣地望着那人的双眼，眼睁睁地看着那双眼睛虚弱无力地合上了。

何建刚和老骆驼也愣住了，二人互相对视了一眼，都看到彼此眼中的惊疑和欣喜，但他们不敢乱动，甚至不敢发出任何声响，只是不安而又紧张地静待着何建朴的动作。

何建朴暗暗吞了一口口水，仍然不敢动，那人看着好像是晕了过去，但他的右手还放在枪上，只要他一抓，枪就可以上手，若稍有不慎，这么近的距离，枪一旦响了，他别说躲，即刻就要脑袋开花。他唯有等，直到自己确认那个人真的晕过去了才敢行动。他僵硬地趴着，额头上的汗珠滑进他的眼眶里眼睛有些刺痛，他不敢抹。他咬了咬牙，决定赌一把，双手缓缓用力支撑着上半身，小心翼翼地倒退着一点一点往后爬，眼睛仍然紧盯着那个似乎晕过去的人，看见他始终一动不动，毫无反应，他才慢慢松了一口气。

守在他身边的何建刚和老骆驼看着何建朴的一举一动，心都提到了嗓子眼，他们比何建朴还要紧张。

何建朴爬离那个树洞，何建刚与老骆驼对视一眼，同时点了点头，一齐跑过去一左一右抓住何建朴的两只胳膊，将他整个人提了起来，甩在身后，他们挡在何建朴身前，死死盯着那个黑人影，一个随时准备开枪，一个随时准备扑上去，但那个人始终一动不动。

何建刚紧紧握着短枪，小心翼翼地靠近了那个趴在地上一动不动的人影。

"小心。"何建朴瘫坐在冰冷的地面上，轻声叮嘱一句，怕那个人装死，有诈。

何建刚没有说话，也没有回头，他举着枪，枪口对准了那个似乎真的是晕了过去的人，那人一动不动，好像成了死尸。他小心谨慎地蹲下身，对那具"死尸"叫了一声："起来。"

何建朴站起身来，从腰上抽出一把防身短枪，靠近何建刚。

老骆驼想要伸手去拦，但已经迟了，他也只能急忙跟了上去。

何建刚警惕地盯着那个一动不动的人，怕他突然暴起伤人。他右手握着枪，左手小心翼翼地探了过去，一把用力抓住那个人靠着枪的右手，瞬间，一股寒气涌向他的手掌。他断定这个人是真的晕了，确切地说应该是这个人冻僵了。他晓得人一旦冻僵，心跳和呼吸会减慢，脉搏变弱，感觉和反应也变得迟钝，出现嗜睡的情况，更严重的会昏迷过去，如果抢救不及时，可能就会一睡不醒。此人目前的状况应该很严重了，就算给他一把枪，恐怕他也无力开枪伤人，何建刚暗暗松了一口气。

"他怎么样？"何建朴轻声问道。

"他的情况很危险，估计全身已经冻僵了。"何建刚转头看着何建朴，"我闻到了血腥味，他应该受伤很重。"

何建朴和老骆驼都松了一口气。何建朴急忙道："赶紧把他弄出来，救救他。"

何建刚连忙将短枪插在腰带上，抓住那个人的衣服，想要将他提起来，竟没提动。

何建朴和老骆驼一并上前帮忙，将那个人从树洞中拉出来，抬进帐篷，将他搁在地上，仔细一看，发现这个人竟穿着一身军装，脚穿皮靴。从他着装看，他是绥远都统府的军人。他身上的军装因为沾满泥巴看不出颜色。他们看到了他肩章上的那颗金星，都不禁满脸惊诧，发现这人竟是个军官。他们看见了他两片厚嘴唇上修剪整齐的八字胡。

"快救人！"何建朴连忙对老骆驼说，他晓得他身上备有救人的药。

他们一齐动手，把他挪到火堆边，剥开了他的上衣，脱了下来，都不禁倒吸了一口凉气。只见他的左肩和后背各中了一枪，伤口看上去并不深，没有致命，但他后背那一枪看上去有些严重。这个人应该是经历了一场枪战，受伤后逃到这个地方来，因为失血过多，加上淋雨，昏了过去。他的肌肤已经泛白，弹孔看上去有些可怖，隐隐还有血液渗出。这个男人看上去四十多岁年纪，五官轮廓是典型的蒙古男人相。

何建朴看着老骆驼说："老骆驼，你有经验，他这样子我们该怎么办？"

老骆驼浓眉紧皱，沉声说："先把他脱干净，烧大火把他烤热。"他边说边往火堆添柴。

何建朴和何建刚一起动手，小心翼翼地将这个蒙古人身上透湿的裤子和皮靴脱了下来。

老骆驼蹲在他的身边，重新拔出匕首，对何建朴说："何东家去弄些厚实暖和的衣物来。"

"好！"何建朴应了一声，转身把自己用的那张虎皮拿过来，垫在地上，他们又一起动手把他抬到虎皮上背朝上趴着。

老骆驼仔细看清了他后背偏右肩的弹孔，看起来不深，透过血肉模糊的弹孔，可以看见埋在他血肉里的子弹头。他叫何建朴和何建刚一边一个按住他的左右膀，不让他乱动，连忙将短刀在火中灼烧消毒，一咬牙刺进弹孔。当短刀的刃尖刚刚碰触到那个弹孔，伤口便"咻咻"散发着一股焦腥的烧肉味。

那个蒙古军人抖动了一下身子，没有叫出声音。

何建朴与何建刚看得心惊肉跳。

老骆驼紧握着短刀，目不转睛地盯着弹孔，将锋利的刃尖一点一点深入弹孔中，用力一挑，将那颗嵌在血肉中的子弹头挑了出来。那个蒙古人又浑身一抖，依然没有醒来的征兆。

"好了！"老骆驼将短刀插进刀鞘说。

何建刚拾起那颗子弹头，仔细看了看，轻声道："他命很大，这一枪应该是在远处射中了他，因为他穿得厚实，挡住了子弹，子弹击中他皮肉时，已经没有多少力道，入肉后不是很深，才能留在他的后背里，不然这一枪会直接射穿他的心脏，给他的胸膛开一个大窟窿，现在即便是神仙下凡也救不了他。"

"他命不该绝。"何建朴点了点头。他清楚地记得这个人在昏迷前看着他时的眼神，那一句竭尽全力才道出的"救我"还在他耳边回荡，尽管他用枪指着他，他晓得那是他本能自卫，何建朴希望他能好好活着。

老骆驼叫何建刚去取来一羊皮袋烧酒。他接过酒袋拔了袋塞，扯下一块破衣角，用烧酒打湿，清洗着那个蒙古人后背的伤口。那个蒙古人又浑身一抖。老骆驼洗干净伤口后，从兜里掏出一个小瓷瓶，打开盖，将一些黑色粉末撒在伤口上，血渐渐止住了。老骆驼缓缓嘘出一口气，也许因为紧张，他的额头密密麻麻尽是汗珠。他又把那个伤者肩上的伤口用烧酒洗干净，撒上药粉，抬手抹了一把头上的汗，看了何建朴一眼，轻声对他吩咐道："快去拿些干净布来。"

"我去。"何建刚站起身来，快步从货堆里拿回一匹崭新的上等白丝绸绸缎递给老骆驼。老骆驼又抽出短刀，拉开丝绸割断，将那个军人的上半身缠了起来，然后用那张柔软而又温暖的虎皮将其紧紧包裹，让他平躺在火堆边。

驼工们因为太累，都越睡越沉，越睡越香，没有人晓得大帐篷里发生的事。

包好伤者，他们围坐在那个蒙古军人身边，看着他惨白无血色的脸，何建朴忍不住问老骆驼："他没事了吧？"

老骆驼轻叹道："他失血过多，身体已经十分虚弱，加上淋了雨，人能不能清醒过来，还要看老天爷收不收他。"

何氏三叔侄都不说话了。何建朴静静地凝视着那个裹得像个粽子一样的蒙古人，脑海中回荡着的都是他晕迷前最后说出的"救我"二字，眼前晃荡的都是他向他求救的眼神。他用最后一点力气叫他快走，说明这个地方有危险。他缓缓用力握紧双拳，低声说："不，我们不能等着老天爷来怜悯我们，我要救他。"他要让他活过来。

老骆驼抬头看着何建朴，凝视着何建朴的眼睛，轻叹道："你怎么救他？这样的情况，这样的天气，这样的条件，我们能做的都已经做了，尽人事，听天命，接下来唯有等。"老骆驼说完话起身取过一个木碗，从大铁锅里舀起半碗开水搁在地上，不久开水凉了一些，老骆驼端着热水蹲在那个伤者的脑袋边，对何建朴说："把他嘴巴弄开。"

何建朴与何建刚一个抱起他的头，一个把他的嘴巴弄开了一条缝，老骆驼将碗中的热水缓缓喂进他的嘴里，热水沿着他的嘴角流了出来，只有很少一点被他吞进肚里。

何建朴看见他的嘴在动，有了一点喝水的力气，有了主意。他站起身来，从货堆取来一块陈年青砖茶，用刀切下一大块，从腰上取下这么多年来一直与他形影不离的香囊解开，倒出一把陈年干桂花，叫老骆驼把铁锅里的开水舀一些出来，只留两碗水，他把切下来的一大块青砖茶和桂花一起丢进锅里煮。

一直沉默不语的何建刚看到何建朴的举动，神色骤变，猛然起身，把何建朴拉到一边，死死盯着他，低声说："哥，你不能这样做。"

"为什么？"何建朴抬头看着何建刚，轻声反问着。

"您还记得父亲临死前的叮嘱吗？这是我们何家的祖传秘密，不能让外人看到。"

何建朴沉默片刻，轻声说："再珍贵的东西，若是在关键时刻能救人一命，那才是真正的绝品。才对得起它几百年来不败的盛名，才配得上仙茶的称号。"他说完话，抬手轻轻拍了拍何建刚的肩膀，笑了笑，叫他到火堆边去睡。

大铁锅中的茶叶和桂花随水翻滚，开始溢出浓香。

何建刚注视着那些在铁锅中翻腾的青黑色茶砖散开了，陈年干桂花也张开了花瓣，看着茶叶和花瓣渐渐舒展开来，每一片每一朵都仿佛变成了展开舞姿的美人，在蒸腾的香雾中恣意起舞，将它们蕴藏了一生的精华都尽数溶解于水中。随着那些美人的舞动，满帐篷充盈着可人的香味。愈加浓郁，满含着只有岁月才能沉淀出来的独特韵味，香醇、幽深、隽永。

老骆驼缓缓闭上双眼，细细呼吸着空气中那神秘而又迷人的桂花茶香，那香仿佛钻进了他的肺腑，随着血液流转而充盈全身，令他舒畅，使其沉醉。

"何氏祖藏青砖茶，果然名不虚传。"老骆驼闭目轻叹一声，满是感慨地自语一句。

何建刚神色微凛，老骆驼没注意到，但被何建朴看在眼里。不过只是瞬息，何建刚的神色便恢复了淡漠，不动声色地看着老骆驼。

何建朴伸出右手，轻轻地拍了一下何建刚的肩膀，彼此对视间，何建朴朝何建刚笑了笑，示意他不要让老骆驼晓得他们把他当外人。

何建刚理解了大哥的意思，笑了笑，只是他的笑让人觉得有些牵强。

"老骆驼，您也知道何氏祖藏青砖茶？"何建朴将目光转向老骆驼，眼中充满了好奇和疑惑。

"我虽然是个粗人，也不懂茶，但是何氏家族在这条通往漠北的茶道上年年车马劳顿，祖藏青砖茶几百年来的天大名头我还是听说过的。"老骆驼微微耸动鼻子，细嗅着铁锅中冒出来的诱人茶香，脸上露出陶醉神情。

"看您的样子，您好像不只听说过。"何建朴眼含笑意地望着老骆驼。

"这还是多亏了您的父亲。"老骆驼淡然而平静地看了何建朴一眼，弯腰拾起一根柴火轻轻添进火势渐弱的火堆里，抬头环望了一眼大帐篷，目光最后停留在那棵榆树的树洞里，缅怀旧事又伤感地说，"十年前，我刚刚组建驼帮，幸得您父亲青睐，让我成为何家的专用驼帮之一，那是一个大雪纷飞的冬夜，也是在这里，当时我发高烧，就躺在那个树洞里，您的父亲就给我端来了一碗热汤，就是这个香味，我从未闻过这样独特、浓郁而又悠长的茶香，还没喝，光闻着就让人浑身舒坦，我一口气喝下了那碗热茶，喝完还想喝，一连喝了三大碗。喝了茶后我整个人都暖乎乎的，顿时舒服了许多。那个味道，过去了足足十年，如今再次突然闻到，一下子又想起来了。当年的一切都历历在目，让人难以忘怀。"老骆驼看着何建朴，幽然一笑道："当年，您的父亲也跟您一样，煮了一大锅茶，驼帮兄弟每人都分了一碗，那天晚上众人都睡得特别踏实，第二天，我一直不退的高烧竟然退了，感觉整个人都有一种说不出的轻松愉快。驼帮的兄弟们都有了精神。当时我的直觉告诉我，您的父亲给我们喝的茶绝非普通的茶。我当时壮起胆子询问您的父亲那是什么仙药，您的父亲只是轻轻地拍了拍我的肩膀，微微笑道：那只是茶，你觉得好喝就好。"老骆驼顿了顿，陷入了悲痛的回忆之中，凄然长叹："然而就在两天后，我们碰到了卢阎王。卢阎王不知从哪里得到的风声，不但要您的父亲留下八成货物，还点名要老东家留下何氏的镇族之宝——何氏陈年祖藏青砖茶。老东家为了求平安，无奈只得答应了。卢阎王倒是说话算话，拿了货物，放了我们。这个时候我才从老东家那里得知他那夜给我们喝的便是何氏陈年祖藏青砖茶，藏了近百年的茶中瑰宝。"

"唉！"何建朴一声轻叹。他叹的是当年何氏祖藏青砖茶的赫赫盛名，然而盛名之后，一切都沉寂下来，成为令人伤悲的记忆。

何氏陈年祖藏青砖茶，存世量不多。按照"生牲川"茶庄发达后立的规矩，他们年年做新青砖茶，年年存一批。三百多年来，年年有库存，可最早期的陈货已少之又少。同样是规矩，他们每次运青砖茶上漠北，都要带一块存了上百年的祖茶，送礼也好，救命也好，都能用。

何氏青砖茶从诞生之日起，便见证了大明王朝最后的苦苦挣扎，历经了大清王朝的辉煌、衰落以及最后的崩塌，当然也见证了中华民国的崛起。

何氏茶业现在是何氏第十六代嫡孙何建朴当家。何氏青砖茶，既无思想，也无言语，但万物有灵，它所经历的一切都在何建朴的身上留下了深刻而不可磨灭的印记。那些历年祖藏青砖茶，被何氏世代细心珍藏，但年年被它的主人带在路上消灾驱祸。因为收藏家的喜爱，它的价值越抬越高，现在一块上品何氏祖藏青砖"川"茶，可以卖出大价钱。对于漫长的三百年时光来说，它身上所承载的国仇家恨，王朝更迭，用价钱无法衡量。何氏"川"字祖藏青砖茶是何氏家族的镇族之宝，何氏家族能走到今日，能有昔日的辉煌，有它的功劳。

五年前，汉口的"生牲川"茶庄突发一场大火，将茶庄和保存在茶庄里的祖传青砖茶一并烧成了灰。所有人都知道那是一场有预谋的火灾，但何家人找不到任何证据。何建朴的父亲何安鹤也因此大病一场，他晓得何氏家族在这个兵荒马乱，遍地饿殍的年月，因富招仇，但无办法应对，更怕遗祸后人，他越想越急，越急病越重，两年后驾鹤归西了，何氏茶业也差一点跌落谷底。

"你是我父亲真正的朋友。"何建朴对老骆驼诚然一笑，蹲下身，拿起一个干净木碗，舀了满满一碗茶，双手恭敬地端给老骆驼说，"只有真正的朋友，我父亲才会舍得拿出祖宗茶款待。"

老骆驼慢慢伸出双手，恭恭敬敬地从何建朴手上接过茶碗，往碗内"呼呼"吹了几口气，慢慢喝完茶，抬手抹了一把嘴唇，说了句好茶！

何建朴又舀了半碗茶，叫他喂给那个伤者喝，老骆驼"嗯"了一声。

何安逸紧盯着何建朴，惊诧地问道："大掌柜，你这是为他煮的茶？"

"救人一命胜造七级浮屠。没有比人命更重要的东西了。"何建朴点了点头。

"这地方不太平，你要小心你救的到底是人，还是鬼。"何安逸的目光从何建朴的脸上转移到何建刚的脸上，又缓缓转移到了老骆驼的脸上。

何建刚依然面无表情，他与老骆驼对视的瞬间，都从对方的眼神里看出了茫然。

"安逸叔，我会小心的。"何建朴看了一眼那个包裹在虎皮中的伤者说。

何安逸不再说话，只默默地看着大铁锅中的酱红色茶水，希望他们现在救的这个人是好人。

这时那个伤者"哼"了一声，好像听见了他们说的话。

何建朴暗暗松了一口气，看着那个半死不活的伤者，又转头看着老骆驼，疑惑地问他说："老骆驼，他有救吗？"

"这我不敢打包票，不过现在看来有希望。"老骆驼蹲在那个伤者的身旁，"呼哧呼哧"大口吹着碗里的热茶，巴不得它快点凉。

何建朴与何建刚连忙一齐动手，一个抱起伤者的头，一个将他的嘴巴弄开了一条缝，老骆驼将已经温热的茶水缓缓往他的口里喂。

刚开始，喂进去的茶水几乎都流了出来，小半碗珍贵的茶水白白浪费掉了，老骆驼叹了口气，有些失望，更多的是惋惜。

何建刚看了一眼何建朴，沉默不语，气氛有些沉重。没有人晓得这神汤能不能救他的命。

也许是恢复了意识，那个伤者突然动了动苍白的嘴唇，他的喉结随之慢慢动了，留在他口里的茶水"咕咚"一声被他用尽全身气力咽了下去。

看到这一幕，围着他的几个人不禁瞪大了眼睛，你看看我，我看看你，脸上都露出了欣喜之色。

老骆驼说了声："有救了！"急忙站起身来，正要去舀茶，一直淡漠旁观的何安逸将手中的半碗温热茶汤递了过来。

老骆驼接过茶，将空碗递给何安逸，又蹲在那个伤者身边，小心翼翼地给那个伤者灌茶，一次灌一小口。这次他没让这几个要救他命的人失望，一口一口吞咽了下去，不多久，这半碗茶汤就点滴不剩了。不等老骆驼起身，何安逸又递给他大半碗温热茶汤，老骆驼接过茶碗，再次喂进伤者嘴里，慢慢看见他的呼吸顺畅了。

老骆驼搁下木碗，伸手摸了摸他的额头。

"怎么样？"何建朴满眼期待地看着老骆驼。

"该做的我们都做了，就看他自己的造化了。"老骆驼收回手，轻轻吁了一口气。

"我们还有什么没有做？"何建朴有些疑惑地看着老骆驼道。

"条件不允许。"老骆驼摇摇头，淡淡道，"他明天就算能醒过来，情况恐怕也不会太乐观。"

"那我们还可以为他做什么？"何建朴又追问一句，俗话说救人救到底，送佛送到西。

"我想我们什么也做不了。"老骆驼站起身来，转身走到大铁锅边，拿起舀子，舀了半碗茶水，他端着茶水准备离开。

"如果我们用这茶水，把他全身擦抹一遍，让他的身体慢慢吸收茶水中的药效，对他有用吗？"何建朴抬头看着老骆驼。

老骆驼听到这话，转头看着何建朴，若有所思道："您说的办法对他肯定有效，您不妨试试。"

何建朴点点头，对何建刚说道："建刚，你把他身上的虎皮解开。"

何安逸端着木碗，从大铁锅中舀起大半碗滚烫的茶水，转身蹲在那个伤者身边，轻轻地吹着碗中的滚烫茶水。

何建朴与何建刚一起解开包裹着那个伤者身体的虎皮和绸布，露出了他那宽厚的胸膛。

何安逸口里边"呼呼"吹热气，边用手掌蘸了热茶汤抹在他身上。

老骆驼静静地看了一会儿，端着手上的一碗热茶汤出了门，钻进对面的一处窝棚，轻轻摇醒王六斤。

王六斤开始退烧，他睁开眼看到是老骆驼，动了动嘴唇，有气无力地叫了一声："叔。"

"来，喝了这碗老茶汤。"老骆驼用左手托着王六斤的脖子，王六斤挣扎着抬起昏沉沉的脑袋，微微张开有些干裂的嘴唇，就着老骆驼送到嘴边的木碗，张开嘴巴咕嘟咕嘟喝了起来，喝了一半，歇了几口气，又咕嘟咕嘟喝着，喝完后，他笑了笑说："叔，真好喝。"

"好喝就好。"老骆驼轻轻放下王六斤，对他叮嘱道，"好好睡觉，明日你就会活蹦乱跳。"

"嗯，叔，我没事，您早点休息。"王六斤重新缓缓闭上眼睛，又迷迷糊糊地睡了过去，他的呼吸渐渐变得平缓均匀。

老骆驼静静地看着他，用左手掌心贴着他的额头，黝黑的脸上终于露出了一抹浅淡而温柔的笑意，顺手替他盖好身上的皮袍，起身出了窝棚，回到大帐篷火堆边，看见何安逸手中的一碗热茶已经擦完了。

老骆驼舀了大半碗茶汤，走到那个伤者身边蹲下身来，轻轻在他身上抹着热茶汤。

那个伤者全身都抹遍了热茶汤，皮肤变软和了，僵硬的手脚也软了，身上也热了，看来一时半会儿死不了。何建朴一伙人忙得满头是汗，脸上都有了笑容。

何建朴看见铁锅里还有一点茶汤，又切下大半块老砖茶丢进去，叫何建刚添满水，对老骆驼说："这一路大家都辛苦了，我也没有什么好东西招待大家，难得喝一次这好茶，大家都尝一尝吧。"

"感谢何东家！那我这就叫醒他们？"老骆驼高兴地问他道。

何建朴听见帐篷外鼾声四起，摇了摇头说："大伙睡得正香，现在叫醒他们，会不会不妥？扰人清梦，可是大罪过。"

"呵呵，茶要趁热喝，凉了就不好喝了。特别是这种百年难得喝上一口的好茶，就更要趁热喝了。他们现在有机会喝，那是他们的造化。"

"茶凉了倒真是影响口感，效用也会大打折扣。"

"那当然！"老骆驼一笑。

何建朴突然皱了皱眉，转头看着那个伤者，取下脖子上的围巾，蹲下身将围巾盖在他的脸上。

老骆驼疑惑地看着他，动了动嘴唇，没有问出口。

"等一会儿大家醒了，都有些迷糊，突然看见一个半死不活的陌生人躺在这里，恐怕会引起一些不必要的骚动。"何建朴晓得他的疑惑，对他解释说，"暂时不要让大家注意到他，等明天他能醒来再说。"

老骆驼点了点头说："您说得对。"

何建朴叫大家赶快睡，说明天还要赶路。几个人先后歪的歪倒的倒，在火堆边一会儿便打起了鼾。

天亮了，雨下得小了一些。老骆驼赶快起身出门将酣睡中的大伙儿一一叫醒，一些人还没睡够，一边揉着眼睛打哈欠，一边嘀咕着抱怨他叫早了。老骆驼吩咐他们各自拿着自己的木饭碗到大帐篷去，从何大掌柜手上的铜瓢里接一碗茶汤，早点喝，身上早点热乎，好走路。当他们一个个先后走进大帐篷，闻到热腾腾香喷喷的茶香之后，都有些莫名其妙，你看看我，我看看你，丈二和尚摸不着头脑。

他们只顾锅里的茶，都没有注意到那个被包裹得严严实实的伤者。

何建朴也一夜没睡安稳，不时起来看天气。听见老骆驼在叫驼工们起来喝热茶，高兴地拿起铜瓢给大家舀茶汤。

驼工们接过茶汤，对何大掌柜道了谢，都晓得这是难得喝到的好茶，都"呼哧呼哧"喝了起来，边说这茶好香边走出大帐篷。

老骆驼又安排四个人穿上厚实的皮大衣，出去与守夜的四个人换班去了。

这一夜有两个人没有睡踏实，他们没来喝茶。

大帐篷旁边的一个窝棚里两个显得有些苍老的中年高个男人没有睡，一个叫汤大，一个叫牛小，名字很简单，听说是他们没读过书的爹娘，给他们按家里孩子的大小取的名，平常大伙儿都叫他俩老汤、老牛。其实他们并不老，才四十几岁，只是因为长年在烈日下、风雨中、雪霜里奔波，看起来有些苍老，与快六十岁的老骆驼差不多年纪。

何建朴看见两个老驼工没来喝茶，连忙舀了两碗端了过去。

汤大、牛小看见大掌柜端茶来了，连忙起身从何建朴手上接过茶，静静地凝视着端在手上冒着热气的茶汤，似乎想起了什么悲伤往事，眼里含着泪。

何建朴有些疑惑地看着他们。只见老骆驼走到老汤、老牛面前，轻轻拍了拍他们的肩膀，轻声叹道："已经过去几年了，都过去了。"

"原以为什么都忘记了，没想到一闻到这诱人的茶香，立马就啥都想起来啦！"老汤吁了一口气，抹了一把眼睛说。

何建朴没有说话，只静静地看着老汤和老牛，晓得他们又想起了老掌柜，感受得到他们对老掌柜的怀念。

"不想了，喝吧！喝吧！"老牛抬手拭去眼泪，一仰脖子，将一碗热茶咕咚咕咚一饮而尽。

老汤不再说话，也将碗中热茶一口饮尽。他们朝何建朴抱拳深深一拜。

何建朴愣了一下，急忙抱拳还了礼。

老汤、老牛连忙送大掌柜出门，怕何建朴看见他们的眼泪。

老骆驼往火堆添加了一些柴火，又抱起烟筒吧唧了两口，转头看着何建朴，对他微微一笑，示意道："来不来几口？"

何建朴微笑着拒绝了，他虽然很喜欢水烟的独特滋味，但是此刻他没有心情去品，他的心中始终在荡着老汤、老牛的眼泪，很想知道几年前在他父亲和这些驼工身上到底发生了什么，以至于到现在他们一看到何氏祖茶就落泪。

老骆驼听何建朴说两个老驼工流泪了，便收起烟筒，凝视着火堆，长长叹了一口气说："五年前的夏天，我又带领驼帮为您的父亲走货，也因为淋雨，驼帮中有一半人发烧拉肚子，浑身无力。我们也是落脚在这里，何老爷每日煮一大铁锅青砖茶给我们喝，一连喝了三天，大伙都好了，也有力气了。大家都很高兴，对您的父亲更是感激不尽。那天晚上大家都吃饱喝足之后便睡了，哪晓得卢阎王带着大队劫匪围住了我们，虽然我们守夜的人早已发现了他们，而且我们也都已经做好了防备，但是劫匪太多，足足有三百人。可以说我们当时没有任何抵抗之力，卢阎王逼迫何老爷交出货物，最主要的是要您的父亲交出随身携带的何氏祖茶。当时老汤和老牛也在我的驼帮。还有一个人，他叫崔安，人年轻，长得俊朗，头脑很机灵，人也很活泛，他和老汤、老牛是拜把子兄弟。当时他们仨都是发烧拉肚才好，对您的父亲可谓是尊崇有加。我们驼帮有规矩，一旦接手了商家货物，就得把货送到指定地点，路上无论生死，货主不管。但何老先生没有这样做，把我们驼帮兄弟当自己兄弟。崔安的马头琴拉得极好，老汤和老牛喜欢唱蒙古长调，嗓子也极好，闲来无事，便苦中作乐，一路上给大家带来了不少快乐。您的父亲很喜欢崔安，还说回去时要把他带回武昌城去好好培养，说他将来前途不可限量。那天晚上大家都喝了些酒，崔安酒量不行，因为高兴多喝了一口，倒头睡了。当卢阎王包围我们的时候，他被老汤悄悄弄醒了，但他酒劲还没过去，蒙古汉子都讲义气，特别是喝多酒了之后，就天不怕地不怕，天大地大老子最大了。有些迷糊的崔安一看自己的救命恩人被人用枪指着脑袋，当场火气就来了，气冲冲地冲过去要跟卢阎王拼命，卢阎王二话没说给了他一枪，崔安脑袋开了花，极为凄惨地死了，您父亲把他抱在怀里，怎么喊他，他也不答应了，很快咽了气。您父亲为了保大家的命，把全部货物和随身携带的何氏祖茶都给了卢金斗。卢阎王是有备而来，抢了货后便带着手下拖着货物扬长而去。您的父亲对我们说了何氏祖茶的盛名和珍贵之处，并一再自责是自己害死了崔安。其实，规矩都讲好了，驼帮的人生死与货主无关，货物损失了还要照价赔，赔款由大家平摊。只怪恶人太恶，只怪天下不太平，只怪我作为帮头无力保护自己兄弟。可何老东家没有要我们赔一个铜板。从那以后，老汤、老牛再也不唱长调了，驼帮死气沉沉，再也不见了往昔的欢声笑语。当年的驼帮中大多数人因为崔安的死，说我舍不得买枪，保不住大家的命，对我不满，陆续离去。我只好又招新人进来，到现在除了我，只剩下他们两个老人了，我不晓得他们为什么坚持不走，他们可能是舍不下我。"说到这里，老骆驼突然打住话头，从他那张沉默的脸上，无光的眼中，何氏叔侄都看到了悲哀、落寞和愧疚，还有浓浓的恨意。

何建朴张了张嘴巴，但一个字也说不出来。

老骆驼继续说道："我知道，所有人都看得出来您的父亲确实是真心喜欢和欣赏崔安的。我们也都劝崔安跟您父亲一起离开驼帮，去追求更好的生活。崔安总是说等他日后出头了，有钱了，就给驼帮里的弟兄们一份安定的工作和富足的生活。崔安死后，您的父亲伤心不已，并亲自送崔安回老家安葬，没想到那次您父亲回家之后又遭遇汉口的茶庄失火，他连遭重击，开始发病。从那以后，每月都会有一笔生活费从武昌'长盛川'分号寄到崔安老父亲老母亲的手中，那些钱足够他们这辈子衣食无忧。直到今天，您的父亲已经去世三年了，你们还在按时寄。"老骆驼说完，又点燃了一筒水烟，咕噜咕噜默默地抽着。这一刻，他抽的恐怕不是水烟，而是回忆里的悲和痛。

重重抽了几口烟，老骆驼突然抬头看着坐在自己身边的何氏叔侄，悲凄一笑说："崔安是我的亲侄儿。"说完这句话，老骆驼突然老泪纵横。

何建朴、何建刚、何安逸都愣了，一个字都说不出，只是默默地看着老骆驼，看着老骆驼那张黝黑而又粗糙的脸上在流的泪水。

大家安慰老骆驼收了眼泪，何建朴对他轻声说："我没想到原来还发生了这么大的事。但我爸在临去世前的确叮嘱过我寄钱这件事，而且我也一直照做，也一定会寄到崔父崔母百年之后才止。难怪我爸时常叹息有钱有什么用，在这乱世，人命根本就不值钱。那些在最底层社会生活的穷苦人就更加苦难悲哀了。可是没有钱也不行啊，没有钱就什么都做不了，革命要钱，买武器要钱，做好事要钱，办学校要钱，修路架桥要钱，做学问要钱，什么都要钱，没有钱我们将寸步难行。"何建朴长叹一声缓缓用力握紧双拳，看了一眼躺在自己面前的那个伤者，咬牙切齿地说："这狗日的卢金斗，几年前崔安惨死，几年后的今天，又有人要惨死。这狗日的世道。这个好汉可能是冒死来给我们送信的，那伙恶人可能离我们不远，我好像听他说了'快走'两个字。

我不晓得这些土匪抢货为什么要杀人……"

"大掌柜,多说无益。"何安逸突然打断何建朴的话,凝视着他说,"事情既已发生,多说已无用。不早了,我们要想办法尽早赶到归化城去才好。"他仿佛感觉到了危机,催促儿赶快离开这块是非之地。

"我晓得。"何建朴缓缓松开紧握着的双拳,看了看帐篷外还在下雨的天,长长叹了一口气说现在不能走,把大家淋病了损失更大。他吩咐老骆驼和何建刚加强岗哨,随时应对土匪打劫。

就在上个月,何氏家族另一支驼队,在距归化城不足六十里的地方,被卢金斗手下一个号称小阎王的悍匪劫走了七成货物,刚开始驼队的头人想抵抗,小阎王手下的一个喽啰二话不说举枪杀了一个茶庄伙计,威胁他们不许抵抗,扬言如果他们要抵抗就杀了驼队所有的人,抢走所有青砖茶。何氏货主只好丢货保命。

这个消息传到了何家老屋,何氏家族如雷轰顶。最近几年何氏茶业一直萎靡不振,在绥远和蒙古的生意一落千丈,直到三年前何建朴匆匆从日本赶回继承祖业,执掌"生牲川"。他掌管何氏茶业后,形势才有所好转,绥远那边的生意渐渐有了起色,谁知关键时刻又出了这么一档子事。何氏茶庄若是不能及时做出补救,一旦货源无法跟上,何氏说不定就会彻底丧失绥远地区市场,于是何建朴又急忙凑齐了一批青砖茶,并日夜兼程亲自带着商队赶往归化城,只是没想到出了右玉,天便下起了倾盆大雨。

几年前,何氏青砖茶在绥远、蒙古、俄罗斯等地区和国家的销售额在所有商行中一直数一数二,甚至一度超越过大盛魁以及名噪一时的宏德大茶庄,荣登魁首。这几年卢阎王在绥远周边地区为祸作乱,何氏驼队屡遭其毒手,何氏几乎每一次都损失惨重,生意因此一年不如一年,一落千丈。自从何建朴接管何氏茶业以后,没有第二条路可走,若要维持何氏在大漠北、绥远、蒙古、俄罗斯等地的生意,他深知路上有拦路虎,也得硬着头皮咬着牙闯开这条血路。

在漠北出了一个卢阎王也就够各路商家喝一壶了,现在又出了一个心狠手毒的小阎王,传闻说他不但与卢阎王一样地凶狠霸道,还奸诈过人,是卢阎王的左膀右臂,深得卢阎王喜爱和信任。何氏驼队屡遭劫掠,最近两年很多驼队甚至一听说是何氏的货物,便畏之如虎,不肯接单，甚至有传言说何氏与那两个阎王有世仇，他们要将何氏赶出漠北。

如今的何氏已经快要被挤出绥远商圈了，如果失去绥远，他们的货物就到不了漠北，到不了新疆，更到不了俄罗斯，甚至更远的欧洲各国。他们一直咬着牙在游走，仿佛过独木桥，一旦哪一天真的跌落下来，何氏在内地的生意做得再好，再风生水起，损失都是何氏无法承担的，因为何氏的一半生意都在绥远、外蒙及其周边地区和东欧一些国家。可如今这条路线动乱不堪，难以为继了。而且何氏现在内忧外患，在内地的生意亦被赵、钱两家挤对，不管是哪边失利，何氏大厦都有可能倾覆。

何建朴急切想要稳定这条路线，让何氏重新在绥远崛起，即便短时间内不能再现昔日荣光，至少也要再次站稳脚跟，不然，何氏再创辉煌，只能是一个笑话。

老骆驼和何建刚出去转了一个大圈，加强了各处防卫，回来打算休息一下，养足精神。

何安逸靠着那棵榆树闭上了眼睛，半睁着眼睡。

老骆驼不再多说话，往火堆里添足了柴火，往地上一躺，半闭着眼睛守在帐篷门口。

何建刚也背靠着大榆树，闭上眼睛打盹，不敢深睡。

大帐篷中，除了鼾声，柴火燃烧的噼啪声，再无其他声响，在这凄风苦雨中生出些生气。

何建朴看上去也有些疲乏了，一动不动地凝视着火堆出神。他心中憋着一股子怒火，却无处发泄，父亲的早逝，父亲去世前那几年的郁郁寡欢，一直让他耿耿于怀。现在他才知道父亲当年发病和抑郁跟惨死的崔安有关。

很多时候何建朴也不免怀疑何氏茶业与那两个恶魔是否有什么深仇大恨。他甚至暗中调查过，结果得知何氏与他们毫无关联，更不存在有什么深仇大恨一说，何氏甚至与东北卢氏没有任何来往，完全是那两个祸害盯上了何氏。这些年积下来的一笔笔新仇旧恨，似一团烈火无时无刻不在灼烧着他的心，若不得发泄，若不能报仇，他恐怕也会被焚烧成灰。然而何建朴不过只是个商人，纵使他学识过人，纵使他学了一些武艺，可是学识与武艺在面对强大的暴力的时候不堪一击。他恨，恨自己，恨那些劫匪，恨那个该死的恶魔，恨北洋政府的不作为，恨那些官吏的软弱可欺。国强则民强，国弱则民弱。国家如果强大，哪个敢来欺负国人？人民若是生活富足，谁又愿意去做劫匪！他很清楚只有国家真正强大起来，人民才能有好日子过，商人才能安心做生意。他一直努力想为这个国家做些什么，甚至支持那些不畏死的革命者，可他力不从心。

大家都在睡，他睡不着，想出去走走，想看看四周安不安全，更想看看随后出汉口码头北上的钱家商队过来了没有。何建朴悄悄起了身，戴上皮帽，悄悄一步一步轻轻走出帐篷。

何建刚听到响动，睁开眼睛，静静地凝望着何建朴轻轻出了帐篷，晓得他担心劫匪，连忙带上雨具跟了出去。他时刻铭记着疼爱自己的义父在临死前一再叮嘱他和建朴哥要相互照顾。他不过是义父收养的孩子，义父不但默认了他这个义子出身的传言，还悉心照顾他，给他重新取名何建刚，让他入了何氏家谱，成为何氏的嫡系子孙，对于何氏家产拥有了名正言顺的继承权。义父还送他读书，送他习武，与他的亲儿子何建朴一样对待。他很清楚自己的身世，懂得义父的良苦用心，他是在把这两个不是亲兄弟的儿子培养成一对出生入死的亲兄弟，更是在刻意磨砺他的意志，唤醒他的血性，使他能承大事。现在这个走出帐篷的孤独男人也一直将他视为亲弟弟，即便何建朴是何氏茶业的掌门人，掌管着何家产业，却从未将他当外人，应有的喜悦他毫不吝啬地与他分享，面临的不幸他却一个人默默承担。他不敢忘却何氏这份恩情，不敢忘了自己的身世。他只是想这一生要好好守护着这个大哥，寻机了却隐藏在自己心底里的仇恨。

何建刚一出门，何建朴便看见了，他看着何建刚，微微一笑。

何建刚总能看穿他笑容背后的孤独和寂寞，晓得他将温暖都给了别人，悲伤却自己一个人默默承受。

"我就知道你是装睡。"何建朴对他笑了笑，边走边对他说。

"哥，你不要想得太多，寻着机会，我会干掉那个杂种的。"何建刚的声音如同这雨夜一样阴沉。

何建朴凝视着何建刚那双炯炯有神的眼睛，柔声道："建刚，你还小，你不要鲁莽行事，这世上有很多人都想要杀死那两个恶人，可是你有没有想过，就算我们杀了他，卢阎王手下还有所谓的十大将军，一个比一个残忍，每一个都杀人不眨眼，还有他们手下那么多靠杀人越货生存的匪众，我们杀得完吗？这样的恶人太多了，我们杀不尽的。想要这条商道太平无事，只有天下太平。"

"杀一个是一个。"何建刚双目寒光闪烁，咬着牙说，"杀一个少一个。"

何建朴伸出双手，承接着飘落的雨丝，沉默不语，似有所思。

何建刚抬头望着将晓的天，长长叹了一口气说："这个兵荒马乱的年代，国家积弱，列强环伺，唯有以杀止杀，以杀止乱。"

"我们现在要做的是让何氏崛起。"何建朴摇了摇头，平静地说，"我们要挣很多很多钱，有了钱我们就可以帮助政府建立强大的军队，我们可以开办很多学校，让国人都学习知识，当人们都有了知识，就有了力量，我们国家就会强大，才能赶走外国列强，大家才能挺起腰杆做人，才能幸福安康。"他深吸一口气呼了出来，转身凝视着何建刚，柔声笑道："建刚，这次把货送到归化后，你就去从军吧！去报效国家，求天下太平。其实哥也想去从军，但哥不能走，何家那么多族人都在看着我，何氏祖业不能丢。不过哥会努力支持你。你一身武艺，有勇有谋，将来一定能成为统领千军万马的将军，一定能为我们国家的强盛和安定尽力。"

大哥的信仰突然让何建刚燃起希望，他感觉自己顿时充满了力量和勇气，点头应承道："哥，我听你的。"

"好。"何建朴重重拍了拍何建刚厚实的肩膀，一字一句地对他说，"乱世出英雄。你还年轻，好好干，前途无量。"说到这里他深深吸了一口气，长长呼了出来，叹道："但愿我们国家强盛富裕！但愿百姓安居乐业！"

这句话大哥虽然说得轻，但如同战鼓在何建刚耳边擂。此刻，何建刚突然觉得面前这个面慈心善的汉子是个顶天立地的巨人。如果这个国家多一些这样的巨人，何愁顶不起一片朗朗乾坤。他晓得大哥在有意把他往宽处引，让他打开眼界往高处走。对这个被外国列强和军阀瓜分了的国家来说，一己之私微不足道。

他们边轻声说着话，边在几处哨位看了看，看见都相安无事，何建朴又往来路望了很久没有看见有商队过来，便失望地与何建刚一起回了帐篷。何建刚又背靠大榆树，缓缓闭上眼睛，一脸恬静地想再休息一会儿。

　　何建朴看了一眼何建刚，微微一笑，晓得他的心里装进了更远大的目标。他又转头看了一眼被虎皮紧紧包裹着的那个伤者，走过去蹲在他的身边，伸手轻轻贴着他的额头，摸了摸他的体温，不禁长出了一口气，对何建刚说这个人有救了。何建刚睁开眼对他一笑，叫大哥再睡一会儿，等雨停了再说。何建朴坐回到火堆边，又往火堆里添了一些柴，双手交叉着放在双腿上，脑袋搁在双手上闭上眼睛。

三

雨，不知道什么时候住了。

何建朴很累，不一会儿便睡着了。过了不知道多久，他突然被一阵尖锐而又急促的哨声惊醒了，猛地跳起身，看见何建刚和老骆驼都跳了起来，他们迅速对视一眼，都听见从四个哨位相继传来哨声，不久四哨齐鸣，持续不断尖叫，夹杂着骆驼受惊后发出的一声声此起彼伏的嘶鸣。整片树林顿时被一种惊悚而又恐怖的气氛笼罩了。

老骆驼一双虎目死死盯着大帐篷的门帘，竖起耳朵听着外边的动静，迅速抓起猎枪冲了出去。

何建刚瞥了一眼势如猎豹的老骆驼，一闪身跳到何建朴身旁，同时抽出短枪，紧握在手上。

何安逸也被持续不断的尖锐哨声惊醒了，他站起身揉了揉有些迷糊昏花的眼睛，看着何建朴，惊慌地说了一句："戳了拐。"

"安逸叔，我们可能遇到麻烦了。您留在这里看着货物，保护这个伤者。"何建朴连忙做安排。

听着一直持续不断的警哨声以及此起彼伏的骆驼的恐惧的哀鸣声，何安逸知道发生了什么，立时睡意全消。他快步走到何建朴身边，与何建刚一起一左一右将何建朴夹在中间，走出帐篷，紧盯着经验丰富的老骆驼。

驼工们都熟悉这个哨声，甚至已经形成了一种条件反射，听到哨声，睡得再沉，也会惊醒。这时大家都惊醒了，一边着急忙慌地穿衣，一边寻找武器，大呼小叫着冲出窝棚。

刚退烧的王六斤也挣扎着爬起身来，抓着一杆土铳强撑着站到老骆驼身旁。

"慌什么？"老骆驼一声暴喝，虎目圆睁，冷眼环视众人，大家顿时住了嘴。他转头看着跟出来的何建朴，叹了一口气说："何先生，最坏的情况我们恐怕又遇到了。"

"是福不是祸，是祸躲不过。您老做主。"何建朴抱拳朝老骆驼深深一拜。他给了老骆驼一颗定心丸。

"不好了，老叔。"北面哨位上的守哨人边吼边跑过来，一脸惊恐，正要开口说什么，西边哨卡上的守哨人又大吼大叫着飞跑过来，所有人都把目光投在他们仓皇失措的脸上。

这时第三个哨位和第四个哨位的人也大吼大叫着几乎同时冲了过来。

老骆驼抬头环视众人，看着他们那一张张紧张、惶恐而又不安的脸，目光落在最先跑过来的那个守夜人的脸上，怒吼道："看你们一个个熊样、孬样，怕什么？又不是第一次遇到，从走上了这条道开始，你们就应该比谁都清楚有这样的结果。"

众人顿时哑口无言。

老骆驼死死盯着那四个守夜人，怒骂道："你们四个蠢货，谁让你们跑回来的，你们忘了规矩吗？忘了不论发生什么事都要坚守哨位吗？"

第一个闯进来的守夜人直视着老骆驼急切地说："帮主，我们已经被包围了。"

众人听到这话，顿时全蒙了，你看看我，我看看你，神色中尽是惊恐和不安。

"说具体点。"老骆驼的脸色阴沉得像要下雨的天。

"兵，好多骑兵，至少有一百人，骑着战马，握着枪，将我们团团包围了，他们正在上山，正在收紧包围圈。"另一个守夜人连忙接嘴说。

"骑兵？"老骆驼浓眉紧锁，迅速扫了四个守哨驼工一眼，有些纳闷地问了他们一句，"不是劫匪？"

"不是！"四个守哨驼工几乎是异口同声地回答说。

老骆驼又迅速扫了大家一眼，吼着说："是兵，不是劫匪，大家不要慌。"他边安慰大家，边叫四个守夜驼工返回哨位。

站在老骆驼旁边沉默不语的何建朴与何建刚已经掏出了各自的手枪，紧握在手中。这两支枪是他们这次离开汉口之前何建朴托人买的，他与建刚一人一支，以防路上劫匪。何安逸捡起一根木棍，紧张不安地抓在手上。何建朴猛然想起那个昏迷不醒的伤者，急忙快步靠近老骆驼，在老骆驼的耳边轻声低语："那个人怎么办？"

老骆驼一愣，明白了何建朴的意思，反问他一句："您怎么看？"他突然把来的兵与这个兵想到了一起。

何建朴若有所思地说："我感觉到来的人不是劫财。我觉得应该先把他藏起来，看情况再说。"

老骆驼转头扫了一眼帐篷内被皮袍和虎皮紧紧包裹着的伤者，点了点头。

何建朴转头看了一眼何建刚，又看了一眼昏迷中的伤者，何建刚明白了他的意思，问了他一句："哥，你说怎么做？"

"藏进树洞里。"何建朴连忙转身与何建刚一起跑回帐篷内，抬起那个被紧紧包裹着的伤者，小心翼翼地将他藏进那棵大榆树根部的树洞里。

何建刚看了一眼大哥说："哥，您也躲进去。"

何建朴苦苦一笑道："我不能躲！事情也许并非我们所担心的那样可怕。"他听说是骑兵，不是土匪，寄希望于老天相助，奇迹出现。

何建刚突然想到了什么，抬头望着头顶上枝叶繁茂的大榆树，对何建朴说："哥，我想上去。"

何建朴抬头看了一眼头顶的榆树树冠，明白了何建刚的意思，脸色一沉，急忙摇头说："不可取。"

"出其不意。"何建刚固执地坚持着。

"太危险了，我不想你出事。"何建朴也坚持己见。

"我会伺机而动。"

"不要轻举妄动。"何建朴知道自己无法说服他，只能默允了。

何建刚不再说话，急忙徒手快速攀上了那棵大榆树，在丈把高那处最浓密繁盛的枝叶间悄然隐匿了身形。

"他这是做什么？"何安逸抬头看着何建刚，黑着脸轻声问何建朴，"他的责任是寸步不离保护你，危难时刻他却自己先躲了。"

"建刚不是这样的人。"何建朴轻轻摇了摇头说。

"非我族人,其心必异。"何安逸依然愤愤难平。

"我相信建刚。"何建朴语气深沉,不容置疑,"也请您相信他。"

何安逸是何家老人,能成为何建朴的贴心人,自然是个聪明人,他已经看出了何建朴的不悦,虽然心中很是不快,但也不好再多说什么。

何建朴面朝众人,抱拳深深一拜,声如炸雷:"拜托了!各位兄弟!"

老骆驼明白了何建朴的意思,晓得他有他的对策,便对众弟兄吼道:"等一会儿不管发生了什么事,你们不要说话,有人问你们,你们就说什么都不知道。这里有何大掌柜应对,大家不要怕,听何先生吩咐。"

众人齐声低沉地应答一句:"是。"

"多谢各位兄弟了,多谢帮主。"何建朴又双手抱拳向众人一拜。

"何先生,您放心,我们会竭尽全力守护您和货物的安全。请您和老管家待在帐篷里面,千万不要轻举妄动。"老骆驼深情地看了一眼何建朴,又环视众兄弟,大声吼道:"兄弟们备好家伙,小心土铳被雨淋湿了,跟老子出去会客。"

"是。"众人虽然畏怯害怕,但毕竟都不是第一次经历这样的事了,走的这条道,吃的这碗饭,都早已明白胆怯只有死路一条。

老骆驼提着猎枪,昂首阔步往树林外走去。三十几个驼帮弟兄紧跟其后,一如出征的壮士,视死如归的勇士。

"老帮主,各位兄弟。"何建朴红着眼睛,凝视着众人的背影,大声吼道,"货可以不要,钱也可以不要,我只要你们都好好活着。"

老骆驼领着众人转身向何建朴抱拳深深一拜,转身而去。

原本想要说什么的何安逸,看着他们离去的背影,什么都说不出来了,老眼已经有些湿润。

老骆驼领着众驼工刚出树林,便看到一群骑兵过来了。

雨,又下了起来。

当然,对于一帮没有坐骑,没有经过训练,只有三十来支笨重土铳的驼工来说,面对骑着训练有素的蒙古战马,背着虽然老旧但却比土铳要先进很多的汉阳造步枪的骑兵,实力悬殊确实太大,他们根本不把这帮赶驼的苦力放在眼里。

一种令人战栗的恐怖感如潮水般汹涌而来,即便是久经世故的老骆驼都忍不住腿脚发软，一股寒气从上到下穿透了他的背脊。他缓缓咬紧牙关，暗暗吸了一口气，压住心头的慌乱抬起右手，示意弟兄们停下来。他冷眼盯着迎面而来的一队骑兵，缓缓端起手中的土铳，把枪口对着他们。他渐渐看清楚了这些骑兵穿的衣裤，与他们救了命的那个人穿得一模一样，心里有了底。

丈许外，骑兵队伍停了下来，那个看上去一脸匪气的年轻军官驱使胯下黄色蒙古马缓缓前行几步，左手勒紧缰绳，扬了扬右手上的短枪，傲慢地扫了一眼老骆驼一伙人手中的各式武器，冷哼一声，不屑一顾地说："一帮不知死活的东西，收起你们手中的破铜烂铁，惹恼了老子，都送你们去见阎王。"

驼工们都紧握着土铳、刀具，还有棍棒，没有人放下武器。紧跟在老骆驼身后的王六斤、阮长武、夏兴保和老汤、老牛两个元老，都上前一步，怒瞪着马队，大有拼命之势。

"各位军爷，不知道各位冒雨来访，有什么吩咐？"老骆驼笑了笑，尽量压了压心头火。

那军官并未应答，只是扫视众驼工一眼，目光停留在老骆驼脸上，戏谑一笑说："哟呵，原来都不是孬种，有骨气。"

他的话音刚落，身后的骑兵都哈哈大笑起来，那笑声尽是嘲弄和蔑视，充满了嬉耍之意。

被人如此戏弄，众驼工脸上也都挂不住了，几个血气方刚的年轻驼工立马表现出愤怒之色，要往前冲。老骆驼抬手挡住他们，他很清楚冲动之后的结果，不仅他们要丢命，何家货物也要丢。即便受尽侮辱，他也只能咬着牙隐忍，想尽量用好话劝退敌手。

"不敢，军爷说笑了。"老骆驼强装笑脸，那一双原本充血的眼睛渐渐恢复了清明，把端在手上的土铳提在手上，以示休战。王六斤、阮长武、夏兴保立即明白了他的意思，他们咬了咬牙，也把土铳提在手上，枪口向上。至于老汤和老牛则依然各自端着土铳，固执地坚守着，不肯放下，他们要保护老骆驼。

"怎么，你们两个还不服气？"那位军官冷冷地瞥了一眼老汤和老牛，对他们扬了扬手上的短枪，脸上露出一抹狰狞又凶残的冷笑，"几支破土铳，沾了水还能响吗？"

"不敢不敢，军爷，我们都是卖苦力的，艰难讨生活罢了，若有得罪之处，还请军爷海涵。"老骆驼赔笑着，黝黑的脸上强装笑容，却比哭还难看。

那位军官看着老骆驼那张黝黑的脸，眼中闪过一抹轻蔑和不屑，他再次驱动毛发皆湿，但精气神十足的黄色蒙古马，一步一步缓缓靠近老骆驼，到他面前勒紧缰绳，训练有素的蒙古马立即止了步。

老骆驼看见他没有动武的意思，心松了一点，面部的肌肉也不再那么僵硬，可是他的笑容还是很怪异，似哭似笑。

那个年轻军官轻柔地爱抚着胯下蒙古马的脖子，缓缓弯腰低头，居高临下地俯视着老骆驼，微微咧嘴道："你嘴上说不敢不敢，心里想要杀老子。"

"军爷，您说笑话了，小人绝无这种想法。"老骆驼连忙辩解，尽力想打消他开战的念头。

"哈哈哈。"那个军官放肆大笑着，突然收敛了笑容，紧盯着老骆驼，狞笑道，"老东西，老子不管你想什么，最主要的是你敢想但敢做吗？你有勇气但有能力吗？"

老骆驼低头弯腰，一副谦卑臣服的样子，沉默不语。

"哈哈哈，原来，这世上还真没有不怕死的。"

老骆驼缓缓抬头，面朝那个军官，不管他的神色与语言有多么不堪，他都赔笑。

他身后的驼工们都沉默不语，暗暗祈祷老骆驼能够化金戈为玉帛。至于王六斤、阮长武和夏兴保还有老汤、老牛都是满眼屈辱和愤恨，他们只能眼睁睁地看着那人模狗样的军官羞辱着他们的头人，晓得他们的头人为了他们的安危只能强忍怒火赔笑。

"看看，你这老东西笑得有多假多难看。"那个军官用手枪拍了拍老骆驼黝黑的脸颊，戏谑道，"老东西，你就算要赔笑，也要像窑子里那些娘们儿一样笑得灿烂一点好看一点吧！瞧瞧你这笑，瞧瞧你这张脸，简直他妈的比哭还难看。说实话老子很想把这枪口塞进你的嘴里，'砰'的一枪打烂你的嘴巴，看你还怎么装笑。"

"我一个赶骆驼的，本来就长得难看，笑得自然难看了。在下不敢冒犯军爷，还请大人包涵。"老骆驼压抑着满腔的怒火，缓缓收敛脸上虚假又怪异的笑，静静地看着他。

那军官饶有兴致地看了一眼老骆驼，渐渐敛去了脸上似笑非笑的笑容说："看来你还有点骨气，这几年南方在闹共和，外蒙古在仰仗俄国人闹独立，内蒙古在讨好日本人闹独立，骨气这东西我还真是很少见。老东西，老子倒要看看你有多少骨气，看看老子的子弹能不能打断你的骨气，老子最喜欢收拾有骨气的人了。"那个军官双眼突然爆出一抹凶残，举起手枪，将枪口抵在老骆驼的眉心上，直直地盯着老骆驼，众人的心一下提到了嗓子眼。王六斤、阮长武、夏兴保等死死盯着那个军官，一齐举起了土铳，将铳口对着他，只要他敢动火，他们就把他打成蜂窝。冰冷的空气中顿时充斥着火药味。

"慢着。"骑兵队伍中突然传来一声吼。

正要开枪的那个军官猛地一愣，吓得浑身一震，收起了手枪，掉转马头，往身后的骑兵队伍看去，神色显得极为恭敬。

老骆驼死里逃生，看起来一脸的悍不畏死，但只有他自己才晓得他刚才有多么地害怕和恐惧，双腿微微打抖，好不容易凝起的一点胆气，面对顶在眉心的枪，突然间全部都如同开闸的洪水般泄得一干二净，此刻整个人都仿佛塌了，浑身虚软乏力，早已出了一身冷汗，浸湿了贴身的棉衣。不过他很清楚，他不能怯弱，更不能倒，因为所有的人都在看着他，即便死，他也唯有咬牙坚持。

他身后的众弟兄都暗暗松了一口气。

骑兵队伍缓缓散开，让开一条道。只见一匹纯棕色蒙古马缓缓出列，一个身着黑色雨衣的军官骑在马背上，轻轻拍马走了过来。众骑兵凝视着这位长官，早已不自觉地收敛了流氓痞子气，一个个都勒紧了手中缰绳，挺直了腰杆。那个身披黑雨衣的人直视着老骆驼，满眼威严，老骆驼不禁浑身一震，晃了晃，如果不是王六斤和阮长武一起扶住他，恐怕他要倒。

王六斤和阮长武年纪还小，经历也少，当然无法感受到这个黑衣人那双眼睛所深藏的震慑力，他们震惊的只是他那浮于表面的气势。只有真正经历了太多生活苦难的老骆驼，才能在与他的对视间感受到那双眼睛所藏的阴煞之气，那是对这世间万物的漠视，唯有一丝对人世的不了情在其中游移。

老骆驼突然感觉一种恶寒，忍不住打了个哆嗦，他知道这队骑兵里面真正可怕的人物出来了。他突然感觉自己老了，感觉自己很可悲很可笑，似乎回到了几年前那个夏夜，只能眼睁睁地看着崔安惨死，只能忍气吞声。

刚才那个要杀老骆驼的军官急忙挺直腰杆向那个黑衣人举手敬礼。

"骨气是个好东西，我喜欢有骨气的人。你敢顶着枪口，好！"那个黑衣人直视着老骆驼，开了口，声音从风雨中飘来，没有波澜起伏。

老骆驼避开他的眼睛，小心地说："军爷，小人只是个粗人，不懂得什么叫作骨气，小人只是想要带着这一帮苦难兄弟，好好活下去。"

"生在这样的年代，想要好好活下去，确实不易。"那个黑衣人抬起头来，扫视着老骆驼身后的驼工，目光再次停留在老骆驼的脸上，轻轻对他说，"我不喜欢乱杀人，但是，我也不介意杀人。"

老骆驼忍不住暗暗吞咽了一口唾沫，鼓足勇气，抱拳朝他深深一拜，小心翼翼地说："军爷，您有什么吩咐，小人一定尽力照办。"

"我要找一个人。"那个黑衣人语气平和地说。

老骆驼心里咯噔了一下，立刻想起了那个他们从树洞里救出来的伤者，老骆驼不敢细想，也没有时间细想，只是小心而又谨慎地回答道："军爷，不知道您想找谁，我这帮兄弟都在这里了。"

"我不找你们，我找一个四十来岁，身穿军装，短发，厚嘴唇，留着八字胡，左肩后背皆中枪的人。"他凝视着老骆驼，淡淡道，"你们见过吗？"他是亲眼看见他左肩和后背中了枪的。

老骆驼早已有心理准备，当那个黑衣人一点不差地说出那个受伤者的模样和受伤部位后，他还是不免有些惊诧，直觉告诉老骆驼，这伙人来者不善。但当他听说这伙人只是来找人，不是来杀人劫货，心里一阵暗喜，长长松了一口气。

那个黑衣人仍然紧盯着他，好像要从他的眼睛里挖出答案。

老骆驼故意避开他的目光，脸上并没有露出破绽，装作一无所知的样子，恭恭敬敬地说："小人不曾见过。"他很清楚，一旦自己露出破绽，不但很有可能将那位伤者推入险地，而且也会给驼帮带来天大的灾祸。

那个黑衣人没有从老骆驼脸上看出破绽，又缓缓转动双眼，——

从王六斤、阮长武、夏兴保、老汤、老牛的脸上扫过。这几个驼工因为确实没有看见他说的这个人，也不惊慌。

老骆驼突然有一种错觉，为什么先过来的军官要杀他，不说找人的事，这个看似比他官阶更高的人却叫停了杀他，说要找人？是不是那个伤者与他们之间有仇？

其实那个要杀他的军官是要先给他一个下马威，这个黑衣人再出面做好人，从他口中套出真话。

对这伙骑兵来说，在这荒无人烟的大漠上找一个人，无异于大海捞针，他们寄希望于在大漠上行走的驼帮也在情理之中。只是这些靠卖苦力讨生活的驼工们不晓得，那些反对孙中山国民政府的蒙古王公们为了维护他们在清王朝的既得利益，组织起蒙古义勇军，准备带着这支靠专门出卖蒙古矿业换得俄国和日本精良装备的队伍进京，保护宣统皇帝，只是因为革命形势发展迅速，孙中山提出了五族共和的主张，手握重兵的袁世凯劫得民国总统大位，他们不敢鸡蛋碰石头才作罢。可是这支已经武装起来的队伍留在了蒙古，他们没有明确的存在目标，那些王公们因为"五族共和"不敢搞独立，这支蒙古义勇军倚仗手中的武器在大漠北横行，也干一些打家劫舍的勾当。但是，这支队伍中一些有知识，接受过新思想，拥护革命的年轻官兵却在寻找战机，与俄国支持下已经宣布独立，却一盘散沙的外蒙古决战，维护国家一统，不让外蒙古从大中华版图上分裂出去。

"这天气真是很冷很讨厌啊！"沉默了许久的黑衣人突然轻叹一声，缓缓抬头，面朝昏沉而压抑的雨幕，雨水敲打着他的脸，往下流，他抹了一把脸上的雨水，低下头来，又俯视着老骆驼，问了他一句，"有火吗？"

老骆驼顿时愣住了，又猛地明白过来，他不能说没有火，那是假话，便急忙恭声道："有。"

"有茶吗？"

"有。"老骆驼更不敢说没有茶，那是更大的假话，只能硬着头皮点头。

"你不介意请我等喝一杯热茶吧？"那个黑衣人虽是询问，却是一种不容拒绝的语气。

老骆驼顿了顿，不敢拒绝，只好强装笑脸道："各位军爷，请进帐篷里喝一杯热茶暖暖身子。"

那个黑衣人似有深意地看了一眼老骆驼，他那双震慑人心的眼眸中露出一抹似有似无的浅淡笑意。老骆驼暗暗打了个寒战，但他来不及多想，急忙转身，欲在前面引路。驼工们明白老骆驼的意思，都急忙往两边散开，让开一条足够人马通行的路。

那个黑衣人正要驱马前行，那个要杀老骆驼的军官急忙唤了他一句："营长。"

"何事？"那个营长头也不回，勒紧缰绳，人马静立不动。

"营长，小心有诈。"

那个营长没有回应他的话，而是转头看着老骆驼，轻声问道："有诈吗？"

老骆驼打了个哆嗦，连忙回答说："万死不敢。"

那个营长转头看着他的部下，淡淡地说："你看，他不敢。"

那位下级军官动了动嘴唇，却有话没有说出口，只冷漠地看了一眼老骆驼，转头用手中的短枪点了点队伍前面的几个骑兵说："你们几个随我一起保护营长，其余的人全部守在外面，没有营长的命令，任何人不得进去。"

"是。"骑兵们齐声应道。被点到的几个人，急忙驱马上前，紧跟在那位营长的身后，往树林里走。

到了大帐篷门前，老骆驼故意大吼一声："何东家，有贵客来了。"他这一声吼是在给何建朴递信，也是在叫他做准备。当他听见何建朴同样大声回答："快请贵客进来喝茶。"晓得他已经得知外面暂时平安了，便抬手缓缓拉开刚刚合上的大帐篷门帘，顿时一股夹杂着浓郁茶香的热气扑面而来。他迅速往大帐篷里扫了一眼，看见何建朴正在大铁锅中搅拌茶汤，何安逸坐在火堆边往火堆里添柴，都显得很平静，心又松了一点。对这两位大智若愚的何氏叔侄，他很清楚只要不动干戈，他们有办法化解危机。

那个营长听见他叫何东家，一愣，连忙翻身下马，把马缰递给身后的卫兵，走到帐篷门口探头往大帐篷里看了看，看见里面只有两个人，还闻到了浓郁的茶香，脸上有了笑容。

何建朴扫了一眼他的脸，看见他不过二十多岁年纪，右耳垂上吊着一块黑色玉石坠子，一脸冷峻，不禁一愣，脸上却依然挂着平和的笑容，双手抱拳朝他一拜，做了一个邀请的动作。

因为战马的惊扰，骆驼们开始不安，挂在它们脖子上的驼铃"叮叮当当"乱响。

那个要杀老骆驼的军官紧跟营长进了帐篷。老骆驼正准备领着王六斤一伙人进门，被他挡在门口，他冷冷地盯着老骆驼说："你可以进来，其余人全部都待在外面。"

老骆驼眼中闪过一抹愠怒，马上赔笑道："好！我叫他们不进去。"连忙转身看着敢怒不敢言的众兄弟，叫他们就在外面站着。

那位要杀老骆驼的家伙向不远处一个骑在马上的骑兵招了招手。那个看起来很机敏的骑兵急忙驱马过来，翻身下马，贼兮兮地谄笑道："连长，有何吩咐？"

"特木伦，你怎么不敬礼？"他狠狠瞪了那个骑兵一眼。

特木伦突然脸色微变，露出一抹惧色，急忙收敛了脸上的痞气，挺直腰杆，敬了个还算合格的礼，一本正经道："报告呼斯楞连长。"

"军人就要有军人的样子，你现在是个排长，是个军官，以后可别忘了向长官敬礼，我们不再是乌合之众。"呼斯楞声色俱厉地训了一通特木伦，转头瞥了一眼正走向火堆边的营长，又对他说："你领着这些兄弟盯着这帮人，没有我和昂赫巴雅尔营长的命令，不许他们任何人进去，一旦发现他们有任何异动，一律崩了。"他边说边挥了挥手上的短枪。

何建朴从他们的言语中搞清楚了先进来的那个人是营长，叫昂赫巴雅尔，在门口挥着枪发号施令的是连长，叫呼斯楞，那个刚被训了一通的家伙是个排长，叫特木伦。

对这个人的来头，老骆驼心里也有了数。

隔着火堆，何建朴与昂赫巴雅尔对视了一眼。何建朴淡雅一笑，不卑不亢道："营长大人好。"不过何建朴的内心远远没有他的表面平静，在看到昂赫巴雅尔的耳垂上挂的那块黑色玉石的刹那，他就知道对方是谁。

二十多天前何家那支同样前往归绥的商队，在杀虎口到归绥的路途被劫走七成货物，一个伙计被杀，何氏茶业归绥商行的大掌柜何安稳向武昌"生牲川"茶庄总部拍电报，说劫匪是接受归绥都统蒋雁行招抚的巨匪卢金斗的手下，现在又投靠了蒙古义勇军，他们是明目张胆干的，领头的是一个叫卢奇义的土匪，外号小阎王，是卢阎王最倚重的左膀右臂，右耳垂上吊着一块黑色玉石。

何建朴深吸一口气，压了压内心的愤怒。

昂赫巴雅尔不冷不热地对何建朴一笑，先开了口："何先生好。"

"请问将军，你认识鄙人？"何建朴一惊，有意将他的身份往高处抬。但这个人叫昂赫巴雅尔，不叫卢奇义，他有些疑惑。

"不认识。"昂赫巴雅尔轻轻摇了摇头说，"但我知道你。"

何建朴、老骆驼以及何安逸都一脸惊诧，他们不约而同地对视一眼，又一齐转头盯着昂赫巴雅尔。

昂赫巴雅尔低头看着热气腾腾的大铁锅，微微闭上双眼，吸了吸鼻子轻叹道："真香。"

何建朴连忙拿起一个干净木碗，从大锅中舀起大半碗热茶，双手端着，恭敬地递给他，诚心诚意地说："请将军品尝。"

昂赫巴雅尔睁开双眼，看了一眼何建朴，接过何建朴手中的热茶，对他笑了笑说："我早就闻到了茶香，知道是湖北咸宁柏墩的'川'字老招牌青砖茶。"

"将军英明！"何建朴依然谦恭而又温和地笑着，把他往高处抬，不惹怒他。此时他更坚定了自己的判断，站在自己面前的就是小阎王卢奇义，至于他为什么又叫昂赫巴雅尔，何建朴晓得其中另有文章。

"呵呵，你聪明。"昂赫巴雅尔浅浅啜了一口茶汤，细细品味一番，轻叹道："何氏青砖茶，名不虚传。"

"将军过奖了。"何建朴从容而优雅地应对着，又转身拿起一个木碗，舀起半碗热茶，依然是双手端着，递给呼斯楞，微笑道：请用茶。"

呼斯楞闻到了浓郁而诱人的茶香，伸手接过木碗，端在冰凉的手上，偷瞥了一眼昂赫巴雅尔，往木碗中吹了吹气，细细啜了一口。

"味道如何？"昂赫巴雅尔看着他一脸惬意，问了他一句。

呼斯楞点了点头说："嗯！是'生牲川'的味。"

"好记性。"昂赫巴雅尔点了点头，似乎在确认自己的判断。

"我要找一个人。"昂赫巴雅尔冷冷地看着何建朴不咸不淡地说，"你的这些朋友都说没见过。"

"他们都没见过，鄙人从南方来，自然也无从知晓。"

"那我就不问了。"

"不知将军有什么需要鄙人效劳的，请您吩咐。"

"如今国难当头，我等作为军人为国家浴血奋战是应该的。但如今我们连最基本的生活都无法得到保证，缺吃少喝。都说咸宁何氏茶业是湖北巨富，历代大掌柜以仁义厚德治家待人。今日我很冒昧来，是想从何先生手上借点银子，来日国家定会对何家今日的无私贡献作出相应的补偿。"昂赫巴雅尔语气平淡，一副救国救民的派头。

虽然早已知道来者不善，善者不来，早已料到了对方所打的主意，但一时间不论是何建朴、何安逸，还是老骆驼都有些难以接受。

袁世凯劫国后，驻扎在西北的蒋雁行都统对卢匪采取招抚的办法，将已经投靠蒙古义勇军，准备杀进京城保护宣统，推翻共和政府的卢金斗部招抚，任命卢金斗为旅长，驻扎在五原，按月发给军饷。但卢某人恶性难改，不时抢劫过往商旅，劫夺牧民牛羊，强抢农民粮食，并将县府税收全部私自截留，搞得民愤沸腾，怨声载道，大家纷纷请求都统蒋雁行将"卢旅"调离五原，结果蒋雁行为了自身利益对卢金斗部的胡作非为视而不见。

何建朴从武昌、汉口几家报纸上看到了相关报道，晓得这伙手上有了政府发的枪的匪徒更胆大妄为，更难以对付。他表面上依然沉着冷静，思考片刻后，气定神闲地对昂赫巴雅尔笑道："将军所言极是，何氏作为国家的一分子，在国家危难时刻，自然要无私地贡献自己的一份绵薄之力。只是如今的何氏早非往昔，早已是日薄西山，只恐力不从心。"

"俗话说瘦死的骆驼比马大。"小阎王凝视着何建朴轻声笑道，"何大掌柜不会是舍不得钱财吧！"

"并非鄙人舍不得。何氏茶业并非鄙人一己之私产，鄙人即便是大掌柜，权力也有限。"何建朴仍然语气平和地笑答，他在极力想说动小阎王改变主意，放他们一马。但是他现在突然不提找人的事了，让他摸不到小阎王的底，更不清楚那个被他们藏在树洞里的伤者，与他是什么关系。

"我要的不多。"小阎王拐弯抹角地说，"我只要一半。你这次行货的一半。"

何建朴的头顶好像突然一声炸雷，眼前一黑，差一点倒了。他闭眼定了定神，吸了一口气，又抱拳朝小阎王深深一拜，苦涩一笑说："还请将军高抬贵手。这些东西是我们的全部家当。"

这次何建朴几乎倾尽财力凑了这批青砖茶运往归化城，意在稳定何家在绥远的市场，如果一旦被小阎王抢走一半青砖茶，银钱损失不说，最主要的是货源远远不足，绥远何氏商行不但不能稳定经营，目前已经几乎损失殆尽的市场份额，还会急剧丧失，甚至会被扫出绥远市场，这对于何氏来说无异于天塌地陷的打击，何氏很有可能因此一蹶不振，一跌到底，分崩瓦解。这种结果是何建朴，是何氏家族，是依靠何家吃饭的成千上万的人都不能接受的。

他们说的绥远，在宣统皇帝没倒台之前为归绥道，属山西省管辖。袁世凯窃了中华民国大位，做了大总统后，将其分出山西，与兴和道合并建立绥远特区，将原来由山西管辖的归绥道几县，改由绥远城将军管辖，还有归化城土默特左、右二旗，伊克昭盟乌兰察布也划归绥远特区，以加强对蒙古地区的统治，与热河、察哈尔特别区共存。

"你跟我讨价还价？"小阎王眼神冷峻，一动不动地盯着何建朴。

何建朴连忙抱拳躬身长拜，大声道："并非鄙人讨价还价，确是无奈之举。我们这次行货如果不能足量送到归化，就要违约，就要丢掉绥远市场。何氏茶业如果丢了绥远市场，倾塌便在眼前。所以还请将军明鉴。"

"呵呵，何先生言重了。何氏家底我不清楚，但我听说过。何先生这是硬怼我？"

"不敢。"何建朴不敢多言，怕他抓住把柄纠缠。

"那就这样定了，一半青砖茶，我只拿货，不杀人。"小阎王向何建朴甩过去一句狠话，是在要他识相。如果他乖乖交出青砖茶，他就高高兴兴走人，如果他抵抗，那就有人头要落地。

何建朴依然抱拳对他躬身长拜。他突然想到了父亲临终遗言，一定不能让何氏茶业垮掉，一定要让何家重新兴旺起来。可是，这一刻，面对着这些所谓的军人实则土匪的强取豪夺，他却无能为力。他抬起头再次恳切地大声对面前的恶魔说："还请将军放何氏一条生路。"

小阎王静静地凝视着何建朴，上前一步，靠近大铁锅，拿茶勺舀了半碗热茶，轻轻晃动着碗里的茶汤，浅浅啜着，细细品味，赞叹道："好喝！"又想了想对何建朴说："那就四六吧！"说完话，他一仰脖子，将依然烫嘴的茶水一饮而尽，却面不改色。

何建朴、何安逸与老骆驼看着他灌下那一碗烫茶，都惊呆了，不知道这个家伙是真不怕烫，还是他的咽喉、肠胃异于常人。他们晓得他在摆狠给他们看，一个对自己够狠的人，对别人善良不了。

何建朴收敛了脑海中乱七八糟的东西，飞速运算起损失四成青砖茶所带来的后果。然而不管怎么算何家都难以承受如此损失，无异于被血淋淋地扒掉了一层皮肉。可是现在面对荷枪实弹的匪徒，何建朴不能承受也得承受，只能再想办法补救了。他明白此时此刻自己不能有任何怯弱，也不能再得寸进尺，如果惹恼了这个已经铁了心打劫的家伙，那将是一个可怖下场。钱财终究是身外之物，与人命相比实在算不得珍贵，即便何氏茶业可能因此坍塌，只要人还好好地活着，还有机会重来，不然这伙人手上的枪一响，一切都将成为烟云。

何建朴正要道谢，还没开口，没想到小阎王突然不轻不重地对他说："我说的是你四我六。"

何建朴顿时如五雷轰顶，直勾勾地看着小阎王。何安逸与老骆驼也蒙了。

小阎王毫不在意他们的惊悚，自顾自又给自己添了半碗热茶，又给呼斯楞添了半碗茶，抬头瞥了何建朴一眼，一字一句地说："我不喜欢别人跟我讨价还价，你还可以继续和我讨价还价，不过我想结果你一定不高兴。"他喝了一口热茶，将茶碗递给何建朴，看着呆若木鸡的何建朴一笑，轻声对他说："何先生，喝点茶吧！暖暖身子。钱财都是身外之物，今日你舍得越多，明日你得到的也会越多。俗话说有舍才有得，如果你今日舍不得，你失去的将会更多。而且，我不会白要你的。"

何建朴紧盯着手中的茶碗，长长叹了一口气，回过神来。他知道事情既然已经不可违，便用最快的速度定住神，直起腰杆，抬起头来盯着小阎王，冷静地说："将军此话怎讲？"

小阎王又看了一眼何建朴，哈哈一笑道："何先生不愧是何家掌门人，拿得起放得下，果然目光长远。今日我拿你六成货物，接下来我便会一路护送你们安全到达归化城，也算是礼尚往来，如何？"

"多谢将军。"何建朴心中虽然悲愤难平，但事已至此，他只能忍气吞声，保全大家的性命。

何安逸与老骆驼不甘心地与何建朴对视一眼，都看到了彼此眼中的无奈和悲哀，都苦苦一笑，不敢多言。

小阎王又紧盯着何建朴道："有件事情，我想请教何先生。"

"将军请讲，鄙人知无不言，言无不尽。"何建朴想极力保货保人，但是货已经保不住了，他的语气也不再软了。

"听说何氏有一种祖茶，有很多妙不可言的神奇功效，传闻包治百病，不知是不是真有那么神奇？"

"那只是传言，你现在喝的就是陈了百年的祖茶。这次我带一块在身上，都煮给淋了雨的弟兄们喝了。"他不冷不热地回了他一句。

听说他喝的就是何氏祖茶，小阎王连忙又端碗喝了一口，吧唧着嘴。

何安逸已经面色铁青，有些花白的长须抖动着，显然是怒火中烧。

老骆驼也倒吸了一口凉气，他虽然不是何家人，但与何家两代大掌柜交好，深知何氏祖茶对于何家人的意义，此时这个恶人看似无意的询问，其目的已经不言而喻，他在打何家更值钱的陈年老茶的主意。他是被绥远都统蒋雁行招抚的卢金斗的手下，那么对于何家来说可谓是仇人，因为何建朴的父亲何安鹤之所以早逝，与卢金斗几年前的抢劫杀人密不可分。

小阎王不再多说话，只是冷冷地看着何建朴，他想用这种可怕的眼神逼迫他交出他祖上传下来的祖茶。

何建朴缓缓用力，紧抓着手中的木碗，一再强迫自己冷静下来，暗中叮嘱自己不要在这种紧要关头乱了心神，失了分寸，以免造成不可挽回的结局。他抬头看了一眼面色极为难看的何安逸与老骆驼，给他们丢了一个眼色，示意他们千万不要冲动。他们看了何建朴冷静的眼神，慢慢从暴怒中醒悟过来，相继看了一眼小阎王和手持马牌撸子手枪的呼斯楞，不禁感到一阵后怕。

何建朴缓了一口气，转头与小阎王对视一眼，淡然笑道："将军说笑话了，何氏祖茶就是老茶，那些传言都不过是民间瞎传罢了。何氏老茶虽然略有薄名，但怎么说也只是茶，无非是茶味浓一点。至于什么包治百病完全是无稽之谈。"

"何先生何必如此紧张？"小阎王笑道，"我不过是好奇罢了。"

何建朴也笑了笑，算是回复。

"一直听说何氏祖茶的天大盛名，但我从没喝过。我们蒙古人以肉为食以茶为饮。在整个蒙古何氏'川'字青砖茶家喻户晓，蒙古人都晓得何家有祖上传下来的好茶。只是何氏祖茶即便再有钱也买不到。小时候我对何氏祖传青砖茶就很好奇，今日得见何大掌柜，就顺便问一问。"昂赫巴雅尔语气平和地说，他端着木碗一动不动地看着火堆，目光中有一种难得的温情。仅仅只是片刻，他猛地回过神来，刹那间收敛了短暂的温情，目光中又充满了淡漠和冷酷，他又抬头看着何建朴，语气平和地说："我义兄因为长年征战，身上有多处受伤，当年有幸得到过一些何氏祖传青砖茶，喝了一些日子减缓了伤痛。只是他得到的数量有限，没过多久就喝完了。当时我还不在义兄身边，后来我听到义兄每每无意中念叨着何氏祖茶，便是一脸陶醉，我心生好奇。我们只能煮上一大壶何氏贡品青砖茶过茶瘾。何氏贡品青砖茶虽然也是茶中珍品，但喝过了何氏祖茶的人都说贡茶再好喝，也远远不如何氏祖传老茶醇香。因为这些年我对何氏祖茶好奇，一直在找，没找到，很想见识见识何氏祖茶到底魅力何在。"说到这里，小阎王住了口，静静地看着何建朴，希望他点头。

何建朴晓得这个恶棍盯上了在蒙古贵族和各地藏家手上能卖大价钱的何家祖藏青砖茶，但他确实现在没有，家里有也不能轻易告诉他。对于这些恶棍来说，他们一旦想要取什么东西，是不择手段的，到时候何氏家族要遭大难。何建朴轻轻叹了一口气道："何氏祖传青砖茶确实有独到之处，只可惜卖的卖，喝的喝，被外国人抢的抢，已经没有了。这次我把仅剩的一块带出来，想卖个好价，重振祖业，无奈遇到大雨，这些驼工弟兄都淋了雨，发起了烧，拉肚子，我都煮给他们喝了。实在是对不住将军。感谢你对何氏祖藏青砖茶的钟爱，请你容我回去再到其他茶庄找找，如果找到了下次我再进蒙古，一定给你带来，奉送给将军品尝。"他尽量用好言好语稳住小阎王，只说外国人抢茶，是怕激怒他。

"何大掌柜有如此宽阔胸襟，令人佩服。"昂赫巴雅尔赞叹道，"我虽然不知何氏祖茶到底有何神奇之处，但能被我义兄被世人如此念念不忘，一定妙不可言。如今我的义兄年纪大了，身体一日不如一日，作为兄弟，我也想对他略尽兄弟情谊，让他再喝到何家祖宗茶。"他放下茶碗，站起身来，面朝何建朴，抱拳一拜道："还请何大掌柜成全。"他又扯出了义兄做虎皮，目的是吓唬何建朴，不拿到何氏祖藏"川"字青砖老茶不罢休。

何建朴愣住了，何安逸与老骆驼也都愣住了。虽然他们早就知道小阎王在打主意，但没想到他用这种杀人不见血的软手段。其实何建朴清楚，他现在已经拿到了六成货，再用硬手段就拿不到他想要的东西，这个东西他抢不到手，就是杀人也未必拿得到手，软硬兼施才是上策。

何建朴一时语塞，小阎王软缠，使他感觉更加棘手。刚才小阎王为了六成青砖茶可以霸道强取，此刻为了珍贵的何氏祖藏青砖茶却又低头弯腰，这样的人比一般劫匪更为可怕，更加难以对付。何建朴一旦拒绝了，他会怎么做？他此刻好话说尽无非是先礼后兵，何建朴想去想来，晓得结果不妙。人命关天，他不想再有人为此付出生命。

回过神来的何安逸看着何建朴，他不敢说话，只是用眼神告诉他，无论如何绝不能答应这个恶魔的要求。何建朴自然明白他的意思，可他无法承受拒绝之后的后果。何安逸清楚何建朴的性子，他知道在人命面前何建朴最后定会妥协，想到这里他的双眼渐渐充血，轻轻摆了摆头。

老骆驼愣在一旁，他不是何家人，但何家对他可以说有再造之恩，在何家遇难时他得挺身而出，可是他知道双拳难敌四手，拳脚干不过枪械，如果贸然行动，不过是以卵击石，自寻死路。

何建朴连忙又抱拳朝小阎王深深一拜，苦涩笑道："将军，不是鄙人不答应，而是鄙人根本就拿不出来，鄙人早已说过，何氏祖藏青砖茶非常少，我只能回去找。"

小阎王缓缓直起腰来，一动不动地凝视着何建朴，叹了一口气道："看来，何大掌柜是不愿意成全在下了。"

何建朴听到这话，弯腰再拜，咬了咬牙说："将军，不是鄙人不愿成全，我手上实在是没有，鄙人不想得罪将军，但做不到的事情，将军即使此时一枪毙了鄙人，也无用。"

小阎王想叫他的那些喽啰们搜，但是三百多匹骆驼驮来的茶，又是雨天，如何搜，再说如果搜不到手，还要断后路，他想放长线钓大鱼，便轻叹一声对何建朴说："何大掌柜，我不想杀你，因为我喜欢何家的青砖茶，我义兄更喜欢何家的青砖茶。这样吧，这一批货我分毫不取，还一路护送你们安全到达归化城，只要你能允我一车何氏祖茶，如何？"

他的话音刚落，一直冷漠扫视着众人的呼斯楞突然跳起来说："营长，您根本不必跟他讲好话，我们从来没有跟别人讲好话的习惯。不行就全部崩了他们。"

"你闭嘴。"小阎王转头瞪了他一眼，又转回头看着何建朴，淡然笑道："何先生不必和他一个莽夫计较。"

听见小阎王一步步在逼何建朴，本来稍稍安心的何安逸又开始急了，他既紧张又不安地盯着何建朴。他可是亲手帮何建朴凑齐了这批青砖茶的，知道其中的艰难，也知道这批青砖茶对于何氏在稳定绥远青砖茶市场中所能起到的作用，在他看来，即便何氏失去了整个大漠北市场，也万万不能答应给小阎王那么多何氏祖藏青砖茶。小阎王狮子大开口，是要一口吞掉何氏茶业。

何建朴苦苦一笑说："将军，实不相瞒，这批砖茶对于何氏在绥远、蒙古市场来说至关重要。但不论是鄙人还是何氏家族其他人，都拿不出那么多何氏祖藏青砖茶。还请将军见谅。"何建朴说完话，又要抱拳再拜，猛然想到了什么，动作突然僵硬起来，缓缓抬头，瞪大眼睛，直直地盯着昂赫巴雅尔问他道："你姓卢？"

此话一出，何安逸、老骆驼也突然想起来了，都睁大眼睛，看着昂赫巴雅尔。

"我姓卢。"昂赫巴雅尔凝视着何建朴轻轻点了点头说，"你是不是很想问我义兄是谁？"

何建朴仍然呆呆地看着他，没有回话。

昂赫巴雅尔不紧不慢地说："我姓卢，我还有一个蒙古名字叫昂赫巴雅尔。你一定听说过我义兄的大名，他叫卢金斗，人称飞将军、卢巨匪，还有卢阎王，有很多很多种称呼，好的，不好的，都不重要，现在人们都叫他卢旅长、卢将军，至少表面上是这么叫的。"

何建朴淡淡一笑，从他脸上移开视线，在心里说了一句："冤家路窄。"

何安逸与老骆驼都倒吸了一口凉气，什么话也说不出来。他们最不愿意遇到的情况还是遇到了。可以说何家栽在卢金斗手里，何家与卢金斗的仇恨不是三言两语能说得清道得尽的，就算何建朴死，恐怕也无法化解。

对何建朴来说，几年前卢阎王与何家结下的仇，导致他父亲病故。不久前这个小阎王也抢了何氏家族另一支商队的货物，旧仇新恨一齐向他压来。现在他的仇人还在嘲弄他，让他欲哭无泪，他在心里吼上天瞎了眼。何建朴突然悲凄一笑，不想忍了，索性豁出去了，凝视着小阎王，问了他一句："请问将军，上个月对何家商队的事是不是你们做的？"他没有退路了，只能与这个魔鬼正面交锋。至于是死是活，那就听天由命。他很清楚与仇人狭路相逢，往后退便要落入万丈深渊。

小阎王稍作迟疑，坦言道："是我们做的，而且我不瞒你，人是我手下的人杀的。"他很清楚何建朴指的是什么事。

"为什么？"何建朴的眼睛瞬间充血，他咬着牙，声音不大却似炸雷，"你要钱，我们给钱，要货我们给货，但你为什么要杀人，为什么要杀我表弟？为什么这几年来你们一而再再而三地抢劫我们何氏商队？难道我们何氏与你们有仇？"他一连问了他几个为什么。

"很抱歉。"小阎王那双眼睛依然冷漠，看不出丝毫的歉意，只淡淡地说，"你表弟出言不逊。"

"就因为他说话冒犯了你，你就杀了他？还是你故意杀鸡儆猴，给我们何家下马威？"何建朴终于爆发，咆哮道，"你不是自诩为护国护民，浴血奋战的军人吗？你们跟那些到中国来抢劫杀人的洋人一样不是中国人吗？可你们除了欺辱我们这些平民百姓，除了欺辱我们中国人，你们哪里干过半点护国护民的好事？土匪便是土匪，就算是穿上了军装，换上了人皮，也还是狗改不了吃屎的土匪，一帮披着人皮的恶魔、畜生。"

小阎王表面依然波澜不惊，其实心里怒火狂焚，恨不得立即拔枪打烂他的嘴。但是，他要从他手上得到足够他世世代代荣华富贵的何氏祖传青砖茶，他必须忍。

何安逸与老骆驼都没料到一向沉稳和善的大掌柜竟然在此刻失控爆发了，二人都吓呆了，也顾不得愤怒了，急忙过来护住何建朴。

呼斯楞突然举枪指着何建朴的脑门，咬牙切齿地骂道："你敢骂我的长官！你再说一句，老子一枪崩烂你的狗头。"卢金斗对于外人来说是个无恶不作该下十八层地狱的恶魔，但对他们这些土匪来说，却是他们最尊敬和爱戴的大将军，是给他们饭吃，给他们衣穿的衣食父母，容不得别人骂。

何建朴毫不畏惧，既然已经豁出去，又何必害怕。他不说话，只是冷冷地盯着小阎王。

小阎王转头盯着呼斯楞吼了他一句："呼斯楞，你是不是觉得我不敢杀你，你就一而再再而三地在我面前放肆？"他怕呼斯楞坏了他的大事，连忙制止他动武。

呼斯楞神色大变，咬着牙，抗争道："营长，呼斯楞不敢放肆，但他辱骂大将军，就该死。"

"在这世上，在这绥远，在整个蒙古，辱骂义兄的人多了去了，难道你要一个个都杀尽吗？再说，他骂的本就是事实。"小阎王又转头盯着何建朴，笑道："不过即便是事实又如何？生逢乱世，军阀混战，各方争霸，胜者为王，败者为寇，只有到最后谁赢了谁才是最大的赢家，历史是由胜利者来书写的。"他又转头对呼斯楞说："从古至今，哪一个开国帝王的脚下不是尸骨累累，血流成河？义兄不在意这些，你又在意什么？"

呼斯楞仍然不肯放下枪。他不懂那么多，也不管那么多。他只知道谁给他饭吃，谁让他活了下来，即便他是个十恶不赦的恶魔，那也是他的恩人亲人，再生父母，他绝不容许任何人侮辱他。

小阎王抬手轻轻拍了拍呼斯楞的肩膀，以稳住他的情绪，免得他一枪崩碎了他的美梦，对他笑了笑说："你对义兄的这份忠心，我很高兴。"然后又轻轻拍了拍何建朴的肩膀，淡淡地说："你们何家只能自认倒霉，这便是宿命。不过，我义兄对你们何家算是宽宏大量了，没有把你们杀绝。正所谓断人生意，断人钱财，无异于杀人父母。你们何家与我义兄早已结下梁子，有不共戴天之仇，我义兄之所以还留着你们何家，不过是因为喜欢何氏青砖茶，认可何家历代掌柜在大漠北的为人，不然何家早就和裴家一样烟消云散了。"

"你的意思是我们何家还应该对他对你们感恩戴德？"何建朴一脸冷笑。

"这倒不必。"小阎王笑道，"何先生，何必呢，想开点吧，我想我的条件你一定会答应的，就像几年前，你的父亲一样。"

"你威胁我？"何建朴冷冷道。

"不，这不是威胁，因为我们实力悬殊太大。在这个世道，谁手上有枪，谁就是王爷。你说的那些外国洋人就因为手上有枪，大清帝国又怎么样？大清皇帝又怎么样？他们不照样端着枪去把圆明园烧了，把里面的无价之宝都抢光了。谁有实力谁就是大王，对手就只能乖乖服软，乖乖听话。"

"很抱歉，你的条件我答应不了，我做不到。"何建朴无所畏惧，一脸视死如归。

"那我现在就崩了你。"呼斯楞又恶狠狠地吼了何建朴一句。

"明人不说暗话。"小阎王凝视着何建朴，笑道，"何先生，此次你亲自赴绥远，是为了何氏在绥远日后的地位。你进绥远之后一定会去拜访三个人，第一个自然是绥远都统，第二个是土默特部总管那个老头儿，第三个是大盛魁的大掌管段履庄。这三人都身居高位，要钱有钱，要名有名，而你想要让何氏茶业在绥远重新崛起，这三个人至关重要。你要拜望这三个人，自然要拿出足够的好处，你会给什么，钱财虽好，但你们何家还有比钱财更好的东西，他们岂会放过？"他抬起手上的枪向何建朴扬了扬，指着他手下的几个喽啰接着说："这几个人天不怕，地不怕，就怕这玩意儿走火。我的话已至此，我想何先生不必要我多说了。"

何建朴所有的勇气突然崩塌了，站在他面前的小阎王仿佛已经看透了他的五脏六腑。他看着小阎王那双淡漠而幽深的眼睛，突然感到一种莫名的寒意。

小阎王凑近何建朴的耳朵，轻声耳语道："何大掌柜，上次我能杀一个人，这一次我就可以杀掉两个三个，甚至更多，甚至是这个地方除你之外的所有人。你放心，我不拿到我要的东西不会杀你。所以你可要想好了，我不介意杀人。哦，还有一件事情，我忘记告诉你，我要找的那个人受了重伤，肯定走不远，在这大漠荒原，只有你们能看到他。我知道你们窝藏了那个废物，但我不介意，我的目标本来就不是他，而且我希望他还活着，因为他活着对我更有用处。所以何大掌柜，你可要尽心尽力治好他，救活他。"

这话无异于晴天霹雳，震得何建朴整个人打战，原来别人早已把他摸透了。他不怕失去所有的货物，但他不能眼睁睁地看着自己的亲人和朋友一一惨死在自己的面前。他仿佛变成了没有灵魂的人，无意识地张了张嘴巴，想要说什么，最终用尽浑身力气吐出了三个字："我答应。"

听到这句话，晓得他答应什么，何安逸顿时老泪纵横，双腿一软，跪在地上，失声痛哭道："大掌柜，您不能答应啊！您不能这样做啊！您要是做了，如何对得起何氏列祖列宗啊！"

老骆驼也不知道这个营长对何建朴轻轻说了什么，但是他知道他一定是抓住了何建朴的最痛处，才能如此轻而易举地击溃了何建朴。只要答应了这小阎王的条件，众兄弟便能得安全，这就比什么都好。老骆驼蹲下身搀扶何安逸，何安逸却不肯起身，只是痛哭流涕，哀求说："大掌柜，不能，不能呀！"

何建朴愣愣地看着何安逸，红着眼睛，哀笑道："安逸叔，您不必如此，不过是些茶叶罢了，只要我们还活着，还好好地活着就好，何氏不会就此败落，何家依然会再度崛起。"

"很好。"小阎王愉快地拍了拍何建朴的肩膀，大笑道，"何先生的选择是对的。人命比什么都重要。在这里的人都应该感谢你，感谢你救了他们的命。何先生是明白人，知道只要有人就有一切。"

"哼，贱骨头。"呼斯楞冷笑道，"敬酒不吃吃罚酒。"

何安逸与老骆驼都明白了小阎王的意思，何安逸渐渐止住了哭声，瘫坐在地上，呆呆地望着何建朴，那张泪脸满是苍凉和悲哀。

老骆驼神色复杂地看着何建朴，双拳缓缓用力握紧，缓缓松开，又握紧，再松开，最终一声长叹，他突然感觉到自己老了，好像不适合走这条道了。他疲倦无力地捡起几根柴火，麻木地投进火堆中，看着火焰再起，仿佛看见何建朴脸上那无奈而又凄凉的笑意。几年前的那一夜再次重现在他眼前，崔安的惨死，何安鹤的悲叹，老汤、老牛的哀号，驼工们的眼泪，一一可见。他突然想哭，却强忍着不让眼泪流下来。这么多年来，没有人知道他心里到底隐忍了多少悲苦和怨恨，没有人知道他为什么还要在这条道上一直走下去。他强忍着眼泪，强忍着心中那再次沸涌的悲哀和愤怒，缓缓用力握紧了手中的木柴，用眼角瞥了小阎王一眼，突然想扑过去咬破他的喉咙。

"还不收起来。"小阎王冷冷地吼了呼斯楞一句，叫他收枪，也是在警告在场的其他人不要乱动。

四

呼斯楞瞪了何建朴一眼，正要收回手上的马牌撸子，突然从他们头顶上传来一声枪响，紧接着呼斯楞一声惨叫，急忙用左力捂住右手手腕，手上的马牌撸子滑到地上，鲜血沿着他的右手手腕冒了出来。小阎王吓得躲到茶包堆旁，举着枪，四处张望。

"营长小心，有埋伏。"呼斯楞顾不得疼痛，急忙纵身一跳挡在小阎王面前，一双眼睛圆瞪着，几乎暴出了眼眶，面部肌肉和五官因为愤怒而扭动，显得格外狰狞可怖。他一边骂人，一边用圆瞪的大眼搜寻着帐篷的每一个角落，希望找到开枪的凶手。

门外的特木伦带着几个骑兵闻声跑进帐篷团团围住小阎王和呼斯楞。

何建朴、何安逸与老骆驼猛然惊醒，急忙站起身来，他们几乎同时想到了一直躲藏在树冠里的何建刚，不用想击中呼斯楞手腕的一枪是他开的。他们都没有想到他会突然开枪。这个时候开枪，无异于击鼓开战。一时间，他们都手足无措，看着那几个持枪的骑兵，看着他们眼中的杀意，他们都十分惊恐，僵硬地站在原地，不敢乱动，怕激怒了这些魔鬼，也怕暴露了躲藏在树上的何建刚。

躲在树上的何建刚清清楚楚地看到了帐篷里的动静，清清楚楚地听到了他们的对话，晓得他的兄长为了保大家的命已经答应了小阎王的要求，但是那些祖藏的青砖茶是何氏家族的命根，价值连城，比人命还珍贵，是万万不能落到恶棍手上的。因此，在小阎王要收枪之际，他冒死开枪阻止。

一直待在大帐篷外面的驼工和小阎王手下的几个喽啰，同时听到了这突兀而又尖锐的枪声，顿时骚乱起来，那些骑兵不约而同地举起步枪，对准驼工。

驼工们看着那些黑漆漆的枪口，看着那些骑兵满脸杀意，他们也举起武器准备拼命。

阮长武鼓足勇气，急忙劝阻大家说道："大家别动枪，老骆驼叔叫我们不要乱来，我们只要不乱来，就不会有事。这些好汉是革命军人，不会随意乱杀老百姓。"他拿话安抚弟兄们，也在抬高这些土匪的身份，想阻止他们向平民百姓开枪。

驼工们很清楚，只要动了火他们一个都跑不了，都要被子弹打穿，变成这荒原大漠上的孤魂野鬼。

一个穿着下级军官服的骑兵打马跑到队伍前面，冷冷地扫了一眼端着土铳、拿着刀、握着木棍的驼工，看了看身后的骑兵，冷冷一笑道："看好他们，看哪个敢动，就给老子毙了他。"

众骑兵大声回应道："是。"

那个下级军官对坐骑一抖缰绳，吼了一声"驾"，打马飞跑到大帐篷门口跳下马，立正吼道："报告营长。"

紧接着，帐篷里传出昂赫巴雅尔的声音："你们好好守在外面，不允许任何人进来，有任何人图谋不轨，开枪打死他。"他是在说给外边的部下听，也是在警告那个躲在暗处开枪的人，他估计这个胆大包天的家伙是他要找的人，他晓得他已经垂死了，也许他的枪口正对着他，只要他不克制，他的脑袋就会立马被他开枪打穿。他万万想不到这个敢拿这么多人性命和何家几百驼货物开玩笑的人是何家人。

"是！"那个下级军官立正受命，急忙翻身上马，打马向那些骑兵传令去了。

帐篷中，气氛尤为紧张压抑，仿佛变成了一个随时都会被引爆的炸弹库。

何建朴、何安逸与老骆驼怕小阎王失控乱杀人。小阎王和呼斯楞也很恐惧，他们在猜测那个掩藏着的枪手的下一颗子弹会打谁，是打他们脑袋还是胸口。

受伤的呼斯楞紧捂着右手手腕，因为过度紧张看起来像一只要躲进洞穴藏身的野兽，他晓得那个杀手再开枪，打的一定是他们的脑壳，因此，他连忙将脑壳缩进脖子里。

强装出沉着淡定的小阎王轻轻地拍了拍呼斯楞的肩膀，哈哈一笑说："你不用怕，你只是受伤了，不会死。"

呼斯楞咧嘴痛苦一笑说："营长，幸亏他枪法不准，不然我可就惨了。"

"你真以为他枪法不准？"小阎王缓缓抬头，目光投向那树上枝叶最繁茂的地方，他晓得枪是在那个地方响的，脸上露出一丝冷笑。

他的这个举动吓得何建朴、何安逸与老骆驼不轻，他们知道何建刚的隐身之处已经暴露了，心都提到了嗓子眼。

呼斯楞咧着嘴，忍着疼痛，急忙问道："营长，您的意思是？"

小阎王转头对他说："他是故意打你手腕的，因为他很不满意你用枪指着何大掌柜的脑袋，另外他在警告我，他可以随时开枪把我的脑袋打开花。"他又看着何建朴，淡然笑道："何大掌柜，你说，我说得对不对？"他又大声对他的部下吼了一句："不许任何人再拿枪指着何大掌柜，哪个不听我先崩了他。"

何建朴满口苦涩，张了张嘴却一个字也说不出来，此刻他只要开口，说什么都是错的，将成为点燃这个炸药库的导火索，他选择了沉默不语。

何建刚隐藏起来何建朴没有阻挡，他希望一旦双方发生冲突，何家还可以保留一个活口，他相信何建刚不会鲁莽行事，只是万万没想到在敌我双方实力悬殊如此之大的时候他竟然率先动枪了，现在谁也无法预料结局。

见何建朴不说话，小阎王也不逼迫，又缓缓抬头，再次看着何建刚的隐身之处。

呼斯楞随着小阎王的目光望去，又低头看了一眼自己正在冒鲜血的手腕，瞪大眼睛又紧紧盯着那个响枪的地方，又看了看身边的特木伦，想叫他们开火，把那个躲在树上的杀手打下来。他又看了一脸平和好像什么事都没有发生过的昂赫巴雅尔营长一眼，希望他下命令开枪。

小阎王从他的眼神里看出了杀意，瞪了他一眼，吼了一句："都不许乱动。"他不想杀人，他明摆着要的是何氏那批价值连城的祖藏青砖茶，但是他不许他的部下对何掌柜动手也许另有深意。

如果不是昂赫巴雅尔营长在旁边，手上痛得近乎失去了理智的呼斯楞早就命令部下对着那个枪手躲藏的地方狂扫一通，但是他晓得小阎王心狠手毒，如果坏了他的好事他会一枪把他的脑壳打出脑浆。他也清楚，说不定自己开枪的时候，对方的子弹已经出膛，对方死了，自己也翘了。他更清楚，对方真正盯着的是昂赫巴雅尔，是自己的主子，正所谓擒贼先擒王，对方敢如此肆无忌惮地开枪，是在警告他不要乱动。

小阎王凝视着何建刚的隐身之处，淡定一笑道："我很欣赏你，说吧，树上的好汉，你想要什么，不妨开口！"他想听听也许正用枪口指着他脑壳的杀手是不是他要找的那个人。

"让你的人都放下武器，乖乖地滚出去，你一个人留下。"何建刚的声音显得极为沉着冷静。

何建朴、何安逸与老骆驼都极为紧张不安地看着何建刚的隐藏之处。何建朴意识到了何建刚为什么孤注一掷地开枪，晓得他要拿命与小阎王赌一把，保住何氏根本。何建朴暗暗钦佩他的勇气和胆识，心里腾起一股希望之火。

既然已经响了枪，除了决出胜负之外，都已无后路可退了。何建朴、何安逸和老骆驼都鼓起了勇气，都紧握拳头，各自暗暗盘算接下来他们该怎么做才最有利。

听到何建刚的话后，小阎王沉默了，他听出这个杀手的声音虽然不大，却有雷霆万钧之气，不是一个受了重伤的人能够有的气势。他暗暗吃了一惊，不晓得这个地方还隐藏着多少杀手，更暗中佩服何建朴这一让他猝不及防的高招。他更暗暗一惊，从这个杀手的言语中他听出了山西口音，不自觉地紧盯着树冠，稍作沉思，笑道："好汉！你的想法很好，但赌性太大，凡事不怕一万，就怕万一。"他想与他交流，再听听他的口音。

"敌强，我弱，只得走这一步险棋，这是没有办法的办法。"何建刚仍然冷声道，"就看你怎么选，要么我杀了你，你的人杀了我，我们同归于尽。要么你留下，你的人走，我们奉你为贵客，有事大家好好说。"

"好！"小阎王惊呼一声，他听出了杀手把"尽"说成了"亲"，把"留"说成了"溜",这是纯粹的太原话,他不禁喜上心头。

"好什么?"何建朴连忙问了他一句,仿佛看见了他们和解的希望。

帐篷里的所有人都看着小阎王,是和是战由他一句话。

"这位好汉,我知道你一直都在观察我们,当你确定我只要货不要人命,才做出如此胆大行动。不过,你似乎忘记了一点。"小阎王稍作停顿,抬头对树上的杀手说,"你忘记了你的筹码。"他没有理睬何建朴,他很清楚他现在的对手不是他。

"什么筹码?"何建刚疑惑地反问小阎王一句。

众人都一脸疑惑。

"很简单,你似乎忘记了你不只一个人。"小阎王仍然对树上的杀手说,装出从容淡定的笑意,好像胜券在握。

"什么意思?"何建刚厉声道。

"我不否认你有勇有谋。"小阎王也想稳住那个不明真相的杀手,他不想死,他想过荣华富贵的日子,他还有心愿没有实现。他长长呼了一口气接着说:"人生一世,谁都怕死。你认定了我的人会因为我而放下武器,不过你别忘了,你若真的开枪杀了我,你放心,我的部下会立马开枪杀了你。不过你和我死了,这里你们所有的人,都会为我们陪葬。"他又哈哈一笑说:"我不会让我的人放下武器,因为你什么都不敢做。当然了,如果你只想逞一时英雄,那么很遗憾,我恐怕就得拉你们所有的人给你陪葬了。"

小阎王的话让在场的人都沉默了。何建朴、何安逸与老骆驼三个人心里才刚刚腾起的希望,瞬间被一盆冰水浇灭了。如果真如小阎王所说,他们早已注定了失败,如果何建刚坚持用枪,那么结局不可想象。不过,何建朴很了解何建刚,他绝不会为逞一时之快,让所有人都丢命。

何建朴苦苦一笑,抬头望着何建刚的藏身之处,大声对他说:"二弟,算了吧,我们斗不过他们,就此罢手吧!"

何建刚沉默不语,没有任何回应。他在迅速思索着如何让小阎王撤兵,还要保住何家根本。

呼斯楞痛得只差在地上打滚,看着手上血流不止,晓得再这样拖下去他的血流干了,非死不可,他想迅速出去找军医官包扎伤口,便咧着嘴咬着牙对昂赫巴雅尔说："营长,如果这狗日的非要拼个鱼死网破,怎么办?您要是出事了,我们也没脸回去了。就算我们把他们都杀了为你报仇了,回去后卢旅长也不会放过我们,恐怕也是个死。我看,我们还是撤吧,这次放过他们,他们还要走这条道,下次饶不了他们。"

小阎王看着他,笑了笑轻声说:"没事,我们怕,他更怕。我们赌得起,他赌不起。既然做了土匪,早就要有死的觉悟,不过早晚而已,你们放心,我就算死了,以义兄的为人,也不会为难你们,义兄最体恤兄弟们。"说完话,他又轻轻拍了拍呼斯楞的肩膀。

呼斯楞咧嘴一笑,似乎忘记了右手腕上的疼痛,他相信他们的营长,因为他不但是他们的头头,还是旅长的军师。

"你赢了。"何建刚把枪扔下来,从浓密的枝叶间钻了出来,跳到地上,站在小阎王面前。

"去。"呼斯楞冷冷地对身旁的一个士兵挑了挑嘴吩咐他去捡枪。

那士兵急忙快步跑过去弯腰捡起地上的枪,又急忙返回,将它交给小阎王。

小阎王接过枪看了看,迅速打量了站在他面前的这个只有十七八岁的杀手一眼,心一阵"怦怦"狂跳,他又抬头扫了一眼那枝叶浓密的树顶,压了压心跳。他被这位杀手突然搞蒙了头,估计他有诈,晓得他不会轻易交枪投降,估计那上面或者哪个暗处还有枪指着他的脑壳。他轻轻吸了一口气,又压了压心跳,紧盯着何建刚,现出了少有的温情,柔声地对他说:"你的选择是对的,不然会死很多人,会流很多血。"

"那只能说你不配做人。"何建刚满脸愠怒。

小阎王并不生气,毫不在意地说:"这年头人不好做,特别是做好人。"

那几个骑兵的枪口已经一齐对准了何建刚,只要小阎王一声令下,他们就会把何建刚打成蜂窝。但是何建刚那张有道伤疤的脸,让他们清楚这个人是从死人堆里爬出来的,不能小觑。

小阎王看着何氏兄弟,淡然一笑道:"我现在手上有几十条好枪,你们手上只有几支土铳,一旦打起来哪个吃亏不用我说。"他又紧盯着何建刚说："任何阴谋诡计都是笑话。"

何建刚看着指向自己的几支黑漆漆冷冰冰的枪口，很清楚小阎王说的不是假话，他也把住了他的死脉，晓得他怕死，晓得他怕这个地方还有人用枪指着他，只要他敢下令动火就有人立马要他的命。对这个爱财如命的家伙，他确实走了一着险棋，兵不厌诈，这着棋既要胆大，又要把握得住局面，不让局面失控。

小阎王紧盯着何建刚脸上的刀疤，晓得他是死里逃生，想再摸一下他的底，对他吩咐道："添柴。"

何建刚仍然挺立着，没有动。

老骆驼猛然回过神来，急忙答应一声，赶紧往火堆中添加了一些柴火，火势渐旺，帐篷里很快又亮了起来。

小阎王借着火光彻底看清了何建刚的模样，他直直地盯着何建刚，看到何建刚右脸上那道刀疤，推开了围护着他的几个兵，一步一步走近何建刚。

"营长？"呼斯楞急忙劝阻道，"这家伙危险得很，您不要靠近他。"

小阎王没有说话，朝他摆了摆手。他欣喜地朝何建刚点了点头，对他一笑。

呼斯楞走到何建朴身旁，弯腰捡起自己掉落在地上的马牌撸子手枪，用左手紧握着，看着鲜血淋淋的右手，一阵阵锥心的刺痛使他龇牙咧嘴地盯着何建刚，如果不是他的营长在场，他真想过去给他脑门子一枪。他恶狠狠地咒骂了他一句你个杂种。

"你骂哪个是杂种？"小阎王怒瞪了呼斯楞一眼，对他吼了一句，"滚！"

何建刚毫无惧色，疑惑地紧盯着小阎王的眼睛，不晓得他为什么不许他的部下骂他。

何建朴晓得何建刚不会鲁莽行事，在他与小阎王谈了以何家祖藏青砖茶换大家性命后，还开枪伤人，挑起事端，又丢枪投降，他肯定有对付这个恶劣场面的办法。为了稳住小阎王，何建朴急忙跨前一步，抱拳朝小阎王深深一拜道："将军，我弟年少鲁莽，吓到了您，伤到了您的部下，是我管教不力……"

"哥，我一人做事一人当。"何建刚抬手制止何建朴说下去。

何建朴转头狠狠地瞪了他一眼，怒斥道："你担当得起吗？还不认错！"

何建刚咬着牙，杀气腾腾地看了小阎王一眼，气呼呼地说："我们规规矩矩做人，明明白白做生意，错在哪里？"他是在有意说话让小阎王听。

小阎王听到他们以兄弟相称相护，一时语塞，他听出了面前这个杀手在说他做人不规矩，做事不明白，只直直地盯着何建刚，迅速思考着既能让何建朴兑现诺言，自己又能赶快脱身的方案。过了一会儿，他微微一笑对何建刚说："我很欣赏你，现在，我想给你一个选择生死的机会。"

何建刚仍然一脸霸气，仿佛手上握有千军万马，能稳操胜券，不卑不亢地说："生死有命，能生则生，要死便死。"

小阎王紧盯着何建刚，认真地说："只要你随我走，加入我的队伍，我便饶过你，饶过你们所有人。"

在场的人都愣住了，都不约而同地盯着何建刚和小阎王，没有人想到他会来这一招。

何建刚凝视着小阎王，冷冷一笑说："你在开玩笑？"

小阎王微微一笑道："你说呢？"

"那你觉得我会答应吗？"

"我想不会，但我想你最终还是会答应的。"

小阎王眼中露出一抹笑意，看了一眼何建朴，又看了一眼何安逸与老骆驼，目光再次回到何建刚脸上。

何建刚自然明白他的意思，也对他轻慢一笑说："你想拿我做人质，把我扣起来叫何家拿祖藏青砖茶来换人。你看中我不怕死，是一块做土匪的好料。"

小阎王淡然笑道："所以，你一定会答应的。"

"看来，我的确不得不答应。"何建刚说。

"我不答应。"何建朴死死盯着小阎王，很肯定地说，"你要什么，只要我有，我都可以给你，但你不能带他走！"

小阎王沉默片刻，抬头对何建朴冷笑道："我若要你的命呢？"

"给你。"何建朴毫不犹豫地说。

"哥！"何建刚佯装轻松，对何建朴说，"不就是做土匪嘛！"

何建朴看见他一副轻松相，急红着眼朝他怒吼道："你忘了父亲的临终遗言吗？父亲一生最恨军阀，最恨土匪，父亲要我好好照顾你，你若去做了土匪，我怎么对得起父亲，怎么面对何家人？你又怎么对得起父亲，对得起何家人？！"他怕刺激小阎王一伙人，没有说我何家大门大户，不出鸡鸣狗盗之辈。

何建刚闭上双眼，仰头叹了一口气说："哥，这些年来，一直是你照顾我，我一直谨记父亲的话，但我……不管我做什么，都与何家无关。"他把"我不是何家人"几个字咽进了肚里，没有说出口。

"你！"何建朴抬起右手，想打他一巴掌，却打不下去，他红着眼对他说，"你姓何，就永远都是何家人，你是我弟弟，我就要永远为你负责。现在我是何家当家的，我是你哥，父亲不在，长兄如父，我说什么，你就要听。"何建朴又转头对小阎王说："将军，我弟弟年幼无知，胡说八道，请您网开一面，我尽力满足您。"

"我说了，我若是要你的命呢？"小阎王冷冷静静地看着何建朴说，紧盯着他的脸，想试探他对这个弟弟的诚意有多深。

"你取走便是。"何建朴毫不犹豫地说，"只求您放过我弟弟，放了跟我来的所有人。"

"哥，用我一个外人，换你们人货平安不值得吗？"何建刚看见大哥坚持以自己的命换他平安，想哭。

"你闭嘴。"何建朴怒了，恨恨地瞪了何建刚一眼，不让他再说下去。

"大掌柜，你不能这样做，你是何家顶梁柱，倒不得。"何安逸终于回过神来，满脸的悲凄，他死死地盯着何建刚，恨他开枪没有打死那个土匪，却要打死何家掌门人。他突然火冒三丈高，指着何建刚骂道："你这个混账东西，当初我就劝老东家不要收养你，怕给何家带来灾难，如今果然灵验了，都是你干的好事，现在人家要大掌柜的命！"

"何安逸。"何建朴一声怒喝，猛然回头，一双眼睛瞪得大如铜铃，直逼何安逸，脸色阴沉得极为可怕，吼着说，"我敬你是何氏茶业三代元老，但你别忘你的身份，你刚才的话我只当作你一时胡言乱语，但你别忘了，建刚是我父亲告知列祖列宗名正言顺收养的儿子，也就是我何家的嫡孙，是我何建朴的亲弟弟，若没有他，我哪里来的今日？

你记住，建刚是何家的嫡少爷，是你的主子，是何氏产业的继承人之一，你别逼我将你逐出茶庄。"

何安逸愣住了，他缓缓回过神来，呆呆地望着何建朴，看着这个平时待他极为谦恭温和的少爷，他一直以为他了解他，却突然发现自己从未了解过他。他自认为自己一辈子都贡献给了"生牲川"茶庄，为他们当牛做马，即便没有功劳也有苦劳，可如今他不过骂了几句那个外人，不但被何建朴严厉斥责，甚至要将他逐出茶庄，他不禁扪心自问，这一生自己的付出到底值不值得。

何建朴说完之后才知道自己的话说重了，说过头了，他也很清楚有些话最是伤人，然而覆水难收，已经晚了。但他顾不得何安逸了，回头抱拳朝小阎王深深一拜，叫他放了他弟弟。

小阎王看了一眼面色煞白的何安逸，没有搭理何建朴，而是看着立在自己面前已经泪流满面的杀手，确认他不是何家人，是何家老掌柜收养的养子，脸上露出了一丝笑意，对何建刚说："好汉，我可以答应你，只要你跟我走，我不但放过你们所有人，何氏祖茶我也可以不要，这批青砖茶我也不要了。"

言语中，他听出了这个杀手在何家的地位，更坚定了他要带他走的念头。

他这话一出口，所有人都愣住了。这是个对何家来说几乎毫无损失的条件。但何建刚跟他走了，是凶是吉就没有人晓得了。

何建朴不会让他走，他答应了父亲要好好照顾他，而且他很喜欢这个与自己没有血缘关系的弟弟，喜欢他的单纯、勇猛和直率。

何建朴不等何建刚点头，急忙抱拳对小阎王说道："将军，我弟弟犯错，是我这个做哥哥的没有教育好，我应当受罚，还请将军好人做到底。"

小阎王瞟了他一眼，摆了摆头说："对我来说，你没有任何用处。他却不同，我眼光向来不错，我想我义兄会喜欢他的。"

"他只是个孩子。"何建朴尽力抗争。

"有志不在年高。"小阎王看着何建刚，微微一笑道："我知道你一定会让我满意的。"

"我答应你。"何建刚阴沉着脸说，"不过你得答应我一个条件。"

此时何建刚晓得小阎王只盯着他，只要他在他手上，不愁何家不拿价值连城的祖藏青砖茶来换人。他想赶快打发走这群恶魔，不让他们伤及无辜。此时，他突然有了一个更大胆的想法，暗中打定了跟小阎王走的主意。

"你说！"

"从今往后，你们不能再对何家商队下手。"

"好，我答应你。"

"我不答应。"何建朴死死地盯着何建刚，怒吼道，"你真要去当土匪吗？"

何建刚没有说话，仰面一笑说："哥，谢谢您这几年来对我的照顾。感谢您愿意付出一切救我。"说完话他双膝一屈，跪在大哥面前，额头触地向他一拜，抬起头来，仰望着何建朴，凄苦一笑道："哥，请您代我去给父亲上炷香，就说我对不起他老人家。"何建刚又俯身叩拜，抬头仰望着何建朴说："哥，何家对我有恩，我今生无以为报，来世再还。哥，从今以后，我不再姓何，以后我做土匪也好，做魔鬼也好，生也好死也好，我所做的一切，与何家再无任何瓜葛。"说完话后，何建刚再一次深深叩拜在何建朴脚前，久久不起。

何建朴愣愣地看着他，想伸手去扶起他，却没有一点力气，只有眼泪无声地在脸上流。

何建刚缓缓抬起头来，凝望着泪流满面的何建朴，仰头长叹一声说："哥，您多保重！回去后，您就将我从何氏宗谱除名。您对母亲说我从军去了，要很久很久才会回家。您替我在母亲面前尽孝道。"何建刚说到这里再向大哥深深一拜，站起身来，转头看着小阎王，说了声："走吧。"头也不回地大步出了帐篷。

小阎王满意地对何建朴一笑说："何先生，今日多有打扰，来日再会时我希望你能看到你弟弟好好活着，用你答应我的东西把他换回去。"他随后向部下一挥手说："我们走。"一转身径直出了门。

呼斯楞仍然咧着嘴跟了出去。那几个骑兵紧跟其后出了帐篷。

何建朴突然醒过神来，大吼道："何建刚，你就这样一走了之吗？你永远都姓何，你要是去当土匪，何家世世代代的好声誉就全毁了，靠声誉立世的何家就全毁了。"

何建刚收了脚步站在门口，不说话，也不回头。

何建朴突然掏出短枪，枪口对准何建刚的后背，流着泪吼着说："你再走一步，我就打死你。你去做恶人，伤天害理，迟早也是一死，还不如大哥亲自送你去见父亲。"

没有人料到何建朴会这样做，小阎王回过头来，冷冷地看着何建朴，那几个骑兵都把枪口对准了何建朴。

"何先生，你可要想好了。"小阎王冷冷地说，"一念天堂一念地狱，都在你自己决定。"

"大掌柜！"何安逸哀求道，"请您以大局为重，我想小少爷这样做也是为了何家好。"他已经顾不得刚才何建朴对他的态度了。

何建刚依然不肯回头，他微微张开嘴巴，用只有他自己才听得见的声音道："哥，对不起！"缓缓闭上眼睛，当他再次睁开眼睛，已抬脚迈出去。

何建朴突然掉转枪口，顶着自己的脑门，吼着说："建刚，当年大哥本来就对不起你，如今大哥又救不了你，还有何颜面再做何家掌门人，又有何颜面去见母亲和九泉之下的父亲。"

"大掌柜！"何安逸急忙起身，想去劝阻，但又不敢靠得太近，只哀求道，"你快放下枪，千万别胡来，你不是常说只要人还活着就比什么都好吗？无论什么事，总会有办法解决的。你想想何家上下几百号人，你想想老夫人，你想想那些在何氏茶庄做了一辈子的老伙计，千万不能呀！"

"对啊！何先生说得对啊！何大掌柜，凡事都可以商量。"老骆驼也急忙劝阻道。

何建刚突然一颤，转身几步跑到何建朴面前，拉下他握枪的右手，紧盯着他的眼睛，对他使了一个眼色，轻声说："我有办法。相信我！"然后大声说："你死了这些人怎么办？这些东西怎么办？"又转身大踏步走了。

何建刚的脚步声远去了。杂乱的马蹄声远去了。那帮恶棍也远去了。

何建朴突然笑了，只是笑得比哭还难看。他浑身无力，手上的枪落在地上，呆呆地看着何建刚消失在雨雾中，不晓得今生还能不能见到他。

老骆驼缓了一口气，快步过来，看着何建朴，轻声叹息道："何东家，办法都是人想出来的，千万不可意气用事。"

何建朴好像是自言自语，又好像是对他说："我早就知道建刚会离开何家，我也知道我根本救不了他，就像两年前那一次一样，软弱无能的我，还抵不上才十五岁的他，还需要他拼死护我。我也知道我只能眼睁睁地看着他们一个个离开我，死去。到了这种时候，他还是只想着我，只想着为何家做什么。"说着说着，何建朴的眼泪又流了出来，摇头道："我知道他此去再无归期。"

所有人都不明白何建朴的话，但他们都能感受到何建朴的悲哀和绝望。

何建朴痴痴地凝望着门外，一步一步往门外走，仿佛变成了一具没有灵魂的木偶。

何安逸与老骆驼对视了一眼，都看到了彼此眼中的担忧和无奈，他们急忙紧跟其后，出了大帐篷。阴冷的风夹着雨扑面而来，何建朴毫不在意，也许是毫无感觉，他只麻木地往前走，沿着那些乱七八糟的马蹄印深一脚浅一脚地走着。尽管他晓得建刚有勇有谋，但是他毕竟是个孩子，何建朴担心他的安危。然而，他不晓得何建刚特殊的人生经历，早就在心智上把他历练成了一个能顶天立地的男子汉。

雨越下越大，没有停歇的意思，再过不久，那些马蹄印就会被泥泞掩盖，到那时他也许就真的找不到这个叫何建刚的弟弟了。

"哥，你别怕，我会保护你的。哥，你别担心，我没事……"他脑海中不停地回荡着建刚勇敢而又坚定的声音。想到他才上十岁被父亲领回家后，父亲郑重地告知列代祖宗，将他收为幼子，为他取名建刚，视如己出，疼爱有加。但他从来不说自己从哪里来，叫什么。何建朴第一次看到他眼中与同龄孩子不一样的沉着冷静，有些惊讶，与他相处时，他一口一声"哥"地叫他，他很喜欢这个弟弟。他的俊秀、懂事、聪明让何家人交口称赞。族中一些人因为妒忌他得宠，处处与他为难，他也不在意。他觉得是义父救了他，对他那么好，于他有大恩，他处处忍让，逐渐被族人接受，都把他当亲人待。不久后，何建朴运茶北上山西，送到祁县何家大院，父亲临死前交代他带上建刚，让他跟着他熟悉道路，学做生意，让建刚日后做他的帮手。其实他不晓得父亲在历练建刚。哪晓得天有不测风云，他们的驼队在路上遭到一小股土匪抢劫。在危难时刻，二十多岁的何建朴第一次面对要杀他的劫匪惊慌失措。沉着镇定的建刚只有十五岁，为了保护大哥挺身而出，要与匪首拼命，被匪首飞起一刀，他一闪躲过了，脸上却被尖刀划开了一条口，血流不止。也许匪首被他的胆大无畏震慑了，也许是怜惜他还是个孩子，放了他，只抢了几箱茶跑了。何建刚忍着剧痛对他说："哥，我没事。"何建朴紧紧地抱着他，看着这个浑身是伤的弟弟哭得泪眼婆娑。

仅仅是报恩，何建朴不相信这世上真有人能做到以命相拼，更何况建刚还只是个十五岁的孩子。那一刻他才明白，血亲固然重要，但真正的亲人是生死之交，与血缘没有关系。他很清楚何家族人，有人对他掌管"生牲川"茶业不满，为了争权夺利，不惜暗中算计。一年后劫匪内讧，那次劫案意外暴露，他万万没有想到幕后主使竟然是他父亲的远亲，同何家有世仇的武昌"宏德大"茶庄庄主赵宏德。自那以后，何建朴把建刚当亲弟弟对待，极力保护他，不让任何人伤害他。哪晓得这一次他又舍命为他挺身而出了。

何建朴不知道自己走了多久，走了多远。他已经走出了那片榆树林，脚下的马蹄印越来越浅了，被泥泞掩得只依稀可辨。放眼望去，只有满天风雨飘摇，早已不见了那些骑兵的影子。

何安逸与老骆驼静立在他的身后，不敢多言。

"砰！"远处隐约传来一声枪响，很快被风雨声淹没。

何建朴、何安逸、老骆驼都听见了枪声，都愣住了。

"建刚！"何建朴撕心裂肺地狂叫一声，很快被风声雨声淹没了。

何安逸与老骆驼不寒而栗。

"我的傻弟弟，你不欠我们何家的，是我欠你的！是我们何家欠你的！"何建朴掩面而泣。

"大掌柜，那些土匪要的无非是钱，只要有足够的钱，小少爷一定能回来的。"何安逸轻声安慰他道。

"回来？哈哈哈，他还能回来吗？他还回得来吗？从他不肯回头，毅然离去的时候，他便已经打定了主意，要为何家去死。我太了解他了，他不会做任何对不起何家对不起我的事情。"何建朴絮絮叨叨，又哭又笑地说，"你们听到了枪声吗？他不可能回来了。"

老骆驼与何安逸对视一眼，语气肯定地说："这枪声不一定是杀小少爷的。凭小少爷的胆识，他不可能轻易丢命。"

何建朴看着风雨飘舞的蒙古荒原，咬着牙说："卢金斗，我今生今世，跟你不死不休。"他转过身对站在身后的两个人说："安逸叔，老骆驼，让所有人收拾好东西离开这个地方，我们尽快赶到归化城。"说完话他抬脚往回走。

何安逸与老骆驼呆愣了片刻，猛然明白了何建朴的意思，看了彼此一眼，急忙追上何建朴。

雨渐渐小了。大家都知道事情紧急，危机还没有解除，现在逃离此地赶到归化是最好的也是最笨的办法，都慌慌忙忙地把货物搬上驼背捆好，盖上雨布，很快收拾妥当了。

何建朴从树洞里拖出那个受伤的人，看见他有气无力地睁开了眼，紧盯着他，动了动嘴唇，好像在向他求救，他抱起他，将他捆绑在何建刚留下的那匹蒙古马背上。

驼队出发了，冒着风雨快速前行，没有人说话，只是默默地往前走，就连那些骆驼也好像感受到了气氛的沉重和压抑，一路上都不发出多余的声响。

何建朴牵着那匹黑色蒙古马，驮着那个伤者往前走。他似乎感觉到弟弟建刚像之前一样坐在马上，跟在他的身边，只是如影子一般沉默不语。

他们不知道走了多久，雨停了，风也变缓了，那片榆树林早已消失不见了。日出日落，月起月沉，他们日夜兼程往前赶，风轻了，云淡了，草地也干了。

老骆驼回头望了身后一眼，看见人惫驼乏，步态不稳，又转头看着何建朴，几步跑到他面前对他说："何东家，弟兄们已经走累了，骆驼也快走不动了，如果再走下去，恐怕有人要倒。"

何建朴也早已疲惫不堪，若不是急着赶到归化城去探知何建刚的消息，也不至于如此拼命。那一声枪响虽然给他极为不好的预感，但是对建刚他活要见人，死要见尸。就算是他死了，他也要带他回家，将他葬入何氏祖坟山，不能让他抛尸这荒野大漠。然而，这一路上他们没有看见倒在路上的死者或者伤者，何建朴悬着的心也渐渐松了。只要建刚还活着，他就有办法用钱把他换回来。

何建朴放眼四望，连个小土丘都看不见，驼队怎么休息？他看着老骆驼，对他苦苦一笑说："老骆驼，你说怎么办？不知道距离归化城还有多远？"

老骆驼望着前方，稍作沉思道："我们的行程已经过半，何东家只要给大家和骆驼一天时间休息，养精蓄锐，顶多再过两天我们就能到了。"说完话，老骆驼对他一笑，在心里说：总算要到达目的地了，总算大家都还活着，这就比什么都好了。只是一想到何建刚，他又高兴不起来了。

何建朴稍作沉吟，抬头看着前方的荒原，轻声对他说："那就找个地方让大伙儿好好休息一天吧。"

老骆驼无奈道："这地方前不着村后不着店的，只是茫茫荒原，我看草地晒干了，就原地搭建帐篷，早点休息吧！"

"也好。"何建朴点头答应了。

老骆驼连忙扯开嗓子吩咐大伙儿就地安营扎寨，吃点干粮。已经疲惫不堪的驼工们听到老骆驼的话，顿时都来了力气，先后叫停骆驼，放下货物，搭篷休息。

何安逸一路默默跟在何建朴身后，几乎没有说过一句话，他也不知道该说什么。他虽然不喜欢何建刚，始终认为何建刚不是何家人，迟早会给何家惹祸，但这一次何建刚让他另眼相看。他走了，生死未卜。他用一个人的命救了这么多人的命，还保住了何家这么大一批货物。如果真如何建朴所说的那样，他难以理解一个没有流着何氏血脉的义子，怎么可能为了何氏利益做出这样的牺牲呢？

众人搭好帐篷，铺上雨布，瘫倒便睡。

老骆驼帮何建朴、何安逸搭起了一个大帐篷。何建朴将那个伤者抱进帐篷内，喂他吃了一点干粮，喝了一点水，把他放在雨布上躺着。因为他不能开口说话，他又不便问他什么。无论他是什么人，何建朴打算先救他的命再说。

何安逸看见何建朴只吃了半块烙饼便坐在地上发呆，便将自己手上的一块烙饼递到他的手上，轻声对他说："大掌柜，你多吃点，吃饱了才有力气，才能尽快赶到归化城，才能想办法救小少爷。"

何建朴缓缓抬头看着何安逸那张仿佛一夜之间苍老了十岁的脸，突然愣住了，愣愣地看着何安逸，凄凄笑道："安逸叔，对不起！"

何安逸的眼睛突然红了，低头擦去老泪，抬起头来看着何建朴，勉强一笑说："贤侄，是安逸叔不对，安逸叔老糊涂了。"

何建朴摇了摇头说："安逸叔不老。"

"来，别多想了，快吃吧，多吃一点，好好睡一觉，养足精神，我们早点赶到归化城，一起想办法救小少爷。"何安逸看见何建朴不记恨他说何建刚坏话，放了心，笑着对他说。

老骆驼吃完干粮又拿出他那杆白铜云纹水烟筒，吧唧吧唧吸着烟，一连吸了三锅，又装好烟丝，将水烟筒递给何建朴，叫他吸一口解乏。

何建朴看着那杆白铜云纹水烟筒，完全没有心思吸烟，便摇了摇头。

老骆驼暗叹一声，也不勉强，又点燃烟自己吸着。

"水……水……"这突兀的声音显得极为虚弱无力，在座的几个人都听到了，一齐将目光投向那个被皮袍包裹着的受伤男人。

何建朴一愣，连忙走到他的身边。

那个伤者好像又清醒了许多，大睁着眼睛盯着何建朴，嘴唇轻轻嚅动着，每吐出一个"水"字，都显得很艰难。

大家都十分惊喜，一齐围了过来。老骆驼从贴身羊皮袋里倒出一木碗热茶，递给何建朴，何建朴接过热茶，扶起他，小心翼翼地喂给他喝。他应该是太渴了，尝到茶水的滋味，便迫不及待地吞咽着，每喝一口似乎就清醒一分，力气也多了一分。

那个伤者一滴不剩地喝完木碗里的茶，重重喘了一口气。他看上去依然很虚弱，眼睛却渐渐有了亮色，意识也清楚了。他凝视着何建朴，又扫视了大家一眼，张了张嘴巴，用很干涩而沙哑的声音说道："谢谢你，谢谢你们。"

"不用谢，你醒了就好。"何建朴柔声笑道。

"我是不是睡了很久？"他慢慢转动眼睛，又看了一眼众人，目光停留在何建朴的脸上。

"嗯！"何建朴微笑着点了点头。

"我本以为我必死无疑。"他叹了一口气说，"没想到我还能活下来。"

"那是因为你命不该绝。"

"命不该绝，说得好。"他的眼睛突然亮了，在场的几个人都为之一振。何建朴晓得这个人只要活了，日后对他进出大漠北有用。说不定他能救何建刚。

"好香。"他微微耸动鼻子，想要翻身坐起来。

"你别动，伤还没好。"何建朴连忙按着他说。

"无妨，让我起来。"

何建朴急忙解开他身上的皮袍，慢慢扶他坐了起来，帮他穿好从他身上脱下来已经烤干了的衣裤。

那个伤者慢慢抬起手向大家拱手，吃力地说："我布日固德以为这次就算万幸能保住性命，恐怕从此也会成为废人，没想到我不但活着，而且还没废，看来还可以继续拿枪杀敌卫国，真是苍天护佑。你们就是我的苍天。"

大家都一脸疑惑地看着他，不知道说什么才好。此刻他们都已经确认面前这个气宇不凡的中年男子是个实实在在的军人，他的名字叫布日固德，一些是蒙古人的驼工懂得他的名字是"雄鹰"的意思。

布日固德抬头看着何建朴，微笑着说："快要死的时候，我做了一个梦，梦见有仙人将一碗琼浆玉液灌进了我的口中，我的魂魄又回了，我便睡了。想必，是你给我喝了什么神药，才保住了我的性命。"

何建朴笑着对他说："我给你喝的是何氏'生牲川'青砖茶。"

那个伤者收了笑脸，闭目回味，睁开眼睛对何建朴点了点头，仿佛在回忆什么，又好像想起了什么，对何建朴说："是何氏'生牲川'青砖茶，味道还是那么地道，不过好像与我原来喝的味道有些不同，更为香醇。"

何建朴听见他说起了何氏青砖茶顿时有了精神，对他点了点头说："对！是何氏'生牲川'青砖茶。"说完话他又突然想起他已经说出了自己的名字，又补了一句："布日固德将军好记忆。"

布日固德微微一笑，赏识他的机灵，只听他说一句，便记得他的名字，轻轻点了点头说："我光绪二十九年从军，那时候大清朝还未覆灭，慈禧那个老妖还活着，她一辈子除了作贱中国，作贱百姓，满足自己的私欲之外，没干过什么好事。但她将何氏青砖茶定为贡茶，这一点我倒要感谢她，不但她自己爱喝，而且下旨让军队采购给官兵喝。我有幸喝了，这些年未断过。"他的中气不足，说话不能用力，但声音不失气度。他轻轻喘了两口气，又问何建朴道："想必你们是何氏茶庄的商队了。"

何建朴站起身来，抱拳弯腰对他深深一拜，恭敬道："将军好眼力，后生何建朴，是何氏茶庄掌柜。"

布日固德静静地凝视着何建朴，淡然一笑道："你是何氏新掌门人？"

"正是。"何建朴直起腰来，对他表现出异常的谦逊恭敬，但不卑不亢。

"你为什么救我？"

"救人一命，天经地义。"

"嗯！"布日固德又点了点头，欣赏他不吹不捧，不说大话，又问他怎么把他带到这个地方来了。

"昨天有一队骑兵追捕您，领头的是个叫昂赫巴雅尔的营长。"何建朴说到这里止住了话头，不动神色地注视着面前这位将军的神色。

也许是听到昂赫巴雅尔这个名字，布日固德神色大变，目光瞬息冷厉如刀，直直地盯着何建朴，语气却不失感激地说："你们为了保护我，恐怕受了不少惊吓。"

"我们把您藏在一个大树洞里，他们没有找到。"何建朴看了他那冷漠的脸一眼，估计他才四十来岁，接着说，"那帮匪兵连夜追捕将军，您一定是位护国将军。"他想到了孙逸仙先生正在呼号的护国运动，便称他护国将军。

布日固德直起腰来，苦涩一笑，仍然有气无力地说："时逢乱世，袁世凯劫取中华民国总统大权，大搞复辟帝制，百姓生活在水深火热之中，苦不堪言。在绥远、蒙古，那些为了保住自己的利益，反对共和的王爷组织了蒙古义勇军，要到京城去保宣统，大搞内蒙古独立。巨匪卢金斗摇身一变成了义勇军，数股土匪这几年来一直在漠北为祸作乱，广大百姓的生活更是雪上加霜。我身为军人，理当剿匪安民，然而孤掌难鸣。"说到这里，他已经一脸悲愤，怒骂道："今年年初，都统蒋雁行竟然将卢匪一干贼寇招抚，卢匪一干人等不但穿上了革命军人的军装，还配上了好武器，成了名正言顺的卫国卫民的军人，卢金斗也当上了正当名分的旅长。他们却不但不收敛，反而明目张胆地继续为非作歹，烧杀劫掠，无恶不作，罪行累累更甚从前。这样的政府，这样的都统，唉……"布日固德摇了摇头，说不下去了，也许是过于激动，也许是悲愤，他紧拧眉头，一脸苦痛。

大家听完他的话，也愤恨难平。但是，面对山河破碎的祖国，一介平民百姓除了以身许国外，只有唉声叹气。

在何建朴准备再次率商队北上时，他已经摸清楚了大漠北的这些情况了。昨日见识了小阎王，眼睁睁地看着建刚被他带走，此时又听布日固德如此悲愤难平的诉说，他除了恨，很是无奈。他深深吸了一口气，叹了出来，试探着问他道："将军，不知那帮贼寇为何追杀您？"

布日固德苦笑道："我发现卢金斗与外蒙古王爷勾结，暗中支持内蒙古那些反对共和的王公贵族搞独立，他们到处打家劫舍，一是匪性不改，二是为搞独立购买军火。我极力反对内蒙古独立，与卢金斗不合。我身边有两三百个弟兄跟他唱反调，他很恼火。没想到他给我设了一个陷阱，等着我去跳。这两年，他一直将我视为眼中钉，屡次暗算我，欲将我除之而后快，只是屡次失手。这一次他叫昂赫巴雅尔带人去劫一支商队，放风说得手后拿钱去俄国买军火。我连忙带队伍去阻击，不许他们抢劫，哪晓得一路上我们没有看到商队，昂赫巴雅尔说是我放了风，让商队跑了，二话不说，命令他的心腹将我们一伙人包围，开枪乱杀。我的部下猝不及防，为了保我逃生，极力回击，全部战死。好在我的马是一匹好马，驮着我飞跑，他们边追边开枪，我的背上中了两枪。我对不起弟兄们，是罪人啊。"说到这里，布日固德已经泪流满面。

"将军，您的伤很重，还请节哀。"何建朴不知道该说什么好，劝了他一句，对他又多了几分敬意。他没有想到在蒙古草原上有像参加武昌起义一样的义士。

布日固德咬了咬牙道："老天有眼，让我还活着。卢金斗，我布日固德今生若不杀你，你就要祸害国家，把蒙古从中国分裂出去。"

听到他的一番话，何建朴对他的身份心里有了数，晓得他有能力与卢金斗一决高下，只有他可以把建刚从卢阎王手上救出来，便起身向他拱手深深一拜说："我现在遇到了难事，还请将军相助。"

布日固德一愣，急忙抬手还礼说："何先生，万万不可行如此大礼，你是我的救命恩人，你有难事，我应当尽力相助。"

何建朴长长叹了一口气，坐在他旁边，伤感地对他说："将军，我弟弟昨天被昂赫巴雅尔掳走了，还请将军平安归去之后，设法搭救他，你需要什么，我何某人一定尽力而为。"

布日固德的脸色渐渐阴沉下来，想了想说："何先生，这件事我一定鼎力相助。如今蒋都统去北京开会，一时半会儿难回来。代理都统张凤朝一向主张清剿卢匪等大小贼寇，我与张都统尚有几分交情。这事等我回去以后，我一定前去禀报张都统，到时候何先生随我一起前往都统府拜访张都统，卢贼再狠，也斗不过手握重兵的都统，我相信何家小少爷会平安无事的。"

何建朴的眼泪又出来了，苦涩一笑道："将军，我弟弟建刚恐怕凶多吉少，无论如何我都要带他回家。"

布日固德看见何建朴在流眼泪，惊诧地说："这话怎么说？"

何建朴哽咽着说："我弟弟性子刚烈，恐怕他为了不玷污我何家三百年来好不容易累积起来的声名，会走极端。说实话，我有种不祥的感觉，他恐怕已经出事了。"

布日固德沉默良久，抬头道："如果小少爷遇到不测，也是受了我的牵连。何先生，不管怎样，我都会给你一个交代。活要见人，死要见尸。只要没有见到令弟的尸体，令弟就还可能活着，不到万不得已，我们不可放弃。"

何建朴又起身一拜道："谢将军！"

"何先生，该道谢的是我。你我有不共戴天的仇人。"布日固德凝望着何建朴，柔声叹道，"何先生如果不嫌弃，从今以后就叫我大哥如何？"

何建朴愣住了，何安逸也愣住了，老骆驼也愣住了。何家一旦有布日固德这个盟友，在绥远乃至大漠北就真正有了一个谁都不敢忽视的强硬后台，何家在归绥何愁不能再次崛起！何建刚只要还活着，卢匪断然不敢加害，总有一天布日固德会把他救出火坑。

何建朴醒过神来，知道这是个天大的机缘，急忙抹了一把眼泪，欣喜地起身抱拳对他深深一拜唤了他一声大哥。

"哈哈哈。"布日固德忍痛一笑，很是高兴，又问何建朴，"老弟叫什么大名？你今年贵庚啊？大哥今年四十有三了。"

何建朴笑答："大哥，我叫何建朴，今年虚岁二十六。"

"好！建朴，我记住了。你正血气方刚，正是办大事的年纪。"布日固德对他点了点头。

何建朴转身指着何安逸向他介绍道："大哥，这是我本家安逸叔，是何氏茶业的大管家，也是我的得力帮手。"

布日固德抱拳朝何安逸微微一拜，叫了他一声："安逸叔。"

何安逸受宠若惊，急忙回礼道："将军客气了。"

"哈哈，安逸叔何须客气，如今我与建朴是兄弟，你是建朴的安逸叔，自然也是我的安逸叔。"

何安逸感动得有些不知所措，笑了笑说："老朽不才，承蒙将军高看。"

何建朴又指着老骆驼向布日固德介绍道："这是驼队的头领崔大叔老骆驼，不但是我们何家多年来的合作伙伴，也是我们何家可靠的朋友。"

"你好。"布日固德举手向老骆驼敬了一个军礼。

老骆驼急忙站起身来，向他一拜，一脸的受宠若惊，连连摆手说："使不得，使不得。"

布日固德笑道："怎么使不得，您年纪比我大，又是建朴的相与，那自然也是我的相与。我其实也是个大老粗，但我知道知恩图报。以后在绥远在大蒙古，您有事，尽管来找我。"

"谢谢将军！"老骆驼有些感动，又向他躬身一拜。

何建朴看见老骆驼受宠若惊，连忙说："老骆驼叔，你不必如此多礼，我大哥能活下来，幸亏你身上带了枪伤药，救了他一命，幸亏有这帮兄弟大仁大义相助。"

"哈哈，该是我谢你才对。"布日固德拱手对老骆驼摇了摇说。

压抑了一天的沉重气氛渐渐散去，大家轻松了许多。

坐在一旁听他们说话的夏兴保轻轻戳了戳身旁的阮长武，阮长武转头看了他一眼。夏兴保向布日固德挑了挑嘴。阮长武很快明白了他的意思，瞪了他一眼，轻声嘀咕道："你怎么不自己问？"

夏兴保有些不好意思地对他一笑。

阮长武对他嘲讽道："你个孬货，块头这么大，胆子却小得像粟米，只长个头不长脑壳。"

"你敢骂我孬？"夏兴保怒了，瞪了他一眼。

老骆驼转头狠狠瞪了他们一眼，低声斥责道："闹啥？"

布日固德笑道："小家伙，你想说什么，不妨直言？"

阮长武看着布日固德那张温和的笑脸，没有那么怕了，摸了摸后脑勺，笑了笑说："将军大人，我们就是想问问何氏贡茶的事情。"

这个问题，其实不止他一个人想问，大家都想听听紫禁城里与皇帝和慈禧老佛爷有关的故事。

布日固德轻声一笑说："我还以为是啥大不了的事。这个问题，你不应该问我，你应该问何大掌柜，他是何家掌门人，关于何氏贡茶，自然是最清楚不过了。"说完话他满脸笑意地看着身旁的何建朴。

何建朴也笑了笑说："这是年长的人都晓得的事，你们嫩了，我简单说给你们听，记好喽！"他扫了大家一眼，谦逊地说："其实也没啥好说的。咸丰年间，我们湖北咸宁柏墩有一个叫雷以諴的进士在朝廷做官，柏墩人都叫他雷七爹。咸丰爷的皇贵妃叫慈禧，也就是前几年去世的老佛爷。她拉肚子，吃药不见好，雷七爹便把她带到京城何家茶庄，叫掌柜的把何家祖藏青砖茶给慈禧一块，叫她拿回去煮了喝。没想到慈禧喝了几日茶，不拉肚子了，有精神了，她高兴得不得了，用笔画了一个满文符号，交给雷七爹以示赞赏。雷七爹把这个符号带回柏墩，给我家祖人，我家祖人大喜过望，将这个满文符号刻在茶砖模上，加上花边。直到今天，何氏'川'字青砖茶一直印有这个特殊的符号。咸丰爷看见他宠爱的皇贵妃的病好了，长得又胖又好看了，一高兴就下了道圣旨将何氏青砖茶定为贡茶，每年按时进贡，并要军队采购给官兵饮用。长期饮用何氏青砖茶，不但能解渴生津，提神醒脑，消食化腻，养脾健胃，排毒利尿，还能强身润肤，养颜养生。后来慈禧的儿子当了皇帝，也就是同治爷，可同治爷命短，跟他爹咸丰爷一样当了十来年皇帝就双脚一蹬去了。慈禧老佛爷大权独揽，仍是每日必喝何氏青砖茶，以养生养颜，预防百病。何氏青砖茶就此名声大振，名扬天下。当年长毛军占领了武昌城，咸丰四年，清军攻占武昌城后，在九江和湖广一带与长毛军开战。南方的货物运输主要靠的是水运。长江被两军封锁，商路断了。柏墩逐年积压的茶砖堆积如山，茶庄生意一度萧条，很多中小茶庄相继倒闭，何氏也是苦苦支撑。到长毛军败了，何氏'生牲川'因为是钦定贡茶，生意日渐兴隆，何氏重新崛起，茶马商道又热闹起来了。何氏青砖茶开始以'生牲川'之名盛行于国内外，还在巴黎世界博览会得了金奖。然而名声太大了，钱挣太多了，便遭一些人眼红和嫉恨，特别是何家的最大竞争对手，同样在武昌经营茶行的赵家。"

说到这里，何建朴停顿片刻，轻轻叹了一口气，接着说："外界一直传闻赵家的砖茶是盗取何家制茶秘方制成的，只是赵家终究不得何氏真传，做出来的茶与何家的茶味道颇有差距。几十年来何赵两家一直纠缠不休，官司不断，但谁也拿谁没办法。其实在清朝同治年间，赵家先辈是在何家茶庄做学徒，偷师何家，而后开办赵家'宏德大'商行，以青砖茶起家。那时的商人，哪有什么专利意识，即便打官司，官府也难以判定，最后大多做和事佬，让两家各退一步，不了了之。只是随着外国列强的大肆入侵，国外资本随之大肆涌入，抢占中国市场，中国人才有了专利意识，但根本没有相关的法律保护。直到清末才成立了专利局。何、赵两家于是都在第一时间申请了青砖茶专利，我家长辈气愤不已，但木已成舟，即便打官司也是各执一词，两败俱伤，最后也不得不作罢。"

听到这里，布日固德插了一句："何家与朝廷做生意，是官商，可以把官司打到底。"

何建朴晓得他的意思，苦苦一笑，接着说："何、赵两家可谓是世仇，但归根结底，赵家盗的还是何氏的制茶工艺。然而几十年来赵家不但不承认这一点，还一再申明，甚至不惜打官司也想要证明何氏制茶工艺是属于他们赵家的，为了挣钱，为了打倒何氏，可以说是不择手段。几十年来，他们还从何家挖走无数制茶技师，暗中盗取何家制茶工艺、秘方。为了与何氏一争高下，为了正名，为了彻底击溃何氏，为了取何氏而代之，赵家开始想方设法抢夺何氏传承下来的祖藏青砖茶，甚至不惜雇凶手绑架杀人放火，无所不用其极。只要赵家能够拿出何氏祖藏青砖茶，那么何氏就彻底完蛋了。有时候一个谎言说多了，说到了极致，假的也变成真的了，这是一种无奈，也是一种悲哀。近十年来，何氏的多灾多难，几乎都有赵家的影子，何家之所以走到今天这一步，举步维艰，与赵家有很大关系。何、赵两家早已势同水火，再也坐不到一条板凳上来，即使何氏愿意坐下来谈，赵家也不可能就此罢手，这是一个无法破解的僵局。"

大家越听越吃惊，都瞪着大眼看着何建朴。

何建朴说到这里，又停顿了一下，看了看布日固德的脸色，他是有意把他现在的难处说给他听，希望得到他的帮助。虽然他没有说自己是个什么官，带几多兵，但从他的言谈中，何建朴得知他与驻扎在绥远的军方高层有关系，这个关系是他求之不得的，他想就这个机会，把他想找人说的话说透。轻叹一声后，何建朴又说："为此，赵家想了一个办法，暗中买通了老佛爷身边的大太监李莲英，李莲英收了好处，自然要办事，于是便向老佛爷透露了一个消息，何氏还有一种祖藏青砖茶，是何氏家族年年存下来的，最早的有三百年了，不但口感极好，还包治百病，一度被传为神茶、仙茶。李莲英还进谗言说只要坚持喝，不但能延年益寿，还能青春不老。李莲英的话无疑给何氏家族埋下了一个大祸根。当时老佛爷一听，高兴得不得了，仙丹有毒她不敢吃，怕翘辫子，但这茶没毒啊。为了延年益寿，为了永葆青春，慈禧一日要喝几壶茶。都说女人的心情是九月的天气，原本高兴的老佛爷听了李莲英的谗言突然震怒，这还了得，当场就摔了最心爱的一个茶杯，大骂何氏狗胆包天，有这么好的茶竟然不进献给老佛爷享用，当即下了一道懿旨，连夜快马加鞭发往武昌府，要何氏进献祖茶。何氏有苦难言，又不敢抗旨不遵，否则以老佛爷那脾性，何氏不仅要死人，还要获罪抄家。那何氏几百年的努力和积累不仅要付诸东流，还要落人笑话。为了活命，为了何氏积了几百年的祖业，我的祖人忍痛献出了一部分珍藏了几百年的祖茶。老佛爷喝过之后，欣喜不已，赞叹不绝，下旨要何氏岁岁进献，这可吓坏了我的祖人。何氏祖藏青砖茶因为是一代一代藏起来的，是天时地利人和制出来的好茶，数量极少，是何氏茶庄的压仓之宝，要岁岁进献，根本就不可能。眼看着何氏大厦将倾，人心惶惶。在何家面临生死危机的时候，赵家趁机联合多家商行推波助澜，何氏几乎陷入万劫不复的境地。赵家抓住这个空当，抓准时机，迅速崛起，迅速抢夺何氏经营了几百年的市场。赵家一朝崛起，很快越做越大，越做越强，风生水起，终于到了与何家可以一争高下的地步，原本赵家以为可以一举击溃何氏，哪晓得老天有眼，慈禧突然一蹬脚去见阎王爷了，不久清朝大厦先倒了。悬在何家头上的那把随时都会掉下来的利剑终于落地了。但何氏因为有了教训，再也严禁谈论何氏祖茶，没想到还是有何家的对手打何氏祖茶的主意，明的不行，来暗的。何氏祖屋以及何氏很多商行都因此而屡次遭受盗窃、抢劫。被分别珍藏在何氏祖屋和武昌'生牲川'茶庄里的一点祖茶一个被盗，一个被付之一炬。昨日昂赫巴雅尔绑走了我的弟弟建刚，要我用一车祖藏青砖茶去换人，我到哪里去拿？"一口气把该说的话说完了，何建朴两眼茫然，长叹一声。

布日固德若有所思地看了一眼身旁的何建朴，他突然想到了自己昏迷之后所做的那个梦，不禁微微蹙眉，轻轻地摸了摸自己那两撇八字胡，眼睛越来越亮，心里已经有了数。他"嗯"了一声，点了点头说："原来是这样。"

"这就叫生而为人，行不过法，德不愧人，方为处世立人之根本。"何建朴对他一笑。

布日固德点了点头说："人算不如天算。"

何安逸清了清嗓子，接过何建朴的话头说："茶得天上玉露，能健肾补虚、养气补血、醒酒解毒、去腐生肌、养颜养生。唐朝陈藏器《本草遗》云：'茶为万病之药。'可治百病。相传四千年前，我们的祖先便用茶煎汁治病。传闻三国时期诸葛孔明六出祁山，士兵不慎误饮误食中毒，哑的哑，瞎的瞎，也是用茶叶煎煮成汁服用擦洗，得以康复。这种传闻屡见不鲜。最实在的就是自古以来很多平民百姓，因为无钱看病买药，都用茶煎煮成汁服用擦洗，解除病痛。自从有了茶，关于茶的神奇功效就流传不断，经过几千年来无数人的摸索，上至天子，下至平民，无一不欢喜，早已成为大家生活中不可缺的饮品。现在我们又用茶汤给你擦身，喂你喝，把你救过来了。"

布日固德微笑道："老叔所言不虚，我率所部在外征战，伤亡是常事，医药物资供应不足，便煎煮茶汁内服外敷清洗伤口，效果显然不错。蒙古人天天喝茶，在这大草原上，'生牲川'是叫得响的好茶，我的队伍也常年喝。没想到这个神茶今日还救了我的命。"

听了布日固德的话何建朴突然觉得很高兴，何氏青砖茶在为何氏带来利益的同时，更能为大漠北百姓带来诸多好处，这才是何氏得到的最好回报，这才是何氏几百年来不管遇到什么艰难险阻，都始终能有惊无险的原因。世间事，因果报应四个字很灵验。好有好报，恶有恶报。

大家都累了，哈欠连天。有人开始睡觉了，你靠着我，我靠着你，鼾声此起彼伏，就连老骆驼在抽了几锅水烟之后，也是哈欠连连。何安逸也歪靠在茶包上睡了。大帐篷里只剩下何建朴与布日固德还没有睡意。何建朴其实已经很累了，但却睡不着，心中一直惦念着何建刚，那种不祥之兆始终驱之不散。

布日固德晓得他的心事，轻声安慰他道："老弟，事情既然已经发生，你即使担心也无用，不如沉下心来好好休息，养精蓄锐。老弟，年轻的时候我也不信命，年纪渐长我便信了。有些事情是天注定的，一个人的命运如何，是好是坏，是福是祸，都是自己修来的。我早就做好了战死的准备，这次不死，说不定下次就轮到我死了，没有理由因为我是军官，死的就只能是士兵。人命都是一样的，大哥这一生杀人太多，即使那些人都是坏人，恶贯满盈，死不足惜。那是因为敌我双方的立场不同，信仰不同，我们想要守护的东西不一样。我对于他们来说也是敌人，也该死。杀人，只要杀人，不论好坏，不论是否该死，就是造孽，杀的越多，造孽越深，迟早都是要还的。但我问心无愧，对得起天地，对得起百姓，对得起这个国家。因为杀他们是为了了结他们的罪孽。有一天我被杀了，那也是因为我造孽太多，到了该偿还的时候。所以不管发生什么事，你永远都要坦然面对。那样，你将来才会走得更远。"

何建朴还是第一次听到这样的言论。他凝望着布日固德，晓得他信佛，问道："大哥，按你的说法，那是不是这世间根本就不存在什么好坏和对错？"

"呵呵，大哥也不懂，这需要修到一个很高深的境界。敌对的双方，你看我是坏人，我看你是坏人。就像现在孙中山先生提出来的三民主义，赞成的人都说是对的，不赞成的人都说是错的。"

"对！"何建朴连连点头。

"呵呵，这些都不过是我打打杀杀这么多年得出来的个人见解。金无足赤，人无完人，再好的人，也有缺点，再恶的人，也有善念。"

何建朴沉思片刻，仿佛有所悟，叹息道："世间有因果，善恶终有报。"他突然想到了巨匪卢金斗，疑惑道："卢金斗这般作恶多端，定是有起因的吧？"

布日固德神色阴沉了下来，轻轻叹了一口气说："光绪十三年，卢金斗出生于丰镇厅天宝屯一户贫苦农民家庭，青少年时给富户扛长工。为了生计他父亲借了一些钱，让他在隆盛庄摆了个杂货摊，后遭土匪抢劫。辛亥年武昌新军起义，他参加了轰动塞外的丰镇小状元起义，跟随武万义混日子，武万义当时还只是个警务小头目。后来阎锡山派一个姓张的视察员来视察警务，卢金斗没有表现好，张某很不高兴，武万义大怒，打了卢金斗五十大板，卢金斗愤然离去，投靠了在丰镇驻防的晋军霍殿开部。起义失败后，他随义军退守山西大同，卢金斗依靠战功升到独立营营长职位。民国三年，晋军大同镇守使陈希义为消除异己，借口军纪涣散，将卢金斗所在的独立营官兵全部处死，卢金斗因为请假回家上坟而幸免于难。得知弟兄们被处死的消息后，卢金斗决心要为死难弟兄报仇。他伺机从一个警察手中夺走一支步枪，趁隆盛庄庙会之机，将陈希义的孙子和外甥杀死，当时陈希义不在，逃过一劫。卢金斗杀人后，愤然跑到大青山，自称晁盖，拉起杆子聚拢了一支队伍落草为寇。打起了独立队的旗号，自称司令。卢金斗为人豪爽，很讲江湖义气，很得入伙人的拥护。没过多久，就有刘万宝、庞三通、刘大侉子、刘希晨、邢得胜、陈二虎、王德荣、刘二、大嘴三子、苏雨生等各股匪徒纷纷入伙，甚至还有逊清满族文人明文达等也加入了卢金斗的队伍。参加策划小状元起义的赵有禄更是做了卢金斗的左右手。卢金斗本人并不贪图钱财，也不抢男霸女，抢来的一切东西几乎都分给了其他人，因为如此更得那些土匪的拥戴，而且我和他交手数次，发现他具有极强的组织领导才能，拉起队伍仅数月便聚集了一千余人。从此卢金斗的队伍纵横塞外，他的部下烧杀劫掠，无恶不作，恶名传遍全绥远，他为了扩大自己的影响，睁一只眼闭一只眼，人称卢阎王，提到他，全绥远，整个大蒙古谁都畏惧。他被收编后，我发现他暗中与几个反对共和政府的蒙古王爷勾结，在暗中策划内蒙古独立，我便开始跟他明争暗斗，阻止内蒙古脱离中国版图。也因此他对我下黑手。据我所知如果内蒙古一旦像外蒙一样闹独立，他就是内蒙古国军队的总司令，大元帅。"说到这里，布日固德一声长叹，惋惜而又气愤地说："说实话，他是个将才。如果不是陈希义那个自私自利心狠手辣的王八羔子，也不会有今日这个无恶不作的大阎王。可惜卢金斗走错路了，他如果拉起一支义军，卫国护民，我都愿意跟着他一起干，那这大蒙古将会是另外一番光景。哈哈哈，可是没有如果，时间无法倒流。但他走到今天这一步，并不能完全怪他，我想他也许是对政府，对军阀，对袁世凯那些人完全彻底绝望了吧！但他已经自甘堕落，越走越远，走进了地狱，再也回不了头了。我们必须竭尽全力剿灭他，保住内蒙古。"

何建朴笑了笑，说不出地苦涩和迷茫，他以前一直以为卢金斗就是个天生的土匪和恶魔，却突然发现卢金斗根本就不是一般的无知土匪，虽然他罪恶累累，千刀万剐亦不为过，虽然他是何氏不共戴天的仇人，但他要分裂国家，以打劫手段集积资金，购买武器，搞内蒙古独立，那就是国仇了，是中华古国的罪人，更该杀。他抬起头来，看着布日固德，问道："大哥，您说，现在是个什么样的世界？外国列强可以明目张胆地到中国来杀人放火，抢劫财物。我们究竟是一个什么样的国家？什么样的政府？孙中山先生的共和政府什么时候能一统天下？"

布日固德双眼微红，轻轻摇了摇头，苦笑道："大哥也不懂，我只知道作为军人，就应该守土有责，就是战死，也不能让国家分裂，丢了老祖宗传下来的国土。不过，我相信，只要中国人同心同德，我们国家终究会强大起来，赶走外国列强，人民终究都会过上好日子。"

"我信您，大哥。"何建朴满意地笑了笑，仿佛看到了希望。

布日固德微笑着闭上眼睛，闭目养神。说了这么多话，他累了。

何建朴静静地凝望着他，从他的脸上看到了一个顶天立地的男人的血性。他暗自思忖，如果中国人都像他一样有血性，不愁赶不走外国列强，建立起自己强大的国家。他轻轻嘘了一口气，站起身来，走出大帐篷，抬头望去，天空已经放晴，风停雨歇了。

五

　　休整两日后，这天天刚蒙蒙亮，何建朴一行随着叮叮咚咚的驼铃声出发了，他们又日夜兼程，终于看到了前方归化城的城楼和城墙，大家的脸上都情不自禁地露出了笑容，一路的担惊受怕终于可以结束了。

　　蒙古草原上早晚的温差极大，即便是夏日，清晨时分也冷飕飕的。到达目的地的喜悦让何建朴一行人不晓得冷，却反而感觉到浑身暖和。

　　归化城历经四百年风沙雕琢，早已刻满了苍凉，洋溢着古老沧桑的气息，却不乏新时代萌芽的气象。新时代鲜活的气象在不知不觉中将旧时代腐朽的气息一点一点荡涤，给这座古城渐渐蒙上了一层希望的光辉。

　　骑在黑色蒙古马上的布日固德经过这些天换药、饮茶、休养，又昂首挺胸了，他望着归化城东门城楼，对身边的何建朴笑道："老弟，这就是三娘子建造的归化城。"他说的三娘子是嫁给祖孙三代四个顺义王，主张与明王朝友好通商，和平相处，主持修建归化城，被明朝政府册封为忠顺夫人的钟金哈屯。

　　何建朴深深吸了一口他耳熟能详，却第一次亲眼所见的归化城的清新空气，将积压在胸中的阴郁之气尽数驱出，整个人感觉到轻松舒适了许多。他点了点头，试探着问布日固德说："大哥，您接下来有什么打算？"

　　布日固德稍作考虑说："老弟，我暂时不陪你进城，在归化城里你不必担心，有官府，你该做什么做什么。我要尽快回绥远军营，稳定军心，防止卢金斗勾结那些蒙古王爷搞独立。你千万要记住我对你的叮嘱，若想何氏商行重新在绥远崛起，在绥远有头有脸的那几个人你需要小心对待，只要与他们交好，再有我帮忙从中周旋震慑，何氏商行不愁不崛起。"

何建朴满脸一笑，向他拱手道："多谢大哥！"

布日固德又一脸凝重地对他说："你放心，建刚的事，我回去之后立即就去查，你不必过多担心。"

何建朴又抱拳感激道："多谢大哥！"

"你既然认我这个大哥，建刚就是我三弟，救他就是应该的。以后你我兄弟之间不必多礼。你这酸腐气得改改。"

"对大哥得恭恭敬敬。"何建朴对他一笑，翻身下马，从跟在身后的一匹骆驼背上的一个茶包里摸出一个长条形木匣，双手捧着，郑重地递给他。

布日固德有些好奇，看了他一眼，伸手接过木匣，感觉有些沉，触感温润细腻，应该是好檀木所制，闻到从木匣里散发出淡淡清香。不说盒中之物，单单这小盒看来就很珍贵，那匣中之物恐怕价值不菲。布日固德好奇地打开小木匣，他一眼就认出匣中装的是一块"川"字牌老青砖茶。他又仔细看了一眼那块青砖茶黄色包装纸上的字，只见上面印着"乾隆元年制"，暗暗吃了一惊，晓得自己手上捧着的是一块无价之宝，他的手禁不住微微发颤。

何建朴看见他很惊诧，晓得他没有看到过这种宝物，只对他一笑，没有说话。

布日固德抬头看着何建朴，看见他淡然一笑，并不解释，从他的笑容上，他确认自己的猜测无疑。他突然想到了什么，双眼缓缓瞪大，盯着那块"川"字青砖茶，有些难以置信，急忙关上盒盖轻声问他道："你就是用它救了我？"

何建朴摇摇头轻描淡写地说："再好的茶也不可能让人起死回生，是大哥命不该绝。这一次我带了两块何氏祖藏青砖茶出来，打算送给帮助我的相与。没想到我们出了雁门关便遇上大雨，弟兄们都淋湿了，着了凉，有的发烧、拉肚，我更没想到会在树林里遇到受了重伤的您。我用一块煮了茶汤，分给弟兄们喝了，也喂给您喝了，用热茶汤把您已经冻僵的身体擦热了。关键的是老骆驼叔还给您上了枪伤药，茶汤起的是辅助作用。"

布日固德看着手中的盒子，轻声叹道："不是它，你们不会不远千里到这荒原大漠来，也就救不了我。是何家'生牲川'救了我。这份礼太重了，我本不该收，但我要把救了我命的恩茶带回家去供奉，叫全家人每天对它烧香磕头。"

"大哥言重了。"何建朴看见他如此有诚意，暗暗欣喜，晓得他不会食言，建刚有救了，何家生意也有了希望。

"那我就先走了，你们万事小心，如果有事，尽快到绥远都统府来找我。"布日固德将木匣塞入怀中，抬手朝何安逸和老骆驼等众人抱拳一拜。众人急忙抱拳还礼。他再也无话可说，掉转马头，朝五里远外的绥远城疾驰而去。

何建朴紧盯着他渐渐变得越来越模糊的身影，突然意识到也许他们收留了这个人，才使小阎王有所顾虑，不敢对他的商队大动干戈。他情不自禁地扯开嗓子喊了他一声："大哥！"到看不见他身影了才转身，看见归化城门楼上"承恩门"几个字，向大家一挥手说："走，我们进城。"重重拍了身边的骆驼一巴掌，吼了一声："驾！"骆驼似乎知道目的地就在眼前，进去就可以卸下背上的重物休息了，走得比之前快了许多。

很快，何建朴一行人到了归化城东门前，众人都下了驼背。驼工们每年都有数次往来于内地和归绥，大部分时间都落脚于归化城。自古以来这条茶马商道上不乏土匪，年年有驼队遭劫。特别是近几年卢匪为祸作乱以来，这条商道越发艰难危险了。驼工们每一次往来，都仿佛是一种生死体验，他们每一次安全往返，都有一种重生的感觉。

城门口两边站着两个人高马大背着汉阳造步枪的蒙古兵，左边那个上等兵取下汉阳造步枪，端在手中，拦住了何建朴一行人。

老骆驼急忙向何建朴使个眼色，何建朴点了点头，老骆驼微笑着迎了上去，亲热地唤了他一句巴爷，一脸笑地说："好久不见了。"

那士兵一看来人，原本冷峻的脸上缓缓露出了一丝笑容，上下打量了他一眼说："老骆驼又发财啦！"

老骆驼点头哈腰道："谢谢巴爷抬举，我一个赶骆驼的苦力，哪里发得了财。"

巴爷笑道:"在归化,哪个不知道老骆驼八面玲珑啊!"

"呵呵,巴爷您说笑了。"老骆驼一边笑着,一边从口袋里摸出早就准备好的一个黑色小布袋,塞在他的手中。巴爷看着老骆驼,脸上的麻子缓缓绽放出笑容。他掂了掂手中的袋子,对他点了点头,算是满意。

"巴爷,一点小意思,兄弟们都辛苦了,等我安排妥当,一定来请兄弟们喝酒。"老骆驼满脸恭敬地笑着对他说。

"好说。"巴爷哂然一笑,一边把玩着手中的小布袋,一边打量着老骆驼身后的驼队,他并未注意到何建朴与何安逸,因为此刻他们的穿着打扮与一般的驼工没有两样,这是老骆驼叫他们换的行头。

"还请巴爷多多关照。"老骆驼又恭恭敬敬地递上了货物通行证。

巴爷接在手上,只瞥了一眼,随意问道:"什么东西?"

"茶。"老骆驼又恭恭敬敬回答,"青砖茶。"

巴爷听说是茶,连忙走到第一匹骆驼旁边,对佯装驼工的何建朴吩咐道:"打开看看。"

陪在一旁的老骆驼急忙向何建朴使了个眼色,何建朴自然明白他的意思,朝巴爷一笑说:"您稍等。"连忙从驼背上卸下一只箱子,打开箱盖,拿出一块青砖茶递给他。

巴爷接过茶,撕开青砖茶的包装纸,看到里面青黑色的砖茶,低头闻了闻,点了点头说:"好像还不错。"

老骆驼急忙笑道:"巴爷好眼力。"老骆驼又向何建朴使了个眼色。

何建朴心领神会,急忙对巴爷说:"巴爷,您和各位兄弟拿几块去尝尝。"

"那就先尝尝。"巴爷微微一笑,用手指轻轻摩挲着砖茶正面上凸起的"生牲川"三个汉字,当他的手指落在凹下去的"川"字上时,不自觉地念着:"生牲川。"他皱了皱眉,抬头盯着老骆驼问道:"这是'生牲川'青砖茶?"

老骆驼心里一喜,连忙笑答:"是的。"

"哪家产的?"巴爷紧盯着老骆驼的眼睛。

"何氏。"

"咸宁何氏?"

"是的。"老骆驼有些莫名其妙，但还是如实回答。

巴爷神色大变，丢下砖茶，拿起挂在脖子上的警哨，"呜呜"吹了起来。城门内外几个守门的士兵听到哨声，连忙端着枪，飞跑过来，将枪口一齐对着何建朴一伙人。

众驼工神色大变，都不敢乱动。何建朴也脸色突变，不知道发生了什么事，他看了同样脸色突变的何安逸一眼。

何安逸与他交换了一下眼神，想说什么，被何建朴示意拦住了。

老骆驼大惊失色，连忙问巴爷道："巴爷，您这是做什么？"

不一会儿有一队端着汉阳造步枪的士兵从城里跑了过来，迅速在驼队前分散开，将驼队包围了起来。

巴爷冷冷地盯着面色苍白又惊慌失措的老骆驼，冷笑道："老骆驼，我接到上司命令，有线报说有一批假冒'生牲川'青砖茶不日要抵达归化，其中有劫匪扮作客商要混入归化城，上司命令我们拦截货物，羁押所有驼工。"

"不可能，巴爷，您一定是弄错了，我老骆驼在这条道上走了三十年，从来没干过犯法的事，在归绥哪个不知哪个不晓？"老骆驼又惊又怒，脸色灰暗。他没想到这个家伙刚收了钱，还没转眼就不认人。

巴爷冷笑道："老骆驼，这个我不清楚，我只是听命行事，只能先得罪了。"他又向众喽啰一扬手，吼道："将所有人和货物都带回警备司令部，交给上司查处。"

"是。"喽啰们应声而动，舞着枪把何建朴一伙人和所有骆驼往城内赶。

老骆驼一脸愤怒和屈辱，还想要抗争，何建朴急忙警觉地抬手阻止他说："老骆驼，这里面有问题，他说有线报说有人把假冒'生牲川'茶运到归化，很有可能有人在给我们挖坑。"

老骆驼经何建朴提醒，也突然感觉到不对头，脑子里迅速搜索着是哪个在挖坑。他没有想到好不容易到归化了，又出了这档子事。

听到何建朴的话，巴爷将目光凝聚在何建朴的脸上，上下打量着他，问了他一句："你是咸宁何家的人？"

何建朴正要回话，惊恐不安的何安逸突然拉住他，示意他不要透露自己的身份。

何建朴淡然一笑说："安逸叔，是福不是祸，是祸躲不过。"转头向巴爷抱拳一摇，不惊不惧，不卑不亢地说："鄙人何建朴。"

巴爷看了一眼手中的小布袋，又看着何建朴说："我不白要你的，这事你得赶快找人去找我们上司，究竟其中有什么事，我也不清楚，我可以帮你传消息。"

何建朴大喜，抱拳对他深深一拜道："多谢巴爷！"

巴爷傲然一笑说："如果你真是湖北咸宁'川'字茶的人，我巴某不敢受此大礼。"

何建朴稍作沉思，神色端庄地对他说："在这个远离我的故土，我上不沾天，下不沾地的地方，何某不说假话。我确实是咸宁'川'字青砖茶的掌门人，请巴爷给归化何氏茶行大掌柜何安稳传个话，您如实照说我的情况便是，何安稳是我五叔，请巴爷让我五叔尽快来见我一面。"

"这个好办。"巴爷一笑，又向他的部下挥了挥手。

"多谢了。"何建朴说完，又向巴爷抱拳一拜说，"还请巴爷多多关照，等把事情弄清楚了，我定当重谢。"他边说边摸出一两银锭塞在他口袋里。

巴爷一脸笑地对他点了点头说："好说。你放心，话我一定给你带到。"

"多谢。"何建朴又抱拳一拜。

巴爷看了身边一直盯着他手上钱袋的一个随从一眼，从小布袋里摸出两粒碎银递给他，叫他带弟兄们去喝酒。那个随从高兴地接过碎银，转身飞跑。

另外三个守城门的士兵看见那个随从拿银子跑了，急忙围过来，巴哥巴哥叫个不停。他又摸出三粒碎银分别放在他们手掌上，乐得他们两眼放贼光，哈哈笑。

巴哥笑骂道："巴哥不骗你们吧，跟着巴哥，保管你们吃香喝辣。"

"那是！那是！巴哥放心，你叫我们干啥，我们就干啥，你叫我们抓鸡，我们绝不偷狗。"

巴哥得意地说："这就对了，别看哥儿几个只是看城门的，但也不想想这是啥子门，这门也不是谁都能看好的。巴哥这一辈子也没啥子大理想，就想一直把这门给看下去。如果世道变了，这城门归别人管了，我们看不成啦，我就回家娶房媳妇，生个儿子，做点小生意，好好过日子去。"

"那是！那是！老婆孩子热炕头。你去过神仙日子，丢下我们几个去逛窑子呀！"

"你们好好跟着哥，在这个城头变幻大王旗的年头，都学乖一点，少得罪有钱人，我们身上这身皮，今日穿了雄赳，明天就有可能被当成乱党砍头，到我们剥了这身皮，说不定这些有钱人还能赏我们一口饭吃。至于他们神仙打架，关我们这些凡人鸟事。"

"那是！那是！巴哥高见！"他身边拿着好处的几个喽啰一个劲地点头。

"你们好好看着城门，都把眼睛放亮点，别让任何歹徒混进城里。"巴哥一脸正色地对他们说。

"是，巴哥，您放心就是了。"那几个喽啰边回话，边各司其职去了。

巴哥哼着小曲，摇摇摆摆地向城里去了。

何建朴看着跟在身边的何安逸与老骆驼，苦笑着说："没想到我们被押进了归化城。"

何安逸愤愤不平地说："怎么会这样？"

何建朴轻叹一声肯定地说："很显然有人捣鬼。"

老骆驼疑惑道："会是谁呢？"他想到了小阎王，看了一眼何建朴说："不会是卢金斗吧？"

何建朴点了点头，看着巴哥的背影说："有这个可能，就是不知道那个巴哥可不可信？"

老骆驼肯定地说："巴哥虽然贪财，但信誉还是有的。"

"信誉？我看他跟卢匪没有任何区别。"何安逸满脸愤怒地讥讽道。

老骆驼晓得他心里有气，不再说话。

"贪财并非错。"何建朴轻叹道，"只要他拿了钱办事就好，就怕那些拿钱不办事的流氓无赖。"

"大掌柜，接下来我们该怎么办？要不要派人去找一下布日固德将军？"何安逸担心地问。

"走一步看一步，现在哪个也出不去，怎么找布日固德？等五叔来了再说。"何建朴沉着冷静地说，"安逸叔别担心，办法总会有的，事情总会弄清楚的。"

"目前看来也只能这样了。"老骆驼轻叹了一口气。

归化城很热闹。那伙蒙古兵押着何建朴的驼队经过席力图召山门、牌楼，何建朴看见山门上悬着"灵光回澈"匾额，四个大字上面有"延寿寺"三个小字，过了席力图召山门便到归化城最繁华的大南街，许多商铺都聚在这条街上。药店、茶行、饭馆、杂货铺、当铺、布店、水果铺、钟表行、煤球铺等应有尽有。归化城不大，他们一行人过了大南街，看见了小东街的魁星楼，还看见大圆顶的清真寺和与内地寺庙建筑相似的无量寺。

明朝隆庆六年，蒙古首领阿勒坦汗率土默特部驻牧呼和浩特，建库库和屯，从草原游牧到此定居生活。到万历年间，明朝政府将库库和屯赐汉名归化，意为顺从朝廷统治，归顺化一。归化城位于土默川平原东北部，大黑河、东河、西河环城流过。民国元年，国民政府将前清政府设置的绥远城理事同知厅，改为绥远县，治绥远城。民国二年，绥远县并入归化县。绥远从此结束了独立治理的局面。民国三年，归化县改为归绥县。归化城距山西杀虎口二百里。归化城又叫"三娘子城"，据说是顺义王阿勒坦汗之妻钟金哈屯所建。归化城有东、西、南、北四门，东曰承恩门，西曰柔远门，南曰归化门，北曰建威门。"生牲川"茶庄在柔远门内闹市上。

各色商行、店铺、酒楼、客栈都开门迎客了。路上的行人不是很多，偶尔有马车来往。当那些端枪的士兵押着何建朴一行人和一眼看不到头的驼队走过的时候，好多人闻声出来看热闹，交头接耳猜测这些人犯了么事，被拉来游街示众。

何建朴边走边看，走了大半个归化城，他慢慢发现这伙人是有意押着他们游街示众。不久，他们被押到了警备司令部所在地，这里是清朝时期的一个军营，里面设有不少牢房，好多牢房里都关押着犯人。何建朴一行人被搜身后，被赶进了一间大空牢房里。这间牢房面积虽大，铁窗很小，光线有些昏暗，满屋有一种十分潮湿难闻的味道。

这些人大多是第一次进牢房，在荒原野外无拘无束惯了，都难以适应，待那些士兵走后，一个个暗中诅咒他们不得好死。

听见大伙吵吵闹闹，埋怨不休，老骆驼阴沉着脸，怒喝道："吵什么吵，都安安静静、老老实实地待着，我们一定要相信何东家，很快就会有人来保我们出去。"他说这话是有把握的。

众人很快就安静下来，靠着墙，你挨着我我挨着你坐下来，一个个都满眼期待地看着何建朴。

何建朴环视众人，神色镇定，语气自信地对大家说："弟兄们不用担心，我五叔很快就会来保我们出去。"

对于何建朴的话，众人还是很信任的，都不再言语。因为日夜兼程，大家都累了，有几个心里不装事的驼工很快靠墙坐着打起了呼噜。

阮长武看见他们睡了，苦笑着摇了摇头说道："这些人刀都架在脖子上了也能睡得着？属猪的吧！"

夏兴保笑着说："怕个屁啊，反正天塌了有何东家顶着。"

还清醒着的人听到这话都笑了。

老骆驼狠狠地瞪了他们一眼。

何建朴也笑了，装出轻松的样子说："天不会塌的。天要真塌了，大家也不必担心，累了尽管睡觉，说不定一觉醒来，我们就出去了。出去后我一定让大家吃好喝足。"

气氛一下子轻松了许多，没过多久，又陆续有人跟着打起了呼噜。

人一放松下来，倦意就袭来了，本就疲惫不堪的何安逸，也忍不住合上了双眼，开始打起了呼噜。

何建朴淡然一笑，看着脸色一直无比阴沉难看的老骆驼，宽慰他说："老骆驼，你不必担心，也不必想太多，反正多想也无益，还不如眯一下，说不定一觉醒来，我们就可以出去了。"

老骆驼笑了笑，那笑意有些苦涩。

何建朴又柔声安慰他说："老骆驼，这不是你的错，是有人故意针对我，才连累了你们。"

"唉！"老骆驼一声轻叹，便不再说话，也缓缓合上双眼。

何建朴笑了笑，靠着身后冰冷的墙壁，抬头看着对面那扇狭小的铁窗，看着窗外有些阴沉的天，思考着是谁在他背后捣鬼，那个捣鬼的人又有什么目的。他越想越感觉不安，越心烦意乱。他深吸了一口气，强迫自己合上双眼睡一下，只有养好了精神，才有精力应对接下来要发生的事。但无论怎样强迫自己，何建朴就是睡不着。过了一会儿，他不得不睁开眼睛，静静地看着那扇铁窗，看着外面乌蒙蒙的天，听着街上嘈杂的声音，时间一分一秒在他的忐忑中悄然流逝。他不晓得巴爷去给五叔传话了没有，不晓得要栽赃何家的那个人究竟给他挖了多大一个坑，这个坑究竟会不会埋葬何氏在漠北的茶业。他胡思乱想着也迷迷糊糊睡去了。只眯了一会儿，他惊醒了，忐忑不安地在牢房里踱着步，担心这些兵痞拿了钱，没有去给他五叔何安稳传信。但是，他们这么多人和骆驼从街上被押到牢里来，何氏茶庄的人一定晓得。他相信五叔一定在设法救他们出去。他在坐立不安中过了三天，第三日下午，何建朴正靠在墙上打盹，突然"嘭嘭嘭……"一阵粗鲁的敲门声把他惊醒了，何建朴猛然睁开双眼，睡意顿消。

老骆驼也醒了，众人陆续醒来。

牢门外站着四个端枪的兵，其中领头的是一个军官，看肩章，应该和呼斯楞一样是连长级别。

何建朴与老骆驼对视了一眼，两个人起身急忙快步奔到牢房门边，隔着木栅栏看着那个连长，何建朴笑着问道："长官有何见教？"

那连长凝视着何建朴，微笑道："您是何建朴何先生？"

何建朴急忙道："我是。"

那连长温和地对他说："你们可以走了。"

"可以走了？"何建朴愣住了，反问了他一句。

"可以走了。"那连长依然面带微笑，亲手打开了牢门。

所有人这才确信，原来是真的可以走了，瞬间，所有人都彻底地清醒过来，个个脸上都露出了压抑不住的激动和兴奋的笑容。

何建朴愣了一会儿，他没想到这么快他们就被放出去了。他扫视大家一眼，抬脚出了牢门，向几个兵抱拳恭敬一拜，拉着跟在身边的何安逸，对驼工们大声笑道："我们走吧。"

众人忍不住欢呼着拥出了牢房。

何建朴率一行人在那位连长的带领下离开了牢房。其他牢房里的犯人眼巴巴地看着他们，有一个犯人忍不住大吼道："军爷，军爷，我是冤枉的，我是冤枉的，快点放了我，我要出去……"

一个士兵立即用枪口对准那个人，恶声恶气地吼了他一句："放老实点，再闹，老子一枪毙了你！"

那个人看着黑漆漆的枪口，立马老实了许多，哭着哀求道："军爷，你们弄错了，我真的不是革命党。"

那士兵又恶狠狠地瞪着他吼道："你跟老子说没用，有本事去找蒋司令。"

何建朴突然听到"革命党"三个字，暗暗吃了一惊，估计这个牢房与密谋内蒙古独立的那些蒙古王公有关系。

何建朴一行人出了大牢大门，都感觉到就像做了一场梦，糊里糊涂地进去，又糊里糊涂地出来。

大门外站着一个穿着一件黑色长袍，头上戴着绒毛帽，脚上穿着一双蒙古长统皮靴，正在焦急不安地往牢房里张望的男人。这人看上去清瘦文弱，四十来岁年纪，眉目间与何建朴却颇有几分相像，只不过气色看起来不好，面色苍白。他就是何建朴的五叔何安稳。何安稳看到何建朴与何安逸出来了，急忙笑着边跑过来边大声呼唤着："建朴，二哥。"

何建朴与何安逸也看到了他，急忙迎了上去。何建朴一把紧紧抓着他的双手，欣喜地叫着："五叔！"

何安逸也高兴地叫他一声："五弟。"何安稳叫了他一声二哥。

何安稳朝何安逸笑了笑，上上下下打量了一番何建朴，满脸都是疼爱地说："两年不见，你成熟了。"

何建朴一笑说："五叔，人世无常，不成熟不行呀！"

何安稳抬眼在人群中搜寻了一会儿，微皱眉头，有些疑惑地问何建朴："建刚呢？你不是写信来说建刚这一次也跟着来了吗？"

何建朴动了动嘴唇，不晓得如何回答五叔才好。

何安稳的声音不大，但所有人都听到了，本来喧嚣热闹的人群一下子安静了下来。他那清瘦的脸渐渐阴沉下来，双目凝视着何建朴，又问道："建朴，你们到底出了什么事？"

何建朴又张了张嘴巴，喉咙突然变硬了，一个字都没有说出来。

何安稳还想说什么，何安逸连忙阻止道："五弟，等回去再跟你细说，这里不是说话的地方，一时半会儿也说不清楚。"

何安稳松开何建朴的双手，沉默片刻，晓得他们一路上经历的不是被扣押这么简单，点了点头说："你们受苦了。"

"五叔，没事了就好。"何建朴对他微微一笑。

何安稳也笑了笑，不过有些勉强。他有种很不好的预感，他又看着老骆驼，向他抱拳一摇说："老骆驼，这次让你也受委屈了。"

老骆驼满脸愧色道："五爷您客气了，惭愧！"

何建朴怕他们扯远了，连忙说："好了，好了，大家先回去再说。"

"好，先回去再说。"何安稳向大家招了招手。

"各位，请跟我一起去领回属于你们的东西。"那位连长适时插进一句话来，转身朝旁边一间大堂走去。众人紧跟其后，领了各自带在身上的东西，清点之后倒是什么也没少。那位连长转身要走。

何建朴急忙上前挡住他说："这位长官，不知贵姓？"

"罗明。"那个连长满脸笑容地回答道。

"罗长官，不知道我那批货在哪里？"何建朴又急忙追问了他一句。

罗明依然一脸笑意，但却用一副公事公办的口气说："很抱歉，何先生，您的货要暂时扣押在这里，待调查清楚之后，只要是正宗'生牲川'青砖茶，我们会给您一个满意的交代。"

"绝对是正宗的咸宁柏墩'生牲川'青砖茶！"何建朴听说那批茶还要扣押在这里，顿时急了，看样子货暂时恐怕是拿不回来了，又连忙申辩说，"罗长官，这批货是我日夜督促工人赶工，亲自监制的，绝对是柏墩'川'字青砖茶。罗长官，这批货对我对我们何家来说，是全部家当。"

"很抱歉，何先生，我无法帮到你。我只是一个当差的，有事你们去找我们蒋司令。"说完话后，罗明转身走了。

何建朴还想说什么，何安稳一把拉住他，向他使了个眼色说："建朴，我们还是先回去再说吧，只要人没事，货好说。这次赤峰的喀喇沁王爷正好到绥远来办事，我托他说情好不容易把你们放出来了。"

何建朴明白何安稳的意思，晓得他在这个地方有头有面，便垂头丧气地跟着他走。大伙儿都累了，货又被扣押，心情都不太好，都默不作声地往西街走。除何建朴是初次来归化城外，那些驼工对归化城的大街小巷都十分熟悉。

他们默默穿街过巷，来到了大西街生牲川巷。生牲川巷很显然是以何氏"生牲川"青砖茶命名的。在归化城，很多街巷都是用商号命名的，最有名的自然是"大盛魁"，人们只要一说"大盛魁"就晓得是哪条街。即便如今的"大盛魁"已经风雨飘摇，再不复之前的繁盛，然而瘦死的骆驼比马大，它的名头仍然是其他商号难以企及的。几百年来，一直盛传着"一个大盛魁，半个归化城"。可见大盛魁昌盛庞大到何等地步。

何氏"生牲川"在整个绥远地区，也曾盛极一时，所以其在漠北的总商号所在地，也有幸用商号命名了，只是如今的何氏"生牲川"商行早已入不敷出，难以为继，若是再没有转机，恐怕倾覆就在眼前。

生牲川巷所占的位置在归化城西街是个很不错的地段。十几年前，何氏家族全盛时期，这里有三分之一的房产属于何氏，如今为了维持何氏商行的正常运转，他们陆续变卖了不少房产。

原本计划上一批货物可以让何氏商行支撑一个季度，没想到却被卢匪劫走了七成货物，如今的何氏商行每日最多只能开业半天，甚至经常连续多日不开门营业，而且只能将货物给多年来的老主顾，所以顾客很少，很多顾客已经对何氏商行失望。

今日何氏商行闭门不营业。这个商铺是三进三出的四合院落，古朴典雅。何安稳一早得到消息，他一边安排下人准备足够分量的饭茶，一边忙着去警备司令部捞人。这个警备司令部归绥远都统署管，总部设在老城归化，沿袭清时期蒙古警备处对蒙古边防的警备任务。现在的警备司令是都统蒋雁行的侄儿蒋北升。

何安稳领着众人先去偏厅里吃饭。五张大饭桌，每张桌子上都摆放着六个大盘子，每个盘子上面都堆满了热气腾腾的烤羊肉、烧牛肉、烤包子，香气诱人，还有煮好的生牲川青砖茶，浓香袭人。

烤包子是归化城里有名的小吃，几乎家家户户，有钱的没钱的都吃，再配上浓香甘醇的青砖茶，那是绝味。

闻到香味，大伙儿忍不住了，一齐围了上去，但却因为货物失手不敢动筷。

何安稳看见这些如饿狼扑食却不敢动筷的驼工，大笑道："各位兄弟，一路辛苦了。青砖茶咱先不管，大家人都没事就好。都别客气，趁热吃，能吃多少就吃多少，吃饱喝足先休息，晚上去大戏台看戏。"

众人听见何安稳不仅没有责怪他们没保住货物，还给他们弄了这么多好吃好喝的，顿时来劲了，所有不愉快都飞到九霄云外去了，欢呼着坐下来开始大口吃肉，大口喝茶。那烤包子不但香酥焦脆，馅儿都是新鲜的羊肉和牛肉，咬一口满口肉汁，让人恨不得吞下舌头，再喝一口浓香青砖茶，不但味美甘甜，还能去除烤包子油腻，让人胃口大开。

　　老骆驼、王六斤、阮长武、夏兴保、老汤和老牛坐在一桌，唯独少了何建朴与何安逸。虽然人与货安全到归化了，但终究货物被扣押了，算是没能履行合约，老骆驼心情很不好，脸色阴沉。与他同桌的几个人都不敢说话，只是默默地吃肉喝茶。

　　何建朴和何安逸此刻在另一间大厅堂里，厅堂中间放着一副黑漆棺材，灵牌上写着"何建常之灵位"。

　　何建朴上完三炷香后，举香向灵位拜了三拜，蹲在一旁的火盆边默默地烧着纸钱，整个厅堂弥漫着让人很不舒服的冥纸味。

　　何安逸也上了三炷香，因为他是何建常的长辈，不拜，只坐在火盆边往火盆里扔纸钱。

　　刚才，何安稳把上个月卢金斗手下一伙土匪来打劫"生甡川"茶庄，何建常带着一伙年轻伙计极力抵抗，劫匪杀了何建常，抢了茶的事对他们简单说了。并说他在想办法把建常运回咸宁柏墩老家去，要葬在何氏祖坟山上。

　　何建朴抬起头来，看着何安稳，还没开口，双眼已经红了。

　　何安稳本来想要再说什么，但喉咙一紧，什么都说不出来了，只是张了张嘴巴，无奈又苦闷地长叹了一声。

　　何建朴抹了一把眼泪，也叹了一口气说："五叔，对不起，我没把事情办好。"

　　何安稳摇了摇头，苦涩一笑说："建朴，这不能怪你，我们被别人陷害被别人算计了，警备处来这么一招，明显是背后有人捣鬼，不想让我们何氏在蒙古东山再起。"他说警备处，是按老归化人对现在警备司令部的叫法。

　　"五叔，钱财如粪土，人命比什么都金贵。可建常死了，用再多的钱也买不回他的命。建常虽是远房，但怎么说也是我们何氏族人，你说我该怎么给他爹娘交代啊！"说到这里，何建朴已是一脸悲凄，凄苦一笑说，"现在，建刚也被卢金斗的手下绑走了……"

"你说什么？"何安稳大吃一惊，一双眼睛直勾勾地盯着何建朴，双手缓缓用力握成拳，转头看着门外乌黑的天，咬牙切齿道："你个狗日的卢金斗，难道我们何家与你前世有仇？你杀了建常还不罢手，现在竟然又掳走了建刚。你欺人太甚！欺人太甚！"说到这里，他气得浑身发抖，再也说不出话来。

何安逸沉默良久，满脸悲凄地说："我看就在归化买一块地，把建常安葬在这里，叫他在这个地方守着何氏祖业。现在不是骂人的时候，我们要赶紧派人到绥远去，与布日固德接上头，把这边的情况告诉他，请他想办法帮忙把我们被扣的青砖茶弄出来。那是我们的家底，不能丢。"

何安稳紧咬牙关，尽力克制着满腔怒火，一拳狠狠砸在地面上，拳头砸破了皮，地面留下了一个血拳印。

何安逸看见他不息怒，怕他气坏了身子，想消消他的火，轻叹一声说："五爷，你这样子，怎么能打理好生意？"他叫他五爷，是在提醒他不是年轻意气用事的年纪了。

何安稳鼻孔里仍在出粗气，气愤地说："二哥，你能忍我不能忍，再忍我就要疯了。建常死了，建刚被绑走了，我们老何家什么时候被人如此一而再再而三欺辱过？卢金斗这是要把我们赶尽杀绝！"

何安逸见他越说越气，正色说："五爷，你在这个地方发脾气有什么用？我们上不沾天，下不沾地，干得过他这个地头蛇吗？"

"干不过也要咬他一口，我咽不下这口气。"何安稳无法平复胸中怒火，浑身仍然在打抖。

看见五叔气成这个样子，何建朴长长嘘了一口气，对他说："五叔，现在的卢金斗不是过去的卢金斗了。虽然他跟过去一样行土匪勾当，打家劫舍，杀人放火，但是，他现在是穿着军装的正规军旅长，手上有几千人，几千条枪。他现在打劫是有更大的野心，他在大肆聚集钱财，购买军火，暗中勾结那些反对共和政府的蒙古王爷搞内蒙古独立，要把内蒙古从中国割出去，建蒙古国。建刚是被小阎王绑走的，我看得出来他有私心，他盯着我们老何家祖藏青砖茶，想从中捞一笔大钱，也许他是明白人，看清楚了现在的局势。孙中山先生的民国政府肯定不会让内蒙古独立出去，国民革命军一旦出关，杀到蒙古来，这些土匪出身的蒙古军肯定不是那些训练有素的革命军的对手，一旦开战，他们就要想法各自保命。我看现在无论是大阎王还是小阎王，都为了从我们老何家捞到大笔钱财，他们暂时不会杀建刚。现在卢金斗只扣茶不扣人，目的很明确，他只要钱。如果哪个阻止他捞钱，他就杀哪个。我们现在要想出妙法，既要保住何家的茶，也要保住何家的人。"

经他这么一说，何安稳的气慢慢消了，仍然后背脊发凉，他没有想到何家茶业卷入了关乎国家领土完整的大是大非问题上。他低着头，看着火盆里的星星之火在加进火纸后又熊熊燃烧起来，抬起头扫了何安逸、何建朴一眼，又看了看老茶楼，看了看那副装着建常尸身的黑棺材，站起身来，紧握双拳用力一摇说："就是我老何家倾家荡产，家破人亡，也不能让这般狗日的阴谋得逞，更不能让蒙古从中国分裂出去。"

何建朴看见五叔意气昂扬，誓言要把何氏茶业绑在国家战车上，与祖国共存亡，感到了莫大的欣喜。他在武昌城内亲眼看见了那些年轻的湖北新军，冒着炮火冲向楚望台，举起义旗，推翻腐朽无能的清王朝，拥护终生在奔走呼号共和的孙中山建立民国政府，赶走外国列强，实现国家独立，建立一个富强的民主共和国。他被那群与他一样年轻，却甘愿为国战死的战士被感染了，思想发生了很大变化，有了以商报国的想法。现在五叔的话正合他意。

"小阎王！"何安稳又咬牙骂道，"他比卢金斗还要心狠手辣。听说他比卢金斗还要可怕可恶，是卢金斗的军师，为卢金斗出谋划策。他阴险狡诈，心狠手毒，深得卢金斗宠爱。我们得想办法，把建刚赶紧从他手上弄出来。"

"我会把建刚弄回来的。"何建朴点了点头对何安稳说，"五叔，麻烦您帮我准备两份重礼，我要去拜访两个人。"

何安稳并未问他要去拜访谁，点头起身准备去了。

何建朴站起身来，对何安逸说："安逸叔，我们先去吃饭吧，吃了饭才有力气。"

何建朴与何安逸一起走进餐厅，在老骆驼旁边坐了下来，何建朴看着老骆驼，充满歉意地说："老骆驼，真是对不住，我们现在才来陪弟兄们吃饭。"

老骆驼急忙道："何大掌柜客气了。按规矩货到码头苦力散。现在货被官兵扣了，您还给我们好吃好喝，已经仁至义尽了。我没有叫弟兄们回家，是想留着他们多一个人多一分力。如果真的要动武，我的这些弟兄也不怕人。把他们留在何家茶庄还有用。"

"多谢体谅。"何建朴对他一笑，对老骆驼说了他要好酒好肉招待驼工的原因，他又大声对大家说："这段日子，大家都辛苦了。因为没有来得及准备，大家就凑合着先吃。我五叔已经为大家准备好了房间休息，因为人比较多，可能有些拥挤，还请大家多多担待。大家尽管吃饱，伙食钱由'生甡川'茶庄承担。"

众人边吃边向他道谢。

老骆驼急忙起身，满脸愧色地对何建朴说："何大掌柜，饭钱还是由我拿。这一次老骆驼有负重托，不但让小少爷受罪，还让何家损失惨重，我心里愧疚难安，怎能还让您破费。"

何建朴苦涩一笑说："老骆驼不必多虑，事已至此，责任在我，不在你们。你们陪我一路不辞辛苦，无半句怨言，还屡涉险境，我心中一直十分难安，不过是几顿饭而已，何家就算真的彻底败了，也绝对不会委屈各位兄弟。"

"何掌柜真是好人。""何家真是仁义！""我们愿意为何家卖力。"众人情绪激动，七嘴八舌。

何建朴起身向众驼工抱拳摇了摇说："各位兄弟都客气了，感谢你们瞧得起何家。"

阮长武咬了咬牙，猛然起身，看着何建朴，诚恳地说："何东家，您需要我阮长武做什么，尽管说，小武子万死不辞。"

阮长武话音刚落，王六斤、夏兴保也一齐起身，信誓旦旦地对何建朴说："还有我们。"

除了老骆驼没起身，众驼工都站起身来，拍着胸脯附和着阮长武的话。

老骆驼看着这一幕，黑沉的脸上终于露出了一丝欣慰的笑容。

何建朴感动不已，他突然想哭，人无高低贵贱，你平眼看人，只要真心付出，落难时才会得到真心相助。

一直脸色阴沉不语的何安逸也被他们感动了，终于动容地笑了，他静静地凝视着何建朴，心里有个声音不停地告诉他：何家不会倒！何家永远都不会倒！他很清楚历代何家掌门人都一再叮嘱何家人要厚待他人。他晓得他的这个贤侄在离老家湖北咸宁天高皇帝远的大漠北收买人心。在这个地方，何家需要的是能站出来为何氏茶业拼命的人。

何建朴站起身来，抱拳弯腰面朝众人深深一拜，诚恳地说："多谢各位兄弟！"他端起面前的茶碗，大声说："我以茶代酒，敬各位一杯，感谢各位对何家好！"说完话，他仰头将碗里温热的茶水一饮而尽。众人有的急忙举起茶杯，有的举起酒杯，相继一饮而尽。因为担心还有急事需要驼工们应对，何安稳没有多劝酒。

方才那压抑沉闷的气氛似乎被各位一饮而尽了，大家的情绪又好了起来，一个个吃得肚皮浑圆。

何安稳已经备好了两份厚礼，每一份都用一个精致的紫檀木盒装着。这两份礼可谓是重礼了，何安稳拿出去如割肉般痛。

何建朴一边跟着何安稳往他的书房走，一边听何安稳说备好的礼物，他并没多说话，只是偶尔点点头。他晓得每一份礼物的价值。

何安稳的书房叫"安稳居"。挂在书房门楣上的"安稳居"三个字颇得柳宗元精髓，何建朴一看就知道出自何安稳之手。何安稳推开书房门，让何建朴先进门，他随后入门，与他相继在太师椅上坐定，何建朴打量了一眼这间不大却布置得颇为雅致的书房，看着墙上所挂字画大都出自何安稳之手，不禁笑道："五叔还是雅兴不减啊。"

何安稳笑了笑，没有正面回应他的话，把话题一转说："建朴，接下来你准备怎么做？"

何建朴想了想说："听布日固德说蒋都统进京开会去了，一时半会儿回不来。代都统张凤朝有意剿灭卢金斗。这个张都统与布日固德有交情，我们要赶快利用这个机会，把建刚救出来，把扣押的青砖茶弄回来。"

何安稳听说过这个倾向革命政府的代都统张凤朝，有些高兴地说："我跟你一起去。"

何建朴点了点头说："好！"叫他把那两份礼物用包袱包好，背在身上。

这时何安逸推门进来，何建朴简单对他说了去找布日固德的事。何安逸说只有这一条路可走了。他想了想又对他们说："为了做到心中有数，我们还是先摸清楚归化这边的情况再到绥远去。我们是去打一场大仗，要心里有数。"

何安稳点了点头说："有道理！"

何建朴转头问何安稳道："五叔，这次你托人找喀喇沁王爷好不容易把我们保出来了，现在还能不能去找他帮我们说句好话？"

何安稳摇了摇头说："现在不是大清了，蒙古王爷都过气了，他们还能说上话的是那些与他们有旧交的老人，还要花大钱，不然这些人表面一口一声叫王爷，又是打躬又是作揖，就是不见钱不办事。"

蒙古与大清的关系是牢不可分的。在努尔哈赤打天下，建大清基业时，为了控制蒙古，把这匹猛狼紧紧拴在大清战车上，他便早早开创了与蒙古各部落联姻的政策，这一满蒙联姻政策一直延续到清王朝倒台。因此，在蒙古，王爷说一不二。现在天变了，他们说话也算不了数了。但是大家都晓得这些王爷手上有钱，只要他们开口求人办事，都把他们当肥羊宰。

"那我们到底找哪个能帮忙？"何建朴又问了五叔一句。他想直接去找布日固德，又不晓得他的底细，怕反而把事情弄坏了。

"去顺义王府找包孟恩。他是成吉思汗的后人，在归化八面玲珑，消息灵通。"何安稳回了一句。

"那就先去找他打探一下路子。"何建朴点了点头。

他们边说边先后出了门。

六

门外早就备好了一辆马车。拉车的是一匹黄色蒙古马。马车从外面看起来很普通，一点都不张扬。但仔细看才看得出富贵人家的精致和奢华。挂在马车上的灯笼是洋货，制作马车的木料是上好材料，车轴金黄锃亮。

车夫是个中年蒙古汉子。他方方正正的一张脸，慈眉善目，给人的感觉极为可靠。看到何建朴与何安稳过来了，他笑着叫了他们一声："东家，掌柜的。"

何安稳微笑着向何建朴介绍道："建朴，这是巴图巴雅尔。他在我们家当差十年了，是五叔的生死兄弟，以后有事，你可以吩咐他去办。"

何建朴微笑着点了点头，向他抱拳问安，上了马车。何安稳跟着上了马车，对巴图巴雅尔说："去顺义王府。"

巴图巴雅尔回了一句："好嘞！"挥鞭一摇，吼了一声："驾！"那匹高大的蒙古马拉着何建朴、何安稳向顺义王府飞跑。

归化城不大，只一碗热茶工夫，马车就在顺义王府前停了下来。何安稳解开包袱，拿出一个礼盒放在座位下的暗箱里，包好另一盒背在身上。

顺义王府现在是土默特左翼都统府。

何建朴与何安稳相继下了马车。何安稳的右脚刚落地便看见王府门前停着另外一辆装饰华丽的马车，暗暗一惊，一种不祥的预感让他警觉起来，连忙轻声对何建朴说："贤侄注意那辆马车。"

何建朴抬头扫了那辆马车一眼，晓得他看出了名堂，连忙问道：

"哪个的？"

何安稳轻声说："是'宏德大'在归化商行的掌柜赵祥泰的。"

"赵家？"何建朴一惊，紧盯着那辆马车。

"我们在这里见到他也好，顺便摸一下他的底。"何安稳边说边领着何建朴往王府大门口走。

何建朴的目光没有从那辆马车上移开，他似有所悟地点了点头，心里有了数。

他们刚到大门口便被一个持枪蒙古兵挡住了。何建朴一愣，发现这座过气的王府仍然有兵护卫，说明它的主人没有过气，在归化军政界还有头有面。

何安稳连忙上前一步，一脸笑地说："军爷，我们想求见王爷。"他称包孟恩王爷是给这个看门的蒙古兵面子，抬举他是王府的人，不是一般看门护院的大头兵。他边说边从口袋里摸出一块袁大头塞在他手上。其实这个包孟恩只是王爷的弟弟，不是真王爷。

那个兵接过袁大头，原本一张冷脸，立即换了笑颜："二位稍候，我先进去禀报。"他边说边接过何安稳递过去的帖子，转身两步并成一步往院内飞跑。

"多谢。"何安稳朝他抱拳一摇，转头看了何建朴一眼，苦苦一笑摇了摇头说："有钱能使鬼推磨。"

这时一个扫地的老男人提着扫把走出门来，何安稳连忙笑着迎了上去，叫了他一声："七十爷。"

七十爷看了何安稳一眼，不冷不热地回了他一句："何大掌柜来啦！"

何安稳又摸出一块袁大头塞在他手上，笑着对他说："您得空到'生牲川'茶庄去喝茶。"

七十爷接了钱塞进口袋瞟了他一眼，问他来有啥事。

何安稳知悉他的性格直爽，便不拐弯抹角，压低声音问道："请问赵掌柜是不是在拜访王爷？"

七十爷点点头说："得有半个钟点了。"

何安稳又连忙试探着问："您知不知道他找王爷有何事？"

七十爷摇摇头说："这个，我不知道。在这个地方我只管扫地。"

"您也是王爷。"何安稳笑着抬举他说。

"那是我的祖宗。我没那福气。"七十爷边说边扫着大门前的场子。

何建朴听了他们的对话微微一笑，疑惑地对何安稳说："看不出他有七十岁了。"

何建朴哈哈一笑，"老家伙"三个字没说出来。

"哪里呀！他叫吉仁泰七十，据说是他爸七十岁生的他。"

过了一会儿，那个士兵匆匆返回了，对何建朴与何安稳说："二位大人，王爷有请。"

"麻烦了。"何安稳、何建朴相继抱拳向他摇了摇。

"请！"那个士兵领着他们进入王府。

顺王府好大，庭院深深，殿堂重重，是完完全全的中原建筑。

那士兵领着何安稳、何建朴叔侄穿堂过院，过了回廊，突然看见迎面走来三个人。何建朴一惊，很快扫了其中一个年轻人一眼。

那个士兵看到走在前边那个穿着灰布长袍的老者，急忙恭敬道："刘管家。"

那老者对他点了点头，算是回话，眼睛却落在何安稳脸上。

何安稳对他抱拳一摇，叫了他一声："刘大人。"

"原来是何掌柜。"刘管家一脸温和，目光移到了何建朴脸上。

何建朴晓得他是"宏德大"商行在蒙古的管家，也对他抱拳一摇说："晚辈何建朴，见过刘大人。"他借机仔细扫了其余两个人一眼，心里完全有了底。

"你是何氏茶业大掌柜何建朴？"刘管家目光一闪，语气有些惊讶。

"正是。"何建朴挺直身来，不卑不亢地答道。

刘管家连忙转头看着身旁的两个人。

"何老板，没想到我们这么快又见面了，真是缘分。"说话的是最右边的那个年轻人。他凝视着何建朴，嘴角微微上翘，带着一抹邪气的浅笑。他容貌清瘦，头发油光发亮，身穿一套雪白合身的西装，脚穿白色皮鞋，一看就是位贵公子。

"原来是赵公子，月余不见，赵公子风采依旧。"何建朴淡然浅笑。这位赵公子叫赵富贵，是"宏德大"商行老板赵宏德的大公子，他前些时在武昌与他见过面，没想到这个公子哥突然跑到归化来了。

"何老板看起来脸色好像不太好，听说您刚从警备司令部出来，怎么不在家里好好休息休息？"赵公子邪笑着眨了眨眼睛。

"天公不成全啊！不过赵公子倒是光彩照人。"何建朴从容对答。他把有人陷害说成天公不成全，是在借上苍说话。"举头三尺有神明。我能从警备司令部出来，得神明相助。"他又补了一句。

一旁的何安稳冷冷地盯着面前的赵公子，双拳缓缓用力握紧，又缓缓松开。

"呵呵，何老板，我就当你在夸我喽。"赵公子咧嘴一笑。

何建朴也笑了笑，转眼看着赵公子右手边那个中年男人，抱拳向他摇了摇，谦逊地说："晚辈何建朴见过李大经理。"

李经理听见他自称晚辈，微微一笑，抱拳还礼，儒雅又温和地说："何东家客气了。"他叫他何东家，不叫何大掌柜，是有意把自己放在与何家茶工一样的地位，高抬何建朴，以示礼尚往来，不亏何建朴。

何安稳对李经理一笑说："李大经理客气了。"他抢了一句。

李经理淡然笑道："今日我们还有事要办，再找个时间，我们一起喝茶叙旧。"他在武昌与何建朴见过面。

何安稳淡淡一笑："好。"他有意不让他套何建朴的话。

李经理瞥了一眼身旁的赵公子说："大少爷，我们先走一步！"

赵公子眼中闪过一抹恼怒，他没想到他家里的李某人对何建朴这么客气，却笑着回了一句："好的。"

一直沉默不语的刘管家朝何建朴与何安稳点了点头，与李经理并肩跟在赵公子身后。

何建朴与何安稳侧身站在回廊一旁，微笑着给他们让道。赵公子在经过何建朴面前时故意留步，压低声音对他说："何先生，我听说你的货被警备司令部扣了，那个地方我倒是认识几个说得上话的人，要不要我帮帮你？"

"赵公子好意，何某心领了。"何建朴平淡一笑，脸上波澜不惊。

"不过，听说你那批货有问题，弄不好要全部没收充公。"赵公子说完话，不紧不慢地扬着头走了。

何安稳转头看着他们离去的背影，满脸怒意，到他们的身影拐过回廊看不见了，才咬着牙说："赵富贵这个金玉其外败絮其中的货色，竟然敢在我们面前猖狂。"

何建朴哈哈一笑道:"赵家现在如日中天。"

何安稳冷笑着说:"日到中天就要西落。有他这个草包,赵家不愁不败。"

何建朴淡然笑道:"三十年河东,三十年河西。走吧,五叔。"

"这事说不定就是他们捣的鬼。别看李恒才一副正人君子相,其实满肚子阴谋诡计、男盗女娼。"何安稳说的李恒才是李经理。

"五叔,没必要逞口舌之利。"

"知道了。"

在那个士兵的带领下,何安稳、何建朴进了一处偏院,名为隐园,他站在垂花门外,微笑着对他们说:"二位请,王爷在园中等候二位。"

"谢谢军爷。"何建朴又向他抱拳一摇。

"您客气了。"那个士兵已经从刚才他们的对话中晓得何建朴是"生牲川"的大掌柜,有意给他留个好印象,以便日后往来得些好处。他又对何安稳一笑,转身离去。

"五叔,您见过包孟恩?"何建朴轻声问道。

"见过,但无交情。这个人饱读诗书。"

"这个人怎么样?"

"看起来很善良。"

何建朴稍作沉思,抬脚走进垂花门。

门内是个花园,种满了各种各样的花花草草,有些花已经盛开了,清新的空气中飘荡着一股股清幽淡雅的芳香。

一个穿着蒙古长袍的老人背着双手,在花间徜徉,仰看着蓝色天幕上鹰飞燕舞。

何安稳指着他对何建朴说:"那就是包孟恩。"

何建朴与何安稳对视一眼,轻轻走了过去。

包孟恩知道有人进来了,转过身来,看到了何建朴与何安稳,对他们笑了笑。

何建朴仔细打量了他一眼,他看起来有六十几岁年纪,头发胡子都花白了,容貌和善宽厚,果然如何安稳所说一看就是一位饱读诗书的老人。

何安稳急忙对他抱拳深深一拜，恭恭敬敬地说："拜见王爷。"

何建朴也抱拳一拜，跟着说拜见王爷。

包孟恩几步走上前来，伸手相扶，言语随和地说："两位不必多礼。"

何建朴看着包孟恩，笑着说："您老气色真好！"

包孟恩看着何建朴笑眯眯地问他说："你就是何大掌柜吧？"

何建朴急忙道："晚辈惊当不起！建朴只是老何家守门的。"

包孟恩打量着何建朴，轻抚白须，点着头赞赏道："不错，年轻有为。"

"王爷高看晚辈了。"

包孟恩稍作沉吟，平声静气地说："何家的事情老朽已经听说了，二位的来意，老朽已经知晓。"随后他轻轻叹了一口气说："老朽虽然原来为土默特副都统，名义上是总管，现在不过是个有名无实的闲人，除了一点不能当饭吃也不能当茶喝的薄名之外，没有半点权力。何家在归化诚信经商，无话可说，今日落难，有心相帮无力相助，只能给二位说一声抱歉。"说完话，包孟恩抱拳面朝何氏叔侄一拜，拜得那么无力，又那么悲哀。世道变了，革命者革掉了他们的爵位，弄不好还要割掉他们的人头。天下百姓含辛茹苦供奉他们养尊处优的日子一去不复返了。

何建朴暗暗一惊，他没想到包孟恩这么快便得到了何家人和茶双双被扣的消息，急忙上前扶起老人说："王爷，千万使不得，您这是折煞晚辈了。晚辈走投无路，才来求您点拨。"

包孟恩请他们一同在一处亭子上坐了下来，轻声叹道："生牲川是老字号，在这个地方无人不知无不不晓。只是如今蒙古局势暗流涌动，世风日下，人心不古。有些人为了自身利益，不择手段，老朽想管，可惜有心无力，那些人根本不把我这个他们口里叫的王爷，政府任命的土默特副都统、代理大总管放在眼里。"

何建朴与何安稳只是默默地听着，他们都很清楚他说的是实话。

包孟恩说的这么多名头，其实讲的是土默特部的一段历史。明朝崇祯五年，后金可汗皇太极亲统大军西征察哈尔部，林丹汗战败渡河西走，满洲军占领了归化城。卜石兔汗之子俄木布洪台吉与所部头目古禄格、杭高、托博克等收集部众，投降后金。三年后，古禄格向镇守归化城的贝勒岳脱诬告俄木布谋叛。岳脱杀死俄木布乳母的丈夫茂罕，逮捕了俄木布，押送到盛京。又过一年，后金改国号为清，皇太极改元崇德，废俄木布为庶人，编土默特为左右翼两旗，设都统、副都统、参领、佐领等官职以统辖旗众。从此，土默特沦为"尺地一民不能私为我有"的内属旗。由于土默特部曾经称雄于塞外，在蒙古各部中影响巨大，清廷虽已废去其王爵，委任非贵族出身的古禄格、杭高为都统，但仍不放心，继续对土默特从政治、经济、文化等方面，采取一系列严厉措施进行统治。顺治、康熙、雍正、乾隆四朝一再分化和瓦解土默特部势力，压缩土默特部势力范围，迁入大量外来移民，土默特部族的势力几乎被完全稀释，徒余其名。乾隆四年更是在归化城东北五里处建造绥远城，设置绥远将军，设绥远城厅，为绥远将军及其军队驻所，绥远将军为归绥最高军事行政长官。乾隆二十六年，乾隆皇帝下旨裁掉了土默特两翼都统职位，仅留归化城副都统一员，并改为满缺，由满人专职担任。到清朝末年，归化城副都统几乎是虚职。辛亥年武昌湖北新军举义后，中华民国成立，将归化城副都统改为总管，绥远将军改为绥远都统，绥远都统仍为归绥最高军事行政长官。

何建朴示意何安稳从包袱中拿出那个礼盒，恭恭敬敬地递给包孟恩说："一点薄礼，望前辈笑纳。"

包孟恩微笑着摇头道："无功不受禄。"

何建朴把礼盒放在他面前的桌子上，对他笑着说："总管大人是我的长辈，我本该早早来拜访您，只是家中诸事繁多，又路途遥远，来迟了。这是晚辈孝敬长辈的一点心意，还请您收下，以后多指教晚辈。"

何建朴一口一声叫他长辈，包孟恩听得心里舒坦，轻轻点了点头，"嗯"了一声，对他的谦恭懂礼表示认可。包孟恩抬手打开礼盒，看见精制的木盒内是一块青砖茶，他听说过何家有祖藏青砖茶，却从来没有见过。他估计摆在自己面前的这块茶是何氏祖藏之物。他仔细端详着它的包装，原本浑浊的眼睛为之一亮，忍不住伸手拿起那块砖茶，闻了闻，微微眯上眼睛细细品味，而后睁开眼睛，看着何建朴，赞叹道："好茶啊，有一种奇香，想必这就是何氏赫赫有名的祖藏贡品青砖茶了？"

何建朴微笑道："总管大人好眼力。请您打开包装再看看，希望您能喜欢。"

听了何建朴的话，包孟恩有些好奇，不晓得这块砖茶有什么不一样，便小心翼翼地打开包装，仔细一看上面印制的一行字，惊得半天说不出话。他抬手擦了擦昏花老眼，再仔细端详着砖茶顶端的一行字，一字一字地念道："慈禧皇太后七十寿辰特贡。"他不敢相信自己的眼睛，轻轻摇了摇头，晓得自己手上拿的是绝世珍物，如果清王朝不倒，他碰都不敢碰这个东西，碰了就要掉脑壳。

何建朴看见包孟恩吓得不轻，连忙向他解释说："这确实是一块稀世珍宝。慈禧太后做七十大寿时，她下懿旨钦定湖北咸宁柏墩何氏茶庄，用头茶精制九百九十九块贺寿贡茶，由武昌府督办。接到懿旨后，我的父亲不敢懈怠，亲自到各大茶园订茶，又到桂花园订最好的桂花。收了茶和桂花以后，我父亲和几个老茶师为了讨老佛爷欢喜，想出了一个奇招，把桂花烘干，碾成粉，拌进茶包中蒸，压榨成砖，将桂花香藏于茶中，表面只看得见茶，看不见桂花，收到特制贡茶后，慈禧特别高兴，赏我父亲一件黄马褂。现在老佛爷归西了，可以说了，我父亲精制九百九十九块贺寿贡茶后，为了不外泄秘密，招致杀身之祸，一个人闭门用余下的原材料做了几块同样的贡茶，毁了茶模。您老人家手上拿的是其中一块。"其实何建朴没有说实话，当年他父亲确实闭门用多余的茶料做了同样的贺寿贡品青砖茶，却不止几块，而是三百块，并且不是一个人做的，是与同宗同族两位老茶师何安国、何安家一起瞒天过海做的。用完茶料后，他们确实毁了茶模，交给武昌府查验后焚毁。为了避免给何氏家族带来灭顶之灾，他们将这三百块茶砖偷运出柏墩，分别藏在武昌、汉口、归化城的"生甡川"茶庄和山西祁县段家巷何家大院。好在老天有眼，他们担惊受怕了几年，慈禧驾鹤西去了，清王朝也西去驾鹤了，压在他们心头的一块巨石落了地。现在这些绝世宝物可以见人了。

"哈哈哈。"包孟恩仰头大笑说，"没想到我喝了一辈子茶，人生到头了还能喝到宫廷特贡茶。"

何建朴笑道："总管大人好口福，您喜欢就好。"

"喜欢，喜欢。"包孟恩看着手中的"生甡川"特贡青砖茶两眼发光，喃喃地说，"我手上也有老佛爷手上才有的宝物了。"他仿佛手上抱着皇权，可以与慈禧平起平坐了。

看见包孟恩一副醉态，何建朴与何安稳笑而不语，他们对视一眼，会心一笑，晓得他还在做清朝王爷的梦。

包孟恩小心翼翼地盖好盒子，轻轻放在桌上，双手按着木盒，好像怕它飞了。他慢慢收了笑脸，盯着他们说："归化警备司令蒋北升贪财好色，平时在归化城作威作福，早已激起民怨，只是他有个好叔叔蒋雁行帮他擦屁股，你这事恐怕不好办。"

何安稳吃惊地瞪大双眼，问了他一句："绥远都统蒋雁行？"

包孟恩点了点头。

何建朴轻叹一声："难怪。"其实他们是在装傻。

包孟恩冷声道："他的胃口很大，恐怕你们很难喂饱。"

何安稳气愤地说："总管大人，难道就没有办法治他了吗？"

"他无缘无故地抓你们的人，扣你们的货，很明显有人已经买通了他，除非你们出价更高，或者说动蒋雁行。"老总管稍作停顿，摇了摇头道，"不过蒋雁行前几天已经进京办事去了，近期内恐怕回不来，你们也找不到他。"

何建朴突然想到了布日固德提过的一个人，而且一再叮嘱他要尽快去拜访他，急忙问他道："总管大人，张凤朝怎么样？找他有用吗？"

"张凤朝？"包孟恩也瞪大了双眼，看了何建朴一眼，他没有想到何建朴知道张凤朝，晓得他行代都统职权的人不多，他想了想说，"张凤朝刚刚代理蒋雁行行绥远都统之职，屁股还没坐热。不过都统就是都统。再说张凤朝本身就是蒋雁行的副官，手中本就握有一定的实权，如今代理都统，权力就更大了。张凤朝这个人为人倒也算正直，听说主张剿匪安民，找他还是有用的。不过你想见他，恐怕不容易。我与张都统有几分交情，到时候你若用得着老朽，我亲自出马说合。"

何建朴与何安稳一听，立即喜上眉梢，这位消息灵通的大总管证实了布日固德的话。何建朴很清楚如果请他出马，必须花重金。他想到了布日固德，本想说出自己和他的交情，但话到嘴边又咽了回去，只起身抱拳对包大总管深深一拜，感激不已地说："多谢总管大人指点。"

"坐下，坐下，不必多礼。"包孟恩向何建朴招了招手接着说，"你别谢得太早，也别高兴太早。张凤朝终究是蒋雁行的副官，而蒋北升是蒋雁行的亲侄子。在张凤朝心里孰轻孰重不必多说。现在为官的，若没好处，你们想他为你办事，那是不可能的。这事能不能成，不但要看你们怎么做，还要看机缘。"

何建朴深深吸了一口气，点头说："晚辈明白了。"他又想了想，小心翼翼地问道："总管大人，我想向您打听个事。"他想问赵家少爷与这件事有无关联，欲言又止。赵富贵刚才到这个地方来，一定有事，并且很有可能与何家的事有关，只是包孟恩不说。

"但说无妨。"包孟恩温和浅笑。

何建朴收了笑容，满脸痛楚地说："我弟弟何建刚前几日被卢金斗的手下卢奇义掳走了，晚辈不知道如何救他，请大总管指教。"

"你说什么？"老人又瞪大双眼，紧紧盯着何建朴说，"你说你弟弟被卢奇义掳走了？"

何建朴苦涩地点头答道："是的。"

包孟恩重重一巴掌拍在桌面上，须发皆张，怒不可遏地骂道："这两个孽畜，无恶不作，该千刀万剐。"

何建朴起身抱拳，向他深深一拜说："总管大人，还请您为晚辈出个良策。"

包孟恩沉默片刻，摇了摇头苦涩一笑说："不是我不帮你们。那对孽畜根本就是天不怕地不怕的魔王，为祸作乱全凭性起而为。蒋雁行为了坐稳都统之位，不得不将其招抚。结果卢匪不但匪性不改，还变本加厉，这半年来早已弄得绥远民怨沸腾，怨声载道。但谁也拿他们没办法。除非有人能抓住他们，灭了他们，不然这绥远恐怕永无宁日。"

听完他的话，何建朴与何安稳的心都凉了，呆呆地坐在木凳上，半晌说不出一句话。他们没想到大蒙古无人敢动卢金斗。何建朴看了何安稳一眼，暗示他快走。现在他只能寄希望于布日固德了。

这时顺义王府的张副官泡好一壶茶端了过来，分别倒了三杯，请他们用茶。

包孟恩端起热茶，向何建朴、何安稳示意道："请！"先喝了一口茶。

何建朴与何安稳先后端起茶杯，一齐说了个"请"字，喝了一口茶，放下茶杯。

包孟恩淡淡一笑，端着茶杯细细嗅闻，浅尝辄止，一脸享受，不再说话。

何建朴与何安稳没滋没味地喝完了一杯茶，又对视一眼，互相使了个眼色，一齐起身，向包孟恩抱拳一拜。何建朴说："总管大人，晚辈还有事要办，就不打扰您了。"

包孟恩放下茶杯，心平气和地说："去吧。凡事别太操之过急。就像这茶，太热了烫嘴，太凉了伤胃，不烫不凉才好。总之，好事多磨。"

何建朴似乎懂了他的话，又向他一拜说："晚辈知道了，总管大人多保重。"

包孟恩点了点头，叫张副官送客。

张副官向何建朴、何安稳伸手做了一个请的姿势。

何建朴、何安稳先后走下凉亭，在张副官的引领下出了花园。

快出总管府的时候，张副官突然对他们说："二位不必去拜访段大经理了，他已经进京。至于蒋北升，也可能不会在归化了。过几日老奴会代我家大人先去拜望张都统。"

何建朴与何安稳听着这句没头没尾的话，一时间有些云里雾里，又不便细问，只默不作声地跟着他往大门外走。

出了总管府，何建朴与何安稳一齐抱拳朝张副官深深一拜。张副官点点头不说话，转身进了总管府。

何建朴连忙对何安稳说："五叔，我们走吧。"

何安稳"嗯"了一声，转身径直走向自家马车。坐在马车把上的巴图巴雅尔跳下马车，恭敬地叫着："东家，大掌柜！"

"走吧！先回去。"何安稳吩咐了他一句，让何建朴先上了马车，他随后坐了进去。

巴图巴雅尔抖了抖手上的长鞭，吼了一声"驾"，那匹蒙古马迈开四蹄，拉着马车"嘚嘚嘚嘚"往西街跑。

"贤侄，你明白张副官最后那句话的意思吗？"何安稳凝视着何建朴问。

"不太明白。"何建朴轻轻摇了摇头说，"怎么说？"

"他叫我们不要去拜访段大经理，说明他知道我们想去拜访大盛魁的段履庄。他又说段履庄已经去北京了。至于那个蒋北升，他的意思是说蒋北升快要完蛋了，更不必找他。还有，他说他要代替总管大人去拜访张凤朝都统，那意思就是会帮我们牵线搭桥。"说到这里，何建朴凝视着何安稳，微笑道："五叔，有些事情你比我清楚。"

何安稳皱了皱眉，稍作沉思说："这几年来，卢匪猖獗，为祸作乱，归绥无数百姓和商旅都遭了殃。年初蒋雁行为了稳住自己的都统之位，将卢匪招抚。哪知道卢金斗做了旅长不但不改，反而变本加厉，弄得民怨沸腾。很多人去绥远都统府请命，要求蒋雁行将卢金斗所部调出归绥，或者将其彻底剿灭，蒋雁行置之不理。前几日听说蒋雁行进京开会去了，大家一致推选大盛魁总经理段履庄和土默特部素有塞北文豪之称的荣祥先生为代表，进京请愿，弹劾蒋雁行纵容卢匪，不作为。"说到这里，何安稳有些激动地说："按照刘管家的说法，他们已经得到了确切消息蒋雁行被弹劾了。蒋雁行如果走了，蒋北升还不得赶紧卷铺盖滚蛋。按照刘管家的意思，代理都统张凤朝'代理'二字要是去掉了，包孟恩跟他私交不错，只要我们和包孟恩搞好关系，让他从中帮我们与张都统牵线搭桥，以后只要有张都统罩着，我们何家在归绥的日子就好过了。"何安稳越说越兴奋，越说越眉飞色舞。

何建朴很清楚，就算包孟恩是个有名无实的闲人，但他是归化土默特部总管，谁知道他掌握了多少人脉。只要他愿意帮忙，没有办不了的事。但是他办成事后要给他的那份"薄礼"，得用箩筐挑金条。何建朴仔细回味他说的话，发现他巧妙地把一些不好明说的话藏在其中。

何安稳看了一眼何建朴，提醒他说："建朴，我们还需要去大盛魁和警备司令部吗？到家门口了。"

"大盛魁等段总经理回来了再去拜访吧！至于警备司令部，还是要去一趟的，那批货对于我们来说至关重要，不能有任何损失，不然在绥远我们老何家就完了。我们要先去摸一摸蒋北升的底，再走下一步棋。"

何安稳点了点头说："还是你想得周到，蒋北升贪得无厌，吃人不吐骨头，我们要设法让他把我们的货全吐出来。"

"那就去警备司令部吧！"

何安稳隔着车帘对巴图巴雅尔吩咐道："巴雅尔，去警备处。"

"好的！两位老爷坐好喽！"巴图巴雅尔边回话边打马上街。

何安稳突然想到了什么，将背在身上的空袱解下来丢在座位上。他打算这次空手进去摸蒋北升的底。

何建朴自然明白他的意思，淡然笑道："把我们从警备司令部捞出来，五叔应该花了重金。"

何安稳虽然不高兴，但略显得意地伸出五个手指说："我托人花了五百袁大头。唉！赚钱不受累，受累不赚钱。我们拼死拼活赚几个钱，进了这些狗日的腰包，这是么世道。"

何建朴连忙安慰他说："五叔，钱财乃身外之物，只要我们的人都好好的就好。"

"这话对！没有什么东西比人更重要。"

何建朴笑道："说句实话，在归化城，段履庄的话也许比包孟恩大总管的话要好使很多。"

"一个大盛魁，半个归化城，这话半点不虚。在绥远可以没有土默特部总管，但不能没有大盛魁。段履庄这个人气魄很大，他民国二年接任归绥商会会长，一上任就以绥远改为特别行政区为由，将归绥商会改为绥远总商会。这几年绥远一带土匪猖獗，归绥与外蒙、新疆之商路受到极大威胁。为了保护旅蒙商人利益，段履庄请绥远都统，将土默特两个骑兵连和设绥远特别行政区时招收的一个骑兵连，连同原来由'铺勇'改编的保卫团，合编为保商团，由各大商号出资购买了三百多支步枪，成立了一支力量强大的保安队伍，护送各路商队。武昌新军起义后，外蒙古在俄国的支持下宣布独立，到蒙古经商的各路客商受到了很大限制，北运货物一年比一年少。现在京绥铁路已经通往山西大同，保商团转到了张家口、大同，护送东来西往的货物。如果保商团不走，我们也不会落到这步田地。"

"可惜他不在归化。"

"我想他很快就会回来的。"

"他回来得越早，对我们越有利。"

不一会儿工夫，巴图巴雅尔赶着马车在蒋北升官邸前停了下来。

何建朴与何安稳先后下了马车。何安稳手上没有提那个"生牲川"贡品青砖茶的礼盒。他们打算空手去找阎王问路，看他是把"生牲川"打入十八层地狱，还是赶出阎王殿。

可是，让他们没想到的是他们一下马车又看到了赵富贵那辆装饰华丽的马车，何安稳叔侄俩都暗暗吃了一惊，对视一眼。

何安稳咬咬牙，狠狠道："我现在可以肯定地说，这事情的幕后主使，一定是赵家。"

"看来他在堵我们的路。"何建朴点了点头。

何安稳愣住了，收回视线看着一脸平静的何建朴，张了张嘴，突然不知道该说什么了。

何建朴柔声笑道："五叔，就是上刀山下火海，我们也得挺起胸往前走，没有退路。"他在给何安稳打气，他要用气势压倒何氏茶业身后那个心术不正的黑影。

何安稳突然笑了，只是笑得有些无可奈何。赵家与何家斗了几十年，赵家斗得快家破人亡了，还在虚张声势，要跟何家斗到底。

何建朴凝视着何安稳，长长叹了一口气说："五叔，做人做事，天地良心是一杆秤，给别人生路，是做人的本分，为什么非要把别人往绝路上逼呢？赵家人不读书，不懂得福祸相依的道理，他们走到今天这一步，是他们害人招致的灾祸。"

何安稳点了点头，赞同地说："五叔明白。"

"走吧。"何建朴瞟了一眼那辆金玉其外的马车，径直向警备司令官邸大门走去，何安稳急忙快步跟了上去。

他们刚到门口便被守门的两个士兵用枪拦住了。何安稳又用老办法分别给他们各塞了一块袁大头。那两个兵本来绷着的脸立马喜笑颜开，其中一个问明他们来由后，乐颠颠地进屋通报去了。

何安稳看着那个士兵的背影，轻声嘀咕道："这是什么世道，办么事都要给买路钱。"

何建朴长叹一声说："是贫穷的结果。只有天下大同，消灭了剥削，实行耕者有其田，天下人都有饭吃，有衣穿了，自然就不会这样了。"

何安稳点点头道："你这话在理。不过我突然想到了一个问题。"

"什么问题？"

何安稳皱着眉头道："我们有钱，可以用钱开路。那些穷人呢？他们如果被人这般欺辱、冤枉，该怎么办？"

何建朴抬头望着清明的天空，轻声叹道："还能怎么办！要么撞个头破血流，甚至丢掉性命。要么只能默默忍受。这个人世被冤死的人少吗？"

何安稳也仰头望天说："这个天好蓝好清明。只是不知道我们的国家么时候才能这般清明，人心才能这般清明啊！"

何建朴收回视线，很坚定地说："会的！会有那么一天的！我相信这一天不会太遥远。"

何安稳点了点头，微笑道："你说得对！我读遍了史书，晓得中国几千年风云变幻，王朝更迭，但文明不断线。无论哪个王朝垮台，新王朝再建，都有一根线贯穿始终，使我中华古国不亡，锦绣河山没有破碎过。我们世世代代打打杀杀，倒下一代人又会站起来一代人，那些站起来的人会站在倒下去的人的尸骨上，把我们的文明古国向前推进一大步。这就是至今尽管我们的大中华古国多灾多难仍然生生不息的原因。"

第一次听到五叔如此感慨，何建朴会心一笑，晓得他这些年除了做生意外，还在潜心读书。

这时，那个去报信的士兵跑出来请他们进去，说司令大人在家。

他们跟着那个士兵进了蒋北升官邸。何安稳忐忑不安地跟何建朴说我们空着手，恐怕办不成事。

何建朴对他一笑，轻声说："去玩空手道。"

何安稳看见侄儿满有把握，便不再说话，跟在他身后，进了正厅。

这间厅堂颇大，厅堂内摆着花梨木精心打造的宽大书架、博古架、大椅、茶几，一应俱全，书架上摆满了书籍，博古架上摆满了各种瓷器古玩，墙壁上挂满了山水字画。若是平时，何安稳见到这些东西要仔细欣赏，只是此时此刻他无心细看。

何建朴与何安稳一进门便看见了坐在靠正墙椅子上的两个人。何安稳因为见过蒋北升，连忙两步上前双手抱拳向他躬身一拜，叫了声蒋大人。又直起腰向坐在他旁边椅子上的赵富贵抱拳一摇，叫了他一声赵少爷，转身指着何建朴向蒋北升介绍说："这是我侄儿何建朴，是何氏茶业大掌柜。"

何建朴也跟上前来向蒋北升躬身一拜，叫了声蒋大人，又向赵富贵抱拳一摇，叫了他一声赵少爷。

蒋北升仔细上下打量了何建朴一眼，指着侧面一对大靠椅，叫他们坐。

赵富贵坐在主座右边，跷着二郎腿，端着一个高脚杯，轻轻摇晃着，杯中残留着些许葡萄酒在晃荡，他没有正眼看何安稳叔侄。

主座中间是一只小榻几，上面摆着一瓶烟台张裕酿酒公司酿造的高月牌葡萄酒，只剩大半瓶。

蒋北升身穿黄色军装，脚穿高统皮靴，上片厚嘴唇上留着标准的八字胡，大背头上每一根头发都油光可鉴。他五官倒也长得端正，只是看上去有些消瘦，面容苍白，眼窝深陷，一看就是个被酒色掏空了的货色。他三十来岁年纪，却无精打采。何建朴从他的神气上看出他已经倒了威，可能已经晓得他的靠山要倒了，才失了往日耀武扬威的派头。

蒋北升也端着一杯葡萄酒，整个人都十分慵懒地倚靠在大椅上，有一口没一口百无聊赖地喝着酒，等何安稳叔侄坐定，他才瞥了他们一眼，有气无力地说："听说你们想见我？"他的声音跟他的脸色一样，听起来苍白无力。

何建朴不卑不亢地回答说："在下初来归化，理应登门拜访蒋司令。"

蒋北升没有接话，也没有抬头看他，只是淡淡地看着高脚杯中的瑰红色酒液。

一旁的赵富贵扫了他们一眼，阴阳怪气地说："何大掌柜，你到归化来怎么先去了总管大人的家呢？怎么不先来拜访蒋司令呢？莫非你认为我们蒋司令年轻可欺，比不上那老头子？"

他这话明显是挑拨，何建朴和何安稳心中十分恼怒，但又不敢发作，只得忍着。

本来视线完全不在何建朴与何安稳二人身上的蒋北升，缓缓抬起头来，目光聚在何建朴的脸上，眼中闪过一抹不悦。

何建朴已经掌握了蒋北升的底牌，看着他那暗淡的眼神，暗自一笑，挺起胸亮开嗓子对赵富贵说："赵少爷，你刚才也在总管大人家里，现在才到蒋司令家里来，不也是认为蒋司令年轻可欺呀！"

赵富贵突然急了，呼的一下站起身来说："我那是去拜望大总管。"

何建朴哈哈一笑，晓得他揭了他的底，又烧了一把火说："听说你去大总管那里摸蒋司令的底，说他不中了。"

赵富贵听到这里慌了神，"啪"的一声将手中酒杯甩在茶几上，急得满脸通红，指着何建朴说："你胡说，我去找总管大人是堵你的路，叫他不要为你们说人情。"

何建朴哈哈大笑，他这一诈果然诈出了赵富贵的底牌，心里更有数了，便转头对蒋北升说："蒋司令，我父亲与总管大人是老相识，我听说大总管身体不适，才急着去探望的。我和我五叔从王府出来，便马不停蹄地来拜望您了。我五叔告诉我说蒋司令年轻有为，是难得的年轻才俊，日后前途肯定一片光明。在下是听说蒋司令大人大量，才斗胆来拜望，我看见赵大少爷的马车停在门口，只能空手来求见，以免他出去说我们贿赂司令。"

这番鬼话说完之后，何建朴觉得心气顺了。他把屎盆子突然倒扣在赵富贵头上，是要击垮他的斗志，让他在蒋北升身边坐不住。他很清楚赵富贵跷着脚与蒋北升平起平坐，是在他面前摆谱。

赵富贵被何建朴一激，果然一跳三尺高，气得浑身发抖，指着何建朴的鼻子说："你知道我与蒋司令是什么关系吗？我叫他封了你的茶庄，把你们统统抓起来。"

听完他们这番话，蒋北升的脸色更加难看了。他看着暴跳如雷的赵富贵，皱了皱眉，也"啪"的一声放下酒杯，对他怒吼了一句："你给我出去。"何建朴叔侄来拜望他，他以为要收一笔大礼的，没想到被这个不知天高地厚的家伙断了财路，顿时来了火。

赵富贵看见蒋北升发火了，顿时失了威风，连忙转身一边回答："是！是！是！"一边匆匆出了门。

何建朴看着他狼狈逃走了，暗自好笑，对这个不读四书的角色，他只略施小计便让他败下阵来。

何安稳偷偷看了一眼何建朴，看着他一脸从容淡定，在心里佩服这个年纪尚轻的大侄儿。他突然发现他读了兵书，把兵不厌诈之道用得出神入化，不仅诈住了蒋北升，还诈出了他们暗中勾结的确信。他紧盯着何建朴，发现他连睁着眼睛说瞎话也脸不红心不跳，果然是个人才，是做何氏茶业掌门人的料。商场如战场，商道也是兵道。

蒋北升略微坐正身子，轻轻咳了一声，凝视着何建朴，微笑说："你很会说话。不过，我不喜欢别人把我当傻子。"

何建朴暗暗一惊，迅速回味着自己言语中的漏洞，感到自己没有说错话，便冷静地说："在下自幼受家教极严，读了诗书，晓得世人皆聪慧，何况司令大人年纪轻轻便坐上如此高位，更不是平凡人，何某只能仰视。"

蒋北升抬手端起高脚酒杯，仰头饮尽杯中红酒，将高脚杯放在小榻几上，靠着大木椅，看着何建朴，懒洋洋地说："何先生是聪明人。"他不想多说话，怕说漏了嘴不好收场，静观着何氏叔侄的一举一动。

蒋北升的话并不好回答，何建朴本来就不善溜须拍马，只对他笑了笑说："司令大人过奖了。"

蒋北升微微闭上眼睛，淡淡地说："直说来意吧！"

何建朴终于等到说正题的时候了，不免有些心慌，他深吸了一口气，压了压心跳，不卑不亢地说："蒋司令，何家那批青砖茶是在下日不休夜不眠亲自监督赶制出来的，绝对是优质茶，绝无假冒一说，这其中一定有什么误会，还请蒋司令通融。"

蒋北升慢慢睁开眼，懒散一笑道："你的保证对本司令没有任何意义。"

何建朴惊出了一身冷汗，不晓得他的葫芦里到底装的是么药。不过他可以肯定的是他扣了这批青砖茶，目的不是中饱私囊，他肯定与那些反对孙中山共和政府，闹内蒙古独立的蒙古王公暗中有联系，或者是受他们胁迫。何建朴很清楚不可能轻易从他手上把货拿出来，但是看现在的局势他打算先稳住蒋北升，让他暂时保管好关乎何氏茶业生死存亡的那批货物，再相机行事，就在他即将倒台的时候把货从他手上全部取出来。

何安稳听了蒋北升的话，不禁打了一个哆嗦，面色瞬息苍白，好像一盆冷水突然从头浇到了脚，浑身冰凉。

蒋北升对被他赶走的赵少爷心有余火，他晓得赵少爷拉大旗做虎皮，没想到赵少爷背着他戳他屁股，便将赵少爷抖了出来，阴沉着脸说："你们要送一大批货到归化来，是那个赵少爷给卢旅长透的风，我是奉命行事。"

"嗯！"何建朴轻轻点了点头，想了想说，"他们一直想搞垮生牲川。"

蒋北升鄙夷一笑说："明人不做暗事，有本事拔刀相见。"他说到这里稍作停顿。说实话，他的叔父蒋雁行这次去北京凶多吉少，回不回得来是两回事，他想给自己留条后路。他故作镇定地倒了半杯红酒，呷了一口，放下酒杯说："你们要拿走这批货，很难！那要看你们搬不搬得动能拿刀与卢金斗相见的人，还能不能对付得了那些对共和政府有异心的蒙古王爷。我的话只能说到这里了，算是对得住你何家，对得住生牲川了。接下来怎么做看你们的本事了。不过我可以向你们保证，货在我手上，我一块也不会让它丢。只要你们有本事拿走，我如数奉还。"

听到这里，何建朴与何安稳已经彻底摸清楚了这批青砖茶被扣的原因。赵家为彻底击垮何家买通了卢金斗。卢金斗为筹资购枪帮助那些蒙古王爷闹独立，自己当蒙古军总司令，借口有人假冒"生牲川"将何建朴的商队全部扣押。蒋北升本来与卢金斗同穿一条裤子，但自知靠山不保有意寻退路，给了保全被扣货物的机会，也给了何建朴拿出货物的短暂时机，这个时机稍纵即逝。如果何建朴不抓住这个天赐良机，迅速抢在赵富贵之前去见卢金斗，迅速在蒋北升倒台之前拿出货物，何家就要真的被赵家这一记重拳打倒，再无翻身之日。

想到这里，何建朴出了一身冷汗，再也坐不住了，他连忙起身双手抱拳向蒋北升深深一拜，站直身子说："多谢蒋司令关照！只要何家逃过这一劫，您就是'生牲川'的恩人。日后无论您走到哪里，只要您开口，我们定当尽力而为。"

"好说！"蒋北升得到了他想要的承诺，坐正身子对他们一笑说，"货放在我这里你们放心，我已经派兵把守。你们不多说了，赶快去寻生路吧！"

"多谢蒋大人！"何建朴又对他躬身一拜。

"多谢恩公！"何安稳也对他抱拳一拜，有意把他推到何家恩人的位子上，希望他在何家这个生死存亡时刻伸手拉何家一把。他很清楚，只要货在蒋北升手上紧抓不放，只要蒋雁行一天不被罢掉绥远都统一职，就没有人拿得走那批青砖茶。只要那批青砖茶不出归化城，就有希望拿回来。如果它一旦被运出了归化城，再拿回来就不可能了。

"不必多礼！快去吧！"蒋北升起身送客。

何建朴感激地说："蒋司令，承蒙您关照，我代表何氏家族谢谢您！今日我们就不打扰您了，以后您有什么事用得到我，尽管吩咐。在下先行告退了。"

蒋北升连连点头说："好！好！"目送着他们匆匆出了门。

出了蒋北升官邸，何建朴、何安稳叔侄俱觉得轻松了许多，相视一笑。他们没想到事情很快有了转机。何建朴三言两语把他打算到绥远去找布日固德的话对他说了。何安稳说也只有这条路可走了。

何建朴正要上车，突然听见蒋北升官邸里传来摔酒杯酒瓶的声音。他又与何安稳相视一笑，晓得蒋北升已身陷不安和恐惧之中，在摔物发泄不满。

"快走！"何建朴催促何安稳说。

"快去绥远！"何安稳跟着何建朴上了车，对巴图巴雅尔说。

"好嘞！二位爷坐好啦！"巴图巴雅尔扬鞭赶着马车向城外飞跑。

何安稳看见何建朴靠在车厢上闭目休息，心疼地对他说："建朴，我看你已经很累了，要不我们先回去休息，明天再去办事吧！"

何建朴摇摇头道："我不累，时间不等人，我要尽快救出建刚，尽快把那批货拿回来。"

"你这样撑得住吗？"何安稳一脸担忧地看着何建朴。

"我很好。我没事。五叔，您不用担心。"

"那就好！"何安稳知道自己劝阻无用，便不说了。

何建朴沉默片刻，轻轻叹了一口气："五叔，我一直怀疑是不是何家有人出卖了我。"

何安稳一惊，瞪大眼睛问道："这话怎么说？"

何建朴微微蹙眉，沉思道："知道何氏祖藏青砖茶这次被我随身携带出来的，只有安逸叔和建刚，这几年他们一直跟随我的左右，很多事情我瞒不过他们。"

何安稳并未深想，轻声叹道："我明白你的意思，何氏祖茶近些年来为我们何家带来了不少灾祸。世人都晓得我们老何家有此宝物，都来明争暗抢，麻烦不断。"他稍作停顿，想了想说："二哥虽然不是我的亲哥，也不是你的亲叔，但是二哥为'生牲川'茶业贡献了一辈子，我们都太了解他的为人。为了维护何家利益，为了守护'生牲川'这块牌子，他即便是死也不会出卖我们。至于建刚，虽然来我们何家只有几年，可是那孩子有情有义，前年他还那么小，为了你他挺身而出，五叔坚信他绝不会出卖你的。"

何建朴红着眼睛说道:"五叔,我当然相信安逸叔和建刚,他们就算是死都不会出卖我。至于其他人,他们根本就不知道我随身携带了祖茶。可是那天小阎王竟然直接杀向了那片榆树林,他直接找我索要何氏祖藏青砖茶,好像他什么都知道。我有种很奇怪的感觉,建刚似乎对小阎王很重要。"

何安稳点了点头道:"他把建刚抓去做人质,要你拿大钱去赎,他一举两得,既得到了钱,又没杀人与别人结仇结冤。"

何建朴苦笑道:"五叔,建刚性子刚烈,他绝不肯落草为寇,绝不会给我们何家丢脸抹黑的。我就怕他做傻事,伤了性命,我一直都有一种不祥的预感。我估计是赵富贵收买了武昌茶庄里的人,得知我带了祖宗茶,但他们不知道我带了几多,以为我带了不少,小阎王开口便向我要一车。"

"有可能!武昌茶庄仓库有外人,你回去得把他请走。"何安稳叹道,"你急也没用。凡事得一步步来。"

何建朴点了点头说:"五叔,你放心,只要有我在,我们何家就不会倒。"

何安稳欣慰地说:"五叔当然相信你。"

何安稳半眯着眼,脑子里一直在思考究竟是哪个出卖了何家,他想到了小阎王,轻声问何建朴发没发现小阎王到武昌去过,或者去过咸宁。

何建朴听见五叔在说小阎王卢奇义,眉头紧皱,慢慢睁开眼睛说:"这个有可能,而且可能性很大。"

何安稳轻叹一口气说:"别想了,我们多注意就行了。如果小阎王真的去过湖北,那他与蒋北升还有赵家早有勾结?也就是说卢金斗跟他们早就勾结在一起打何家的主意。"

何建朴冷笑道:"从我们今天摸到的情况看,说明他们之间早就有勾结。卢匪每年抢劫那么多的货物,要有人帮他销赃。特别是青砖茶,自然离不开宏德大,离不开赵宏德。至于蒋北升他可是蒋雁行的亲侄子,卢匪是谁招抚的?人都自私,这世上做官的都逃不过名利二字,只要有利可图都睁一只眼闭一只眼。卢阎王打劫那么多财物,肯定不会一个人独吞,他不傻,没有人罩着他,卢金斗能在蒙古横冲直撞?!

这其中的玄机太多，水太深，不是我们能瞎想的。"

其实何建朴只晓得卢金斗是巨匪，对他更深的背景还不了解。在外蒙独立的时候，外蒙王公派蒙军参谋、热河蒙古人达赖公为内蒙古宣抚使，煽动内蒙古独立。达赖公通过一些内蒙古王爷结识了卢金斗，拉他入伙，为他提供武器弹药，要他扩充队伍，并秘密许他如果内蒙古独立，他便任蒙古军大元帅、总司令。卢金斗得到外部反对孙中山共和政府势力的支持，队伍迅速扩大达千余人马，流窜于武川、陶林、固阳、达尔罕等地，袭击士绅富豪，扼守交通要道，抢劫官府和过往商旅。随着他的名声越来越大，各地小股土匪和亡命之徒纷纷投奔。民国三年，绥远特别行政区都统张绍曾下令解散了蒙古军队，那些不熟悉农商的兵痞迫于生计，有一千余人投奔了卢金斗，使他的队伍扩充到两千多人。几年后，他由汉、蒙、回等各族组成的匪帮最多时达两万之众。为了武装和养活这些过惯花天酒地生活的匪徒，卢金斗指使其部下四处抢夺蒙旗保安队的枪械和马匹，对财主、商家进行绑票，赎金动辄千元，多者上万元。因为土匪猖獗断了商路，归绥等地商家无法经营。民国四年十一月，潘榘楹上任绥远特别行政区都统，接到武川、固阳、达尔罕、包头等地商家、士绅请求信，要求政府剿匪安民。潘都统立即上报民国政府，民国政府海陆军统帅办事处任命师长冯占元为剿匪司令，率所部进蒙古剿匪，直指卢金斗，无奈卢匪人多枪多，几次与他交手不克，卢金斗匪部更加猖狂，聚众围攻包头、萨拉齐、克托克等城。绥远各族百姓迭遭奇祸。民国六年一月蒋雁行出任绥远特别行政区都统，他对卢金斗采取了招抚办法，将卢匪近万人改编为一个骑兵旅，任命卢金斗为旅长，驻扎在五原县隆兴长、大余太一带。让蒋都统没有想到的是，卢金斗匪性不改，还暗中勾结蒙古王公搞内蒙古独立，百姓纷纷请求都统署将卢旅调离，蒋都统置之不理。众士绅、商家又推举大盛魁掌柜段履庄等赴京上书为民请命。绥远籍国民党议员李景泉等提出了弹劾都统案。此时蒋雁行进京出席督军团会议。更让何建朴想不到的是，他到绥远来找布日固德，差一点丢了命。

何安稳忍不住怒骂道："这帮狗杂种，官官相护，官商勾结，官贼勾结。这几年，他们纵容卢匪干了多少天怒人怨的事，都罪该万死。"

何建朴轻叹一口气说："五叔，在这个地方小心祸从口出。"

何安稳"嗯"了一声，接着说："建朴啊，五叔是个读书人，不适合做买卖，等这件事过去了，你重新派一个人过来接我的手，盯着这个位置的人不少，你又何必非要把我给绑在这里。"

何建朴没好气道："就是因为盯着这个位置的人多，才说明这个位置重要。我爸为什么坚决派您来，是因为相信您。我也相信您。五叔，您应该很清楚，这个位置一旦落入有心人之手，后果很有可能不堪设想。做生意看起来很难，其实也没有那么难的，慢慢来，您现在比以前强多了。"

何安稳苦笑道："我又何尝不明白大哥和你的苦心。只是五叔到归化来掌柜，生意每况愈下，连年亏损，一日不如一日。如今又遇到这种事情，那些青砖茶如果丢了，我只有死在这里不回去了。"

何建朴轻轻握住何安稳的右手，叹了口气说："五叔，您别多想，这些事都不能怪您，只怪这世道，只怪卢金斗太猖狂。卢匪为祸作乱，是不会有好下场的，迟早会有人收了他们。我们只要坚守下去就会好的。至于家里的事，只要有我在，谁也翻不了天。"

何安稳淡淡一笑，想了想说："建朴，刚才蒋北升摔东西，不会是那个管家透露给我们的消息说准了吧！"

何建朴微微一笑，轻声说："段履庄一伙人进京告状去了，好戏才开始，就看谁能笑到最后。谁笑到最后，谁就是大赢家。"

何安稳有些气馁地说："我们老何家要想成为大赢家，希望渺茫。"

何建朴淡然一笑说："凡事成败，三分在人，七分在天。只要你行事不违天意，凭天地良心去做，就有十分把握。我们何氏茶业经营了几百年，能经久不衰，其中做的就是'良心'。这次我们成不了赢家，也绝对不能成为大输家，因为我们何家输不起。只要不成为大输家，就是赢家。"

何安稳轻轻放下门帘，靠着马车，缓缓闭上了双眼，不知不觉间打起呼噜。自从电报中得知何家船队出了汉口码头，他便没有睡过一个安稳觉，担心商队在路上出事，没想到真的出事了。现在何氏茶业掌舵的人来了，稳稳妥妥摸清楚了底牌，他有主心骨了，闭眼便打鼾。何建朴也闭目养起了神。

巴图巴雅尔稳稳地赶着马车到了绥远城。

七

绥远城也不大，与归化城仅相隔数里，在归化城炸个响炮这里都听得见。这两座老城因为相距不远，这边发生了什么奇闻怪事，那边很快就传得路人皆知。绥远城在归化城东北方向，清乾隆二年始建，乾隆四年建成，设绥远城厅，为绥远将军驻所，又称"新城""满城""驻防八旗城"，曾驻防八旗兵三千多人和随军家属一万多人。

民国元年，北京政府将绥远城改为绥远县，民国二年北京政府批准将归化县与绥远县合并为归绥县，绥远城仍是政治军事中心，绥远都统依然居住在原先的绥远将军衙署内，处理归绥的军政事务。

巴图巴雅尔驾着马车进了绥远城门，转头对车厢里的人说："两位东家，进绥远城了，再往哪里去？"

何建朴闻声睁开眼，连忙说去都统府。

"好嘞！"巴图巴雅尔答了一句，扬了扬手上的马鞭，打马径直向绥远都统府奔去。

车到都统府门口，巴图巴雅尔边收马缰边一声长"吁"，那匹大蒙古马慢慢止了步，马车停了下来。何建朴拍了拍何安稳说："我先下去打听一下布日固德。"何安稳"嗯"了一声，没有动。

何建朴下车后，上下左右看了看都统府大门，突然不晓得到哪里去找布日固德，他摸了摸脑壳，暗自好笑，布日固德临走的时候只叫他到绥远找他，他也没问到绥远的哪个地方来找他。他边摸脑壳边想了想，既然布日固德叫他到绥远来找，说明他在绥远名头不小，他穿着军装，说明他是军人。何建朴自言自语了一句："到这个地方来找错不了。"他几步走到岗哨面前，正要向哨兵开口问话，只见他用嘴向门房挑了挑，示意他到门房去问。何建朴连忙向他道了声谢转身跑到门房内。

门房内有几个人在忙碌，何建朴挡住一个年轻人，叫了他一声大哥向他抱拳作揖，对他说我来找布日固德大哥，请问他在不在这里。

那个年轻人看见何建朴对他非常礼貌，很高兴，告诉他说布日固德参谋长在大校场练兵，叫何建朴去大校场找他。

何建朴一连声说："好！好！好！"边向他道谢边转身出门，到门口愣住了，摸着脑壳自言自语说："这个布日固德是参谋长，他怎么不说？只说他跟张凤朝有交情，不说他是都统府的高参。只说他带兵去跳卢金斗设的陷阱，不说他带兵剿匪。难怪杀人不眨眼的小阎王明知他藏在大帐篷里，却不敢把他拽出来，他是怕布日固德死了，他一家人要遭灭顶之灾，当他一路追赶，没有看到布日固德的尸体时，也许暗自高兴。他绑走何建刚一是敲何家一笔竹杠，可能第二个原因是要拿何建刚讨价还价，换自己的命。"

其实，这几年北京政府派重兵到蒙古来剿匪，虽然卢金斗兵多枪多，一时难以剿灭，但是面对训练有素的正规军，他的那些只能打劫的乌合之众已经死伤不少，元气大伤。卢金斗虽然强撑着，但小阎王晓得他已经走到了穷途末路，他很清楚总有一日他们要被彻底剿灭。因此他一方面在为自己的退路用卢金斗的恶名捞钱财，另一方面不再乱杀人结仇结冤，堵死自己的生路。

想到这里何建朴哈哈一笑，骂了布日固德一句："你个家伙做这么大的官，还说是带几个兵的小头目。"他得知了他的真实身份，喜不自禁地跑到马车前，边往车厢爬边叫五叔，哈哈笑着告诉他说布日固德是参谋长，说他们遇到大人物了，生甡川有救了。又对巴图巴雅尔说："快去大校场。"

巴图巴雅尔又答了一声："好嘞！"挥鞭打马往西门外飞跑。

大校场是历代绥远城将军平时检阅和操练八旗劲旅的大操场，战时则是将军出征点将和选拔军队的出发场地。现如今这里是绥远都统的练兵场。

马车很快在大校场门外停了下来。何建朴、何安稳高兴地跳下车往大门口跑。

大校场门口也有两个持枪守卫的哨兵，看到有闲人过来了抬枪拦住了他们的去路，左门边那个哨兵盯着走在前面的何建朴冷着脸说："军营重地，外人不得靠近。"

何建朴连忙笑着向他抱拳一拜："这位大哥，我是布日固德的老弟，是他叫我到这里来找他的，请你通报一声。"

"你叫什么名字？"那个哨兵上下打量着何建朴，有些不相信。

何建朴微笑道："在下叫何建朴。"

"你是汉人？"他又紧盯着他的脸，好像在他脸上找什么记号。

"对！我是汉人。"何建朴突然明白了他的意思，接着说，"我们是结拜兄弟。"

"结拜？"那个哨兵又端详了他一眼。

"对！对！结拜。他是大哥，我是小弟。"何建朴满脸笑容地回答着，他晓得布日固德在这里。

看到何建朴一脸善笑，那个哨兵不再怀疑他的身份，因为布日固德是蒙古人，何建朴是汉人，何建朴说他与布日固德是兄弟，哨兵自然不相信，经他解释后，他不怀疑了。

那个哨兵收起汉阳造步枪，向何建朴敬了一个端正的军礼，和颜悦色地对他说："何先生，参谋长刚刚去了都统府，可能不久就要回来。你可以先进里边休息等候他，也可以直接去都统府找他。"

何建朴听说布日固德到都统府去了，眼睛顿时一亮，略作思索，连忙向他抱拳一摇说："多谢了，在下正好要去都统府一趟。"

"那你们快去！"那个哨兵连忙催促他们说。

"好！"何建朴又向他抱拳一摇，转身叫何安稳快走。

"请等一下！那两位先生请等一下！"

何建朴和何安稳刚走出两步，突然听见身后有人喊，连忙转过身来，看见一个兵从右边哨位跑了过来，他们连忙止了步。

右边那个哨兵与左边那个哨兵轻声说了两句话，飞跑到何建朴、何安稳面前，从口袋里取出一封信，恭恭敬敬地递给何建朴说："何先生，这是布日固德参谋长临出门前交给我的，叮嘱我如果您来找他，叫我亲手交到您的手里。"

"谢谢！"何建朴毫不迟疑地接过那封信，信封上用小楷写着"何建朴弟亲启，立德。"九个字，还加盖了一个印章，印章也是立德二字。

立德是布日固德的汉文名字，何建朴不清楚，但他猜得到。他没想到这个带兵打仗的蒙古大哥，竟然能写出这样一手好汉字，这是下了一番苦功夫的，也许他的家族是前清皇亲国戚，他接受过正规的汉文教育。何建朴没有急着拆开信，朝那个哨兵道了声谢谢，掏出一个袁大头，要给他赏钱。

那个哨兵看了袁大头一眼，急忙摇头拒绝。

何建朴有些意外，想到布日固德的为人，又觉得不意外了。他笑了笑，对他说："你不用客气，这是你该得的，你不知道这封信对我有多重要。"

那个哨兵仍然摇头说军中有规定。何建朴不清楚，在布日固德手下当兵，不许勒索受贿；不许欺男霸女；不许抢劫盗窃。他立下严格军令，不管是谁，一旦违反，必定重罚，轻者打板子，重者枪毙。他的队伍纪律严明，深得大家拥护。

在绥远都统署这个大家习惯称绥远都统府的绥远最高军政机关里，参谋长是协理都统军务的高级军事长官，负责绥远驻军事务，当然包括剿匪。虽然蒋雁行都统收编了卢金斗匪帮，其所部改编为正规军骑兵旅，卢金斗也当了旅长，但卢某匪性不改，更加猖狂。布日固德力主剿匪，不把卢部当正规军对待，与卢匪结仇，卢金斗虽然明里不敢犯上作乱，暗中却给布日固德处处设陷阱，借刀杀人。前些时他就给布日固德挖了一个坑，差一点送了布日固德的命。如果不是小阎王有私心，想借机发一笔大财，给自己留一条活路，他很容易找到已经受伤的布日固德，结果他的性命。

布日固德所部骑兵，多数是清末土默特旗老兵，受过严格训练，具有一定的战斗经验。他为人忠诚朴厚，治军宽而有方，战时每个士兵都能单独作战，整体配合更好，在历次剿匪中屡有战功，深受归绥各地民众欢迎和称赞，也为驻绥北洋各系军阀所倚重。

何建朴收回银元，向他道谢后与何安稳一起转身上了马车，对巴图巴雅尔说："我们再去都统府。"

"好。"巴图巴雅尔应了一声，掉转车头，驾车向都统府飞跑。

何建朴拆开信，掏出信笺展开，迅速看了内容，书信内容很短，小楷写就，功夫不浅。看完信，何建朴顺手递给何安稳，微笑道："大哥想得真周到。"

何安稳接过信也匆匆看了一遍，还给何建朴，叫他收好。

马车缓缓进了内城。何建朴这几日心急，刚才没有仔细看绥远城，现在心里有底了，便掀开窗帘，远远看到了那座比四座城门还高的"钟鼓楼"。这座钟鼓楼是二重五楹式。鼓楼的第一层正面的左右台阶上，左面悬钟一座，右面挂鼓一面。第二层楼檐下正面中央悬挂有木质巨匾一块。上雕刻汉文"帝城云裏"，为绥远守军定安手书。在北面有前清兵部颁刻的木质"玉宇澄清"巨匾一块。最上层为"玉皇阁"匾。

大清时期，城内每天晚上初更、五更有专人擂鼓三通，敲钟一百零八响，以为城中兵丁及眷属的作息号令。钟鼓楼的下面，每面都开有高大的城门洞，形成鼓楼下的十字形楼洞。以此通向东、南、西、北四大街。各街走向的尽头正是各方的城门。四条街上建有铺面商号房屋一千五百多间。经过一百多年的发展，绥远城早已不是单一的驻军重地，这里的文化、经济等各方面都有了巨大的发展，看上去和归化城一样繁荣昌盛，来来往往的行人、商旅、车马、驼队喊进叫出很热闹。

都统公署是归绥的最高权力机关，也是归绥的标志性建筑，筑于大鼓楼稍西的毗邻处，马车缓缓驶过西楼洞，何建朴一眼便可看见都统公署。

现在叫都统署的都统府正门口当街有两座威武雄壮的石狮子，严格按清工部工程则例规定一品封疆大员级雕凿，门前有高大的影壁，上有"屏藩朔漠"匾额，十分夺目，远远看去给人一种庄重威武之感。

大门两侧设有岗哨，有持枪士兵守卫。

都统署大门两侧停着几辆马车，套着几匹高大的蒙古马。

巴图巴雅尔找了一个不太显眼的位置停好了马车，转头说："东家，到了。"

何建朴边笑着回答："好嘞！"边抬脚下了车。

何安稳将那个礼盒用包袱包好，背在背上，跟着何建朴下了车。

何安稳瞪大眼睛问何建朴："我们要不要找张都统？"

何建朴笑道："布日固德在这里，正好找张都统。"

何建朴边说边往大门口走。站在左边哨棚里的哨兵看见他们过来了，连忙走出哨棚，迎了过来，笑着告诉他们说他们刚走参谋长就过来了。何建朴边笑着说："他在跟我们捉迷藏。"边掏出布日固德的亲笔书信交给他，那个哨兵看到信封上的字迹和印章，抽出信件，细细读了一遍，将信件重新装进信封里，并恭恭敬敬地还给何建朴说："何先生，我们都已经是熟人了，不要介绍了。请你们随我来。"哨兵伸手做了一个请的姿势，领着何建朴叔侄进了都统署大门。

大门内厅堂有几进，前为公廨，后为内宅。自大门进入须经过仪门才能往里去。仪门有三扇，中门形同过殿，一般不常开，平常出入经由两边侧门。仪门正北为大厅，为都统议事决策中心。大厅东西两边各建有庑堂和厢房，为官吏办公场所。

那个哨兵带着何建朴叔侄经过左边仪门进入第二重，二重正中建有正房三间，东西各建厢房三间，也是官吏的办公场所。那个哨兵径直走到正屋正中一间房门口止了步，转身叫他们先在门外等候，说他先进去报告。何建朴轻声向他道了谢。那个哨兵推门进屋，不一会儿便出来了。随他出来的还有一身戎装的布日固德和一个身穿深色中山装的中年男人。

人靠衣装佛靠金装。一身军装的布日固德严肃威武。那位穿着深色中山装的男人看上去不过五十岁，其貌不扬，但有一股自然而然流露出来的官威。

看到何建朴，布日固德显然很是高兴，亲昵地抓着何建朴的手笑着说："老弟，我就知道你一定会来找我。"

何建朴谦恭道："那当然！老弟找大哥理所当然。"他又转身把何安稳介绍给他说："这是我五叔何安稳，是归化城里'生牲川'茶庄掌柜。"

布日固德连忙向何安稳打躬作揖，叫了他一声五叔。

正愣在一旁看大人物的何安稳看见布日固德向他行了如此大礼，连忙抱拳对他躬身一拜，说了句："将军好！"

布日固德指着身旁正一脸笑意地看着何建朴的中年男子介绍道："这位便是张都统。"

何建朴与何安稳急忙抱拳弯腰，一齐深深一拜。何建朴恭恭敬敬地说:"何安稳、何建朴叔侄拜见都统大人。"

张代都统伸手相扶,语气平和地说:"二位请起,无须多礼。"

"谢都统大人。"何建朴与何安稳直起身来,不约而同地说。现在他们已经喜不自禁,都没想到这么快便见到了在绥远说一不二的大人物,晓得建刚有救了,何家有救了。

张代都统看着何安稳,微微笑道:"你是何氏归绥商行的经理吧?"

何安稳有些受宠若惊,连忙又对他抱拳一拜说:"在下正是。"

张代都统仍然一脸笑,温和地说:"以前不说了,往后归绥的经济发展还离不开你们这些商业精英,日后多往来。"

何安稳有些紧张,一时不知道该说什么好,只连连点头说:"好!好!"

"大家都不必站着说话,随我进屋喝茶吧!"张代都统笑着说,转身领着众人进了房。这间房是个大办公室,里面的陈设古朴典雅,是都统办理公务的场所,与蒋北升那间办公室的陈设差不多。

张凤朝代都统坐到正中主座上,布日固德示意何建朴与何安稳坐在主位左侧贵宾席上,他自己在右侧陪客席上坐了下来。

他们一齐坐定,寒暄几句后,便有侍从端进几杯热茶放在各位面前的茶几上,请他们慢用,退了出去。闻到茶香,何建朴和何安稳都露出了快意的微笑,都晓得这是"生牲川"上品青砖茶。这熟悉的味道,让他们不再那么紧张不安。

张代都统端起茶杯呷了一口茶缓缓放下茶杯,看着何建朴、何安稳叔侄,这是他有意安排的茶饮,是在刻意拉近他与生牲川茶庄的关系。据他得到的线报,目前蒋雁行都统因遭蒙古籍议员弹劾,因剿匪不力将官位不保,他这个代都统很有可能继任都统,与社会各界各阶层交好,赢得众人口碑,是他目前要做的事。他一脸笑地对何建朴说:"何先生,立德已经将你们相识相交的始末跟我说了,感谢你们救了立德的性命。立德对目前的绥远来说很重要,有匪徒勾结一些蒙古王公搞内蒙古独立,分裂中国,立德力主剿匪,也因此受伤。你们救了他的命,为保住内蒙古不从中国分裂出去立了大功。感谢你们!"

张代都统说完话,竟站起身来面朝何建朴叔侄抱拳深深一拜,接着说:"张某代表整个归绥百姓感谢两位大仁大义。"

何建朴、何安稳见状急忙起身回拜还礼。

"使不得！使不得！使不得！"何建朴急忙道，"张都统行此大礼我们经受不起。立德大哥命不该绝，是上苍救了他，留着他为国家效力。"

布日固德听完张凤朝的话，连忙起身向他行军礼，诚惶诚恐地说："守土有责是军人的天职！都统大人过奖了。"

张代都统重新落座，端起茶杯，没有回布日固德的话，看着何建朴亲切地说："你救立德的时候还不认识立德，而且你面对的是小阎王，可见你当时承受了多大的压力，不但要有过人的勇气，还要有过人的胆识，不容易，不容易。"张代都统浅浅饮了一口杯中茶，仍然笑着说："你弟弟何建刚的事情，立德已经跟我细说了，我一定尽力相救。我已经去电话询问过卢旅长，卢旅长好像并不知道到底发生了什么事情，但承诺很快就会给我一个答复，我们都只能先等。不过，张某只是暂代都统之职，并无真正的都统之权，卢旅长给不给我这个面子，我不能确定，所以不管结局如何，还请何先生要有心理准备。"

何建朴收了笑脸说："有劳张大人大驾，我感激不尽。"

"坐吧，喝茶，这可是你们何氏'生牲川'上品好茶。"张代都统微笑着，优雅地浅浅啜饮着杯中茶。

何建朴与坐在对面的布日固德对视了一眼，布日固德轻轻点了点头。何建朴起身拿起何安稳放在茶几上的礼盒，双手捧着恭恭敬敬地递给张代都统说："都统大人，初次见面，这是晚辈给您准备的一份薄礼，还请张都统笑纳。"

张凤朝放下茶杯，并不看何建朴手中礼盒，感慨地说："何先生救了立德，于国家，于绥远有大功，该是我张某人赏你。"

何建朴谦恭有礼地回答道："大功谈不上。救人一命胜造七级浮屠，是我天天念的经。遇到别人落难时伸手相救，天经地义。"

张凤朝微微一笑，抬头对何建朴说："如果是何氏好茶，我收下。如果是金银财宝，请收回去。"

何建朴暗暗一惊，庆幸自己得亏是送的茶，不然要被他瞧不起。他哈哈一笑说："请张都统看一看是金银财宝，还是茶。"

张凤朝看了礼盒一眼，又看着布日固德，微笑着说："立德，你看看吧！按我说的办。"

"好的！"布日固德从何建朴的笑声中判断盒子里应该跟他收到的礼物一样是茶。便高兴地起身，打开盒盖，看见包装上印着朱红色"慈禧皇太后七十寿辰特贡"一行字，也暗自一惊，连忙端给张凤朝看，看见他一脸惊诧，又拿出砖茶，轻轻打开包装纸，呈现在他们面前的是一块青黑色砖茶，底部模压出那行让人目瞪口呆的字。"这可是比金银还宝贵的东西。"布日固德笑着说。

木盒一打开，张凤朝便闻到了一股沁人肺腑的幽香，他仔细端详着茶砖上的一行字，情不自禁地说了一句："绝世珍品！"

何建朴看见张凤朝十分喜欢，又把他父亲如何提着脑壳制作出这块青砖茶的过程笑着对张凤朝说了，听得张凤朝目瞪口呆，哈哈大笑说如果慈禧不死，清王朝不倒，今日我们在座的几个人都要掉脑壳。

布布固德将那块特贡青砖茶重新包好包装纸，盖上盒盖，端在手上，笑着问张凤朝收还是不收。

张凤朝又哈哈一笑说："我已经说了，是金银财宝不收，是茶就收。"

布日固德高兴地回了句："那就收！"转身将木盒放在张凤朝写字台上，坐回原位。

已经搭上了张都统这条线，何建朴窃喜，暗暗吸了一口气，轻轻呼了出来，将准备好的说辞一股脑儿说了出来："自从卢匪为祸以来，我们何家商队屡遭卢匪劫掠，损失惨重，更有不良商家暗中与官府勾结，以各种理由扣押何家青砖茶，限制何家青砖茶在归绥销售。我们何家连年亏损，损失惨重，如今几乎已经处于歇业状态，只能靠变卖祖产艰难度日。我恳请都统大人给何家做主，给何家一个公平发展的机会。"

张凤朝神色淡定，听完何建朴的话后略作沉思，又端起茶杯喝了一口热茶，放下茶杯看着何建朴说："何大掌柜所说的一些事，我早就有所耳闻，不过有些事情与我听到的消息有些出入。"

何建朴心中咯噔一沉，依然面不改色，沉着冷静地说："还请张都统明示。"

张凤朝微笑道："我听人说，你们何家为了赚钱，仗着多年来在绥远地区挣得的盛名，为了提高价格，故意限量发售何氏生牲川甲等青砖茶。对这种说法以前我一直持怀疑态度，不信你们为了抬价断自己的后路。今日见到你，听立德说了你的一些事，我更不信了。我看得出来何先生不是那种眼中只有利益的不良商人，并且还胸藏大志。"

何建朴一阵欣喜，激动地说："多谢张都统的信任。"

张凤朝点了点头说："有一些人看不得别人好，巴不得别人家天灾人祸，他看热闹。这种人居心不良。"

何建朴压着心中怒火，将他们与布日固德分手后，人和货物都被蒋北升扣押的事情一五一十说了出来，张都统听完，眉头微皱，目光微凝，一动不动地盯着茶几上的茶杯。

布日固德瞪着双眼紧盯着何建朴，越听越坐不住了，没等他的话落地，便跳了起来，开口怒骂道："蒋北升这个混账东西，仗着是蒋都统的亲侄子，为非作歹。还有赵宏德，欺人欺到绥远来了，无法无天了。"

张凤朝收回视线，看着一脸怒容的布日固德，微笑道："立德老弟，你先别生气，问一下蒋北升，说不定另有隐情。"

布日固德突然发现自己刚才的言行有些过激了，急忙面朝张凤朝抱拳深深一拜道："立德一时激动，还请张都统见谅。"

张凤朝笑了笑，走到办公桌前，拿起电话筒，拨了号，很快，电话就接通了，张凤朝温和地说："是北升吗？我是张叔叔。"

电话里传来只有张凤朝听得见的声音。

"张叔叔有个事想问问你，听说你派人扣押了何氏商行的货物？"

何建朴、布日固德和何安稳紧盯着张凤朝的脸，虽然听不见电话那头在说什么，却看见张凤朝的脸色越来越难看，只听见他吼了一句："这是胡闹！""啪"的一声重重扣下电话筒。张凤朝静默片刻，脸色才渐渐恢复正常，转身走到何建朴面前，看着何建朴说："何大掌柜，你们已经清楚了其中勾连，我来与立德商量争取完璧归赵。"说完话，他转身看了布日固德一眼。

何建朴又抱拳向他躬身一拜说："多谢张都统。"

张凤朝轻叹一声，一脸无奈，他很清楚自己是个代都统，说话没有几个人当回事。他看着何建朴，轻声说道："何大掌柜，你放心，你所说之事，我一定出面调解，让何家商行能够正常营业。我不知道何先生有何计划，如果需要张某配合，张某一定鼎力相助。"

何建朴急忙道："每年七月初，绥远城都会举办茶会。茶会时不但有很多茶商参加，还会有各方绅士、茶客出席品茶，给各家茶庄排名定位。很多茶商都想趁机一举夺魁，名扬绥远，争取更大利益。我别无所求，只求都统大人能够亲自主持这届茶会。"

张凤朝微微笑着说道："何大掌柜的意思是想让我在茶会上助何家夺魁？"

何建朴叹道："何家已经多年未曾在绥远茶会上夺魁了，不是实力不够，而是有人一直从中作梗，暗箱操作。在下不敢要张都统相助，不敢因此而污了都统大人的声名以及我何家几百年辛苦累积下来的声誉。在下只希望茶会能够公平公正地举办。何家若还是输了，那只能怪我何某人无能，怨不得他人。"

"好。"张凤朝赞赏地点了点头，笑着说，"凡事都有规矩。既然如此，这次茶会就由我亲自主持。你放心，这次一定公平公正，谁敢暗中捣鬼，休怪张某铁面惩戒。这绥远的茶市、商事，是该好好整顿整顿了。不如这样，就选在七月十五举办。"张凤朝说完话转身叫来副官吩咐道："李副官，这件事交由你亲自去办。七月十五日，叫绥远所有的商家都来参加茶会，举办地点就在都统公署大堂。"

李副官行礼回答："是！都统大人。"转身离开了。

张凤朝看着何建朴，微笑着问他道："何大掌柜，你看这样安排如何？"

何建朴抱拳一拜道："很满意，多谢都统大人。"

"你不必谢我。"张凤朝轻叹一口气说，"其实，你不说，我也正有此意。自外蒙古博克多格根宣布称帝独立以来，外蒙、内蒙的商家便遭受了重大的打击，蒙受了极大的损失。据我所知，外蒙古贵族拖欠大盛魁的六百万两白银也因此一笔勾销。在这一变故中，大部分在外蒙的晋商商号纷纷破产，有些甚至倾家荡产。大盛魁虽然不会倒闭，但已元气大伤、夕阳西下。达到人生顶峰的段履庄，接手的就是这样一个风雨飘摇的商号。至于你们何家，我不是很清楚，但恐怕也受到了很大冲击。"

何建朴也叹了一口气说："我们何家驻库伦的分号已经关门歇业，与外蒙以及周边地区国家的贸易往来几乎中断。因为风险太大，我们何氏茶业基本上已经暂时关闭了这条茶道，现在只一心经营内地和绥远市场，争取将业务扩大到亚洲和欧美市场，让何氏生牲川享誉整个世界，为吾国人争气。"

"好气魄。"张凤朝丝毫不掩盖自己对何建朴的赞赏，一拍茶几说，"你们放心，北京政府不会放任外蒙那帮人胡闹，他们很快便会消停的。到时候这条茶道便会恢复正常通行，绝不会像现在这般混乱不堪的。"

张凤朝话音刚落，桌上的电话铃突然响了，他连忙起身拿起电话筒，"喂"了一声。

电话里传出一个男人声音，除张凤朝外其他人听不清楚他在说什么。

张凤朝紧抓着电话筒，慢慢收了笑脸，黑着脸听完电话，重重放下电话筒，良久不语。

看着张凤朝的神情，何建朴突然有一种很不好的预感，布日固德与何安稳也从张凤朝的神色中看出了问题。

布日固德站起身来，走到桌边，轻声问张都统遇到了么事。

张凤朝看了他一眼，语气沉重地说："何家少爷死了。"

"这般杂种心狠手毒！"布日固德紧握着双拳，满眼怒火。

虽然心中早有不妙的预感，但当预感真的变成了事实，一时间何建朴还是有些难以接受。他呆呆地看着杯中凉茶，久久不语，脸色一点一点变得越来越苍白，眼中神采也一点一点暗淡下去。

何安稳也清楚地听见了张凤朝的话，仰头长叹一声，眼泪在眼眶打转。

"不！建刚不会死！我相信他还活着。他就是真的死了，我也要找到他的尸体，我要带他回家。"何建朴目光呆滞，仿佛是自言自语。

张凤朝摇了摇头，长叹一声说："卢金斗告诉我，卢奇义已经把何少爷丢在大青山喂狼了。"

何建朴脸色惨白，浑身发抖。很快，他强迫自己冷静下来，迅速判断这个消息的真伪。

何安稳看见何建朴浑身发抖，连忙安慰他保重自己的身体，说何家不能再出事。

"不可能！小阎王还没有拿到他要的东西，他不可能杀建刚。另外，建刚走的时候偷偷对我说他有办法。我相信小阎王不会这么轻易杀建刚。从现在的局势看，北京政府在派重兵到蒙古来剿匪，小阎王不得不考虑自己的后路，一旦卢金斗被杀，他得赶快脱身保命，脱身保命要钱，他要从建刚身上勒索到一笔足以让他脱身保命的大钱。小阎王不仅不会杀建刚，而且还会把他保护得好好的，拿他来与我们做交易。再一个，建刚年纪虽小，但很有胆识，有心机，他会想方设法保命。"何建朴用肯定的语气说。

布日固德先是大吃一惊，听完何建朴的话后慢慢平静下来，点了点头说："嗯！你这话有道理。"

"你是说这个消息有诈？"何安稳也冷静下来，问了何建朴一句。

"很有可能！"何建朴轻轻点着头说。

听了何建朴的话，张凤朝也觉得有道理，淡淡一笑，咬着牙说："卢金斗，我张凤朝不是蒋雁行。我要剿灭你！"他缓缓抬头，看着窗外灰暗的天，脸色阴沉。

张凤朝的话刚落地，突然听见城内枪声大作，人喊马嘶乱作一团。

大家都大吃一惊，不约而同地看着门外，竖起耳朵听着街上的动静。

"怎么回事？"张凤朝紧盯着布日固德问了他一句。在绥远城内只有布日固德掌握的一个营兵力在保证都统府和城区安全，城外驻扎着王丕焕旅长所率的一个骑兵旅。作为代行都统职权的张凤朝一时想不到没有他的命令哪个敢在城内动枪。

"可能是土匪打劫。"布日固德更想不到会有人胆大包天，敢在重兵把守的绥远城惹事。他迅速定了定神对张凤朝说。

"胆大包天！"张凤朝气愤至极，一掌重拍在桌面上。

"都统放心，城内城外都有重兵，再胆大包天的土匪都跑不了。"布日固德安慰张凤朝一句。

"是不是卢金斗来了？"何建朴突然想到了横行漠北的土匪头子卢金斗，对他们脱口而出。

"不可能！"张凤朝摇了摇头说，"刚才卢金斗还给我打了电话，说他在五原。"

"还有哪个有这么大的胆？"布日固德并不慌乱，他很清楚对付这些土匪不需要他亲自出马。

这时大门外传来一阵急促的马蹄声，不一会儿都统署参谋赵方正飞跑进来，喘着粗气向张凤朝报告说王丕焕与卢金斗一起带兵杀进城来了，守城官兵正在奋力抵抗。

听说王丕焕与卢金斗杀进城来了，张凤朝与布日固德都大惊失色。

"王丕焕反水了！"布日固德吼了一句，立即拔出短枪对张凤朝说："都统不要出去。"又对赵方正吼了一句："你在这里带着卫队保护都统。"他扫了一眼呆若木鸡地站在对面的何建朴、何安稳，一挥手上的短枪说："你们赶快回去。"

"都统府被包围了，出不去了。"赵方正大声对布日固德说。

"你们赶快想办法脱身，不要死在这里。"布日固德又对何建朴吼了一句，飞身出门，带着等在门外的副官跑出大门，解下拴在马桩上的坐骑，飞身上马，向街上冲去。

张凤朝已经搞清楚是么回事了，自从蒋雁行进京，他代行都统职权后，手握重兵的王丕焕对他横竖看不顺眼，对他说的话更是当放屁，根本不把他放在眼里。现在有国会议员在弹劾蒋雁行，说他剿匪不力，还招安大土匪卢金斗，都晓得蒋雁行乌纱不保。作为副都统，张凤朝力举剿匪，并多次参与制订剿匪方案，卢金斗对他恨得咬牙切齿。虽然卢金斗表面上不敢得罪张凤朝，但背地里对他做了许多手脚，包括设陷阱借刀杀他的得力助手布日固德。刚才卢金斗打电话来告诉他说何建刚已经喂狼了，是在摸清楚他在不在都统府，并且他已经到了王丕焕旅部，是用王丕焕桌上的电话给他打的。

想到这里，张凤朝淡淡一笑，对站在面前的何建朴说："你的判断是对的。何少爷没有死。"

何建朴听见张凤朝还在说建刚的事，急了，连忙对他说："都统大人，我弟建刚事小，您现在要保证安全才是大事。您这里有没有后门？您赶快走！"

"我走到哪里去？"张凤朝从抽屉里拿出一把手枪重重拍在桌面上说，"我堂堂一个中华民国绥远都统署代都统，不平定部下叛乱，保住绥远就是失职！"他气愤至极，几乎在吼着说："我要与绥远共存亡！民国中央政府把绥远交给我，我守土有责！"

听见张凤朝说得如此义愤填膺，何建朴、何安稳都不晓得再说什么好。听着门外激烈的枪声，他们都替冲出去的布日固德捏了一把汗。

"你们赶快离开这个地方。你们出去那些土匪不会为难你们。"张凤朝怕自己连累了何氏叔侄，轻声对他们说。他晓得叛匪是冲他来的，他也做好了最坏打算。

"不，我们不走！"何建朴摇了摇头说，"张大人，多一个人多一分力量，你身边现在需要人。"

"不！你们不能死在这个地方！"张凤朝用坚定的语气说，他又对门外吼了一句："哨兵！"

听见叫声，站在门外的一个哨兵连忙跑了进来。

"你赶快想办法把两位何先生送出去！"张凤朝对哨兵吼着说。

"是！"那个哨兵立正回答了一句，正要转身突然听见有一群人冲进了大厅，与卫兵交上了火。

张凤朝晓得门已经被封了，他们都出不去了，连忙叫何建朴、何安稳到后院去装杂役保命。

何建朴拉着何安稳刚要走，突然看见几个人举着枪冲进门来。

张凤朝倒背着双手，昂首挺胸，气宇轩昂地立在桌前，怒瞪着他们。

领头的那个军官对张凤朝冷冷一笑，叫了他一声："张大人。"他没有叫他张都统。

"王丕焕，你不在军营履职，没有我的命令，你擅离职守，到这里来干什么？"张凤朝对他怒吼了一句。

"张大人，我和卢旅长一起来干什么你应该很清楚。"王丕焕对张凤朝冷冷一笑说。

"我们来送你上西天！"站在王丕焕身边一个身穿领口袖口缀有豹皮的长袄，头戴虎皮帽，脚蹬长统皮靴，腰系着皮带，肩上斜挎着子弹袋，手上提着短枪的高个子男人对张凤朝吼了一句。

何建朴紧盯着用枪口对着张凤朝的两个人，已经晓得那个年纪轻一点的，一张马脸，穿着正规军装的人是王丕焕。那个凶神恶煞，暴瞪着双眼，看起来三十岁年纪的人，就是大名鼎鼎的匪首卢金斗。

"卢金斗，你匪性不改，犯上作乱，不会有好结果的！"张凤朝怒瞪着卢金斗，重重一掌拍在桌面上。

"你死到临头了还摆威风！"王丕焕话音未落便抬手一枪。

张凤朝抬起右手指着他，怒吼着："你……"后面的话还没说出来，王丕焕和卢金斗一齐举枪朝他开了火。

王丕焕与卢金斗对张凤朝一顿乱枪，他依然怒目挺立着，摇摇晃晃不肯倒。这时急于要处死张凤朝，自己任都统的王丕焕对张凤朝的胸口又开了两枪。

看见两个叛将在对张凤朝开枪，何建朴连忙拔出枪，两大步跳过去推开他们持枪的手，他们射出的子弹打在靠墙的木柜上。赵方正飞步跑过去抱着张凤朝，一齐"轰"的一声倒在地板上，避开了子弹。

卢金斗突然看见有人推他，转手对他前胸一枪，骂了句："你个狗日的找死。"

何建朴应声"扑通"一声倒了下去，抬手向卢金斗开了两枪。这时从他身边跑过去的一个兵飞起一脚踢掉了他手上的短枪。

何安稳大吃一惊，连忙扑过去挡着何建朴。

正在卢金斗看着何建朴，不晓得他是什么人，又要向他开枪时，门口突然响起了枪声，紧接着布日固德在吼："王丕焕、卢金斗，你们已经犯了杀头之罪，赶快缴枪投降，可免你们一死！"

"你他妈的早该死了！"卢金斗听到布日固德的声音后，转身向他甩手两枪。

布日固德左肩中了弹，右手举枪对着卢金斗和王丕焕"砰砰砰砰"几枪。

王丕焕和卢金斗边还击边躲，向后院飞跑。

这时布日固德的副官带着几个兵跑了过来，看见他受伤了，急得一边把他往外推一边对他说："快走！参谋长，我们已经被包围了，只有西街还在我们手上，你赶快从西街出城，赶快去向北京政府报告。"

布日固德看见何建朴倒在地上，何安稳抱着他吓得大叫："建朴！建朴！"连忙跑了过去，看见何建朴胸前衣服上一片鲜血，叫何安稳赶快把他背出去找郎中。

这时一直躲在门外石狮下面的巴图巴雅尔跑了进来，听见布日固德的话，二话不说背起何建朴就往门外跑。

何安稳吓得浑身打抖，对布日固德说："你快走！他们要杀你。"

布日固德痛得咧了咧嘴，咬了咬牙说："你快把建朴弄走，不要把他弄回茶庄，要找一个地方把他藏起来。你不用管我，我身边还有兵。"

"好！"何安稳点头答应一声，跟着巴图巴雅尔跑出了大门，帮他一起把不省人事的何建朴放进车厢，自己爬上车，把何建朴抱在怀里，叫巴图巴尔雅赶快回归化城去。

巴图巴雅尔一甩马鞭，打马向西城门飞跑。他听布日固德的部下说西街还在他们手上，晓得只有西门可以出城了。

车厢里，何安稳解下缠在腰上的布带，解开何建朴的上衣，看见他右前胸靠奶头外侧被子弹打穿了，子弹从腋夹窝出去了，连忙用布带给他捆紧伤口，轻声叫他不要睡，怕他睡过去了醒不了了。

巴图巴雅尔赶着马车找平坦路面往归化城跑，怕颠坏了受伤的何建朴，不久便进了归化城。

因为已经听到绥远城的枪声，归化街上的人们议论纷纷，一些从绥远逃出来的人在大惊小怪地向路人讲他看到的战事。但是，没有一个人能说清楚攻打绥远城的是土匪还是正规军。

"掌柜的，我们是不是回家？"巴图巴雅尔转头问了车厢里的何安稳一句。

"不能回去！"何安稳突然想起布日固德的话，连忙叫他把马车赶到无量寺去。

巴图巴雅尔回了句："好嘞！"赶着马车往无量寺跑，他晓得何氏几任掌柜都与无量寺的几任方丈交好，"生牲川"茶庄更是无量寺的大施主。

不一会儿巴图巴雅尔赶着马车到了无量寺大门口，巴图巴雅尔勒住马，跳下车，跑进寺里找到觉慧方丈，简单把何家大掌柜受伤的事对他说了。觉慧和尚大惊失色，连忙跟他一起跑出大门，吩咐一个小和尚打开马车可以进出的侧门，叫巴图巴雅尔把马车赶到后院他的住处门口去。

巴图巴雅尔应了一声，牵着马进了侧门，不一会儿便在觉慧住处门外停了下来。

觉慧挑起车帘，帮何安稳一起把何建朴扶下车，扶进了他的卧室，让他躺在床上，解开布带看了看他的伤口，吃惊地说："如果子弹再打偏一点就要穿心而过。"他连连摇头说何大掌柜命大，连忙转身进内室拿出两只小陶罐，把一些药粉倒在两块白布上和匀，前后敷在何建朴的伤口上，用一块干净布给他包扎好，叫巴图巴雅尔用车把何施主送到正殿旁边的附属建筑家庙里的一间空房里，扶他躺了下来，说这个地方清静。

何建朴有气无力地向觉慧和尚道了谢，叫五叔赶快回茶庄去，怕家里发生么事。

何安稳答应一声与巴图巴雅尔一起出了门。

觉慧和尚把他们送出大门，叫何安稳放心，说他负责把少东家的伤治好。

何安稳再三向他道了谢，坐车与巴图巴雅尔一起回了生牲川茶庄。

这家庙不大，不过一扇小门，两堵丈高围墙，一个小院，一间正殿，一间偏殿，两间僧房，一间小饭堂和一间小茅房。家庙里的院子中间有一棵枝繁叶茂的油松，枝叶几乎覆盖着整个小院，似一把巨伞，为小院遮风挡雨。油松树下是一张圆形石桌，配有四只石凳。桌上有一个竹制茶盘。茶盘内放着一只楠竹茶壶，这只茶壶是一截粗楠竹精雕细刻而成，上面刻满了米粒大小的六字真言，字字精妙绝伦。围绕着茶壶是六只竹雕小茶杯，每只杯子都经过精细打磨，看似一样，但纹理却又有细微区别，有种浑然天成的美感。

庙里住着一位寿眉如雪，鹤须童颜的老和尚。觉慧对他轻声交代了几句匆匆出了门。这个鹤须童颜的老和尚叫悟静，是十年前从武昌云游到这里修行的，从此住在这座小院很少出门。

何安稳回到生牲川茶庄，心还在发慌，好像要蹦出胸口来。他站在楼上，远眺着绥远城，不晓得布日固德是死是活。渐渐地，绥远那边的枪声稀了，不久慢慢停了。正在他暗自庆幸熄了火的时候，突然看见城外尘土飞扬，一大队骑兵卷着灰尘向归化城冲了过来。何安稳大惊失色，暗自叫了一声："坏了，叛军到归化来了。"他开始双腿发抖，连连说："完了！完了！完了！"整个人差一点倒了下去。他说"完了"是怕卢金斗杀到归化城来了，何家的几百驼青砖茶就一块也拿不回来了，何家就真的要倾家荡产。他呆呆地看着那一大队骑兵进了城，听见城内顿时人吼马叫，却没有听见枪响，他晓得蒋北升的队伍不敢抵抗。"完了！完了！"他一边喃喃着一边扶着楼梯扶手下了楼，吩咐坐在大堂里吸烟的巴图巴雅尔赶快出门打探消息，看是不是卢金斗的队伍到归化来了。

巴图巴雅尔答应一声连忙飞步出了门。

何安稳急得在大堂里打转，嘴里不停地说："完了！完了！"吓得那些伙计不敢出声，更不敢问。

过了半个钟点工夫巴图巴雅尔飞跑回来了，气喘吁吁地对何安稳说是王丕焕的队伍过来了，听说蒋北升已经归顺王丕焕，警备司令还是他当。

"好！"何安稳长长嘘了一口气，顿时来了精神，对巴图巴雅尔说，"只要不是卢匪头来了，我们的青砖茶就可能保得住。你再找熟人到蒋北升那里去打听一下，看蒋北升把没把我们的东西拿去讨好王丕焕，把我们卖了。"

巴图巴雅尔又答应一声转身大步出了门，上了街。

天黑下来了。何安稳叫伙计关了大门，自己一屁股重重坐在大堂门边的椅子上胡思乱想。家里人几次来叫他吃饭，他都叫他们先吃，他说他等巴图巴雅尔回来，再跟他一起吃。

天越来越黑了。整个归化城黑灯瞎火，各家商铺早早关了门，熄了灯。大家都躲在屋里不敢出来，怕土匪上门打劫。

何安逸与老骆驼一起到东街生甡川库房照顾驼工去了，没有回来，也不晓得家里出了大事。

过了好久，巴图巴雅尔摸进门来，高兴地对何安稳说他买通了蒋北升的伙夫，偷偷见了蒋北升，把掌柜担心的事对他说了。蒋北升叫何东家放心，说只要他在，何家东西就丢不了。他又压低声音贴着何安稳的耳朵说："蒋司令身边的人偷偷告诉我，说蒋北升听说王丕焕要当都统，在家里发了火，说绥远都统是蒋雁行。他的伙夫偷偷对我说蒋北升是表面归顺王丕焕，其实心内不服，在等他叔回来。"

"是这样就好！"何安稳起身高兴地叫巴图巴雅尔一起去吃饭。

他们刚转身往里屋走，突然听见有人轻轻敲门，都警觉起来，巴图巴雅尔连忙走到门口，轻轻问了一声："是哪个？"

门外传来一个年轻人的声音，说他来找何东家。

何安稳听见这个人的声音很熟悉，想了想，突然想起来是把布日固德的信交给何建朴的那个哨兵的声音，连忙跑过来轻声叫巴图巴雅尔开门，说他是参谋长的人。

巴图巴雅尔连忙抽开门闩，拉开门，看见那个哨兵一闪身进了门，又连忙把门关了。

"何掌柜，我叫李长水，是布日固德手下的参谋。参谋长派我趁黑摸进城来找你们。"那个哨兵心有余悸地对何安稳说。

"他还好吗？"何安稳连忙问了他一句。

"他没事。参谋长叫我来问一下你们东家伤得怎么样。"

"问题不大，子弹差一点打到他心脏去了。"

"好！"李长水点了点头说，"参谋长叫我告诉你们，现在长江巡阅使、安徽督军张勋率兵进入北京，与康有为拥戴宣统皇帝溥仪复辟。王丕焕乘蒋都统进京参加督军团会议之机勾结卢匪，杀死了张代都统，自封绥远都统，通电反对共和，夺了都统权力，很快被复辟政府封为署理绥远都统。布日固德参谋长在他部下的保护下逃出了绥远城，立即向民国政府去了加急电报。民国政府惊闻绥远局势严峻，立即派蔡成勋师长率中央陆军第一师、第二师一营、第三师一团火速坐火车赶到大同，赴绥远剿匪，并撤了蒋雁行的职，任命蔡成勋为绥远都统。剿匪部队马上就要到达绥远。参谋长叫你们这两天不要出门，也不要去找蒋北升，他现在跟参谋长一条心，他得听参谋长的，不然蔡师长带兵一到他就要丢命。参谋长说近几天局势未稳，卢金斗无暇顾及何家被扣的青砖茶。参谋长在组织队伍与王、卢二匪周旋，拖住他们，等蔡都统率大部队来。"

"好！好！好！"何安稳高兴地一连说了几个"好"字，叫他赶快跟他一起进里屋去吃饭。

"我正饿了，快去吃一点，我要赶回去。"李长水边说边跟着何安稳进了里屋。

巴图巴雅尔跑进厨房，与厨子一起端出饭菜摆在桌上，请何掌柜和李将军一起快吃饭。李长水晓得何家车夫在讨好他，对他一笑说我只是布日固德手下的一个兵，离将军十万八千里。巴图巴雅尔哈哈一笑说任何将军都是从兵当起的，长水老弟精明能干，深得参谋长器重，你只要好好干，日后肯定是将军。李长水笑着说托您老人家吉言，端起饭碗大口扒着饭。

李长水很快吃了两大碗饭，放下饭碗喝了几口汤，起身告辞。

何安稳叫巴图巴雅尔送他回去。李长水连忙阻止他说不能送，他又轻声告诉他们说布日固德参谋长已经派人与蒋北升接上了头，安插他的亲信在蒋北升身边，暗中指挥他行动。西城门已经完全控制在参谋长手上，从西街到西城门的岗哨都是我们的人。

听完李长水的话何安稳和巴图巴雅尔都松了一口气。何安稳叫他多加小心，请他转告参谋长多保重，不用牵挂何家人。巴图巴雅尔轻轻打开门，李长水一闪身出了门。

当夜，何安稳摸进无量寺看了何建朴，把布日固德派人来说的话对他说了。

再说何建朴命大，卢金斗一枪把他打倒了，子弹从他右乳头右侧腋下穿皮肉而过，没有伤及骨头。经过觉慧和悟静几天敷药调养，他的伤口也不觉得痛了，这天上午他起了床，在房内走动了一会儿，下午走出居室，看见悟静和尚一个人坐在院内的油松下喝茶，便用左手捂着右腋下的伤处，慢慢走了过去。

悟静在树下闭目打坐刚睁开眼喝了一杯茶，看见何建朴出门来了，对他一笑，端起茶壶往对面的茶杯里斟满茶。请何施主过去喝茶。

何建朴向悟静躬了躬身道谢，走到树下，在他对面的石凳上坐了下来，端起茶杯喝了一口茶，放下茶杯。

"如何？"悟静问了何建朴一句。

"有竹子的天成清香，茶的韵味绵长，好茶。"何建朴淡淡一笑说。

"老衲每年坐长禅一次，禁食一月，每日仅饮三壶生牲川青砖茶。"

何建朴看着气定神闲的悟静，想起十年前在武昌他跟父亲一起去拜访他，那个时候悟静就是如今这副模样，十年过去了，他还是这副模样，几乎没有变化。

见何建朴有些呆愣出神，老僧淡然笑道："何施主，有话要跟老僧说吗？"

何建朴双手合十，对他低头一拜说："大师养茶！"

"是生牲川茶养我。"

"大师鹤发童颜，可见修炼之深。"

"庭院静好，岁月无惊。"悟静凝视着何建朴，面色宁静，言语不惊，"何施主，你心不静，所以人也不静。"

"大师，我是不是做错了？"何建朴有意向悟静讨教。这些天发生的事让他无法心静。

"在佛眼中，世间事，并无对错，只有因果。"

"那请问大师，何为因果？"

"每个人心中都有一块田地，种瓜得瓜，种豆得豆，便是因果。"

"您的意思是说每个人今生所得，都是自己给自己种的果？"

"欲知前世因，今生受者是；欲知后世果，今生作者是。"悟静淡然笑道，"很多话说起来很玄乎，其实并不玄乎。就好比你用力打人一拳，痛了别人，也可能会伤了自己的手，所得的结果，其实完全取决于你自己，就看你用多大的力了，就看你怎么用力了。往往只是一念间，因果便已经产生了，只是有的人忍住了没有出拳，而有的人忍不住出拳了，结果必然不同。说话也是如此，凡事莫过如此，一切结果，其实都是自己所求，正所谓求仁得仁、求义得义。"

"那为什么好人没有好报？"

"在佛眼中，这世上也没有什么好人和坏人，也只有因与果。好坏只是各人的评价。在你的眼中，你得到善报，在别人那里可能就是他的恶报。在你的眼中，你得到的恶报，在别人那里可能就是他的善报。有什么好与坏，善与恶之分呢？"

"请问大师，我何家今天遭此大难，我弟建刚现在生死不明，我也受此重伤，那么多青砖茶被扣，您说结果是凶是吉呢？"何建朴紧盯着悟静的脸问。

悟静昨夜已经听他说了遭难的前因后果，抬起头来看见他一脸悲戚，仍然声色平和地说："凶则是吉，吉则是凶。何家历代施主至仁至义，早就种下了善因，必结善果。此时何家看似凶险，但是吉兆。"

"难道，那些不该死的人要死吗？"何建朴听了悟静的话，心松了一点，但还是放心不下建刚的死活。

"你怎么就知道别人该死还是不该死呢？是非公道，自有因果，该死不该死是你自己说的。"悟静神色宁和，波澜不兴地说，"佛说心不动则人不妄动，不动则不伤；如心动则人妄动，则伤其身痛其骨，于是体会到世间诸般痛苦。心一动，因果便已种下，人一生都是在修心修因果。若有一天，能做到心不动，便再无因果加身，可谓之佛。所以佛又说，人是未来佛，佛是未来人，人人皆可成佛，人人皆是佛。所以这世间，那些真正的修行之人，最惧因果，只要因果不灭，便轮回不息，生生世世终究无法真正脱离苦海，得大自在。"说到这里，悟静的神色终于有了些许变化，有些悲天悯人。他抬起头来，望着远方的如血残阳，轻轻呢喃："世间日新月异，什么都在进步，唯人心却是在退步。能幡然醒悟，放下屠刀，立地成佛的人，太少了。"

何建朴顺着悟静的目光望去，看着那团余晖耀眼的残阳，正想说什么，突然听见绥远方向枪声大作，吃了一惊，"呼"的一下站了起来。

悟静转头看了何建朴一眼，笑而不语，端起茶杯，用心品茶，好像根本没有听见枪炮声。

"国民政府军来了！"何建朴喜不自禁地说，"绥远有救了！何家有救了！"他忘了身上的疼痛，边说边向院外走去。

八

正如何建朴所说，国民政府派师长蔡成勋率领的平叛部队前几日从北京乘火车，沿京张铁路迅速赶到山西大同，一路日夜兼程，已经赶到绥远，包围了绥远城，与王丕焕和卢金斗所部接上了火，平叛战迅速进入白热化。训练有素的中央正规军将王、卢二叛将的痞子军和匪军打得抱头鼠窜。

其实，王丕焕与卢金斗虽然都是受绥远都统节制的骑兵旅长，都手握重兵，但是他们的出身完全不一样。王丕焕是河南陈州人，毕业于日本士官学校骑兵科，任过北洋速成武备学堂教习，清末任陆军第二十九混成协骑兵营营长。民国六年十二月授陆军少将。第二年一月任河南都督署军政司长。后来到绥远任北洋政府绥远混成旅长兼口北司令，是一个地地道道的军人。前不久授陆军少将加中将衔。而卢金斗出生在内蒙古、山西、河北三省交界的丰镇厅隆盛庄天宝屯一个贫苦农民家庭，从小给富户做长工，后来摆过杂货摊。辛亥年武昌湖北新军起义后，他参加了轰动塞外的丰镇"小状元"起义。起义失败后，晋军大同镇守使陈希义为消除异己将卢金斗所在的独立营全部处死，他因回家办事幸免于难。为给难兄弟们报仇，他趁隆盛庄庙会之机杀死了陈希义的孙子和外甥，逃到大青山，拉起杆子落草为寇，是一个恶贯满盈的土匪。但是，他们有一点是共通的，那就是都反对共和。他们相互勾结，趁张勋拥宣统皇帝复辟，绥远都统蒋雁行进京参加督军团会议之机发起叛乱，却各怀鬼胎。王丕焕紧盯着绥远都统大位，他杀死张凤朝后，拒绝蒋雁行回任都统，并自立绥远都统，通电反对共和，他请张作霖大帅即日召集会议，解决国体问题。在接到溥仪复辟政府任命伪谕后，王丕焕喜出望外，立即率绥远道尹、绥远镇守使和投靠他的各文武官员望阙叩头，仰答鸿庥，伏乞皇上圣鉴。哪晓得张勋复辟失败太快，他的都统梦在赶到绥远的蔡成勋打击下很快化成泡影。卢金斗发动兵变为的是跻身都统府，为那些暗中勾结外蒙古势力搞内蒙古独立的王爷创造条件，再想法获得绥远都统权力，等内蒙古独立后，他顺理成章出任内蒙古独立政府军大元帅，掌握内蒙古军权。

看着忘却了伤痛的何建朴向门口飞跑，悟静苦苦一笑，没有劝阻他，只轻轻摇了摇头，端起茶壶往自己面前的茶杯里倒满茶，放下茶壶，端起茶杯呷了一口茶汤，闭上眼睛轻吟一句："生牲川……"只有他晓得"生牲川"三个字后面还有么话没说出口。

何建朴一口气跑到无量寺大门口，刚上街又突然听见警备司令部那边响起了激烈的枪声，街上的行人大呼小叫着四处躲，踏在石板街上的马蹄声杂乱无章，他判断出有人骑马在向城外逃窜。

不一会儿，一队骑兵从何建朴面前飞奔而过，后面一队骑兵边向他们开枪边追过来，他连忙躲到一间店铺门外的石狮子后面，伸出头扫视着乱成一团的街面，不久便听见整个归化城内到处是枪声，到处人吼马叫。

看到两队人马边打边追过来后，何建朴连忙转身往生牲川茶庄方向跑，他边跑一双脚边打抖，不晓得是不是蒋北升的队伍哗变了，与布日固德的队伍打了起来。他担心布日固德在归化的人马不多，打不过王丕焕派过来的队伍和蒋北升的部下，他跑了一阵才感觉到伤口痛，连忙用左手捂着右腋，突然发现腋下的棉布湿透了，抽出左手看见手上全部是血。他顾不得伤口流血，用右手紧紧按着跑回了生牲川茶庄。

何安稳看见何建朴气喘吁吁，一脸苍白地跑回来了，吓得连忙把他扶进大堂坐了下来，倒了一杯热茶叫他赶快喝。

何建朴没有接茶杯，喘了两口粗气，咬了咬牙，忍着剧痛，吃力地叫五叔快派人出去摸一下蒋北升那边的情况。

何安稳晓得他担心那些被扣在警备司令部里的青砖茶，连忙从后院叫来巴图巴雅尔，叫他赶快找人到蒋北升那边去探一下消息。

巴图巴雅尔二话没说，点头应了句："好！"飞跑出门去了。

何安稳跟到门口，大声叫他注意躲枪子，又连忙转身查看何建朴的伤口。

听见枪声与何安逸一起跑回来的老骆驼看见何建朴右边内衣上全是血，吓得大叫何大掌柜，问是哪个把他打伤了，连忙抱起他往后院跑，一口气跑进他的住处，把他平放在床上躺着，大声叫何安稳打热水来，麻利地解开何建朴胸前的布带，从口袋里掏出他随身携带的枪伤药，等何安稳端着一盆热水过来，他连忙用热水擦干净何建朴身上的血，给他上了药，用何安稳拿来的干净棉布重新给他包扎好。

大家围在何建朴床前不敢说话，听着街上枪声大作，都吓得胆战心惊。

何建朴闭目休息了一会儿，挣扎着爬起来，在老骆驼的搀扶下回到大厅坐在大椅上，叫五叔给他倒了一杯热茶喝了几口，有气无力地对大家说："你们注意街上的情况，赶快搞清楚是不是叛匪占了上风，如果叛匪搞赢了，我们就完了。"

何安稳急蒙了头，转身向门外跑，老骆驼一把抓住他，叫他不要出去，说他眼睛不好使，碰到枪子不得了，叫他在家里等消息，他边说边跑出了门。

何安逸一直没说话，用心听着街上的枪声、马蹄声、人吼声、马叫声，安慰何建朴说："你不要着急，如果是叛军赢了根本不需要搞得这么鸡飞狗跳。"

何建朴抬头看着二叔，突然觉得他的话有道理，归化城如果完全掌握在叛军手上，不需要动火，现在四处枪声大作，说明有人要把叛匪赶出去。他对二叔一笑，点了点头，气色顿时好了起来。

天快黑了，街上的枪声也渐渐稀了。

老骆驼高兴地哈哈大笑着先跑了回来，向何家叔侄报信说叛匪被打跑了，归化城还在蒋司令手上，何家的青砖茶丢不了。

听说叛匪被打跑了，悬在何家三叔侄心口上的石头落了地，都笑着说土匪就是土匪，干不过正规军。

过了不大一会儿，巴图巴雅尔也高兴地一边大声叫东家，一边跑进门来，手舞足蹈地说叛军败了，李长水和蒋北升联手把王丕焕派来的队伍一窝端了，只十几个骑兵跑出城了，也被从绥远过来增援的布日固德的队伍灭了。

"好！好！"何建朴又忘了身上的痛，跳了起来。

"我在蒋司令那里看到李参谋了，他说中央军的大部队来剿匪了，叫我们不要怕。"巴图巴雅尔看到东家又鲜活了，连忙给他下了一副补药。

"太好了！太好了！"何建朴哈哈大笑，突然"哎哟"一声双手捂着伤口蹲下身。

大家吓得一齐七手八脚把他扶到椅子上坐了下来，叫他不要激动。

何建朴咧着嘴笑着说："我怎么能不激动，何家有救了！"

天黑下来了，天上那轮皎洁的大月亮升起来了。从绥远方向传来的激烈枪炮声一直持续到后半夜才消停。

何建朴躺在床上睁着眼睛竖起耳朵听着从绥远传来的枪炮声，翻来覆去睡不着。

建刚生死不明，让他忧心如焚。对这位来历不明的弟弟，他活要见人，死要见尸。自从父亲把建刚领进家门，并让他认祖归宗，一直闭口不谈他的身世，父亲只是始终叮嘱他照顾好建刚，不能让他在何家受半点委屈。因为父亲把建刚视同己出，何氏家族甚至有人在背地里说建刚是他父亲在山西做生意时，暗中娶妾所生之子，奇怪的是他的母亲也接受了建刚，也把他视同己出。何建朴仔细端详过建刚的长相，他确实有山西男人那种厚实，虽然不失俊朗，但没有南方男人那份清秀。现在建刚丢了，他无法告慰父亲的在天之灵，更无法向母亲交代，建刚年纪虽小，但他表现出来的那份刚毅、果敢，远远超出了他的年龄，不是经历过大是大非的人不可能这么成熟。他几次挺身而出拼命保护何建朴，有报何家之恩的成分，更有北方人那份勇猛的血性。对这位情同手足的神秘弟弟，何建朴告诫自己无论如何也要把他找回来，他坚信他不会死。另外，他担心建刚这一次随卢匪所部一起来打绥远，被乱枪打死了。

天快亮了，何建朴闭目静下心来睡了一个囫囵觉，天一亮便起了床，催厨子赶快做早饭吃。吃过早饭后，他叫老骆驼跟他一起到绥远去看看，去找布日固德，如果他们抓住了卢金斗就要他交出何建刚。如果卢奇义落在他手上更好，他可以直接去找他要人。如果他们真的杀了何建刚，他便拿刀把他们碎尸万段。

听何建朴说他要到绥远去，何安逸、何安稳连忙阻止他出门，说他身上的枪伤未愈，不能颠簸。何安逸说他去找布日固德也一样能把建刚是生是死弄清楚。

何建朴重重地摇了摇头，用很坚定的口气说："不！我要亲自去，我要找到建刚，生要见人，死要见尸！"

大家看见他态度坚决，晓得劝不了，便不再吱声，只用担心的眼神看着他苍白的脸。

巴图巴雅尔连忙把马车赶到大门口，等他们出门。

何建朴看了一直不说话的老骆驼一眼，对他说了句："走！"转身大步向大门外走去。

老骆驼轻声对何安逸、何安稳说："你们放心，我身上有药，治枪伤有奇效。你们看他今天的气色跟昨天就不一样。"

"拜托您了！"何安逸抱拳对老骆驼重重一摇。

"拜托帮主！"何安稳也向他抱拳行礼。

"两位放心！"老骆驼向他们抱拳还了礼，转身跟着何建朴出门，上了马车。

巴图巴雅尔不紧不慢地赶着马车找平坦的路面走，一路平平稳稳地到了绥远城外。他们看见路上、荒野上倒着不少叛军死尸、死马，越往城边走，地上躺的死尸越多，有的人没死，看见有马车来了，还艰难地举起手叫救命，有的还没死断气，在地上滚。

城墙外的空地上，整齐地摆着枪炮，远远近近成队列或坐或站着不少军队。

马车到东城门外被哨兵挡了下来，巴图巴雅尔连忙下车对他说明了来意，那个哨兵将信将疑地跑过来检查马车，老骆驼连忙推开车门，何建朴从口袋里拿出布日固德写给他的信，递给他。那个哨兵接过信看了一眼，还给他，一脸笑地请他们进城。

马车从东门进入绥远城，他们看见街上到处是叛军死尸，各家店铺店门紧闭，没有一个行人，只看得见不少军人坐在各处屋檐下靠着墙睡觉。

太阳出来了，将漠北草原映得金光灿烂。

巴图巴雅尔把马车直接赶到了都统署门口停了下来，把何建朴扶下了车。

何建朴领着老骆驼直奔都统署大门，看见还是前几日那两个哨兵在值哨。左门边那个哨位的哨兵告诉他说参谋长一夜未眠，刚追赶叛军回来，叫他稍等，他先进去报告。何建朴抱拳向他行礼。那个哨兵飞跑进都统署，不一会儿跑了出来，请两位客人进去。何建朴领着老骆驼进了都统署大厅，一眼看见布日固德迎了出来，连忙几步上前，叫了他一声大哥。

布日固德灰头土脸，眼睛布满血丝，却毫无倦意，精神抖擞，一看便是一个刚打完胜仗回来的将军。他把何建朴和老骆驼领进大厅坐定，吩咐卫兵沏茶，笑着告诉他们说叛军被彻底打垮了，王丕焕带着残兵跑了。卢金斗带着没被打死的土匪跑回五原去了。根据他们抓住的王丕焕的副官说，王丕焕晓得自己反对共和，政府不会容他，打算跑到东北去投靠张作霖。他和蔡师长正在制订作战方案，准备到五原去围剿卢金斗匪部。

"镇压叛军天经地义，打得好！"何建朴紧握双拳重重一摇，高兴地说。

"打死那驴日的！"老骆驼紧握双拳，咬牙切齿地骂了一句。

"蔡师长有决心把卢金斗匪部全部剿灭。"布日固德也右手握拳，用力一挥。

"大哥，建刚有没有消息？"何建朴迫不及待地问了布日固德一句。

布日固德慢慢收了笑脸，摇了摇头说："没有。"他轻轻叹了一口气，接着说："不过我们打伤了卢金斗的副官，在他快断气的时候我问过他建刚的情况，他好像说建刚还在卢奇义手上，这次卢奇义躲在大青山没有来参加叛乱。"

"只要他没死就好！"何建朴长长叹了一口气说，他的心松了一点，总算有了一点建刚的消息。

布日固德问了何建朴的伤情和生牲川茶庄的情况，叫他放心，说扣在归化的那些青砖茶会一块不少还给何家。

何建朴和老骆驼都高兴地向布日固德抱拳致谢。

他们正说话间，一个中等身材，浓眉大眼，声如洪钟的军官手里拿着一张纸，哈哈大笑着边叫参谋长，边走进大厅，布日固德连忙起身迎了上去，叫了他一声师长。

"你快看，我们的平叛电报刚发出去，国民政府就复电了。"那位师长边说边把电报递给布日固德。

布日固德接过电报匆匆看了一遍，突然哈哈大笑，扬着手上的电报说："祝贺蔡师长荣任绥远都统。"

蔡师长收了笑脸对布日固德说："这个嘉奖令是对我们平叛有功的奖励，但是国民政府撤了蒋雁行绥远都统的职，撤了王丕焕骑兵旅长的职，取消了他的中将衔，他们不会死心，会跟我们作对。我正在考虑选派四个骑兵、炮兵精兵团赴五原围剿卢匪。至于王丕焕，由他去吧！他已经手无军权，成了流寇，跟他走的人不会太多，我们要做好接受他归正部下的事，毕竟他们也是国民革命军，只是受了王丕焕的欺骗。"

"好！卢匪一日不灭，我们一日不收兵，我们把没有跟他走的队伍收拢过来，这些人没有跟他走，说明觉悟了。"

"嗯！"蔡师长点了点头。

布日固德突然想起坐在旁边的何建朴和老骆驼，连忙转身指着蔡师长向他们介绍说："老弟，大叔，这位就是蔡成勋将军，现在是绥远都统署都统！"

何建朴和老骆驼连忙一齐起身，向蔡成勋抱拳躬身一拜，何建朴说了一句："在下拜见蔡都统。"

蔡成勋看见两个陌生人，又疑惑地看着布日固德。

布日固德连忙向他介绍说："这两位就是我跟您说的那两个救我命的恩人。"他又指着何建朴说："这位是湖北咸宁柏墩何氏生牲川茶庄的大掌柜何建朴，我们结盟了，他是弟，我是哥。"接着他又指着老骆驼说："这位是老骆驼叔，是我们绥远一个驼帮的帮主。"说到这里他突然感觉到对老骆驼有些不敬，连忙笑着问老骆驼："叔，我不知道你的尊姓大名，对不住。"他边说边向老骆驼抱拳摇了摇。

"就叫我老骆驼，大家都这么叫，习惯了。"老骆驼连忙笑着抱拳回礼。

"二位辛苦了，感谢你们大仁大义。只要我蔡某人在绥远一天，你们就是都统府最尊贵的客人。"蔡成勋仍然把都统署说成都统府，是怕他们不清楚都统府变更了名称。

"多谢蔡大人！"何建朴又向蔡成勋抱拳躬身一拜。

"蔡大人是亲民的好官！"老骆驼多经世故，也向蔡成勋躬身一拜，说了一句颂扬他的话。

"你们不必多礼！以后常来常往。"蔡成勋认真地对他们说。

"蔡都统，何家的几百驼青砖茶还被扣押在归化警备司令部，是卢金斗下的手，我们要还给何大掌柜。"布日固德趁机把何建朴的难处告诉了蔡成勋。

"你马上以都统署的名义向蒋北升去函，着令他立即把所扣青砖茶归还给何家。"蔡成勋用威严的口气说。

"好！我马上去办！"布日固德喜出望外，连忙答应着，又接着对蔡成勋说："何大掌柜的亲弟弟何建刚还被卢金斗扣做人质，生死不明。"

"我们马上选派精兵强将赶到五原去，把何少爷救出来，彻底消灭这股土匪。"蔡成勋紧咬着牙，举起右拳一挥说，"我们要让绥远安定下来，让百姓安居乐业，让各路商旅在绥远安心经商。"

"对的！"布日固德点了点头，又接着对蔡成勋说，"原来在绥远每年七月由都统府组织一次茶商大会，社会各界名流绅士和茶商都来参加品茶评茶，这个大会对发展绥远经济大有益处。"

"我们继续办，今年就办，具体事务你来安排。"

"好！"布日固德高兴地答应了一句。

"你招待好客人，我去把几个团长叫来马上开会，商量剿匪。"

"都统先去休息一下，你一夜没睡，这些事都由我来办。"

"可以！那我就先去眯一会儿。"蔡成勋拿着电报，挺直腰，转身向后院走去。

"老弟、叔，我马上去给你们办公函，你们先拿公函去找蒋北升，赶快把青砖茶运回去。"看见蔡成勋走了，布日固德连忙转身对何建朴、老骆驼说，叫他们稍等一会儿，他边说边向后院跑去。何建朴想了想对老骆驼说："老骆驼叔，您拿公函先回去叫我五叔跟您一起去找蒋北升，叫弟兄们赶快把砖茶运回去。我留在这里跟大哥一起到五原去找建刚，就是他真的死了，我也要把他的尸身找到，送回咸宁去。"

"嗯！"老骆驼轻轻点了点头，从身上摸出一个小药罐递给他，叫他记得换药，又犹豫着看了一眼何建朴，张了张嘴想说什么。

何建朴接过药罐向他道了谢，塞进口袋里。

"青砖茶运回去后，您叫我五叔把账给您结清，您带兄弟们去走货，大家要吃饭，要养家糊口。如果我这里有事，我就派人去找您。"

"好！"老骆驼又点了点头，叫大掌柜多保重，说他身上的伤还没好妥帖，遇事不要太激动。

何建朴向他道了谢，叫他放心。

老骆驼抬头看着他，咬了咬牙说："何东家，我想跟你一起去亲手杀了卢金斗。"

何建朴吃惊地盯着他，笑了笑说："卢金斗有手下那么多土匪护着，我们两个人杀不了他，政府军会杀了他的，你回去吧！"

过了一会儿，布日固德拿着一份盖着绥远都统署大红印章的公函匆匆走了过来，递给何建朴。

何建朴接过公函仔细看了一遍，向布日固德道了谢，顺手递给老骆驼看了，又接过来小心翼翼地叠好，生怕弄破了这张关乎他老何家死活的纸，小心翼翼地塞进布日固德递给他的纸袋里，封好口，再递给老骆驼，叫他快走。

老骆驼接过公函，向布日固德抱拳躬身一拜，转身匆匆出了门。

布日固德看见何建朴没走，没有觉得意外，他晓得他的心里还装着一件大事，只轻声问他为么事不回去。

何建朴晓得他担心他的伤，轻轻叹了一口气说："我要跟你一起去五原，去大青山找建刚，不找到他我安心不了。"

"我们是去打仗，枪子没长眼睛，打到你怎么办？"

"那是天要灭我！"

"既然你不怕死，那就跟我一起走。我叫我的卫兵保护你。你自己注意身上的伤。"

"我知道。"

"那好吧！你随我进来。"

布日固德领着何建朴进了后院，把他交给自己的副官刘春江，叫他带何大掌柜先去休息。他又转头对何建朴说他马上去参加剿匪会议，商量剿匪方案，也许明天队伍就要出发，叫他好好休息。

何建朴答应了一声，跟着刘副官进了第三重后院，这个院子是都统署公职人员的住处和家属区。

这一夜布日固德很晚才回住处，第二日吃早饭的时候他又劝何建朴不要跟他一起走，说一路颠簸对他的伤不利，叫他不要担心建刚，说他无论如何也要弄清楚他的下落。

何建朴摇了摇头说他的伤口上了几天药，特别是老骆驼上的枪伤药，已经基本上好了。说布日固德与建刚在一起时一直昏迷不醒，就是见到建刚也不认得，他就是死也要去找到弟弟。

布日固德看见何建朴态度坚决，便不再劝。

这时城外传来了此起彼伏的军号声。

"我们组织了四个骑兵团和炮兵团，挑选的都是精兵强将。各团正在集合队伍，马上就要出发了。"布日固德对何建朴说，叮嘱他跟着副官，不要乱跑。

何建朴叫他放心去指挥队伍剿匪，不要管他分散精力。

他们边说边出了门。布日固德叫来刘副官，叫他给何大掌柜一匹好马，负责他的安全。

刘副官已经听说是何大掌柜救了他长官的命，对何建朴十分尊敬，叫他跟他走。

布日固德匆匆进二重后门忙他的事去了。刘副官把何建朴带到马棚，解下一匹棕色蒙古马缰绳，递给何建朴。

何建朴接过缰绳，伸手摸了摸马脸，对它笑着说："伙计，我的命就交给你了。"

马儿仿佛听懂了他的话，向他打了两个响鼻。

自从父亲有意培养他接手何氏茶业，便要他学骑马，何建朴对马并不陌生。他翻身上马后，跟着刘副官出了都统署侧门。

街上各家店铺都开了门，人来人往，大家听说政府军要到五原去剿卢金斗，都奔走相告，听到军号声跑到城外看热闹。

东城门外四个精兵团已经集结完毕。都统蔡成勋骑在一匹白色大蒙古马上，十分威武地站在队伍前，骑着一匹棕色大蒙古马站在他身边的是参谋长布日固德。

蔡成勋亮开嗓子对整齐地列队站在自己面前的官兵们说："各位壮

士，我们平息了叛乱，赶走了王丕焕叛军，国民政府来电嘉奖大家。但是，卢金斗匪部逃回了五原，继续为祸一方，我们必须彻底剿灭他们，为民除害，给绥远父老一个安定的绥远，为我们死难的烈士们报仇。大家有没有勇气剿灭卢金斗匪帮？"

"有！"众官兵齐声应答，声音响彻云霄。

"好！出发！"蔡成勋下达了出征令，扬起马鞭拍了一下马屁股，白色战马立即撒开四蹄，仿佛脱弦之箭冲了出去。

布日固德随即打马紧跟其后，奔向五原。

各团骑兵、炮兵在各自的指挥官率领下跟着两位主官飞奔。

刘副官带着何建朴跟着布日固德跑。何建朴从来没有见过这种震撼的出征场面，十分激动，热血沸腾，恨不得叫布日固德给他一把枪，他也上前线去冲杀。

五原县位于河套平原腹地，是内蒙古有名的粮仓。卢金斗带领一万余匪众占领五原，就是因为这个地方能养兵。

几天日夜兼程，蔡成勋率所部于这天早上赶到了五原境内，迅速与卢金斗匪兵交上了火。蔡成勋在卫队的保护下坐在军帐中督战。布日固德指挥炮兵摆开大炮，一齐向抵抗的土匪开火，顿时打得土匪队伍溃不成军，他们边打边往五原县城退。骑兵团立即冲了出去，一路追杀，杀得土匪人仰马翻。布日固德用军事会议上商量好的作战方案，遇到匪军阻击就先用炮轰，打垮其精锐后再派骑兵追剿，土匪队伍四处逃窜，死伤无数。骑兵冲出去后，马拉战炮的炮兵队伍紧跟其后。炮兵、骑兵在布日固德的指挥下轮换作战，一路所向披靡。

跟在炮兵后面的何建朴看到成片成片倒在地上的土匪，有些着急了，他十分担心建刚被卢金斗赶上战场被大炮轰死了。但是面对这么激烈的战场，他只有在心里默默祈求上苍保佑建刚。他也相信建刚会保护好自己，更希望他趁卢金斗慌乱之机逃脱出来。

剿匪队伍很快追到了五原县城。布日固德看见城门紧闭，命令炮兵向城门开炮，轰开了城门，他派一个骑兵团和一个炮兵团入城，留一个骑兵团和一个炮兵团在城外围城警戒。

布日固德率领队伍冲进城内去了，蔡成勋叫他不要进城，说城内危险，布日固德咬着牙说他要去亲手砍下卢金斗的头，提来见都统。

蔡成勋晓得卢金斗一直在陷害布日固德，布日固德对他恨之入骨，便不阻拦了。

城内枪炮声大作，杀声震天，经过半个时辰激战后，几个城门都敞开了，没有被打死的土匪蜂拥而出，遭到城外守军迎头痛击，死伤大半，一些逃脱的匪兵骑着马向野外飞跑。

过了一会儿，布日固德飞马出城，向蔡成勋报告城内的匪军基本上被消灭了，但是没有搜到匪首卢金斗，便审问抓住的卢金斗十大弟兄中的烂头老二张德义。据他说卢金斗听见城外枪响便跑出了城，去组织队伍去了。蔡成勋命令他迅速办完城内的事，赶快带兵追击。布日固德看见何建朴向他走来，连忙跑到他面前告诉他说建刚不在城内，但是据可靠消息他没有死。何建朴连连点头说好，只要他活着就好。布日固德转身跟着蔡成勋进了城。

卢金斗在收拢各路土匪，壮大自己势力的时候，为笼络匪首，封了十大弟兄，他自封将军老大，封张德义为烂头老二，革命老三赵有禄、喜生老四、豁牙老五崔永胜、格尔济老六武耀威、阎王老七巴音豹，龙图老八图森额，蒙古老九白彦公、回回老十全金斗。这十个匪首中豁牙老五崔永胜在冯占元率部剿匪时被击毙。但几次剿匪失利，没有吓倒卢金斗。现在当剿匪部队逼近县城时，他将烂头老二留在城里，自己带着众弟兄准备像往日一样与剿匪部队决一雌雄，把五原这个米粮仓牢牢控制在自己手上。但是这次的剿匪部队与往日单一骑兵剿匪不一样，他们先用大炮轰，再用骑兵追杀，让卢金斗突然蒙了，被打得措手不及。

五原城内城外，被打死打伤的土匪都躺在地上，能够跑的都跑了。

布日固德清理完城内的死伤土匪，收缴了他们的武器和未受伤的马匹，带队伍出了城，与蔡成勋一起率领队伍向武川方向追杀卢金斗匪部，打得卢金斗无还手之力，带着越打越少的残部经武川向陶林、兴和、和林格尔、清水河一路逃窜，官军一路穷追不舍，奋力征讨，最终将卢金斗身边几百名亲信逼到陕西境内。这次剿匪大获全胜，卢金斗手下十弟兄死的死，伤的伤，他已经彻底丧失了再收集匪部为祸一方的本事。

蔡成勋差信使向陕西督军陈树藩报告了绥远剿匪情况，请求他彻底剿灭卢金斗匪部，然后下令班师回绥远。

何建朴一路上跟着剿匪队伍跑，凡是队伍停下来清理战场，他便拼命翻死尸查看，拼命喊建刚，一直没有看到何建刚的尸体。布日固德也命令士兵打扫战场时，注意有没有死尸的脸上有刀疤，又没有找到何建刚，也没有找到小阎王卢奇义的尸体，更没有看到他们的活人。何建朴沮丧地随着剿匪部队回到了绥远。布日固德把他送回了归化生牲川茶庄。何安逸、何安稳听何建朴说没找到建刚，都十分失望，说卢金斗的两万人马打得只剩几百人了，建刚没现身，估计凶多吉少。何建朴仍然坚信建刚没有死，说他会回来的。

布日固德支持何建朴的说法，分析说他虽然在昏迷中没见过建刚，但听他们介绍他的勇敢、机灵，估计他不会丢命。既然卢金斗骗张凤朝说把他丢在大青山喂狼了，说明他们把建刚放在大青山。只要他还活着，现在卢金斗的队伍已经被剿灭了，卢奇义不会轻易杀了建刚，他需要一笔钱重新拉队伍，活着回家去建房买地过日子，这笔钱他只能从建刚身上拿。卢奇义不仅不会杀他，还会好好照顾他，保他不死。

何安稳吩咐厨师弄了几个好菜款待布日固德，他们边喝酒边谈，又谈到了举办茶商大会的事。布日固德说现在绥远局势稳定了，蔡成勋因为剿匪有功又被晋升为绥远都统，他需要迅速发展商业繁荣绥远市场，让老百姓过上好日子，赢得口碑。现在正是举办茶商大会的好时机，借茶之名联络各界精英。他回去马上与蔡成勋商量，还是按张凤朝的计划办。何建朴又把何氏茶业这几年惨遭打压，几乎要垮台，需要这次大会重振生牲川品牌青砖茶的话仔细对布日固德说了，拜托他暗中帮何氏茶业一把。布日固德叫他放心，说如何办茶商大会他心里有数。

因为一时高兴，布日固德多喝了一口酒，在生牲川茶庄睡了一夜，第二日回到了绥远。

九

在蔡成勋与布日固德的组织下，绥远茶商大会在都统公署前厅如期举行。七月十五日刚到九点，已经收到茶商大会请帖的商家都差不多聚集在都统公署的大厅里。都统署发出去的请帖一共有六十三张，包括绥远所辖各县茶商和社会各界名流。蔡成勋要亲自主持这次大会，借机结交绥远商界名士，发表施政演说，以稳固自己的脚跟，以免步蒋雁行后尘。

都统亲自举办茶商大会，这还是多年来的头一遭。现在绥远上层人士圈中，大家都很清楚大盛魁总经理段履庄和有塞北文豪之称的荣祥数日前已经在北京为安定绥远局势起了很大作用。有确切消息说绥远籍国民党议员李景泉等提出了弹劾蒋雁行都统案，现在蒋雁行被免了职，说明李景泉等开明人士为绥远前途发挥了至关重要的作用，这让蔡成勋不得不为自己打开绥远局面，选择一次能够笼络人心的机会。

会场正面是主席评判席，上面摆着九把大木椅，中间自然是都统蔡成勋的位子，其余八位评判员都是绥远叫得响的人物。主席两侧各摆五个席位，是绥远十大名商的座位。主席对面是散席。

大厅中，一些商行代表和社会名流相继落座，互相熟识交好的相与坐在一起，轻声细语谈论着他们中意的话题。这些代表都是各大商行在归绥的大小掌柜，其中大都是小商户，真正如大盛魁、启元号、公义昌皮草店、茂隆昌、生牲川、宏德大、钱氏商行这样享誉盛名的连锁大商号不多。如今绥远时局动荡，外有外蒙作乱，内有卢匪为祸，各大商行都受到了大小不一的影响，铺子开得越大的影响自然越大，损失也越惨重，就连大盛魁这样的大商号都有苦难言。

在绥远扳着手指头算得出名头的十大商行，何氏生甡川原本一直稳居前茅，自卢匪为祸作乱以来，生意一路下跌，一年不如一年，现在已经空有其名。而半路杀出来的钱氏商行却在短短几年时间内从名不见经传，到了能与大盛魁、启昌号、茂隆昌、公义昌皮草行说得上话的大商号。宏德大商行也做得风生水起。

社会名望对商家来说就是资本，声望越大，地位越高，利益就会越大。历届绥远都统衙门，土默特总管衙门，都是从叫得响的大商号采购所需，那可是一笔大买卖。只说驻扎在绥远的几千上万个兵一项，他们的吃穿用度都是都统府采购。因此，做官府生意是各大商行争得头破血流，用尽各种手段扼杀竞争对手的重头戏，他们奇招百出，阴招损招无所不用其极，甚至反目成仇。

何氏茶业自从因为人祸衰落以后，已经失去了官府的采购资格，如果不迅速采取措施，生甡川青砖茶将退出绥远市场，何氏将一蹶不振。何建朴十分着急，何氏茶业一旦失去漠北市场，后果不堪设想。但何氏要想重出江湖，再现威名，显然太难。对各商家来说，大盛魁几乎就是一座大山，即便那山上的花草树木已经开始枯萎凋谢，但山体还在，不说依然稳若磐石，但想要它分崩瓦解，难如登天。至于其他几家，不说别人，单单是宏德大商行就是头拦路虎，它的掌柜赵宏德就发誓要将曾经有恩于他们的何家置于死地。还有新贵钱氏商行，传言一直都是赵宏德在背后扶持，近两年与赵家的关系非常好。这几年他们明里暗里处处打压挤对何氏茶业，这次扣押何家货物，谁知道钱家是不是插手了。

何氏茶业由盛转衰，好多人在看笑话，在盼着何家跌进无底深渊再也爬不起来。

那几个在绥远叫得上号的商家迟迟不露面，大家都清楚，他们都想成为最后一个压台出场的人物，谁都想成为这次茶商大会的主角。当然只要大盛魁出场，其他人只有当配角的份儿。"一个大盛魁，半个归化城"这话可不是他们自己胡吹的。不过宏德大、茂隆昌都攒着劲想要和大盛魁争主唱，这茶商大会将是一个没有硝烟的战场。

在座的众人在猜测究竟哪个大茶商会先登场，你说去我说来，没有人想到来得最早的竟然是何氏茶业的年轻大掌柜何建朴，紧跟他身后入场的是何安稳、何安逸和老骆驼。老骆驼把众驼工安排出去运货后，特地赶回来参加茶商大会，为何家打气。绥远的土匪被剿灭了，商路安全了，他只负责联系商家安排驼工去跑货就行了。

何建朴在都统署衙役的引领下坐在左边第四个位子上，他身后有三个空座，是为主座安排的陪座，何安逸、何安稳、老骆驼在何建朴身后坐了下来。

在场认识何建朴的人不多，但是看到何建朴坐在生甡川茶庄的主位上，大家不难猜出他的身份。于是一些与何家有交往的人开始轻声议论起来，陆续站起身来与何建朴打招呼。尽管何氏茶业生意受限，但何家在漠北还是叫得响的大商号。瘦死的骆驼始终比马大，没有人愿意在这种场合让何家落面子。在场的都是精明人，懂得三十年河东，三十年河西，风水轮流转的道理，也许哪一日风水又转到何家门口，这位年轻的新主人就是他们的老相与。那些亲近赵、钱两家依靠他们得利的小商号暗里等着看何氏笑话，不过面子上还是皮笑肉不笑地与何建朴、何安稳打招呼。何建朴一行四人都一一抱拳谦恭还礼，不落人口实。至于那些不太好听的议论和讥讽的眼神，他们四个人也只当作没听到，没看到。

何安稳忍不住轻声嘀咕道："看那些人的样子，一个个就等着看我们何家笑话。"

"那又有什么关系？"何建朴平静地说，"这是人之常情。这世上很多人就是见不得别人比自己好。我们何家即使今日落难，只是因为时局动荡，不是我何家人经商失误，为人不善。再说在商言商，商场没有永远的敌人，只有永远的利益。今日他们亲近依附赵、钱两家，那是因为赵、钱两家今日强大了，他们可以从中受益。当年这些人亲近依附的可是我们何家。风水轮流转，三十年河东，三十年河西。呵呵，不需三十年，也许一个决策，一个商机便能改变局面。一旦何家再度崛起，他们又会厚着脸皮讨好我们。墙头草随风摇摆再正常不过了。如果草硬要跟风较劲，有什么好结果？谁愿折腰断根？不过若是何家从此一蹶不振，一跌到底，那就是另外一说了。"何建朴有意把声音放大一点，有意说给邻座听。他很清楚是布日固德把他安排在这个位子上坐的。

"人啊！"何安稳摇了摇头，一笑。

"这便是人！"何建朴接了一句。

何安逸与老骆驼都沉默不语，注视着场内的动静。

这几年何家好像被扫把星扫过，霉运缠身。何家连遭不测已经被有心人传开了。众人怕沾上霉运，开始疏远何家。越是商人，越是有钱人越是有地位的人，越是相信那看不见摸不着说不明的运气。因此，对于何家，大家都敬而远之，生怕离得太近了，也被扫把星扫到，开始倒霉。

继何家之后第二个到场的人物，大家也没有想到，竟是绥远商业一百五十年的霸主大盛魁。在副总经理苏文阶的带领下一行三人缓缓步入大厅。好多人急忙起身向他们抱拳见礼。何建朴一行人也起身致礼。

苏文阶一行三人也抱拳微笑着向众人还礼，相继在左侧首席前后座上落座。

何建朴又仔细打量了苏文阶一眼，看见他不过四十岁年纪，头发却已经花白，反而给他增添了不少沧桑深邃的魅力。虽然现在大盛魁的大当家是段履庄，苏文阶声名不显，但他却深得段履庄信任，从一个小伙计一路节节攀升，才有了今日的地位，是众所周知的段履庄的接班人。他与何建朴有过交往，彼此都留有好感。

苏文阶无意中看见何建朴在注视他，看见他坐在自己的邻座，心里有了数，连忙起身，特地走到他面前，再一次单独向他抱拳施礼，笑着大声叫了他一声何大掌柜。他的这一举动是在抬何建朴的庄，也是在向众人介绍生牲川茶业新掌门人，更是在做给台上的人看。

何建朴看见苏文阶过来了，连忙起身再次抱拳见礼，谦逊地说："晚生何建朴，见过苏前辈。"

苏文阶温和一笑说："何大掌柜言重了，前辈我可不敢当，苏某只是有幸痴长你几岁而已。"

何建朴一脸喜色说："您与我父亲交好，在您面前，我只能是晚辈，还请苏前辈多多赐教。"

苏文阶哈哈一笑说："乃父是人间翘楚，苏某只能望其项背。在他老人家面前我是晚辈，你我就是兄弟。有其父必有其子，何大掌柜必是人间龙凤。我苏某赐教不敢当，不过我们一起喝喝酒品品茶，苏某倒是乐意得很。"

"太好了，我十分乐意。过两日我备好茶亲自来恭请苏先生。"何建朴喜形于色，抱拳深深一拜，他看得出苏文阶的真心诚意，他的一席话并非客套的场面话，是在有意表露他对何氏的好感。何建朴虽然不清楚大盛魁经理为何要向何家表露善意，但善意总比恶意要好。往年的茶商大会，评出绥远名茶，排定商家座次，大盛魁一向都不参与竞争。

大盛魁虽然强大，但不产茶，只用他的商业网络从其他茶商手中购进青砖茶倒卖获利，稳居茶商首席。不过从去年起，情况发生了变化，大盛魁在青砖茶这项生意上已经不是霸主，竟然被与他们交好的宏德大茶庄超越，后来两家干脆联手合作经营，由宏德大组织茶源，大盛魁负责销售，利益平分。大盛魁的经商理念向来一是一，二是二，绝不使阴谋诡计算计竞争对手，因此深得同行敬佩，生意也越做越大。即使现在的大盛魁早已不复当年的辉煌，但它那块"魁"字招牌在，不容任何人小觑。但宏德大就不一样了，赵宏德与钱氏商行搭上了一腿，钱家好像更有来头。

现在苏文阶对何建朴释放善意，何建朴当然很高兴。

在场的众商家都是精明人，看见大盛魁的少主竟然向何氏新掌门表露善意，似乎闻到了一股异样味道。他们不明白大盛魁抑或是苏文阶此刻的用意，一个个蠢蠢欲动，打算找机会与何建朴相识。有些人再看何家一行人的时候，眼神有些闪烁不定了。

第三个走进大厅的茶商，打破了历届大会惯例，赵、钱两家一行十人竟然联袂步入大厅。领头的是赵家大公子赵富贵，他穿一身白色西装，笔挺贴身，纤尘不染，与穿长袍戴礼帽完全不一样的优雅飘逸。宏德大商行经理李恒才跟在赵富贵左手边，相距半步，好凸显出赵富贵的地位。对于何家来说这是个极为棘手狠毒的对手，何家这几年在绥远一再被打压，一步步被逼入谷底，除了卢金斗匪祸之外，其余狠计毒招都出自此人之手。

与赵富贵并行的一个中年男人，身穿蓝色长袍外罩一件黑马褂，面色温和，头发有些花白，他的鼻子高挺，肉实，从面相看，是个有福之人。看到这个人，何安稳与何安逸都不禁微微皱眉，这个人他们都认识，他是钱家掌门人钱业浩。

何建朴只瞥了钱业浩一眼，眼光却落在钱业浩右手边的那个年轻女子身上，月余前在汉口码头钱家船头，她对他有过惊鸿一瞥，因为两家商船靠在一起，他们无意中彼此见了面，回眸间，她的眼神从此烙在何建朴灵魂深处，再难磨灭。

那女子亲昵地挽着钱业浩的右手走进来，整个厅堂顿时一亮，大家的视线不约而同地落在她身上，只见她穿一身淡红旗袍，外套一件领口、衣襟、袖口镶黄边的月白色短褂，脚蹬白色高跟鞋，款款移动间似有莲香徐徐弥散开来，沁人心扉。她那张白净的脸上，高鼻深目，唇薄齿白，相貌娇艳。众人只顾她的惊艳，何建朴却从她的眼神中看出了一丝说不清道不明的忧郁。

那女子似乎有些不太习惯这样的大场面，被无数双眼睛盯着，她只略显娇羞，并不怯场，落落大方地稳步前行，更显超凡脱俗之美。

钱业浩看见众人的目光都落在他身边的女子身上，怜爱地拍了拍那女子的手背，眼神中流露出无尽的得意，却招致一些人的嫉妒。

钱业浩不但是钱氏商行大掌柜，还是钱家的发家人，前几年他不过是个走西口的小商贩，到了民国三年他的命运出现了转机。那一年卢金斗被逼无奈，在极度失望之下落草为寇，凭他的胆大心黑，实力迅速膨胀，大肆劫掠旅蒙商队，无数大小商家先后倒了血霉。何氏牲牷川茶庄是其中最倒霉的几家商号之一。

那一年钱业浩也被卢金斗光顾了。他是小商贩，商队规模不大，但是奇怪的是他毫发无损地带着他的商队回到了归化城，让众人目瞪口呆。众商家都跑去询问死里逃生的钱业浩有何应对卢匪的妙招，钱业浩却只打哈哈，保持缄默，不管别人怎样问都不肯开口多说。

当时有人以为他被卢金斗吓傻了，有人嘲讽他的商队太小，买卖太小，没什么油水可捞，卢金斗根本没瞧上他，随手就把他给放了，卢金斗对他看不上眼。俗话说贼不走空，卢匪当时要钱拉队伍，不管大小商旅，只要他遇到，都要脱一层皮，能不伤人死人已是万幸。钱业浩遇到了卢金斗匪部，不仅毫发无损，还货物全归，没有人想得通其中缘由。

从那以后钱业浩的生意越做越大，实力迅速膨胀，货源越来越广，商铺如雨后春笋般遍布整个绥远，一跃成为声名远播的大商家。钱业浩的强势崛起，犹如巨石惊起千层浪，冲击得众人回不过神。短短三年时间，钱氏商行竟然成了绥远十大商行巨头之一。钱业浩不但在绥远各地开办了多家商行，甚至还把生意做到了内地一些大城市，他不仅在汉口有商行，在武昌城中也开办了一家钱氏大商行，把北方的土货运到南方去卖，把南方的稀物运到北方来卖，只要能赚钱他什么都卖。钱氏商行走的和大盛魁一样的路，出现了在漠北与大盛魁争利益的局面，钱业浩强龙压不住地头蛇，为了避免大盛魁对他动黑手，他将生意慢慢转到了内地，把商业重心逐渐往内地转移。他很清楚绥远商业市场是大盛魁几位苦力出身的创始人拿命拼下来的天下，容不得外人横插一杠。

钱家的无声崛起，极为突兀，至今让人难以置信。包括何家在内的很多人都暗中探查过钱家的底细，但无人探出究竟。后来众人却发现了一件怪事，凡是钱家的过往商队，不仅是卢匪就是其他一些小股土匪都睁一只眼闭一只眼，当作没看见，绝不相扰侵犯。自此，钱家不知不觉被蒙上了一层神秘面纱。于是众人都在猜测钱家后面是否有尊大佬坐镇，震慑住了卢金斗那个大阎王。

可是从这几年卢金斗的行事作风来看，他不是那种有忌讳的主儿，他天不怕，地不怕，连绥远都统都不放在眼里，甚至敢冒天下之大不韪支持蒙古贵族闹独立。虽然外蒙古独立背后有俄罗斯人、日本人以及多方势力在搞风搞雨，但有一点可以确定的是，卢金斗绝不怕事，否则他不会走上这条道，并且要一直走到黑。

如此一来，钱家更加神秘诡异了，若真有那么一尊大佬在，一般人搬不动。因此，对钱家大家都有些忌惮了。钱家发迹之后又与赵家联手，生意如日中天，搞得原本是咸宁商业巨头的何氏家族连年失利，大厦将倾。

幸好何氏出了个学贯中西的何建朴。经过他这两年的辛苦煎熬，好不容易稳住了何氏茶业在内地的颓势，并且有了上升趋势，出现了中兴希望。何建朴也因此成为何氏的中兴之主。他稳住阵脚后又腾出手来收拾绥远这边的残局。

钱业浩这个人存在颇多争议，因为在所有人看来，他的崛起和他的能力实在不可同日而语，也就是说他的能力并不足以让他在商界如此强势崛起。但他就是做到了。大家在猜测，他恐怕除了抓到了机缘，最主要的还是他有贵人能人在背后相助，他才有了今日的财富和地位。因此很多人对他不服气，但又无可奈何，只摇头说人各有各的命，各有各的运，运气这个看不见摸不着的东西可以决定一个人的成败。

　　对于钱业浩这样一个摸不清底细的人来说，他更加让绥远各位大商小贩棘手。如今很少有人敢轻易去撩拨钱家这个新贵。没有人知道那里面的水到底有多深，说不定一不小心掉入深潭被淹死了，实在不值得。

　　几年前，赵家连续倒了两次血霉之后学乖了，年年都付给卢阎王一笔巨额买路钱才得以保平安。但钱家在漠北进出如出入自家茶园门。很多人都说钱家身后那尊大菩萨定是手眼通天之辈，连卢匪也要给他几分面子。总之以讹传讹，越传越离奇，越传越玄虚，也越传越可怕。即便是大盛魁这样的座山虎，现在也有意无意给钱家几分面子。现在大家都明白了也许根本就不是钱家依附赵家，而是赵家搭上了钱家这根黑线。

　　不过很奇怪的是，这几年来钱业浩一直深居简出，大多数日子住在武昌，很少露面。他即使在赵、钱两家同时出现时，也甘居赵家之后，绝不冒头。钱业浩越是这样做，各种各样的猜测就更多更玄，总之云里雾里，没人能拨得开云雾，见到其真面目。

　　现在赵、钱两家联袂出现在茶商大会上，众人都相继起身见礼。赵富贵、钱业浩一行也微笑着还礼。有些人对赵、钱两家的态度比对大盛魁的态度看起来还要恭敬几分，这些人想巴结他们以得些利益。大盛魁虽然是做了一百五十余年的大商号，很多人都清楚如今的大盛魁已经是日薄西山。几千年来的历史已经明确告诉大家，再辉煌强大的王朝也终会走向没落，最后衰亡。历史这个大舞台上你家唱罢我家登场，往复循环，轮回不息。

　　大盛魁这个在大漠北曾辉煌到极致的商业帝国，也渐渐走下了高高的神坛，如果不能重新崛起，最后的衰败在所难免。新任总经理段履庄虽然声名显赫，但时代已经变了。国家不稳，军阀崛起，列强虎视眈眈。国家领土尚不能完整，主权尚不能独立，各行各业在危难中苦苦挣扎。段履庄能力是有，情怀也有，仁义也有，声望也有，但终究时机不对，在漠北商界孤掌难鸣，无力回天。若真到了大盛魁大厦倾覆，自然会有人接替大盛魁撑起漠北商业局面。对于众商家来说，曾经被寄予厚望的生甡川已经风雨飘摇，不足为虑。公义昌、茂隆昌也已腐朽。原本势头正劲的裴家裕隆商行也已经成为过往，不过短短几年时间便已经销声匿迹了，与钱家的崛起同时起落。现在能撑起大漠商局的看来只有钱氏商行了。

说到裴家的裕隆商行，就又得说卢金斗，卢金斗落草为寇的那一年，他便干了一件震动了整个绥远，乃至整个中国的大事。卢金斗为搞钱壮大队伍，他选择当时在绥远声势正隆的裕隆商号开刀，据说他将裴家老老少少大大小小一夜之间屠戮干净，裴家那两个如花似玉的女儿被凌辱致死，三个儿子也都死于非命，裴家的万贯家财和大小商铺被洗劫一空。到如今几年过去了，已经少有人提及，只是偶尔有些老人说起裴家还会忍不住唏嘘落泪。

裕隆商号已经成了过往，所有的血与泪早已被埋进了尘埃。剩下的就是崛起才没几年的宏德大和钱氏商行了，这两家在绥远呼风唤雨，如日中天。

当赵、钱两家一行人经过何建朴面前的时候，赵富贵放慢了脚步，看着何建朴鄙夷一笑。

何建朴缓缓站起身来，面朝钱业浩，微微一笑，抱拳施礼说："钱先生好！"又向李恒才抱拳一摇说："李经理好！"

"何大掌柜好！"钱业浩一脸随和地对他点了点头，算是回礼。因为他手上挽着那女子，不能抱拳。

李恒才微微弯腰回礼："何先生好。"

"何大掌柜，听说你近些时身体有恙，怎么不多休息，出来操劳了。"赵富贵看见何建朴无视自己，在众人面前让他失脸面，似笑非笑地揶揄了他一句。

何建朴一愣，表面上波澜不惊，心里却涌起一阵狂风巨浪。他被卢金斗打伤的事外人不知道，他这话中有话，说明他与都统署政变有关。想到这里何建朴吸了一口凉气，脸上仍然风平浪静地说："鄙人很好，有劳赵公子挂心了。"

"那就好。"赵富贵浅薄一笑说，"不过我听说何家这次因为青砖茶造假，被警备司令部扣押了全部货物，这事不知真假。你我都是湖北人，老乡见老乡不说两眼泪汪汪，何大掌柜若有难处，不妨告知赵某一声，赵某一定鼎力相助。"

赵富贵的话听上去充满善意，实则在当众出何建朴和生甡川茶庄的丑，何家一行四人，除了何建朴依然神色淡定外，其余三个人都愤怒不已，却只能忍着，不敢怒怼。他们晓得好戏在后头。

"多谢赵公子好意。"何建朴依然一脸云淡风轻，不想再与他纠缠，转身打算坐回原位。

赵富贵见无法激怒何建朴，心中虽有不悦，也只能无可奈何地走了。

钱业浩挽着的那个女子不动声色地打量着何建朴，与他四目相对，又不动声色地把眼光从他身上移开。其实那一日在汉口码头她看见了何建朴，虽然不过惊鸿一瞥，但他那沉稳飘逸的派头让她印象颇深。此刻她欣赏何建朴被人连连羞辱却依然表现出来的那份淡定从容与云淡风轻，喜欢他脸上那份柔润而温暖的笑意，让她如沐春风。

何建朴朝她浅浅一笑，算是心照不宣地表示他对她的好感。他这些年在日本读书，曾经爱过一个日本女子，只是没有到谈婚论嫁的时候他父亲病倒了，他只得匆匆结束学业惜别那女子，回来帮父亲支撑何氏茶业危局。这几年他又一直忙着家族生意，顾不得娶妻生子。前些时他听说他娘已经为他相中了一个亲戚家的闺女，那女子相貌人品都十分出众，而且他们小时候随两家长辈有过往来，只是长大后天各一方再无联系。但那个女子没有上过学，不识字，何建朴以家道衰落，他现在无心成家为由推掉了这门亲事。

再见她亦是缘分，更不必说在汉口码头千里之外的漠北古城。何建朴生平还是第一次如此近距离地欣赏一双这么纯净的眼睛，他不敢相信这世上竟有这样干净空灵的眼神，这眼神中有无以言表的爱意、隐忧、渴望。他想触及，却伸手不得。

赵富贵和钱业浩一行人在衙役的引领下在各自的位子上落座了。赵富贵坐在主席左边第二个位子上，紧挨苏文阶。钱业浩则坐在主席左边第三个座上，紧挨何建朴。那女子坐在钱业浩身后，也是何建朴身后。她一直看着何建朴，却对赵富贵讨好的目光视而不见。

实力最为强劲的四大家都已经登场了，剩下排上座次的六家商行哪里还敢高高端着，他们好像约好了，不讲究出场次序，竟然一齐登场，足足三十人。他们一入场，大厅顿时热闹起来。大家简单地互致问候之后，便各自落座了，会场很快静了下来。

不一会儿绥远都统蔡成勋登场了，他身后跟着八个须发皆白，手拄文明棍的绅士翁，其中有土默特部总管包孟恩。他们走上主席台相继入座。包孟恩坐在蔡成勋左手席上。很多人只听说新任都统姓蔡，不认得他，都交头接耳着猜测坐在主席台上的是他。台上除蔡成勋和包孟恩外，其他几个人何建朴都不认识，他没有看见布日固德上台，晓得他在后台操作。

嘈杂的大厅很快安静了下来。这时布日固德穿着一身笔挺的军装走进大厅，走到蔡成勋面前双脚一并，立正，挺胸，举起右手向他敬了一个标准军礼，转身声音洪亮地说："各位，请大家起立，鼓掌，欢迎绥远新任都统蔡成勋将军主持绥远茶商大会。"说完话，他转身离开会场。

众人听说坐在主席台上的正是新都统蔡成勋，一齐起身鼓掌。

蔡成勋高兴地站起身来鼓掌致谢，叫大家坐下来后说："各位名家雅士，各位商界翘楚，我蔡某有幸出任绥远都统一职，来为绥远父老服务，实乃蔡某荣幸。蔡某当竭尽全力为绥远的繁荣昌盛尽职尽责。为了促进绥远经济发展，服务绥远桑梓，我决定举办此次茶商盛会。这次商会本应依照往年的规矩由商家评出十大名茶，但是那是老规矩，现在时代变了，老规矩得改，要跟得上时代需要，要真正有利于绥远经济发展，真正有益于百姓生活，有利于支持大商行正常经营。这次评出的十大名茶，由官府确认。"

他说到这里，众人立时报以热烈掌声。这几句话确实漂亮，而且不是过去之乎者也的陈词滥调，大家爱听。但此时此刻大家想听到的是这位新都统出台的新规矩。

蔡成勋扫视了众人一眼，端起茶杯喝了一口茶，润了一下嗓子，轻咳一声，微笑着说："大盛魁是绥远的利税大户，自开业以来守法经营，有口皆碑，为绥远发展做出了重大贡献。经过都统署各官员商议，并征得台上几位名流绅士同意，大盛魁不参与品牌名茶竞争，都统公署、土默特部总管府各部一应所需，自大盛魁采购三成。"

他的话音刚落，大厅里顿时掌声四起，大盛魁一行人相继起身，一齐向蔡成勋和台上的各位绅士翁弯腰致谢，转身向大家抱拳致谢。

大盛魁在绥远毕竟是有名有望说不坏的大商行。特别是这次它的大掌柜段履庄提着人头进京，状告原都统蒋雁行收编大土匪卢金斗为祸一方，使蒋原都统被革职，大家都十分敬佩。对都统署的这个决定大家都无话可说，十分赞成。都议论说段大人为绥远稳定，消除匪患立下了汗马功劳，应该受益。

待掌声停歇，蔡成勋接着说："此次参与茶会的各个商行、茶庄送来参评的青砖茶、红茶、绿茶等各类茶品，在这次大会上经过大家的品评，最终由台上的各位名人雅士共同确认，推举出绥远茶王。得'茶王'称号者，由本都统亲自赠与亲笔手书'茶王'匾额一块，以示嘉奖。都统公署和土默特总管府各部向其采购一年所需茶品三成，并由都统署扶持推广。"

蔡成勋此话一出，满堂哗然，"茶王"称号向来只是民间评说，并未得到官方认可，现在由都统署确认，并得到都统亲笔手书"茶王"大匾，意义非比寻常。能得"茶王"称号者，可以说不仅财路大开还荣耀至极。往年除开大盛魁，都统府和土默特部总管府最多只向茶商大会评出的魁茶茶商采购两成茶品，现在蔡都统宣布采购三成，那将是一笔可观收入，众人一时间都不清楚蔡成勋的用意，心里都火烧火燎热了起来。不说那可以光宗耀祖的"茶王"匾额，不说那三成采购，单单是那句"由都统署推广"就意味深长。古往今来，凡从商者与官府搭上了关系，不说发大财，锦衣玉食，荣华富贵应有尽有。钱是官府制的，凡是大商人都与官府有千丝万缕的关系。

等大家安静后，蔡成勋继续说："依此往后，排第二位者由官府采购两成，排第三位者由官府采购一成，其余一成由第四名到第十名平均分配。下面大家开始品茶，你觉得哪个茶味道好，色道好，香味好，你就从箩里拿一粒黄豆放在这个茶号的木盒里，你觉得不如意就不放。每一粒豆代表一票。最终以得豆数多少，由台上各位名士综合评定排名。台上各位不下台投豆，只在各自面前纸上的号码上面画圈。"

一直站在屏风后面的布日固德听见蔡成勋宣布了评茶办法，马上示意身后的两个士兵抬着一张长条形大茶桌进入厅堂，摆放在大堂当中。桌上放着一簸箩黄豆，摆着一排木盒。另外五个士兵各抱一大摞茶碗进来，分发给大家。紧接着有一名士兵提着一只大铁壶进来，把已经煮好的茶汤倒在大家面前的茶碗里，退了出去。

蔡成勋笑着宣布第一号茶已经摆在大家面前，请各位品尝。大家不约而同地端起茶碗，细细品味着碗中茶汤，闻茶香，看茶色。

看见大家都喝了茶，蔡都统又高声叫各位投黄豆。他紧盯着台下众人的表情，看到摇头的多，暗自一笑，估计此茶得豆不多。果然，众人中只上十位起身投了豆。

接着他又大声宣布上第二号茶。

又一个士兵提着一大铁壶已经煮好的茶进来，挨个儿倒进大家面前的茶碗里，退了出去。

大家品了茶，起身投豆的人也不多。

接下来的几个茶品投豆的人渐渐多了一些。蔡成勋紧盯着台下十大茶庄、商行代表的行动，看到苏文阶因为不参与竞争，只品茶不起身。坐在他身边的赵富贵和钱业浩很认真仔细地品着茶，不时交头接耳，相继起身投豆。他知道他们估计品出了自己参加茶会的茶味，在为自己投票。而何建朴则不仅认真品茶，每一号他都微笑着起身投豆。其余几家也各怀鬼胎，品出好像是自家茶味便起身投豆，没有品出来的便不起身。蔡成勋看出了何建朴的仁慈，对他又多了几分钦佩。其实这次参与竞争茶王的十八个品牌，个个都在漠北草原经营了许多年，都颇具实力，各有所长，要在优中选优，一是茶品本身不错，二是靠运气，还一个是要用心。坐在大众席上的各个商家都在跃跃欲试，都想挤到前台来，坐在十大商家的位子上。

最后一号茶出场了，大家都在翘首以待。有的人认为这最末一道茶不会有什么特别之处。有的人却在期待这道压场茶究竟是什么货色。当一个士兵提着冒着热气的大铁壶一入场，一股飘逸的清香便在大厅弥漫，大家为之一惊。这种香味有些似曾相识，又觉得那么陌生，好像从遥不可及的地方飘来。

坐在台上的蔡成勋扫视着台下的动静。发现苏文阶仍然一脸笑，眼神中却露出了惊讶之色。赵富贵、钱业浩大惊失色，好像闻到了这香味的来路，连忙低头耳语。何建朴一脸淡定，一脸微笑。众商家低声私语，议论纷纷。台上的几位绅士翁本来装出一副正人君子模样，现在也不淡定了，开始交头接耳。蔡成勋开心一笑，心里有了数。

随着那个士兵满场倒茶，那股沁人肺腑的清香越来越浓。大家陆续端起茶碗品茶，闻香观色，好多人情不自禁地脱口而出说好，相互猜问着这道茶出自哪家茶庄。

蔡成勋看见火候已到，立即宣布投豆。

众商家陆续起身走向那张摆着黄豆和木盆的大茶桌。

蔡成勋突然看见苏文阶起了身，径直走到桌前拿起一粒黄豆郑重地投进最后一个木盒，转身回到原位坐了下来。他本来不参与投票，他突然起身让众人目瞪口呆，等大家回过神来，那些不打算投豆的人也相继起身走向前台。

何建朴仍然一脸笑地起身投了一粒豆。

赵富贵、钱业浩没有起身，只呆呆地看着陆续从他们面前走向前台投豆的各个商家。

坐在钱业浩身后的那个女子一直在盯着何建朴，看见大多数商家起身投豆，钱业浩和赵富贵仍然坐着不动，她皱了皱眉，看到钱业浩没有起身的意思，她慢慢起身，款步走向大茶台。钱业浩一惊，先是以为她要起来出去解手，当看见她拿起一粒黄豆要投进最后一个木盒时，一个"你"字刚出口，那个女子已经将豆投了进去，转身款款走回原位坐了下来。

她的这一举动也让台上的蔡成勋暗暗吃了一惊，他扫了一眼钱业浩已经变色的脸，看见他正要转身去责备那个女子，连忙大声叫了他一声钱大掌柜，问他这位女子代表钱氏商行投票是不是他授意。

钱业浩听见新任都统在向他问话，连忙起身支支吾吾着，看见蔡都统一脸正色紧盯着他，连忙点头笑着说是的。

蔡成勋为了不让他反悔，大声说："好！"随即宣布投票结束，命令一直站在大茶桌前监票的两个衙役清点各个木盒里的豆数。

看见那个女子起身投票，何建朴也暗暗吃了一惊。她一直坐着不动，笑着突然起身代表钱氏商行投下一票，肯定不是一时冲动那么简单，她是跟着钱业浩从湖北到绥远来的，对这种香味她应该十分熟悉，更清楚这种飘逸的清香来自什么地方。何建朴清楚她是有意投下这一票，表示她对这种清香持有者的好感。当她转身回到座位经过他面前时，只有他们彼此心照不宣，没有其他人看出他们的眼神交聚。

两个衙役很快清点了各个木盒中的豆数，写在纸上交给蔡成勋。

蔡成勋仔细看了一遍，递给身边的土默特部总管包孟恩。

包孟恩也仔细看了各号下面的豆数，与蔡成勋轻声交换了意见，站起身来将各位绅士翁召起身。他们各自拿着自己面前画了圈的纸，围在一起，轻声报了自己认可茶王的号码，包孟恩将众人投豆的各号码豆数从头到尾念了一遍，众绅士一致同意将"茶王"称号授予最末一号，也就是最后一个出场的第十八号茶品。接着，他们商定了其余九家的茶品排名，由包孟恩在纸上画了圈，一齐转身回到座位上。包孟恩将商量结果递给蔡成勋，请他当众宣布。

蔡成勋接过结果仔细看了一遍，站起身来，扫了台下一眼，台下顿时鸦雀无声。大家都紧盯着蔡成勋手上的那张纸，竖起耳朵准备听他宣布决定各大茶商命运的评选结果。蔡成勋转头看了一眼一直站在屏风后面的布日固德，端起面前的茶碗一口喝干了碗内余下的那品香茶，亮开了嗓子。

"各位，经过大家共同投票和几位绥远名宿合议，本都统宣布，当选绥远新茶王的是十八号。"

他的话一落，台下开始骚动，大家都在窃窃私语，猜测十八号是哪家茶庄的茶。

站在大茶桌前的一个衙役马上拿开十八号木盒，从木盒压着的桌面上拿出一张叠得方方正正的纸，小心翼翼地展开，双手举起示众。大家不约而同地惊呼："生甡川。"蔡成勋大声宣布："湖北咸宁生甡川青砖茶。"接着他又补了一句："就是绥远人天天喝的'川'字牌青砖茶。"他晓得大多数蒙古人不认识汉字，只用手在青砖茶上摸到三条竖线就喜欢。随即大厅里响起了雷鸣般的掌声。

何建朴先是一愣，很快清醒过来，立即起身走到台前。向台上各位叫得响的人物深深鞠躬，又转身向众人深深鞠躬。

苏文阶哈哈大笑着起身向何建朴抱拳祝贺。何建朴连忙抱拳回礼，顺带瞟了一眼赵富贵和钱业浩，看见他们脸上变成了死猪肝色，暗自一笑，也暗暗嘘了一口长气，在心里说："何家有救了！"

自从都统署突遭变故，卢金斗匪部被剿，率残部逃出绥远，蒋北升变卦，将何家被扣青砖茶全部归还给生牲川茶庄，赵富贵就心里发慌了。现在蒋北升一直不露面，他前些时收了他的钱，答应帮他弄死何氏茶业的话，还在他耳朵眼里打转。赵富贵晓得蒋北升的靠山倒了，但他仍然是手握大权的司令，帮他弄死一个没有任何背景的茶庄，就如弄死一只蚂蚁。他搞不明白蒋司令为什么不弄，反而放了他的生。他不清楚的是，这个时候的蒋北升已经得到被解职的前都统叔父蒋雁行点拨，紧紧夹着尾巴做人。如果不是新都统看在老都统的面子上，他头上那顶大盖帽早就被风吹落了。蒋北升目前自身难保，当然将答应赵富贵的话忘得一干二净，不惹事便是平安。赵富贵的父亲赵宏德暗中谋划了这么多年，想要彻底打垮何氏茶业，与钱氏联合独占漠北青砖茶市场。可是，正在他们十分得意以为稳操胜券的时候，哪晓得人算不如天算，他们算得天花乱坠，老天爷给他们算得一塌糊涂。刚才听见新都统宣布"生牲川"夺魁，赵富贵和钱业浩的脑壳仿佛突然被炸弹炸了，一片空白，"嗡嗡"作响。过了一会儿，赵富贵清醒过来，自言自语地说："这里面有诈！"钱业浩连忙一巴掌捂住他的嘴，吓得叫他不要瞎说话，把新都统得罪了赵、钱两家在绥远的生意就死定了。

坐在钱业浩身后的那个女子的眼睛跟着何建朴转，一脸的喜不自禁，满脸羞红。这个人世没有比听到自己喜欢的男人出人头地的消息，更让一个女人激动了。如果不是在这个大众场合，她会毫不犹豫地扑上去，紧紧抱着他，深深地给他一个香吻。

与生牲川茶庄有交情的一些商家也相继向何建朴抱拳猛摇，向他表示祝贺。何建朴示意何安稳、何安逸、老骆驼都起身，一齐向大家躬身回礼。

等大家稍稍安静后，蔡成勋又宣布排在十大名茶第二位的是安徽启元商号的群芳最红茶，排在第三位的是河南吉红泰商号的本山毛尖茶，宏德大商号与钱氏商行联合推送的"大"字牌青砖茶排在第四。其余都是在原来的排序中有进有出，进入前十的皆大欢喜，跌出前十的一脸悲戚。

宣布完十大名茶名单后，两个士兵抬着一块遮着红布的大匾从侧门走进了大厅，站在主席台前。

蔡成勋走下主席台，大声宣布生牲川大掌柜何建朴接匾。

何建朴连忙起身走到台前，又向蔡成勋深深鞠了一躬。

蔡成勋抬手拉下遮在木匾上的红布，"茶王"两个镏金大字展现在大家面前。

全场又爆发出雷鸣般的掌声。

何建朴接过木匾一端，何安稳连忙跑过去接过另一端抬着木匾一齐向众人躬身致谢。

蔡成勋大声宣布绥远茶商大会闭幕。

赵富贵首先跳了起来，瞪了正春风得意的何建朴一眼，气冲冲地走出了大厅。

钱业浩也紧跟其后出了大厅。只是他身后的那个女子没有再挽着他的手。他原本是要带着她照亮大会大厅的，没想到他会黯然退场。

那女子特意走到何建朴面前，对他灿烂一笑，微启朱唇，声音如莺地向他道了一声恭喜，款步走出大厅。

何建朴突然听见她那夜莺般动听的声音，顿时醉了，一时不晓得对她说什么好，只直勾勾地看着她出门。

老骆驼看见何建朴要应酬，连忙跑过来从他手上接过大木匾，与何安稳一起抬出了会场。

何建朴从那女子的身上收回目光，转头叫站在身边的何安逸赶快去蒙古大酒楼订几桌酒席，酬谢蔡都统和各位绅士翁及各位在场客商。何安逸答应一声，匆匆走了。何建朴又转身大声请各位女士、各位先生移步蒙古大酒楼用餐。

大家都在陆续离场，纷纷向何建朴道贺。

这时布日固德从屏风后走了出来，对何建朴一笑。何建朴正要向他开口道谢，被他抬手制止了，示意他向台上各位道谢。何建朴连忙对蔡成勋说："蔡大人，我已经安排家人去蒙古大酒楼订酒席，恭请您和各位世伯，请您赏光。"

蔡成勋连连点头说好，转身对台上的几位绅士翁说何大掌柜在蒙古大酒楼设宴款待各位，请各位移步。

台上的八位名宿相继向何建朴道谢，先后走下台来。

何建朴又转身请苏文阶和刚选出的绥远十大茶商赏光赴宴，除赵富贵、钱业浩不回头走了，其余几个都跟着新都统出了门，对他们来说这是一次近距离接触都统难得的机会。

蔡成勋有意拉何建朴与自己并排走在最前面，带着大家出了大厅。

布日固德跟在他们身后，警惕地扫视着四周，他很清楚有人对生牲川夺魁不服，怕他们对何建朴下黑手。这次茶商大会，他为了确保生牲川夺魁花了不少心血，他与蔡成勋暗中商量了几套方案，为了服众，蔡成勋建议何建朴用慈禧七十大寿特贡青砖茶做品茶，供在场的各位绅士翁和众商家品评，以这款色香味俱佳的名茶征服大家。因为这种茶的香味独特，在众茶中是一绝，果然征服众人，顺利夺魁。

何建朴远远看着钱业浩身边的女子上了马车，有些失落地看着马车走了。他不晓得这个好看的女子与钱业浩是什么关系，要么是他的妾，要么是他女儿，如果是他的女儿就好了。他不愿意这个清纯的女人被别人弄脏身子。他希望她是女儿身，即使钱业浩对何家不友好，他也不愿意她落到别人手上。

站在马车旁的巴图巴雅尔看见何建朴过来了，叫了他一声东家。何建朴这才发现自己走了神，连忙请蔡大人上他的车。蔡成勋叫他先走，说他和布日固德参谋长有车。何建朴向他们道别说他先去安排酒席，恭候各位，转身上了车。巴图巴雅尔一扬马鞭，打马向蒙古大酒楼奔去。

各位贵客陆续入席后，酒菜很快上了桌。何建朴先提杯起身，敬各位的酒，对大家高看"生牲川"表示感谢！接着他又单独敬了蔡都统的酒，敬了各位绥远名流的酒。大家也陆续起身向他敬酒祝贺，向蔡都统敬酒拉关系。蒙古大酒楼里杯起筷落，好不热闹。

何建朴领着何安逸、何安稳和老骆驼代表生牲川茶庄接受大家的祝贺。

蔡成勋今天特别高兴，凡是来敬酒的人来者不拒，喝得满脸通红。布日固德晓得他的酒量不中，替他挡了不少，他还是有了几分醉意。

酒宴在大家儒雅地互道尊重中结束了，都纷纷起身离席。

两个卫兵扶着蔡成勋先下了楼，出了大门。布日固德和何建朴紧随其后。大家跟在他们身后陆续出门，向蔡都统和布日固德参谋长道别，向何大掌柜道谢。等蔡都统先上车离去了，大家才陆续上了自家马车离开了蒙古大酒楼。

生牲川茶庄的两驾马车停在大门外。巴图巴雅尔与另一个马车夫呼兰候在车边，等何建朴、何安稳、何安逸和老骆驼上车，接他们回归化城。

布日固德担心他们一路上不安全，把跟着他的卫兵队长黄麻子叫过来，命令他带着卫队护送何大掌柜一行人回归化。黄麻子立正受命。

何建朴笑着向布日固德道了谢，说不必劳各位弟兄跑路，归化离绥远才一马尿远，很快就到了。

布日固德虽然喝了不少酒，但脑子还是很清醒，他没有多说话，解开腰上的皮带，取下那支斜挎在腰上的佩枪连同枪套一起递给何建朴，叫他拿在手上防身。

何建朴看了一眼他挂在左腰上的另一支佩枪，笑着说将军身上都是两支枪，你少一支不好，少了威风。

布日固德把枪递在他手上，叫他一路当心。

何建朴晓得他担心他的安危，接过枪斜挎在左腰上，向他道了声谢。

"走吧！"布日固德仿佛在向自己的部下下命令。

"好。"何建朴答应一声，叫何安逸跟自己一起坐巴图巴雅尔的车，叫何安稳与老骆驼坐呼兰的车。

老骆驼听他说叫他坐呼兰的车，连忙对身边的何安逸说："我去跟大掌柜坐在一起，就是有人对我们动手，也只会搞建朴，我在他身边如果有事我挡得住。"

何安逸点了点头说："你这话有道理。如果有人对他动手，我人老力衰斗不过。"他说完话，走到何建朴面前，对他说老骆驼人高马大，打得过两三个人，跟大掌柜坐在一起好些。

何建朴晓得大家都在为他的安危担心，点头同意了，向布日固德抱拳道别，请他近日去生牲川茶庄喝茶，转身与老骆驼一起上了巴图巴雅尔的车。

何安逸和何安稳也一齐向布日固德抱拳道别，先后上了呼兰的马车。

巴图巴雅尔将那块"茶王"大匾捆在两根车把上，扬鞭与呼兰一起前后赶着马车向城外走去。

黄麻子带着八个骑兵紧跟在他的车后。

布日固德目送他们拐上另一条街才带着贴身卫兵回都统署去了。

何氏茶业的两驾马车和骑兵卫队出了绥远城门，加快了速度，向归化城奔去，把绥远逐渐甩在身后。

雨后的蒙古草原一片嫩绿，空气格外新鲜，蓝天白云间大鹰展翅高飞，各种鸟儿翻飞起舞，马嘶羊咩，一片祥和。何建朴从车窗看着天上翻飞的鸟儿，心随着它们起舞，好像看到那个女子在他眼前舞蹈。

不远处有一群马在摇头摆尾地吃草，不紧不慢地向路边走了过来，没有人看出有什么异样。当两驾马车不颠不簸跑到它们旁边的时候，那群马突然一阵骚动，从每一匹马的内侧马肚上翻上来一个人，先后举枪策马向马车飞了过来。还没等何建朴回过神来，那群马已经冲到了他们车边，向两辆马车左边开了枪。

巴图巴雅尔和呼兰大吼土匪来了，打马飞跑。

紧跟在他们车后的黄麻子带领卫队飞奔而来，与这些突然冒出来的土匪接上了火。

跑在前面的巴图巴雅尔驾的马突然中了子弹，惨叫一声，左脚一个趔趄，差一点倒了下去，马车也差一点被掀翻。巴图巴雅尔连忙拉紧缰绳，挥起马鞭抽在马屁股上，马儿痛苦地嘶鸣着，没有止步，一跛一拐地拉着马车往前跑，速度明显慢了下来。

几个土匪避开卫队，冲到了巴图巴雅尔马车旁边，一齐向车厢开枪。

坐在车厢里的何建朴听到枪声响，连忙拔出枪对着窗外，看见有土匪跑过来了，开枪还击。

那些土匪打过来的子弹穿透车厢板。老骆驼连忙起身一把将何建朴拉到车厢右侧，自己坐在左边座位上，用高大的身躯挡住了何建朴。车外的子弹"砰砰砰砰"打在车厢上，老骆驼突然"噢哟"一声，用手捂着左胸又摸着左腰，用尽全身力气对巴图巴雅尔大吼："快跑！"

何建朴看见老骆驼中了子弹，连忙起身准备保护他，被老骆驼一把抓住，死死按在自己胯下，叫他不要动。鲜血从他的手指间冒了出来。

车外，黄麻子带着卫队冲了过来，打落几个马背上的土匪。余下两个土匪见势不妙，掉转马头飞跑，又汇入那伙土匪中。黄麻子一伙卫兵追了过去。那伙土匪还想围攻马车，被卫兵们一顿乱枪又打翻了两个。其余匪兵见敌不过训练有素的正规军，连忙打马落荒而逃。黄麻子带着队伍追出不远，便返回来护送两辆马车往归化城飞跑。

马车里，何建朴听见没枪声了，慢慢抬起头，看见老骆驼仰靠在座位上，左边胸前全部是血，吓得大叫一声老骆驼叔，爬起来抱着他，大声吼着叫巴图巴雅尔赶快把车赶去找郎中，说老骆驼被打伤了。

老骆驼无力地睁开眼睛，看着何建朴一笑，有气无力地说："何东家，我不行了，再也不能为您老何家出力了。"

何建朴把他抱在怀里，解开他的衣扣，看见他左胸和左腰上有两个伤口在流血，连忙从他身上搜出那个小药罐，将黄黑色药粉倒在伤口上，用衣服包好，紧紧抱着他，安慰他说马上送他去找郎中，叫他不要胡思乱想。

老骆驼苦苦一笑，轻轻摇了摇头。

"叔，卢金斗被打垮了，以后我们的日子就好了，我叔侄以后就可以长期联手做生意了。到您老了，您就到我的茶庄来，我来养您老。"何建朴把自己的脸紧贴着他的脸说。

"嗯！"老骆驼轻轻点了点头，闭上双眼，眼泪从眼角溢了出来。他晓得何建朴说的不是假话，他说得到做得到，这也是他宁愿用他的血肉之躯去为他挡子弹的原因。

"叔，您坚持一下。这次您的伤好了就跟我一起到南方去好好休养，跑不得驼帮就不跑了，把您一家老小带到湖北去，跟我何家合在一起，成一家人。"何建朴越说喉咙越哽，如果不是老骆驼替他挡住子弹，现在血流如注的就是他。他真心希望他能好起来，他更会养他老，把他当自己的亲人供养。

"何东家，你和你父亲都是好人，只可惜好人没好报。你要多加小心，从今日的情况看，你老何家的对头原来只在暗中搞鬼，现在明着要你的命。你要想方设法把建刚找回来，有他在你身边你就不用怕了。你不能死，你死了何家就完了。"老骆驼轻轻叹了一口气说，"这些年，我时时刻刻都在想着要杀死卢金斗给小安子报仇，可惜我没有这个机会了，对不起小安子，对不起他娘。"

他的声音有些模糊不清，断断续续，何建朴俯下身去，几乎将耳朵贴在他的嘴唇上才能听到。

"您放心，我会找回建刚，叫他跟我一起去为小安子报仇。"

"我知道是我思念太深，是我放不下，可小安子，是我儿子啊，是我的大儿子啊。"说到这里，老骆驼睁开眼睛对何建朴一笑。

听到这句话，何建朴一愣，他只晓得崔安是他的侄儿，从来没听他说过是他儿子。

老骆驼又合上双眼，无力地说："我大哥因为小时候被马踢坏了卵子，无法行房，他便求我和我嫂子生了崔安，是我崔家的血脉。可他就那样被杀了，死在我的面前，直到死我都没有告诉过他我是他爹，直到死他都没有叫过我一声爹。"老骆驼悲哀地长长叹了一口气，紧闭双眼，绝望的眼泪沿着他的脸颊缓缓流了下来，他把他人生最大的秘密告诉了何建朴，浑身开始抽搐。

"叔，我们到归化了，您有救了。"何建朴看着脸色惨白、浑身颤抖的老骆驼，顿时慌了神，大声叫巴图巴雅尔把马车赶到济世堂药房去。

何建朴紧紧抱着老骆驼不停抽搐的身体，呆呆地看着老骆驼那张失了血色的黝黑粗朴的脸，突然泪流满面，哽咽着不停地叫叔！叔！

巴图巴雅尔赶着马车飞跑进归化城，一路吼着叫街上的行人让路，到济世堂门口拉住了马缰，连忙跳下车，丢下马鞭，拉开车门。

何建朴把老骆驼递给人高马大的巴图巴雅尔，叫他赶快把老骆驼叔抱进去找巴音。

巴图巴雅尔抱着双手已经下垂的老骆驼，边往门内跑边喊巴音，叫他快来救老骆驼。

巴音闻声跑出门来，叫巴图巴雅尔把老骆驼放在病床上，连忙撕开他的衣服，边查看他身上的伤口，边问巴图巴雅尔是么回事。巴图巴雅尔说他被土匪打了。巴音看见一个弹孔从老骆驼胸口旁边进，从后背出，左腰上一个弹孔进，没有看到出口，又紧紧抓着他的手把着脉，接着翻开他的双眼皮仔细看了看，又拿听筒仔细听了他的心跳，摇了摇头叹了一口气说："子弹穿过他的心脏了，没的救了。"

何建朴呆呆地看着老骆驼，腿一软跪了下去。

闻讯赶来的何安逸、何安稳和黄麻子一伙卫兵围在老骆驼旁边，有的抹眼泪，有的长吁短叹。

何安逸拉起何建朴，叫巴图巴雅尔把老骆驼抱上车去，拉回茶庄。

巴图巴雅尔抹了一把眼泪，抱起老骆驼拖着步出了门。何建朴几步上前先上了车，从他手上接过老骆驼，紧紧抱在怀里。巴图巴雅尔赶着已经受了伤的马，往生牲川茶庄走去。

何安逸和何安稳上了呼兰的马车，先跑回了家，吩咐两个伙计下门板，准备接老骆驼。

黄麻子一行卫兵跟着何建朴的马车到了生牲川茶庄门口，先后下马，帮他料理老骆驼的后事。

十

　　布日固德回到都统署处理了一些事务，正准备回房里去休息，突然听见归化方向传来了激烈枪声，大吃一惊，连忙拔枪冲出门，叫门外的几个卫兵赶快把马牵出来，跟他一起到归化去。几个卫兵连忙跑到马棚牵出几匹马，跟布日固德一起飞身上马，向归化城一路狂奔。他们跑到半路上，看见路两边倒着几具尸体，连忙跳下马。布日固德大惊失色地一个个翻看了死尸，没有看见他认得的人，这才松了一口气，估计是土匪，便命令卫兵收了他们的枪，带着他们的马，又往归化城狂奔。他很清楚这伙土匪突然出现在何建朴回归化的路上，要杀的是谁。他扬鞭催马，很快到了城门口。布日固德拉住马缰，大声问站在城门口的哨兵看到都统府卫队进城了没有。那个哨兵看着骑在高头大马上的布日固德，连忙报告说他们进城去了。布日固德一拍马屁股，飞奔进城，很快到了生牲川茶庄门口，看见门外围着不少人，连忙飞身下马，跑了过去。

　　黄麻子看见参谋长来了，连忙跑到他面前立正，敬礼。

　　布日固德不等他开口，大声问道："怎么回事？"

　　"报告参谋长，我们在路上遭到土匪突然袭击，老骆驼被打死了。"

　　"什么？还有土匪突然袭击？老骆驼被打死了？"布日固德圆瞪着大眼，反问着黄麻子。

　　"是的，参谋长！"

　　布日固德紧皱眉头迅速考虑了一下，对黄麻子说："这伙土匪不是来打劫的，是专门来杀人的，你去把围在门口的闲杂人等赶走，不许任何外人靠近生牲川茶庄。"

"是！"黄麻子立即受命转身走了。

布日固德又扫了一眼人群，吩咐身边的一个卫兵马上赶到警备司令部去，把蒋北升找来。

那个卫兵领命飞身上马，打马飞跑。

等黄麻子驱散了围观的人群，布日固德几步跨进生牲川茶庄大门。

何安稳看见布日固德来了，连忙拉起坐在老骆驼身边抱头抽泣的何建朴，告诉他参谋长来了。

何建朴擦了擦眼泪，叫布日固德到里屋坐。

布日固德仔细看了老骆驼身上的枪眼，没有说话，黑着脸，倒背着双手走出大门，站在门外。

过了一会儿，蒋北升骑着马慌慌张张跑了过来，看见布日固德连忙跳下马，向他立正，敬礼，叫了他一声参谋长。

"你听到枪声了吗？"布日固德黑着脸问了他一句。

"报告参谋长，听到了。"

"你出去看是什么事了吗？"

"我只增派了各个城门的兵力，没有出城。"

"你是绥远的警备司令，不是城内的警备司令，城外有事你也得管。"

"是，参谋长！"蒋北升又立正说，"原来每次有土匪来打劫，我们只守住城门，不许土匪进城。"

"以后无论城内城外有事都要管。"

"是！"

"你现在去派人来封住这条街，不许任何闲人靠近生牲川茶庄。"

"是！"

蒋北升领令上马走了。

布日固德仔细看了四周街道，看见黄麻子把几个卫兵布置在街上警戒，转身进了大门，在老骆驼旁边的大椅上坐了下来，叫何建朴、何安稳、何安逸也坐，问何建朴怎么处理老骆驼的后事。

"我五叔已经派人到棺材铺去订了一口好棺材，我们要厚葬崔大叔。"

"你打算把他送回他老家去？"

"不！"何建朴摇了摇头说，"我打算把他送到救您的那片榆树林去，葬在那里，我们以后进出绥远都能看到他，陪他说说话，给他敬一碗酒。"

"好！"布日固德点了点头，又问他们怎么在路上遇到了土匪。

何建朴仔细把在路上突然遇到土匪的事对他说了。长长叹了一口气，哽咽着说若不是崔大叔把他拉到车厢右边，用身体挡着他，现在死的就是他了。

布日固德想了想说："这伙土匪是冲你来的，不是劫财而是来要你的命。"

"我知道！"

"这件事一定要搞清楚，看哪个是幕后黑手。"

"没有其他人，只有赵富贵和钱业浩，这么多年他们一直在我何家背后搞鬼，现在搞输了，他们开始下毒手了。"

"嗯！"布日固德点了点头，若有所思地说，"你们以后要更加小心，我们没有抓住把柄，不好对他们动手，等他们露出尾巴再说。"

"好！"

"你们要想法与崔大叔的家里人取得联系，看他要不要把他运回去。如果他们要把他运回去，你们就送他回去。"

何建朴叹了一口气，又把老骆驼临死前对他说的秘密对大家说了。

大家瞪着眼听他说完话，都一时不知道说什么好。

何安逸看了老骆驼一眼，叹着气说："没想到崔安是老骆驼的儿子。"

"照他这样说他的家里还有哥哥、大嫂，也许还有其他儿女。"布日固德也看着老骆驼说。

"难怪他一年到头不回家的，每次从我手上结了账就把钱送回去，住两天就来。"何安稳仿佛弄明白了什么，摇了摇头说。

"这说明他家里很有可能还有其他儿女要养，他只说崔安是他的大儿子。"何建朴补了一句。

"嗯！"何安稳轻轻点了点头说，"老骆驼是个男人，为了遮住家丑他远离家乡，出来卖苦力，一个人在外边打拼，把挣的每一分钱都拿回去，在外边不沾惹其他女人，不容易，是条好汉！"

"他哥是那种情况，不能生儿育女，好不容易娶了一个女人，也不能让她走了。他们这哥两用了这个没有办法的办法为崔家传宗接代。"

何安逸同意何安稳说的话，也点了点头说。

"崔家那个大嫂算是崔大哥的女人。"何建朴说。

"当然！"何安逸点了点头。

"我们要替他守住这个秘密，不能外传。"何建朴叮嘱大家说，"如果他还有儿女，都要在这个世上做人。他既然把这个秘密告诉了我们，说明他没把我们当外人。我们要替他守住这个秘密。"

"那就不把他送回去，把他永远留在外面，不去打扰那一家人，把他留在我们经常能看得见的地方。"布日固德说。

"对！"何建朴点了点头，转头对何安稳说，"五叔，您找时间去崔大叔家里一趟，告诉他家里人说他跟我一起到湖北去了。你每个月按时给他的家里寄一笔钱。崔大叔是用命在保我，保我们何家，我们要对得起崔大叔，给大嫂养老，为他养大儿女。"

"好！"何安稳点了点头说，"我把这次他送货的账结了给他送回去。"

"如果是这样，你们还不能大张旗鼓地安葬老骆驼叔，最好不声不响地拉出去。"布日固德说。

"是的！"何建朴赞同他的意见。

这时蒋北升跑到门口，来报告说整个归化城都布置了哨兵。

布日固德命令他以后对生牲川茶庄加强保护，全力保护何大掌柜的安全。叫他亲自巡查，打发他走了。布日固德起身摸了摸老骆驼的额头，希望他的额头仍然是热的，但他失望了。他看着老骆驼安详的脸，好像熟睡了，完全没有痛苦，轻轻叹了一口气对他说："崔大叔，您用枪伤药救了我的命，却没有救活您自己，建朴给您上药了，想救您，只是那颗子弹打穿了您的心脏，救不了。您安心走吧！我们会保护好您的家人，不会让他们受苦的。"

何建朴和两位叔叔听了布日固德的话，又都伤感地抹起了眼泪。

何安稳起身说去给老骆驼做几身好衣，进了里屋，吩咐内人带两个女眷上街去扯几块好面料，回来按咸宁风俗给老骆驼上三下四做七件衣裤，做一双寿鞋。

夜幕落下来了，逐渐笼罩着归化城。

街上各家店铺仍然开着门，各家店铺门口灯火摇曳，照得街面红的红、黄的黄、白的白，没有了往日的喜气。

老骆驼在归化城进出许多年，由他组织的驼队因为能吃苦，信誉好，深得各家商行信任，他与许多商家都有生意往来。他被土匪打死了的消息很快一传十，十传百，大家都晓得了，惋惜不已。因为全城被警戒严了，没有几个人上街来走动，城内显得格外安静，仿佛在为这个在归化城说不坏的苦力致哀。大家晓得土匪作乱，街上才戒严，也不出来到何家茶庄吊唁老骆驼，只在家里叹息归化城少了一个好驼帮帮主。

夜逐渐深了，何建朴叫何安逸和何安稳、布日固德去休息。布日固德说他要守崔大叔一夜，以后再也看不到他了。

何安稳说安逸叔年纪大了，不能熬夜，起身带他进内屋先睡。他和何安逸刚走进内屋，突然听见后门有人在轻轻拍门，两个人同时一惊，相互对视了一眼。何安稳连忙走到了门背后，隔着门轻声问了一句是哪个。门外传来一个女人的声音叫了一声何大叔，说是我。何安稳更是一惊，又看了何安逸一眼。何安逸向他努了努嘴，示意他开门。何安稳连忙抽开门闩，轻轻拉开门，只见一个女人一闪身进了门。他们仔细一看，顿时愣住了，来人是今日茶商大会上钱业浩挽着的那个女人。

"小姐，你找哪个？"何安稳连忙问了她一句。

"我来找何大掌柜，何建朴先生。"那个女人很快扫了屋内一眼，轻声回答说。

"我们大掌柜正有事。"何安逸抢了一句，想打发她走。

那个女人晓得他们对钱家人有戒备，连忙说："两位大叔别怕，我是有很重要的事来告诉何先生的，请你们赶快带我去见他。"

"我们家里今天有人被土匪打死了……"何安稳说了半句话，后半句"没空接待外人"没说出口。

"是何建朴吗？"她大惊失色，一双大眼紧盯着何安稳。

"不是。"何安稳连忙摇了摇头。

"我正是为这件事来的，你们不要多说了。"那个女人打断了何安稳的话，长长嘘了一口气，拍了拍自己的心口。

"好！"何安逸想了想，叫她等一下，连忙转身匆匆进了大堂。

何建朴看见何安逸飞跑回来了，晓得有事，连忙站起身来。

"建朴，那个女人来了。噢，是钱业浩带到茶会上去的那个女人。"何安逸连忙对他说。

何建朴暗暗吃了一惊，他心里有数，她这个时候来找他一定有事，晓得她不会害他。

"那就去请她赶快过来。"何建朴催了何安逸一句。

何安逸答应一声又转身匆匆回了里屋。

布日固德也起了身，用疑问的眼神看着何建朴。

不一会儿何安逸带着那个女人进门来了。何安稳紧随其后进了大堂。

"何先生！"那个女人一看见何建朴便几步走到他面前，神色慌张地叫了他一句，又叫了布日固德一声将军大人。

"你怎么这么晚跑来了？"何建朴又惊又喜，一把抓住她伸过来的手，发现她的手在不停地颤抖，她紧紧抓着他的手好像在寻求一种力量。

"你们家里的人是赵富贵和我爸买通土匪杀的。"那个女人看着躺在木板上浑身是血的老骆驼说，她边说边浑身不停地在打抖。

"这个我们估计到了。"何建朴紧紧抓着她的手，想稳住她，也是对她的感激。

"你赶快离开这里，他们要杀你。"那个女人稍稍稳了神，仍然紧盯着何建朴的眼睛，焦急不安地说。

"这个我们也估计到了。"何建朴点了点头。

"你怎么知道土匪杀了何家的人？"布日固德紧盯着那个女人问了她一句。

"我看见赵富贵带着一个土匪来找我爸，我躲在门后面听到他们说的。"

"那个土匪叫什么名字？"

"我不知道。"那个女人摇了摇头，接着说道，"我好像听他说他的弟兄被打死了几个，其余的人都躲在一个叫马蹄屯的地方。"

"嗯！"布日固德轻轻点了点头，低头迅速思考着应对方案。

"你是钱业浩的什么人？"何建朴等她慢慢平静了，问了一句他早就想问她的话。

"我是他的女儿。我叫珍珠。"

"噢！"何建朴长长松了一口气，压在心上的一块石头落了地。

"你是哪里人？"布日固德抬头问了她一句。

"我是武昌人。"

"你一个女流之辈这么大老远跟他一起到绥远来做什么？"布日固德紧盯着珍珠，好像在从她的话里寻找什么答案。他不说你跟你父亲到绥远来做什么，而说跟他来做什么，是不自觉地把面前这个美丽清纯的女人与那个可恶的男人分开。

"有些话我说不出口。"珍珠一脸忧伤地低下头，长长叹了一口气，又抬起头来说："我爸在这个地方做生意被卢金斗那个大土匪抢了两次，他为讨得安宁，买通了卢金斗的一个亲信，与卢金斗搭上了关系，请他到武昌我家里去做客。卢金斗到我家去一眼看见我，一双眼睛就在我身上打转。我爸看出了他的心事，他为了钱卖了我这个女儿，把我许给卢金斗做妾，我在心里恨死他们了，但又没有办法反抗，求生不得求死不能。他这次带我到绥远来，就是要把我送给卢金斗的。哪晓得老天有眼你们剿灭了卢金斗，把他赶走了，我死里逃生了。"说到这里她面现喜色。

"原来是这样。"何建朴长长叹了一口气对布日固德说，"原来钱业浩身后的靠山是卢金斗。"

"嗯！"布日固德重重点了点头对珍珠说，"你是死里逃生。"

"感谢将军大人救了我。"珍珠向布日固德深深鞠了一躬。

"你是从绥远来的吗？"布日固德又问了她一句。

"是的。"

"你是怎么出城来的？"

"我骗守城门的哨兵说我是你的姨太太，要到归化来找你。"珍珠说到这里羞怯一笑。

"哈哈，亏你想得到。"布日固德笑着说，他开始消除了对她的戒备心，对她有了几分好感。

"我是没有办法才想出的办法。我怕那伙土匪今夜还来杀何先生。"珍珠对他一笑。

"我马上派我的卫兵送你回去，你不要让任何人知道你出城来了。其他的事我来办。"布日固德又想了想对她说。

"好！"珍珠点了点头。

布日固德转身拉开门，叫了一声卫兵，站在门外的一个卫兵答应一声，进门向布日固德立正，敬礼。

"你马上牵马到后门去，送这位小姐回绥远。无论遇到谁就说是我家里的人。另外你给她一块随时可以进出归化城和绥远城的牌子，不受检查。"

"是！"那个卫兵立正，转身出了门。

"你要多保重，要提防有人对你下黑手。"珍珠又紧盯着何建朴，紧紧抓着他的手，好像怕失去他。

何建朴很清楚这个女人对他的真情实意，也紧紧抓着她的手，怕她这一走再也见不到她。

"你那边有什么紧急情况就赶快来告诉何大掌柜，叫他早做准备。"布日固德看见他们的手一直紧紧抓在一起没有松开，心里有了数。

"好！"珍珠感激地对布日固德点了点头，又盯着何建朴问："我有事还是到这里来找你吗？"

"不！"何建朴连忙摇头说，"这个地方人多眼杂，我们茶庄在东街还有一栋仓库，我住在二楼，你有事到那边去找我。"

"好！"珍珠又对他点了点头，眼神中多了几分不舍，又现几分忧伤。

"快走吧！"布日固德催了珍珠一句。

何建朴慢慢松开她的手，转身带着她进了里屋，出了后门。

门外，珍珠把骑来的马拴在马桩上。布日固德的那个卫兵已经牵着马站在路边。

何建朴伸手抱起珍珠，向她的马走去。

珍珠没想到何建朴突然抱起了她，连忙双手勾住他的脖子，将脸贴在他脸上。

何建朴闻到了一股透彻心扉的女儿香，不自觉地放慢了脚步，心潮酥酥涌起，恨不得永远抱着她不再松手。他感觉到她紧紧地将隆起的那对柔软的乳房贴在他的胸前，随着他的步子在微微颤动，他完全想不到这个可望不可及的女人被上苍送进了他的怀里。更想不到他那个仇人的女儿对他如此深情。

其实珍珠早就从他父亲的言谈中知道了何家，也知道了何建朴，对何家产生了好奇，更对何建朴好奇。那次在汉口对他惊鸿一瞥，他那儒雅而俊朗的身影便深深刻在了她的心里，更对他多了一些关注，又对他多了不少担忧。她晓得她父亲在与赵家合谋打击何氏茶业，慢慢发现赵宏德与她父亲钱业浩在合谋除掉何建朴，她心急如焚，便暗中打算帮何家一把，救何建朴一命。她不动声色地在钱业浩面前做乖乖女，若即若离地出现在赵富贵那双色眯眯的眼前，以便掌握准确信息，关键时刻拉何建朴一把。

何建朴慢慢将珍珠举起来，她慢慢松开手，却让一双柔软的胸乳从他脸上滑过。他把她送上马背坐定，解下缰绳递给她，叮嘱她一路小心。

"你也多加小心！"珍珠叮嘱了他一句。

那个卫兵看见珍珠上了马，连忙翻身上马，打马跟在她的身后。

"我走了！"珍珠转头对何建朴一笑，一抖马缰，马蹄踏得街面脆响，向西城门去了。

看见珍珠走远了，何建朴转身进门，推上门闩，匆匆进了前厅，看见布日固德倒背着双手站在门口，他走过去叫了一声哥。

"我叫黄麻子去叫蒋北升去了。我们今天晚上就动手，把那伙土匪灭了，不然他们还要对你下杀手。他们不杀了你拿不到赏金。现在我们手上没有证据证明赵富贵和钱业浩是幕后主使，不能马上动他们的手。我们先杀了那伙土匪，给他们点颜色看，把他们吓退。"布日固德对他说。

"对！"何建朴点头应了一句。

过了一会儿，蒋北升和黄麻子一起跑进门来，向布日固德立正，敬礼。

"蒋司令，根据我们卫队掌握的可靠消息，有一伙土匪躲在马蹄屯。我命令你带队伍马上赶到绥远去，包围马蹄屯，清查出那伙土匪，全部押到城外枪毙，一个不留，把他们的头全部剁下来，等我来查验。"布日固德命令蒋北升说。

"是！"蒋北升连忙立正，敬礼，转身跑出门去。黄麻子也跟出了门，上街巡查去了。

何建朴叫何安逸和何安稳去休息，等一会儿叫他们起来，他与布日固德又在老骆驼身边坐了下来。

夜，越来越深了。棺材铺把何安稳订制的一副好棺材送来了。何安稳的内人带着几个家眷也把老骆驼的寿衣赶制出来了。何建朴关上大门，与布日固德、何安逸、何安稳一起动手，脱下了老骆驼身上的血衣，用清水把他全身擦得干干净净。给他换上寿衣、寿鞋装了殓，钉好棺盖。布日固德叫黄麻子带进来八个卫兵，大家一齐用力将棺材抬出门，放在生甡川茶庄拉货的平板马车上，在夜深人静时，不声不响拉出了西城门。巴图巴雅尔赶着马车走在前面。何安逸和何安稳坐在呼兰的马车上，跟在后边。布日固德骑着他的战马，何建朴骑着布日固德送给他的战马跟在呼兰的马车后面。黄麻子带着骑兵卫队，提着枪分布在他们两边。这群人踏着落在草地上皎洁的月光，向那片他们开启生死之交的榆树林奔去。

蒙古大草原一马平川。这伙人日夜兼程，到第三天早上赶到了那片榆树林。何建朴与布日固德、何安逸、何安稳一起在正对山西杀虎口进蒙古的路边为老骆驼选好了墓地。几个年轻力壮的卫兵迅速挖好了墓坑。大家一齐动手抬起棺材，把它平平稳稳地放进墓穴，盖上新土，垒起一座大坟。

何建朴与布日固德一齐跪在老骆驼坟头前，一齐重重磕了三个头，都禁不住泪流满面。

何建朴大声对老骆驼吼着说："崔大叔，您安息，从今往后，您的亲人就是我的亲人，是我何家的亲人，只要上天有我的饭吃，我何建朴绝不会让您的亲人喝粥。"他说到这里泪流满面地又重重磕了三个头，仰头对着蓝天白云吟道："可怜无定河边骨，犹是春闺梦里人。"

他哀吟的是唐代陈陶的边塞诗《陇西行》，前两句是"誓扫匈奴不顾身，五千貂锦丧胡尘。"说的是汉代李陵伐匈奴而全军覆没的史实。反映的是唐代边塞长期因匈奴祸患给普通百姓带来的灾难。他现在借用此诗后两句，用以发泄匪患给边塞百姓和何氏茶业带来的痛苦和灾难。崔大叔已经成无定河边的枯骨，他的女人却还在梦中盼望他早日归去。世间最悲的孟姜女哭长城，现在悲不过何建朴口中的这两句诗。老骆驼家中妻子不知自己的丈夫已经战死，还在苦苦等待他归去。这叫他怎么去见崔大嫂，如何面对她的望眼欲穿，怎样跟她说她男人的死。

何安逸和何安稳、巴图巴雅尔、呼兰一起蹲在坟边给老骆驼烧纸钱，都泪眼婆娑，不说话。

布日固德又给老骆驼磕了三个头，对他吼着说："崔大叔，您救了我和建朴的命，我们一定会替您报仇，剁下那些驴日的头给您当尿壶。"

何建朴与布日固德相继直起身来，一起跪着给老骆驼烧了纸钱。那白色的纸灰在他们头顶上飘，仿佛是老骆驼听见了他们的话，阴魂不散，要随他们回去。

烧完带来的纸钱后，何建朴和布日固德又跪在老骆驼的坟头给他磕了三个头，一齐起身上马，带着那伙送葬队伍向绥远城飞奔。

绥远东城门外立着一大排木桩，每根木桩上绑着一个光着上身被打得皮开肉绽，胸口被枪子打了一个窟窿的无头土匪，他们的头已经被砍了下来，挂在木桩顶上。

蒋北升带着十几个卫兵守在这些被杀了示众的土匪旁边，等布日固德回来查验。

城里的老百姓昨日被召到城外，围观了这些土匪被枪杀砍头示众的过程，一个个欢天喜地，说绥远平安了。

这次被赵富贵和钱业浩买通来杀何建朴的是一小股土匪，只有二十多人，头目是一只眼睛在抢劫时被人打瞎了的独眼龙。他们也是卢金斗匪帮中的一支，这次官军剿匪，独眼龙带着他自己的一伙人跑了，没被剿灭，打算东山再起。他听说何家已经有人被打死了，便去找赵富贵和钱业浩领赏金，才得知打死的不是何建朴。他拿着枪逼他们拿出了一笔钱，答应再带人去杀何建朴。

当夜他拿着钱去花楼包婊子过夜去了，没有回马蹄屯。当他半夜听见马蹄屯方向响了枪，晓得大势不好，连忙丢下那个让他差一点累散了架的婊子，跑到南城门，买通了哨兵，跑出了绥远城，消失在无边无际的夜色中。

其实，在绥远除大土匪卢金斗外还有巨匪杨万珍、杨猴小、陈得胜、赵半吊子等，这些年官军不停剿匪，这些土匪陆续有的被剿灭，有的逃出绥远，只有卢金斗被都统蒋雁行招抚。这个独眼龙原来是赵半吊子的当家老三，因心狠手毒，要钱不要命扬名。赵半吊子被打死后，他投靠了卢金斗，哪晓得卢金斗也被剿了。他便带着他的一伙弟兄脱离卢金斗，打算靠抢劫杀人搞一大笔钱，拉起队伍东山再起，另立山头。

这伙土匪去挡路枪杀何建朴，是独眼龙一个人与赵富贵和钱业浩商定的买卖，其他土匪不知道幕后黑手是哪个。当蒋北升带着队伍突然包围了马蹄屯，摸近村子，发现村边有一些男人在长吁短叹，一问才得知那些土匪把他们赶了出来，霸占了他们的女人。在这些见了救星的村民的带领下，蒋北升带队伍一个个把那些正抱着别人老婆睡觉的土匪从被窝里抓起来的时候，他们还搞不清楚发生了么事。有几个土匪胡乱开枪抵抗了一阵，都被打死了。其余的都被捆着拖出了村，押到了绥远城外。第二日天一亮，蒋北升向蔡都统报告后，他对土匪一个个审问，得知匪首是独眼龙，又问他们当家的到哪里去了，问是哪个指使他们去杀人的。这些土匪一个个跪地求饶说不知道。蒋北升见问不出结果，便命令士兵找来木杆立起一排桩，把这些土匪一个个剥掉上衣捆在木桩上用马鞭死抽，还是审不出名堂，气愤地命令一队士兵一人举枪对着一个土匪的胸口，他一声令下，一齐开枪，枪毙了这些土匪，又命令士兵剁下他们的头，挂在桩顶上。

布日固德一路策马狂奔，到天快黑的时候赶到了绥远城外，看见蒋北升带队伍在迎候，便翻身下马，一个个看了那些被砍了头的土匪。蒋北升详细地向他报告了审问情况。布日固德点了点头，叫他将这些土匪尸体示众三日，拖远一点找个地方挖个坑一齐埋了。

钱业浩和赵富贵混在围观的人群里，看到那些身首分离的尸体吓得两腿发抖。他们怀疑是马蹄屯有人向官府点了水，官府派兵把这些与他们勾结的土匪一窝端了。但是他们仔细看了每一个人头，没看见独眼龙的头，两个人的心里都开始发毛，如果独眼龙不死，非要来找他们算账不可。

何建朴一行人也仔细看了这些死尸，稍稍放了心。布日固德叫他们赶快回去休息。命令蒋北升派警卫队送何先生一行回归化。何建朴也实在熬不住了，带着何安逸等一行人在警卫队的保护下回到归化城，洗了澡，倒头睡了。

一场突如其来的灾祸差一点送了何氏茶业的命，也差一点送了何建朴的命。几场腥风血雨后，绥远安宁下来了。被土匪搅得不安的人心也安定下来了。各个大小商家可以放开手脚做生意了。生甡川茶庄人来客往，好不热闹。这两日何建朴在仓库清理失而复得的青砖茶，准备按都统署和土默特部总管府所订的数量给他们配送到指定的地点。

在进出大漠北的驼铃叮叮当当响，驼工们扯开嗓子吼蒙古长调的时候，钱氏商行和宏德大两家商铺也热闹了起来。但是赵富贵和钱业浩表面上看起来笑容可掬，眼神中却挂着一丝外人察觉不了的担忧。他们希望独眼龙也被军警抓住砍了头，这样他们就太平无事了。现在独眼龙这个活口还在，他们一旦被他卖给官府，把他们暗中勾结劫杀何建朴，搞垮何氏茶业的黑幕抖出来，从现在这个对土匪毫不留情的蔡都统来看，他不会放过他们。不说他一冒火杀了他们，在他的统治下，钱氏商行和宏德大这两块牌子在绥远就要销声匿迹，赵富贵和钱业浩就要滚出漠北，他们在大漠北经营了许多年的青砖茶市场就要拱手送给何建朴。他们的"大"字牌青砖茶市场就要成为臭狗屎，何建朴的"川"字牌青砖茶将大行其道，占领整个漠北市场，大发其财。如果是这样，钱业浩和在赵富贵背后操作的赵宏德费尽心血，花了不少钱谋害的何氏茶业不仅不会垮，还将日新月异。而他们的产业将一蹶不振，甚至关门停业。前日，赵富贵把绥远茶商大会的情况拍电报告诉了远在武昌的父亲赵宏德，赵宏德没有回电报，钱业浩和赵富贵都晓得他失望了。

钱业浩和赵富贵这些天坐卧不安，夜夜坐在一起抽闷烟，喝闷茶，商量着应对独眼龙的办法。他们很清楚独眼龙为了他们丢了这么多弟兄的命，肯定不会善罢甘休。这个提着脑壳玩儿命的家伙不敢与官府干，可是搞他们这些昧良心赚黑钱的人却不会心慈手软。他们商量过，如果独眼龙再找上门来，他们叫家丁把他捆起来交给绥远都统署，既可邀功，与土匪撇清关系，又可以除掉心腹大患，解除后顾之忧。但是，他们搞不清楚独眼龙手下有几多人，如果除掉独眼龙，他手下的土匪上门来寻仇，那他们必死无疑，也许还要把他们的商铺烧成灰。钱业浩和赵富贵商量去商量来，想破脑壳也想不出好办法，最后商定如果独眼龙找上门来只有拿钱消灾，但是独眼龙狮子大开口，把他那些被打死的弟兄和那些被砍了头的弟兄的命都算成钱，钱、赵两家就要倾家荡产。

每次赵富贵到家里来找钱业浩，珍珠虽然厌恶他那色眯眯的淫笑，却硬着头皮给他煮茶、沏茶、添茶。钱业浩打发走下人，对女儿进进出出添茶倒还满意，说她懂事。

这天何建朴把仓库里的新茶、陈茶清理分堆后，累得不想动了。他交代睡在仓库里的两个年轻伙计虎和鹰，如果下面有么动静要迅速上楼去叫醒他，便吃了晚饭早早上了床。

虎和鹰都是蒙古人。虎的名字叫额日敦巴日，是神虎的意思。鹰的名字叫博日格德，是猎隼的意思。他们都是何建朴的父亲何安鹤从草原上收养的孤儿，为了方便顺口，何老爷就叫他们虎和鹰。

何建朴倒在床上便睡了，睡得很香。不知道过了多久，他迷迷糊糊听见楼梯响，好像有人在往楼上跑，连忙一骨碌坐了起来，竖起耳朵仔细一听，果然听见有人上楼了，紧接着有人在敲他的门，他连忙趿着鞋跑到门背后，听见鹰轻轻叫了一声东家。何建朴晓得楼下有事，如果是急事他的声音不会这么轻，他期盼是装在他心里的那件事，连忙抽开门闩，拉开门，问他有么事。

鹰轻声告诉他说楼下来了一位小姐，说要找东家。

何建朴的心头一热，心狂蹦起来，撞得胸门"咚咚"响，好像要跳出来，他脱口而出："快叫她上来。"

"好！"鹰看见东家一脸欢喜，答应一声连忙跑下楼去。迫不及待的何建朴也"咚咚咚咚"飞跑下楼，借着泻在门口的月光，他清楚地看见那个日思夜想的人穿一身月白旗袍，亭亭玉立在皎洁的月色中，他几步飞了过去，叫了她一声珍珠。

虎看见东家下来了，划洋火点亮台灯。珍珠来不及回何建朴的话，连忙压低声音吼了虎一句："不要点灯，快把我的马牵到后边去，把门关了。"虎又连忙一口吹灭了台灯。鹰几步出门牵着珍珠的马往屋后走。何建朴借着灯光看清楚了珍珠那张惶恐的脸，晓得她来是有急事，连忙关了门，牵着她的手，把她往楼上引。

珍珠又紧紧抓着何建朴的手，跟他一起上了楼，进了他的睡房，一屁股瘫坐在靠门口的一张靠椅上，抓着何建朴的手仍然没有松，还在微微发抖，呼吸变得很急，好像有话说不出来。

何建朴连忙倒了一杯热茶递在她手上，叫她喝。

珍珠接了茶杯靠着嘴唇，上下牙齿颤抖着磕得杯口"当当"响。

何建朴连忙蹲下身来，又紧紧抓着她的左手，叫她不要怕，先喝口水再说。

珍珠轻轻喝了两口水，顺手把茶杯放在身边的茶几上，双手捧着何建朴的脸，借着从窗棂上透进来的淡淡月色，紧盯着他的眼，压了压心跳，轻声对他说："你赶快走！独眼龙要来杀你，提你的人头去找我爸和赵家拿赏钱。"

何建朴一惊，连忙把她的一双手抓在手心里，强装镇定地问她道："你怎么晓得的？"

"独眼龙刚才到我家里去找我爸要钱，说他的弟兄死了那么多，他要拿钱去安抚他们的老婆孩子。我爸问他要几多钱，他开口就要四万大洋。我爸说我们与你谈的生意你没做成，按照道上的规矩你不能来要钱。独眼龙急了，掏出枪拍在我爸面前的桌面上，说你不给钱就去给我兄弟们陪葬。我爸吓得连忙说他去与赵家商量后再回他的话。独眼龙这才收了枪，说他答应的生意就在这两夜去做成，提人头来取钱。他走了以后，我爸连忙跑去找赵公子了。我就偷偷跑到这里来了。"珍珠压低声音，一口气说明了她的来意。

"我晓得了。"何建朴点了点头，紧盯着她说，"你快回去。"

珍珠抽出双手，又轻轻抱着他的脸，轻轻摇了摇头说："不，我不回去。我要跟你在一起，你叫人去找参谋长，叫他派兵来把独眼龙抓去杀了。"

何建朴想了想，摇了摇头说："这件事不能让官府晓得，更不能让官兵晓得。如果你爸不是钱业浩，我马上去找布日固德杀独眼龙。可是……"他欲言又止。他不想因为杀了独眼龙连累钱家。

"你不要顾及我，你保自己的命要紧。"珍珠轻轻摇着头说。

"这件事我来办。我们要不声不响地杀了独眼龙，既要保我的命，也保你爸的命，保住你家财产，不然独眼龙要不停来勒索。如果官府晓得你爸勾结土匪，你家的全部家产要被查抄，你爸还要坐牢，弄不好要丢命。为了你，我想冒险与独眼龙赌一把。"

"他是土匪，是亡命之徒，你赌不赢！"

"不！我不赌我的命不仅可能要丢，你家的天也有可能要塌，为了你，我赌！"

"天啦，为什么是这样？"珍珠仰头看着窗外朦胧的天，轻声哀号着，她不愿看到自己的家塌了天，更不愿看到她喜欢的男人被杀。她轻轻摇着头，一行眼泪不知不觉流了下来，她紧紧把他的头抱在她的胸前，眼泪不断线地滴落在他的头上。"为什么让我生在这样的人家？为什么让我认得这样的男人？"她喃喃自语着，仿佛在说给天听。

何建朴的脸紧贴在她的胸口，清楚地听见了她那擂得鼓响的心跳，在心底涌动的抽泣。他没有想到上天把这样一个楚楚动人，又柔情似水的女人送到他面前，却让她生在他的仇人家里。也许这就是命运捉弄人，也许这就是上天磨人。美好的东西它不会让你唾手得到，只有磨脱一层皮得到的你才晓得珍贵。何建朴只在书上看到过爱得死去活来，现在那些让他无数次心潮澎湃的情节真实地写在他人生这本大书上，他被感动了，眼泪不自觉地涌了出来，打湿了她的衣襟。他伸手紧紧抱着她的腰，对她父亲钱业浩的恨随着她胸乳的颤动而渐渐飘向九霄云外，逐渐坚定了他要保护他的信念。他晓得感恩，他感恩他的敌手为他生了一个如此风情万种的女儿。他不愿意与他两厢厮杀，希望与他共叙翁婿之欢。

"不是哭的时候了，你快起来，也许杀手现在就在门外。"珍珠突然感觉到何建朴也在哭，顿时一惊，仿佛从梦中醒来，连忙捧着他的脸，端在手上，用软如丝帕的唇沾干了他脸上的泪。

"你快走！"何建朴也从梦境回到人世，连忙起身，一把将她拉了起来。

"我不走。我要跟你在一起。我不能看着你死。"珍珠仰头看着他的脸，抬手轻轻抚去他脸上的泪痕，轻轻摇了摇头，轻声对他说，"男人不许哭，男人要顶天。"

"嗯！"何建朴温顺地点了点头。

"我喜欢顶天立地的男人！"

"我会的！"他又点了点头催她赶快走。

"我担心再也见不到你了。"

"你不用担心。你来看。"何建朴边说边把她往床头拉，把她的手拉进枕头下面，叫她摸。

"枪！"珍珠一愣。

"对！是布日固德给我的。"

"好！"珍珠抽回手，似乎放了心。

"你快走吧！"何建朴又催了她一句。

"我要你活着！"珍珠又深情地看着他，紧紧搂着他，将脸贴在他的胸口。

"我死不了！"

珍珠抬起头，紧盯着他的眼睛，慢慢合上双眼，将滚烫的嘴唇贴在他同样滚烫的嘴唇上。

"快走吧！"他依依不舍地推开她，又催了她一句。

"你一定要多加小心！"她又叮嘱了他一句。

"我晓得。"他点了点头说，"我叫人送你。"

"不！"她又轻轻摇了摇头说，"你这里更需要人。"

"你有事白天来，夜里危险。"

"我明天搬到归化来，住在我家店里。这样你就不担心了，我也天天能看到你。"

"好！"

"我想过，我跟我爸在一起可以得到一些消息，可能帮到你。"

"以后不需要了，生意上的事你不要管。这次大风大浪过去了，他不会再与赵家一起做傻事了，他也不敢再与土匪来往了。"

"但愿如此！"

"走吧！"

何建朴又轻轻抓着她的手，牵着她一步一步往楼下走。

珍珠倚在他的身上，有些不舍，好想留在这个地方再也不走。

等在楼下的虎和鹰看见主人下来了，连忙一齐跑到后门边，轻轻拉开门。他们高兴地以为自己的东家恋爱了，却不晓得有枪在指着他。

何建朴把珍珠牵出门，又把她抱起来送上马背。珍珠轻轻吻一下他的脸，从虎手上接过马缰。

"一路多加小心。"何建朴又叮嘱她一句。

"你也多加小心。"珍珠也叮嘱了他一句，抖了抖马缰，打马向东城门去了。

目送珍珠消失在夜色中，何建朴叫虎和鹰赶快回家，转身匆匆走进家门。

虎和鹰听见东家的口气突然变了，一时蒙了头，不晓得是不是自己哪件事做错了，得罪了东家，吓得连忙跟进门，把门关了，推上门闩，跟着他到了前厅。

何建朴简单把有土匪要来打劫的事对他们说了，吩咐虎赶快到茶庄那边去把呼兰和巴图巴雅尔叫过来，叫他们都带马刀。叮嘱他不要告诉那边的家人有人要来打劫。虎点头答应一声，转身打开前门，飞奔了出去。鹰跑过去关了门，问东家要不要去找蒋司令，请他派兵过来。何建朴说不必去惊动官兵，现在土匪不敢明目张胆地进城来打劫。他叫鹰把几把马刀找出来，放在随手可以拿得到的地方藏起来。鹰答应一声进房里去拿出三把马刀，分别藏在前后门边的茶筐里。

过了一会儿，虎和呼兰、巴图巴雅尔跑过来了。

何建朴看见呼兰和巴图巴雅尔都提着马刀，轻声告诉他们说可能这两夜有土匪要来打劫，叫他们这两天夜里过来休息。呼兰和巴图巴雅尔都答应了。巴图巴雅尔问他知不知道是哪个山头的土匪。何建朴说是独眼龙的队伍。巴图巴雅尔说这个人心狠手毒，要钱不要命，要多加注意。何建朴叫虎和呼兰守前门，鹰和巴图巴雅尔守后门。吩咐他们轮流值夜，两个人值上半夜，两个人值下半夜。又叫虎找来几根麻绳放在门角备用。安排妥当后他上楼睡觉去了。

这一夜和风明月，相安无事。

第二日珍珠对父亲说在绥远城住腻了，想到归化商铺那边去住几日，仔细看看归化城再回武昌去。

钱业浩正担心女儿在他身边遭遇不测，连忙答应了。叮嘱她不要乱跑，出门要带下人一起走。

珍珠高兴地收拾了自己的衣物，提着皮箱，叫家里的马车夫赶车把她送到归化宏德大商铺住了下来。这样她离何建朴近了，想见他也容易了，想帮他也可以随叫随到。这天她吃了晚饭，对管家说到街上玩一会儿就回，从皮箱里摸出一个小布包塞进口袋里，提着一个小坤包不紧不慢地出了门。

何建朴今日一天在茶庄接待了几伙客人，与他们相谈甚欢，签订了两笔生意，吃过夜饭回到了仓库。他一进门虎便告诉他天快黑的时候有一个生人进来问这里是不是生牲川茶庄。何建朴警觉地问他那个人是不是独眼。虎摇了摇头说是两只眼睛，二十岁年纪，个头不高，很壮实。何建朴叫他们今夜不睡，把门守好。

鹰把一盆热水送到楼上，服侍何建朴洗了手脸，洗了脚，端着水盆下了楼。

何建朴从枕头底下摸出那把短枪拉开子弹夹看了看，又把枪塞进枕头下面，和衣躺在床上，睁着眼透过窗纸看着窗外的星星、月亮，竖起耳朵听着外边的动静。

时间在他的煎熬中一分一秒地过去。他巴不得那个时刻快点来，他们无论是你死我活，赶快做一个了断。

夜风起来了，拍得窗棂"当当"响。草原上的风无遮无挡，比山野里的风要狂得多，刮得归化城这里"叮叮"那里"咚咚"叫。那些挂在各家店铺门口的灯火虽然被罩着，也被钻进去的风弄得像鬼火一样摇。随风进城的沙尘闹得行人睁不开眼，都连忙躲进家里不出门。

何建朴半睡半醒地闭着眼躺在床上，仔细听着街上风吼人叫，到听不见人叫了，他也迷迷糊糊睡着了。不知道过了多久，他突然被窗外一阵"嗦嗦"声弄醒了，连忙伸手从枕头下摸出枪握在手上坐起来，用手指将蚊帐门扒开一条缝，紧盯着窗户，看见月光在窗纸上画着一个人的半个脑壳，接着是一只手靠近那个人的嘴，蘸了一些口水，轻轻贴在窗纸上，将窗纸打湿，再用手指一捅，窗纸上出现了一个小洞，那半个脑壳贴近洞口，用一只眼睛往屋里看了一会儿又缩了回去，那画在窗纸上的半个脑壳消失了。何建朴连忙下了床，将枕头塞在被窝里，把被窝撑起来，趿着鞋准备躲到窗边，突然想起了什么又脱了鞋摆在床前，用力拉了拉系在床栏上通到楼下的一根信号绳，闪到窗户边的大衣柜旁边躲了起来，紧盯着窗户。

通到楼下的信号绳捆在值下半夜班的虎和鹰的手上，他们被信号绳拉醒以后，飞身起床，迅速解开信号绳，提着马刀，光着脚冲出了门。冲在前面的虎看见巴图巴雅尔坐在大厅的木椅上打盹，连忙拍了他一巴掌，对他轻声说了句蒙古话，与鹰一起提起马刀身轻如燕地飞身上楼。何建朴的父亲何安鹤在收养他们的时候，有意把他们带到湖北，送上五当山，拜在一个能够飞檐走壁的老道士门下，学了三年功夫，悟了好多做人处世的道理，是在为日后他的儿子何建朴接管何氏茶业做准备。虎和鹰对何老爷十分感恩，何氏茶庄成了他们的家。何老爷去世后，他们对何少爷同样忠心不二。

何建朴的房门没有上闩，半掩着。按照他们事先商量好的方案，虎和鹰上楼后，迅速贴在他的睡房门口两边，听着屋里的动静。鹰伸手将门轻轻推开一点，从门缝中紧盯着窗户，他们不晓得外面有几多人。

过了一会儿，那个人头又伸出来了，紧接着一把刀尖从窗门缝中伸了进来，慢慢挑开了窗门闩，随即窗门被轻轻推开了。一个黑人影猫着身翻进窗内，轻轻落在地板上，提着枪几步走到床前，扒开蚊帐对着床上的被窝"砰砰砰砰"一顿乱枪，转身往窗口跑。

何建朴屏住气，紧盯着窗口，看见没有第二个人上来，那个开枪的人转身跑到窗口，正要翻身上窗，他抬手向他"砰"的一枪，只听见他轻轻"哎哟"一声，坐在楼板上。

等在门外听见枪响的虎和鹰迅速推开房门，扑了进去，他们一齐把那个杀手死死按在地上，还没等那个杀手回过神，还在"哎哟哎哟"叫，鹰飞起一脚踢掉了他手上的枪，虎将马刀架在他脖子上，压低声音对他吼了一句："不许动，你动我就砍下你的头。"

何建朴刚从衣柜角跳了出来，突然听见窗外"叭叭叭"几声闷枪响，吃了一惊，对虎和鹰说："小心，窗外有人。"

那个杀手也听见了窗外枪响，顿时来了劲，大声吼了一句："快上来杀了他们。"

何建朴连忙闪到窗户边，紧盯着窗外。

虎飞起一拳砸在那个杀手嘴上，他又一阵"哎哟哎哟"叫，吐出两颗门牙，再也不叫了。

好在这懂人事的风越刮越紧，搞得满城"噼噼啪啪"响，淹没了要人命的枪声。独眼龙选择这大风夜作案，没想到大风掩盖了何建朴的反戈一击。

"快把他拖到楼下去捆起来。"何建朴压低声音对虎和鹰说。

虎和鹰连忙一个抱头一个抱脚把那个杀手拖出了门，下了楼。

何建朴紧盯着窗口，举着枪对着窗外，准备有人伸头他就当头一枪。

楼下的后门"吱呀"一声响，何建朴晓得是巴图巴雅尔和呼兰出去了，心松了一点。突然，他听见一个熟悉的声音叫了一声巴图。"珍珠！"何建朴轻声脱口而出，吓得赶忙将半边头伸到窗口，往楼下看了一眼，看见巴图巴雅尔和呼兰提着马刀跑出了门。巴图巴雅尔也听清楚了珍珠的声音，轻轻叫了她一声小姐。何建朴看见楼梯上没有人上来，连忙跑到床边穿上鞋，转身飞跑下楼，飞跑出后门，看见靠在二楼窗口的一架木梯下躺着一个人，吃了一惊。

躲在对面墙角，紧盯着生牲川仓库后门的珍珠一闪身跳了出来，她穿一身黑衣，紧握着一把白色小手枪，几步跑到他们面前，拉下面纱，一扬手上的小手枪对他们说："快进去说话。"飞步先进了门。何建朴和巴图巴雅尔、呼兰紧跟着她先后跳进门来。

"珍珠……"何建朴叫了她一句。

"守在楼下的那个人被我打死了。"珍珠打断了何建朴的话说，"你没事吧？"

"我有准备，没事。"

"嘘……"珍珠出了一口长气，悬着的心放了下来。

"小姐，你一个人在外面？"巴图巴雅尔问了她一句。

"我一直躲在你们家街边。"

"外面还有没有其他人？"呼兰急忙补了一句。

"没看见。"珍珠摇了摇头说，"我就看见两个人抬着一架木梯过来，一个上了楼，一个在下面等。我怕他们后面还有人，一直躲在对面那个墙角盯着他们，到听见你们楼上响了枪，下面那个人往上爬，我跑来朝他后脑壳开了枪，把他打下来了，又跑回那个墙角躲着，看还没有土匪过来。"

"你还看见其他土匪了吗？"何建朴连忙问了一句。

"没有。"珍珠摇了摇头说，"我天一黑就在你家外边转，就看到这两个人来。估计这伙人就剩他们两个，其他人都被杀了。"

"嗯！"何建朴点了点头，叫巴图巴雅尔和呼兰赶快把倒在楼下的那个人抬进来，看他死没死，再把那架木梯背到远一点的地方去甩了，把地上的血迹擦干净。

巴图巴雅尔和呼兰相继答应一声，连忙拉开门一起跑了出去，把那个被珍珠开枪打了的土匪抬了进来，巴图巴雅尔摸了摸他脖子上的脉，轻声说这个人已经死了。又借着从窗户上透进来的月光，仔细看了看他的脸，说不是独眼龙。

何建朴说了声："好！"叫巴图巴雅尔守着后门，吩咐呼兰赶快把那架木梯背走。

呼兰答应了一声，跳出门去。巴图巴雅尔连忙关上门。

何建朴牵着珍珠的左手，进了前厅，看见虎和鹰已经把那个杀手严严实实像捆粽子一样捆了起来，丢在地上。他轻声叫虎点燃马灯，用布遮住一面，提过来看看这个土匪是不是独眼龙。

虎转身点亮桌上的马灯，用一块垫肩布遮着光提过来。

大家一齐仔细看着躺在地上的土匪，只见他闭着双眼，嘴巴被虎一拳打得肿得像猪八戒，满嘴是血，只听见他的喉咙在"咕咕"响。珍珠点了点头说好像是独眼龙。何建朴叫鹰扯开他的两只眼皮看他是不是两只眼睛。鹰蹲下身去，拉开他的左眼皮看见里面有眼珠在动，又扯开他的右眼皮，看见里面黑洞洞没有眼珠，连忙起身说这个人只有一只眼睛。

"好！"何建朴长嘘了一口气，紧紧抓着珍珠的手，告诉她可以放心了。他向虎和鹰往后门努了努嘴，示意他们过去说话。虎吹灭马灯，跟着鹰进了里屋。何建朴牵着珍珠跟了进来。

这时呼兰回来了。巴图巴雅尔连忙关了门推上门闩。

何建朴轻声对虎和鹰说："你们去拿一根绳子把他送走。"他指了指自己的脖子，示意用绳勒死他。

虎和鹰一齐"嗯！"了一声跑进前厅去了。

何建朴又轻声对巴图巴雅尔和呼兰说："你们也拿根绳子再送他一程，怕他没断气。再把这两个魔王用麻袋装好，放在马车上，把绥远那边要的茶也堆在车上，一起送出城，拖到偏一点的地方挖个坑把他们埋了。"

他们也一齐点头，答应了一声。

"这件事办完了，就什么都被大风吹走了，不要惹杀身之祸，祸从口出。"何建朴又叮嘱了他们一句。他们又相继点头说知道了。

何建朴牵着珍珠的手摸黑上了楼，进卧室后，他把手上的枪放在桌上，走到窗前关了窗门，闩好，走到桌前给珍珠倒了一杯热茶，叫她喝一口，压压惊。

珍珠熟练地关了手上那把勃朗宁手枪的保险，把它塞进衣袋里，接过茶喝了一口，长长嘘了一口气说："妥了！"她又喝了两口茶，把茶杯递给何建朴叫他也喝一口压压惊。

何建朴接过茶"咕嘟咕嘟"两口喝干了茶，把茶杯放在桌上，转身轻轻关上门，叫她在靠窗边的椅子上坐，又改口说那椅子龌龊，刚才独眼龙从窗户上下来摸过。

珍珠暗自一笑，走到床边，在床沿上坐了下来，叫他也坐。

何建朴犹豫了一下，走过去挨她坐在床沿上。

"你手上怎么有枪？"何建朴轻声问了她一句。

"是卢金斗送给我的定情物，我收了，打算他真的要强迫我嫁给他，我就用它打死他，再开枪打死自己。"珍珠又紧紧抓着他的手说。

"好险！"何建朴倒吸了一口冷气，说，"如果不是官军这么快剿灭了卢金斗，那后果就不堪设想。"

"老天有眼！"珍珠又嘘了一口气说。

"现在好了，独眼龙死了，他的队伍全灭了。"何建朴又长长嘘了一口气说，"没有你在下面盯着，那个土匪如果爬上来开枪，我就没这么好了。"

"是你命大。"

"是老天爷派你来保护我。"

"那你以后要对我好！"

"嗯！"何建朴点了点头说，"现在你爸也安全了，没有人再去敲诈他了，希望他们再不要去找杀手来搞我就好。"

"只要他和赵大少爷不晓得独眼龙死了，就会担心他上门去敲诈勒索，就以为独眼龙在谋划杀你，他们就不会再找其他人来做杀手。"

"你要想法给你爸透一点风，让他安心。"

"不！"珍珠紧盯着何建朴说，"一点风都不能透。让他们提心吊胆反而对大家都有利。不然就是他收手，那个赵大公子也不会收手。让他们以为独眼龙还活着，还在追杀你，拿你的头去领赏钱更好。"

"对！"何建朴点了点头说，"有道理。"

"我好累。"珍珠把头倚在何建朴肩上，轻声对他说。

何建朴很清楚，自从她得知独眼龙要来杀他的那一刻起，她就紧张得喘不过气。他更想得到她一个人拿着枪出门，是要来跟独眼龙拼命。当她看到有人爬上他的窗户，她会紧张到什么程度。他晓得她哪来的这么大勇气。现在他们内外联手反戈一击，消除了她的心头大患，卸掉了她肩上的千斤重担，她才感觉好累。

"你休息一下再回去。"他轻声对她说，伸手搂着她的腰，让她靠稳一点。

"我想躺一下。"珍珠歪过头把嘴唇贴在他的耳边，轻轻对他说。

"好！"何建朴顺手慢慢把她放在床上躺了下来，起身从被里拉出枕头垫在她后脑勺下面，拉被给她盖好。

珍珠伸出双手轻轻勾着他的脖子，拉他俯下身去，将脸贴在他的脸上，在他耳边轻声说："你陪我。"

何建朴刚才因为紧张屏蔽的情感闸门，又被她一声呢喃打开了。她那沁入他肺腑的女儿香，又让他心潮酥酥起，酥酥落。他俯在她身上，胸贴着她的胸，尽管隔着衣物，他也感觉得到她那对高高耸起的乳房，在彼此一呼一吸间柔柔地抚着他的心门，仿佛要掀翻他的情感大厦，把他与她埋在一起。

"嗯！"何建朴已经坠入情海，再无力挣扎，只情不自禁地迎合她的意愿。

珍珠轻轻合上双眼，将嘴唇滑到他的唇上，用滚烫的舌头轻轻拨开他同样滚烫的嘴唇，滑进他的口腔，轻轻撩拨着他那要命的酥痒。

他的情感大厦顿时坍塌了，紧紧抱着她，任由她疯狂地搅得他浑身颤抖。

珍珠松开缠着他的脖子的右手，慢慢解开他的衣扣。

何建朴的脑壳里一片空白，抽出左手解她的衣扣，手掌落在她柔软的乳房上，浑身欲火狂烧，再也顾不得羞怯，抬起身三下两下脱干净她身上的衣裤，看着她雪白的胴体躺在他面前，他的呼吸越来越急，迅速脱掉自己的衣裤甩在楼板上，扑在她的身上，紧紧抱着她，一口咬住她的嘴唇，随着她就势张开了双腿，他用力一纵，只听见她轻哼一声，伸开双手紧紧抱着他，与他紧紧缠在一起……

窗外的风不晓得么时候止了，四野一片宁静，仿佛怕惊惹了这一桩人世好事。窗外皎洁的月光映在那张风摆柳的洁白的纱帐上，偷窥着帐内一对玉人合璧。

一阵狂风暴雨后，何建朴瘫倒到珍珠身边，大汗淋漓。珍珠轻轻把他的头挽在自己的胸前，用那双柔软的奶子呼唤他雄心再起。他们紧紧相拥着一直到窗户上的月色羞涩地躲去，黎明的曙光懵懵懂懂地闹进窗棂，才依依不舍地松开彼此的手。

珍珠起身穿好衣裤，梳好滚成一团乱麻的头发，等何建朴有气无力地套上衣裤，才牵着他的手一起下了楼。

虎和鹰一直没有上床去睡，一起坐在大堂的木椅上打盹，等东家下来，也等巴图巴雅尔和呼兰回来。看见他们手牵手地下来了，连忙一齐跳起来向东家和钱小姐请早安。

何建朴看了一眼地上的血迹，叫他们擦干净，先去睡一会儿，等巴图巴雅尔和呼兰回来再说。

虎和鹰一齐答应一声，转身忙去了。

何建朴把珍珠牵进里屋，抽开后门门闩，吻了吻她的脸，叫她快回去，怕她家里人担心。珍珠"嗯"了一声，轻轻点了点头，说她已经叫她的侍女凤儿坐在大堂里等她回去，不会惊动其他人。她又勾着他的脖子，将脸贴在他的脸上，轻声叫他去好好睡一觉，说她今夜再来。何建朴轻轻拉开门，珍珠戴好面纱一闪身出了门，上了街。何建朴轻轻关好门，推上门闩，转身上楼，倒在床上一脸幸福地合上双眼，很快进入了梦乡。到他一觉睡足了，突然想起巴图巴雅尔和呼兰昨夜出城去了，不晓得回没回，一骨碌爬起来穿衣趿鞋往楼下跑，看见巴图巴雅尔正要上楼来叫他起床吃饭，连忙问他事情办得么样了，巴图巴雅尔对他一笑，叫大掌柜放心，说神不知鬼不觉，他才放了心。

这天天一黑何建朴便早早洗了澡，换了一身干净西服，坐在楼上心不在焉地翻着书。这套西服他很少穿，现在穿在身上看上去他整个人特别精神。他眼睛在书上，心在书外，尖着耳朵听楼下的动静，不时放下书走到窗前，推开窗往街上扫视，没有看见他要找的人，又失望地坐回椅子上捧着书，心猿意马地看。如此反复好多回，这一次他刚坐下来拿起书，突然听见楼下的虎叫了一声小姐，接着是一个女人甜甜的声音在跟他说话，何建朴连忙将书甩在桌上，几步跑到楼梯口，看见挂在房梁上的那两只大红灯笼透出来的红光，罩着穿着一身淡红旗袍，披着一块素色披肩，一头秀发泻在披肩上的珍珠款步上了楼梯。随着她步起步落，她胸前那对高高耸起的乳房在他眼前上下波动。何建朴的心潮又酥酥涌起。他强压心潮，抬脚下楼，迎了上去，向她伸出右手。珍珠对他莞尔一笑，伸出左手搭在他的手上与他一起头挨头地上了楼，进了房。何建朴反手关了门，一把把她紧紧抱在怀里。珍珠的嘴唇瞬间贴了上去。何建朴轻轻抱起她送到床边。两个人迅速宽衣解带，赤裸着紧紧抱在一起滚到床上，弄得洁白的纱帐波兴浪涌。

这两个你情我愿的人儿被一种巨大的幸福感包围着，谁也不愿挣脱。他们天天盼日落，夜夜恨日出，彼此缠绵着忘了今日是何时。

珍珠一连上十天夜夜出去，迟迟不归，让归化城宏德大商行的掌柜刘庆余感觉到事情不妙，生怕这位大小姐弄出个什么事，钱业浩一怒之下把他赶出店门，他就要带一家老小出门去讨饭。这天他趁钱业浩过来办事之机，笑着对他说大小姐对归化城看不够，角角落落都逛遍了。

钱业浩听出他话里有话。女儿长大了，出落得像画中人一样好看，他担心她在这荒原上落到歹人手上，害了她一生。中午吃饭的时候，钱业浩告诉珍珠，这边的生意打理好了，叫她收拾一下，明日跟他一起回武昌去。其实，他还可以再在绥远多待一段时间，到更远一些的几个店铺去看一看。但是，女儿突然魂不守舍地在归化城乱跑，加上独眼龙这些日子完全没有音信，不晓得他哪一日突然提着枪上门来找他要钱。他当即打定主意先回湖北，一是把女儿送回家，二是回武昌躲一些日子。

珍珠突然听父亲说要回去，暗暗吃了一惊。她听父亲说过这次来要在绥远多待一段时间，把这边的生意弄顺了再走。现在他突然说要回去，她无话可说，点头答应了。

这一夜，珍珠与何建朴久久缠绵后，紧紧把他抱在怀里，轻声告诉他说她这个月的红事没有来。其实他们都心照不宣地晓得这样夜夜缠绵，会有什么结果。但是，因为无法抗拒爱的诱惑，他们也顾不得结果了。现在有答案了，何建朴叫她先回去等他，说他把这边的事情抓紧处理好，马上回来请媒人上她家门去提亲。珍珠长长叹了一口气，有一句话没有说出口，她很清楚她父亲不会答应这门亲事，只在心里祈求上苍成全他们。

第二日珍珠临走前来向何建朴道别，他们紧紧相拥着泪眼蒙眬地互道尊重。珍珠叫他尽快回去。何建朴叫她在家里等他回来。他站在门口，目送着她一步三回头地走了，心仿佛被她带着一步一步随她远去。

十一

在绥远政局发生翻天覆地变化的同时，远在千里之外的北京北洋政府也发生了翻天覆地的变化。袁世凯做了八十三天皇帝，在一片声讨声中死去，北洋军阀一分为二，以段祺瑞为首的皖系和以冯国璋为首的直系开始把持北洋政府。袁世凯死后，黎元洪继任大总统，经过国会补选冯国璋为副总统，段祺瑞任国务总理。不久黎元洪和掌握北洋政府实权的段祺瑞在参战上意见相左。此时第一次世界大战正在欧洲战场上打得热火朝天，大有席卷全球之势。段祺瑞主张对德宣战，黎元洪和国会则坚决反对。安徽督军张勋因德国和日本暗中支持他的复辟主张，也坚决反对段祺瑞对德宣战，但又蔑视手中无枪无实权的空头总统黎元洪。此时，黎元洪和段祺瑞争相拉拢手握辫子军的张勋。张勋却另有图谋。其间，他邀请康有为到徐州，做复辟舆论宣传，这期间日本也派出军部参谋次长和黑龙会会员到徐州参与密谋复辟。他伪装成黎、段之间的调解人，企图坐收渔人之利，同时在徐州成立北洋七省同盟，继而扩充至十三省同盟，拼凑实力，积极策划已经被废的清王室复辟。日本需要一个更加动荡的中国，以稳固其在中国的利益，又派出驻天津的日军司令石光真臣支持张勋。当黎元洪与段祺瑞争得脸红脖子粗的时候，段祺瑞暗中策划武力推翻黎元洪并解散国会。黎元洪得到消息，在美国公使支持下，先下令免去段祺瑞国务总理职务。在北洋政府闹得不可开交的时候，张勋提出非复辟不可的主张，率领他的辫子军北上，进入北京城，与康有为联合拥清废帝溥仪复辟。溥仪又在其一帮遗老遗少三拜九叩礼中穿上龙袍，登上皇帝宝座，发布"即位诏"，收回大权。

张勋把黎元洪赶下台后，被黎元洪解职的段祺瑞便在天津发表讨张通电和檄文，组织讨逆军，自任讨逆军总司令，在马厂誓师出发，率所部到达北京与张勋的辫子军正式开战，经过几天激战，到第六天拂晓攻进北京城内。张勋手底下的"辫子兵"一触即溃，在讨逆军的两路夹攻下，有的举起白旗投降，有的剪掉辫子扔掉枪支脱掉军服充作平民逃命。此时北京的街道上丢弃的发辫俯拾即是。"辫帅"张勋满怀被段祺瑞利用、出卖的怨恨，仓皇逃到荷兰使馆躲藏起来。只做了十二天"北京皇帝"的溥仪再次宣布退位，逃亡天津。段祺瑞返回北京，重新担任国务总理，掌握北洋政府实权。段祺瑞礼节性地去迎接黎元洪重新担任总统，黎元洪悔恨自己的引狼入室，回到家里立即通电全国引咎辞职。住在南京的副总统冯国璋被请到北京代行大总统职务。段祺瑞政府虽然做了一下表面文章，对张勋发了通缉令，但因张勋手里捏着他和督军团同意复辟的把柄，所以一直没有缉拿的行动。张勋随后逃出北京城，逃到天津。

这个代总统冯国璋，湖北人早闻其名。辛亥年武昌湖北新军起义后，清政府迫于无奈，只得请已经被解除官职的袁世凯出山平乱。袁世凯又得势后，马上奏请由增援南下湖北的第二军军统冯国璋，接替赴湖北镇压革命的陆军大臣荫昌第一军军统职务，调兵遣将，镇压武昌起义军，于是冯国璋指挥三协北洋军对长江北岸的汉口发起猛攻。起义军面对北洋军的猛烈攻势，化整为零，躲在汉口街道两边的建筑物内阻击北洋军的进攻。冯国璋见起义军拼死抵抗，便命令士兵火烧汉口街道两边的商铺和民房，使起义军无处藏身。商铺和民房被点燃后，火借风势，越烧越猛，烈火由北向南，由东而西，把整个汉口烧成了火海，三天三夜未熄，使汉口三十里繁华商埠民居顷时成为一片焦土，市民损失不可计算。攻陷汉口后，冯国璋又指挥北洋军攻占了汉阳，他的所部在汉阳纵火抢掠，强奸杀人无恶不作，大家对他切齿痛恨。

在北京转天津参加督军团会议的陆军中将加上将的绥远特别区都统蒋雁行，因收编巨匪卢金斗和治理绥远不力，遭大盛魁大掌柜、山西祁县人段履庄等弹劾，又因突发王丕焕兵变，被北洋政府罢免绥远都统职务，赋闲在天津，对他亲手栽培的骑兵师长王丕焕恨不得抓住他千刀万剐，如果不是他趁他外出开会之机发动政变，枪杀代都统张凤朝，企图劫得都统大位，他也不至于被北洋政府罢官。他更恨卢金斗这个不晓得天高地厚的大土匪，他招抚他是为了给他一条生路，哪晓得他匪性不改，更恶劣的是他勾结王丕焕搞兵变。对段履庄等绥远名士的弹劾，他倒能理解几分，毕竟自己在任上没有尽力剿匪，给绥远百姓一个安宁的生活环境。当他得知北洋政府有意任命他为参谋次长时，便暗中与政府中的一些旧交往来，一是贿赂他们为自己说好话，二是摸清北洋政府掌握的王丕焕和卢金斗的去向，试图在自己复职后利用手中权力对他们进行剿灭。当他得知自己被罢官后，新任都统蔡成勋仍然善待他的侄儿蒋北升，他对蔡成勋有了好感，希望他能替自己出一口恶气，派兵追剿王丕焕和卢金斗。当他掌握了两名叛匪的一些准确消息后，便通过侄儿蒋北升给蔡成勋带去了一封密信。

珍珠离开归化城后，何建朴与何安稳一起，抓紧时间跑了何氏茶业设在绥远的十几个生牲川茶庄分号，从集宁、陶林、兴和、和林格尔、清水河、托克托、包头、固阳、五原、萨拉齐到准格尔、阿拉善、鄂尔多斯、乌海、巴彦淖尔、乌兰察布、锡林郭勒，恢复了各个茶庄分号正常经营，才疲惫不堪地回到归化，他本来打算再去更远一点的呼伦贝尔和察哈尔、热河跑一趟，但牵挂着珍珠，准备稍事休息迅速回湖北，到武昌去请人上钱业浩的门，向他提亲，不然时间拖久了，钱业浩发现女儿有喜了，并且晓得是他做的好事，就要大发雷霆，他到时候再托人说媒，钱业浩失了颜面，更不可能答应他们的婚事。

休息一日后，何建朴又精神十足了，叫何安逸买些蒙古特产，准备带回去，没想到这天快吃午饭时布日固德来了。他与何安逸、何安稳等寒暄一会儿后，同何建朴一起坐下来边喝茶，边告诉他说前都统蒋雁行叫他的侄儿蒋北升给蔡都统带来了一封密信，说王丕焕与张勋勾结，与他同时在北京和绥远发动兵变，反对共和政府，拥戴清废帝溥仪复辟，他又勾结卢金斗杀了代都统张凤朝，被复辟政府封为署理绥远都统。他们被蔡都统率兵镇压后，王丕焕逃到了东北，投靠了张作霖。卢金斗逃到了陕西仍然为匪，被陕西督军派兵围歼，打死了他手下几个得力干将，他又率残部逃窜到了四川，又在四川被打得抱头鼠窜。

"噢！"何建朴点了点头说，"难怪他有那么大胆子搞兵变，枪杀张都统，原来他与张勋勾搭上了。"

"蒋雁行还提供了一条很重要的线索。"布日固德压低声音对他说，"张勋搞复辟，背后有德国和日本的支持。日本派了陆军次长和天津驻军司令，还有黑龙会的人暗中参与了复辟活动。据蒋雁行说王丕焕身边也有黑龙会的线人。"

"你是说日本黑龙会有人在绥远？"何建朴一惊，紧盯着布日固德。他在日本读书时就晓得这个组织，它由日本人头山满、内田良平等人在东京成立，最初的目标是与俄国开战，霸占中国东三省，并逐步控制蒙古和西伯利亚，目的是谋取黑龙江流域为日本领土，其会名即从黑龙江而来。内田良平自任首任"主干"，头山满为顾问。黑龙会为日本反动组织中历史最悠久的团体，来自于早期玄洋社。此时日本的所有法西斯团体差不多全是黑龙会会员。他们最著名的口号是"到黑龙江去"。黑龙会是日本从事海外军事与政治间谍阴谋最得力的发动机关。这不得不让何建朴大吃一惊。

"对！"布日固德很肯定地点了点头，端起茶杯喝了一口茶，脸色凝重地说，"根据我们审讯王丕焕的叛军得知，这个人以商人的公开身份隐藏在绥远一个商行里，并且是总经理。"

"总经理？"何建朴又吃了一惊。

"嗯！"布日固德又点了点头说，"就在宏德大商行里。"

"你是说李恒才？"何建朴的眼睛瞪得更大了。

"嗯！"布日固德又重重点了点头。

"噢！"何建朴若有所悟地倒吸了一口凉气。

"我们得知这个情况以后，又把被关在牢里的卢金斗手下的阎王老七巴音豹提出来审，他死咬着不松口，最后被打得快断气了才说李恒才与卢金斗暗中早有联系，是李恒才从中牵线叫王丕焕和卢金斗联合发动兵变。李恒才还策动卢金斗搞内蒙古独立，支持他当蒙古将军。"

"哦！"何建朴苦苦一笑，摇了摇头说，"难怪赵、钱两家在绥远呼风唤雨，原来他们身后有这么大的靠山。"

"据阎王老七说，日本人要扶持赵、钱两家霸占绥远市场，不仅灭掉你们生牲川，还要搞垮大盛魁。"

"好大的阴谋。"何建朴感觉到后脊背发凉。

"你到大盛魁去一趟，跟苏文阶通个气，叫段履庄提防李恒才，注意日本人对他们下手。"

"好！"

"李恒才留在绥远是个祸害，我们在想法除掉他。他一日不除，日本人的手就一日伸在绥远，要像黑龙江一样把蒙古搞成日本人的土地。我们要斩断这只黑手。你这些时也要多留心，根据我们掌握的消息，还有一伙土匪躲在大青山，蔡都统正在谋划进大青山剿匪。"

"我也跟你们一起去。我早就想进大青山去找建刚的。"

"我晓得你要去找建刚，才来告诉你。你一个人进大青山很危险，那些土匪把你绑了何家就完了。"

"建刚跟我一起出来，现在生死不明，我一定要找到他，无论他是生是死，我也要把他带回来。"

"嗯！"布日固德点了点头，答应了。

"感谢大哥！"

"建刚也是我的老弟。如果他不把卢奇义一伙土匪引走，他们把我搜出来，非杀了我不可。"

"我当时想不通他为什么要跟土匪走，现在慢慢晓得了他的良苦用心。我最担心他不在人世了……"何建朴说到这里喉咙发哽，说不出话来了，眼泪在眼眶中打转。

"吉人自有天相！"布日固德长长叹了一口气说，"无论他是生是死，我们一定要搞个水落石出。"

"对！"何建朴抹了一把眼泪，重重点了点头说，"如果他还活着，我把他带回去。给他找一房媳妇，再叫他做武昌茶庄掌柜，让他成家立业。"

"那当然是他最好的结局。"布日固德晓得何建朴不愿说何建刚死了的话，也不提。

"还有一点想不通，为什么卢奇义明明知道你在我的帐篷里，却不把你搜出来杀了，提着你的人头去领赏？为什么他不杀我们的人只把建刚绑走？他为什么好像是把建刚绑走，要杀他来向我勒索钱财，这么多天也不来找我？只要他来找我要钱，我就是倾家荡产也要答应他，把建刚换回来。"何建朴紧皱着眉头说。

"我也想过。其实卢奇义在带队伍追我的时候，明知道我已经中枪了，却突然去追我的副官，丢下我不管。"

"嗯！"何建朴点了点头说，"这个人好像在给自己留后路。"

"看来他把建刚绑走，不仅仅是用他来向你勒索钱财那么简单。"

"等我们找到建刚就知道了。"

"对！"

陪布日固德吃完中饭，送他出了归化城以后，何建朴回来叫何安逸先回湖北去，把他要跟官军一起到大青山去剿匪，寻找建刚的下落的话对他说了，又给珍珠写了一封信，叫他带回去，想法亲自交到她的手上。

送走何安逸以后，何建朴坐下来仔细把布日固德说的话想了一遍，感到一种莫名的恐惧。他越想越觉得李恒才像东洋人，矮个子，扁脑壳，一脸阴笑。他原以为钱业浩买通了卢金斗，以女儿相许才得到卢匪庇护，在漠北搞得风生水起。哪晓得他和赵宏德身后还有一只黑手在弄风弄雨，更可怕的是这只黑手不仅仅是一个人，不仅仅是要搞垮生牲川，他的后面还有更大的黑幕，这块被日本高层操纵的黑幕，是要把蒙古罩起来，把它从中国分裂出去，与黑龙江流域一样，拼到日本版图上去。想到这里，何建朴反而觉得何氏家族的事是小事，国家的事才是大事。他仔细思索着如何与大盛魁合作，与段履庄和苏文阶联起手来对付钱业浩和赵宏德，把整个大漠北市场紧紧控制在他们手上，不能让已经投靠了日本人，出卖中国利益的赵、钱两家把漠北市场控制在日本人手上。他想起了珍珠说卢金斗去过武昌，更相信卢金斗勾结日本人祸害中国。因为有大量日本浪人在武昌、汉口为黑龙会和梅、兰、竹、菊四大特务机关服务，图谋吞噬中国领土。卢金斗去武昌，肯定不仅仅是受钱业浩之邀去做客，他们肯定与这些特务机关有秘密往来，并且得到了日本人的什么承诺。这一切，善良的珍珠被蒙在鼓里，也是她无意中挑开了这块巨大黑幕的一角，将何建朴卷入了舍家保国的浪潮中。更让她万万没有想到的是，因为他们偷食禁果，让她的父亲钱业浩提前离开了绥远，救了他一命。

把该想的东西都想通了，何建朴也豁达了，起身走出生牲川茶庄大门，倒背着双手迈着坚实的步子走进了大盛魁大门。

正在大堂里忙活的苏文阶看见何建朴进门来了，连忙丢下手上的事边哈哈大笑着说："稀客到！贵宾到！"边跑过来向他打躬作揖，请何大掌柜进里屋用茶。

何建朴也同样哈哈笑着向苏文阶打躬作揖还礼，说早就要来拜望段大掌柜的，只因到各个分号去跑了一趟来迟了。

苏文阶边领着何建朴往里屋走，边告诉他说段大掌柜刚从北京回来不久，蔡大都统和各方名流绅士这几日陆续上门来看望，赞扬他不顾个人安危进京请命剿匪，为绥远立下了汗马功劳。

何建朴笑着说段先生的胆魄和以天下为公的胸襟值得我等后辈敬仰、学习。他今日也是来向他讨教的。

苏文阶把何建朴领进后院，看见后堂大门开着，晓得段履庄在屋里，大声叫了一声大掌柜，向他通报说何氏茶业的何大掌柜来拜望您了。

刚从后门送走两位客人的段履庄正坐在书房里喝茶，这些天不断有人上门来拜望，让他精神振奋。他也没想到自己提着头与归绥行署总管云霄汉组成绥远百业赴京团赴京请命剿匪，引得国府议会弹劾绥远都统蒋雁行，没想到绥远都统府突发兵变，代都统张凤朝被王丕焕师长和卢金斗旅长枪杀，使国民政府立即派蔡成勋师长率重兵赴绥远剿匪，并罢了蒋雁行的职，这是天意也是人愿。从北京回绥远后，他得到了社会各界的普遍赞誉。绥远的安定也使他安了心。他回来听苏文阶说了这届茶商大会，得知"生牲川"夺魁十分高兴。与生牲川一样，大盛魁这些年因为内蒙古、外蒙古时局动荡，特别是外蒙古在俄国人的操纵下宣布了独立，使他们在外蒙古的生意受到了沉重打击，他们也同样渴望绥远稳定。听见苏副经理在说何大掌柜来了，段履庄连忙放下茶杯，哈哈笑着几大步跨到门口，向何建朴抱拳相迎，请贵客进屋用茶。

何建朴抱拳向段履庄躬身一拜，庄重地说："晚生何建朴拜见段先生。"

"快起来，快起来！"段履庄连忙伸手扶起他，同样庄重地对何建朴说，"何大掌柜，段某虽然虚长你几岁，可你年轻有为，学富五车，满腹经纶，远远在我之上，以后再不能这样辱没我了。"

"段先生与家父素有交往，古话说与父交往是为叔。您是叔字辈，后生应当行大礼。"

"要不得！要不得！"段履庄连连摇头，一把抓着何建朴的手，把他牵进门，笑着说，"后生可畏！后生可畏！"

拉何建朴落座后，段履庄吩咐苏文阶唤用人来给何大掌柜沏茶。苏文阶答应一声转身出了门。

何建朴坐在段履庄对面的一张大木靠椅上，这才仔细打量了一眼坐在自己面前的这位传奇人物。只见他浓眉大眼，一副宽厚的脸，宽厚的鼻，宽厚的嘴，宽厚的下巴，仿佛坐在自己面前的是一尊佛。他为之暗暗一惊。何建朴听过父亲把段履庄作为奋发图强的人物给他讲，他也知道他的一些经历。

段履庄是山西祁县人，自幼丧父，家境贫寒，只读了三年私塾便因丧父辍学，与年轻的母亲一起撑起了摇摇欲坠的家。苦难的生活激发了他奋发图强的志向。此时祁县的乔家等晋商家族兴起，男人经商成为祁县时尚。段履庄开始考虑如何改变命运。三十岁那年他随走西口的山西男人一起走出山西，走进了蒙古大草原，来到了归化城寻找生路，出于乡情信任，他走进了由三个山西苦力联合创办的大商号大盛魁做了一名学徒。在这个地方他遇到了他生命中的贵人李顺廷。

李顺廷是山西太谷人，同样出身贫寒，很小便走西口到归化进大盛魁做学徒，因为他的勤奋好学，肯下苦力会做事，做生意又机敏灵活，他历尽艰辛从学徒一步一步做到了大掌柜。也许是命运相同，也许是段履庄的聪慧、勤奋、好学，引起了李顺廷的注意，对他的这个同乡给予了许多关照。段履庄不负李顺廷所望，他抓住了这个难得的机会，认真做事，小心做人，力争改变自己的命运，深得大盛魁各股东和伙计们的认可，逐渐成了李顺廷的得力助手。但是不久后李顺廷遭遇了生命中的厄运。

大盛魁是清朝康熙时期山西太原府祁县在草原上走包串户的苦力小商贩史大学、张杰和太谷人王相卿创立，他们开始随军至外蒙古的前营乌里雅苏台和后营科布多，结合杀虎口的几个小商贩组成吉盛堂商号，起初经营很不顺，资金周转困难，到了揭不开锅，只能喝米汤过年的地步。有一年大雪纷飞、天寒地冻的大年初一夜，他们突然听见有人敲门，开门后看见一个身材魁梧的蒙古人进来打着手语讨饭吃。他们三人一齐热情地招呼他进门避寒，用仅有的一碗米汤招待了他。这个蒙古人喝完米汤后起身打着手语说出去办点事，留下一个包袱消失在风雪中。这三个穷汉左等右等不见他回来，好奇地打开他的包袱一看，大吃一惊，见是一大包白银。他们郑重商量后决定暂时挪用那位壮汉留下的银子做资本，扩大经营，等他回来时连本带利一并奉还。此后他们的生意十分顺利，赚了不少钱，创立了"大盛魁"商号，将那位壮汉作为财神股，把此股分红记入"万金账"作为护本。为了纪念他们创业时的艰辛和那位蒙古壮汉的恩赐，大盛魁规定每年正月初一整个商号喝一顿米汤。

与其他商号不同的是大盛魁几乎全部是人力股。随着三个创始人的相继去世，他们的后代花天酒地，经常到商号索要股份分红，并且随意在商号里安插闲人。随着创始人后代的增多与变本加厉来要钱，股东与大掌柜之间的矛盾已经到了水火不相容的地步。对大盛魁忠心耿耿的李顺廷最终被他们罢免。眼看大盛魁人心涣散，自知无力回天的李顺廷无奈退出商号。接替他执掌大盛魁的正是他的得意弟子段履庄。

此时，在沙俄的操纵下，外蒙古宣布独立，他们拖欠大盛魁的六百万两白银也化成泡影。外蒙古的这一变故使旅蒙的大部分商号纷纷破产。大盛魁虽然没有倒闭，但已经是夕阳西下，段履庄在这个时候接过了这样一个风雨飘摇的商号。

刚刚成为大掌柜，段履庄就办了一件让大盛魁起死回生的大事。随着外蒙古宣布独立，内蒙古一个叫玉禄的骑兵连长趁机叛乱，烧杀抢掠牧民。危难时刻，段履庄主动向袁世凯请命安抚，同时以大盛魁的全部资产和本人性命担保玉禄收编后安全无忧。结果玉禄举枪投降。段履庄的这一义举让袁世凯对他刮目相看，一时间名声大噪。此后，在袁世凯支持下，大盛魁承担了为国民政府蒙古驻军提供军需物资的重任，也让近乎倒闭的大盛魁再现辉煌。

段履庄与何建朴一起坐了下来，向何东家祝贺生甡川夺得"茶王"称号。苏文阶唤一个侍女进门来为何建朴泡茶，向他告辞说他去把刚才正在办的事办妥再来陪何先生坐，转身出了门。等那个侍女泡好茶叫两位大人慢用也出了门，何建朴与段履庄寒暄几句后，迅速将话转入正题，压低声音把他掌握的危急情况仔细对他说了。

段履庄仔细听着何建朴的话，大吃一惊，越听脸色越凝重，听完何建朴的话后，他紧握右拳重重躐在身边的茶几上，震得茶盅跳得老高，茶水洒得满茶几都是。他咬着牙说："要搞垮大盛魁可以，搞垮内蒙古不答应。"

看见段履庄没有畏惧之色，宁舍大盛魁不丢内蒙古的态度如此坚决，何建朴心里有了数，这与他的舍家保国的想法吻合。他抱拳对他重重一摇，以示敬佩。

"军人以身报国，商人以商报国。既然东洋佬想控制绥远商业，继而控制内蒙，我们不能坐以待毙，得迅速摸清楚李恒才一伙还有多少东洋人在绥远，再想办法……"何建朴说到这里双手合成圈，做了一个掐脖子的姿势。

段履庄看懂了他的手势，何建朴没有做用枪打或用刀砍的姿势，是在告诉他要神不知鬼不觉地把李恒才掐死，继而掐死被东洋人掌控的钱氏商行和赵氏宏德大商行，控制大漠北商业市场，不让日本人分裂内蒙的阴谋得逞。

"嗯！"段履庄重重点了点头，轻轻答应一声，想了想对何建朴说，"大盛魁在蒙古大草原跑了两百多年，早已根深蒂固，人脉广泛。这件事由我们来暗中摸清楚，有什么情况我会及时告诉你。"

"好！"何建朴轻轻点了点头。

段履庄叫何建朴坐到他身边的椅子上，将头靠近他，与他轻声商量了一阵，最后抬起头来对何建朴说："把屎盆扣在赵宏德头上。"

何建朴向段履庄告别，段履庄送他到前厅，叫苏文阶送何大掌柜出门，再到他书房去一下。苏文阶答应一声将何建朴送出大门，叫他走好，看着他上了街才转身进门，匆匆进了后院。

何建朴在街上边走边看。因为不担心土匪再来抢劫了，各家店铺都大开店门，有的甚至把货物摆在大门外招揽顾客。街上的行人也比往日多了一些，从东家商铺进，西家商铺出，归化城比往日热闹得多。当他一步一摇走到生牲川茶庄门口的时候，突然听见大堂里传出一阵嘻嘻哈哈的说笑声，他听出是老骆驼驼帮的一伙弟兄的声音，连忙拔腿飞跑进大堂，果然看见老牛、老汤、王六斤、阮长武、夏兴保一伙人坐在大堂里边喝茶边与何安逸、何安稳说笑。

老牛一伙人看见何建朴高兴地跑进门来，不约而同地跳了起来，高兴得有的叫何大掌柜，有的叫何东家，有的叫何先生。

何建朴抱拳对他们一顿摇，哈哈笑着说："贵客来了，贵客来了！……"招呼大家坐，亲自执壶为各位驼工满茶，请大家用茶。

老牛告诉何建朴说自从老骆驼死了以后，他们这个驼帮也基本上散了，一些驼工入了其他驼帮，只有他们这十几二十个老弟兄原来关系不错，舍不得分开，推举他为头，还是跟老客户做生意，所得苦力钱弟兄们平分。他们今日刚从杀虎口把北街洪祥益商号的一批货运回来，卸了货便跑过来看几位何先生。

何建朴连连感谢这些驼工弟兄们看得起何家，答应他们说以后生甡川茶庄的大小生意都包给他们做，并说他去帮忙把像大盛魁一样的几个大商号的生意也拉一些过来给他们做。他叫弟兄们不要散，请老牛给那些另谋生路的驼工带他的话，叫他们回来，就当老骆驼还在世一样，把他们好不容易联系起来的商家的生意经营好，同样有钱赚，有饭吃。大家老弟兄在一起开开心心，不必到别的驼帮去讨饭，受气。

驼工们都异口同声地感谢几位何先生把他们当亲人待，使他们进了归化城就好像到了家。

何建朴高兴地点着头说："对！对！对！这个地方就是你们的家，生甡川茶业就是你们的家，以后无论你们到什么地方，只要看见生甡川的招牌，就可以去吃去住。"

老牛答应把何大掌柜的话带给那些另谋生路去了的弟兄们，叫他们回来，他叹着气说弟兄们跟何东家一起，经历了这一场生死拼搏，感情更深了，都舍不得何家。

何建朴重重地点着头说这就是生死之交。他又叹着气说建刚到现在生死不明，听说他被卢奇义绑到大青山去了。他告诉他们说这几日官军要进大青山去剿匪，他也要跟着官军一起去找建刚。

听何建朴说要去找建刚，王六斤连忙说也要跟何东家一起去找小少爷。阮长武和夏兴保也说要跟大掌柜一起去找小少爷。这几个驼工跟何建刚年纪差不多大，都与何建刚玩得来，听说何建刚至今生死不明，他们的眼泪在眼眶里打转。

无论他们叫东家，还是叫大掌柜，叫先生，何建朴都乐意听。其实这些驼工们都清楚，在何氏茶业何建朴是掌门人，是东家，也是总经理，是大掌柜，更是读了好多书，满腹经纶，一身儒雅的何先生。

　　听王六斤、夏兴保、阮长武等几个年轻驼工说他们也要跟他一起去找建刚，何建朴一愣，略作思考后认真地对他们说："你们正年轻力壮。乱世出英雄，现在我们国体不稳，列强环伺，都在吸我们国家的血，你们不如去当兵，拿起枪去把那些外国强盗赶出去。如果你们愿意，我就去跟布日固德参谋长说，请他收你们入伍。"

　　"我去！"

　　王六斤、阮长武、夏兴保不约而同齐声回答说。

　　"对！你们正年轻，不能一辈子做没有出息的苦力，要出去做大事，这是何东家给你们指的一条光明大道。"老牛兴奋地说。

　　接着几个年长一些的驼工都赞成年轻人出去闯天下，去为国家效力，为中国人争一口气。

　　厨师李师傅也是咸宁柏墩人，他到归化来好多年了，与这些驼工都熟。这个时候他边用围兜擦着手边笑哈哈地走过来，叫东家领大家去吃饭。

　　何建朴笑着问何安稳："五叔，你今日要把藏的好酒拿出来，好好招待弟兄们。今日我们也像蒋都统一样，收编了一伙土匪，这些土匪日后就是我老何家的嫡系队伍。"

　　听到何东家把他们比作土匪，驼工们都哈哈大笑着说我们这伙土匪不杀人，不抢劫，是好土匪。

　　何安逸和何安稳晓得何建朴的用意，在远离老家湖北咸宁千里的这个地方做生意，何家要有自己的人，一旦遭遇么事，得要有自己人站出来扛。他的这个做法与老东家何安鹤收养何建刚、虎和鹰同一个道理。今日建刚、虎和鹰对何家忠心耿耿便是例证。

　　何安稳哈哈笑着说有好酒，保证弟兄们能喝尽兴。

　　这帮驼工弟兄们也说喝自家的酒不怕看别人脸色，今日要喝个痛快。其实，对这些漂在蒙古大草原上和漠北大沙漠中的驼工们来说，他们没有家，长年累月在野外跑，天当被，地当床，把货送到雇主家了，卸了货就要走，连个落脚的地方都没有，只能与骆驼为伴，与它们一起睡在街边墙角或者城墙脚下。经过这场变故，他们与何家人生死与共，有了一家人的感觉，现在何东家叫他们把生牲川茶庄当自己的家，他们一个个乐意接受。

过了两日，布日固德派他的副官到归化来告诉何建朴说剿匪队伍已经整装待发了，叫何建朴赶快收拾行装，赶到绥远城去，做好准备随时跟队伍一起出发。

何建朴连忙收拾了一身换洗衣裤，扎在包袱里，把枪斜挎在左腰上，用长袍罩着，带着王六斤、夏兴保和阮长武，叫巴图巴雅尔和呼兰赶马车把他们送到了绥远城，他把三个驼工安顿在绥远生牲川茶庄分号后，马上赶到都统公署，找到了布日固德，把王六斤、夏兴保、阮长武三个年轻驼工要来当兵的话对他说了。

布日固德对这一伙在他生死关头救了他的驼工们深怀感激之情，听何建朴说几个年轻驼工要来当兵，毫不犹豫一口答应了。叫他去把他们带过来换军装。何建朴连连答应说好。布日固德又正色对何建朴说把这几个驼工弟兄送到他的手上来，对何家来说是好事，以后何家有么事，他们可以直接以官军的名义出面摆平。他的这句话正中何建朴下怀，这也是他没有说出口的意思，在官军中有自己的人，以后布日固德不好出面为何家办的事，他们都可以拿着枪去办。

王六斤几个人听说布日固德同意接收他们当兵，高兴得一跳三尺高，跟着何建朴跑到都统公署。

布日固德笑哈哈地对他们进行了训诫，讲了一些当兵的规矩，叫他的副官把他们领到他的警卫队去换装、领枪，在营房里安排他们的铺位。他郑重地告诉他的副官说这几个驼工兄弟都是他的救命恩人，叫他告诉卫队长要善待他们，不能把他们当一般士兵对待。

王六斤、夏兴保、阮长武又一跳三尺高地跟着副官走了。

这天晚上，布日固德带着他的副官和卫队长乌恩其到绥远生牲川茶庄分号，与何建朴和王六斤、夏兴保、阮长武一起高兴地喝了一顿酒，严肃地告诉他们几个新兵说以后没有上司命令不许喝酒，国有国法，军有军规，无论为人处事都要有规矩，没有规矩不成方圆。他希望他们都好好当兵，日后能看见他们都有升发。

王六斤和夏兴保、阮长武都保证说听长官的话，遵守军规，好好做人，认真做事。

何建朴举杯敬了他们三个人的酒，叮嘱他们要像岳飞一样忠心报国，做一个顶天立地的男子汉。

他们先后敬了何建朴的酒，请东家放心，感谢东家给他们指了一条光明大道。他们一口一个东家，是把自己当成了何家人。

第二日天未亮，在东城门外列队的一个炮兵团和一个骑兵团随着蔡成勋的一声令下，由布日固德亲自率领他们向大青山方向飞奔而去。何建朴骑在马上紧跟在布日固德身后。

在内蒙古，阴山山脉自东向西绵延数百里。大青山就坐落在阴山中段，位于包头、绥远、乌兰察布以北，是阴山山地森林、灌木丛、草原镶嵌景观最美丽的地方。距离绥远城三十余里。

卢金斗的余匪选择这个地方做藏身之地，进可守，退可隐入茫茫大山之中。因此官军两次在这里剿匪都没有彻底剿干净。

这次剿匪，蔡成勋是做足了准备，要彻底消灭绥远匪患的。他派几个人扮成小商贩，到大青山摸了好些日子，与当地牧民建立了联系，说通同样对无恶不作的土匪恨之入骨的牧民做官府的线人。蔡成勋这一次出兵大青山，就是得到一个牧民线报，得知卢金斗匪帮中的龙图老八图森额带着一伙余匪躲在大青山一个大山洞里。这些土匪经常出来抢劫牧民财物，奸淫妇女。龙图老八派三十多个土匪守在进大青山的山口一个屯子里做眼线。只要先端掉这个匪窝就可以进山。这个线人还向蔡成勋提供了这个屯子的具体方位，屯子内各户的分布草图。

布日固德率领剿匪队伍趁着朦胧的月色一路飞奔，只个把时辰便到了大青山脚下。他在离那个土匪当哨卡的屯子外一里多路远的地方，叫队伍停了下来，骑兵都下马。他亲自带两个连的骑兵改成步兵，迅速摸到屯子边散开，命令一个连将屯子合围起来，一个连神不知鬼不觉地摸进了屯子，先杀了在哨位上打盹的哨兵，然后按掌握的屯子里各户的分布图，将事先分好的人马，几个人一户包围起来。由于线人暗地里跟屯里的几个头人接了头，屯子里各家各户都没闩门，各家都有一人一夜没睡。当官军摸进门的时候，他们直接把他们带到土匪床边。这些土匪把各家的男人都赶进一个屋子里，抱着他们家的女人睡得正香，被一个个从被窝里拖了出来，缴了他们的枪。

土匪们有的赤身裸体，有的套了一件衣服，先后被赶出来，赶到屯子另一边一个山窝里排队站着，呼呼响的夜风刮得他们一个个浑身发抖。

　　天亮了，布日固德与何建朴一起一个个仔细辨认着这些土匪，希望从中找到卢奇义。当他们走到中间一排土匪面前时，何建朴顿时一惊，他看到了一张熟悉的脸。那个土匪也看到了他，连忙低下头。何建朴连忙在布日固德耳边轻轻说了一句么话，布日固德慢慢走到那个土匪面前，用手上的短枪挑起他的下巴，叫他抬起头。

　　那个土匪不情不愿地抬起头，一双贼眼滴溜溜转，扫了何建朴一眼，连忙避开他的目光。

　　何建朴仔细看了他一眼，对布日固德说："他叫呼斯楞，是个连长，那天就是他进帐篷去要杀人的。"

　　布日固德瞪了他一眼，对身边的卫兵一努嘴，说了句："把他带走。"

　　呼斯楞以为要把他拖出去杀头，吓得"扑通"一声跪在布日固德面前，连连磕头叫长官饶命。

　　两个卫兵连忙上前架起他，拖出了队列，拖进屯子里找一身衣裤让他穿在身上，叫他坐在一根木头上不许乱动。

　　布日固德又与何建朴一起一个个仔细看了余下十几个土匪的脸，何建朴向他摇了摇头，示意没有看见他们要找的人。布日固德转身对跟在身后的一个连长点了点头，与何建朴一起往屯子走去。他们刚走出几步，那个连长吼了声："送客！"士兵们突然一齐抽出马刀，扑向土匪群，挥刀一顿乱砍。土匪们一个个鬼哭狼嚎，四处乱窜，很快一个个被砍倒在地上，身首异处抽搐着，过了一会儿便全部躺在地上不动了。四野一片寂静。士兵们迅速把这些土匪尸体拖到事先看好的一个土坑里埋了。

　　布日固德带着何建朴回到屯子里，卫兵从一个牧民家中端出两只木凳，放在不晓得是冻得发抖还是吓得发抖的呼斯楞面前。布日固德和何建朴坐了下来，一齐紧盯着他，布日固德努嘴，示意何建朴问话。

　　"呼斯楞，你还认得我吗？"何建朴问了呼斯楞一句。

　　"认得！认得！何大掌柜。"呼斯楞连忙站起来回话。

　　"坐下来说。"布日固德吼了他一句。

呼斯楞又连忙弯腰鞠躬答道："是，长官。"

"你还认得我这个长官，你们给我挖坑，杀了我那么多官兵。"布日固德又凶了他一句。

"那都是卢金斗干的，长官。"呼斯楞打着哭腔说。

"我问你，小阎王卢奇义在哪里？"何建朴有些急了，打断了他的话。

"我不知道。"呼斯楞连忙摇头说，"绑你弟弟与我没关系。"他很清楚何建朴来做什么。

"我弟弟在哪里？"何建朴又迫不及待地问了他一句。

"我不知道。"呼斯楞又连忙摇了摇头。

"你不老实说清楚，老子一枪把你脑壳打开花。"布日固德举起枪顶着他的眉心威胁他说。

"长官，何大人，我确实不知道。"呼期楞浑身颤抖着连连求饶说，"那天卢奇义把何少爷绑回来，带到大青山里藏了起来。你们官兵打大将军，噢，不，是卢金斗的时候，他就带着何少爷跑了，一直到现在我再也没看见他们。不知道他们还是不是躲在这个大山里，还是跑到别的地方去了。"

"你说的是实话？"布日固德紧盯着他的眼睛，想看他是不是说的假话。

"我说的句句都是真话，长官。"

"我问你，我弟弟是死是活？"何建朴抢了一句。

"没死！活着！肯定没死！"呼斯楞很肯定地说。

"你说这些天没看到他，你怎么知道他没死？"布日固德又凶了他一句。

"卢奇义说要用何少爷去找何大掌柜敲一大笔钱。不许我们任何人动他一个指头，还每日好吃好喝招待何少爷。我们每次搞回来的好东西，卢奇义自己不吃，都给何少爷吃了。"

"噢！"

何建朴轻轻松了一口气，与布日固德对视了一眼。布日固德又问呼斯楞龙图老八在什么地方。呼斯楞连忙回答说他带着一伙弟兄躲在山上的一个山洞里，打算等卢金斗回来再拉队伍。布日固德又仔细问了他那个山洞的具体位置和进出口位置。呼斯楞回答的与那个线报提供的情况一模一样。布日固德又问了他卢奇义和何少爷在不在山洞里。布日固德威胁他说如果在山洞里找到何少爷，发现他没说实话，就马上把他的头砍下来喂狼。呼斯楞为了保命，连忙保证说他昨日才从山上下来，没有看见何少爷的人。再说卢奇义与龙图老八素来不和，龙图老八知道他绑何少爷是为了找何家勒索钱，要与他平分。卢奇义表面上说可以，暗地里叫我们盯紧何少爷，不让他落到龙图老八手上。如果何少爷落到龙图老八手上，卢奇义就一分钱也得不到。他把何少爷偷偷带走了，就是躲开龙图老八。布日固德又问他卢奇义身边有几多人。呼斯楞回答说与他一起走的只有两个他最信得过的弟兄。听完呼斯楞的话，布日固德心里有了底，站起身来向他身边的卫队长使了个眼色。卫队长马上向两个卫兵一扬手，一齐扑上去把呼斯楞拖出了屯，拖到一个小山洞口边，卫队长一刀砍下他的头，从他背后飞起一脚，把他踢进了山洞里。

清理完战场，收了枪，安慰屯里的牧民后，布日固德又带着他的队伍向大青山上那个山洞奔去。他命令炮兵把大炮抬上山，摆在山洞进出口对面的山坡上，把炮口放平，对着洞口，又命令骑兵分兵包围两个洞口。准备围歼这伙残匪。做好准备以后，布日固德掏出怀表看了看，估计那些土匪还在洞里睡大觉，立即命令摆在进洞口对面的几门大炮一齐向洞里平向开炮，把土匪从洞里赶出来，摆在出洞口的几门大炮再一齐开炮狂轰。

一阵地动山摇的炮声响后，山野又恢复了宁静。

布日固德命令合围山洞进出口的骑兵进洞清查余匪。他带着何建朴跟着士兵们进了山洞，发现洞里躺着一些死尸，他们划洋火点燃火把，一个个仔细看了死尸的脸，没有看见建刚和卢奇义。走到山洞出口，看到死尸堆成了堆，便一个个翻开看了，也没有看见建刚和卢奇义。出了山洞后，看见洞口外被炸成碎块的土匪尸体散落得到处都是，他们又一个个找到人头，仔细看了，同样没有看到建刚和卢奇义。布日固德对何建朴一笑说："那个呼斯楞没有说假话。"何建朴笑着说他为了保命，不敢说假话。布日固德说老子恨不得抓住他把他千刀万剐，还留他的狗命。

彻底清剿了大青山的残匪后，布日固德不伤一兵一卒，胜利班师回到了绥远。蔡成勋犒劳了官兵们一顿好肉好酒。特别摆酒奖励布日固德。祝贺何大掌柜得到令弟还活在人世的准确消息。

　　回到归化后，何建朴打算再给珍珠写一封信，把他在绥远的情况简单对她说说，他又怕信落到别人手上，反而祸害了她，他思来想去给汉口生牲川茶庄掌柜，也是他的堂侄何功德发了一封电报，写了"生意缠身，近日难归"八个字，叫他去找汉口钱氏商行分号经理钱正丁，代表他去把拖欠钱氏商行的货款结清。又吩咐何安稳把从都统署结来的账向汉口生牲川茶庄汇了一笔款。他晓得钱珍珠住在汉口，她与她大哥钱正丁感情很深，与她大嫂喻君知情同姐妹。如果钱正丁收到何氏茶庄这笔陈年旧账，肯定回去要说，珍珠便能晓得他的用意，也暗中告知她他暂时回不了湖北。

　　何建朴把这次运到绥远来的十万斤青砖茶分别按官府订单送到了都统公署和土默特总管府，余下的配送到在绥远、热河、察哈尔的各个分号，留一点在归化茶庄，巴不得赶紧赶回家把他人生最要紧的一宗事办妥。钱珍珠回去一月有余了，她肚子里的孩子在一天天长大，再过个把月就出怀了。对于钱业浩这个大户人家来说，女儿未婚先孕是一件很不光彩的事。钱业浩是个有头有面的人物，如果他的爱女暗结珠胎的消息一旦传出去，他将颜面扫地，到那个时候他再想去上门提亲，钱业浩这个要置他于死地的敌手更不会答应。而钱正丁与他的父亲钱业浩不一样，他年长何建朴十岁，在与何氏茶业危难时刻接手掌门人的何建朴几次生意往来中，他对何建朴刮目相看，曾经在公开场合说何氏茶业有何建朴执掌不仅垮不了，还会强大起来。何建朴对这位在他步履维艰时说他好话的同行十分敬重。他思来想去，现在唯一能帮他和珍珠的只有她的这位长兄。

　　果不其然，钱正丁收到生牲川茶庄的这笔款，非常高兴。他也听跟父亲一起从绥远回来的珍珠说过生牲川在绥远夺了"茶王"称号，钱正丁当妹妹珍珠的面对何建朴赞不绝口，说他年轻有为，前途不可限量。收到生牲川茶庄的货款后，钱正丁当夜回家就高兴地把何建朴在绥远因为生意脱不开身，暂时回不来，汇钱回来把钱家的欠账全部结清了的话对喻君知和珍珠说了。

钱珍珠听完大哥的话，十分高兴，她很清楚自己要想与何建朴好事成双，得要大哥鼎力相助。听见大哥在说何建朴的好话，钱珍珠笑而不语，内心却十分着急。前些时她怀孕吐得连水都喝不进去，幸亏大哥去上海办货去了，只有大嫂在身边，好在大嫂是过来人，一看就晓得是么回事，精心服侍她渡过了难关，却不开口捅破那层纸。钱珍珠在忐忑不安中等何建朴快回，没想到他传到钱家来这样一个信息。她很清楚绥远的局势，晓得他一时回不了肯定有大事要办。这个时候她开始考虑自己的退路，考虑如何处理肚子里那个她期盼的小生命。

　　生牲川茶庄的生意已经盘活，何安稳又一日到黑忙进忙出。

　　何建朴不管绥远包括热河、察哈尔几个茶庄分号的经营，现在生意都顺了，他也闲下来，可是他人闲心不闲，天天像热锅上的蚂蚁，无头无绪地在房里打转，焦急不安地等段履庄的消息，又牵挂着远在汉口的珍珠，心系两头，走又走不得，坐又坐不住。如果他离开归化回湖北去了，那个东洋人李恒才一旦得手，何氏茶业在漠北的生意就要熄火。他不回去，珍珠肚里的孩子一天天大了，遮不住了，如果钱业浩发现了，逼迫珍珠堕胎，那他与珍珠的爱情结晶就要胎死腹中，这无论是对他还是对何家都是一个无法挽回的损失。

　　段履庄那边一连几天没有消息过来，何建朴几天坐立不安。这天他刚吃完早饭，准备到大盛魁去看看，打听一下消息，正准备出门时布日固德派他的卫队长乌恩其过来请他到绥远城去一趟，乌恩其说参谋长有急事请他过去商量。何建朴连忙从马棚里牵出马，飞身上马，打马与乌恩其一起到了都统署，他跳下马把马缰交给乌恩其便飞跑进了布日固德的家门口。

　　布日固德正在厅堂里边吸烟边喝茶等何建朴过来，当他听见门外跑过来的脚步声，晓得是他来了，连忙起身迎了过去，一把抓住他的手把他拉到椅子上坐了下来，也不叫卫兵进来泡茶，压低声音对何建朴说昨天夜里，王丕焕手下一个叫刘厚基的连长，带着几个骑兵从王丕焕的队伍里偷偷跑了回来，找蔡都统投诚。经过我们仔细审问，得知王丕焕已经带着残部逃到了东北，投靠了张作霖。因为他发动兵变枪杀代理都统张凤朝后，立即通电反对共和，被张作霖看好，任命他为直隶陆军第一旅旅长，驻天津。他们几个人不是王丕焕的亲信，得不到重用，王丕焕把他们派去喂马，加上他们思乡心切，便以遛马为名，骑出几匹好马，一路飞跑回来了。他们各自回家看望了家人，在家住了两日，又怕王丕焕派人来追杀他们，连累他们的亲人，便相约来找蔡都统投诚，说他们是受了王丕焕蒙骗，参与兵变，现在愿意归顺蔡都统。蔡成勋对他们反复审问后，发现他们不是王丕焕派来的奸细，是诚心归顺，便接纳了他们，把他们交给我分散安排在不同的队伍中，那个连长刘厚基仍然当连长。我又仔细盘问了他们知不知道卢奇义的下落。刘厚基说王丕焕遭到蔡都统镇压后，带着残部先逃到了呼伦贝尔，这个地方驻扎有东北军的队伍，是张作霖的地盘。有一天他在街上碰到卢奇义带着几个人匆匆从他身边跑了过去，他以为他们也是被官军镇压后逃出来的，便没有在意。布日固德一喜，连忙问他看没看清楚跟他在一起的是哪几个人。刘厚基摇着头说没仔细看，他又想了想说好像有一个年纪不大的人脸上有一道刀疤。布日固德大喜，又逼问他一句是不是看清楚他哪边脸上有刀疤。刘厚基又想了想，肯定地说是右脸。

"好！太好了！"何建朴听到这里高兴得从椅子上跳了起来。

"按照我们从几个方面得到的消息，建刚还活着。"布日固德也高兴地站了起来。

"只要他还活着我就有办法把他找回来。"

"这兵荒马乱的年月，你怎么去找？"

"我打算再到呼伦贝尔去一趟。"

布日固德想了想说："也可以，我派几个卫兵跟你一起去。如果遇到土匪你们对付不了，可以到呼伦贝尔副都统署去找参谋长牧仁，把我给你的那把手枪给他看，那把枪托的底部刻有我的名字，他一看就知道了。"

何建朴一愣，他没有注意枪托上有字，连忙抽出那把短枪，仔细一看，果然看见枪托上有几个蒙古文字，对他一笑说："这是你给我的护身符。"

"我想最好还是我派人跟你一起去。"

"不！有大事我就拿着你的枪去找牧仁。"何建朴摇了摇头说，"人多了打眼，会引起别人注意。我就带虎和鹰去，就说到那边茶庄去做生意。我还想到东北去采个点，到黑龙江去开一个分号，便于寻找建刚。"

"可以！"布日固德点了点头说，"我再给你两支枪带回去，给他们一人一支。现在身上有枪就安全得多。"

"好！"

布日固德走到门口，吩咐门外的卫兵找来了卫队长乌恩其，叫他弄来两支短枪，交给了何建朴。

十二

　　何建朴把枪往左右腰上一边裤腰插一把，藏在身上，告别布日固德，骑马飞奔回了归化。进了仓库大厅，把虎和鹰叫上楼，把要去呼伦贝尔跑一趟的话对他们说了，告诉他们小少爷被卢奇义绑到呼伦贝尔去了，他打算去找找小少爷，打听他的下落。他没有把打算去东北开一家茶庄分号，以便于寻找建刚，或者建刚看到生甡川招牌主动来找，并派他们去管理经营的话对他们说。回来的路上，他仔细考虑后觉得那个地方是奉军张作霖的地盘，他们在那个地方人生地不熟。加上日本黑龙会在东北活动了很多年，一直在图谋把东北从中国肢解出去，并入日本版图。如果李恒才晓得他在东北开了一家生甡川茶庄分号，他的这个茶庄就很有可能被黑龙会设套卷入一场灾难而被拖垮，甚至会将整个何氏茶业卷入其中不得脱身。不清楚日本黑龙会与何家拼杀内幕的虎和鹰很可能要丢命。把他们送到东北无异于把这两个身世可怜对何家忠心耿耿的兄弟送入虎口。

　　虎和鹰听说要去呼伦贝尔找小少爷，都很高兴。他们从东家手上接过枪后，认真听他教他们如何用枪，很快掌握了用枪方法，高兴地说只要见到小少爷，他们就是拼命也要把他救出来。何建朴再三叮嘱他们要见机行事，不能硬拼，以免伤了小少爷，也伤了自己。最好是不动枪，想办法智取，争取安全救出小少爷，自己还要全身而退。

　　第二日，他们打点行装后骑马一路飞奔，出包头到乌兰察布，过锡林郭勒进科尔沁，一路风尘，一路日夜兼程，上十天后到了呼伦贝尔。

　　呼伦贝尔因境内有呼伦湖和贝尔湖而得名，东北以嫩江为界与黑龙江相望，北部和西北部以额尔古纳河为界与俄罗斯接壤，西北和西部同外蒙古交界，南部与兴安盟相连。

进入呼伦贝尔，他们看到了一望无际的绿色大草原，草原上羊群成朵，牛马如云。放牧的牧民们骑在马背上吼着蒙古长调，在空旷的天地间悠扬飘荡，好悦耳好动听，让何建朴绷得紧紧的神经突然松弛了。在他耳边呼呼作响的风，伴着悠扬的蒙古长调，使他心旷神怡，一时忘却了噩梦般挥之不去的烦恼。奔驰的骏马仿佛把他带进了人间天堂，他陶醉于这广阔草原给他的飞翔的快意。初升的太阳让无边无际的大草原沐浴在七彩缤纷的曙色中。骏马驮着何建朴向光明飞驰。

曙色中的呼伦贝尔城一片金黄。城外的前德门寺钟鸣磬响，给近在咫尺的呼伦贝尔城平添了许多祥瑞气氛。

呼伦贝尔城很特别，只有北、南、西三个城门，东面没有城门，城墙脚下是伊敏河，以河为防，伊敏河东面的台地是东山，据东山便可以守东门。从城东往南流去的海拉尔河，与伊敏河交汇后，共同承担着守护呼伦贝尔东城的使命。这座古城的特别之处，还有北城门有两座城楼，西城门没有城楼。也许是城西有前德门寺护佑的缘故，呼伦贝尔人相信无所不能的佛能守住他们的西城门，便省了城楼。其实与东门一样，西城门外的西山是入城的一道天然屏障，守住了西山便守住了西门，城楼便多余了。西山上长满四季常青的樟子松，可以藏兵守城。

何建朴带着蒙古人唤作额日敦巴日的虎和唤作博日格德的鹰，先后进了呼伦贝尔城南门，看见了城中央香烟绕梁的文庙，早起的呼伦贝尔人进文庙敬香祈求文星高照。城内东西南北四条大街连通全城，街两边都是土坯房，很少有砖瓦房，更无楼房。他们从西大街拐入正阳街，这条街上是汉人居住区，大多是从山西走西口过来的商人，他们在呼伦贝尔经商，在城内盖起了砖瓦房，形成街市，在这里经营丝绸、皮货、布匹、饭庄、钱庄、百货、旅馆、理发店、洗浴店、成衣铺等生意。生牲川茶庄也在这条街上。

在呼伦贝尔城内外，主要居住着蒙古人、汉人和俄罗斯人，他们不杂居。

西大街西北是兵营，这里居住的都是蒙古人，因为都是皇亲国戚，他们大多在副都统衙门做官或在军队中当官当兵。副都统衙门在西大街靠南面。

　　这个副都统衙门比绥远都统衙门低半级，清康熙年间设置。设置这个副都统衙门，是中国守住北大门的战略需要，康熙二十四年至二十七年，在漠河黑龙江主航道以北俄罗斯阿尔巴津诺，沙俄妄图侵占中国黑龙江流域大片领土，中国军民被迫进行反侵略和收复失地的自卫战争。中国军队为收复领土雅克萨，对入侵俄军进行两次围歼，彻底击败沙俄侵略者。康熙二十八年，中俄雅克萨之战后，中国清王朝与沙皇俄国就中俄东段边界等问题进行交涉，在尼布楚，俄罗斯人叫涅尔琴斯克这个地方签订了第一份边界协定《尼布楚条约》。这个条约使呼伦贝尔的战略地位陡然提升，清廷决定在这里筑城，设置官府，部署军队。副都统衙门统辖新组建的索伦八旗，以及后组建的新巴尔虎八旗戍守边境。这个条约规定格尔必齐河、额尔古纳河及外兴安岭为中俄东段边界，乌第河地区为待议区，两国严禁越界入侵和收纳逃人，两国国民持有护照者可以过界往来，通商贸易。

　　呼伦贝尔副都统署是呼伦贝尔的军政最高衙署，属于军府体制，地位和作用较为特殊。呼伦贝尔虽然在内蒙古境内，原住居民是蒙古人，但副都统归黑龙江将军节制。中华民国成立后副都统由大总统任命，沿袭旧制，专司蒙古事务，归黑龙江督军节制。

　　汉人主要集居在呼伦贝尔城东部，以经商为业。俄罗斯人集居在离古城二里外的海拉尔，这个地方是俄罗斯租借地，驻有军队，有铁路车站等设施。俄罗斯人住的都是叫木刻楞的二层木楼。他们骑着马，赶着马车，把俄罗斯的各类特产拉到古城内来卖，或者交换他们的生活必需品。生甡川青砖茶就是他们买回去自饮或者送回俄罗斯经营的中国名茶。

　　生甡川茶庄在呼伦贝尔城东大街，原来是裴氏百货铺。裴家被卢金斗灭门后，与裴家老东家裴柏寿交好的何安鹤接了这个店铺，兼营生甡川青砖茶，在远离绥远的呼伦贝尔，为裴家保存了一份家业。在何安鹤离世前，他特别交代儿子何建朴，要把呼伦贝尔城内已经换成生甡川茶庄招牌的裴氏百货铺还给裴家后人，让裴氏血脉得以延续。但他没有告诉儿子裴氏后人在哪里，是哪个，他怎么去找。何安鹤把这个秘密封在自己的肚里，是为了在这个恶人横行的人世，为裴家保存一支血脉。他把这个秘密带进了棺材，与他一起永远埋进了土里。现在在呼伦贝尔城生牲川茶庄的掌柜是何建朴的堂侄何功汉。

何建朴一行进了城后，为了不惊扰行人，他们收紧马缰，让快马放慢了脚步，到生牲川茶庄门口下了马。

正在店里忙着与几个俄罗斯人打着手势做生意的何功汉看见有几个人在门外下马，以为是客人来了，连忙把那几个俄罗斯人交给一个伙计交涉，转身跑出门来，突然看见是大掌柜来了，高兴得一蹦三尺高地跳出门来，大声叫叔，从他手上接过马缰，叫他快进门歇着喝茶，又转头大声喊两个伙计出来，把东家和虎、鹰的马牵到马棚去。

何功汉跟着何建朴进了大堂，向他简单介绍了正在与他谈一笔青砖茶的俄罗斯人的生意，请他和虎、鹰到后院休息。虎和鹰机警地扫了一眼大堂里的人，说他们就坐在大堂里，叫他把东家带进去好好安排他休息一下。何功汉连忙唤一个伙计给两位大哥沏茶，转身带着何建朴进了里屋，亲自动手为堂叔沏了茶，坐在他对面问了一些家里人都好不好之类的话。在离家千里之外的这个地方，何建朴晓得他想家，便简单把家里的一切都好的话对他说了，叫他放心。何功汉听说家里都好，哈哈笑着说那就好，那就好。他晓得堂叔说家里一切都好，不仅仅是说家里的人好，还包括何氏茶业的经营状况好。何建朴也简单问了他这个茶庄的买卖，何功汉详细回了何建朴的话。何建朴满脸欢喜地点头说好，叮嘱他稳住俄罗斯这条茶道，争取通过俄罗斯商人再打开外蒙古市场。说完生意上的话后，他将话锋一转，问何功汉有没有小叔叔建刚的消息。何功汉连连摇头说自从去年回去过春节见到他，一直到现在都没有他的消息。何建朴晓得他不清楚绥远那边发生的一大堆事，便简单地把建刚被土匪卢奇义绑去了的事对他说了。听说何建刚被土匪绑走了，何功汉吓得目瞪口呆，问他有么法可以救建刚。

"我到这里来就是来找建刚的。"何建朴呷了一口茶，放下茶杯说，"有人看见他被卢奇义带到呼伦贝尔来了。"

"不可能吧？如果他到呼伦贝尔来，肯定会到茶庄来找我的。"何功汉惊诧地瞪着大眼睛说。

"这个消息不会假，是从这里回到绥远去的官兵说的。他可能是跟卢奇义在一起。建刚可能怕卢奇义晓得生牲川在呼伦贝尔还有茶庄，跑到这里来打劫，不敢来。"

"嗯！"何功汉点了点头说是的，何建朴这一问，让他突然想起了一件事，连忙抬起头盯着何建朴说："前些时有一个客人到茶庄来看茶，临走时放下一封信就匆匆走了，什么话也没说。"

"信？"何建朴一惊，叫他赶快拿来看看。

何功汉连忙跑进卧室，从桌抽屉里拿出一个信封匆匆跑过来递给何建朴，说这封信好奇怪，就三个字，他看了几日都看不懂。

何建朴连忙打开信封，抽出信笺展开，看见信笺上端端正正写着"黑龙江"三个字，便慢慢抬起头，看着窗外的天，长长嘘了一口气。建刚晓得他会到处去找他，晓得大哥担心他被土匪杀了，这是他给大哥的信，告诉大哥他还活着，告诉大哥他的去向。何建朴又陷入苦苦思索中，这个杀人不眨眼的土匪卢奇义不杀建刚是要用他去勒索何家钱财，他明明晓得何氏茶业的掌门人在绥远，却把他带到远离绥远的呼伦贝尔来，又把他带到更远的黑龙江去了，卢奇义不仅没有来找他何建朴勒索一文钱，连一句狠话都没有传到他耳朵来。这一切只有一种解释，卢奇义这个土匪带着建刚远走高飞，远离绥远那个土匪横行的地方。卢奇义很清楚卢金斗在与钱业浩、赵宏德甚至与日本人勾结，要置何氏茶业于死地，要杀何家人，他不能说，更保不了何氏茶业，他设计绑走建刚，是在保建刚的命。他的所作所为也只能有一种解释，那就是他晓得建刚不是何家人，更清楚他的真实身世，并且在何建刚不知情的情况下暗中保护他。想到这里，何建朴不禁打了一个冷战。建刚的身世之谜未解，这个土匪又给他布了一个更大的谜局。如果是这样，他反倒对建刚的安全放了心。

"来送信的是个什么人？"何建朴收回视线，又问了何功汉一句。

"是个二十几岁的蒙古人。我从来没有看见过。"

"哦！"何建朴再不问这封信的事了，叫何功汉快去弄点东西给虎和鹰吃，说他们这些天跟他一起出来，吃没吃好，睡没睡好，赶紧去弄一顿好饭让他们吃，让他们好好休息两天再回归化去。他告诉何功汉说他回归化后，安排人马再给呼伦贝尔茶庄送五千斤青砖茶来，叫他想办法把外蒙古的生意再做起来。

何功汉答应一声，连忙起身出门叫厨子准备饭菜去了。

何建朴在呼伦贝尔茶庄躺了一天，静下心来仔细考虑了他接下来要做的事。因为黑龙江离呼伦贝尔不远，他打算再去黑龙江找找建刚，为日后到黑龙江去找建刚熟悉一下路。他不打算去副都统署找牧仁，以免打扰他，他只把他与布日固德的关系对何功汉说了，叫他有特别解决不了的事就去找牧仁。因为段履庄在暗中摸日本黑龙会安插在赵宏德身边的线人李恒才的底，他出来这么多天了，怕他有急事找不到他，便叫何功汉用马车把他和虎、鹰送到海拉尔，坐中东铁路上的火车，摇摇晃晃到了黑龙江省城齐齐哈尔。

何建朴带着虎和鹰从南大街到正阳街，在大街上边走边看，一路上看到了好多像圣弥勒大教堂一样的俄罗斯建筑物，也看到了迎恩门城楼，看到了黑龙江督军署，看到了龙沙公园、望江楼、魁星楼、平定桥、小姐楼等中国式建筑物，想记住这个地方每一个特别地标的具体位置，打算日后有建刚的消息他可以晓得他所在的方位。

齐齐哈尔的天与呼伦贝尔的天一样，蓝得可人，不同的是，在齐齐哈尔的蓝天白云之间翻跹的是一群群白鹤，在呼伦贝尔的蓝天白云间飞舞的是一只只鹰和雕。何建朴仰头看着那些在蓝天白云之间无忧无虑翻飞的鹤，好希望谜一样来到他身边的弟弟建刚，也像这些鹤一样在这座鹤城无忧无虑地生活。他们在城里转了一个圈，看到了高大威严的黑龙江将军府、将军衙门、督军署等控制边疆的官署，也看到了各色商铺。只是这个地方的房屋与呼伦贝尔、武昌、汉口不一样，有不少俄罗斯风格的建筑物，街上的行人中也夹杂着不少金头发、高鼻子的俄罗斯人。

在街上转了一个大圈后，何建朴在离黑龙江督军署不远的一家叫"中和"的客店大门前止了步，带着虎和鹰一起进了大堂，看见里面很干净整洁，便叫虎到柜台上去订了两间房，上二楼住了下来。这个时候他才觉得好累，倒在床上闭上眼睛打算睡一会儿，但是建刚骑着骏马在一望无际的草原上飞驰的画面，在他的眼前跃动，使他无法定下神来休息。也许是他晓得建刚还在人世，他希望建刚无忧无虑地在这蓝天绿草间策马奔驰。

正在何建朴胡思乱想，似睡非睡中，他突然听见"咚咚咚"三声轻轻敲门声，顿时一惊，睁开眼，紧盯着房门，迅速思考着在这人生地不熟的地方，除了虎和鹰外还有哪个敲他的房门。又听见有人轻轻敲了三下门，何建朴连忙跳起来，趿着鞋几步走到门背后，轻轻问了一声："是哪个？"门外传来一个年轻男子的声音说："何先生，我是柜台上的伙计，给您送东西来了。"

何建朴犹豫着准备开门，听见隔壁的房门"吱呀"一声开了，接着是虎的声音问他找哪个。那个人仍然回答说找何先生。听见虎在外边说话，何建朴这才放心地抽开门闩，拉开门，果然看见那个在柜台上收钱的年轻伙计站在门口。

"何先生好！"那个小伙计满脸笑容地向他问了一声好。何建朴打量了他一眼，笑着问他找他有何事。

那个小伙计递给他一块袁大头银元说："何先生，这是你们的房费。刚才我们东家来了，看了你们登记的名字，叫我赶快把房费退给您。"

"你们东家？"何建朴一头雾水，连忙问了他一句。

"是的！"那个伙计点了点头。

"他叫什么名字？怎么认得我？"

"我东家叫杜坚，他没说怎么认得您，只叫我把房费送来退给您。"

"他还说了什么？"何建朴越问越迷糊了，又问了一句。

"我东家说他过一会儿来拜望您！"

"他现在人在哪里？"

"他到督军府办事去了，马上就回。"

"你先把这房费拿回去，等你东家来了再说。"

"我东家交办的事我一定要办，不然东家要把我赶出去。"

"他那么厉害！哈哈！那好吧，我先收下，等我见了他看他究竟有多厉害再说。"

"谢谢何先生！"那个伙计又笑了。

何建朴突然想起了什么，又连忙问了他一句："你东家是哪里人？"

"他是河北人。"

"河北人？"何建朴又迅速思考着与他有交往的河北人，一时想不起来。

"几位先生休息，我走了。"那个伙计向他打躬作揖转身下楼去了。

何建朴把那块银元递给虎，叮嘱他说如果这个客店的东家来了，与他不熟，就去把房钱交了，别在这个人生地不熟的地方欠别人人情。然后关了门，推上门闩，倒在床上睁着眼睛看着楼板仔细想着与他有交往的河北人。

天快黑了，到了快吃饭的时候了，何建朴没有听见虎和鹰来叫吃饭，晓得他们累了，睡了还没醒，正打算起来叫他们一起出去吃饭。又突然听见有人敲门，估计是那个东家来了，连忙从床上跳了起来，趿着鞋几步跑到门边，打开门，看见门外站着一个三十来岁，气宇轩昂的男人，顿时惊得目瞪口呆，一时不知道说什么好。

"怎么啦？不认得我了？那你应该记得日本早稻田大学吧！"

"杜得富？"何建朴惊叫一声，一把抓住他的手。

"对！"杜得富点了点头。

"你怎么也到齐齐哈尔来了？"

"我到这里来做生意呀，这个客店就是我开的。"

"你叫杜坚？"

"嗯！"杜得富笑着点了点头说，"我现在叫杜坚，坚决维护我大中华不灭！"

"好！太好了！"何建朴一边说一边把他往房内拉，叫他到房里坐。

"不坐了，你把你的相与带着跟我一起下楼去吃饭，我叫厨房做了几个好菜，我们好好喝几杯。"杜坚紧紧握着何建朴的手说，"我刚才去请了一个人来陪你喝酒。"

"哪个？"

"海潮。"

"他怎么也到这里来了？"

"他在黑龙江督军署当参谋。"

"他什么时候去当兵了？"

"前几年他从日本回来就到北京去投靠了他的一个亲戚，当了兵。"

"他这是投笔从戎呀！"

"一代才子投笔从戎，在这个列强环伺，军阀割据，国将不国的时代，稀奇吗？"

"对！"何建朴收了笑脸，重重地点点头说，"我们苟且偷生，他却拿起枪来保卫国家，可敬可佩！"

"现在不说了，吃了饭再说吧！"杜坚边说边把何建朴拉出了门。

何建朴叫醒了虎和鹰，与杜坚一起下了楼，进后院，在厅堂坐了下来。杜坚唤用人给客人沏了茶，叫虎和鹰在客厅用茶，把何建朴带进书房。他们彼此寒暄后，都了解了彼此从日本学成回国后的生活。与何建朴回来接管祖业不同，杜坚回来后，在北京谋了一份教书的职业。但是，自从袁世凯从孙中山手上劫得大总统大位后，突然翻脸，逆历史潮流，接受了所谓的民众劝进书，宣布登基，复辟帝制，废除共和政府，当起了洪宪皇帝。气愤至极的孙中山从日本归国，去广州发动了推翻袁世凯的二次革命。在众怒中当了八十三天皇帝的袁世凯一蹬脚，被阎王爷收去了。紧接着张勋又拥清废帝溥仪复辟，在美、日等外国列强的支持下，要把刚刚觉醒的国民再拖入愚昧无知，任人宰割的黑暗世界。杜坚再也坐不住了，辞去教职，打算与海潮一样投笔从戎，拿起枪与外国列强和那些祸害国人的军阀真刀真枪干。当他打听到海潮已经被任命为黑龙江督军府参谋，到齐齐哈尔来守国门来了，便赶到齐齐哈尔，找到了海潮，把自己的想法告诉了他。海潮听了他的话后，仔细考虑再三，告诉他一个惊人的秘密，大量日本人在黑龙江活动，以黑龙会为组织，要将黑龙江从中国分裂出去，并入日本版图，再以黑龙江为基地，进而占领中国东北，再占领整个中国。他叫杜坚不入军界，在齐齐哈尔以经商为名，利用日本留学生的身份，与日本人打交道，摸清黑龙会的底细，为中国政府提供情报。打破日本人占领黑龙江，再占领东北，进而吞并全中国的阴谋。杜坚觉得做这件事意义更大，但更危险。他接受了海潮的建议。他们商议后认为开一家旅馆最好，可以结识各路来客，得到更多消息。在海潮的暗中资助下，杜坚在离黑龙江督军署不远的这个地方租下了一幢俄国人的楼房，开起了客店，方便与海潮联系。

何建朴吃惊地盯着杜坚，一字不漏地听完了他的话。他没有想到他先行一步，置自己的安危于度外在为国效力。他也详细把他在绥远和呼伦贝尔的情况对杜坚说了，告诉他黑龙会在谋划内蒙古独立，脱离中国。他们在日本读书时就这样经常在一起，为中国的命运担忧，见了面又接着扯这个话题。

正在他们说话间，海潮哈哈笑着进了前厅。杜坚和何建朴听到他的声音，一齐起身迎了出来。一身戎装的海潮几大步上前，一把紧紧握着何建朴的手说我以为我们一个天南一个地北，这辈子再也没有机会见面了，没想到在这个地方见了面。何建朴笑着说只要彼此心里装着对方，老天爷就会安排巧合。

杜坚招呼他们坐定以后，亲自给他们泡了茶。

海潮与何建朴相互问了自日本归国后的情况。听完何建朴说了他的遭遇后，海潮一脸沉重，仰头轻轻叹了一口气后，对坐在对面的何建朴和杜坚说："现在国家局势异常严峻，自从孙中山先生把同盟会改组成国民党以后，中华民国有了希望，但是手握重兵的袁世凯从孙中山手上劫得大总统大位后，搞起了复辟，自己又当了皇帝，袁世凯派杀手刺杀了国民党代理理事长宋教仁，孙先生发动二次革命，主张以武力讨袁。袁世凯死了以后，北洋军阀掌握了政府实权。今年七月，以段祺瑞为首的北洋军阀解散了国会，废除了《中华民国临时约法》。孙中山联合西南军阀陈炯明，在广州建立军政府，被推举为大元帅，进行护法战争。其实南北军阀都是一丘之貉，导致了护法与二次革命一样以失败和许多仁人志士牺牲告终。这至关重要的一点是孙中山先生手上无军权，军阀把他不当一回事。军队是国之重器，要立国必须先建军。"

何建朴和杜坚紧盯着海潮，仔细听他说目前国家面临的困境和各方志士不惜牺牲为国呼号的壮举，眼界被他逐渐打开了。

海潮喝了一口茶后，又接着说："根据我们刚刚掌握的消息，前些时俄国彼得格勒发生了武装起义，以一个叫列宁的人为领导的布尔什维克红军，向资产阶级临时政府所在地圣彼得堡冬宫发起总攻，推翻了临时政府，建立了苏维埃无产阶级政权。"

何建朴和杜坚第一次从海潮口里听说了红军、布尔什维克、苏维埃等新鲜词语，格外兴奋，都拍着大腿说我们也要推翻军阀，建立苏维埃。

海潮叹了一口气说："在德国，有一个叫马克思的人创立了共产主义学说。现在列宁领导的苏维埃政权，就是以这个主义为指导的一个叫共产党的政党取得的胜利。"

"共产党！"何建朴和杜坚不约而同地脱口而出，紧盯着他的嘴，看他的嘴里还有什么新东西出来。

"嗯！"海潮轻轻点了点头，接着说，"你们还记得我们一起在早稻田大学读书时，日本秘密勾结袁世凯，以借款为由提出灭亡中国的'二十一条'，我们留学生发起抗议斗争的时候，那个起草了《警告全国父老书》通电的李大钊吗？"

何建朴和杜坚又不约而同地点了点头说记得。

"他在日本读书时接触了马克思主义。"海潮用很肯定的语气说。

"他现在在哪里？"何建朴听到李大钊的名字，一阵欣喜，连忙问了一句。

"他现在在北京大学当教授兼图书馆馆长。"

"那他对这个共产党肯定有研究。"杜坚补了一句。

"嗯！"海潮又点了点头说，"他昨天给我发了一封电报，要我把从俄国人那里得到的消息及时告诉他。"

"他可能又要写大作向全国介绍俄国革命了。"何建朴说。

"对！"海潮又重重点了点头，笑着说，"我们中国多几个像李大钊这样的斗士就好了。"

"如果中国也有列宁那样的人，那样的苏维埃就好了。"何建朴叹了一口气说。

"从现在的局势看，孙中山先生手上无军队，很难斗垮北洋军阀，只有再出现像列宁一样的人来组织一个中国的共产党去跟这些军阀斗，赶走外国列强，中国才可能独立。"杜坚叹了一口气说。

"我看这个李大钊有这个能力。"何建朴说。

"你说对了！"海潮重重地点了点头，压低声音说，"他在联合一批进步学生，准备成立一个宣传共产主义的小组。"

"我们也参加！"何建朴从座位上跳了起来。

海潮连忙向他招了招手，示意他坐下来，又压低声音很严肃地对他们说："这件事我们三个人都只能闷在心里，对任何外人也不能说，现在那些军阀在到处追杀革命党人，如果我们漏了风，我们的人头就要落地。"

"好！"何建朴和杜坚一齐点头答应了。

"我们先看形势发展再说，先不能干鸡蛋碰石头的事。孙中山先生搞了这么多年革命，被追杀得到处躲，无数次流亡海外。我们要千万谨慎小心。"海潮又叮嘱他们说。

何建朴连忙岔开话题，把他这次来齐齐哈尔找弟弟建刚的事拜托给他们，叫他们一旦有建刚的消息，一定想法找到他。海潮和杜坚都答应了。

这时一个小伙计进门来告诉杜坚说饭菜准备妥了，请东家带几位贵客去用餐。

杜坚又哈哈笑着，请何建朴和海潮去喝酒，说一醉方休。

何建朴不善酒，便不胜酒力，因为几个同学自日本归国别后重逢，多喝了一口，一觉睡到大天亮，第二日早晨起来脑壳还有点晕晕乎乎。

海潮的酒量要大得多，睡了一觉又清清白白了，他叫杜坚带着何建朴和他的两个随从在齐齐哈尔城转了一圈，中午在一家俄国人办的餐馆请他们吃了一顿俄罗斯风味的饭。他晓得何建朴惦记着绥远那边的事，担心大盛魁掌柜段履庄有事找不到他，要赶回去，没有劝他多喝酒。

当夜，他们三个同学又坐在杜坚的书房里关着门，压低声音对中国当前的局势，外国列强瓜分中国的野心，俄国十月革命对中国的影响，以及他们将何去何从都仔细做了商讨。他们一直谈到深夜才起身。何建朴就此与两位同学告别，说天一亮他就走，叫他们不必起早来送别。海潮和杜坚都与他紧紧握了握手，彼此道了珍重才走出书房。

这一夜何建朴睡得很踏实，第二日早晨天刚麻麻亮，他便叫醒虎和鹰，到齐齐哈尔火车站坐头班火车回到了呼伦贝尔，又打马一路日夜兼程到了归化。

进了归化城后，何建朴在离大盛魁不远的街上下了马，把马缰递给跟在身后的鹰，叫他和虎先回去，转身匆匆进了大盛魁大门。

正在店堂忙的一个小伙计看见何建朴进门来了，连忙一脸笑地迎了过来，向他打躬作揖，请何东家到后院用茶，说段掌柜刚从外边回来。何建朴向他抱拳还了礼，跟着那个伙计往后院走，刚走几步就看见苏文阶从后院出来了。

苏文阶突然看见何建朴，一愣，连忙几步上前，顾不得施礼，一把抓住他的手就往后院拖，说段掌柜正在到处找他。

段履庄右手端着水烟壶，一口接一口地吸着烟，在大堂里焦急不安地踱着步，突然听见门外有飞跑过来的脚步声，连忙转过身，看见苏文阶拖着何建朴进后院来了，这才轻轻嘘了一口气，把刚刚吸进口里的烟轻轻吹了出来。

"大掌柜，何先生来了。"苏文阶看见段履庄站在门内看着他们，连忙松开何建朴的手，急迈几步跑到门口轻声对他说。

"嗯！"段履庄点了点头，看见何建朴跟到门口来了，叫他赶快跟他一起进书房说话，又向苏文阶努了努嘴，示意他守在门口，不让其他人进去。

何建朴连忙跳进大门，跟着段履庄进了书房。

苏文阶拿起靠在墙角的一把扫帚，仔细扫着院子，眼睛却紧盯着从前面大厅进后院来的那扇门。

段履庄匆匆进了书房，把手上的水烟壶放在书桌上，没有与何建朴说客套话，也没有问他这些天到哪里去了，只压低声音对何建朴说："我已经派人基本上摸清楚了日本人在绥远的情况，黑龙会在绥远不止李恒才一个人。更可怕的是日本黑龙会的人已经进了绥远的军、政、商各界。王丕焕的副官、都统府卫队小队长孙承喜、土默特总管府那个扫地的老头、卢金斗的师爷、绥远城钱氏商行的二掌柜徐宝印都是这伙日本人的头头。"

"太可怕了！"何建朴听了段履庄的话，惊出了一身冷汗，问他土默特总管府那个扫地的是不是吉仁泰七十。

"对！"段履庄重重点了点头说，"他掌握了顺王府的所有信息。"

"这个人看起来很和善，见人一脸笑。"

"他隐藏得很深。"

"他是蒙古人呀！怎么跟黑龙会搞到一起去了？"何建朴紧锁眉头，问了段履庄一句。

"据说他爷爷是日本人，很早以前到蒙古来了，娶了一个土默特部女人，生了他阿爷。"

"我听他说他额布格、额木格、阿爷、额吉都是土默特人。"

"那是他故意放的烟幕，他爷爷，蒙古人叫额布格，是最早一批从黑龙江到蒙古来搞内蒙古独立的日本人。这些人图谋先让内蒙古独立，再把内蒙古与黑龙江合在一起从中国分裂出去，并入日本版图。据说现在内蒙古各个王公身边都有黑龙会的人。李恒才是他们的总头目。"

"看来现在他们不是要搞垮大盛魁和生牲川的事了。"

"日本人的野心很大，是要吃掉蒙古，吃掉黑龙江，再吞掉整个中国。"

"小日本太可怕了。"何建朴仰头看着窗外的万里蓝天，长长叹了一口气，苦苦一笑，摇了摇头说，"一个弹丸小国想要吞掉我泱泱大中华，不自量力。"

"可悲至极！可笑至极！愚蠢至极！我泱泱大中华历尽战乱而不倒，如何能倒在小日本手上。"

"对！"何建朴点了点头，抬眼紧盯着段履庄问："段先生，这些情况您是怎么掌握的？"

"你去呼伦贝尔以后，我们成立了绥远总商行护商队，我是总队长，手上有一支可靠的队伍。我们这支护商队里神通广大的人大有人在，他们都是我精挑细选的。我把摸清楚李恒才底细的任务交给他们，他们很快发现陈氏商行二掌柜徐宝印暗中与李恒才来往密切，便设计在徐宝印到固原去收账的路上把他抓了，先问他与李恒才是什么关系，他装聋卖傻，只说是一起做生意，什么也不说，最后把他拖去喂狼，他才吓得一五一十都招了，求我们的人放他一条生路，说他回日本去再不到中国来了。"

"你们放了他？"

"哈哈哈……"段履庄仰头一笑说，"可能吗？放他回去就是放虎归山，我们这些人就都要丢命。"

"对！"何建朴松了一口气。

"我们的人把他和他的随从一起……"段履庄抬起右手，用力一挥，做了一个砍头的姿势说，"喂狼了。"

"好！"何建朴重重地点了点头。

"你马上到绥远去找布日固德参谋长，把这个情况告诉他，请他与蔡都统商量尽快除掉这些日本人，保住内蒙古。"

"好！"何建朴又重重地点了点头，向段履庄抱拳一拜，转身匆匆出了门。

苏文阶看见何建朴出门来了，连忙丢掉手上的扫帚，迎了过去。

何建朴又向他抱拳一拜，说了句我走了。

苏文阶抱拳回了礼，领着他出了后院，进了前堂，又一脸笑地把他送出门，叫何东家慢走，有空来喝茶。

上了街后，何建朴放慢了脚步，倒背着双手，优哉游哉地往生牲川茶庄走，一进茶庄便直奔后院，叫巴图巴雅尔赶快套马车，迅速从后门出后院，坐上马车向绥远城飞奔。

马车很快进了绥远城，在都统署大门口停了下来。

何建朴下了马车，向都统署走去。因为门口的哨兵都认得他这个绥远"茶王"，都不拦他，何建朴直接进了都统署，找到了布日固德，把段履庄掌握的情况详细对他说了，也把布日固德惊出了一身冷汗。

"没想到日本人的手在内蒙古插得这么深。"布日固德边踱着步边思考着说。

"您和蔡都统要早做准备，不能让这些人像王不焕一样闹出大事不好收场。"

"嗯！"布日固德点了点头，转身轻声对何建朴说，"你回去告诉段大掌柜，叫他的人不要再管这件事了，以免惊动日本人。"

"他们已经把徐宝印杀了，日本人肯定在找徐宝印。"

"现在日本人还不清楚徐宝印死了。你告诉段大掌柜叫他这几天出去做生意，走远一点。你也赶快离开归化，回湖北去。我与蔡都统商量以后就对日本人动手，先把李恒才干掉，把屎盆子扣在赵宏德和赵富贵头上。你们走得越远越好，不要牵扯到这件事上来。"

"好！"

"建刚的情况怎么样？"布日固德又关心地问了他一句。

"还没找到。"何建朴简单把他这些日子出门去找建刚的事对布日固德说了。

"只要他还活着就不怕找不到他。"

"对！"

"我不留你吃饭，你赶快回去准备离开归化，早一点回湖北去。"

"我晓得！"

"现在从北京到大同的铁路修通了，你可以坐火车从大同先去北京，再从北京坐京汉铁路的车直接到汉口。"

"哦！"何建朴一笑说，"您不提醒我，我还要走从雁门关进山西，过黄河那条老路。"

"现在铁路通了，方便多了。"

"对！"

"快走吧。"

"多保重！"何建朴向布日固德抱拳一拜。

"一路平安！"布日固德向他抱拳一摇。

何建朴匆匆出了都统署，坐马车又一路飞奔回到了归化，进了大盛魁大门，到后院书房里把布日固德的话对段履庄说了。段履庄说他正准备到热河和察哈尔去做一笔生意，正好脱身。他们互道珍重后，段履庄将何建朴送出了门。

回到生牲川茶庄后，何建朴把绥远的生意做了安排，叫何安稳去办。第二日巴图巴雅尔赶着马车，虎和鹰骑着马，把何建朴和何安逸送到了刚刚建成通车的山西大同火车站，把他们送上了到北京的火车。

十三

何建朴与何安逸叔侄到了北京站后，因为何建朴惦记着珍珠，没有心思在北京城逗留，带何安逸好好看看这座几朝都城，他们迅速转车回到了汉口。

出了汉口火车站后，何建朴叫何安逸带着行李坐黄包车先回生牲川茶庄汉口分店休息，说他去办点事，办妥事就回。看着何安逸坐上黄包车离开车站后，他连忙跳上另一辆黄包车，对车夫说了句："去钱氏商行。"黄包车车夫应了一声："好嘞！"拉着车向钱氏商行飞跑。

钱正丁正在忙着出货，看见何建朴进门来了，只对他点了点头，叫他先在大堂靠墙的一张长条木椅上坐，说他办妥货就过来陪他喝茶。

何建朴本来一脸笑地想叫正丁哥，却看见钱正丁对他没有了往日的热情，脸上也没有笑，只顾忙自己的事，也不吩咐伙计给他沏茶，把他晾在一边，估计钱正丁已经晓得了他与珍珠的事。何建朴很清楚，自己在绥远拖了这么久才回来，如果珍珠肚里的孩子没有堕胎，就已经出怀了，叫她一个富家千金，一个黄花大闺女挺着肚子在人前如何做人，让老钱家的脸面往何处搁。作为大哥，钱正丁对他的这个小妹十分疼爱。珍珠对自己一头扎进钱眼里去的父亲敬而远之，对她的这个大哥却无话不说。何建朴苦苦一笑，轻轻叹了一口气，他理解得了钱正丁此时对他的冷淡。

过了一会儿，钱正丁办妥了手上的事，吩咐几个伙计去仓库出货，这才不紧不慢地走了过来。

何建朴看见钱正丁走过来了，连忙起身笑着叫了他一声正丁哥。

钱正丁向他招了招手，示意他坐，自己也在他身边坐了下来，问了几句他在绥远的生意如何之类的话，脸上仍然没有笑意。

何建朴只简单把他在绥远各个茶庄的生意恢复了的话对他说了，想问珍珠现在在哪里，又不晓得从何说起，怕冒昧出口惹恼钱正丁，自己下不了台，只支吾着问钱老东家回武昌来身体好不好，家里人都好不好。

钱正丁晓得他在探珍珠的情况，没有回他的话，只轻轻叹了一口气，站起身来，叫何建朴与他一起到他家里去喝茶。

何建朴晓得钱正丁有话在这里不好说，心里已经有了数。钱正丁已经用对他的态度告诉他，珍珠已经把她与他的事告诉了她的这位大哥。何建朴估计珍珠不敢回去见父母亲，而是藏在大哥家里。要见到他日思夜想的人了，何建朴内心一阵波兴浪涌，恨不得飞到她的身边去，紧紧抱着她，向她诉说对她的思念。何建朴连忙起身，跟着钱正丁出了大门。

钱氏商行总部在武昌，汉口分部在汉正街。钱正丁的住所在怡步巷口，钱家在汉口码头还有一处仓库。

钱正丁领着何建朴在熙来攘往的人流中穿行，左弯右拐到了他的住处。他的内人喻君知看见何建朴来了，对他浅浅一笑，请他坐，转身给他沏茶。

何建朴迅速扫了房内一眼，没有看见珍珠的人，也没有听到她的声音。他从钱太太的表情上确信珍珠与他的私情他们夫妇俩都晓得了。

钱正丁坐在何建朴对面的椅子上，不再拐弯抹角说话，直接问他是不是来找珍珠。

"是的，正丁哥。"何建朴也不躲闪，回了一句。

"她已经出家了。"喻君知端着茶杯走过来，放在何建朴面前的茶几上，抢着说，她怕钱正丁说不出口。

"出家了？"何建朴大吃一惊，"呼"的一下站了起来，瞪着大眼睛紧盯着钱太太，脑壳里"嗡嗡"作响。

"是的！"喻君知点了点头说。

"她怎么啦？"何建朴仿佛在吼。

钱正丁站起身来，边往门外走边对他们说："你们的声音小一点，

250

让外人听见不好。”

喻君知晓得钱正丁回避出门去了，便走到他刚才坐的位子上坐了下来，轻声叫何建朴坐下来说话。

何建朴闭着双眼，轻轻深吸了一口气，让自己迅速定下神来，睁开眼睛坐了下来。

喻君知看见他调整了自己失态情绪叫他喝口茶，接着轻声对他说：“珍珠把你和她的事都对我说了，她怀了你的孩子，已经三个月了，衣服快遮不住了，她一直在等你回来。”

“我知道，但我在绥远遇到了大事，脱不了身。”

“她也知道你暂时回不来。”喻君知说到这里稍作停顿，长长叹了一口气说，“赵宏德上个月请了一个有头有脸的人到我家里来提亲，要珍珠嫁给他儿子赵富贵，她爸一口答应了。赵家正在筹办为他们订婚，只等赵富贵回来。”

“赵富贵？”何建朴又瞪大了双眼，惊恐地说，“你们晓不晓得这个人有多坏，晓不晓得他们勾结日……”

喻君知连忙抬手制止他再说下去，看了门口一眼，见钱正丁站在门口抽烟，转头盯着何建朴说：“我们家老爷与赵老爷的关系你很清楚的，他们在暗中搞何氏茶业的鬼我们也知道。珍珠已经把你们在绥远发生的事对我们说了。如果她不嫁给赵富贵，要嫁给你，我们家老爷肯定不会答应。”说到这里，喻君知又转头看了门口一眼，压低声音对他说：“据说赵家请的这个媒人有东洋人背景。”

“嗯！”何建朴点了点头说，“日……”

喻君知又连忙抬手制止他说下去，接着说：“珍珠晓得你已经卷进了一个可怕的漩涡，如果她再嫁给你，你的命就要丢。”

“东洋人与赵家的事我是前几天在绥远晓得的。”喻君知又抬手制止他说下去，压低声音对他说：“这件事只能烂在你的肚里。祸从口出，你现在处境不好，千万不要乱说话。东洋人在汉口到处是耳目。”

“好！”

“你暂时不要找珍珠，她如果不走，只有死路一条，肚里的孩子还保不住。”

“嗯！”何建朴双手捂着脸，用手指偷偷擦掉已经溢出眼眶的泪水。

"她如果现在不走，赵富贵回来就走不脱身了。"

喻君知看见何建朴在流泪，站起身来，走进卧室。

钱正丁听见脚步声，晓得内人已经把该说的话都对何建朴说了，转身进门，坐回原位。

何建朴听见钱正丁回来了，擦干眼泪，抬起头对他苦苦一笑。

"你现在的当务之急是想办法走出困境。"钱正丁又长长叹了一口气，没有谈珍珠的事。

"我晓得！"何建朴回了一句。

喻君知从卧室走了出来，手上拿着一块白色丝帕走到何建朴面前递给他说："这是珍珠叫我转给你的。"

何建朴接过丝帕，慢慢打开，看见里面包着的是一块黑色面纱。这块黑面纱他认得，是那天晚上珍珠来救他的时候戴在脸上的。看着这块黑面纱他的眼泪又出来了。珍珠冒死来救他，不是对他爱之入骨，她做不到。

"她叮嘱你多保重。她叫你放心，她会照顾好自己。"喻君知又向他转达了珍珠的话。

"嗯！"何建朴又点了点头，哽咽着感谢大哥，感谢大嫂。

"有什么事我会跟你联系。"钱正丁叮嘱他一句，言下之意是叫他不要再来找珍珠。

"我晓得！"何建朴将那块黑面纱包好，塞进贴在胸口的那个内衣口袋里，起身向他们告辞。

钱正丁把他送出门，叫他好走，站在门口看着他消失在人流中才转身回家关了门。

何建朴没有到生牲川茶庄汉口分店去，直接坐轮渡过长江到了武昌，再坐黄包车回到保安街毗邻督署衙门的生牲川总部大楼，倒在床上眼泪不干，不吃不喝不说话，一直到第二日早上起床，吃了一点东西又要出门。

看见何建朴起了床，刚刚从汉口坐早班轮渡过长江到武昌来的何安逸放了心。他告诉何建朴说他打算今日回咸宁，回柏墩家里去休息两日，再去梅阁帮忙把家里囤积的茶叶做成青砖茶，如果蒙古那边的茶庄要货，家里有货发出去。

何建朴叮嘱他回柏墩去只做事，什么话也不要多说，现在虽然卢金斗的匪帮被官府剿了，但是卢金斗逃脱了，他说不定又要拉起队伍对何家下手。另外，更可怕的是赵宏德暗中勾结日本人，与钱业浩联合在下何氏茶业的黑手，何家人一定要封住口，装着什么事都不晓得，以免惹大祸。他叫何安逸回柏墩后暂时不要出来，注意家里的安全，安排好工人加强制茶厂的警戒。

何安逸叫他放心，说柏墩家里的事由他负责，叮嘱他提防赵宏德和钱业浩对他下黑手。

送走何安逸后，何建朴在茶楼里转了一个圈，看见茶庄里客来客往，有条不紊地在做生意，稍稍放了心，转身出了门。

愁人的秋风秋雨，飘飘洒洒地摇晃着打湿了屋檐下的大红灯笼，也摇晃着打湿了何建朴那仿佛无处安顿的心。他站在门口久久地看着在风雨中匆匆过往的行人，好想看到那个让他揪心的身影，他不晓得珍珠身在何处，这愁煞人的秋风秋雨，给他添了几多忧愁。他好想找到她，给她一些安慰。雨渐渐下大了，何建朴越发焦急不安。他转身从房内拿出雨伞出了门。飞快地从大东门出了武昌城，顾不得大雨打湿了鞋袜，打湿了衣裤，一路飞奔上了蟠龙山。

蟠龙山上的莲溪寺是武昌、汉口一带唯一的一座尼姑庵。何建朴听喻君知说珍珠出了家，那她唯一的去处便是这座尼姑庵。尽管他晓得她现在挺着肚子不可能在尼姑庵里安身，但是不出来找她，他的心不死。

何建朴进了莲溪寺，拜了菩萨，掏出身上的几块银元捐进了功德箱，没有向接待他的尼姑问珍珠到没到这里来，只在尼姑庵内里里外外转了一个大圈，仔细看了在各处做佛事的尼姑，没有看到珍珠，失望地走出莲溪寺，一路深一脚浅一脚地回到茶楼，浑身已经透湿。他上楼换了衣裤，吃了几口下人送来的饭菜，打热水洗了脸，洗了脚，又倒在床上胡思乱想。不晓得过了多久，他迷迷糊糊地睡着了，做了一个噩梦。梦见钱业浩把珍珠装进一只竹笼内，说她败坏了家风，要把她投进长江里去喂鱼。珍珠哭着求何建朴救她，何建朴被一伙人按在地上，怎么也挣脱不开身。突然，他惊醒了，叫着："珍珠！珍珠！"猛地坐了起来，惊出了一身汗，发现自己是在做梦，又浑身无力地倒在床上，感觉到口干舌燥浑身发烫。他抬手摸了摸自己的额头，感到烫手晓得自己在发烧，想起来找点水喝，又起不了身，不一会儿他又迷迷糊糊地睡了。

第二日一大早，何氏钱利通钱庄经理陈道行过来请何建朴去钱庄办事，发现他在发高烧，连忙与茶楼经理何立定一起把他送到协和医院住院，他才慢慢清醒过来。

让何建朴焦急上火的不仅是珍珠的失踪，他晓得她不会死，只是为了躲世人眼和保他的命暂时躲起来。但是如果钱业浩与赵宏德不赶快脱开关系，仍然与他穿一条裤子，迟早难逃暴死，钱家或许要塌台。这句话何建朴没有对钱正丁说，他不敢说也说不得，说了钱家也不可能相信。他只有找到珍珠，对她说，叫她去劝父亲与赵家分手，保住钱家人性命，也保住钱家产业，并且不背被世人骂作"汉奸"的黑锅。再一个，何建朴与段履庄分手时，秘密商量了他们如何占稳整个蒙古地区青砖茶市场的办法。段履庄计划以后大盛魁经营的所有青砖茶，都从生牲川进货，只与何氏茶业合作，把蒙古人天天必喝的青砖茶紧紧抓在手上，占据蒙古茶业市场。何建朴去呼伦贝尔和齐齐哈尔时，段履庄以他牵头成立并被大家推举为会长的总商会为依托，由大盛魁和生牲川茶业出大头，联合众商家出资，购买了一批枪支弹药，武装刚刚成立的总商会护商队。这支三百人的队伍，由总商会挑身体好，品德好的各族年轻人为队员，明面上护商，暗中锄杀官府不好出面抓捕的汉奸、蒙奸和在中国搞内蒙古独立的日本人。

在医院躺了几日，何建朴仔细考虑如何把钱家从钱、赵联盟和日本人的控制下解脱出来，保全钱家人的性命，也保全钱家名声。如果布日固德与蔡成勖达成共识，以绥远都统署的实力暗中操作，杀掉李恒才，彻底铲除日本黑龙会隐藏在内蒙古的暗线，把屎盆子扣在赵宏德、赵富贵父子头上，必然牵连到钱业浩，牵连到钱家。李恒才一伙在绥远搞内蒙古独立，图谋将内蒙古分裂出去，并入日本版图的黑龙会会员被除，日本人肯定不会善罢甘休，他们会查清楚李恒才一伙人是如何死的。赵宏德父子的项上人头随时都有落地的可能，那么与他密切合作的钱业浩肯定脱不了干系。

何建朴现在无法找到珍珠，也只能自己暗中另作打算。

从协和医院出院后，何建朴回了一趟咸宁柏墩老家，安排妥各个型号青砖茶生产后，又回到了武昌保安街生牲川茶业总部。当夜他给远在齐齐哈尔的海潮写了一封信，请他想方设法帮他介绍一个在湖北督军兼湖北省长王占元身边任职的相与，他因为茶业生意被武昌、汉口一些商界大佬打击，举步维艰，急需在官府寻找一个靠山。因为京汉、京奉铁路邮车快，半个多月后，何建朴收到了海潮的回信，随信还寄来了一张他的名片。海潮叫何建朴持他的名片，到湖北督军署去找去年被王占元从河北保定中央陆军第二师，调到督军署任秘书长的张定贵。海潮告诉何建朴，此时的王占元不仅兼署湖北省长，还兼任中央陆军第二师师长，张定贵是他的老部下，深得王占元信任。

　　看完海潮的信，何建朴心里有了底，他划洋火点燃一支烟后，把他的信烧了，吩咐一个伙计把生牲川茶业武昌总部经理何立定叫到书房来，叫他去准备一百块大洋银票。何立定答应一声转身下了楼。

　　生牲川茶业武昌总部是一座砖木结构的四层大楼，一层临街是店铺，后面是院。这个地方是何氏茶业的中枢。整座楼雕梁画栋，很气派，是武昌城排得上号的漂亮屋宇。

　　第二日吃过早饭后，何建朴拿着海潮的名片和自己的名片，到了督军署大门口，请守门的卫兵拿着名片去请示张秘书长，看他能否让他进去见他一面。

　　过了一会儿，那个卫兵出来了，请何先生跟他走。何建朴晓得张定贵答应见他了，连忙跟着卫兵进了督军署，上二楼进了张定贵的办公室。

　　正伏在桌上写公文的张定贵听见卫兵报告客人来了，连忙把手上的毛笔搁在笔架上，站起身来笑哈哈地请何大掌柜坐，吩咐卫兵给客人沏茶。

　　何建朴迅速打量了他一眼，看见他也不过三十多一点年纪，一张白净清秀的脸，一看便是个读书人的相，连忙向他打躬作揖，说何某拜见张秘书长。

　　张定贵抱拳还礼后，请何建朴坐下来喝茶，问了一些何氏茶业的经营状况，说他也很喜欢喝生牲川的茶。何建朴笑着说托张秘书长洪福，何氏茶业经营状况还好。张定贵话锋一转，与他谈起了他们共同的相与海潮。何建朴从张定贵口中得知，他与海潮都是袁世凯任总统时王占元部下的兵，相处关系不错。都因为表现出色，他们一个北上一个南下。何建朴告诉张定贵，他与海潮是在日本早稻田大学留学时的同学。其他话在这个地方不好说，也不便说。何建朴只说了一些他与海潮在日本留学时的趣事，便请张秘书长赏面，今天晚上在离都督署不远的凯丽酒楼再叙。张定贵高兴地答应了。何建朴起身告辞，张定贵把他送出门外。

天黑下来后，在凯丽酒楼二楼的一个小包间，何建朴与张定贵边喝酒，边压低声音把钱氏商行大老板钱业浩打压何氏茶业的话对他说了，请求他帮忙近日想法把钱业浩关起来，但不要为难他，只吓一吓他就可以了。

张定贵问何建朴要把钱业浩关多久，要不要让他尝一点苦头。

何建朴连连摇头说不能打，只把他关着让何氏茶业把手上的一批货出去以后就放了他。至于什么时候放他出来，听他的通知便可。另外，把钱业浩抓起来以后，请武昌、汉口几家大报做报道，就以不法商人做文章。

张定贵点头说这件事他办得到，叫何建朴放心，他明天就叫警察局去把他钱业浩抓起来，关进大牢再说。

何建朴高兴地连连点头说好，从口袋里拿出一张准备好的银票，塞进他的口袋，叫他到司门口钱利通钱庄去转存到他的户头上。

张定贵没有推，提高声音与他谈了一些他与海潮一起当兵时的趣事，放下筷说吃饱喝足了，与何建朴一起下了楼。

何建朴把张定贵送到都督署门口，与他道了别，转身回到茶楼，倒在床上睡了一夜好觉，到第二日日头快爬上屋顶了才醒。他正准备起床，听见门外有人匆匆跑到门口，轻轻敲了两声门。何建朴连忙翻身下床，趿着鞋跑到门口打开门，看见何立定拿着一张报纸站在门外。

何立定顾不得向东家道早安，连忙将手上的报纸递给他说："大掌柜，钱业浩被警察局抓了。"

何建朴接过报纸扫了一眼，叫他下去做事，把这个消息告诉来做生意的熟客商，但不能扯钱业浩与何家的恩怨。

何立定高兴地说老天有眼，如果再把赵宏德收去就好了，何氏茶业就有出头之日了。

何建朴叮嘱他不要多说话。何立定答应一声，转身下了楼。何建朴迫不及待地关了门打开报纸，看见《字林西报》在头条发了警察局重拳打击不法商人钱业浩的报道，深深吸了一口气，长长嘘了出来，把报纸放在桌上，走到窗前，推开窗门，望着蟠龙山方向，在心里说："珍珠，我只有用这个办法救你爸一命，救你钱家商行了。"

接下来的几日，各路小道消息都传到何建朴耳朵里来，有的说钱业浩抗税不交，有的说他做政府不允许做的违法生意，有的说这，有的说那，各种传闻沸沸扬扬，也吓得一些商家不敢恣意妄为。

何建朴很清楚，此时钱家人急得像热锅上的蚂蚁，在到处托人救钱业浩。当他得知钱正丁已经回到武昌钱氏商行总部，正边管理商行生意边找人打听他父亲的事，为了制止他病急乱投医，花大钱保他父亲出来，何建朴找一宗生意上的借口，到钱氏商行找到了钱正丁。

钱正丁看见何建朴来了，仍然不冷不热地接待了他。

何建朴并不介意，仍然一口一个正丁哥，故意把一笔与一个英国人做的生意介绍给他去做，说他手头紧，一时拿不出那么多本钱，怕这笔生意落到别人手上去了。

钱正丁看见何建朴一片诚意，答应接手这笔有利可图的生意，但是因为父亲关在牢里，他说此时他无心思操持生意上的事，叫何建朴出面与这位英国商人联络，本钱由钱氏商行出，赚了钱以后钱、何两家平分。

何建朴满口答应了，说他可以出面做这笔生意，但不要钱，赚来的钱都进钱氏商行的账。其实他是把这笔生意给钱家做，让他们赚点钱，他晓得钱家为保钱业浩多多少少要花一些钱。

钱正丁晓得何建朴没说假话，因为他的心里有珍珠，为钱家做任何事他都心甘情愿，不计报酬。他叫何建朴放手去做事，赚了钱再说。他又长吁短叹地说他现在脑壳里是一团乱麻，不晓得父亲犯么事，也不晓得么样去把他保出来。

何建朴听到钱正丁把话说到了正题上，也叹了一口气，不动声色地对他说："正丁哥，从这几日官府的行动来看，警察局虽然抓了钱叔叔，但是没有没收钱家财产，也没有说要对钱叔叔和钱氏商行怎么样。

依我看，他们只是做做表面文章，吓一吓那些抗税偷税的商家。我已经找一个在警察局当差的相与问了，他说上峰有令，不许对钱大掌柜动刑，只关不审。这句话我本来不能瞎说，又怕你一家人担心，只好告诉你。你暂时不要花钱去托人保钱叔叔出来，再等些时，看看风向再说。那些与钱叔叔相好的绅士翁，你可以上门去托他们打听一下消息，花点小钱托人在牢里给钱叔叔弄点好吃的，不拖垮他的身体。"

听了何建朴的话，钱正丁想了想，觉得有理。这几天警察局再没有派人来为难钱家，官府也没有说来抄没钱家财产，封钱氏商行的门。这个时候，他也不把何建朴当外人，晓得他迟早要进钱家的门，便告诉何建朴说这几日赵宏德来找了他两次，叫他拿出一笔钱来由赵宏德出面去买通官府里的人，保出他父亲，他正在犹豫不晓得么样办好。如果花了一大笔钱，父亲也保不出来，那钱家就人财两空。

何建朴一惊，连忙制止钱正丁说："赵宏德心毒手黑，钱财千万不要落到他手上，弄不好拿了钱还要杀钱叔叔灭口。你离他远一点，最好这些时不要见他。"

"我晓得！"钱正丁晓得赵宏德的为人，点了点头说。

"这些时你该做生意做生意，叫家里人不必多担心，看看风头再说。"何建朴又叮嘱了他一句。

"好！"钱正丁又重重地点了点头。

看到钱正丁听进去了他的话，何建朴松一口气，转身告辞，叫他多保重，不要着急，可以去找一些他爸的老相与商量保他爸，但不要花大钱。

钱正丁把何建朴送出门，叫他好走，看着他上了街才转身。对这个在他孤立无援的时候上门来的相与，他又多了几分亲近，突然好希望他能做他的妹夫，以后有什么事他好有一个有胆有识的人商量。

稳住钱正丁以后，何建朴放了心，他希望钱正丁能让珍珠放心，不为父亲的事着急，伤了自己的身体，也伤了她肚里的孩子。

半个多月过去了，天气越来越冷了。钱业浩从位于文昌门正街的湖北模范监狱写信出来，叫家里给他送厚棉衣、棉裤去，说他在里面没有受虐待，叫家里人不要担心他。

这些时，何建朴帮钱正丁做的生意也顺风顺水，货物发给那个英国商人后，钱很快汇到了钱氏商行账上。

这天钱正丁拿着一张汇票来找何建朴，要把利润的一半给何氏茶业，何建朴说什么也不要，闹到钱正丁甩下汇票要走人了，他才一把拉住他，笑着答应收两成利润。其实钱正丁没有把何建朴当外人，对这个迟早是他妹夫的男人，他早就欣赏他的学识才干和为人，多给他一点也不是给外人，他们相互推去推来，最后商定何建朴拿三成利润才坐下来喝茶。

何建朴拿出一块慈禧寿茶送给钱正丁，又将小半块寿茶叫下人拿去煮成茶汤端上来，请钱正丁品尝。与钱正丁虽然相识几年，也心照不宣地彼此欣赏，但碍于钱业浩对何氏茶业的打压，他们很少来往。现在坐在一起，他们好像都有说不完的话，因为珍珠这一层情结，更使他们显得亲近。

"这个茶的味道堪称绝品。"钱正丁品了几口茶，连连摇头说，"何氏青砖茶无可匹敌。"

"正丁哥过奖了，只希望老东家尽释前嫌，钱何两家再续前缘，携手经营茶业。"何建朴感慨地说。他寄希望于钱氏商行的下一代掌门人，再与钱家合作。

"这次我爸出来后，我一定会劝他放弃打压何氏茶业。"

"难！"何建朴摇了摇头，苦苦一笑说，"他已经被赵宏德绑在一起了，很难摆脱赵宏德。"

"很奇怪，这些时赵宏德再也没有来找我说拿钱去保我爸的事了。"经何建朴一提，钱正丁想起了赵宏德。

"可能是他有什么事去了。"

"听'宏德大'的伙计说，前两天赵富贵从绥远偷偷跑回来了。这几天没有看见他出来。原来他从外边回来是要闹得满城轰轰响的。"

"哦！"何建朴装着不经意的样子说，"可能是他家伙计瞎传。"

"不！"钱正丁很肯定地说，"这个伙计与我交往多年，从来不说假话。"

"那就奇怪了！"何建朴心里有了数，他晓得布日固德在绥远对黑龙会的人动手了，成功地将屎盆子扣在了赵富贵头上，把他吓得跑回武昌来报告他老子赵宏德，赵宏德也吓得不敢出门了。

"我估计赵富贵在绥远出事了，他一个人跑回来了。你写信去问问你叔叔，看看是么回事。"钱正丁越想越觉得不对头。

"好！"

"这件事你我晓得就行了，不外传，免得扯到我们身上来。赵富贵不知天高地厚，迟早要搞出事。"

"对！我们只当什么事也不晓得。"何建朴发现钱正丁在有意摆脱赵氏父子，心里一阵暗喜。

喝完一壶茶后，钱正丁起身告辞，说他回去差账房把三成利润送过来。

何建朴把他送到门口，说不方便远送，叫正丁哥好走，看着他消失在人流中才轻轻嘘了一口气，转身上了楼。

赵富贵偷偷跑回武昌，躲在家里不敢出来，说明布日固德已经对日本人动了手，吓得赵氏父子这几日不敢出门，看来布日固德扣的这盆屎很臭，他们躲在家里在想方设法洗干净身上的屎。

钱业浩已经被警察局关进牢里快一个月了，他逃脱了这盆臭屎溅到他身上。如果他没有进牢里去，绥远发生的事肯定要把他搅进去，赵富贵跑回来了，赵宏德肯定要来找他商量对策，他就与这个屎盆子脱不了关系。现在他被关在牢里，赵宏德也不到钱家来，在武昌活动的日本人肯定一清二楚，他们不会把赵家发生的事扯到钱家头上来。这两日何建朴在考虑什么时候让张定贵把钱业浩放出来，他左想去右想来，觉得现在放钱业浩出来还不到时候。他很清楚赵富贵从绥远跑回来了，日本黑龙会肯定要派人跟过来。为了把戏做得更真一些，这天何建朴又到督军署找到了张定贵，请他派税警到钱氏商行罚点税，登报说惩罚钱业浩，以儆效尤。并请他派警察以逃税为名提审钱业浩，以免他出来后瞎说。张定贵同意了。何建朴离开督军署后，张定贵便拿起电话叫警察局长派警察到了钱氏商行。

第二日上午，武昌、汉口的几家大报都以头条新闻登出了对钱氏商行罚税，以儆效尤的新闻。

年关来了，各个商行、店铺都在结账。这几日何建朴忙着把几家大商行的账都算妥，从归化调钱回来把这几年欠的账都结清了，这才把压在身上的重担卸了下来，人也感觉到轻松了许多，吃饭香了，睡觉也踏实了，何氏茶业垮不了了。

这天他刚从外边回来，正准备上楼泡茶喝，突然看见钱正丁匆匆进门来了，他连忙迎了上去，笑着叫他一声正丁哥。

钱正丁一脸惶恐，看见大厅里人多，轻声叫何建朴借一步说话。

何建朴晓得他心急火燎地来找他，肯定有大事，连忙领着他上了楼，进了自己的书房。

"赵富贵跳江了。"钱正丁没等何建朴请他坐，一进门便开口压低声音对他说。

"什么时候？"何建朴问了他一句，没有感到意外。

"今天早上。"钱正丁转头看见门外没有人，回了一句。

何建朴连忙关了门，请他坐下来说话。

"听赵家的一个伙计过来说，吃过早饭以后，赵富贵带两个伙计到汉口去办货，他们坐轮渡到了江中心，赵富贵从船舱走到甲板上，靠着船舷抽了一根烟，突然纵身一跃跳进长江里去了。"

"没有人下去救？"

"两个伙计吓坏了，都要跳下去救他，被旁人拉住了。"

"船员也没下去？"

"那个伙计说赵富贵跳进长江后，只冒了两下头，很快被江水卷走了，船员说没的救了。"

"那个伙计来找你搞么事？"

"是赵宏德派他来找我去帮忙，想办法，看能不能到江里去找到赵富贵。"

"这件事你不要插手，派一个旁人不认得的伙计去摸一下底再说。"

"我正拿不定主意才来找你商量。我不去赵宏德会怪我见死不救。"

"你叫那个伙计去说警察局正在找你的麻烦，关着你爸不肯放，现在马上要过年了，你在想办法托人把你爸保出来过年。"

"好！"

"赵富贵不明不白从绥远跑回来了，现在又不明不白跳了江，他肯定犯了大事逃不脱才一死了之。从现在起，你一家人千万不要卷进赵家的事里去，不然脱不了身。"

"听说赵富贵不明不白跳江了，往日与赵宏德往来密切的人都躲了。"

"这些人都怕惹事。"

"这年月哪个也惹不起事。"

"你赶紧回去，派一个灵光一点的伙计到赵家去帮忙，叫他见势不妙就赶紧撤回来。"

"好！"

"这几天你有事找我，就差一个伙计来给我递个信就得了。"何建朴没有直说叫他不要往他这里跑。

"嗯！"钱正丁点了点头，起身告辞。

何建朴把他送下楼，笑着叫钱少爷好走，看着他出了门，转身进了账房。

过了两日，钱正丁叫那个到赵家去帮忙的伙计来告诉何建朴，说赵宏德租了一条船，雇了几个水手，沿着长江一直找到黄州都没有找到赵富贵。何建朴打发那个伙计走了以后，一个人关了房门，坐在书桌前连抽了两根烟，自言自语了一句："害人先害己。"

没有找到赵富贵的尸体，赵家也没有办丧事。武昌、汉口的报纸只发了几条胡编赵家少爷跳江殉情的小道消息，这件事便再也没有了下文。

年关到了，何建朴又把张定贵请出来喝了一餐酒，给他送了节礼，请他把钱业浩放出来过年，张定贵笑着答应了。

钱业浩从牢里出来以后，虽然没落瘦，还是觉得失了面子，加上听说赵家出了大事，便一直不出门，也不去与赵宏德联系。他看到儿子钱正丁把生意做得顺风顺水，也索性把生意场上的事都交给他出面去处理，打算在家里休息一段时间，等风头过去了再出去见人。

因为没有赵、钱两家作梗了，何氏茶业的生意在武昌、汉口又逐渐有了起色，何建朴在积累资金，准备收购几年新茶，做一批各种型号青砖茶囤积起来，再择良机亲自运送一大批砖茶上漠北。

何建朴的生意越做越顺手了。这天他收到了海潮从齐齐哈尔寄来的一个包裹，他连忙拿到书房里迅速打开，发现海潮寄来的是几本《新青年》《每周评论》等刊物。何建朴晓得海潮给他寄这些刊物的用意，便坐到书桌前一本本翻看。他惊喜地发现这些刊物上都有李大钊写的文章，估计他的这些文章写的是德国那个叫马克思的人说的共产主义，便关了房门，一口气读完了李大钊发表在这些刊物上的《法俄革命之比较观》《庶民的胜利》《布尔什维主义的胜利》《我的马克思主义观》，发现李大钊在这些文章中阐述了俄国十月革命的意义，赞扬十月革命的胜利，旗帜鲜明地批判改良主义，有意在中国传播马克思思想。读罢这些文章，他的眼前仿佛被打开了一扇敞亮的门，看得见门外灿烂的阳光。

"中国也应该这样搞！"何建朴边吸烟边在书房里踱着步，边走边自言自语着，"中国只有这样搞才有希望！"他慢慢踱到窗前，推开窗门，看着街上熙来攘往的人群，很坚定地说了"实业救国"四个字。

正在他沉浸在自己好像找到了出路而欣喜的时候，桌上的电话铃响了，何建朴拿起电话"喂"了一声，话筒里传来了汉口茶庄何功德高兴的声音，他告诉何建朴说大盛魁的苏文阶副经理到汉口来办事，特地找到茶庄来，说要见何大掌柜，并叮嘱他不要告诉其他人。何建朴一听高兴得差一点跳了起来，连忙问他人在哪里。何功德说他去办事去了，说晚上来吃晚饭。何建朴哈哈笑着一连说："好！好！"叫何功德赶快去备几样好菜，再买两瓶好酒。说他把手头上的事办妥以后马上赶到汉口来。

放下电话听筒后，何建朴收起几本刊物，锁进抽屉里，打算有时间再仔细看。他把账房总会计周礼圣叫进书房，吩咐他与归化生牲川茶庄的何安稳联系，叫他把绥远的账目报过来。再叫呼伦贝尔茶庄的何功汉把漠北其他几家分号的账盘一盘。周礼圣答应一声下楼去了。

送走周礼圣后，何建朴看见时间不早了，连忙带着随从刘福全出了门，坐船过江，到了汉口生牲川茶庄。

何建朴在大堂里一边帮伙计们做事，一边时不时往门外望。他晓得苏文阶突然到汉口来，肯定有大事，因为大盛魁每次到汉口来办货，都是伙计来交接，账从钱庄走，根本不需要他这个大经理这么远亲自来跑。何建朴迫切希望从他口里得知绥远那边的情况，有些话根本不能用信说，只有以口传。看见天快黑了，苏文阶还没有来，他更加焦急不安，怕苏文阶不来，又怕他出什么事。因为赵富贵不明不白跳了江，何建朴很清楚他背后有黑龙会的黑手在把他往死处逼。如果苏文阶不晓得这其中黑幕，无意中撞到赵家门上或撞在黑龙会的人手上，就很危险了。

正在何建朴焦急不安地再一次抬头望向门外时，他突然看见一个穿长衫、戴礼帽的男人匆匆走过来了，他一眼认出那是苏文阶，心顿时"突突"跳，连忙跑出柜台，几步到门口迎住了他。这个时候，茶庄大堂已经没有顾客了，他也不怕被外人听见，笑着叫了他一句苏先生，请他快跟他一起到后院喝茶。

苏文阶向何建朴抱拳一摇，叫了他一句何先生，没有多说话。

何建朴吩咐跟在身后的一个伙计看好大门，不许外人进后院去，领着苏文阶进了后院。

正在后院准备夜饭的何功德看见大掌柜领着苏文阶进后院来了，一脸笑地正要大声招呼他们去用餐，何建朴连忙抬手制止他说话，轻声交代他看住后院，不许外人进来。何功德晓得他们有事要商量，"嗯"了一声。

何建朴把苏文阶带进后屋正厅，这才一把紧紧抓住他的双手，问他怎么到这里来了，说我好想你们。

苏文阶也紧紧握着他的手，叫他坐下来说话。

何建朴连忙松开他的手，给苏文阶泡了茶，与他一起坐了下来。

"我是来买汉阳造的。段大经理拉起来的绥远护商队已经有三百多人了，蔡都统拨了一百支旧枪，不够。现在蔡都统和布日固德参谋长，基本上摸清楚了以各种名义隐蔽在绥远，搞内蒙古独立的日本黑龙会的底细，人数不少，好多日本人以商人的身份在绥远活动，官府不好管，蔡都统把这些暗藏的日本人交给护商队，由段履庄以总商会的名义与他们斗，秘密抓一个杀一个，坚决保护内蒙古，不让它脱离中国。"苏文阶也迫不及待地把他来汉口的目的告诉了何建朴。

"买到汉阳造了吗？"何建朴连忙问了他一句。

"没有！"苏文阶摇了摇头，从口袋里拿出一张汇票放在何建朴面前说，"这是段履庄会长给你的钱，请你通过秘密渠道买枪，不要暴露你，更不能暴露绥远总商会。"

何建朴看了一眼汇票，又把它推到苏文阶面前说："钱你带回去，枪我来买。我咸宁有老乡在汉阳兵工厂做事，据说还能做一点主，买到枪问题不大。"

"这个费用不是一笔小钱。"苏文阶看着何建朴说。

"由何氏茶业来承担!"何建朴很坚定地说,"国难当头,我们应当有钱出钱,有力出力,只要内蒙古不像外蒙古一样独立出去,就是我何氏茶业倾家荡产也在所不惜!"

"好样的!"苏文阶对他笑着点了点头,收起汇票,装进口袋里说,"你把货办好以后,到汉口火车站去找副站长李广贤,他是革命党。你把货包装成箱,贴上青砖茶的标签。他会通过铁路送到大同,我们护商队到大同去护送货物时,可以发给每个队员背在身上出站,别人不会注意。"

"好!"

"你这边情况怎么样?赵宏德和钱业浩还在搞你们吗?"

"赵富贵跳长江死了。"

"什么?他跳江了!"苏文阶吃惊地瞪着大眼睛问何建朴,好像有些不信。

"嗯!"何建朴肯定地点了点头,没有细说。

"据说李恒才把统府拨给宏德大商行的一笔货款没有入账,私吞了,被赵富贵查出来了,赵富贵要报官府抓他,李恒才吓得在他们绥远商行里上吊死了。有人说是赵富贵吊死了李恒才,制造了自杀假象。"

"难怪赵富贵不声不响跑回来了,又不明不白跳进长江去了。"何建朴没有感到惊异,只淡淡说了一句。

"顺王府那个管家吉仁泰七十也死了。"苏文阶补了一句。

"哦!"何建朴只应了一声,脸上现出一些不易察觉的笑意。

"现在日本人在绥远都不敢公开活动了。"

"那就好!"何建朴已经掌握了绥远的情况,也不便把自己做的事对他说,便站起身请苏文阶一起去吃饭,说今夜两个人多喝几杯,叫他不走,就住在茶庄里,他们再一起好好叙叙旧事,往日都忙,总不得闲,一起说几句知心话。

苏文阶哈哈笑着说好,跟着何建朴一起进了餐厅。

第二日吃过早饭后,苏文阶要走。何建朴叫他在汉口再留两日,等他去汉阳兵工厂摸一下情况再说,苏文阶答应了。

留下苏文阶以后,何建朴立即到汉江边轮渡码头坐船过江,到汉阳老叽头下船上岸，坐黄包车到西大街南城巷，找到了正在家里休息的曹正兴。曹正兴祖上是咸宁柏墩人，他爷爷从小到汉正街一家商铺做学徒，后来在汉口娶妻生子，留在了汉口，与何氏茶庄老掌柜是老相与，曹、何两家便是世交。在张之洞任湖广总督主持创办湖北枪炮厂，招收技术工人时，因为曹正兴的父亲学过铁匠，被招为工人，进了枪炮厂。后来曹正兴中学毕业后，在父亲的介绍下也进了厂，他从学徒工做起，因为有文化，后来被调到厂部做文书，现在据说是一个部门的副经理。

看见何建朴来了，曹正兴哈哈大笑地说只怕是江上起大风了，把何大掌柜这样一位贵客从武昌吹到汉阳来了。十分热情地请他坐，吩咐内人给贵客沏茶。

一阵寒暄之后，何建朴说明了来意。

听何建朴说要买枪，曹正兴一惊，转头看着他问道："请问老弟买这么多枪干什么？"

"正兴哥，老弟明人不说暗话，这么多年我们亲如手足，您也大仁大义。现在日本人在绥远搞内蒙古独立，要把内蒙古从中国分裂出去，与黑龙江一起并入日本版图，绥远有一伙义士暗中组织起来，要与日本人对抗，保卫内蒙古。但是他们手上没有武器，就派人来找我帮忙从枪炮厂购买枪支、弹药。我想这是保卫国家的事，便答应下来了。"

"嗯！这个忙得帮。"曹正兴点了点头说，"外国列强在中国坏事做尽，要瓜分中国。你看汉口，到处都是洋人租界，洋人在中国人的地盘上横行霸道，中国人还不能说。中国像绥远这般有骨气的兄弟少了。如果中国人都拿起枪挺身而出，与他们干，这些外国佬都得从中国滚出去。"

"对！"

"你现在来买枪正是时候，过去的枪支弹药管得很严。前几年国民政府供应的经费尚能负担得起兵工厂的日常经营，现在开始拖欠，兵工厂开始减产，并且将生产重点转向能赚钱的炼钢上。湖北督军萧耀南前不久就为汉阳兵工厂欠费的事向中央催讨未果。因为北京政府拖欠汉阳兵工厂经费太巨，无法支付，便把兵工厂划归湖北省所有，并放开替各省制造军火的限制，希望以此办法使兵工厂获利，以供应生产。你现在要买枪，我可以帮忙。"

"太好了！"何建朴高兴得差一点跳了起来。

"你要买几多？"

"先买二百五十支枪，两万发子弹。"

"好，我明天去给你办。"

"需要几多钱，你告诉我，我提现金来给你，不从账上走。"

"好！"曹正兴点了点头说，"现在每支枪出厂价二十块银元，圆弹每一千颗八十银元。"他晓得何建朴的意思，他毕竟是商人，不好明着得罪外国强盗，怕他们捣何氏茶业的鬼。他叫何建朴不必把钱送到兵工厂来，就在武昌办理，存进兵工厂在武昌中国银行的账户上就可以了。

曹正兴留何建朴在家里吃了午饭，他们你敬我，我敬你，高兴地喝了几杯酒。曹正兴正在兴头上，说不是老弟要回汉口，他就要喝尽兴。

从曹家出来后，何建朴有了几分醉意。他坐黄包车到汉阳老叽头，乘船过汉江，回到汉口，马不停蹄地回了茶庄，把他已经到汉阳兵工厂联系到枪的事对苏文阶说了。

苏文阶听说枪支有着落了，十分高兴，晚上又与何建朴推杯换盏喝了几杯，把何建朴喝到床上一觉睡到大天亮没翻身，到店里的伙计来叫他吃早饭，他才慢慢起床，笑着对苏文阶说多喝了一口，陪他吃过了早饭，把他带到客厅喝茶。

何建朴边与苏文阶说话，边不时掏出怀表看时间。苏文阶晓得他在等汉阳兵工厂那边回话，叫他不急。

九点刚过，桌上的电话铃声突然响了，何建朴连忙起身抓起听筒，听见曹正兴问是不是生牲川茶庄，连忙叫了他一声大哥，说我是建朴。曹正兴哈哈笑着叫了他一句老弟，告诉他说事情办妥了。何建朴问他需要几多钱，听完他的报价后，他叫曹正兴派人到钱利通钱庄去取钱就可以了，曹正兴说他亲自来办，叫他在钱庄等。

因为苏文阶不懂咸宁话，只盯着何建朴看他脸上的表情，看到他满脸喜色，估计他是在说他们要办的事。

何建朴放下电话，转身对苏文阶说办妥了，长长嘘了一口气，放了心。

"辛苦了！"苏文阶也高兴地站了起来。

何建朴又拿起电话，拨通了钱利通钱庄的电话，叫经理陈道行迅速准备一笔现钱，告诉他需要六千六百银元。

放下电话筒以后，何建朴叫苏文阶跟他一起到武昌去。苏文阶没有多问，起身跟他一起出了门，坐轮船过江，到了何氏茶业总部大楼。何建朴把苏文阶交给何立定照顾，转身出了门，坐包车到了司门口，进了钱利通钱庄。

陈道行看见东家来了，脸露难色地对他说现在调大笔现银出去准备收新茶叶，一时难以筹到那么多现钱。何建朴不容他再说话，用很坚定的口气叫他赶快找其他钱庄拆借。陈道行不再说话，转身出门。

到快吃中饭的时候，曹正兴带着一个随从坐着一辆带篷汽车来了。

何建朴叫他把车开进后院，吩咐陈道行把刚刚凑齐，装成几箱的银元抬上车。

曹正兴轻声告诉何建朴说货都装箱了，问他把货送到什么地方。

"送到汉口火车站，交给一个叫李广贤的副站长就可以了。"何建朴同样轻声对他说。

"货物不必贴何氏茶业的标签了，免得给你找麻烦，就是有人查，现在兵工厂卖货也不要紧。"

"那更好！"

"你们什么时候发货？"

"明天上午。"

"好！"

"你叫人去告诉那个李站长就行了。"

"我晓得！"

因为钱在车上，何建朴也不留曹正兴吃饭，把他送上车，看着车开出了后院大门，才转身坐包车回到茶业总部，把事情办妥了的话对苏文阶说了，叫他今夜跟他一起到汉口火车站去把李广贤找到，明天上午好接货。苏文阶答应了，连声向他表示感谢，说他回去后，请段会长减免何氏茶业应该交给绥远商会的会费。何建朴笑着说只要内蒙古能保住，何氏茶业就是倒闭也是小事。苏文阶十分敬佩地说："何先生之义举将彪炳千秋。"何建朴淡淡一笑说："我没有那么高尚。国家有难，匹夫有责。"

当夜，他们到了汉口。苏文阶到汉口火车站找到了李广贤，与他接上了头，他把何建朴介绍给了李副站长。

第二日上午，汉阳兵工厂把货送到了汉口火车站，交给了李广贤，苏文阶告别何建朴后，到火车站上了火车，随货物一起离开了汉口。

送走苏文阶后，何建朴又多了一宗心事。这几年何氏茶业受到背后有日本黑龙会支持的赵、钱两家打击，已经摇摇欲坠，前年在绥远夺得"茶王"称号后，得到官府支持，漠北市场才有了起色，赚了一些钱，他为了信誉赶紧把新老客户的欠账还了，账上没存几个钱。这次为绥远护商队买枪和子弹花了一大笔钱，一部分是他的钱利通钱庄经理陈道行从其他钱庄借的，不能让钱庄出现亏空，影响钱庄正常经营。他思去想来只有把这两年他囤积起来，准备再送到漠北去的青砖茶卖一部分，填补钱庄的亏空。主意打定以后，他又到钱氏商行去找到钱正丁。因为钱业浩住在武昌，现在很少到汉口来，加上他现在把商行生意都交给儿子钱正丁打理，何建朴不担心他从中作梗。

钱正丁看见何建朴进门来了，与往日见到他不同，热情接待了他，叫他在大堂先坐一会儿，等他忙完手上的事与他一起回家里去吃饭，有话回家里去说。何建朴答应了，在靠墙角的一张木椅上坐了下来，看着钱正丁与伙计们一起忙进忙出。钱正丁安排妥要办的事，笑哈哈地走过来叫何建朴跟他一起回去。何建朴连忙起身跟他一起出了门。

汉正街上人流如织，熙来攘往，挑脚夫、人力车夫挑着货，拖着物在人流中穿行，大声吆喝着："让一哈路嘞！让一让哟！"听见的好心人连忙让道，听见装着没听见的人仍然挡着路，他们只好再找人空过。

因为这一次何建朴帮了钱正丁的忙，让他赚了一笔钱，交了警察局的罚款，花了一笔托人保钱业浩的费用，钱正丁虽然晓得何建朴心里有珍珠，心甘情愿帮钱家的忙，还是对他心有几分感激，见了他也对他有了笑脸。钱正丁领着何建朴边在人流中穿行，边与他谈着生意上的笑话，不久便到他的住处门口。他大声对门内叫了两声君知、君知，听见她答应了便住了口。

不一会儿喻君知跑到门口来打开门，突然看见钱正丁身后跟着何建朴，先是一愣，马上现出笑脸跟他打招呼说何大掌柜稀客，请他快进来坐。

这个时候从里屋跑出一个步履蹒跚的小女孩，高兴地边叫爸爸，边扑向钱正丁。钱正丁哈哈笑地答应着，一把抱起她，在她脸上亲了一口说："我的乖女儿！"

何建朴有点蒙了，只两年多不见喻君知，她又生了一个女儿，便哈哈笑着对她说："嫂子真有福气，又添一宝贝千金。"

"托你的福！你再两年不来又要添一个。"喻君知哈哈笑着说。

钱正丁指着何建朴对女儿说："玉台，快叫何叔叔！"

玉台眨着大眼睛，看着何建朴怯生生地叫了他一声何叔叔。

"玉台乖，快来，让叔叔抱抱。"何建朴看着乖巧的玉台，连忙向她伸出双手。

玉台没有犹豫，侧身倒向他，也向他伸出了一双小手。

何建朴接过玉台，也在她脸上亲了一口，哈哈笑着说玉台真乖，抱着她进了门。

钱正丁叫喻君知添两个好菜，说他今日要陪何大掌柜多喝两盅。喻君知边答应边走进厨房，帮保姆邓妈弄饭去了。

何建朴抱着玉台坐了下来，玉台很乖地依偎在他的怀里，让他好不心疼。他轻轻搂着玉台，轻声对她说："玉台，叔叔不晓得你妈妈生了你，今天没给你带好吃的东西，下一次叔叔再来，一定给你带好多好多好吃的好不好？"他突然发现这孩子与他有一种特别的亲近感，一丝莫名的忧伤从他的心头一闪而过。

"嗯！"玉台紧盯着他的脸，好像在他脸上找什么东西，轻轻答应了一声。

钱正丁边给何建朴泡茶，边用眼睛余光看着依偎在他怀里的玉台，心里有一种说不出的滋味。

喻君知与邓妈一起麻利地弄好了饭菜，端上了桌，看见玉台与何建朴如此亲近，转身轻轻叹了一口气，从酒柜上拿出一瓶酒，放在桌上，笑哈哈地请何建朴上桌喝酒，伸手从他手上接过玉台，叫她请叔叔吃饭。

"叔叔……吃饭。"刚刚学会说话的玉台仍然目不转睛地盯着何建朴，轻声说。

"好！玉台也来一起吃。"何建朴情不自禁地抓起玉台的小手，亲了一口。

钱正丁请他坐在自己对面的椅子上，拿起酒瓶先给他斟满酒，又给自己倒了一杯，坐下来叫喻君知抱着玉台坐下来吃饭，又叫邓妈上桌吃饭。喻君知叫他们先喝酒，说她与邓妈一起先喂玉台吃了再来。钱正丁端起酒杯示意何建朴喝酒，先轻轻呷了一口酒，何建朴连忙端起杯，也呷了一口酒，与他一起放下酒杯，钱正丁拿起筷子，叫他多吃菜。

何建朴与钱正丁你敬我一口，我敬你一口，闲扯着生意场上的事，从钱正丁口中，何建朴得知赵宏德的生意大不如以前兴旺。钱业浩也很少与他联系，两家商行很少有生意往来。

喝干两杯酒后，钱正丁拿起酒瓶又要斟酒，何建朴连忙挡着他的手说："正丁哥，我有事来找你商量，不能再喝了。"

钱正丁笑着说："有事就说，三杯酒是要喝的。"

何建朴见推脱不了，只好接了酒，转头看了一眼在客厅里喂玉台吃饭的喻君知和邓妈，轻声对钱正丁说："正丁哥，我想卖一点青砖茶给你，价钱可以再压。目前我手上周转不开，需要一笔钱去收茶叶。我怕低价卖给其他人，以后的生意就不好做了。"

"你需要几多钱？"钱正丁抬头看着何建朴，问了一句。

"五千银元。"

"我先借给你，你周转过来再还给我。"

"不借！"何建朴摇了摇头说，"现在蒙古那边青砖茶的生意好做，我是打算再囤两年，出一批货到绥远去的。"

"你见外了，以后我还有事求你。"

"你的事就是我的事，你有事尽管开口，我尽力。"

"那好！我明日叫账房把钱划到你的钱庄去，你把茶送到汉口码头来就行了。"

"好！"何建朴高兴地举起酒杯，与钱正丁碰了一下杯，一口干了杯里的半杯酒。

钱正丁看见他干了酒，也一口干了，大声叫喻君知上饭。

吃罢饭后，何建朴与钱正丁一起走进客厅喝茶，喻君知抱着玉台与邓妈一起上桌吃饭去了。何建朴边喝茶边与钱正丁谈妥了买卖青砖茶的价格，等喻君知吃罢饭下桌，他又抱起玉台，用脸贴了贴她的脸，告诉她说过两日叔叔再来，买好东西来给玉台吃。玉台很高兴地答应了。何建朴把她递给喻君知，向正丁哥和大嫂告别，转身出了门，匆匆消失在人流中，坐黄包车回到了汉口生牲川茶庄分店，倒在床上泪流满面。他抱着玉台越看越像珍珠，但他不敢问钱正丁夫妇玉台是不是珍珠的女儿。他不敢再在钱家久坐，怕自己喝多了酒说破口，惹得他们不高兴，更怕邓妈听见传出去扬了钱家丑。他怕自己再看玉台忍不住落泪，只能匆匆告辞。

何建朴昏昏沉沉地睡了一觉，第二日早上起床吃了早饭，坐自己的货船回到咸宁，沿淦水溯流而上到了柏墩何家码头，回梅阁，叫管家何安逸安排工人上一船茶，自己回中田畈何家老屋陪母亲吃了两餐饭，在家里住了一夜，第二日又坐着满载青砖茶的船到了汉口钱家码头，将他卖给钱氏商行的茶砖卸在码头上，才回到武昌何氏茶业总部大楼。陈道行打电话告诉他说昨日钱氏商行汇来了五千银元货款。何建朴轻轻松了一口气，坐下来泡了一杯茶，自斟自饮。

静下来的何建朴又想起了玉台，想起了珍珠。他站起身来在房里转着圈踱步，几次呆呆地看着门，想跑出去，上街给玉台买一大堆吃的穿的，送到钱正丁家里去，又怕惹得他们夫妇不高兴。他转念细思，钱正丁把他带到家里去吃饭，也许是有意让他看看玉台，但是他和喻君知都说玉台是他们的女儿，也是有意遮家丑。至今，他不晓得珍珠的下落，如果她肚里的孩子生下来了，正好与玉台一般大。钱家人既然打算遮住家丑，他如果去捅破这层纸，会让大家都难堪，面子都过不去。也许把女儿交给大哥抚养，是珍珠的意思。既然钱正丁夫妇接受了玉台，何建朴的心慢慢静了下来，他告诫自己不要去打破大家宁静的生活，玉台跟钱正丁夫妇一起长大，也许是她最大的幸事。想通了，何建朴也心安了，不打算再去惊扰她的安宁。

十四

夏茶开始收割了，何建朴回到柏墩街又忙得晕头转向，不再为玉台纠结了。

收进来的青茶要抓紧时间杀青，就好日头好天气晒干，收进仓库储存发酵，再由制茶厂蒸熟，压制成各种型号的茶砖。

何建朴在梅阁和柏墩街上的生牲川老字号茶庄忙进忙出几个月，到收进来的青茶都杀了青，入了库，天开始阴下来要下雨了，才坐船到武昌何氏茶业总部大楼，查看近两个月各茶庄分号的经营情况。

总账房周礼圣给他送账本来的时候，顺便给他送来了一封信。何建朴拿起信，看见是呼伦贝尔茶庄掌柜何功汉写来的，连忙撕开信封，抽出信笺展开，仔细看了起来，慢慢地，他的眉头皱了起来，他越往下看，眉头皱得越紧，等他看完了信，人也好像傻了一样，呆呆地坐在书桌前一动不动。

过了一会儿，一个小伙计敲门送一壶泡好的茶进来，何建朴才如梦初醒，站起身来点燃一支烟，边一口接一口猛吸，边踱着步，到烟头烧到他手指，痛得他一惊，他才在烟缸里按灭烟头，抓起桌上的信，叠好，装进口袋里，拉开门，大声把在对面房子里做账的周礼圣喊过来，叫他先把账本拿走，告诉他说他要出门去办点急事，等他回来再看。

周礼圣一脸笑地答应一声："好嘞！"收起桌上的账本，走了。

何建朴匆匆下了楼，叫在茶楼前堂帮忙的随从刘福全跟他一起回咸宁。刘福全连忙叫来包车，同何建朴一起到了通车到长沙不久的粤汉铁路徐家棚火车站，坐火车回到咸宁，又到咸宁城外，铁路大铁桥旁边的码头上，租了一艘小火轮，回到了柏墩街。

何安逸突然看见何建朴昨日走今日又回了，有些诧异地问他是不是还要发茶出去。

何建朴没有回答他的问话，一把抓着他的手把他拉进内屋，从口袋里拿出那封信递给他，叫他快看。

何安逸看见他神色不对，连忙抽出信笺，匆匆看完信，也惊呆了，瞪着一双惊恐的大眼睛看着何建朴说："不会吧！裴家不会有后人了吧！听你爸说裴家被卢金斗匪帮满门杀绝了，怎么还有裴家人来要店铺，还要打官司？"

"这里边会不会有诈？"

"你是说有人冒充裴家后人来跟我们打官司，要呼伦贝尔的店铺？"

"嗯！"何建朴点了点头说，"有可能！"

"那怎么办？"

"裴家那么多家产都没有了，只有我爸把远离山西、远离绥远在呼伦贝尔的那个店铺保留下来，是希望裴家还有后人在，有一个落脚之处，有一碗饭吃。如果这个来找我们打官司要店铺的人真是裴家后人，那我们就不必打官司，把呼伦贝尔茶庄和里面的所有财产都转交给他，叫他去经营。希望裴家依靠这个茶庄重整旗鼓。"

"对！"

"现在我们搞不清楚这个人的真实身份。功汉在信里说这个叫昂赫巴雅尔的人请了一个律师，要告官。"

"昂赫巴雅尔？这个名字好像听说过。"何安逸皱了皱眉头，迅速思考着在哪里听过这个名字。

"对，这个名字我也好耳熟。"何建朴边吸烟边踱步，轻轻摆了摆头，好像否定了自己的思路说："不过，在蒙古那个地方，名字同音的人多，叫昂赫巴雅尔的多。"

"如果裴家真有后人在，那我们把呼伦贝尔茶庄转交给他，也算是我老何家对得起裴柏寿老东家了。"

"但愿如此！"

"你打算怎么办？"

"我们不能不明不白地把茶庄转给他。"

"那当然。"

"我回来就是来跟你商量这件事，其他人对蒙古那边的情况不是很清楚。"

"那我们也去请一个律师，叫律师代表我们去跟这个人接触。"

"嗯！"何建朴点了点头说，"我也是这样想的。律师可以做我们的代理人。"

"我跟你爸在武昌去找过一个叫张国恩的律师，他与一个叫董必武的先生一起在抚院街开办了一个律师事务所，听说这两个人都在日本留学读的法律专业。在武昌都是有名的律师，为人也正派，你可以到抚院街去找一下他们，也许他们还记得何氏茶业。"

"那好！"何建朴又点了点头，想了想对何安逸说："要不这样，您跟我一起到武昌去一趟，我两叔侄一起到抚院街去一下，去听一下律师怎么说。"

"可得！"他点头同意了，说这件事最好交给律师去办。

第二日，何安逸与何建朴一起坐船到咸宁城，再坐火车回到了武昌。下车后，何建朴叫刘福全先回茶楼。刘福全给他们叫了两辆黄包车，叫车夫把两位先生送到抚院街，自己坐车回到了何氏茶业总部大楼，准备了一些该准备的资料，又匆匆出了门。

何安逸和何建朴坐黄包车很快到了抚院街，何安逸前几年因为何氏茶业的一桩官司，与何建朴的父亲何安鹤一起到这里来过，便熟门熟路地把何建朴带进了律师事务所。

事务所里空荡荡的，只有一个年轻人坐在一张桌上写东西。何安逸走过去笑着叫了他一句先生，他才连忙抬起头来忙着接待他们，请他们坐，问他们有么事。何安逸说他来找张国恩律师有点事，问他在不在。那个年轻人很客气地对他们说："对不起两位，张律师出去办事去了。"何安逸又问他董必武先生在不在。他同样一脸笑地回答说董先生和张先生一起出去了，他们可能到粮道街的私立武汉中学去了，你们有事可以到那里去找他们。何安逸和何建朴一齐向他道了谢，转身出门，又坐黄包车到了粮道街。

听他说私立武汉中学，何建朴突然想起来了，前几个月有一个黄州的相与对他说过，有一个叫董用威的黄安人在筹募资金开办私立武汉中学。这位相与还向他详细介绍了这位董先生，说他宣传新思想，先是准备办一份《江汉日报》，因为筹款困难没办成，又随即与几个同学、同乡商量办一所中学，校址选在湖北教育会附近一所学校旧址，开办经费由几个创办人捐。董用威先生把自己的皮袄拿到当铺去典当了，卖了家里所有值钱的东西才凑足由他承担的捐款。这位黄州相与对董先生赞不绝口，还动员他向私立武汉中学捐了两百块银元。

"也许安逸叔说的这个董必武先生，就是董用威。"何建朴在心里对自己说。

黄包车车夫拉着他们进了粮道街，在私立武汉中学大门口停了下来。何安逸和何建朴先后下了车。何建朴付了车钱，跟着何安逸走近大门，看见大门关着，门顶上嵌着"私立武汉中学"的牌匾，大门两边嵌着"朴诚""勇毅"四字校训。学校传出学生的朗朗读书声。何安逸领着何建朴从侧门进去，看见门房里走出一个教书先生模样的男人，连忙走过去笑着对他说："这位先生，我们来找一下张国恩先生。"

那个人上下打量了他们一眼，对何安逸说："他正在上课。"

"我找一下董必武先生也可以。"何安逸连忙补了一句。

"董先生也在上课。"那个人又回了他一句。

听说他们要找的人都在这里，何建朴接过他的话头说："那我们就在这里等一下，等他们下课再找他们。"

那个人又扫了何建朴一眼，不冷不热地对他说："学生下课时间很短，老师要休息一下接着上下一节课，没有时间接待你们。两位先生如果找他们有事，可以告诉我转告他们，或者你留个地址我转告他们去找你们。"

"那好！那好！"何建朴连忙点头答应说，"我们与张先生、董先生有过交往。"

何建朴从口袋里摸出一张名片，递给那个人说："我们姓何，请您转告两位先生，就说我们有急事找他们。"

那个人接过名片仔细看了一眼，脸上现出了笑意，又打量了一眼何建朴，笑着问他道："你就是何建朴先生？"

"是的，在下是何建朴。"何建朴看见他脸上有了笑容，估计他是这个学校的筹办人之一，也仔细打量了他一眼，看见他不过二十四五岁年纪，浓眉大眼，高鼻梁，脸盘端正，对他多了许多好感。

"我叫陈潭秋，也是这所学校的老师，我记得何先生向我们学校捐过款。"陈潭秋一脸笑地说。

"是的，是黄州一位相与告诉我说他有几个老乡办学校、办报纸，宣传新思想，动员我捐的款。"

陈潭秋的话一下子拉近了他们的距离，他们的谈话也变得轻松了起来。

"这样吧，何先生，我们正准备找空时间上门去向您致谢的。您把名片留在我这里，我叫张先生、董先生晚上去登门拜访。"

"要不得！要不得！还是我们来。"何安逸连忙摆手说。

"几位先生都忙，您看我们晚上再来行不行？"何建朴用商量的口吻对他说。

"致谢是要登门的。何先生大仁大义支持办教育，可敬可佩，我们该登门致谢！"

"几位先生更可敬可佩，听说都倾其所有办新学，用新思想为国家培养人才，我何氏尽绵薄之力，不足挂齿。"

"我们正商量哪天得空到生牲川茶庄去讨杯茶喝的，现在正好，你们来了。"

"那好！我就回去煮一壶好茶恭候几位。"何建朴向陈潭秋抱拳一摇说。

"那就一言为定！我们今晚来喝茶。"陈潭秋也向何建朴抱拳还礼。

何建朴与何安逸向陈潭秋告别后，转身出了门。

陈潭秋把他们送到门外，叫他们好走，看着他们走远了才转身回学校。

天黑了，何建朴吩咐何安逸煮了一大壶好茶，叫何安逸在楼下大堂里等几位先生过来，自己坐在书房里，又拿出《新青年》杂志，仔细读着李大钊发表在上面的文章。

不一会儿，他听见楼梯响了，何安逸边与生人说着话边上楼来了，何建朴晓得客人来了，连忙起身迎到门口，果然看到何安逸领着三位客人上楼来了。

楼梯里的两只大红灯笼亮着，透出来的红光将几位客人映得神采奕奕，红光满面。

何建朴跨出门槛，笑哈哈地向几位来客抱拳致礼，连连说："贵客到！贵客到！"

陈潭秋上前一步，指着身边的一位阔面大耳，留着八字胡须的先生向他介绍说："这位是董必武先生。"又向董必武介绍说："这位就是何建朴先生，何大掌柜。"

董必武也向何建朴抱拳还礼，哈哈笑着说："我们早就要来拜望何先生的，来迟了！来迟了！"

"您就是董用威先生？"何建朴笑着问了他一句。

"对！我就是董用威！辛年武昌新军起义以后，我改名叫董必武了。"

"我的那位黄州相与徐贵庭介绍了董用威，没有介绍董必武，我只好冒昧去求见了。"何建朴哈哈笑着说了一句笑话。

陈潭秋又指着另外一位年轻人向何建朴介绍说："这位就是你要找的张国恩先生。"

"欢迎！欢迎！欢迎张先生光临寒舍！"何建朴又向张国恩抱拳施礼。

"何先生捐资办学，张某敬佩至极！"张国恩也抱拳还礼。

陈潭秋与何建朴已经见过面，不用他再介绍。

"快，请进屋里用茶！"何建朴让到门边，请几位客人进门，又叫安逸叔去把煮好的茶提上来招待贵客。他答应一声转身下楼。

董必武先进了门，扫视着书房里的陈设，看见书架上摆了不少书，走近书架仔细看着书名。也许是职业习惯，他们对书有一种特别的感情。

跟进门来的陈潭秋走近书桌，看见桌上摊着一本杂志，顺手拿起来看了一眼封面，顿时一惊，又看了一眼何建朴正在看的那篇文章，更吃了一惊，连忙把杂志递给董必武，轻声叫他看。

董必武接过杂志，看见是《新青年》，也吃了一惊，又看见翻开的那篇文章是李大钊发表的《我的马克思主义观》，抬头与陈潭秋对视了一眼，把杂志放在桌上。

因为书房里只有两把大靠椅，何建朴从对面的一间房里搬来一张椅子，放在书桌边，请三位先生坐。

董必武与张国恩坐在靠窗户的一对大椅上，陈潭秋坐在书桌边。何建朴把书桌前自己坐的椅子搬到靠门的墙边，坐在董必武与张国恩对面。

　　这时何安逸提着一壶热茶进了门，给大家一个人倒了一杯，请他们慢用，退了出去。

　　"何先生也是读书人，难怪积极捐资办学的。"董必武先开了口，赞扬了何建朴一句。在座的几个人，他的年纪最长。

　　"听说几位先生倾其所有办学，何某尽绵薄之力，不足挂齿。"何建朴不好意思地一笑说。

　　"我们早该登门致谢的，只是因为忙于开学，一直未成行。"董必武又接着说。

　　"惊当不起！惊当不起！"何建朴连忙抱拳致谢。

　　"我看何先生也爱读书，平时爱看些什么书呢？以后我们手上有，可以送一些来给何先生读。"董必武紧盯着何建朴，有意把他往读书上引。

　　"我看书很杂，只要能到手上的书，什么都看。"何建朴笑着回答说。

　　"你看的这本杂志是买的吗？"陈潭秋晓得董必武的用意，指了指书桌上的《新青年》问何建朴。

　　"不！"何建朴摇了摇头说，"是我的同学寄来的。"

　　"他叫什么？在什么地方？"董必武紧盯着他，追问了一句。

　　"他叫海潮！在齐齐哈尔督军署任职。"

　　"他怎么有这种书？"董必武又追问了他一句。

　　"在书上发表文章的李大钊，是我们在日本早稻田大学读书时的同学。"

　　"你们与李大钊是同学？"陈潭秋吃惊地追问了一句。

　　"对！"何建朴笑着点了点头说，"前几年他在日本带我们反对袁世凯与日本人签订卖国的'二十一条'条约。他现在在北京大学当教授。"

　　"哦！"董必武哈哈笑着对张国恩说，"那个时候我与张先生也在日本读书，我们读的是日本法政大学。"

　　"那我们也是留学生同学。"何建朴看见他们越说越近了，也不拘谨了，高兴地说，"不过我因为父亲得了重病，提前回国了。"

"你正在看李先生的《我的马克思主义观》这篇文章你有何感想？"陈潭秋拿起桌上的《新青年》装着漫不经心地翻着说。

"我看这个马克思主义成就了俄国苏维埃，也能成就中国。"何建朴收了笑脸，很严肃地说。

"好！"董必武轻轻点了点头说，"我们正准备成立一个马克思学说研究会，到时候请你参加。"

"太好了！"何建朴高兴地一拍巴掌说，"我读了李大钊的《庶民的胜利》《布尔什维主义的胜利》等几篇文章，眼界大开。"说到这里，他打住了话头。

其实何建朴不清楚，坐在他面前的这几个人是湖北最早接受马克思主义学说的革命者，他们刚刚暗中建立了湖北首个共产主义支部。为了保密，以张国恩的别名"梅先"的"梅"作为暗号，对外称这个小组为"梅先生"。

"何先生找我们有何事？"董必武这个时候岔开了话题。

"哦，是这样，我父亲在绥远做生意时结识了一位姓裴的好相与，前几年他全家被土匪灭了门，我父亲保留了他家在呼伦贝尔的一处店铺，希望裴家还有人在世，如果能找到裴家后人，再把这个店铺归还给他，作为他的饭碗。没有想到前些时有人要告我们，说我们霸占了裴家财产，要求归还。我们不清楚这个人是不是裴家后人，就想去向几位懂法律的先生讨教。"何建朴边说边从口袋里拿出那封信，双手递给董必武。

董必武接过信，抽出信笺展开，就着灯光仔细看了一遍，顺手递给张国恩，抬头对何建朴说："他说他是裴家后人，要有证据，凭自己说不行。这件事好办，只要他拿出硬证据证明他是裴家后人，我们就把店铺转交给他。空口无凭不行。"

"行！"何建朴点了点头说，"这件事还请几位先生帮忙。律师费我照付。"

"现在我和张先生都在上课，暂时脱不开身。不过何先生可以去信，叫这个人带着证据到武昌来一趟，我们一起与他见个面，谈一谈。如果在呼伦贝尔打官司，我们的律师事务所可以派一个律师去。至于律师费就免了，何先生只出一点盘缠路费就可以了。"董必武想了想对何建朴说。

"好！多谢几位先生，律师费还是要出的，不依规矩不成方圆，再说几位先生现在办学，正是要用钱的时候。"何建朴起身给三位客人添了热茶，又坐了下来。

"何先生放心，这件事我们一定尽力。你帮了我们，我们也应当帮你，这也叫规矩。"张国恩哈哈一笑说。

"多谢！多谢！"何建朴抱拳对几位客人一顿摇。

他们又乐呵呵地谈了一些何氏茶业生意上的事，董必武掏出怀表看了看，准备告辞。

"那我们今天就谈到这里，改天再谈。"董必武看着张国恩和陈潭秋说。

"好！"张国恩和陈潭秋异口同声答应了。

董必武一行相继站起身来向何建朴告辞。

何建朴说过几日等几位先生得空，他再请几位先生来喝酒。他们哈哈笑着答应说一定来，一定来。何建朴和何安逸把他们送出大门外，叫几位先生好走，看着他们走远了，何建朴转身边进门边轻声把他们刚才说的话简单对何安逸说了。

回到书房后，何建朴连忙打开砚台，拿起水滴往砚台内滴了几滴水，磨了墨，从笔架上取下一支小狼毫毛笔，蘸了墨汁，铺开信笺，飞快地给在呼伦贝尔的何功汉写了一封信，叫他请那个叫昂赫巴雅尔的人到武昌来一趟，大家坐下来好好谈一谈，告诉他何家没有霸占裴家家产的意思，只想为裴家保留一处财产，如果裴家真有后人在世，何家可以无条件地连店铺和店铺里的所有货物一齐转交给他。

第二日，何建朴把信发出去以后，便焦急不安地等回信。他好希望这个昂赫巴雅尔就是裴家后人，他把店铺交给他，也算是了却了已经故去的父亲的一宗心愿，告慰裴家死者。

时间在何建朴忐忑不安中过去了将近一个月。这天何建朴刚刚从外边办完事回来，在书房正准备泡茶喝，一个小伙计上楼来告诉他说楼下有一个先生来求见。何建朴问他这个人是哪个。他摇了摇头说不认得。何建朴放下茶壶与他一起下了楼。

那个小伙计紧走几步先进了前厅，何建朴跟在他身后进了门，看见一个穿一件灰色长袍的人站在大厅里四处观看，估计他是一个没有来过这个茶庄的生人，连忙走了过去。那个伙计走到那个人身边，轻声叫了他一声先生，告诉他说："我家东家来了。"转身走了。

那个人没有立即转身，好像轻轻吸了一口气，轻轻呼了出来，这才慢慢转过身。

"是你！"何建朴吃了一惊，轻声惊呼一句，"小阎王！卢奇义！"

"我还叫昂赫巴雅尔！"卢奇义对何建朴一笑说。

"你找我有什么事？"何建朴明知故问了一句。他突然想起在那片榆树林里听见那个连长叫他昂赫巴雅尔营长。

"何先生请借一步说话。"卢奇义一脸笑地说。

"有话就坐在这里说吧！"何建朴警惕地指了指靠大墙的一对大木椅对他说。

"何先生请放心。"卢奇义边说边撩开长袍，对何建朴说，"我跟你一样也是一个顶天立地的男人，我是空手来的，这个地方是你的地盘，我不会做傻事，跑不了。"

"你是土匪！"何建朴不相信他的话。

"哈哈，那是我迫不得已而为之！"

"此话怎讲？"

"先生借一步说话。我已经看了你的信，才决定单刀赴会。在湖北我不怕你怕什么？"

"你杀了那么多人，有几次不是单刀赴会？"

"你错了！"卢奇义摇了摇头说，"我从来不做乱杀无辜的事。"

"你杀的有几个是恶人？"

"我杀人也是不得已而为之！"卢奇义转头扫了一眼大厅里进出的人，压低声音对何建朴说，"这里不是说话的地方。"

何建朴没有从他的眼神里看出凶相，稍稍放了心，转头大声叫在柜台内的刘福全过来，跟他一起去给客人泡茶。

刘福全答应一声跑了过来。

卢奇义迅速打量了刘福全一眼，看见他身材笔挺，步态生风，晓得他身上武功不凡，暗自一笑，跟着何建朴进了后院。

何建朴把卢奇义带进后院客厅，请他坐了下来，自己坐在他对面的椅子上，等刘福全泡了茶，退出门去，守在院子里，才叫卢奇义用茶，自己端起茶杯呷了一口。

卢奇义端起茶杯也呷了一口茶，斜眼看了一眼门外，看见刘福全在院子里踱步，晓得他是在保护何建朴。

"请问卢先生来要多少钱才肯把我弟弟何建刚放回来？"何建朴不想再拐弯抹角，单刀直入地问卢奇义一句。

"他不是你弟弟！"卢奇义放下茶杯，抬头看着何建朴平静地说。

"你怎么知道？"何建朴暗暗一惊。

"何先生的信言辞恳切，我看了很感动，才决定来会你，想把裴载言，小三儿，不，是何建刚的真实身份告诉你，解开我们之间的疙瘩。"

何建朴仔细听着他的每一句话，心提了起来，看见他一脸善意，也消除了对他的敌意。

卢奇义轻轻提了一口气，长长呼了出来，低下头叹了一口气说："何建刚叫裴载言，小名叫小三儿。他是山西祁县裴家最小的一个儿子。他有两个哥哥，两个姐姐。裴家在绥远有一大栋房子，有大院子，前面一楼开大门做生意，后院上二楼，他一家人住在后院。卢金斗到他家里抢劫杀人的时候，他在太原读书，躲过一劫。卢金斗为了消除后患，要找到他斩草除根，你父亲得到消息赶到太原把他偷偷带到了湖北，对外说小三儿是他的亲生儿子，给他取名建刚，为裴家保住了唯一血脉。"

"你怎么知道这些？"何建朴有些认可他的说法，因为建刚的身世一直是个谜。

"小三儿的二姐叫裴润碧，与我同庚，我在祁县乔家做学徒，暗中与润碧相好，那年我们私定了终身。我准备回家另谋出路，赚了钱去娶二小姐，我怕我的身份裴家长辈看不起。我的家也在丰镇。我与卢金斗是一个地方的人。"卢奇义说着说着，喉咙开始发哽，声音哽咽了。

"你就去做了土匪？"何建朴紧盯着他问了一句。

"不！"卢奇义轻轻摇了摇头，抬手擦了擦眼角，又长长叹了一口气，接着说："当我得知裴家在绥远被灭门的消息后，跑到裴家看到满屋是尸体，我吓傻了。我晓得小三儿在太原读书，连忙跑到太原找到小三儿被他父亲托付照顾的那户人家，想把他带走，哪晓得你父亲先去一步，把他接走了。为了替裴家报仇，我入了卢金斗的伙，改个蒙古人的名字，做了土匪，打算寻机杀了他。为了取得他的信任，我变得心狠手毒，坏事做尽，引起了卢金斗的注意，也得到了他的信任，并有机会与他接触了。正在我打算动手，做好了既杀了卢金斗，自己又能全身而退准备的时候，官府开始剿匪了。"

"那天你绑走建刚是怎么回事？"何建朴开始听出了头绪，又逼问了他一句。

"布日固德一直主张剿灭卢金斗的队伍，卢金斗对他恨之入骨。那天卢金斗设了一个陷阱，派我带一队人马出去抢商队，并把消息透露给了布日固德。我派人先到杀虎口摸清楚了是你们的商队出了山西地界，心里有了数。那天卢金斗又秘密派了一支队伍把布日固德的队伍围了起来，我们前后夹击，把官兵打死打伤不少。布日固德受了伤，我故意放了他一马，让他骑马跑了。"

"你是怎么晓得他在我们帐篷里？"

"我跟在他后面，在路上除了你们没有人能救他。"

"你为什么不抢我们？"

"后来我听说你爸霸占了裴家店铺，十分气愤，那天是打算抢你的货发一笔横财远走高飞，再到湖北来找小三儿的，没想到小三儿突然从树上跳了下来，我看见他高兴坏了，顿时改变了主意，想把他赶快带走。没想到他为了保护你，保护你的货，把我引走了。"

"他怎么不认得你？"

"他没见过我，但是我见过他，他二姐到太原去看他的时候，有两次是我偷偷送她去的。"

"你把他带到哪里去了？"

"我怕他暴露了身份被卢金斗发现了，便先把他带到大青山里隐藏了起来。后来王丕焕谋反，蔡都统开始用重兵剿匪，打败了卢金斗，我怕小三儿被官兵打死了，便一个人带着他跑出了绥远，跑到了呼伦贝尔。在呼伦贝尔我到他家的老店去看了看，留下几个字。我知道你要找他。只想告诉你，他还活着，后来我把他带到了奉天。"

"他一直不知道你在保护他？"

"有一次他偷偷跑了，我急得心急火燎，在火车站找到了他，他打算搭车到湖北来，我找到他以后，把我的身份告诉了他，又带着他一起投奔了张作霖的队伍。他同意当兵，说今生非要杀了卢金斗不可。"

"你告诉他我父亲霸占了他家的店铺了吗？"

"我对他说了，他不相信。"

"你现在有没有卢金斗的消息？"

"卢金斗带着残部逃到陕西以后，到处抢劫杀人，被官府追杀，死伤不少弟兄，后来他又逃到四川，仍然匪性不改，也被官府追杀，他再逃到湖北、河南、河北，每到一处都被官府追杀，到最后他身边只有几个人了。听说他又逃回了老家丰镇，又开始拉人马，组织了一支队伍，到奉天投靠了张作霖。"

"靠你们两个怎么杀得了卢金斗，你们不要鲁莽行事，反而丢了自己的性命。"

"我不会让他动手的。"

"那就好！"

"你放心，他现在很好。"

"感谢你！"何建朴已经彻底消除了对卢奇义的戒备，对他笑着说："你准备怎么打官司？"他又问了他一句。

"你们的何功汉掌柜把你的信给我看了，我才发现是我误会了你们，我也把这件事对小三儿说了，他说你何家人都是好人，把他在你家里生活的情况都对我说了，叫我不打官司，到湖北来见你，我才到湖北来找你。"

这一夜，何建朴把卢奇义留在客房里睡，一直与他聊到天快亮了才回到自己的房内睡了一觉。第二日他给了卢奇义三十块银元，叫他回奉天去保护好建刚，买些好东西给建刚吃，叫建刚给他写信来。说他过些时到奉天去看他。卢奇义叫他如果去奉天，可以到中街北边十王府东边的良信客店去找黄老板，他是山西人。

送走卢奇义后，何建朴挂在心上的一块巨石落了地。有建刚的消息了，他不再为他担心了。不久他收到了卢奇义的来信，说建刚打算回湖北来看母亲，何建朴这才彻底放了心。

其实，何建刚这些年不与何家联系，是对卢奇义告诉他的话将信将疑。在何老爷匆匆赶到太原要把他接走的时候，他父亲的相与便告诉他，他一家人被土匪卢金斗杀了，房子也烧了，叫他跟何老爷一起去逃命。何老爷把他带到湖北以后，将他改名何建刚，对外宣称是他的小儿子。他也听到有人背地议论他是何老爷在外边跟别的女人生的儿子。何老爷对他的身世三缄其口，也再三叮嘱他对任何人也不能说，把他视为己出，倍加爱护。当卢奇义告诉他呼伦贝尔生甡川茶庄是他裴家的店铺，被何老爷霸占了的说法，他想等自己日后见到何建朴再说。

十五

随着何建朴一声"开庄","梅阁"的两扇朱漆大门便缓缓打开了，再次迎接八方茶客，如此年复一年开开合合，也许会在何氏世世代代一直持续下去。

"梅阁"是何建朴之父何安鹤继任何氏茶业大掌柜，执掌茶庄事务之后所建造的茶庄，比祖业"生牲川"茶庄更气势恢宏。每年秋季新茶上市，来自各地的大茶客便寄居于梅阁，开庄收购茶叶，并监制成青砖茶，直到秋茶收购、加工完毕，最后一批茶砖包装装船后，才闭庄关阁离开柏墩。

柏墩是何建朴的老家，因为田畈中有一座长着几棵古柏树的大土墩而得名。

何建朴抬头，看着悬挂在梅阁大门门楣上的"梅阁香清"四字大匾，肩上仿佛压着千斤巨石。刚刚擦洗过的大匾，字迹如新，在阳光下熠熠生辉，仿佛还是昨日清末两朝帝师雷以诚所题写，然而今日雷以诚早已故去了，他的父亲也故去了，很多见证了柏墩何氏茶业兴盛和辉煌的人都已经故去了，他不禁暗自叹了一口气。时至今日，放眼四望，百业萧条。外国列强用坚船利炮轰开中国国门，大肆掠夺中国财富前的国之盛况已成为人们茶余饭后的谈资。

自十八世纪后半期起，英国人已饮茶成风，据说当时连修马路的工人都在喝茶。十八世纪初，东印度公司每年出售茶叶不超过五万磅，到十八世纪末，这个数字已经翻了四倍，变成了二十万磅，这在当时来说是很可怕的一个数字，代表的都是白花花的银子。

英国人对此深感忧虑，对于茶叶的依赖，仿佛被中国人捏住了咽喉，不仅白银哗啦啦地流向中国，一旦清政府在茶叶出口上做文章，势必大大影响英国东印度公司和英国政府的利益。前者垄断了从中国进口茶叶的贸易，后者则在茶叶税上赚得盆满钵满。

闭关锁国后的大清朝逐步落后于世界大潮，但是在外贸中，一直处于贸易顺差地位。为了扭转对华贸易逆差，英国开始向中国走私毒品鸦片，牟取暴利，鸦片所造成的危害之大，为中国三千年来未有之祸，道光皇帝命林则徐为钦差大臣，开始禁烟，然而英国以此为借口对中国发动了战争。

英国政府为了打破对中国茶叶的依赖，开始想办法在英国自己的领地产茶叶，几经波折，因为土生土长的中国茶，在英国土地上水土不服，他们想尽办法试种都失败了。因此，英国政府和东印度公司董事会一致认为只有到中国"盗茶"，在被英国人殖民与中国田相粘，地相连的印度试种，才有可能成功。

一八四七年，英国人罗伯特·福琼的游记《中国北面省份三年漫游》出版，受到英国各界热切追捧，英国政府和东印度公司因此看中了他，决意将"盗茶"的重任委托于他。

集植物采集专家、园艺师、间谍于一身的罗伯特·福琼乘船来到中国，在中国期间，他不仅学会了汉语和中国人的习俗，还熟练掌握了筷子的使用技巧。这使得他在经历了鸦片战争后的中国，可以通过乔装打扮成中国人而避开中国人对洋人的仇视。

罗伯特·福琼不是独自战斗，在他的身后，是整个号称"日不落帝国"的英国和财力雄厚的东印度公司。其实盗茶者也并非只福琼一人，早从英国马戛尔尼正使以给乾隆祝寿为名访华开始，英国人就在想方设法获取中国的茶种和种植方法。

但清政府严令禁止茶种和制茶技术的流出，一经发现，轻则有牢狱之灾，重则有生命危险。但最终罗伯特·福琼成功了，他盗走了中国茶种，并且在印度的喜马拉雅山种植成功，从此改变了中英两国茶的命运。

在宗主国大英帝国的机械生产的帮助下，印度后来居上，从此成为红茶出口第一大国。欧洲红茶市场逐渐摆脱了对中国的依赖。到一九〇三年，英国人消费的茶叶由原来百分之四十来自印度增加到百分之五十九，中国茶叶在世界销售量的比率却下降到只有百分之十。中英两国茶叶所产生的巨大贸易逆差再一次翻转，大英帝国的盗茶梦想终于实现了。

历史已经改变，也已经翻篇，然而大英帝国为了扭转经济，一百多年来前赴后继到中国巧取豪夺的所作所为，令人深思。

同样，一个国家腐败无能、软弱可欺，也会让百姓备受欺凌，经济凋敝，国将不国。

与此同时，锡兰、爪哇、日本等国茶叶的兴起，逐渐取代中国茶在欧美的市场，咸宁茶叶步入衰落时期，加之俄商、英商也渗入柏墩，开设了顺丰（俄）、兴商（英）两家茶厂，用铁制螺旋式的"洋架"代替牛皮架，所制砖茶成本低、质量好、产量高，柏墩原有的茶庄除长裕川、长盛川、大德生、天聚和、宏益裕等五家老茶庄能与之抗衡外，其余皆倒闭或合并到长裕川、长盛川茶庄。至民国初，柏墩茶庄仅有茶工二千余人，年产茶砖一万四千八百箱，包茶一万二千担，折合三百余万斤。为适应由外销向边销转移后，市场对茶砖品种的需求，光绪三十三年，清政府责成咸宁商改办川字黄黑二茶。长盛川、长裕川合并更名"宏源川"，不久，又更名"生牲川"，并注册商标。宣统三年，在何安鹤与何氏家族的共同经营努力下，"生牲川"青砖茶荣获巴拿马国际博览会金质奖和荣誉证书。

何氏茶业传到何建朴手中，他极其讲究产品的质量和信誉，挑选茶工也很严格，所出工价亦高于其他茶庄，因此，拥有丰富经验、技术娴熟的上等茶工多为其所用。在中国茶叶出口不景气的情况下，何氏生牲川茶庄却越办越红火，执柏墩茶叶加工业之牛耳，并最终在竞争中压倒众茶庄而一统柏墩茶叶加工业，成为茶业鄂商魁首。

前几年，何建朴出巨资在武昌司门口开起了"钱利通"钱庄，作为何氏茶业的融资渠道，使生牲川茶庄与曹祥泰杂货店、刘有余中药店和维新百货店为武昌最有财力的四大名庄。接下来的几年，何建朴在武昌老码头上买下了一处货物大堆栈，在柏墩捐资修桥、修私塾学校、建茶亭，遍施功德，他如今已声名显赫于商界。

外国列强到中国来强取豪夺，开办实业，用枪炮打压中国民族工商业，使其纷纷倒闭，往日兴盛的茶业，只剩下"生甡川"在内的几家茶行还在苦苦支撑中国茶业市场，其余的早已成为过往。何建朴看了看隐在深山里的梅阁，不禁暗自叹息，缓缓握紧双拳，暗暗叮嘱自己一定要撑下去，一定不能倒。

"大掌柜，"何安逸轻声道，"祁县渠家的人快要到码头了。"

何建朴缓缓收敛心神，转头看了一眼依然车水马龙的何氏生甡川砖茶厂，对他笑了笑说："知道了安逸叔，我这就亲自去迎接。"

年轻车夫王老四将靠在大门外车行街边的人力车拉了过来，何建朴提起长衫下摆坐了进去。何安逸坐上另一辆人力车，带着车行里所有空车紧随其后。这种有铁轮的人力车，是何建朴从汉口买回来的。他原来出门坐轿，嫌轿夫多，行动慢。用这种人力车一个车夫拉起来可以飞跑，出行方便快捷。为了方便迎客送客，他一次买回了十辆，既做家用，也可出租给那些讲排场的商家用。今日因为有客，何建朴叫车夫都在车行待命。

两辆人力车一前一后向淦水上游柏墩三岔港渡口驶去。从柏墩街到三岔港渡口，相距其实不过三里路，路面全是一块块的青石板铺设而成，徒步也不过半个时辰，但是因为来客是与何氏友好合作了一百多年的祁县巨商渠家的掌门人，何建朴得慎重接待。

祁县渠家到底有多富庶，没有人晓得，但富甲天下不是空穴来风，即便与在大漠蒙古的大盛魁相比也并不逊色。辛亥革命太原举事后，阎锡山军饷困难，他厚着脸皮向渠家借款。老东家渠礼安明知借款是肉包子打狗——有去无回，但仍慷慨解囊，连眉头都不皱一下便拿出三十万元巨款给阎锡山，渠家的富庶由此可见一斑。

这条通往渡口的青石板路并不好走。几百年来这条三里长的青石板路面被运砖茶和包茶的独轮车轮，来来往往碾出两条约三寸宽、两寸深的沟槽，可见往日柏墩茶业之兴盛。这些年因为兵荒马乱，到今日今时即便生意大不如前，但却星火不熄。更何况，如今的何氏"生甡川"依旧声名显赫，在何建朴的手上再度辉煌。

曾有人建议将这条路重建，但被何建朴否决了。他觉得这条路是见证柏墩几百年茶业兴衰的烙印，是柏墩人流血流汗的证据，柏墩街道应该永远留在这片土地上，让子孙后代日日看得见，天天思进步，一刻也不懒惰。因此这段青石板路便一直保留着，至少在何建朴有生之年会一直保留，至于以后，他一旦死去，却是管不着也不必管了。

王老四一伙车夫拉着人力车，让车轮在车辙外走，不落到沟槽里，他们一路飞跑，一碗热茶工夫便到了渡口。

何建朴与何安逸相继下了车，一齐望着通往武昌、汉口的清澈的河道，没有看见有客船上来。

何安逸看了倒背着双手迎着河风挺立的何建朴一眼，支吾着欲言又止。

何建朴柔声笑道："安逸叔，有事您不妨直说！"

何安逸叹了一口气说："大掌柜，您看了昨日从武昌带来的报纸吗？"

何建朴摇摇头，笑道："我这几日忙着开阁之事，没有看。"

何安逸神色有些复杂，稍作停顿后接着说："赵宏德一个月前在谈一笔生意时被人从背后突然开枪打了，当场身中两枪，枪枪致命，不治身亡，杀手在混乱之中从容离开了。赵家秘密发丧。这件事前几日才被报纸捅了出来。看来赵家怕惹事。"

何建朴一愣，仰头望着蓝天白云，没有搭话，沉默许久后，他黯然长叹："已经过去三年了，事情果真还没有结束。每个人都要为自己的行为付出代价。赵家终究还是毁在了自己的贪欲上。"他说的事情是"宏德大"与日本黑龙会的勾与结。

何安逸眉头紧皱，不无担忧地说："那我们何家呢，是不是要加紧防卫？"

何建朴抬眼望着河对岸那一眼望不到头的茶园里的茶树和桂花树，思绪万千。此时正是做青砖茶的茶叶收割与桂花盛开的时节，茶园里茶农们正在割茶，桂花树下，花农们正在打桂花。随着一阵阵清风迎面吹来，扑鼻而来的桂花香，让人神清气爽。空气中弥漫着桂花香，夹杂着茶叶清香，飘出茶园，飘出柏墩，飘向漠北。这里的每一寸山水，每一份记忆，在茶与桂花千年的生生与共中，早已融为一体。

柏墩产茶，更产桂花。据说这个地方是嫦娥的出生地，天上的吴刚在月亮诞生的那一年为了讨好嫦娥，将桂树枝砍落柏墩，因此柏墩的山山岭岭长满了桂花树。在茶树与桂花树林共生的几百年间，它们盘根错节，彼此相融，因此，柏墩出产的茶含有桂花香，冲泡中清香四溢。这是柏墩"川"字茶的独特品质，任何茶都无法企及。

何氏"生甡川"青砖茶之所以三百多年来一直屹立不倒，长盛不衰，尤为其他产品所不及的便是这些茶树、桂花树共生，茶中蕴桂，桂中藏茶。这些几乎覆盖了整个柏墩山山岭岭的桂花树，可以说是"川"字青砖茶的陪嫁女，她赋予了"川"字青砖茶独有的香。

在茶叶加工、发酵、焙干阶段，正是这些桂花盛开，百里飘香之时，生产"川"字青砖茶的茶叶自然而然吸收了桂花的幽香，而其制作过程中所用的泉水，自然也是吸收了桂花香的泉水，待桂花香完全浸透茶叶之后，"川"字青砖茶随之加工成型，桂香与茶香混合在一起，形成了一种独特的青砖茶香味。加上何氏三百多年的成熟工艺，巧妙地在茶中保留了桂花香，使"川"字青砖茶味道更好，这是任何茶无论如何也无法拥有的一种得天独厚的优势。

自古以来，成大事者，天时、地利、人和缺一不可，何氏"生甡川"砖茶三百多年来的不败盛名同样如此。

何建朴从茶园中收回视线，深深吸了一口气，哈哈一笑，转头对何安逸说："不必，我们何家不欠孽债，若真有人不分青红皂白来寻仇，此刻又是开阁收茶的时机，人鬼混杂，防卫再多也无用，做人做到问心无愧就好，听天由命吧！"

"知道了。"何安逸口中虽然应着，却仍然忧心忡忡，何建朴可以不在乎，但是他不能不在乎。

在通往柏墩街的路上，很多挑担或者推着独轮车的茶农正往梅阁那边赶，这些挑夫、车夫大多是与柏墩交界的通山、崇阳两县边界地区的茶农。他们刚收了新茶，要趁着茶叶新鲜赶到柏墩，赶在梅阁开阁以及另外几家茶庄开庄收茶之机售卖个好价。这还只是刚刚开始，再过几日，远近的茶农便会蜂拥而来，每家茶庄前都会排成长队。何氏生甡川茶庄门前，茶农排成的长队更是一眼望不到头，收茶的雇员数十人轮班称茶，几天几夜吼破嗓，要把一年加工砖茶的原茶收回来。

三岔口渡口码头，泊着四十几只大小货船，每一只都有船工在忙碌着装卸货物，装上去的是一箱箱砖茶，卸下来的是一堆堆杂货。

何建朴往河下游望了好久，好不容易看见不远处的河面上有一条雕窗画梁的大木船缓缓驶来，船上挂着渠字大旗，迎风飘扬，他认得那是祁县渠家在汉口的私家货船。

祁县渠家虽然已经将经营重心转移到了盐业，但是茶叶生意一直没有放弃，每年的投入依然不小。过了不久，渠家货船到了渡口码头。

何建朴几步走到码头边，一脸笑意地看着那艘货船停靠在何家码头上，船上一行九人先后下了货船。先下船的是渠家的二少爷渠庆吉，他比何建朴的年纪略小一点，他们早就有生意往来，早已是相与。看见渠庆吉走出船舱，何建朴连忙拱手作揖，连连说贵客到。渠庆吉几步上岸，也拱手作揖还礼，连连说何大人辛苦。何氏叔侄向各位来客施礼。大家互致问候后，何建朴请渠庆吉上了头车，请其余客人都上了余下几辆黄包车，他与渠庆吉一起坐在一辆车上，带着大家先后离开了码头，往梅阁去了。

渠庆吉一脸颓丧，看上去十分憔悴，上了车也不太说话。何建朴知道原因，去年五月，其父渠用信因急病猝然亡故，而渠家老东家渠礼安，也就是渠庆吉的爷爷在得知爱子猝死后，当即晕倒在椅子上，一病不起，如今已病入膏肓。与渠家有来往的人都晓得，渠礼安现在不过是吊着最后一口气，哪天这口气顺不过来就要断。如果不是梅阁开门售茶，渠庆吉不会出门。如果渠礼安断了气，祁县渠家的天就要塌半边。

纵横商场半个世纪、闯下赫赫声名的渠礼安，在祁县民间流传着"旺财主，有眼力，赚钱不钻钱眼子"的俚语。这个旺财主就是渠礼安，他字旺堂。其膝下本有三子，渠用信是其长子，只是长大后，发现其眼睛高度近视，看不清字，渠老爷十分不喜，时常严厉呵责老大，反而极为宠爱二子和三子，只是二子和三子都早早夭折。

按常理说，渠礼安仅剩渠用信一个儿子，本应聚宠于他，可渠礼安不仅不如此，反而因为两个小儿子的早夭而迁怒渠用信，甚至一度把他赶出家门，致使渠用信的妻子积郁成疾而亡，他一个人拖儿带女，生活极为困苦。渠用信没办法只好避居到外祖父家里。可是，让渠礼安万万没想到的是，造化弄人，他的长子反而在困境中奋发图强。渠用信从小与舅父一起日夜砥砺学问，受到了良好的教育，顺利考中了举人。

当渠礼安闻讯儿子考中举人后，深为当年的行为感到后悔，但碍于面子，拉不下脸认错，倒是渠用信率先托人向父亲报喜，表示要回家祭祖和拜见长辈，渠礼安就坡下驴，父子之间的紧张关系自此得以缓和，且越发融洽起来。

渠用信也遗传了其父严谨精明的商业头脑和力挽狂澜的气魄，后来和他父亲一样都是名扬天下的爱国商人，他们既是父子，也是共勉一生的挚友，共同打下了渠家偌大的家业，也因此成就了一段父子挚友、晋商传奇的佳话。

只是渠礼安没想到老天爷再一次捉弄了他，渠用信竟在壮年撒手人寰，让他再一次痛失爱子，人生最大的悲哀莫过于此了。

何建朴明白渠庆吉的难过和哀伤，因为他也有过丧父之痛，二人可谓同病相怜。见渠庆吉不说话，何建朴伸手轻轻拍了拍他的手背，以示安慰。他从小便听父亲给他讲渠老太爷为人如何豁达大度，如何轻财重义，如何帮助何氏茶业在山西进出无忌，更听到父亲好像无意中讲到渠老太爷与祁县另一姓裴的大户人家的老爷情同手足，在裴家遭难时，渠老太爷不顾自身安危出手相救。父亲在离世前再三叮嘱他不要断了渠家这根线，但是原因他一直没说，给他留下了一个谜。这个谜现在解开了。

渠庆吉强装笑脸说："对不住了，何兄。"

何建朴摇摇头，柔声安慰道："没事，我知道，当年我和你一样痛失家严，天塌了。但逝者已矣，活着的人多保重身体才最重要。想想渠叔叔和渠爷爷都是一世英名，也算不枉此生了。"

渠庆吉悲凄地笑了笑，与何建朴一起坐车到梅阁大门口下车，同来客一起进梅阁休息去了。

天快黑了，梅阁大门前仍然挤满了茶农。大门外的屋檐下早早亮起了一大排红灯笼。为了让这些茶农早点回家，管事何安逸已上阵称茶。因为这几日忙着开阁迎客，忙着茶庄的事务，他与何建朴一样几乎都没睡个踏实觉，实在困极了才眯眼打个盹，由于年纪大了，加上过度疲劳，何安逸称茶时上下眼皮开始打架。这时一个茶农把一担茶挑到他面前，他没称就眯着眼睛报数："一百三十六！"因为上一个人是一百三十五斤，凭直觉他估计这两担茶差不多斤两，便吼了一句。

那个茶农抬眼看到何安逸一副昏昏欲睡的模样，暗自一笑，又随手将一把扫帚放到一个空茶篮里，然后挂到秤钩上说："何二爹，还有一担。"

何安逸仍然闭着眼睛报数："一百三十七！"引得在场的人哄然大笑。何安逸被笑声惊醒，正要说他报数的理由，突然看见何建朴出来了，又发现自己被骗了，便指着那个茶农笑着说你骗老子，雷要打你。何建朴看到快累倒了的何安逸，不无担忧地说："安逸叔，您赶紧先回去休息一下，您要是这样硬撑着累倒了，我没法跟婶娘交代。"

在场的人都晓得何安逸敬业，一齐劝他回去休息，他才不得不放下大秤走了。何建朴接过大秤称茶，笑着跟茶农们谈茶叶收成，叫他们把茶叶挑到这里来卖。他们正说笑间，何建朴抬头看见一个三四岁大的小女孩站在不远处，她白瓷一般精致的小脸上，一双圆溜溜黑漆漆的大眼睛正满是笑意地看着他。在他与她对视间，她朝他眨了眨那双清澈见底、亮如星辰的大眼睛。看到这双眼睛，何建朴一怔。

她穿着一身月白色小旗袍，脚上穿着一双印花皮鞋，她的左手边站着一个三十几岁的俊秀男子，那男子也是满脸笑意。

何建朴呆愣片刻，连忙丢下手中秤杆，在众人疑惑不解的目光中，飞步奔向那个小女孩。那个小女孩笑得更加灿烂了，满脸笑成一朵盛开的鲜花，仿佛变成一只快乐的鸟儿扑进了何建朴的怀抱。

何建朴紧紧抱着她，柔声说："玉台，你怎么来了啊？"

"我想你了，何叔叔。"钱玉台伸出双手环扣着何建朴的脖子，那双会说话的大眼睛一闪一闪地在何建朴的脸上流连。

"我也想你。"何建朴抱起已经有两个月没有见过面的玉台，对她身旁的俊秀男子微笑着叫了一声："正丁哥。"让何建朴想不到的是他突然带着玉台到柏墩来了。

钱正丁笑了笑，瞪了钱玉台一眼，叫她快下来，不要弄脏了何叔叔的长衫，言语中却无半点责怪之意，有的只是宠爱。他扫了一眼身旁长长的卖茶队伍，有些不好意思地说："建朴，你看起来很忙啊，我和玉台这丫头到这里来是不是打扰到你了？"

何建朴哈哈一笑说："没有，我正想玉台了呢！"何建朴转身对一个伙计吩咐着叫他接他的手称茶，抱着钱玉台领着钱正丁往梅阁大门内走，边走边笑着问玉台："饿了没有，何叔叔带你去吃饭。"

钱玉台扬起下巴想了想，点点头，稚声稚气地说："何叔叔，我不想吃饭，我听爸爸说叔叔住的地方有一条街，有很多很多好吃的东西。我要去那里吃东西，好不好？"她用那双大眼睛直视着何建朴，看得何建朴整颗心都融化了。

"当然好。"何建朴晓得她叫的爸爸是钱正丁，便刮了刮她挺翘精巧的小鼻子，满眼都是毫不掩饰的欢喜和宠爱，高兴地对她说，"现在正是夜市最热闹的时候。"他又问钱正丁："正丁哥，你累吗？要不你先进梅阁休息，我带玉台去逛一逛，或者你与我们一起去吃一点东西？"

钱正丁笑道："我不累，一起去瞧瞧吧！我早就听说柏墩街热闹，玉台吵着要来看你，我也顺便来见识一下柏墩街。"

"走喽。"何建朴连忙抱着玉台领着钱正丁反身出了梅阁，往夜市走。街上的行人看见何家大掌柜都向他抱拳行礼。何建朴心情不错，也微笑着点头回礼。

柏墩街与去淦河三岔港渡口是同一条路，只不过过了路口前那座古老的柏墩桥，往左拐就是了，走了不到喝一碗热茶工夫便到了。柏墩街道宽八尺，可供两辆马车同时并行，街道两旁都是商铺，一家挨着一家，两边的商铺都被造型古朴精致的木架连接起来，高达丈许，搭建成一条绵延一里多长的回廊，回廊顶上覆盖着灰色布瓦，因为两旁商铺的高度几乎一致，都是丈许，所以并不会影响街道和商铺的采光。街上"长裕川""长盛川"两个老字号茶庄的屋宇门庭高大，气势袭人，因为建筑时间比其他店铺久得多，更显古朴厚重。

此时各家商铺都点亮了灯笼。街道回廊里一片灯火辉煌。站在何家茶园里远看，仿佛一条恢宏的火龙盘踞在淦水河畔。此时适逢几大茶庄开庄收茶，往来客商多。客商们都到柏墩街来喝桂花茶，吃桂花糕，柏墩街早已人来人往，热闹得很。

何氏发达之后最先在柏墩街街头建起专门从事茶叶生意的商铺，后来的雷家、朱家、李家等几大家族都先后到街上开设商铺经营茶业、百货、副食，近一百五十年来，街道一再扩充，各地各路商家的陆续涌入，才有了现如今的规模。何氏的梅阁众星捧月般坐落于街正中。

因为来往的客商实在太多，何建朴紧紧抱着玉台，怕挤痛了她。玉台很高兴，一双大眼睛，骨碌碌转，看着街上人来客往。庆昌和、余家药铺、永和、吕太和、合丰、复兴、老当铺、生牲川这些不是卖吃食的店铺，玉台明显兴趣不大，对生牲川茶庄，她还笑哈哈地问何建朴："何叔叔，这是不是你的店铺啊？"何建朴笑着点了点头。店铺里的伙计看到东家来了，急忙出来打招呼，何建朴笑着点头应答，叫伙计们去忙。生牲川茶庄生意很不错，买茶、品茶的客人很多。

老当铺的前面是朱荣帮瓷器铺，各种造型各异、精美绝伦的瓷瓶、瓷盘、瓷碗、瓷盅、瓷缸、瓷杯等应有尽有。钱正丁边走边看，眼睛一亮，颇感兴趣。柜台内，白头发朱掌柜看到何建朴后笑着点头以示招呼，何建朴急忙点头回礼。

在朱荣帮瓷器铺的对面是一家豆腐店，售卖各种豆制品，有豆浆、豆汁、老豆腐、豆腐干、豆腐丝、豆腐皮、豆腐脑、豆腐泡儿、酱豆腐、臭豆腐等等，其中最著名的自然是臭豆腐、豆腐脑、豆浆、豆汁，还有用豆腐、胡萝卜丝、土豆丝等炸成的素丸子，老远就闻到了诱人的香味。玉台要何叔叔放她下来，拉着何建朴就往豆腐店里跑。何建朴晓得钱正丁对那些瓷瓶颇感兴趣，大声对他说："正丁哥，我带玉台去豆腐店里吃点东西，你若有兴趣不妨去瓷器店里看看，看中什么，记我账上就是了。"

钱正丁笑着说了句好的，看着玉台拉着何建朴进了豆腐店，连忙转身走进了瓷器店。朱老掌柜是明眼人，知道钱正丁与何建朴是相与，暗自高兴大买家来了，连忙抱拳向来客施礼，连连说贵客到。

这条街上不认识何建朴的人只有一些外来的商人或游客。那豆腐店风韵犹存，号称豆腐西施的老板娘自然是认识何建朴的，何建朴与钱玉台还没进去，她就一脸妩媚地笑着迎了出来，她的男人与家里的老实伙计正忙得不可开交，别说与何建朴搭讪，连看何建朴一眼的工夫都没有。

这家店铺不大，但座无虚席，正好有一桌食客吃完走了，老板娘赶紧手脚麻利地收拾干净桌面，招呼何大掌柜入座。老板娘一双桃花眼细细地打量了一番瓷器般精致的玉台，向何建朴抛了个媚眼，柔声笑问道："稀客稀客啊何大老板，这么灵醒的小千金是哪家的啊？我怎么从来没见过啊！"

何建朴笑着回答说："是我侄女，叫玉台。"又对玉台说："快叫姨妈。"玉台甜甜地叫了豆腐西施一声姨妈。

豆腐西施盯着钱玉台，乐得脸上笑开了花，啧啧赞叹道："这小千金长得太灵醒了，长大后一定是个大美人啊。"

玉台知道豆腐西施在夸自己，有些羞怯地笑了笑。

"哎哟，小美人还害羞啊，这才多大的人儿啊，真是了不得啊！"豆腐西施欢喜不已地看着玉台，那模样只恨钱玉台不是她的闺女似的，又问道："小美人，你要吃什么，姨给你弄去，包你吃了还想吃。"然后扳着手指头如数家珍地介绍了一番。她本就能说会道的一张嘴，经过她一番绘声绘色的描述，听得小玉台直咽口水。

玉台有些茫然地看着何建朴，估计是豆腐西施的官话不太标准，一口气又说得太多，她有些没听明白。何建朴急忙笑着点了两碗豆腐脑、一碟臭豆腐还有一碗油炸素丸子。

豆腐西施扭着丰腴的身姿转身拿吃食去了，不一会儿就端着一只茶盘过来，把何建朴点的几样吃食摆上了桌。钱玉台先挨个尝了一遍，说她最喜欢臭豆腐和油炸素丸子，吃得满嘴是油，吧嗒着嘴，意犹未尽。

看着一嘴油的玉台，何建朴笑着说："前面还有很多很多好吃的呢，你肚子要是现在就吃饱了那可就亏了，要不留点空地方，再吃点别的？你要是喜欢这里的东西，我们明天再来，餐餐来吃都可以。"

玉台想了想，轻轻地点了点头。

何建朴跟老板娘说了声先记在我账上，起身牵着玉台出了豆腐店。

这时豆腐西施追出来了，手中拿着一小包刚出锅不久的油炸素丸子，塞在了钱玉台的手上，亲昵地摸了摸她那柔嫩的白脸蛋。

玉台愣了愣，要还给豆腐西施。豆腐西施微笑着说："玉台乖，姨喜欢你，拿去吃。去玩得开心哦，记得要常来哦。"随后又向何建朴抛了个媚眼，一转身，扭着丰腴的腰肢进了豆腐店。

何建朴轻轻摸了摸钱玉台的头，对她笑着说道："没关系，收着，明天叔叔叫人来一起结账。"

玉台点了点头，抬头看了一眼豆腐店中那个忙碌的丰腴而又欢快的身影，打开纸包，拈起一个热乎乎的油炸素丸子，吹了吹气，塞进嘴里。

钱正丁被朱老掌柜送出了瓷器铺大门。朱老掌柜满脸是掩饰不住的喜色，想必钱正丁并不吝啬，该是做成了一笔不小的买卖。

看见钱正丁跟过来了，何建朴好奇地问他道："正丁哥，这么快就看完了？"

钱正丁点头笑着说："看完了，很不错，就是价格不便宜。"

"便宜没好货，好货不便宜。"何建朴一脸笑地看着钱正丁，"那你看中了几件？"

"不多。"钱正丁伸出右手三个手指，一笑说，"挑了三件，朱老掌柜说他亲自送到梅阁去。"

"你真大方啊。"何建朴苦笑着说，"一次挑三件，他当然要亲送。"

"才三件嘛，对于你何大老板而言，不过九牛一毛罢了。"钱正丁朝何建朴眨了眨眼睛。这个账朱老掌柜记在何建朴名下。

何建朴笑了笑，问他是不是继续逛街。

"当然。"钱正丁兴致勃勃，笑得像个孩子一样，然后伸手在玉台手中的油纸包里拈起一个金黄色的油炸素丸子扔进了嘴里，大口嚼着，点头赞叹："好吃。"

"爸爸，给你吃。"玉台将油纸包递给钱正丁。

钱正丁宠爱地说："不愧是我钱正丁的宝贝闺女呀！这么小就晓得疼爸爸了，爸爸不饿，玉台吃。"

玉台又边往他的嘴里塞边说："爸爸，我刚才已经吃了很多，我还要留着肚子吃别的。"

何建朴笑道："你闺女心疼你，还不赶紧吃？"

钱正丁揉了揉玉台的小脸蛋说："爸爸吃！"接过油纸包，一口一个吃着油炸素丸子，很快就吃得一干二净，扔了油纸包。

他们走过朱家药铺，到了殷永兴铺面前。殷永兴炸麻花、麻球、麻果，做麻糖、麻饼，还有机压面条，也是传承了百年的老字号店铺，不管是味道，还是生意都不错。除了面条，不管什么东西，何建朴都一样要了一斤，叫伙计用油纸包包好。殷老板看见是何建朴，连忙笑着抱拳致谢，吩咐伙计给何大掌柜另送一斤最好的麻花。何建朴笑着谢过殷掌柜，叫他都一并记在梅阁账上。他边说边与钱正丁分别提着油纸包又往下一家店铺走。钱玉台一个劲地吃。

到了何记桂花糕店铺的时候，玉台已经吃得肚皮圆滚，实在是吃不下了。这何记桂花糕可是柏墩一绝，也是传承了百年的老字号，他家的桂花糕桂香扑鼻，入口即化、清甜可口，远近闻名。因为此糕做工手艺精湛，用料厚道，价格自然不便宜。不管有钱没钱，只要来柏墩的商旅，必定要品尝，还要带一些回家给亲戚朋友饱口福。上百年来，不管是平头百姓，还是高戴礼帽的富人官家，何记桂花糕都是他们选做待客的上好美食。

玉台尝了一个之后，眼睛立马亮了，她又吃了三块，摸了摸鼓鼓的肚，有些不甘心地说还想吃。她突然后悔油炸素丸子和麻饼吃得有些多了。

何建朴与钱正丁看着玉台那一副心有不甘的表情，差一点忍不住笑出声来。

何建朴弯下腰，正要逗玉台，问她还想吃么东西，突然有一个中年男人从他身边匆匆过去，不知他是无意还是有意地碰了他一下，也不道歉，自顾自走了。何建朴直起腰皱了皱眉头，抬头转身看了那个无礼男人一眼，突然愣住了，他看到了一个熟悉的人头，那个人头上有他永远都不会忘记的癞子。

一股惊悚如同闪电，瞬间击中了何建朴，他脸上顿时写满震惊，身体僵硬，头脑一片空白，他突然猛地清醒过来，下意识地急忙上前一步挡在玉台身前，挡住了那个癞子已经扫到玉台身上的视线，隔着来来去去的人流，何建朴冷冷地盯着那个人，因为紧张愤怒，他整个人都在微微颤抖。

"建朴叔叔，你怎么了？"玉台那稚嫩而又悦耳的声音让他不自觉地紧紧抓着她的右手。

"建朴，怎么了？"钱正丁的声音充满了疑惑。

"没事。"何建朴强装一笑，但不敢动，只是死死地盯着那个男人，看见他一闪身消失在人流中。何建朴用眼睛急忙在人流中搜寻，却再也没有看见那个人的踪迹。

那个人就像一场突然出现的幻影，可是这幻影又是那样地真实，何建朴忍不住摇了摇头，想要将那幻影摇出脑袋，但方才那诡异而又可怕的画面却停留在他的脑海中，仿佛刀雕斧凿一般清晰，或许将成为他终生难以忘却的噩梦。

何建朴打定了主意，深吸一口气，缓缓地用力握紧双拳，静静地看着人来人往的街市。他知道，那不是幻觉，也不是噩梦，那个可怕的恶魔刚才的确在他面前出现了，他不知道那个人为什么到柏墩来，但他到这里来绝对不是好事。

"何叔叔，你怎么了？"玉台又问了他一句。

何建朴回过头来看着正仰着小脑袋看着自己的玉台，强装笑脸说："叔叔没事，你还吃不吃得下去？前面还有很多好吃的呢。"

钱玉台摇摇头说："何叔叔，我吃饱了，我们回去吧。"

何建朴将手上的食物递给钱正丁，蹲下身来，看着玉台，张开双手，疼爱地对她说："来，叔叔抱你，我们先回家去，明天我们再来吃别的好吃的东西，我们要把这里的好东西都吃个遍。"

玉台乖巧地点点头，上前一步，双手环抱着何建朴的脖颈，何建朴顺势抱起她，笑着轻声对她说："玉台，我们回家。"转身往梅阁走去。

钱正丁摇摇头，苦笑道："这孩子。"也急忙跟上何建朴。有一句话他没说出口，只在心里说了半句："血脉这东西……"

还没出柏墩街，玉台竟然伏在何建朴的肩上睡着了，看样子她真的吃饱了，累了。

钱正丁满头雾水地跟着何建朴走，轻声问了他一句："建朴，到底发生了什么事？"

何建朴放慢脚步，看着钱正丁，语气沉重地说："我刚才看见了卢金斗手下的烂头老二。"

钱正丁吃惊地瞪大眼睛，盯着何建朴，难以置信地问道："你说你看到了谁？"

"卢金斗的手下烂头老二张德义。"何建朴肯定地说。

钱正丁知道何建朴绝不会说假话，顿时紧张起来，神色不安地扭头在人流中搜寻，紧拧眉头，低声对他说："我们先回去再说。"

何建朴点了点头。

回到梅阁，何建朴看见梅阁里里外外的护卫突然增加了不少，已经清醒的管家何安逸轻声告诉他，有人看见蒙古人到柏墩来了。中田畈何氏那座三进三出、富丽堂皇的祖宅的护卫也增加了八个。没有人知道何家到底发生了什么事，但何家气氛突然紧张了起来。

虽然何建朴觉得完全没有必要，直觉告诉他，卢金斗一伙蒙古土匪已经流窜到湖北来了，但钱正丁却担惊受怕，惶惶不安，吃不下也睡不着。为了安慰他，何建朴说我们人多势众不用怕。

他们两个人商量好了今夜轮流守着玉台，怕歹人把她劫去做人质，敲诈何、钱两家。到了凌晨两点，钱正丁熬不住了，强睁着眼，昏昏欲睡。何建朴这几年来，经常忙到凌晨三四点钟才睡觉，熬夜早就习惯了。他叫钱正丁放心去睡觉，说家里有这么多护卫值夜，麻雀都飞不进来。钱正丁哈欠连连地去了隔壁厢房，也不管什么卢阎王了，倒头便睡。

屋子里就剩下沉睡的玉台和坐在一旁太师椅上看书的何建朴了，他手上捧着一本已经泛黄的宋刻本《庄子》，看样子已经被他翻阅了很多遍。

到底是庄周梦蝶，还是蝶梦庄周？每个人的见解和看法都不一样，何建朴当然也有自己的看法。他以前觉得是庄周梦蝶，但是在那个同样有着一双绝美大眼睛的女人出家之后，他突然觉得一定是蝶梦庄周了。世事经历不同，心路历程不同，感触自然也就不同。

何建朴心不在焉地翻看着书，他晓得钱正丁突然把玉台带到柏墩来，是有意让已经记事的玉台熟悉自己的根，知道柏墩这个地方。他打算明天把她带回中田畈老家，让娘看看她的长孙。

梅阁后院制茶场热闹非凡，上百个夜班茶工在库房、发酵房、蒸茶房、压模房、烘房进进出出，板榨工、装包工、配料工、蒸茶工、装斗工、退斗工、端斗工、翻堆工、发酵工、铡茶工、筛选工、风选工、拣茶工、烘焙工、修边工、包装工、封签工、搬运工各司其职。他们现在正在生产经山西杀虎口销往新疆、绥远的二四箱、三九箱的西口砖和米砖、小京砖。二四箱指的是每箱二十四块青砖茶，每块重八十九两。三九箱指每箱三十九块，每块五十五两。米砖、小京砖每块重八两。上白天班的茶工，生产的是经张家口销往蒙古、俄罗斯转销欧洲的二七箱和三六箱东四砖。二七箱每块砖茶重五十五两，三六箱每块砖茶重四十一两。这些茶工无论是做红砖茶"湘红"，还是做青砖茶"生牲川"都是行家里手。他们每年从清明采制毛尖，到夏天采制红茶，秋天采制老青茶，一年忙到头。

民国三年，据农商部统计，湖北茶出产于襄阳、黄州、武昌、施南、郧阳五府各县，每年约产四十万担，其中武昌府产茶最多，实占湖北一半。在武昌府所辖茶区，咸宁柏墩、马桥铺产茶最多。从前清中期到民国初年，湖北咸宁茶业一年的营业额至少有百万两白银。茶价稳定时，每箱至少可获利润二两白银，最高时每箱可获利七两之多。按此计算，咸宁各大茶庄的纯利最低为十万至十二万两，最高可达三十五万至四十二万两。

钱正丁刚走不久，突然有人来敲门，何建朴轻轻放下《庄子》，轻手轻脚打开房门，看见一个茶工恭敬地递给他一封信，说是一个外乡陌生男人看见他们家的大门还开着，工人在进进出出，送来这封信，叫他交给何大掌柜。何建朴接过信，没有问送信的人在哪里，打发茶工走了。

何建朴拿着书信，关上房门，觉得很是疑惑，这半夜三更的，怎么有人来送信，信封上写着"何建朴亲启"五个字，字写得规规矩矩，何建朴思索了半天，也没认出是谁的字迹，当然也就看不出是谁写的。他十分疑惑地拆开信封，展开信笺先扫了一眼，发现信笺上的字并不多，但看完内容之后，何建朴神色看上去虽然颇为平静，其实心里早已惊涛骇浪。他久久凝视着信笺上的落款——阿刚。

这两个字外人看并没有什么特别，但何建朴看了却不一样。这人世间，他只叫过一个人阿刚，而且这个"刚"字的那一竖钩，他写成极为粗壮锋利的一竖，就像一把利剑。

何建朴紧抓着白色信笺，凝视着"阿刚"二字，激荡的心情，久久难以平复，他静坐许久之后，内心的波涛才归于平静。他轻手轻脚走到墙角，揭开围桶盖，将手上的信笺在台灯上点燃，丢进围桶内，看着它烧成了灰，他才放心地盖上桶盖。抬头看着熟睡的玉台，轻手轻脚走到床边，轻轻扯被子给她盖好，和衣躺在玉台身边，轻轻把她搂在怀里，久久端详着不能相认的女儿，无法静下心来。过了不久，他干脆起身把何安逸叫了起来，与他坐在一起，头挨头说了一阵话，才叫他回去再接着睡。何安逸打着哈欠走了。何建朴却睡意全无地干脆把玉台抱在怀里，靠在床头，看着她熟睡的脸，一直到天亮都没合眼。

第二天，何建朴背着玉台，领着钱正丁回到了他的老家中田畈。

何老太太一看见玉台便喜欢得不得了，一口一声我儿我肉地唤，特地叫下人杀了两只鸡，蒸给她和钱正丁吃。玉台也巴心巴肝地叫她奶奶，乐得何老太太合不拢嘴，抱着这个不知道身世的孙女睡了两夜。他们在中田畈何家祖屋住了三日，再没有看见卢金斗一伙土匪露面。何建朴办妥了渠庆吉要的各种规格青砖茶的订货手续，送他先离开柏墩，再用何家的货船亲自送钱正丁和玉台回到了汉口。

十六

告别钱正丁夫妇，亲了又亲玉台后，他独自一个人从汉口坐京汉铁路上的火车到北京，再转京奉铁路上的火车一路辗转，几天后的一个傍晚到了吉林府，坐上黄包车到了盛辉大酒楼，进了早就有人为他预订的豪华套房里。客房里有电话，他迫不及待地拿起电话，拨了一串号码。电话通了，接电话的是个陌生男人，语气淡漠，约定了他们见面的时间和地点，他终于安下心来。待对方挂断电话后，他才放下电话筒，手心里却捏着一把汗。

何建朴呆坐片刻，泡了个热水澡，然后闷头大睡，一觉睡到第二日大天亮。他起床后，穿好衣裤，下楼在一楼的餐厅吃了早餐，出门叫了一辆黄包车，叫车夫去中国银行。这家银行是辛亥革命之后，孙中山大总统下令成立的，总部在北京。

进了中国银行，何建朴表明了自己的身份，银行陈经理在贵宾室里热情接待了他，他对他说明了来意。陈经理有些惊讶，但还是亲自去办何建朴要的汇款。不一会儿陈经理来告知他已经办好了，将一张汇票递给他，并派车派人护送他去福寿楼。

因为昨夜有人预订了房间，何建朴进门表明身份之后，福寿楼经理将他领进了福寿楼里最豪华的大包间。

何建朴向他施礼后，送他出了门，转身关门坐在椅子上静静地等客人来，不时喝一口茶，看一眼怀表，时针仿佛走不动，好慢。过了不久，有人来敲门，何建朴连忙起身打开门，看见门口站着一个身穿黑色长衫，头戴黑色礼帽的中年男子，男子长相平凡，神色恬静，福寿楼经理站在一旁，毕恭毕敬，门口还站着两个身着黑色制服的保镖。何建朴一眼就看出这两个保镖都是上过战场的兵。

穿长衫戴黑帽的男子扫了一眼何建朴，微微一笑，并未开口说话。何建朴却知道这个人就是昨夜与他通话的那个男人，急忙抱拳一拜，恭谨地叫了他一声："齐先生。"

齐先生微笑不语。

何建朴侧身，躬身邀请齐先生进房。齐先生进门后，房门被门外的保镖轻轻掩上了。

齐先生毫不客气地端坐在太师椅上。何建朴小心而又恭谨地亲自给他沏上一杯热茶。齐先生微微一笑，以示感谢，端起茶杯，浅尝一口，以示回敬，轻轻搁下茶杯，看着何建朴，用昨晚那种平静而淡漠的口气问他道："何先生，事情你可都清楚了？"

何建朴点点头道："已经清楚了。"

齐先生也点点头，微微一笑："那就好。"

何建朴不再多说话，从口袋里拿出一张中国银行的汇票，放在齐先生面前的茶桌上，偷偷注视着齐先生的神色。

齐先生看着手上的一万银元汇票，眼中的笑意更浓了，再次端起茶杯，浅浅地啜饮一口，然后抬眼看着何建朴，语气平和地说："何先生，你不必担心，既然答应了你，齐某就一定会办到的。我把你的这笔钱一定如数交给闻朝玉镇守使，充入军饷，你等我的好消息就是了。"

何建朴抱拳对他深深一拜，恭恭敬敬地说："多谢齐先生。"

齐先生淡然一笑说："何先生不必谢我，正所谓受人钱财与人消灾。"

何建朴缓缓直起腰来，不再多说话。

齐先生吞下一口茶水，看着杯中漂荡起伏的茶叶，轻声说："那阎王毕竟不太好惹，如果无事，何先生当避人耳目，尽快离开此地。"

何建朴暗暗松了一口气，再次抱拳向他深深一拜说："在下告辞。"

齐先生点了点头，也不多言，只是默默喝茶。

何建朴转身拉开房门，出门后轻轻关上房门，转身径直离去，不再回头，出门后直奔火车站，一路辗转奔波几天，安全返回武昌。从咸宁柏墩出来，将近一个月的行程，他几乎都在船上、火车上、马车上、黄包车上度过，疲倦不堪。他刚出渡口，正准备叫黄包车，没想到提在手中的牛皮手提包被从身后过来的一个人突然抢走了，他猛然一惊，转身看见一个年轻人正拿着他的手提包飞跑，一看就是三只手中的老手了。他一边追，一边大叫抢包。码头上虽然人来人往，但他们即便都看见有人抢劫了，也多一事不如少一事急忙避开，不愿多管闲事。何建朴边吼边追，突然看见飞奔的抢犯被一个穿着灰布长衫的壮汉绊了一脚，摔了个狗吃屎。绊倒抢犯的灰衣壮汉吸完手上最后一口香烟，丢掉烟屁股，不待他起身，快步上前一脚踩在他后背上，弯腰从他手上强行夺下公文包，才抬起踩着抢犯的右脚。

那个抢犯急忙起身逃命，跑出十几步才止步转身，咬着牙，黑着脸，盯着那个穿灰衣的壮汉，恶狠狠地对他说："你他妈的晓不晓得老子是哪个，晓不晓得我的老大是谁，你敢多管闲事，这块地盘以后你就别想混了。呸！"那个抢犯重重朝他吐了一口口水，转身扬长而去。

何建朴跑到了灰衣壮汉身旁，气喘吁吁地向他道谢。

灰衣壮汉将手提包还给何建朴。何建朴接过手提包，向他拱手作揖，十分感激地说："多谢义士！"

灰衣壮汉微微一笑道："举手之劳，何足挂齿。"说完话转身走到一辆黄包车旁边，掏出一支卷烟，在手背飐了飐，掏出火柴盒，准备划火点燃。何建朴发现他是黄包车夫，几步走到他身边。灰衣壮汉浓眉微蹙，缓缓抬头看着何建朴，取下叼在嘴唇上的香烟，疑惑地问了他一句："老板有事？"

何建朴笑着说："去司门口吗？"他扫了他一眼，看见他像蒙古人，心内一喜。

"怎么不去？"灰衣壮汉一边应答着，一边急忙转身，将卷烟重新放回皱巴巴的烟盒里，将烟盒塞进口袋，看着何建朴，问这位老板要去司门口哪个地方。

何建朴上了黄包车坐好，笑着说："钱利通钱庄知道吗？"

灰衣壮汉点点头说："当然知道，您坐好了。"他等何建朴坐定，拉起黄包车，向码头外飞跑。

何建朴看着车夫的后背，心存感激，不晓得他为什么不怕小偷报复，对自己出手相助，便试探着问他道："这位大哥，刚才真是多谢你了。"

灰衣壮汉笑道："小事一桩，不必言谢，再说你也已经谢过了。"

"大哥真是仁义。"何建朴笑着说，"不知大哥从事这行有多久了？"

"不久，三个月而已。"

"大哥，据我所知，这码头附近小偷众多，大多都是团伙，你为我得罪了他们，以后恐怕不得安生了，我心里实在过意不去。"

"没关系，我换一个地方就是了，树挪死，人挪活，活人哪能被尿憋死。"灰衣壮汉很是豁达，也不乏幽默。

"呵呵，大哥说得对，不过我看你好像不是本地人？"

"你看出来了？我是蒙古人。"

"噢！难怪你身手不凡，蒙古我去过，大草原羊肥马壮。"

"我们从小就学摔跤。"

"不知道大哥有没有想过要改行？"

灰衣壮汉一边拉车，一边用毛巾擦汗，大声笑着说："倒是想过，不过我一个外乡人，在这里人生地不熟，有谁愿意要我。"

"如果大哥不嫌弃，不如就跟着我吧，也许我不能让你大富大贵，但绝对会让你比卖力气要好！"

灰衣壮汉放慢脚步，车速慢了下来，他转头看了一眼何建朴，又回过头去，笑着问他一句："老板是想让我给你做保镖？"

何建朴急忙解释说："我不是这个意思，我是想让你以后跟着我办事。"

"呵呵，老板您不必解释，我明白您的意思，反正都是讨生活，卖力气，与卖命其实没啥子区别，只是，我这个人天生散漫，不太愿意被束缚。"

"我光说大哥恐怕不信，不如你先跟着我一起去蒙古跑一趟，看看我这个人中不中用，是去是留，到时候你再做决定。"

灰衣壮汉加快步伐，想了想大声回了一句："可以。"

何建朴喜不自禁地说："那就说定了。不知道大哥贵姓？"

"既然说定了，你就是我老板，可千万别一口一个大哥地叫我，老板可以叫我巴特尔。"

"巴特尔？"何建朴轻声念着，他懂得"巴特尔"在蒙古语中是英雄的意思。他猛然想起在归化城"大盛魁"当差的那个巴特尔，一愣，很快回过神来，哈哈一笑道："以后我就叫你巴特尔了，我姓何，叫何建朴。"

巴特尔晓得自己遇到贵人了，想摸摸他的底："老板，您跟钱利通钱庄什么关系？"

"我办的。"何建朴的声调很平和，没有丝毫炫耀之意。

巴特尔愣了愣，随后一笑说："看来，我这次是撞了大运了。"

"这叫好人有好报。"

"对。"巴特尔很是高兴，腿脚更有劲了，拉着车飞跑。他们一路闲聊，很快就到了司门口"钱利通"钱庄。

何建朴下了黄包车，领着巴特尔大步走进钱庄大门。值班经理老远就看见了何建朴，急忙迎了上来，向他打躬作揖。

巴特尔不懂得那么多礼节，见那经理谦卑恭敬地打躬作揖，不禁笑了笑，跟着何建朴上了楼。

经过几年筹备，何建朴再次亲自带领商队前往绥远。随行的巴特尔，与他相处三个多月，何建朴才知道巴特尔不但武功了得，而且识文断字，思想新潮，真正是个文武双全的人才。他很快被何氏家族上下人等刮目相看，被何建朴委以重任。他听何建朴说要去归化城，起先因为一些难言之隐有所顾忌，因为他的家就在归化，他是迫不得已才离开家乡到武昌来谋生的。他是正宗的土默特部族人。经过一番考虑，他还是决定随行，他也想回家去看看。

何家的五条商船从柏墩三岔口渡口码头出发，沿淦河西行一路顺风顺水，直奔汉口码头。

俗话说："茶到汉口盛，汉口因茶兴。"由于繁盛的茶叶贸易使汉口港从汉江边到丹水池形成长达三十华里的汉口码头，是中国内河航运最大的码头，有十万之众码头工人和运输茶叶的船工队伍，这些苦力为了在这个地方生存下去，结成各种带有浓厚地方宗派色彩的行帮。

在清代，江南四省安徽、江西、湖南、湖北的茶叶大半在汉口集散、加工，再通过长江和汉江水路往北方输出，最鼎盛时期是十九世纪后半叶，特别是一八六一年随着汉口开埠，汉口茶市对外开放，西方商人和资本的大量涌入，每年从汉口港外输的茶叶达到二百万担之多。中国外输的茶叶百分之六十五是从汉口出口的，汉口因此被西方人称为"东方茶港"。

何家船队靠在汉口码头稍作停留，再经汉江北上到襄阳，再沿襄河到河南赊旗店上岸，换马帮运送青砖茶过黄河入山西境，出雁门关换骆驼运至漠北蒙古，再经俄罗斯去欧洲腹地，要历经一条万里茶道，才到各处饮茶人手中。何建朴立在船头，看着江面上来来往往的船只和那些打着赤膊、挥汗如雨地忙碌着的码头工人，难以相信眼前的一切都只是美丽而繁荣的泡沫，在外国列强的打击下，这些泡沫将一个接着一个破灭。从这里出口到欧洲的茶逐年在减少。

随着外国茶业的大肆兴起，中国本土茶业日渐衰败，在表面的繁华之下，隐藏着的是日薄西山的无奈和悲凉。

站在何建朴身边的巴特尔好像知道他的主人在想什么，语气平和地说："大掌柜，何必多想，一个人太软弱无能了，便会被人欺辱。一个国家太软弱无能，同样会被人欺辱。特别是像我们这样的大国，在列强眼中无疑是一座取之不尽用之不竭的金山银山，谁不想分一杯羹？这是一种悲哀、无奈和耻辱，当然也是世界发展的一种必然。被欺辱并不算什么，被欺辱了，被打痛了，才会觉醒，才会想着要奋发图强，才会在经历重重磨难之后站起来，才能屹立在强国之林和世界之巅。何先生，你眼前所见的一切，并非幻象，也不会破灭。武昌首义后，此地已开始崛起，我们国家已开始崛起，即便茶业崩塌，亦会有别的行业撑起，天塌不了，只会越来越明朗。"

何建朴听了他的话，不自觉地挺直了腰杆，放眼环望，坚定而自信地说："巴特尔，你说得对，天不会塌，即便中国茶业被外国列强打垮，我何建朴也会坚持到最后，我一定会看到我们国家真正站起来的那一日。"巴特尔能说出这样的话，让他对他又高看几分，估计他上学读了书。

巴特尔满意地笑了笑，不再说话。

江风拂面，带着初夏的气息扑鼻而来，江面上大小船只上上下下，汽笛长鸣，此呼彼应，仿佛在向天宣誓：东方茶港死不了。

何建朴没有看到钱家的船队，晓得钱正丁要带着他的船队跟过来，便吩咐船老大起航。

几年前，也是这个季节，也是在何家的货船上，他惊鸿一瞥于钱家商船船头上那袭身影，白色长裙，黑色长发，那双比黑宝石还纯粹、比星辰还明亮的大眼眸，以及那双眼眸中隐隐流露出来的忧伤。他与她眼光在交汇的刹那，天地间的一切仿佛都静止了，一切也仿佛都注定了。

"唉！"站在船头的何建朴，远眺着钱家船队该出现的江面，好想再看见那个身影再现钱家船头，只是再难看见了。他一声黯然长叹，几年未见，他不知她过得好不好。其实他也很清楚，对于如今的她来说，又哪有什么好与不好。他很想亲眼看一看她，哪怕只是远远地看她一眼也好。无情的江风吹摆着他的长衫，也吹动了他的心潮。何建朴从怀里摸出那张叠得方方正正的黑色面纱贴在脸上。几年过去了，那黑面纱上依然残留着她的气息。他闭上眼睛，享受着这女人香的温馨。

头船一声汽笛长鸣，让何建朴缓缓清醒过来，他苦苦一笑，收起了那张黑色面纱，也收起了心中波澜。

何氏船队渐渐驶离了热闹喧嚣的汉口大码头，日夜兼程，经汉阳府蔡甸、汉川、沔阳，安陆府天门、潜江、钟祥，荆门之沙洋，襄阳府宜城，上十天后到达襄阳汉江北岸之樊城。

大船到达樊城后，要换小船继续北上。船工们换了小船以后，驾船往西北入唐白河，上至两河口，入唐河，经河南南阳唐县，达水路终点南阳裕州赊旗店，行程五百二十余里。

从赊旗店上岸后，何建朴一行人转陆路，用骡、马驮运青砖茶北行，经裕州方城、叶县，汝州之宝丰、汝州，河南登封、偃师，到黄河南岸之孟津渡口，又日夜兼程走了五百八十五里。

渡过黄河后，何建朴与早就约定好来接应的驼帮头人碰了头，换驼队驮运货物，经沁阳，沿太行山太行陉，过碗子城，至山西泽州凤台县（晋城），又走了约三百里。到了凤台县后，驼队转向北行至山西泽州高平，潞安长子、屯留、襄垣、沁州、武乡，约四百七十五里，入太原府境到祁县。

在山西祁县，有一座何家大院，与渠家大院紧邻，那是明朝末年何家先祖何盛川在山西为官时置下的产业。何盛川不仅能做官，还有商业头脑，在他出入雁门关，看到江浙茶商在蒙古做茶叶生意发大财，想到自己家乡柏墩满山都是好茶树，自唐宋起就经营茶叶生意，思考着为何不去叫自己同祖同宗的何氏宗亲广开茶园，通过他从中经营，种茶发家呢？他说做就做，写信回到柏墩中田畈老家，叫弟弟何裕川牵头鼓励父老乡亲开辟茶园种茶。果然，在他的推动下柏墩因茶而兴。可是，茶叶打包起运，因为到漠北蒙古草原路途遥远，包大量少，车马劳顿，运费盘缠极高，难赚钱。何盛川对茶包仔细研究后，发现将茶叶蒸软，压成砖形茶块，缩小它的体积再起运，一次会运得更多，大大节约成本，能赚大钱。他把这个想法写信告诉远隔千里的何裕川。何氏家族大小人等，按何盛川的说法，用坚硬的千年柏木做模，蒸茶压成茶砖，果然大大提高了运力，节约了成本。更让他们惊喜的是，长年吃肉喝奶的蒙古人，更加喜爱蒸熟了的青砖茶，柏墩茶销量大增，何氏家族日进斗金。为了纪念何盛川不忘根本，何氏族人在茶砖模上深深地刻上了"川"字。随着柏墩青砖茶在大漠北越做名声越大，不识汉文的蒙古人只用手摸茶砖，如果三根手指陷入"川"中，便晓得是来自湖北一个叫柏墩的地方的真茶，便毫不犹豫地买，高兴地喝。

何盛川也因茶发了财，在山西祁县开基做屋，紧邻祁县名门渠家大院，建起了一座大院，祁县人叫它何家大院。何盛川在这座大院开起了茶庄，在山西推广何氏青砖茶，并给茶庄取名"长盛川"，又叫弟弟在汉口、武昌开了两家"长裕川"茶庄。为了坐地做庄，他又在蒙古归化城盖起了一座茶庄。后来他的后人与有两万头骆驼的大商号"大盛魁"联营，将青砖茶销往喀尔喀四大部、科布多、乌里雅苏台、库伦、恰克图、内蒙各地，新疆乌鲁木齐、库车、伊犁和俄罗斯西伯利亚、莫斯科等地。从此何氏家族世世代代经营砖茶到山西，出蒙古，都有了自己的落脚点。为了利用长江大水道经汉江运输砖茶，何盛川的后人在武昌、汉口又相继开办了"长盛川"分号。后来，为了打响"川"字品牌，他们将"长盛川""长裕川"茶庄都改为"生牲川"茶庄，统一经营，形成何氏茶业。到了通信更快的年月，往来书信被电报替代，汉口"生牲川"茶庄有了自己的电报挂号"四六五九"。

出了祁县，经徐沟、太原县、阳崔县，约三百一十里过石岭关入忻州境，经代州崞县，二百七十里北出雁门关，经大同府山阴、怀仁、左云、右玉出漠北。

这条通漠北的茶道，何氏家族大掌柜小苦力，年年都要走。现在何建朴带着商队一路辗转，一路留下三万斤砖茶，余下六万斤砖茶还需要他们再往北运抵归化城。现在这单青砖茶是近两年来何氏茶业最大的一笔生意。在右玉他们经过三天休整，已是六月下旬，何建朴跟着驼队过杀虎口，直奔目的地归化城。这一路上，巴特尔紧抓着蒙古刀，跟在何建朴身后。

绥远地区的昼夜温差很大，六月白天的气候中规中矩，但一到晚上却冷得有些让人难以忍受。何建朴觉得再冷，也没有几年前那个雨夜冷。

因为早就拍了电报，经何建朴的推荐，已经在布日固德手下当差的王六斤、阮长武和夏兴保，在布日固德的授意下领了一连骑兵直奔杀虎口迎接何建朴及其商队。这三个人因为表现都极为出众，都已经升任连长、连副了。与他们同行的还有已经组建了三年的归化城总商行护商队的一连装备精良的骑兵。

看到何建朴的商队过了杀虎口，王六斤、阮长武和夏兴保急忙翻身下马，一齐向何建朴敬礼。在这个离家乡上千里的地方，看到相与，何建朴激动不已，也向他们举手敬礼答谢。

有两连强大骑兵一路护送，何家商队从杀虎口到归化城一路安全无虞，他们走得也并不着急，第二日到了那片何家驼队曾经遭遇土匪的蒙古榆树林。领头的老骆驼在与何建朴一起回归化的途中被杀，就葬在这个地方。看着老骆驼那座孤坟，何建朴、王六斤、阮长武和夏兴保的眼睛都红了，他们一起动手，将孤坟上的杂草扯干净，给他的坟培了新土，大家一齐跪在坟头，磕了三个头。何建朴轻声说："老骆驼，事情我都安排好了，您相信我，三年之内，我一定会给您和崔安，给所有的兄弟一个交代。"

走出榆树林，何建朴看见与他寸步不离的巴特尔几次动口想说什么，却欲言又止。现在路上安宁了，他知道巴特尔想问什么，便边走边将几年前发生在何家的那些事从头到尾对他说了。

何建朴带着驼队继续北上。

离归化城越来越近了，巴特尔变得更加沉默寡言，一路上无论大家说说笑笑，讲各种奇闻逸事，笑得大家前仰后合，他却始终没有笑过，一言不发。

何建朴看出巴特尔有心事,巴特尔也告诉过他说他的家就在绥远,至于他为什么心事重重,越往家里走越沉默不语,巴特尔不说,他也不问。他很清楚,这个男人身上有他不愿说的往事。这个往事是迫使他离开家乡,远走湖北的原因。

十七

　　阔别几年，何建朴又带着驼队在官兵的护送下进了归化城，他格外激动。天快黑了，他把驼队带到仓库，交给虎和鹰负责卸货，自己一个人上了街，想看看这几年归化城有没有什么变化。他在街上转了半个圈，突然看见街边的店铺门口亮起了电灯，顿时吃了一惊。"是哪个办了发电厂？"他问了自己一句，举头四顾归化城，看见整个归化城灯火辉煌，不禁赞叹道："这个人不简单，有眼光。"他想了想又自言自语说："这个事只有段大掌柜做得出来。"

　　为了弄清楚是哪个率先在漠北开办发电厂，何建朴转身匆匆回到生牲川茶庄，看见茶庄门口的大红灯笼换成了雪亮的大灯泡，茶庄内也灯火通明，连连摇头说不简单。

　　何安稳看见何建朴来了，高兴地说贤侄走这么远的路送黑茶来累了，叫他上楼歇息。这一次来了几万斤黑茶，够他忙的。因为青色也叫黑色，他们也把青砖茶叫黑茶。

　　何建朴没有说累不累的话，上一次他到绥远，出了那么大岔子，差一点人货两空。这一次他进绥远，顺风顺水，根本不觉得累。他没接何安稳的话头说，而是问他是哪个在归化开了发电厂。

　　何安稳看见侄儿一脸惊诧，笑着对他说这种事还有哪个有胆魄做，只有段大掌柜做得了。

　　"果然是他！"何建朴高兴地说。

　　"听说他的这笔生意做得不顺。"何安稳不经意地说。

　　"不顺？"何建朴有些诧异，紧盯着何安稳反问他一句。在他看来，投资发电厂应该是一桩赚钱的生意，怎么会做得不顺呢？电灯这个新玩意儿在武昌、汉口家家都用，月月交钱，不像做其他生意还要到处吆喝，到处找关系，到处推销。

"具体是么情况我不大清楚，只听来买茶的客人议论说大盛魁不顺。"何安稳又补了一句。

"那我得去看看！"何建朴边说着边转身往门外走。

"你吃了晚饭再去也不迟。"何安稳急忙挡了他一句。

"我去看一下，回来再吃。"

何建朴匆匆出了门，匆匆上了街，匆匆赶到了大盛魁大楼门口，抬头看了一眼悬挂在大门门楣上的"拱卫绥远"大匾，坚信段履庄不会草率行事。何建朴佩服段履庄，更与这块牌匾有关。

前面已经说过，段履庄接恩师李顺廷的手刚刚成为大盛魁大掌柜的那一年，外蒙古宣布独立，内蒙古一个叫玉禄的骑兵连长趁机叛乱，烧杀抢掠当地牧民。危难时刻，段履庄主动向袁世凯请命安抚，并以大盛魁的全部资产和他本人的性命向玉禄担保，保证官府收编他的人马安全。结果玉禄向官府投降，稳定了绥远局势。北洋政府向大盛魁赐了这块"拱卫绥远"大匾，黎元洪总统还亲书"功绩盖塞"大匾一块，赐与段履庄宅第悬挂。段履庄一时名声大噪。

何建朴放慢脚步走进大门，扫了厅堂一眼，只看见几个伙计在忙。

一个小伙计眼尖，突然看见生牲川茶庄的东家来了，连忙跑过来叫何建朴一声何大掌柜，请他到后院喝茶。

何建朴笑着向他道了谢，问他段大掌柜在不在家。

那位小伙计说段大掌柜到绥远去了，苏掌柜在后院。他说的苏掌柜是副经理苏文阶。

何建朴点了点头说好，请他去告诉苏掌柜一声，说生牲川的何建朴来求见。

那个小伙计答应一声，连忙跑进后院去了。

过了一会儿，苏文阶哈哈笑着跑进门来，双手抱拳对何建朴一顿猛摇，连连说失迎了！失迎了！问他什么时候到的，怎么不先告知一声，他好出门到城门口去接。

何建朴笑着说都是自家兄弟，没有必要这么客气。

苏文阶让到门边，请何建朴先进了后院，自己跟在他身后进了院，请他到客厅用茶。

何建朴进了客厅，双手撩起长衫前摆，在客座坐了下来，苏文阶亲自把煮好的热茶给他斟了一杯，坐到何建朴对面，高兴地压低声音对他说："何大掌柜送的那批枪和子弹，我运回来后起了大作用，自从有了枪，我们的护商队没有人敢惹，进出绥远的商队都安全了。更重要的是，那些与日本人勾结搞内蒙古独立的蒙古王爷，被护商队以各种借口搞了，还暗中打死了不少黑龙会的人。日本人不敢轻易到绥远来活动了。"

"那就好！"何建朴高兴地说。

"现在这个世道，用枪说话才硬气。"

"什么话不好说，用枪就好说了。"

他们相视一笑，又寒暄了几句在汉口分别后彼此的近况。

何建朴话锋一转，把话头扯到了电灯上，赞扬大盛魁做事有气魄，段大掌柜看得远。

听到这话，苏文阶苦苦一笑，说这几年段大掌柜虽然办了几件大事，名声在外，但与几个股东关系越来越紧张。

"此话怎讲？"何建朴一惊说，"段先生为他们尽心尽力赚钱，他们坐享清福，还对段先生不满？"

"岂止是不满！"苏文阶又苦苦一笑，摇了摇头，仔细把这几年大盛魁的情况告诉了何建朴。

原来，段履庄得到北洋政府的信任，前年他以高级顾问的身份，随西北边防总司令徐树铮第三混成旅开赴库伦，大盛魁担任了部队军需的重任。随后，在中俄交涉所成立后，段履庄又成为异常活跃的交涉所成员，在谈判中起到举足轻重的作用。可惜的是，段履庄一腔热情没能挽救中俄关系的破裂。因为他人在外蒙古，疏于对大盛魁的管理，中俄断交后，大盛魁遭到重创。

去年，北京有一家电灯公司在日本人的支持下，到内蒙古来到处立电杆，要办电灯公司，被当地人砍了电杆，办不下去了，绥远都统署左右为难，建议大盛魁接手。大盛魁又承办了绥远电灯公司。因为搬迁及机器故障各种原因，大盛魁耗费巨资，却未收到预期的经济效益，导致大盛魁亏损。

几次生意接连失手，大盛魁内部对段履庄的不满情绪浮出水面，其他掌柜认为段履庄不务正业，有沽名钓誉之嫌。更糟糕的是，大盛魁几个创始人的子孙们也对段履庄公开声讨，双方发生激烈争吵。

"这些时段大掌柜焦头烂额。"苏文阶仍然苦笑着说。

"唉……"何建朴长长叹了一口气说，"做生意哪有每一笔都做成的呢？有盈有亏是常事。这些股东应该体谅段先生的良苦用心才是。"

"他们只看账面的盈利，只看分红，不管你的死活。"苏文阶有些气愤地说。

"这件事得有人出来说句公道话。"何建朴心情沉重地说。他理解得了段履庄的不容易。

"哎！"苏文阶好像突然想起了什么，紧盯着何建朴说，"何先生，这个发电机是日本人造的，卖给我们很贵，他们还做了手脚，经常出毛病。听说蔡都统调走了，从甘肃调一个姓马的都统来了。你跟都统署里的人熟，你可不可以出个面，请你的相与问一下这个马都统，听说他在北京做过官，我们花点钱，请马都统找关系说通北京蔚丰公司的沈文炳，请他换一组好机器给我们，解段大掌柜的难。"

听了苏文阶的话，何建朴想了想，抬起头对苏文阶说："这个事这样办，你与段大掌柜商量一下，我明天把布日固德参谋长请到我茶庄来，你们一起过去吃顿饭，大家一起商量一下。"

"好！"苏文阶听见何建朴答应帮忙，高兴地又向他双手抱拳一顿猛摇，说何先生讲义气。

何建朴起身告辞，说他回去吩咐人到绥远去一趟，请布日固德明天中午过来吃饭。

苏文阶高兴地说他马上到段先生府上，给他报个信。告别苏文阶后，何建朴匆匆回到茶庄，叫巴图巴雅尔赶快骑马到绥远去一趟，请布日固德参谋长明天中午过来吃中饭。

巴图巴雅尔答应一声，连忙出了门。

吃过晚饭后，何建朴洗了澡，正准备上床休息，苏文阶风风火火跑过来了，告诉何建朴说段大掌柜听说何先生到归化来了，十分高兴，说由他做东，在归化最好的塞上饭店设宴为何先生洗尘，托何先生代他请布日固德参谋长赴宴。

何建朴向他道了谢，说他已经安排厨房备了明日中午的酒菜了，他叫苏文阶再跑一趟，去告诉段先生，因为有些话在饭店那个人多眼杂的地方不好说，请他们明天还是到茶庄来吃饭，好商量要为段先生去办的事。

苏文阶听了此话，觉得有道理，便答应了，说他再去转告段大掌柜，再三感谢何先生的好意。

送走苏文阶，何建朴正准备进门上楼休息，看见巴特尔从仓库过来了，便站着等他过来。

巴特尔看见何建朴站在大门口，加快步子几步走到他面前，叫了他一声何先生，说他想明天回家里去一趟，看看父母亲，但是因为在武昌拖黄包车，没存几个钱，想找何先生支一点工钱带回去。

何建朴高兴地说你到绥远来了，应该回去看看，你的工钱是应该给你的，我明日叫账房先把这个月的工钱给你结清，再多给你一个月的工钱，你多带点钱回去。你几年没回家了，应该回去孝敬父母亲。

巴特尔高兴地再三向何建朴道了谢，说他还要到仓库去帮忙卸货，叫何先生早点休息，转身要走。

何建朴又叫住了他，告诉他说他明日请布日固德参谋长和段大掌柜来喝酒，叫他也来参加酒席，说他这一趟行程也辛苦了，正好好好喝餐酒解乏。

巴特尔慢慢收了笑脸，动了动嘴唇，支支吾吾着欲言又止。

何建朴发现他神色不对，晓得他有隐情，连忙叫他有话直说。

巴特尔轻轻叹了一口气，紧盯着何建朴说："何先生，你听说过骑兵连长玉禄趁外蒙古独立之机，率兵叛乱吗？"

"我知道这件事。后来是段履庄大掌柜以身家性命担保，官府招抚了叛军。"何建朴点了点头说。

"我就是玉禄手下的二排排长。"巴特尔脸上现出了军人特有的刚毅，看见何建朴很平静地在听他说话，他接着说："但是，玉禄把我们变成了土匪，带着我们抢掠烧杀牧民，奸污牧民妻女。我看不惯，出面阻止，差一点跟他动了枪，我知道他不会放过我，便在当天深夜偷偷摸出军营，骑马一夜飞奔过了雁门关，在山西把马卖了做盘缠路费，过黄河一路南下，到了武昌，在车行租了一辆黄包车，打算赚点钱活下去再说。后来我打听到是段大掌柜担保叛军性命无忧，官府招抚了叛军，我就又想回来看看。哪知道上天让我遇到了您。我不想现在就见段先生和参谋长。"

"也好！"何建朴点了点头说，"以后有机会再见面。"

巴特尔向何建朴道了一声谢，转身走了。何建朴进门上楼睡去了。

第二日上午，布日固德忙罢手头上的事，便迫不及待地骑马到了归化，人还没进生甡川的门，便大声喊建朴老弟。何安稳听见他的声音连忙跑出门，从他手上接过马缰，告诉他何建朴在楼上。

何建朴已经听见布日固德的声音，"咚咚咚咚"飞也似的从楼上跑了下来，刚到大堂与进大堂门的布日固德碰了面。他情不自禁地叫了他一声大哥。布日固德跑上前去一把紧紧抱着他，连声叫老弟！老弟！他对何建朴的救命之恩是感激不尽的，因此见到他就高兴不已。听说他已经到了归化，他昨夜就准备过来看他，又因为他一路劳顿，怕打扰他休息才作罢。

何建朴把布日固德带上楼，给他泡了一杯茶，与他一起坐下来相互说了几年前一别后对彼此的思念。何建朴顺便把段履庄遇到的难处对他说了，问他能不能请得动马都统出面到北京找关系，帮段履庄渡过难关。

听了何建朴的话，布日固德长长叹了一口气，说段大掌柜是在为大盛魁拼命，那些股东不应该这样对待他。他告诉何建朴说，蔡成勋调到甘肃当督军去了。现在调到绥远来任都统的马福祥，本来有希望当甘肃督军，但一个也想当甘肃督军的张北钾出面对他发难，通电全国说甘肃汉回世仇，马福祥这个汉人不能当督军，并以亲率六十营官兵与他周旋到底相恫吓，引起北洋政府重视，即调绥远都统蔡成勋为甘肃督军，调马福祥为绥远都统。马福祥到绥远来了以后，还没有到北京去述职，如果请他出面游说沈文炳，他有可能为难。因为我知道蔚丰公司后边有日本财团支持。

何建朴听到布日固德这样说，也觉得他的话有道理，他叫布日固德回去后，探一下马福祥的口气再说。

过了一会儿，楼下传来段履庄扯着大嗓门在叫何大掌柜。何建朴连忙起身对布日固德说段履庄来了，与他一起匆匆下楼迎接段履庄。

与苏文阶一起进门的段履庄，看见何建朴和布日固德一起下楼来了，连忙双手抱拳向他们一顿摇，哈哈笑着说："段某不才，本应该是我设宴为何先生洗尘，请参谋长大人喝杯淡酒的，我说迟了，明日再办酒赔礼。"

何建朴和布日固德一齐抱拳回了礼。何建朴也哈哈笑着说："一家人，不说两家话。您办酒我办酒都一样。"他边说边请段大掌柜和苏经理上楼喝茶。

招呼大家坐定以后，何建朴又执壶给各位客人倒了茶，坐下来与段履庄寒暄了几句。段履庄问了何先生家里一切都好之类的话，何建朴心照不宣地笑着说托段先生洪福，家里一切都好。

布日固德看见他们该相互问候的话差不多说完了，插话叫了一声段先生。

段履庄晓得他有话要对自己说，连忙笑着请参谋长大人指教。

布日固德收了笑脸说："刚才何先生把你目前的困境都详细告诉我了，我回去以后找一下马都统，看他能不能帮你这个忙。据说北京蔚丰公司的背后有日本财团支持。如果是日本人从中做的手脚，故意弄坏发电机组，你就是找人说动了沈文炳，他也不敢把好发电机换给你。我们不如暗中去找一个懂发电机的人来，给一笔钱请他把发电机修好，但是，我们找的这个人一定要可靠，另外，我们还要封口，不能漏风让日本人知道我们请人来修机器，不然日本人要对他下黑手，杀了他。"

"嗯！"段履庄点了点头说，"参谋长的话有道理。"

在座的几个人也相继点头说这个办法更好。

"大家都想一想，看有没有路子找到懂发电机的人。"布日固德说。

"我们武昌有发电机，我可以写信回去请人来。"何建朴连忙说。

"不！"布日固德说，"日本人很狡猾，他既然做了手脚，不是他们的人就难得修好。据我所知，日本人在奉天办了机器厂，这种发电机很可能是在奉天造的。"

"对！"段履庄拍了一巴掌大腿说，"我当时买发电机的时候，就听他们的一个人无意中说发电机是在奉天造的，运费比从日本运过来少得多。"

"好！我看看能不能在奉天找到人帮忙。"布日固德看着段履庄说，"这件事你们不能出面，不然日本人晓得了麻烦更大。"

"我知道！"段履庄点了点头说。

"我可以去奉天一趟。"何建朴对布日固德说，"我弟弟有消息了，他在奉天，在张作霖大帅手下当兵。"

"这是好事！"布日固德听说找到何建刚了，高兴得跳了起来，叫何建朴以找弟弟的名义去一趟奉天。

"我看这件事得慢慢来，不能急。"一直没说话的苏文阶开口说，"现在日本人正在盯着我们的发电厂，如果马上找人修好了，他们又要想办法破坏，我们不如先就这样用一段时间，等日本人放松警惕了，我们再请人来修。"

"你说得有理。"段履庄接过话头说，"到时候还是请何先生到奉天去一趟。"

"可以！"何建朴也高兴地站了起来。

这时，何安稳匆匆跑上楼来，叫何建朴带客人下楼去吃饭。

何建朴笑着请各位贵客去喝酒，说今夜不醉不休。

这一次，何建朴送到大漠北来的几万斤各种型号青砖茶，是三个驼队运到归化来的。他带着货到了山西以后，留一万斤青砖茶在祁县何家大院，为了防止货物万无一失，他分别拍电报给老牛、布日固德和段履庄。叫老牛带着老骆驼留下来的驼队，再另外请两个驼帮到祁县接货；请布日固德派兵到山西杀虎口保护他的人与货物安全；请段履庄派绥远护商队在驼队前开路。接到电报后，老牛迅速联系了其他两个驼帮赶到山西接货。布日固德派已经升任连长的王六斤带着阮长武和夏兴保一起，率领一个连的骑兵到杀虎口保护商队。段履庄派护商队在距离商队两里路远的前面开路。有了全副武装的官兵和护商队保护，运送"川"字青砖茶的商队才平平安安地到了归化。他之所以动了这么多人护商，是吸取了上一次到绥远来的教训。他很清楚，虽然官府在大力剿匪，并且剿灭了绥远最大的匪帮卢金斗，但是在这个地方像杨万珍、杨猴小、陈得胜、赵半吊子等臭名昭著叫得出名的匪首还有很多，没有大部队护送，他的这些货物难以保全，自己也性命难保。

接下来的一段时间，何建朴在护商队的护送下，把青砖茶送到各个茶庄分号。护商队的队员们早就晓得他们手上既可以杀土匪，又可以保命的汉阳造是何大掌柜送的，都对何建朴格外照顾，使他少受了不少累。

在呼伦贝尔的那个茶庄，是何氏茶业离归化最远的一处店铺。原来是茶庄经理何功汉到归化来接货，这一次何建朴决定亲自送货到呼伦贝尔去，顺便到奉天去看看弟弟建刚。

老牛晓得何建朴要在呼伦贝尔大草原下雪前把青砖茶送到呼伦贝尔去，他刚带着驼队送一宗货到绥远，卸下货便带着弟兄们到归化来了。

何建朴看见几年不见的驼工弟兄们见到他，一个个激动得像看见久违的亲人一样高兴，便吩咐厨子做了几桌好菜款待各位弟兄。

驼工们吃饱喝足以后，一个个倒在床上睡了一夜好觉，第二日一大早起床，吃了早饭，便赶着马和骆驼到仓库上了货，跟着何建朴出了归化城。

段履庄晓得何建朴这次去呼伦贝尔，还要秘密去一趟奉天，帮他找修发电机组的技师，也早早起了床，到城门口来送他远行，再三对他说一路平安，等他平安归来，设宴为他接风。并脱下身上的皮袍披在他身上，说马上要下雪了，这东西既可以挡风，又可以当铺盖。段履庄站在城门外，看着何建朴带着商队走远了，才长长叹着气，回了家。

经过二十来天的长途跋涉，何建朴的商队快到呼伦贝尔城的时候，天便下起了雪。驼工们赶着骆驼加快步子，日夜兼程，在这天早上城门刚打开的时候进了城。到了"生牲川"茶庄分号，驼工们连忙卸了货，各自找地方倒下便睡。

这一次出来因为还要去奉天，何建朴又把虎和鹰带过来了。等驼工们休息了三天，都恢复了体力，骆驼也休息好了以后，何建朴叫老牛带弟兄们回归化，说现在草原上雪不深，早一点动身回去好。

其实，老牛只打算让人畜休息一天就走，是何建朴说磨刀不误砍柴工，让人畜都多休息两日，有气力走路也快些，驼队才多休息了两日才离开呼伦贝尔。

漠北的雪比江南要下得早得多。江南的十月正值金秋时节，如诗似画的山水，赤橙黄绿青蓝紫，七彩缤纷。而此时漠北的雪飘飘洒洒，漫天遍野，将广袤的草原装扮得银装素裹。

何建朴要到奉天去见几年不见的弟弟何建刚了，心情如江南十月般姹紫嫣红，但是，又不晓得能不能帮段履庄解难，而一片茫然如塞北的雪。

把呼伦贝尔茶庄的生意安排妥当以后，何建朴又吩咐何功汉到明年开春以后，把茶城彻底翻新，把后院的住房扩建成大四合院。至于翻新扩建的原因，他没有说。

第二日，他带着虎和鹰从海拉尔坐火车到了齐齐哈尔，又转车到了奉天，出了谋克敦火车站。其实谋克敦就是奉天的满语，也叫茅古甸。在车站广场上，何建朴笑着叫了一句一个卖糖葫芦的中年男人这位先生，问他中街往哪个方向走。他顺手往前边一指，叫他往那边走就是。何建朴向他抱拳致谢，匆匆往中街走去。虎和鹰紧随其后。

"坐个马拉火车去吧兄弟，到那地方得有十几里地，我看你是个不缺钱的人，天又冷，你走过去不划算。"那个卖糖葫芦的汉子，对穿着皮袍的何建朴吼了一句。也许是何建朴叫他先生，也许是他客气地对他抱拳致谢，他告诉了他最便捷的方式。

何建朴初到奉天，本来打算边走边看，熟悉一下这个在张大帅治下，从绥远跑过来投奔他的叛军、土匪生活的地方，听见吼声，他转身对他一笑，回了一句："好嘞！"

马拉火车是奉天一大怪，由两匹马拉着一节车厢在铁轨上跑，是光绪三十三年由中日商办奉天马车铁道股份有限公司建的。马车前站着车夫，车夫拉着马缰指挥两匹马行止，马拉火车便到每一站接客、下客。马拉火车车夫见车厢内差不多坐满了客人便关了门。何建朴对车夫说了句："去中街良信客店。"站在车厢外的车夫也应了声："好嘞！"叫几位先生坐好喽，赶着马拉火车飞跑。

奉天的天气也很冷，刮在何建朴脸上的风像针刺一样痛，他连忙拉紧两边帽耳朵，严严实实地捂着脸，只露出眼睛在寒风中看路边街景。

奉天街上与齐齐哈尔一样，有许多俄罗斯式屋宇，还有德国、法国、日本式房屋，比中国民居要大得多，好看得多。何建朴在心里说这都是外国人赚中国人的钱做的，什么时候中国人的地盘上不许外国人任意建房就好了。

车前的两匹马大口喘着粗气，呼出来的热气很快凝成了小水滴，被风吹在车夫的帽绒上，冻成了亮闪闪的珠。

马拉火车一路飞跑，沿途上下了一些客人，不久便把何建朴一行拉进中街，在良信客店门口停了下来。

何建朴先下了车，抬头看了一眼这家客店，只见它是一个大院子，面积不大，估计这家客店的主人不富裕，他从山西走西口北上蒙古到奉天来谋生，能有这样一处产业也不容易。

虎和鹰也相继下了车。虎掏出一个钱袋，从中取出几枚铜壳，付了车钱，车夫驾车走了。

何建朴领着两个随从走到客店门口，鹰掀开厚厚的门帘，让何建朴先进了门，他和虎跟了进去。

客店的厅堂不大，靠里墙是一个大火炕，屋里比外边要暖和得多。炕上坐着两个中年男人正在说笑，看见有客进门来了，其中一个阔头大脸的汉子笑哈哈地下炕迎客，问几位先生是住店还是来吃饭。

何建朴取下帽，笑着说是来住店的，也要吃饭，请给他们开两间房。

那个阔面大耳的男人边答应着："好嘞！"边从腰带上取下一串铜锁钥，领着几个客人进了后院，打开靠南边的两间客房，笑着对何建朴说："这两间房里的火炕早就烧热了，请几位先生进去歇息，我马上给几位贵客送茶过来。"

何建朴有意让他高兴，好接下来向他打听那个叫黄经理的店主，便大声吩咐虎跟这位先生一起去付五天的房钱，吃饭钱另外再付。

果然，那个男人听见有一笔不小的收入，哈哈打得更响了，边向何建朴道谢，边领着虎进了前堂。

何建朴进了里边一间房，感觉到屋里确实暖和，这才解开皮袍，坐在炕上。

过了一会儿，那个男人提着热水壶进门来了，给何建朴倒了茶，请他慢用，转身要出门。

何建朴连忙叫住他，笑着问他道："请问这位先生，这个客店的东家是不是姓黄？"

"对呀，是姓黄！"他惊诧地打量着何建朴。

"请问他在家里吗？"何建朴又问了他一句。

"我就是！我叫黄继生。"他仍然一脸疑惑地盯着何建朴。

何建朴听说他就是自己要找的人，连忙起身，向他抱拳一摇说："久仰黄先生大名，请问黄先生认识一个叫卢奇义的人吗？"

"认得呀！他在我们山西做过学徒。"

"是他介绍我到你这里来住的。他说黄先生为人很豪爽，是个好人。"何建朴故意吹了他两句，以便拉近关系。

"不敢当！卢队长高看在下了。"黄继生抱拳向何建朴摇了摇，接着说："请问先生贵姓？"

"鄙姓何，叫何建朴。"

"听何先生口音，你不是北方人？"

"我是湖北人。"

"难怪我听了像南方口音。"

"黄先生好耳力。"何建朴又吹了他一句，突然转过话头问他道："听刚才黄先生叫我的兄弟卢队长。"

"对！他是大帅府警卫队副队长，在奉天是见官高一职的人物。"

"难怪！"何建朴仿佛是自言自语了一句，这个时候他才明白了建刚为什么写信给他，叫他到吉林府，也就是吉林省省会吉林县去找一位姓齐的先生，不是张作霖身边的人，手伸不到吉林去。

"卢队长得空的时候，经常到我这里来坐，我们一起喝点小酒，拉拉山西老家的家常，都想家，拉拉家常心里痛快。我在这个地方做生意，也得到他不少关照。原来经常有人上门来敲诈勒索，每年总要花不少钱消灾。自从他到我店里来一坐，没有哪个敢来了。"黄继生用十分感激的语气说。

"他每次是一个人来吗？"何建朴得知卢奇义对这位黄老板有恩，便往深里问了一句。

"有时候他带一个年轻后生来，是他的兵。"

"这个后生叫什么名字？"何建朴一喜，又追问了一句。

"姓祁，叫祁祥。就是我们山西祁县那个祁。"

"哦！"何建朴深吸一口气，长长呼了出来。

"卢队长知道何先生今天到奉天来吗？"

"不知道。"何建朴摇了摇头，他迫切希望见到卢奇义，迅速找到建刚，但又不好直说，只对黄老板轻描淡写地说了一句，"他不知道在不在奉天。"

"要不我去找找！只要张大帅不出门，他就在奉天。现在天气冷了，张大帅一般不出去。"

"好！"何建朴连忙答应着说，"劳黄先生大驾了！"

"您稍候，我去去就来。"黄继生边说边转身出了门。

马上就要见到卢奇义了，何建朴开始坐立不安起来，在房里徘徊，只要卢奇义晓得他到奉天来了，他一定会把建刚带来。

过了不久，何建朴突然听到门外有人说话，立即凝神静气仔细一听，听见有卢奇义的声音，拔腿便往门外跑，几大步到了门口，掀起门帘，果然看见卢奇义与黄继生进了后院，跟在他们身后的是一个穿着军装、戴着遮耳军帽的他十分熟悉的身影。何建朴顿时激动不已，差一点大叫一声建刚，扑上去。因为有外人与他在一起，他连忙收回了已经迈出的右脚，呆呆地站在门口，紧盯着何建刚。

卢奇义突然看见何建朴跳出门来，晓得他见到建刚十分激动，连忙打发黄继生回前堂去了，笑着叫了他一声何大掌柜，想把他从呆愣中唤醒。

听见叫声，何建朴顿时醒了过来，连忙叫了一声在旁边房内的虎。虎应声跑出门来。何建朴轻声叫他和鹰到院子里看着，不许外人靠近他的房门。虎答应一声转身进房叫鹰去了，他没有注意两个来客。

何建朴掀起门帘，请卢奇义和何建刚进了门，自己迫不及待地跟了进去。

刚进门的何建刚怕何建朴没有认出他，连忙一把抓下头上的皮帽，转身对跟在他身后进门的何建朴叫了一声大哥。

"建刚！"何建朴伸出双手，颤抖着紧紧抓住何建刚的双手，紧紧捏在手心里，仿佛怕他再离开自己，一双眼睛紧盯着他的脸，在他的脸上搜寻着，看他受没受过皮肉之苦，看到他的目光更加坚毅，脸庞脱了孩子气，更加成熟，皮肤白白嫩嫩，脸上的那道伤疤也褪了色，心放了下来。

"哥！"何建刚也紧盯着大哥的脸，哽咽着叫了何建朴一句，两行眼泪突然喷涌而出。

"建刚！"何建朴也突然泪流满面，撒开双手紧紧把他抱在怀里，轻轻抽泣着说，"哥让你受苦了！"

卢奇义仿佛晓得他们兄弟俩见面会有这个场面，装着什么也没看见的样子，坐在炕上，拿出一支烟点燃，低头吸着。

"大哥！我娘好不好？家里人都好不好？"何建刚强压着哭声，也紧紧抱着何建朴，泣不成声。

"好！娘身体很好！一家人都好！娘在望你回家。一家人都在盼你回家。"何建朴松开双手，抬手抚摸着何建刚的脸，轻轻擦着他脸上的泪水。

"我做梦都想回家，我经常梦见我娘。"

"娘也说经常梦见你回家了。她要我把你找回去。我找到你了。"何建朴破涕为笑，把何建刚拉到炕上坐了下来，提热水壶给他们倒了热茶。

"何大掌柜这次是从绥远过来的吧？"卢奇义看到他们不哭了，抬头问了何建朴一句。

何建朴爬上炕，靠墙坐在炕桌前，点了点头说是的。

"这么远到奉天来，多住些日子再走。"卢奇义又补了一句。

"我这次送货到绥远，又把呼伦贝尔那个店子要的青砖茶送过去，安排何掌柜到明年开春天气暖和以后，把整个店铺重新翻新，把后边的院子扩大，做成一个大四合院，到建刚回去的时候，全部交给他。"何建朴是在对卢奇义说话，也是在说给何建刚听。他不晓得卢奇义对他说的话，是不是句句是真话，有意把自己的打算说给何建刚听，打消他心里的疑惑。

"这样更好！"卢奇义点着头说，"在这个年月，外国列强都在打东北的主意，俄国、日本、美国、德国等都到东北来修铁路，霸占港口，抢煤炭、铁矿、木材，经常打仗。张作霖大帅要占东北，做东北王，要与这些外国强盗干仗，干仗就要死人。我不会让小三儿死在战场上，等他把事办了，我就要他回去，再把裴家振兴起来，告慰他一家老小。他现在在我身边，我把他的名字改了，叫祁祥，就是他的老家祁县吉祥的意思。我不让外人知道他的真实身份。"

何建朴边听卢奇义说话，边瞟着何建刚的脸色，看见他气色平和，估计卢奇义没有对他说假话，是在真心实意保护何建刚，暗中帮他报仇。

"对的！"何建朴赞赏地点着头，看着建刚说，"如果建刚愿意，回湖北咸宁家里去也可以。娘会给你娶一个漂亮媳妇。你帮我做生意，以后我可以放手把北方的生意都交给你去做。"

"小三儿是裴家唯一根苗，得让他多生几个娃。"卢奇义看着何建朴，笑了，又拿他开心说："到他生意做好了，有钱了，再纳两房美妾，再生几个娃，裴家就又人丁兴旺了。"

"那当然好！"何建朴抹干眼泪，哈哈笑着说。

何建刚看了两个大哥一眼，笑了笑，没有说话。他同意投靠张作霖当兵的唯一目的，就是寻机杀了卢金斗，为自己的家人报血海深仇。

"你们现在有卢金斗的准确消息吗？"何建朴话锋一转，压低声音问了他们一句。

"他在陕西、四川、湖北、河北，一直遭到各地官府追剿，手下几个干将都被打死了，后来孤家寡人跑回了老家丰镇隆盛庄天宝屯，广置田地、房产，又拉起了支三百多人的队伍，但在绥远成不了气候，他便跑到奉天来找王丕焕。王丕焕把他引荐给张大帅，张作霖收编了他，让他跟王丕焕一起驻防天津。"卢奇义同样压低声音说。

"卢金斗和王丕焕知道你在张作霖身边吗？"

"暂时还不知道。"卢奇义摇了摇头，接着说，"就是他们晓得了也不敢怎么样，我也可以投靠张作霖嘛！"

何建朴不怀疑卢奇义的话。因为他在张作霖身边当警卫队副队长，与张作霖来往的人他都一清二楚。他又把头靠近卢奇义，问他道："你介绍的那个齐先生和闻大人靠得住吗？"

"这个闻朝玉是张大帅一手提拔起来的。他们闻家与张作霖是姻亲。据说张作霖的小妾卢夫人是闻朝玉父亲的表叔卢五先生的女儿，长得很好看，被张作霖看上了，闻朝玉的父亲为了攀上张大帅，帮他纳了卢家女儿为妾，闻家还一手操办了张作霖的婚事。后来闻朝玉投靠张作霖当了兵，并且向张大帅告密派兵剿了与他有往来的一伙土匪，当场打死二百多人，为张作霖报了杀兄张作孚之仇，立了大功，张作霖送他到奉天陆军讲武堂第一期学习。出了讲武堂后，他积极支持张作霖打败对手，逐渐掌控东北，成了东北王。张作霖也不断提拔他当了奉天暂编第一混成旅旅长，授予他中将军衔，还让他担任洮辽镇守使，驻防吉林，那个齐先生是洮辽镇守使公署的总理，也就是闻朝玉的文案书记长。"卢奇义了如指掌地把他掌握的闻朝玉和齐先生的情况，一五一十对何建朴说了。

何建朴没有想到卢奇义把他需要的杀手的底细摸得这么仔细，轻轻点着头说："看来这个人有把握。"

"在张大帅的队伍里，像闻将军这样剿匪态度坚决的将领不多。要杀卢金斗靠我们单枪匹马不行，得找大人物。我听说闻朝玉是因为剿匪起家的，便主动讨好他，他每次来见张大帅，我都鞍前马后把他照顾得很好，取得了他的信任，并把绥远最大的土匪头子到奉天来了的消息告诉了他。"卢奇义又把头靠在何建朴头上，在他的耳朵边轻声说。

"我这次到奉天来还有一事相求。"何建朴怕隔墙有耳，连忙岔开话头。

"何先生有事尽管说，我尽力而为。"卢奇义坐正身子，对何建朴一笑。

何建朴又把大盛魁面临的难处轻声对他说了，问他能不能请一个可靠的人到绥远去一趟。

卢奇义想了想，转头问何建刚说："那个叫郭振江的小伙子经常来找你玩，听说他是机器厂的？"

"嗯！"何建刚点了点头说，"他在奉天机器厂做工，不晓得他懂不懂发电机。"

"你想法把他找来问问。"卢奇义对他说。

"好！"何建刚点头答应了。

"这件事一定要保密，不能让日本人知道。"何建朴叮嘱了他们一句。

"日本人的心黑得很，他们要吃掉我们整个东北，还想吃掉内蒙古。"卢奇义气愤地说。

"嘘……"何建朴抬起右手，竖起食指挡住嘴，示意他声音小一点。

"奉天到处是日本人。"何建刚补了一句。

"要不然这样办，我在奉天开一个店铺做生意，把虎和鹰留在这里经营，便于你们联络。如果闻司令对卢金斗动手，你们不好出面的事都可以叫他们去做。"何建朴突然想出了一个主意，连忙对卢奇义和何建刚说，问他们这样办妥不妥。

"好！"卢奇义轻轻拍了一巴掌炕桌，高兴地说，"我和小三儿在这个地方正愁没地方去，也没有自己人说话。如果你来开店，我和小三儿都可以照顾得到，哪个都不敢惹事。"

"太好了！"何建刚也高兴地说。

"那就这么办。"何建朴高兴地跳下炕，穿上皮靴说，"你们赶快去找一处房子，把它租下来。我拍电报到武昌去，叫钱庄的陈经理汇钱过来。我就在这里把店子开起来再回去。"

"租房子好说，很容易。"卢奇义转头与何建刚商量了一下，打算就在奉天最繁华的朝阳街租一处店面，这个地方离大帅府近，便于他们照顾。

何建朴说做生意就是找人多店铺多的地方，赞成卢奇义的想法，叫他们快去办。

"这样吧，我们一起坐车到那边去吃饭，你先到那条街上去看看。"卢奇义对何建朴说。

"可以！"何建朴高兴地说。

"那就快走，天快黑了。"卢奇义边说边下了炕。

何建刚也连忙下了炕，跟着何建朴出了门。

何建朴出门看见鹰在院子里踱步，叫他唤虎一起出去吃饭。

门外停着一辆铁壳小汽车，卢奇义先出了门，拉开车前门叫何建朴坐在前座，叫虎和鹰跟他一起挤在后座。何建刚上了驾驶座，发动了车子。虎和鹰突然看见开车的是何建刚，不约而同地叫了他一声小少爷。何建刚转头对他们一笑。何建朴连忙用右手食指挡着嘴，示意他们不多说话。虎和鹰一起高兴地点了点头。

"你学会开车了。"何建朴高兴地对建刚说。

"他聪明得很，一学就会。"卢奇义接了一句。

何建刚没有问卢奇义到哪个地方去吃饭，直接把车开到一家门楣挂着"汾河饭馆"招牌的馆子门口停了下来。

何建朴下车一看，晓得这家馆子是山西人开的，也是卢奇义和建刚经常光顾的地方，便不多问，跟着他们进了门。

饭馆内，一个粗眉细眼的中年男人操着山西口音，哈哈笑着请卢队长带各位贵客进里屋喝茶。

卢奇义没有应他的话，只对他说了一句你给我办几个好菜，我到街上去转转，等一会儿带客人过来吃。店主点头弯腰地说："好，好，好。"卢奇义转身出了门，领着何建朴一行人在大街上边走边给他介绍着各家大商铺、大银行和大人物的住宅。他还特地把他们带到张作霖的大帅府前，告诉他们说这处气派的府第就是大帅府。

何建朴打量着门庭高大的大帅府，暗自感叹乱世出豪强。叹服大字识不得一箩筐的张作霖，能住这么大的屋宇，能掌控富庶的东三省，能在外国列强的眼皮底下充王，不能不说他有本事。

卢奇义对奉天城了如指掌，把何建朴和他的两个随从带着在街上转了一个大圈，拐进了一条侧街，在一处两层小楼前止了步。这栋小楼临街有四个铺面，店门锁着。他转身轻声对何建朴说："这家房子的主人是个二十几岁的山东人，祖上是闯关东到东北来的，前两个月他在一个煤矿做生意，不明不白死了，听说他的女人卷走他家里的钱财，把才几岁的女儿丢在他大哥家里，跟他店里的一个伙计跑回关内去了。他的大哥我熟。他正打算把房子租出去，拿点租金养活侄女。"

何建朴仔细打量了一眼这栋半新不旧的铺子，看见它楼下做生意，楼上可以住人，开店铺很理想，他又扫了一眼两边街市，看见各家店铺不时有顾客进出，便转头问何建刚："建刚，你看这个地方怎么样？"

"大哥做主，我不内行。"何建刚对大哥一笑说。他晓得大哥的用意，大哥是在这个地方给他一个"家"。

"那就租下来吧？"何建朴又问了建刚一句。

"好！"何建刚点头答应了。

何建朴转头对卢奇义道了谢，请他赶快联系房东，尽快把房子租下来，他们这几天好把铺子打扫干净，添置一些家具、被褥，再打电报回去叫家里人从汉正街进一批货发到奉天来，准备妥了就可以开张营业。

卢奇义笑着说他今夜就上门去找房东，明天就可以把约纸签了，叫何大掌柜只管去汇钱、办货，叫他们先去吃饭，喝杯酒暖暖身子再说。

何建朴高兴地点头说他明天就去办。他边说边情不自禁地牵着何建刚的手，把他的手紧紧抓在手上。其实，他突然想在这个地方开一个店铺，是想把南方的货运到北方来卖，等赚了钱后，再开一处大商行。因为在这个地方大家都不认得建刚，他对这个地方也熟，以后等建刚报了仇，从张作霖的队伍出来后，他便将这个商行和呼伦贝尔的店铺一起交给建刚，让他做发家之本。毕竟这个地方比呼伦贝尔的场面大，赚钱多，振兴裴家就有希望。另外，年关快来了，他还想留在奉天陪建刚一起过大年。

吃罢饭后，因为都多喝了两杯酒，何建朴怕大家说话漏风，便叫把握得住酒性的建刚开车把他们送到客店。他倒在大炕上呼之噜之，一觉睡到大天亮。吃过早饭后，他到奉天电报局，分别给武昌钱利通钱庄的经理陈道行，汉口生牲川茶庄经理何功德拍了电报，把在汉口要办的事交给他们去办。

这天夜里，何建刚开车带着一个年轻人进了何建朴的房门，告诉大哥说他就是郭振江，在奉天机械厂当技术员。

听说郭振江是技术员，何建朴暗自一喜，连忙请他上炕坐，给他和建刚分别倒了热茶，转身坐在炕沿上笑着问郭振江家在哪里，说听他的口音不像东北人。

郭振江说他是河南信阳人，在日本帝国大学读的工科电气专业，毕业后到奉天机器厂来了。

听他说是在日本读的书，何建朴暗暗吃了一惊，他以为与建刚要好的这个人只是一般工人，没有想到他在日本读过书，便不好再深说请他到绥远去的事，转头看了建刚一眼。

何建刚晓得大哥担心郭振江不可靠，对他一笑说："振江是中国人，他也恨日本人占咱们的山东，占旅顺、大连，还要占内蒙古。大哥放心，我把话都对他说透了，他答应去帮这个忙。"

"哦！"何建朴不好意思地一笑，对郭振江说，"这件事是日本人做的手脚，不能让外人知道，不然要出事。"

"大哥放心，只要是给咱自己中国人做事，我死都不怕。"郭振江有些义愤填膺地说。

"做任何事不能逞一时之勇，要把事情办成还要避免危险。你看你什么时候有空，我来安排时间送你到绥远去。"何建朴对郭振江说。

"从奉天到绥远，去来得几天？"郭振江问了何建朴一句。

"从奉天坐火车到北京，再从北京坐火车到大同，再骑马到绥远，来回估计得二十来天。"

"这么长时间请不了假，日本人管得很紧。"郭振江有些为难地说。

"嗯……"何建朴抬头吸了一口烟，慢慢吹了出来，想了想对郭振江说，"要过年了，你们厂里不放假？"

"放假！"郭振江点了点头说，"像我们家在外地的最多放十天假。"

"那不够。"何建朴有些失望地摇了摇头，又问他说："你那个厂子造发电机吗？"

"怎么不造发电机？好多地方用的发电机都是日本人在奉天开的工厂造的。我就是设计发电机的。"郭振江有些不以为然地说。

"那太好了！现在日本黑龙会在搞内蒙古独立，想霸占内蒙古市场，打压中国商人，用心险恶。"

"这件事我来想办法。"郭振江低头想了想，抬头对何建朴说，"大哥，把时间往后推一点，到年关的时候去。我爸病了，早就打电报来要我回去看看，我一直脱不开身。要不到时候我以父亲病重为借口，多请几天假，再加春节假期，有个二十多天时间就够了。"

"好！"何建朴高兴地说，"这样万无一失。"

"到东北来的日本人越来越多，来开矿、修铁路、建工厂的日本公司也越来越多。像这样下去，日本将成为中国的一大祸害，我们中国人得要警觉。"郭振江轻轻叹了一口气说。

"清朝政府和北洋政府都无能，打不过日本人就割山东、割旅顺、割大连赔偿，现在各地军阀背后都有外国列强支持，为各自的利益争来斗去，这样下去，我们国将不国。"何建朴也长长叹了一口气。

"大哥，不说这些了，这个地方到处是日本人。"何建刚连忙压低声音对何建朴说。

"好！你们走吧！振江请妥了假就来告诉我，我陪你去绥远。"何建朴站起身来说。

"行！"郭振江跟着何建刚一起下了炕，向何建朴告辞，出了门。

送走郭振江之后，何建朴又到虎和鹰的房内，把留他们在这里做生意的想法对他们说了。

第二日，卢奇义找到了那处房子现在的房东，给何建朴起了一个叫"阿木尔"的蒙古名字，不让外人晓得何建朴的真名实姓。他带何建朴去与房东签了租房契约，付了一年租金，拿到了房门钥匙，打开门看见后院还有几间房子，也有炕。

接下来的几日，何建朴带着虎和鹰把整个房子打扫得干干净净，擦得一尘不染，叫房东把他弟弟一家用过的家具都搬走了，又与虎和鹰一起坐马拉火车在街上跑了几家商店，在二楼添置了几张新床，买了新桌椅、新铺盖、新锅、新碗筷，一起搬到自己的铺子里来住了。有了新锅，虎和鹰高兴地生火做饭。吃饭的时候，何建刚来了，何建朴突然想起了么事，叮嘱虎和鹰，叫他们从现在起叫他们的蒙古名字额日敦巴日和博日格德，对外人都说你是从蒙古来的，对任何人也不要谈何氏茶业。又说铺子开张了，额日敦巴日是掌柜，负责对外做生意，博日格德是二掌柜，负责管家。这里的事都交给你们去做。又对他们说以后商铺赚了钱，在这个地方买地建房子，一是建自己的商行，二是建住房。笑着叫他们各自找个女娃子结婚，都在奉天成家立业。

额日敦巴日和博日格德高兴地感谢东家，说他们两个人只管做事，有少东家在奉天，大事都由他管。

"不！"何建朴停下筷子，厉声对他们说，"小少爷在张大帅府当兵，要对大帅忠心，不能管铺里的事。小少爷只能跟卢队长一样，是这里的客人，千万不要暴露小少爷的身份。"他正色告诉他们说："从绥远跑出来的王丕焕的那些兵，卢金斗带过来的那些土匪，都在奉天，我们要封口，不能漏我们的底子，还有，你们两个在这个地方要保护好小少爷。"

"知道了！"

"嗯！"

额日敦巴日和博日格德都吃惊地看着何建朴，点头答应了，他们没有想到不能暴露小少爷的身份，更不晓得何建刚的真实情况。

过了几日，从汉口发来的货到了火车站。卢奇义找两辆大卡车把货全部都拉到店里来了。何建朴与虎和鹰又忙了两日，把货都摆在柜台里、货架上，多余的搬上楼存在楼上。何建朴叫额日敦巴日给店铺取个蒙古名字。博日格德抢着说就叫那达慕。何建朴高兴地一拍桌子说："好！那达慕是蒙古人的节日，这个名字吉祥。"

第二日，何建朴请卢奇义找人做了一块大木匾，他用红色油漆端端正正地在匾上写上"那达慕商行"几个大字，又叫会写蒙古文字的额日敦巴日在大字下面写上蒙古文，把匾端端正正地挂在了大门门楣上，商行就正式开业了。

这天夜里，何建朴叫何建刚请来了卢奇义，几个人一起关着门喝了一顿酒，不声不响地庆祝商行开业。

十八

东北的天气出奇地冷，这些天一连下了几天雪，地上的积雪好厚。街上不多的行人都靠着各家店铺门前打扫出来的地方走。马路上，不时有马车、汽车行驶，只是不时打滑，走得很慢。铁轨上跑的马拉火车不打滑，跑得要快些，因此坐的人多。

年关快近了，何建朴焦急不安地等郭振江的消息，想早一点送他到绥远去，早一点回到奉天来陪建刚过春节。

正在何建朴坐立不安的时候，何建刚带着郭振江来了，他告诉何建朴说他叫家里拍来了一封父亲病危的加急电报，厂长看到电报后，包括春节假期在内，批了他一个月假期。何建朴高兴得差一点跳了起来，连连说大盛魁有救了，大盛魁有救了。他连忙跑到电报局给苏文阶拍了一封电报，叫他六天后请护商队到大同接货。

吃过中饭以后，何建朴叫建刚开车把他和郭振江送到了奉天火车站。他买了两张到北京的火车票，与郭振江一起上了车，躺在卧铺上一路摇摇晃晃到了北京，又转乘火车一路摇摇晃晃到了大同，带着郭振江一起下了火车，出了火车站，直接到了离火车站不远的绥远商会设在大同的联络点。

苏文阶已经带着上十个护商队员在这里等他们，看见何建朴来了，高兴地把他和他带来的客人请进他的房里去烤火。

何建朴指着跟在身后的郭振江向他介绍说："这位就是来跟大盛魁做皮货生意的江先生，他对皮货很内行。"又向郭振江介绍说："这位就是大盛魁的苏掌柜。"

苏文阶晓得他说的暗话，连忙向郭振江抱拳摇着说："江先生一路辛苦了，快进屋歇着，等一会儿好好多喝两杯酒，暖和暖和。"

郭振江也抱拳还了礼，跟着他们进了苏文阶的住处。

等苏文阶倒好茶坐下来以后，何建朴压低声音简单地把郭振江向他做了介绍。

苏文阶十分高兴地说江先生来了，我们的发电厂就有救了。

郭振江晓得何建朴叫他江先生是在保护他，便笑着对苏文阶说你们的发电机就是我参加设计的，我一听就知道哪个地方出了毛病。

"那就好了！那就好了！"苏文阶如获至宝地笑着。

"我不能经常到绥远来，你回去以后找一个脑子灵活一点的年轻人跟我一起学几日，我把重要的东西都告诉他，以后机器再出故障他可以修。"郭振江压低声音对苏文阶说。

"好！好！好！"苏文阶连连点头。

在大同休息一夜后，何建朴和郭振江骑着苏文阶带来的蒙古马，被护商队夹在队伍中间与苏文阶一起顶着纷纷扬扬的大雪日夜兼程，走了几日才回到归化。快进归化城时，何建朴与他们分开了，一个人打马跑到南城门，从南城门进了城，再拐到西街回到生甡川茶庄。这个时候天已经要黑了。

何安稳看见大侄儿突然回了，高兴地留他就在归化过年，说年关来了，这么大的雪路不通，难得回咸宁去。

何建朴把他叫上楼，把自己在奉天找到了建刚的话对他说了。乐得何安稳又是跺脚又是拍手说老天有眼，建刚还在人世，可以告慰大哥的在天之灵了。何建朴又把他在奉天租房开了一间商行，把虎和鹰留在那里做大掌柜、二掌柜的事告诉了他，叫他再另外请两个伙计到仓库去管事。何安稳说虎和鹰是草原上的孤儿，是老爷收养了他们，把他们当儿子一样养大成人，他们对何家忠心不二。管仓库得找两个忠诚人，这样的人一时难得找到。

他们正说话间，电灯亮了。何建朴一喜，抬头看了一眼灯泡，发现它一时明一时暗，仿佛负了重的病马，走一步喘一口粗气，歇一下再走。他估计郭振江这个时候已经在发电机旁边，在查看它的病，便暗自一笑。

"你看这样行不行。"何建朴想了想对何安稳说,"把巴图巴雅尔和呼兰两个车夫调到仓库去,另外再请两个车夫。"

何安稳吸了一口烟,轻轻吐出来,想了想,轻轻摇了摇头说:"不妥。"又吸了一口烟边吐边说:"巴图巴雅尔和呼兰跟我们这么多年,没出一点事,靠得住,从这几次大难中看得出来,我们的命都捏在车夫手上,如果他们贪生怕死,歪我们一下,我们都性命难保。巴图巴雅尔和呼兰都是蒙古人,熟马性,懂草原,都是好车夫。如果再请生人来,我们不了解他的背景,不晓得他的为人如何,反而要坏大事。"

"嗯!"何建朴点了点头说,"五叔说得有理。"

"我想过,这两个车夫对我们也忠心不二,得另外给他们一个能多拿点工钱的位子,叫他们去管事,让他们的面子好看,外人也看得出我们不亏待下人。我们就封巴图巴雅尔和呼兰做仓库的经理和副经理,把仓库交给他们去管,车夫也叫他们做,我们有事的时候叫他们赶车,仓库有事叫他们去管事,我们再另外请两个伙计来看仓库。这样两个车夫面子上好看,对我们更加忠心。"

"这样安排很好!"何建朴点头赞同了何安稳的意见,想了想说,"我看驼帮的老牛和老汤叔跟我们老何家跑二十来年了,都知根知底,现在他们两个年纪都大了,不能跟年轻人一起风里来雨里去跑骆驼运货了。您看请他们两个人来看仓库,让他们养老如何?"

"很好!很好!"何安稳重重拍了一下巴掌说,"这两个老家伙都是厚道人,与老东家感情很深,对我们也很好。再一个他们熟悉绥远的大大小小商户,叫他们送货熟门熟路,好!"

"您先到他们家里去问问,看看他们愿不愿意来。"

"不要问了,他们会喜得跳脚。这草原上世世代代的驼工,到老了,走不动了,都回去等死,有哪一个有好下场的,这对他们来说是天大的喜事。"何安稳很有把握地说。

"他们都五十多了,看在他们跟老东家称兄道弟的分儿上,我们去请他们来,他们也有面子。"

"好!我去。"何安稳高兴地说,"这两个老家伙来了,我们这个地方就热闹了。那些驼工每次到归化来,卸了货便到茶庄来喝茶,热闹得很。我们把他们的帮主请到这里养起来了,他们还不经常到这里来热闹呀！"

"人多势众！在这个离我们老家千里之外的地方，我们得有自己人，遇到大事有众人出面，可以起威慑作用。我们几个人势单力薄，有事难以应对。我们把这帮驼工兄弟当亲人，他们就是我们的势。"

"对的！"何安稳重重地点了点头说我明日就上老牛头和老汤头的门。

何建朴叮嘱他对外人就说大掌柜安排虎和鹰到武昌学生意去了。

这一路上何建朴也实在是累了，他睡了一个好觉才起床吃了早饭，坐到书房边翻书边喝茶。这时，巴图巴雅尔和呼兰上楼来了，一齐向何建朴打躬作揖，感谢东家给他们面子，给他们多开一份工钱，向他保证说他们会尽心尽力做事，全力保护东家和茶庄的安全。

何建朴起身向他们抱拳还礼，请他们坐下以后，告诉他们说他把额日敦巴日和博日格德送到湖北老家学做生意去了，笑着说以后仓库里的事就拜托两位了。

两个车夫对何东家感激不尽，表了一顿忠心后下楼去了。

这天夜里，电灯变得雪亮了，也不时明时灭了，何建朴晓得郭振江把发电机修好了。长长嘘了一口气，说大盛魁有救了，段大掌柜渡过难关了。

正在他打算泡脚上床休息的时候，突然听见楼下有人飞跑上楼来了，他一愣，连忙打开门，看见是巴特尔上来了，看见他一脸惊慌，暗暗吃了一惊。

巴特尔看到何建朴，连忙叫了他一声何先生，抬脚进门，反手关了门，压了压"怦怦"响的心跳，对何建朴说："何先生，有人要杀段履庄。"

何建朴一听大惊失色，连忙问了他一句："什么时候？"

"可能今夜就要动手。"

"杀手是哪个？"

"是和玉禄一起反水后，不同意被官府招安，带着一伙人跑出去另立山头，当了土匪的一个排长，叫刘得宝。后来他的队伍被官府剿了，他逃脱了。"

"他为什么要杀段履庄？"

"有人花大钱请他做杀手。"

"花钱买杀手的是哪个？"

"据说是大盛魁的一个股东，这个股东是几个老股东其中一个的后人，早就对段履庄的经营有意见了，一直想赶走段履庄。"

"这个人是谁？"

巴特尔摇了摇头说："我不能说。"他停了一下，又补了一句说："这个人你不知道为好。这些人只要有钱，什么事都做得出来。"

"你怎么知道的？"何建朴紧盯着巴特尔的眼睛，没有看见他的眼神有一丝游移，晓得他没有说假话。

"他来请我做内应，怕他杀了段履庄后逃不出归化城。"

"嗯！"何建朴低着头焦急地踱着步，迅速思考着救段履庄一命的方案，又抬头问他道："他现在人在哪里？"

"他在绥远等我回话。"

"你为什么要来告诉我？"何建朴猛然抬起头，逼视着巴特尔，他现在急需他的真实想法，更清楚只有紧紧把巴特尔抓在手上，让他与自己一条心才能救段履庄的命。

"我也是穷苦人出身，是看着段履庄埋头苦干，一步一步做到大盛魁总经理这个位子上的，为大盛魁赚了那么多钱，对他很佩服，现在那些股东每年分到那么多钱，坐在家里享清福，还要杀他，太没有良心了。我看到段先生对你好，想去想来才来告诉你。想叫你去叫段先生躲一躲。"

"嗯！"何建朴摸到了巴特尔的真实想法，松了一口气，深深吸了一口气，重重呼了出来说："是福不是祸，是祸躲不过。躲不是办法。躲得了初一，躲不过十五。"

"那怎么办？你就看着段先生死？"巴特尔有些着急了。

"不！"何建朴抬手对他一摆说，"你去把这个杀手叫到我这里来。"

"你这是惹祸上身！"巴特尔大吃一惊，惊恐地瞪着他说。

"现在想其他办法已经来不及了，你去把他叫来，我来问他要多少钱，我付给他，现在得先稳住他，才能保住段先生的命。"

"那个股东还是要另外请人杀段履庄的。"

"先走一步再说，如果枪响了，就没有任何机会了。"

"你是说先要收他的枪？"

"嗯！"何建朴点了点头说，"是要他自己收枪，到时候再叫段先生自己去跟股东摆在桌面上谈，大不了辞职不干，他的命就可以保住了。"

"这个办法好！"巴特尔终于点了头。

"你把他从前门引进大堂里来，我在大堂里等。"

"好！"巴特尔答应一声，匆匆转身出门，下了楼。

何建朴连忙跟下楼来，到后院叫巴图巴雅尔赶快到段大掌柜的家里去，请他赶快到茶庄来一趟。又叫呼兰赶快骑马到绥远去，请布日固德参谋长赶快到归化来，说他有急事找他。巴图巴雅尔和呼兰边答应边匆匆出了门。

安排好该安排的事后，何建朴又匆匆上楼，从抽屉里拿出短枪，插在腰带上，扣好皮袍下了楼，叫在大堂值夜的两个伙计先到后院去烤火，等他叫他们过来。他扫了一眼空荡荡的大堂，又把柜台内的两盏灯拉亮，点燃一支烟边吸边踱着步，焦急不安地等段履庄过来。

过了一会儿，大门外传来了两个人的脚步声，何建朴连忙跑到门口，掀起门帘，看见段履庄过来了，连忙请他进门，叫巴图巴雅尔在门外转一下，不许其他人进来。

段履庄看见何建朴一脸不安之色，连忙问他有么事。

何建朴连忙把大盛魁有股东暗中买通土匪来暗杀他的话简单对他说了。

听了何建朴的话，段履庄并没有感到惊恐，只轻轻点了点头，仿佛是自言自语说："他们果然动手了。"

何建朴看见段履庄已经心里有数，稍稍放了心，又把他已经叫巴特尔去把杀手请到这里来谈的话对他说了，请他先到旁边伙计值夜的房里去坐一下，听杀手怎么说。

段履庄答应一声，跟着何建朴进了门。

何建朴关了房门，转身等布日固德。

过了不久，后门外响起了马蹄声，他晓得是布日固德来了，连忙到后院把他迎进门，吩咐呼兰守着后门。

布日固德跟着何建朴匆匆进了大堂，何建朴没等他落座，连忙把有人要暗杀段大掌柜的话对他说了，叫他威胁杀手收手。布日固德大吃一惊，点头答应了。何建朴又把他领进房内，与段履庄一起坐在炕上听外边的动静，再见机行事。

不一会儿，大门外又传来几匹马的杂乱脚步声，巴图巴雅尔掀开门帘进来，对何建朴说巴特尔带两个人来了，问要不要他们进来。

何建朴说叫他们进来。他站在大堂当中，紧盯着门口。

巴图巴雅尔转身出门，巴特尔紧接着进门来了，跟在他身后进门来的两个人都戴着遮耳皮帽，皮帽两边的帽耳遮住了他们下半截脸，何建朴看不清楚他们的脸，却看清楚了他们警觉的眼神。

"这位就是刘排长。"巴特尔指着先进门的那个土匪对何建朴说。

"刘先生，对不住了，劳你们天寒地冻拖步了。"何建朴向刘得宝抱拳一摇，请他和另外一个杀手坐。

两个杀手在一对大椅上坐了下来，何建朴大声唤呼兰过来给客人泡茶，有意让他进大堂盯着两个杀手。

"何大掌柜叫我过来喝茶，我也想来讨两杯好茶喝喝。"刘得宝回了他一句。

"生牪川是好茶，只要刘先生瞧得起，日后你要喝茶随时来取。"何建朴哈哈一笑，有意与他拉关系，缓和气氛。

"我是喝'川'字青砖茶长大的，所以巴特尔说何大掌柜请我来喝茶，我就来了，也不担心茶里有毒。"刘得宝端起茶杯，呷了一口茶说。

何建朴听出了弦外之音，也不拐弯抹角了，将话引入正题，哈哈一笑说："何氏青砖茶在大蒙古草原经营了几百年，只养人，不害人。刘先生永远放心喝。现在我请刘先生来，还有一事相求。"

刘得宝听见何建朴把话引上正题，也不拐弯抹角了，对他笑了笑说："巴特尔把我卖给你了。我佩服何先生的胆量，敢把别人躲都躲不及的事拉到自己身上来，这是在惹祸。"

"段履庄先生在绥远为人怎么样，妇孺皆知，我非常敬佩。他遇到难事了，我得帮着说句好话。刘先生比我更了解他。民国六年，他以身家性命担保，保玉禄叛军被官府招安以后性命无忧。你们应该感谢段先生大仁大义。他在大盛魁呕心沥血，那些股东应该感激他才是。我没有想到他今天好人得不到好报。"何建朴有意提高声音说，想在气势上胜一筹。

"我和巴特尔都是叛军。他不愿意做土匪跑了，我不愿被官府招安也跑了。只不过他是一个人跑的，我是带队伍跑的。他一个人讨饭吃容易，我带那么多弟兄讨饭吃就不容易了。有人出钱请我们办事，我们只认钱，不认人。"刘得宝现出一副土匪相，紧盯着何建朴说。

"刘先生与你的雇主谈妥了多少钱，我马上一文不差给你，只求你放段大掌柜一马。"何建朴开始单刀直入。

"五千块大洋。"刘得宝伸开右手掌说。

"哈哈哈，段大掌柜如此仁义的人头只值五千块大洋，少了，我给你一万块大洋，请你保住他的人头。"何建朴仰头一笑，装出轻松的样子说。

"何先生在说笑话？"刘得宝有些不相信地反问他一句。

"君子无戏言。"何建朴指了指彼此说，"你我都是君子，现在我们一言为定，你不取段先生人头，我给你一万块大洋。"

"你现在要我收手，那个股东再另外请杀手怎么办？你是不是再拿钱保他人头？"

"他再请杀手，我再拿钱交一相与。只要能保住段先生人头不落地，我宁愿倾家荡产。"何建朴一字一句地正色道。

"难怪你们的生意能从南方做到北方来。"刘得宝佩服地对何建朴点着头。

"刘先生的意思是我们成交了？"何建朴紧盯着他问了一句。

"我只要五千。但我不能保证他不死。"刘得宝又伸出右手的五个指头。

"一言为定！"何建朴高兴地站了起来说，"只要你不动手。"

"一言为定！"刘得宝很肯定地说。

"好！我马上安排账房到钱庄去给你提现钱，你带走。"

"何先生我佩服！"刘得宝起身向何建朴抱拳过头顶重重一摇。

"巴图巴雅尔。"何建朴对门外叫了一句。巴图巴雅尔连忙答应着进门来。

"你马上跟账房一起到钱庄去提五千块大洋来。"何建朴吩咐了他一句。

"好！"巴图巴雅尔已经听出了名堂，连忙答应一声出了门。

"刘先生，我已经把段大掌柜请到我这里来了，我还请来了另外一位相与，你要不要与他们见个面？"何建朴笑着对他说。

"他在哪里？"刘得宝吃惊地瞪着何建朴。

"段先生、参谋长大人，出来见见刘先生吧！"何建朴对房内喊了一声。

布日固德和段履庄都清清楚楚地听到了他们的对话，一前一后出了房门。

刘得宝看见布日固德，一愣，不自觉地把右手压在腰上，又连忙放了下来。

布日固德对他一笑说："我们又见面了。君子爱财，取之有道。我听见你们刚才订的是君子协定。我只想对你们两个说，做土匪不是长久之计，这是一条死路。"

"我们是穷得没办法了，才走这条路。"刘得宝的口气顿时软了下来。他晓得布日固德剿匪不含糊。

"如果弟兄们瞧得起可以到大盛魁来吃碗正当饭。"段履庄这个时候开口了。

"段大掌柜，我们与你无冤无仇，我答应不杀你，但是不能保证你们的股东不另外请人杀你。"刘得宝对段履庄实话实说。

"你去告诉那个买你做杀手的股东，这件事我已经知道了，如果有谁敢动段大掌柜一根毫毛，我灭了他全家。通匪是死罪，只要他们这些股东不怕死，我把他们全家都以通匪罪杀光，看他是要钱还是要人。这个世上没有王法了，段先生在为他们卖命，他们还要杀人家。"布日固德气愤地说。

"我一定把您的话转告他。"刘得宝连忙答应说，"我叫他有话跟段先生好好说。"

"这些人鼠目寸光，只看到眼前的利益，我拿钱投资做生意，也是想把生意做得更大，赚更多的钱，他们可以拿到更多的分红。没想到……"段履庄苦苦一笑，摇了摇头。

"段先生没有必要为这些没有良心的人卖命了，大不了回家种田。"刘得宝讨好段履庄一句。

"感谢你的不杀之恩！"段履庄向他抱拳致谢。

"段先生多保重！"刘得宝也抱拳还礼。

这时，巴图巴雅尔和账房同两个伙计一起把两口木箱抬进门来，放在何建朴面前，转身出了门。

何建朴弯腰打开两口木箱盖，问刘先生要不要点个数。

刘得宝扫了两箱用红纸包成筒的银元一眼，抬头对何建朴说："这笔钱我要那个买家拿出来。"他始终没有说出雇主的名字。

"不必了！"何建朴抬手制止他说，"只要他不再雇凶手祸害段先生，这点钱不足惜。"

"我要他拿这笔钱买他们全家人头。"刘得宝肯定地说，"我要割他一块肉，他才知道痛。"

"你不能让他知道是何先生拿钱保段先生。"布日固德警告了他一句。

"我知道怎么办！"刘得宝向布日固德保证说，"我会把这笔钱一分不少弄到生甡川茶庄账户上去。"

"好！你快拿钱走吧！"布日固德有些不耐烦了，开口赶他们走。

"好！好！"刘得宝连忙点头答应着。

何建朴又喊巴图巴雅尔进来，叫他用马车帮两位客人把箱子送到他们指定的地方去。

巴图巴雅尔进门来，与那个一直没有说话的土匪一起，把两口木箱抬出门去了。刘得宝也不向屋里的人告别，怕他们反悔，他已经到手的钱又丢了，连忙跟出门。

"如果不是参谋长大人来，他不会答应把这笔钱还回来。这些人两头通吃。"巴特尔笑着说。

"你要提防他们报复你。"何建朴叮嘱了他一句。

"不会！"巴特尔摇了摇头说，"他们不敢动我。再说他们的钱已经到手了，反而没有与段先生结仇。"

"不多说了，我们也回去睡觉了。"布日固德转身往后门走。

"感谢参谋长大人！"段履庄连忙向他道谢。

"你不要把这件事说破，装着什么也不知道，该做什么做什么。"布日固德叮嘱了他一句。

"好！"

段履庄和何建朴把布日固德送出后门，看见他骑马走了，才互道珍重，各自回了家。

过了一天，苏文阶来告诉何建朴说发电机已经修好了，江师傅还带熟了一个徒弟，感谢何先生帮了大忙。

何建朴安排妥绥远各个茶庄要做的事，拍电报回家说今年不回家过年。他与郭振江一起在护商队的护送下到了大同，与他一起坐火车到了北京，然后分手。郭振江回河南信阳老家去了。何建朴到奉天陪弟弟何建刚过年。

奉天的大年三十很热闹，火花四溅的大炮小鞭，将各家门前厚厚的雪毯炸得大眼小窟窿。

额日敦巴日和博日格德早早起了床，弄早饭给东家吃了又接着弄年饭。东家说今日小少爷要来吃年饭，他们很高兴。前几年老爷在世的时候，把他们带到老家咸宁柏墩街去学做生意，到茶厂去学做青砖茶，到山上茶园去摘茶、割茶，他们与小少爷在一起玩得很开心。他们几年不见小少爷，听说他被土匪绑走了，都急得偷偷流过眼泪，现在找到他了，不仅东家高兴，他们也十分开心。

何建朴不时出门，一边扫门口的积雪，一边盼望建刚来。放下扫帚，他点燃一支烟，边吸边出门，抬头看见一辆马拉火车在街口停了下来，连忙紧盯着街口，果然看见建刚高兴地过来了。他今日没穿军装，而是穿着从家里出来时穿的那身棉衣，外边披着一件皮袍，显得格外精神。

何建刚也看见了站在门口的何建朴，晓得他在等他来吃年饭，大声叫了一声哥，抬腿飞跑过来。

何建朴一把抓住他的手，上下打量着他，问他冷不冷，连忙把他拉进门，进了里屋，从柜里拿出内内外外几件新衣裤、皮马甲、礼帽叫他换上，说过大年了，要换新衣，新起新发。

何建刚说他想家的时候，就穿着这身从老家穿来的衣服。在大哥的催促下，他换了新衣。

"嗯！好看！"何建朴仔仔细细抚平他身上新衣的褶皱，笑着说。他告诉建刚说，他昨日到中街吉利丝房去楼上楼下跑了一上午，才给他选了这套新装，就图"吉利"两个字，又问他卢奇义什么时候过来。何建刚告诉他说卢奇义这几天在大帅府值班，不过来。

两个伙计看见小少爷来了，格外高兴，忙着炒菜，铺桌，摆碗，叫他歇一下，马上吃饭。他们都比何建刚年长一点，都把他当弟弟待。

　　菜都炒好了，大大小小十碗摆上了桌，何建朴特地拿出两瓶"老龙口"好酒，给三个老弟都满满倒了一小杯，又把自己面前的小杯子倒满，端起酒杯笑着说："今日我们兄弟四个一起过大年，来，咱四兄弟干了这杯酒，以后都有老婆孩子了，年年一起过大年。"

　　"好！"

　　三个老弟异口同声地答应着，一齐举杯干了酒。

　　博日格德接过酒瓶，又给大家斟满酒。

　　"来，来，来，快吃菜。"何建朴笑着催大家吃菜，眼泪在眼眶里打转，不敢抬头，怕几个老弟看见。他没有想到此生还能找到活着的建刚，更没有想到他此生还能到这个离家千里之外的地方来陪他过年。

　　这一夜，何建刚与何建朴睡在一个炕上。何建刚告诉大哥说，从大连、旅顺到奉天来的人带来了一个消息，香港海员开始大罢工，从香港出来的船都停运了，劳工都起来反抗洋人了。何建朴高兴地说中国人再不起来反抗，外国列强就要把中国大卸八块，各占一块，在中国人头上拉屎撒尿。何建刚告诉大哥，他在大帅府听说张大帅在跟北洋政府的那些头头脑脑吵，他想到北京做总统。何建朴告诉他说现在几大军阀都在外国人的支持下，都想把持北洋政府，这些人没有一个在为整个中国大局考虑，都只想扩大自己的地盘，不顾百姓的死活。何建朴因为看了一些新思想书刊，有意把一些新思想告诉建刚，使他在这个乱世找到一条生存的正道。

　　民国十一年的春天来了。江南应该是春暖花开的时候了，奉天沈水里的冰才开始化，树上枝头不见绿蕾，还挂着冰碴儿。

　　何建朴去年送一大批积了几年的青砖茶到漠北，这一趟离开家到现在，已经快一年了，他与两个伙计一起，把那达慕商店经营得有声有色，有空便到中街也叫四平街上去跑，到大街小巷，大饭店去跑，摸奉天做生意的行情。在大和饭店，灯光雪亮，吃饭的客人不少，却大都是外国人，叮叮当当的刀叉声，好不热闹。他不理解为什么到了奉天，那繁华的气象与北京不相上下，却好像是另一个世界。在这里，俄国人、日本人、德国人、法国人、美国人、英国人等等外国人到处都是，他们都衣着华丽，与穿着破衣烂衫的中国人一个天上，一个地下。四平街上，虽然有"天利合""吉顺""洪顺盛""洪顺茂"等大丝房，也就是百货店，也有"同聚源"帽店、"天益堂"药房，还有北京"瑞蚨祥"分号，有"内金生""内宾生""内联升"鞋铺，还有东街城隍庙的"萃华"金店总号等好多金店，以及茶店、点心铺、钱庄、珠宝、照相、钟表、玩具等各种商店，也有果品行、估衣行、鱼行、铜行、木行、皮行，但是，也有如犹太人开的"仁太"洋行等各种外国人开的洋行、饭店、银行。街上各种招牌琳琅满目，人来人往很是热闹，这也让他看到了商机。何建朴打算在这个地方建一栋楼，办一个商行，日后交给建刚经营，让他与额日敦巴日和博日格德，就在这个远离他们伤心之地的繁华之地落地生根。

现在何建朴以蒙古名字阿木尔租的这处房，前后院地盘大，离四平街正街不远，街上也有不少大小商铺，是个好位置，他暗中打算把它买下来，拆除以后建成五层大楼，开大商行，把南方的货运到北方来卖。

主意打定以后，他把这个想法暗中对何建刚说了，叫他多与这家房东联络感情，多关照他们，特别多关照那个女孩子的生活，如果她没有读书，由他们商铺出钱送她去读书，让她明事理，以后好交往。

奉天树上的枝头已经有了新蕾，从沈水引进城的运河河面上的冰也化了，清澈的河水不像南方河流那么急，只缓缓地淌，静静地流。

正在何建朴准备回湖北的时候，这天快吃中饭时何建刚匆匆赶了过来，告诉大哥说张作霖正在调动奉军要与曹锟、吴佩孚的直隶军开战了，他们在争夺北洋政府的总理位子。叫大哥要走赶快走，说如果张作霖与曹锟、吴佩孚打起来，京奉、京汉铁路可能就不通了，大哥一时半会儿就难得回去了。

听了建刚的话，何建朴开始打包行李，打算马上离开奉天。

十九

  第二天，他告别了被他父亲收养的三个孤儿，也是他认做亲兄弟的三个青春年少，活力四射的年轻人，坐火车回到了汉口。现在他除了要配合闻朝玉诱杀大土匪卢金斗，替建刚报家仇，消除何氏茶业的隐患外，还作为他们的大哥在考虑为他们成家立业。

  出了汉口火车站，他提着一大包从奉天给玉台和喻君知买来的吃的、穿的洋货，坐黄包车直接到钱氏商行找到了钱正丁，与他一起进了他的家门。

  玉台又长高了，看见何建朴来了，又十分乖巧地叫他何叔叔，围着他打转。何建朴抱着她舍不得松手，他又仔细端详着玉台的脸，越看她越像珍珠，越看她高挺的鼻梁、有神的大眼，越像照片中小时候的自己。

  钱正丁看见玉台很乖地依偎在何建朴怀里，与他东扯西拉地说话，暗自笑着给何建朴沏茶，坐下来叫玉台去玩，说爸爸要与何叔叔商量事。玉台不肯离开何建朴，说大人说话她不吱声。

  何建朴哈哈一笑，吻了吻她的脸，说玉台很乖，不吱声就行，听大人说话。

  喻君知清理了何建朴从奉天带回来的一大包东西，里面除了钱正丁的一套西服，她的两条裙子，还有保姆邓妈的两套新式衣裤，其余都是玉台各式各样的西式帽子、衣服、裙子、洋袜，还有一些西式饼干、点心。她笑着摇了摇头，晓得何建朴很清楚玉台与他的关系，只是她和钱正丁不说破，他也不便说出口，在顾及钱家脸面。她也清楚何建朴帮钱正丁做生意，把利润大头给钱正丁，把何氏茶业的好青砖茶以低价卖给钱正丁，让他去赚钱，都是在有意减轻他们养大玉台的负担。她很欣赏何建朴这种心照不宣的做法，也把玉台当自己的亲生女儿培养，不仅让她吃好穿暖，还教她识字，希望她长大成人后有出息。

听见钱正丁说有话跟何建朴说，喻君知拿着一条白色裙子笑着走过来，叫玉台去试试这条裙子，骗她说是何叔叔从外国给她买回来的，她穿了肯定像洋娃娃。

玉台高兴地从何建朴怀里跳到地上，牵着喻君知的手进了卧室。

钱正丁问何建朴为什么这一趟出去了这么长时间，问他是不是在绥远又遇到麻烦了，问日本人是不是还在从中作梗，问他在漠北的生意是不是顺当些了。他没有说现在赵富贵死了，他父亲钱业浩吓得不敢对何氏茶业做手脚了，他的生意是不是顺些了。

何建朴哈哈笑着说现在绥远的大土匪都被官府剿得差不多了，日本黑龙会也不敢明目张胆地在内蒙古搞独立，漠北的生意好做了。他告诉钱正丁说他在归化，有空便到绥远钱氏商行去看看，那里的生意也很好。他也不提钱业浩打压他的事，免得钱正丁听了不舒服。

这时玉台穿着一身洁白的套裙，头戴一顶白色花边帽子，脚上穿着一双白色袜子，一双白色小皮鞋，从里屋跑了出来，跟在她身后出门的喻君知哈哈笑着，叫她问何叔叔好不好看。

何建朴突然看见仿佛从西洋画上下来的玉台，惊得哈哈大笑说："哇哈，好美呀！天使下凡了！"钱正丁也拍着手说："比画上的洋娃娃还好看。"玉台听见大人在夸她，高兴得在他们面前打着转，引得几个大人高兴地拍着掌，称赞她好看。

何建朴情不自禁地抱起玉台，又在她脸上吻了一口，轻轻叫了她一声宝贝。

喻君知晓得他们正在谈生意上的事，连忙叫玉台下来，去给在厨房做饭的邓妈看看美不美。

何建朴放下玉台，看着喻君知牵着她的手一蹦一跳地到厨房去了。

何建朴又坐下来，把大盛魁大掌柜段履庄差一点丢了命的事详细对钱正丁说了，惊得钱正丁目瞪口呆，说那些股东不是人，做生意哪有只赚不亏的，赚了分得大笔红利就哈哈笑，赔了就杀人，简直无法无天了。何建朴又把找到建刚的话告诉了他。钱正丁又高兴地拍桌打椅说太好了，说建刚不多言语，却重情重义，是个好兄弟。何建朴没有把自己在奉天开商行的事告诉他，这件事他不打算让外人晓得。虽然钱正丁在他心目中不是外人，但是他不想把家里的麻烦事带到奉天去，他希望日后在奉天的商行清清静静地做生意，不给建刚留下隐患。

吃过晚饭以后，何建朴回到了武昌何氏茶业总部大楼，问了经理何立定这段时间的经营情况后，洗了澡，上楼坐在书桌前，边喝茶边从抽屉里拿出那几本他翻了好多次的杂志，又翻看着李大钊发表在上面的文章，突然想起去年离开武昌前，董必武告诉他要成立马克思学说研究会的事，他打算明天再去看看董先生，看看研究会成立了没有，他也去参加这个对中国未来有益的会。

第二日吃过早饭后，何建朴坐车到了私立武汉中学找董必武。门房告诉他董先生被聘到湖北省第一师范学校任训育主任去了，说他还是这里的校长，经常回来上课。叫他到省一师去找他。何建朴向他道了谢，又出门坐车到了湖北省立第一师范学校，在门边钉着"训育主任室"牌子的办公室，找到了董必武。

董必武看见何建朴来了，高兴地与他握手，给他倒了一杯茶，请他坐，问他这两年生意如何。

何建朴笑着说托董先生的福，生意做得还好，叫董先生办学如果有难处，尽管向他开口，他尽力而为。

董必武哈哈笑着感谢何大掌柜，说难得有像何先生这样积极支持教育的绅士。如果私立武汉中学有难处，他一定去找何先生帮忙。

何建朴也哈哈笑着说董先生办新学校，传授给学生新思想，是在为国家培养人才，是大功，他只尽了绵薄之力，不足挂齿。接着他把话一转，问董先生办马克思主义学说研究会的事办得么样了，说他想来参加这个研究会。

董必武哈哈一笑说欢迎！欢迎！

这时，一个戴着眼镜的年轻教师走了进来，将几本书还给董必武，看见他有客人在座，向客人点头致礼，转身向门外走去。

董必武连忙叫住他，把何建朴介绍给他说："来，来，介磐，我给你介绍一位老乡。"他指着已经站起身来的何建朴对他说："这位是生甡川茶业的何大掌柜，何建朴先生。他是最先捐资办武汉私立中学的。"他又指着那个还书的年轻人对何建朴说："这位是钱介磐先生，在湖北省教育厅做事，我聘他来当理论教员，你们是咸宁老乡。"

钱介磐伸出手，紧紧与何建朴握了握，笑着说："生牲川茶业我晓得，那是柏墩街的金字招牌。我是马桥人。"他说的是咸宁话，董必武没有听懂。

"那我们是真老乡，柏墩——马桥，一流水。"何建朴同样哈哈笑着说咸宁话。他说的一流水是指从柏墩流下来的淦河，柏墩到马桥才十里路，共用一流淦河水。

董必武听不懂他们在说什么，问钱介磐他们说的是什么。钱介磐笑着告诉他说他们是真老乡，都吃一条河的水，他们的家只相距十里路。董必武哈哈笑着说那就好，那就好。他又压低声音对钱介磐说："何先生与李大钊一起在日本读书时，参加过李大钊领导的反对'二十一条'活动，他读了《新青年》上面李大钊写的文章，想加入马克思学说研究会。"

"好呀！"钱介磐高兴地说，他又压低声音在董必武的耳边说，"要不也让他参加武昌社会主义青年团。"

"嗯！"董必武点了点头，叫钱介磐坐下来说话。他又转身从桌上拿起刚才钱介磐还给他的几本书，递给何建朴说："这几本书你拿回去看看吧！"他有意让他先接触社会主义学说。

何建朴接过书，翻了翻，看见是《共产党宣言》《新青年》《湘江评论》《武汉星期评论》，高兴地向他道谢。

董必武坐下来轻声对何建朴和钱介磐说："中国革命要取得成功，必须走俄国十月革命的道路，必须先要唤醒和组织群众。新思潮正向我们扑面涌来，我们怎么对待呢？自然要投身到正在酝酿之中的新的运动中去。参加这场运动是中国知识分子的天职。我看你们两个人都是接受了马克思主义思想的知识分子，都要参加到新运动中去。"

何建朴紧盯着董必武，看见他说得慷慨激昂，心头一阵阵发热。

钱介磐也仔细地听着，接过董必武的话对何建朴说："何先生，武昌成立了社会主义青年团，你愿意参加吗？"他看见何建朴比他年纪大一些，便叫他何先生。

"我愿意！"何建朴很肯定地说，"我愿意参加新运动。"

"好！"董必武高兴地点了点头，又转头对钱介磐说："你去把他的资料写一份过来，我批准他参加马克思学说研究会，加入青年团。"

"好的！"钱介磐答应了一声。

"这里不是多说话的地方。何先生今晚上到抚院街参加研究会时再详谈。"董必武看见门外有人走动，轻声对他们说。

这个时候，何建朴还不晓得董必武在去年七月已经代表湖北共产主义支部，到上海参加了中国共产党第一次代表大会，在这次大会上，中国共产党正式成立了。董必武已经是湖北地区党组织的负责人之一，钱介磐也是。董先生对何建朴还不了解。为了慎重起见，钱介磐先介绍他加入武昌社会主义青年团。

"何先生跟我来一下。"钱介磐站起身来，叫何建朴跟他走。

何建朴向董必武道了别，跟着钱介磐进了他的办公室。

钱介磐叫他坐在他的座位上，从抽屉里拿出一张信笺放在他面前，叫他把他的出生年月、籍贯、家庭住址等情况写一份交给他，由他介绍他加入武昌社会主义青年团。

何建朴高兴地拿起笔架上的小狼毫，在砚池里填了填墨，端端正正在纸上写了自己的基本情况，放下笔，问他行不行。

"可以！"钱介磐高兴地点了点头说，"你现在是社会主义青年团团员了，要记住董先生刚才说的话。"

"我记住了！"何建朴站起身来，认真地说，。

钱介磐从柜里拿出一个纸袋递给他说："你把这几本书装在袋子里，现在北洋军阀勾结外国列强，在打击革命者。你要注意保密。"

"好！"何建朴把几本书装进纸袋，紧紧抓在手上。

"今年三月，湖北女子师范学校校长王式玉开除了一个思想进步的教师，还开除了两个罢课的学生，引起轩然大波，爆发了轰动湖北的女师学潮，董先生领导了这次学潮，迫使教育厅责令这个校长辞职，取得了胜利。受此事影响，上个月湖北省立第一师范学校校长刘为章也开除了几名进步学生，致使这些学生悲愤地投江而死，又引发这个学校学潮，董先生又领导了这次学生运动，迫使刘为章辞职。董先生被新任校长聘为训育主任，开始对这个学校进行改革，使这所学校成为革命的阵地。"钱介磐轻声把董必武到这所学校来的情况对何建朴说了。接着他又告诉何建朴，去年十月，爆发了粤汉路武昌到株洲段机车处工人罢工，这是湖北工人运动的第一次高潮。工人的罢工斗争从要求加薪减时的经济斗争，发展到要求集会结社自由和反对帝国主义，反对军阀的政治斗争，沉重地打击了军阀政府和帝国主义，遭到了他们的镇压，钱介磐提醒他革命形势很严峻。

"哦，发生了这么多事，我去年到绥远去了，刚刚才回来。"何建朴吃惊地说。

"革命是要拼命的，你要有思想准备。"钱介磐郑重地对他说。

"这个我晓得！"何建朴点了点头说，"我看了俄国革命的文章。"

"好！你回去吧！"钱介磐紧紧与他握了握手，叫他多保重。

何建朴告别了钱介磐，匆匆下了楼，出了校门，坐车回到了住处，坐在书桌前，连忙抽出那几本书，认真翻看着。

当天夜里，他吃过晚饭后便坐黄包车到抚院街董必武等人合伙开的律师事务所，推开门进了前厅。

坐在前厅的陈潭秋看见何建朴进门来了，连忙起身叫他到后院去，说董先生他们在后院。

何建朴进了后院，看见有一间房亮着灯，便匆匆走过去，看见有几个人坐在里面说话。

董必武看见何建朴来了，请他进门坐在靠里墙的一张空椅上。

何建朴扫了大家一眼，看见钱介磐也在座。他突然看见一个叫施洋的律师也在座，便向他抱拳致意，叫了一声施先生。这个施洋很有名，他专帮穷苦人打官司，帮工人打官司，不收钱。前不久，住在何氏茶业旁边，在纱厂做工的一个机修工被机器打伤了手，厂主不仅不给他治，还把他赶了出来，是施洋帮他打赢了官司，拿回一笔赔偿金。因为那个工人与何建朴素有交往，他出面请施洋吃了一顿饭，感谢施洋的义举。

在座的人你一言我一语讨论着各自对马克思学说新的认识，有的人还谈到了列宁的著作和俄国苏维埃政权。这时不断有人进来，大家热烈地谈着目前中国的局势，谈陈独秀的文章，声音都不大，何建朴一直认真听着，没有说话。

到了九点，董必武宣布散会，叫大家下个星期二到私立武汉中学去再谈。大家先后从后门出了门，散在行人中。

何建朴坐车回了家。这一夜，他越想越觉得像这一伙人一样的中国人，才是中国的希望。

过了一些日子，何建朴回到了咸宁，到柏墩制茶厂安排生产一批俄罗斯人喜欢的型号的青砖茶，打算今年年底再去奉天，因为他在奉天看到不少俄罗斯人，他想把俄罗斯人的茶饮市场做起来。另外，他还打算再去奉天，把东北人的饮茶习惯摸清楚，因为东北紧邻蒙古，东北人也喝青砖茶，青砖茶在东北有市场，还可以把东北市场做大。他办完茶厂该办的事回到武昌后，突然从报纸上看到张作霖与曹锟、吴佩孚开战了，张作霖战败，带着奉军撤回关内。这场直奉大战只打了一个礼拜便宣告结束了，张作霖没能问鼎北京。

日子骑在马上飞起来跑，一晃又到年底了，正在何建朴准备好了运送到奉天去的各种货物，准备动身去奉天的时候，从柏墩传来了他母亲突然发病的消息，他连忙赶回柏墩中田畈何家老屋，把母亲接到武昌，送进汉口协和医院住院。等他母亲的病治好了，出院了，春节又来了。他只好给建刚拍了个电报，说货还没办齐，今年就不到奉天来陪他过年了，过了正月十五他再来。他没有把母亲病重的消息告诉建刚。

年关来了。何建朴提着几盒好茶，拿着董必武借给他的几本书，叫司机马师傅开车把他送到抚院街和都府堤，分别向董必武、陈潭秋、包国恩、钱介磐等几个他十分崇敬的先生送了节礼。说给他们送盒好茶过新年。他把书还给了董必武，笑着对他说这些书他越看心里越亮堂。

在钱介磐家里，钱介磐很高兴地接待他坐，给他泡了一杯热茶，问他春节是回咸宁老家去过，还是在武昌过。

何建朴说就在武昌过，不回老家去，说他已经把母亲接到武昌来了。

钱介磐问了几句他母亲身体是否健康，年事办毕了没有之类的话后，收了笑脸告诉他说北洋军阀吴佩孚去年在工人罢工的时候，打着保护劳工的幌子欺骗工人。现在露出了真相，开始公开压制工人运动。现在京汉铁路工人在郑州成立了总工会，准备组织京汉铁路工人罢工，反对军阀，反对帝国主义。大革命的浪潮来了。

何建朴听说吴佩孚在镇压工人运动，便对钱介磐说如果工人罢工后需要吃饭，他可以捐一笔钱，给他们暂时维持生活。

钱介磐高兴地答应他说，等他与铁路总工会取得联系后再告诉他。叫他注意关注这次铁路工人罢工，积极参加工人运动。

何建朴热血沸腾地站起身来说："只要全中国的工人都不给军阀和外国列强做事了，不愁北洋政府不垮台，不愁外国列强不滚出中国去。"

临别时钱介磐从书柜里拿出几张报纸递给何建朴，叫他关注汉口、武昌局势。

回到住处，何建朴迫不及待地打开报纸仔细翻阅着。看完几份报纸，他才晓得去年一月继共产党人林伟民、苏兆征领导的香港海员工人大罢工后，九月，李立三、刘少奇、蒋先云等领导了安源路矿工人罢工，全国各地相继有京奉铁路山海关铁路工人罢工、长沙泥木工人大罢工、京奉铁路唐山制造厂工人罢工、开滦煤矿工人大罢工、京绥铁路工人罢工、长沙铅印活版工人罢工、正太铁路工人罢工等。

何建朴往下看，逐渐了解了中国当前政局。现在几大军阀为争夺北洋政府政权，大打出手。段祺瑞、孙传芳的皖军出现败绩，曹锟、吴佩孚的直系和张作霖的奉系力量都加强了。直系军阀拥兵数十万，控制了洛阳、保定、丰台、北京、天津等华北地区。去年四五月直奉两军大战，在丰台、卢沟桥、长辛店一线开打。吴佩孚为取得军事后备资源，保障铁路交通畅通，动用大批铁路工人为他们服务。战争结束后，为迷惑工人，维持其独霸北京政权的地位，吴佩孚自我标榜开明人士，打出保护劳工的口号。中国共产党利用这个机会，组织工人俱乐部和工会，向各大军阀提出各种合理要求，将工人运动推向高潮。

其实，何建朴不清楚这个时候京汉铁路工人大罢工已经在紧锣密鼓地进行。二月一日，京汉铁路总工会在郑州召开成立大会，遭到直系军阀的阻挠。会场遭到军警打砸。当晚，总工会秘密集合，决定四日午时宣布京汉铁路全体总同盟罢工。三日晚，长辛店分会委员长史文彬返京，连夜召开紧急会议，传达罢工命令。二月四日早晨，三千多名工人聚集在长辛店娘娘宫，史文彬在会上报告总工会成立大会以及大会被军阀破坏的经过，并宣布罢工命令。

会后，京汉铁路工人大罢工正式开始，总工会发表罢工宣言，并提出复工条件：一、撤职查办铁路局长赵继贤、南段副局长郑云、郑州警察局长黄殿辰；二、要求赔偿召开成立大会时所受的一切损失，被破坏的总工会匾额要重新挂起来，被抢走的物品要求郑州军警送回；三、工人每星期休息一天，阴历年放假七天，一律不扣工资。

罢工开始后，工人纠察队在各路口站岗放哨，在车站拦截火车，每个工人手举一面小白旗，上面写着"劳工神圣""提高工人政治地位""提高工人生活水平""争取人权，争取自由"等口号。

第二日，铁路局长赵继贤接到吴佩孚命令，令其严厉处置。赵继贤发出威胁布告。限工人在十二小时内复工，工人以"只知总工会命令，不知其他命令"回答。当日中午，曹锟派兵到长辛店，宣布戒严，准备武力镇压铁路工人罢工。

为了更好地领导铁路工人罢工，京汉铁路总工会由郑州搬到汉口江岸办公。

在汉口，二月四日上午九时，江岸机车厂工人黄振兴接到总工会命令，拉响了罢工汽笛，顿时停在汉口的火车都拉响了汽笛。自此，京汉铁路全路数万名工人全部罢工，所有客车、货车、军车一律停驶，长达两千余里的京汉铁路全部瘫痪。汉口各工会代表和江岸万余名工人示威游行，高呼"全世界劳动者联合起来""打倒军阀""争人权、争自由"等口号。

此时，吴佩孚在英帝国主义的指使下对京汉铁路工人实施大规模镇压。

"中国有共产党了，革命就不一样了。发动广大劳苦大众起来革命，才势不可挡！"何建朴看罢报纸，点燃一支烟吸了一口，站起身来，边踱步边自言自语着。突然他听见窗外传来此起彼伏的口号声，顿时一愣，连忙屏住呼吸，仔细一听，听见街上有人在高呼"打倒帝国主义""打倒军阀""全世界劳动者联合起来"等口号，一呼百应。他连忙几步跑到窗前，一把推开窗门，果然看见街上有好多人在游行。他激动地连说了几个"好"，连忙把手上的烟头在烟灰缸里按灭，估计汉口铁路工人罢工更加如火如荼，便飞跑下楼，对何立定说了句："我到汉口去一下。"就匆匆出了大门，坐车到码头，乘轮渡过长江到了汉口，坐车到了大智门火车站，看到街上都是游行队伍，他在火车站内找到了副站长李广贤。

李广贤看见何建朴来了，问他来做什么。何建朴说他来参加铁路工人罢工，支持铁路工人罢工。李广贤高兴地告诉他说罢工指挥部在刘家庙江岸火车站，京汉铁路总工会江岸分会委员长林祥谦和大律师施洋，都在那里指挥罢工，问他到不到江岸火车站去。何建朴毫不犹豫地点头说："去！我认得施洋。"李广贤又告诉他说："北洋军阀吴佩孚的得力干将，湖北督军萧耀南正在调军警，准备镇压罢工工人，我要赶过去看看。你不是铁路工人，如果看到军警抓人，你赶快躲。"何建朴激情澎湃地说："我不躲，工人兄弟不怕，我也不怕！"

"好样的！"李广贤轻轻擂了何建朴左肩一拳，叫他上车。

何建朴跟着他一起上了一辆维修铁道的工人用的手摇轨道车，车上两个工人连忙用力压动车杆，轨道车飞快地向江岸火车站飞去。

江岸火车站人声鼎沸，工人们挥动着小旗，此呼彼应地呼喊着口号。站台上，林祥谦正在大声发表演讲。

轨道车停在江岸火车站站台外一辆堵在铁路上的火车前。何建朴跟着李广贤和两个铁路工人下了车，向车站飞跑。

车站前人山人海。罢工的铁路工人们呼喊着"打倒军阀""打倒帝国主义"和要求加薪、给工人休假等口号，群情激昂。

何建朴和李广贤一起挤到站台前，看见一个浓眉大眼的年轻人正在与工人交谈，回答工人的问话。李广贤告诉他这就是林祥谦，是这次江岸铁路工人罢工总指挥。看着被工人们围在中间的林祥谦，何建朴肃然起敬。他不晓得林祥谦在去年已经加入了共产党，这次铁路工人大罢工是在中国共产党的领导下发起的。他听见林祥谦大声告诉工人们，只要军阀不答应总工会提出来的复工条件，坚决不复工。工人们热烈拥护，高呼着不答应条件不复工。到了中午，林祥谦离开了江岸火车站，过了不久，他又匆匆赶了回来。一天没吃没喝的工人们累了，有的坐在铁轨上，有的坐在站台上休息，积蓄力量，准备坚持斗争。

何建朴在人群中寻找施洋，没有找到他。

天阴下来了，要黑了。

其实，工人们不清楚昨天下午驻汉口美国、英国领事馆总领事召集中外买办资本家进行了密谋，策划打击工人罢工，并向北洋军阀政府施压，对罢工工人进行武力镇压。吴佩孚勾结帝国主义，决定对罢工的京汉铁路工人进行残酷镇压。他已经电令湖北督军萧耀南镇压江岸罢工工人。这个时候的林祥谦已经意识到残酷的斗争即将到来。他中午匆匆赶回家把江岸分工会的图章隐藏在家里的炭火盆里，以免被军警搜走。

何建朴掏出怀表看了一下时间，已经是下午五点二十分了，他没有看见有人来与工人们谈判，他估计工人们今夜只能在这里静坐一夜了。他刚将怀表装进上衣口袋，突然看见工人们纷纷站了起来，往马路望。他连忙转头，看见马路上一队军车在飞扬的尘土中向这边扑过来了。

"军警来了！"有人大声吼着。

很快，上十辆军车冲了过来，停在车站外。站在车斗上的军警纷纷跳下车，边呵斥着工人边将火车站围了起来，突然向工人们举枪射击，工人们猝不及防纷纷倒了下去。

听见吼声，从指挥部跑出来的林祥谦突然看见军警对工人开了枪，举起右手用力一挥，大声吼着："工人兄弟们，反动军阀向我们开枪了，跟他们拼了。"他边吼边扑向一个军警抓住他的枪，与他厮打了起来。

被突然打蒙了的工人们听到林祥谦的吼声，都扑向军警，与他们厮打在一起。罢工现场顿时乱成一片。

夹在工人当中的何建朴大声吼着："不许开枪！不许向手无寸铁的工人开枪！"他的话音刚落，突然感觉到右手臂一抖，鲜血顿时流了出来，他连忙用左手紧紧抓住伤口，这时，他看见身边的李广贤也中弹倒了下去，连忙蹲下身抱着他，大叫了一声李大哥。

李广贤推了何建朴一把，叫他快走，说他不是铁路工人，军警不会抓他。

何建朴没有回他的话，看见他大腿中了枪子，连忙撕开他的裤管，把伤口给他包扎了起来。

工人们被打倒了一大片，好多人躺在地上仍然高呼"打倒军阀""打倒帝国主义"，最终因为敌不过军警手上的枪，被制服了。林祥谦和十几名工会领导人及工人代表被军警逮捕，全部捆绑在站台上。

天黑了下来。站台上几盏大电灯将广场照得通亮，这时天开始飘飘扬扬地下起了雪。

工人们有的站，有的躺在雪地里，等工人代表和工会领导人与反动军阀谈判。

这次来镇压工人的是萧耀南的得力干将张厚生，他在不停地逼迫林祥谦下令复工，林祥谦昂着头，强硬地说不答应条件不复工。气急败坏的张厚生命令几个军警将林祥谦绑在站台东侧一根木桩上，扬起手上的短枪对着林祥谦的头，逼他下复工命令，林祥谦严词拒绝说不答应总工会的条件坚决不复工。

气红了眼的张厚生向身边一个举着大砍刀的刽子手一挥枪，吼了一声："砍！"

那个刽子手挥起砍刀，"咔嚓"一声砍在林祥谦的右肩上。

林祥谦的右肩顿时裂开一条大口，血流如注。他紧咬着牙，怒视着张厚生。

"上工不上？"张厚生又问了林祥谦一句。

林祥谦昂起头，斩钉截铁地说："不上！"

张厚生又向刽子手吼了一句："再砍！"

那个刽子手又挥起刀，"咔嚓"一声砍在林祥谦的左肩上。林祥谦的左肩上又裂开一条大口，鲜血又涌了出来，沾满了他的蓝色衣服。

"你到底下不下上工令？"张厚生瞪着血红的眼，又对林祥谦吼了一句。

林祥谦浑身是血，痛得紧咬着牙。他轻轻提了一口气，忍着剧痛大声高呼："上工是要总工会下令的，我的头可断，血可流，不答应条件坚决不复工。"

张厚生又向刽子手一挥手，吼了一句："再砍！"

刽子手又向林祥谦的前胸飞起一刀。

林祥谦昏了过去，慢慢垂下头。

工人们愤怒了，怒吼声一浪高过一浪，吼着不许杀人。

军警凶神恶煞地端着枪，挡着工人，不许他们去救林祥谦。

这时林祥谦从昏迷中醒来，抬起头，怒瞪着张厚生，用尽全身力气，大声呵斥道："一个好端端的中国，就断送在你们这帮混账的军阀走狗手里。"

张厚生大怒，命令刽子手说："把他的头砍下来，挂到柱上示众。"

那个刽子手挥起刀，对林祥谦连砍七刀，砍掉了林祥谦的头。鲜血从林祥谦的颈脖喷了出来，喷得老高，洒了张厚生一身，他连忙闪到一边。

刽子手丢下刀，提起林祥谦的头，拿绳子绑着，挂在另一根木柱上。

工人们怒吼着"不许杀人！"，高呼着"打倒军阀""打倒帝国主义"的口号。此起彼伏的口号声响彻大雪纷飞的夜空。

何建朴也跟着工人们一起喊口号。看着视死如归的林祥谦，他泪流满面地对李广贤说："这才是中国的希望。"

第二日，工人们相互转告着施洋大律师昨天晚上在家里被捕了的消息。何建朴开始担心他的安危。

罢工的工作又坚持了一天一夜，何建朴和李广贤与死伤的工人在一起，被工人救护队抢了出来，送到各个医院救治。

为了保存工人实力，避免更大牺牲，京汉铁路总工会发出了《紧急通知》，要求京汉铁路全线罢工工人强忍悲痛，全线复工。

何建朴忍受着巨大的悲痛回到了汉口茶庄。

何功德看见他浑身是血和污泥，吓得大惊失色，问他是不是被歹徒绑去了，问他是不是挨了打。

何建朴对他苦苦一笑说，他到江岸火车站去了。

何功德更是大惊失色地说，听说军警在那个地方打死了不少人。埋怨他说火车站有事要办为什么不吩咐我去。

何建朴对他说我是去看铁路工人罢工的，叫他烧热水给他洗澡。

洗了热水澡，换了一身干净衣服，包扎了伤口，何建朴倒在床上，尽管很困，但怎么也睡不着，林祥谦那血淋淋的人头一直在他眼前晃。林祥谦的眼睛不闭，仍然怒睁着，仿佛要看见反动军阀倒台，外国列强滚出中国去才闭眼。

二十

　　为了不让母亲晓得他受伤了，何建朴以外出做生意为借口，在汉口茶庄躺了几日。何功德请医生上门给他的伤口换了几次药，到伤口差不多好了，他才起了床。这几日他一直惦记着李广贤的伤，惦记着铁路工人复工的情况。明天就是大年三十了，他要到武昌去过年，临走时他上街买了三斤瘦猪肉，用纸包好，提到大智门，在汉口火车站找到了已经上班的李广贤。

　　李广贤把他带到离火车站不远的家里吃饭。何建朴向他打听工人复工后的情况。李广贤痛苦地摇着头说死伤那么多人，罢工条件军阀一条也没答应。他还伤心地告诉何建朴，施洋大律师因为在家里准备文件与铁路公司打官司，七日那天没有到江岸罢工指挥部去。那天晚上林祥谦被萧耀南派军警杀了，他在家里被捕了，被押到汉口警察厅关押，第二日又把他押送到武昌，关押在湖北陆军审判处。当天下午，陆军审判处就开庭审判施洋，在法庭上，施洋据理力争，痛批北洋军阀的反动本质，吴佩孚、萧耀南一伙军阀枪杀工人的滔天罪行，以大无畏的气概压倒了敌人，让敌人哑口无言。铁路工人总工会一直在设法营救施洋。他又对何建朴说了近两年来施洋与林育南一起，领导的几次工人罢工都取得了胜利，并通电全国驱逐两湖巡阅使兼湖北督军王占元，湖北自治，施洋得罪了北洋军阀。

　　听完李广贤的话，何建朴心里一紧，估计施洋凶多吉少。其实，何建朴不晓得施洋在去年就加入了共产党。李广贤也是这次京汉铁路工人罢工的工人代表。听说施洋被押到武昌审判，何建朴坐不住了，向李广贤问了一些目前已经复工了的工人处境后告别了李广贤，匆匆到码头坐船过江，到了武昌，来不及回到何氏茶业总部大楼，坐车直接到了抚院街。

律师事务所内，董必武、陈潭秋、包国恩和一个何建朴不认识的年轻人正在商量事。看见何建朴推门进来了，董必武把那个年轻人介绍给他说这位先生叫林育南。也把何建朴介绍给了他。何建朴连忙向他抱拳施礼，说他刚从汉口过来，在汉口火车站听李广贤副站长谈到林先生这两年与施洋律师一起，组织几次各界工人罢工取得胜利的事。

林育南一惊，问他道："你认识施洋？"

"他们都是马克思学说研究会会员。"董必武插了一句。

"哦！好！"林育南对何建朴一笑，叫他坐，说他们正在商量营救施洋的事。

何建朴连忙把他在江岸火车站看到军警杀林祥谦的情况对他们说了，告诉他们自己也被军警打伤了，治了一个礼拜才好。他问董先生现在施洋怎么样了。

"我们刚得到消息，吴佩孚已经密令萧耀南立即处死施洋。"董必武语气凝重地说。他边说边递给何建朴一张报纸。

何建朴接过报纸，看见上面一个标题写着《不杀施洋京汉铁路不能通》。

"他们不审结束就判死刑？"何建朴大惊失色。

"现在已经无法无天了。"董必武轻轻叹了一口气。

"我们组织工人去劫法场。"何建朴呼的一下站起来说。

"不！"董必武抬手制止他说，"不能做无谓的牺牲。"

"我们正在商量明天早上派人到洪山刑场去，看情况再说。"林育南补了一句。

"我也去。"何建朴坐下来说，"能把施先生救回来就好了。"

他们又商量了明天如何去刑场的事，便起身分别从前后门出了律师事务所。

何建朴回到何氏茶业总部大楼后，向母亲问了安，无心顾及过年的事，拖着步上了楼，关了房门点燃烟，一根接一根地吸着。他没有想到反动军阀这么快就要杀施洋，想到了花一笔重金去贿赂法官，判施洋不死。但是，现在一切都晚了，这些军阀非杀施洋不可。

这一夜，何建朴几次从噩梦中惊醒，他梦见军警像杀林祥谦一样用刀砍了施洋，砍下了他的头。第二日天一亮他便起了床，匆匆吃了早饭便坐车赶到洪山脚下。这个地方一直是处决犯人的刑场。

听说军警要杀施洋大律师，一些得到消息的市民早早赶了过来，刑场上聚集了不少人。

日头还没有出来，洪山下的风飕飕吹着响哨，好冷。

过了一会儿，几辆军车过来了，人群开始骚动，大家都紧盯着军车，轻轻议论着说来了！施洋来了！

军车在洪山脚下停了下来，许多军警从车上跳下来，迅速将刑场戒了严，举起枪对着面前的市民。

何建朴迅速挤到人群前面，一双眼睛焦急不安地在军车上搜寻着施洋。突然，他看见施洋戴着手铐脚镣，被军警从中间一辆车上推了下来，推到山脚下一块空地上。

市民纷纷围了过来，又被凶神恶煞的军警用枪挡住了。

施洋举头扫了一眼市民，指着军警毫无惧色地开口大声疾呼："同胞们，我就要被军阀枪毙了。我只希望中国的劳动者早些行动起来，把军阀、官僚、资本家和你们这般替他们做走狗的人，一起食肉寝皮。"

听见施洋在吼，一个行刑官跑过去凶了他一句："你都要死了，还说什么？赶快闭嘴。"随即他拿出一张判决书展开，宣布施洋煽动工潮，立即枪决。

施洋对他鄙夷一笑，又大声疾呼："我不怕人，不怕事，不怕死，堂堂正正做人，反对强暴，你们杀一个施洋，还有千万个施洋。"

那个行刑官连忙命令刽子手开枪。

刽子手的枪随即响了，"砰"的一声，施洋浑身一颤，弯下腰去，鲜血从他的胸前冒了出来。

市民们高呼着："不许杀人！"

施洋突然直起腰，挺起胸，紧握着右拳高高举起，高呼一声："劳工万岁！"

紧接着刽子手的枪又响了，施洋又颤抖了一下，仍然高举着戴着手铐的右手，高呼一声："劳工万岁！"他挺立着想吼再也没有吼出来，

"轰"的一声倒了下去。

市民们看见施洋倒下去了，开始大声高呼："打倒军阀！""打倒帝国主义！"

那个行刑官掏出手枪，"砰砰"朝天开了两枪，压住了市民的怒吼，大声说："犯人尸体暴尸示众三日。不许再闹。哪个再闹这就是下场。"他说完话命令一队士兵留在刑场看管施洋的尸体，不许民众接近，转身上了车，带着一队军警扬长而去。

何建朴已经泣不成声，望着施洋的尸体，浑身打战，轻声叫着："施洋！施洋！"他又看见一个不畏死的人倒下去了。

这时李广贤挤到他身边，把嘴唇贴在他耳朵边，轻声告诉他说："今夜汉口人力车工会的工人兄弟准备来抢走施洋的尸体。"

"他们在哪里？"何建朴连忙擦干眼泪，问了他一句。

"都在人群里。"李广贤轻声说。

"我能做什么？"

"你先到武昌城外的江神庙去，我们把尸体抢出来送到那里去。"

"棺木准备好了吗？我去买一口好棺木。"

"有人在准备。"李广贤扫了人群一眼，又压低声音对他说，"你去准备上十个人吃的东西送到庙里去。到深夜街上的店铺都关了门，买不到吃的，工人弟兄们又冷又饿受不了。"

"好！"何建朴点了点头，又问了他一句，"要不要给施洋准备一些祭品？"

"可以！"李广贤说完话连忙转身走了。

何建朴站在寒风中久久看着躺在地上的施洋，不忍离去，他没有想到施洋这么快也被杀了。

市民们被军警驱赶着陆续离开了刑场。何建朴跟着他们一步三回头地离开了施洋。

家里的年饭已经早早准备好了。何建朴拖着沉重的步子进了门。母亲不晓得他刚刚经历的事，高兴地叫他赶快打水洗手洗脸，准备吃年饭。

草草吃过年饭后，何建朴把厨子刘师傅叫到楼上，把施洋大律师被杀了的事对他说了，叫他吃罢年夜饭后再做十多个人的饭菜，热在锅里，再准备几样祭品，半夜跟他一起送到江神庙去。

听说施大律师被军警杀了，刘师傅也大吃一惊，连连说他是一个好人，一个大好人。施洋帮纱厂工人打官司的事他晓得。何建朴请施洋吃的那顿饭就是他做的。

吃过年夜饭后，刘师傅淘了一大桶米，上蒸笼开始蒸饭，又拿出一只猪胯剁了，切了一大筐白萝卜，倒进大铁锅煨汤。

何建朴的家人坐在后院大堂里烤火，守岁。他一个人在房内坐立不安地踱着步，不停地吸烟，不晓得汉口人力车夫工会的工人弟兄们冒死去抢施洋的尸体，会不会出意外，他担心再生事端，打死打伤工人。

楼下的钢丝座钟"咚咚咚"敲了十响，何建朴自言自语了一句："十点了。"连忙匆匆下楼，到厨房问刘师傅饭菜准备好了没有。刘师傅说都准备好了，煨了一大锅汤，炒了一桶辣椒炒肉丝。何建朴点头说好，叫他赶快用木桶装好，盖上盖，跟他一起挑到江神庙去。

刘师傅提出两对带盖大木桶，打了一木桶饭，装了一木桶辣椒炒肉丝，把一大锅萝卜汤打进一对大木桶内，分别用棉套包好木桶保温，又拿出十几套碗筷装在一只竹篮内自己提在手上，将准备好的几样祭品装在另一只竹篮内，交给何建朴提着，与何建朴一个人挑一担冒着热气的木桶出了门，匆匆往城外走去，到了武胜门口，值夜的朱八哥看见何大掌柜挑着担子来了，惊讶地说没见过大掌柜挑担的，连忙打开城门。何建朴向他道了谢，叫他不闩城门，说他送货出去不一会儿就回来，朱八哥高兴地答应了。对城内的各商家来说，早出晚归是常有的事，他们每年都多多少少给要经常出入的城门守门人一点辛苦钱，守门人也对他们很客气。

出了城门，刘师傅走在前面，引着何建朴一路不歇脚到了长江边的江神庙。

庙门半掩着，刘师傅推门先进了庙门，何建朴跟了进去，这时亮着灯的庙堂里有人听见门响匆匆走了过来，何建朴借着昏暗的灯光看清楚了来人的身影，叫了他一声李站长。

来人是李广贤。他听见何建朴的声音连忙走过来从他肩上接下担子，另一个人也连忙过来接下刘师傅肩上的担子，领着他们进了庙堂。

庙堂正中摆着一口开着盖的棺木。有几个人坐在旁边的凳子上抽烟，看见李广贤领人进来了，都先后站了起来。李广贤放下担子，叫刘师傅把担子放下，对走过来的一个高个子男人说："何大掌柜送饭来了。"他已经把何建朴要送饭的话对大家说了。

那个高个子向何建朴抱拳一摇，说了句："多谢何先生。"李广贤又把那个高个子介绍给何建朴，说这位是武昌人力车工会的王浩海会长。何建朴也向他抱拳还礼，说王会长辛苦了。他又压低声音问李广贤事情办得么样了。

"到现在还没有听见洪山那边有枪响，应该问题不大。"李广贤轻声对何建朴说，"武昌人力车夫工会的兄弟们在半路上接应，有什么事他们会派人来送信。"

王浩海请何建朴坐下来休息一下，说他挑一担东西走这么远的路累了。

何建朴边擦脸上、脖子上的汗，边说只要能把施先生弄出来，再累也不算事。他叫在座的几个人趁热先吃饭。

王浩海说现在洪山那边的情况不明，如果汉口的弟兄们失手，就要出事，他边说边出了门。

何建朴晓得大家都在焦急不安地等消息，现在没有心思吃饭。他掏出怀表就着神台上的烛光看了一下，十一点过了，起身出了门，抬头看了一眼漆黑的天，长长叹了一口气。

不一会儿，门外突然传来匆匆的脚步声，站在院里的王浩海和李广贤、何建朴连忙跑到门口，看见一个黑影推开门跳了进来。王浩海叫了他一声中兴，问他是么情况。

"都来了。"中兴气喘吁吁地说。

"施洋先生呢？"李广贤抢过话补了一句。

"抬来了。"中兴回了一句。

"快！"王浩海边说边往门外跑。李广贤和何建朴跟了出去，中兴也跟了过来。

远远地，一团黑影向这边匆匆过来了，跟着王浩海飞跑的何建朴慢慢看清楚了，几个人抬着一副担架来了。

跑在前面的王浩海从前面一个人手上接过担架，李广贤和何建朴、中兴跟过去，从另外三个人手上接过担架，抬着往江神庙飞跑。他们一行人很快进了庙门，最后进门的人迅速关了门，推上闩。

躺在担架上的施洋被抬进了庙堂，大家七手八脚把他抬下来，放在事先准备好的一块木板上。

何建朴俯身仔细看了一眼施洋的脸，看见他仍然圆睁着双眼，轻轻叫了他一声施先生，可惜他再也听不到他回应了。

"军警阻止你们了吗？"王浩海问了身边的一个年轻人一句。

"我们一直埋伏在山上，等到天气越来越冷，没人来换岗的警察冻得受不了啦，下山去了，我们才偷偷把施先生背上山，从山的另一面下山跑了。没得警察看见。"那个年轻人说。

"好！"王浩海叫大家赶快趁热吃点东西，都暖暖身子再给施先生换衣、装殓。

刘师傅连忙打开几只木桶盖，拿出两把铜瓢放进桶里，把碗筷递给大家。

大家都不声不响地打了菜，有的坐在凳上，有的蹲在地上吃着。

何建朴拿出三样祭品，摆在棺木旁边的桌子上，点燃三炷香，对施洋拜了三拜，插在香炉里。

大家很快吃干净了木桶里的饭菜，把碗筷放进桶里。

李广贤与几个工人一起慢慢脱下施洋身上的血衣，何建朴端起旁边事先准备好的一盆水递过去，看见施洋胸口有两个弹孔，胸前一片黑血。李广贤接过水盆，拧起毛巾轻轻地、仔仔细细地擦干净了施洋身上的血渍。王浩海从桌上拿来两套下午买来的新衣裤，帮李广贤给施洋换上，又给他穿上新袜、新鞋，戴上新帽。几个工人往棺木里倒了两箩筐石灰，准备装殓。

王浩海对大家说："来，我们一齐跪下来给施先生磕三个头吧！他是为我们死的。"

说完话，王浩海跪在施洋身边，大家陆续在他旁边跪了下来，一齐向施洋磕了三个头。

"施先生，我们会保护好你，以后把你送回你老家去安葬。"王浩海又向施洋磕了三个头，站起身来，叫大家装殓。

刚才还很刚强的工人们开始流泪了。何建朴也流着眼泪伸手轻轻抚合上施洋怒睁的双眼，哽咽着说："施先生，你的鲜血不会白流。"王浩海、李广贤和几个工人一起将施洋抬进棺木放好。另外几个工人又抬来两筐石灰倒进棺木，盖住了施洋的遗体，又有几个工人抬来棺盖盖上，钉上了棺钉。

这时，一个老僧从大殿后面走了过来，左手端着烛台，右手并拢五指立在鼻头，轻轻念了句"阿弥陀佛"，叫各位施主把棺木抬到后院去。

王浩海和李广贤并肩站在棺木前端，大家围在棺木周围，随着王浩海低沉地吼着："起！"一齐用力抬起棺木，随着老僧慢慢进了后院。老僧把他们引到一间腾空了的禅房前，叫他们把棺木抬进去。大家抬着棺木进了门，放在两只长板凳上。

"各位施主快走！阿弥陀佛！"那位老僧催了一句。

王浩海又带大家跪在棺木前磕了三个头，先后起身出门。走在最后的王浩海对那位老僧双手合十一拜，轻声对他说："施先生就拜托住持了。"

"放心吧！快走！"老僧又催了他们一句。

王浩海带着大家进了前堂，叫两个工人把刚才抬施洋来的竹担架拆了，带出去丢掉，怕军警来搜查。他带着他们先后出了庙门，很快散开在黑夜中。

何建朴和刘师傅挑着木桶跟着他们出了门，匆匆从武胜门进了武昌城，回到茶楼。

春节很快过去了。阳春三月来了。

何建朴估计奉天的雪开始融化了。他准备送一批货到奉天去，打算去把那个店铺先买下来，赚到钱后再扩建成大商行。另外，闻镇守使那里一直没有动静，他还打算去吉林一趟，催他尽快设法除掉卢金斗，为建刚报了血海深仇，让他好开开心心地重振裴氏家业。他还想尽快做大东北市场，赚到更多的钱，去做他急需想做的大事。

离开汉口前，他到山西祁县渠家设在汉口的商行，找到了刚到汉口来的渠庆吉，与他仔细商量了如何用渠氏、何氏这两块老招牌，再打入外蒙古青砖茶市场，继而扩大俄罗斯市场，进入中亚和欧洲各国，用他们的所学，做强做大国际市场，把钱赚回来，支持国内革命者革命。从这次京汉铁路工人大罢工的失败教训中，他已经看到手无寸铁的工人力量再大，人再多，也敌不过军阀手中的枪。要革命，革命者手上必须有枪。枪，需要钱去买。实业救国是他们目前最要紧去做的事。好在渠庆吉也接受了新思想，反对腐败无能的北洋军阀，痛恨外国列强在中国横行，同情工人运动。

渠庆吉答应由何氏茶业提供蒙古人熟悉的"生牲川"老牌青砖茶，目前在何建朴抽不开身去漠北的时候，由他出面疏通到外蒙古的茶道，再次将由何氏茶业生产，蒙古人喜爱的几种型号青砖茶送到外蒙古市场。

因为渠庆吉与何氏茶业武昌总部经理何立定熟识，何建朴叫他具体如何经营与何立定商量。渠庆吉答应了。对渠家和渠庆吉，何建朴知根知底，他不担心渠庆吉从中做手脚。临别时，渠庆吉说只要是支持穷苦人闹革命，就是渠家再倾家荡产，他也在所不惜。他的这句话何建朴很受用。这么多年商场的风风雨雨，大家都是在为各自的利益争斗，赚了钱以后做什么，没有正确目标，大多数人赚钱后广置田地，娶妻纳妾，花天酒地。现在他与渠庆吉一拍即合，何建朴很开心。

回家以后，何建朴安排几个伙计将准备好的货物从仓库运到汉口火车站，发往奉天。他又回咸宁，到柏墩老家，把娘亲手做的，建刚爱吃的豆腐乳、豆豉、老盐菜、腊肉、腊鱼、炒红薯片等背了一大包到汉口，又给两个伙计买了一些南方吃食，准备带到奉天去给他们吃。

临上火车前，何建朴又找到了李广贤，轻声对他说如果工人再罢工，工人要吃饭，要用钱，叫他到何氏茶庄去找何功德经理。李广贤说这次京汉铁路工人大罢工损失惨重，几个工会领导人都牺牲了，以后的工人罢工会更慎重。他感谢何先生对工人的同情，说如果工人运动有需要用钱的地方，他可以转告工会去与何氏茶业联系。

告别李广贤后，何建朴上了火车。火车经过江岸火车站时，他的眼前又浮现出那些倒在铁轨上血流如注的工人，心又提了起来。他下意识地扫了一眼站台，扫了一眼那根绑林祥谦的木桩，看了一眼那根挂林祥谦头颅的柱子，看见它们在他的眼前幻成一排排人影，立在和煦的春风中，仿佛看见无数群情激昂的工人在跟着林祥谦一起呼喊着口号。火车车轮撞击着铁轨，发出"哐当哐当"的吼声，好像在向逝者致哀，它拖着何建朴向这次京汉铁路工人大罢工的总指挥部郑州方向飞驰。火车到了郑州，停下来上下旅客。何建朴也走出车门，站在站台上四顾，看着这座曾经激情涌动的车站，感慨地自言自语着："哪一天铁路工人能主宰这个地方就好了。"

火车要启动的哨声响了。何建朴连忙上了车,在卧铺上躺了下来。这一次回湖北,他没有想到会遇到这么大的事,他亲眼看见了革命者视死如归,看到了军阀对穷苦百姓的凶残,更坚定了他支持劳动者起来革命的信心。从这些革命者身上,他看到了中国未来的曙光。

火车"哐哐当当"跑了几日几夜,终于到了奉天。

何建朴下火车后,拿着汉口火车站的发货票到货运柜台问了一下,得知货物还得几天才到,他便搭马拉火车到中街下了车,背着一个大包飞跑到了那达慕商铺。

额日敦巴日和博日格德突然看见东家来了,连忙从他身上接下背包,给他倒茶喝。

看着与兄弟一样亲的两个伙计,何建朴问他们在这里习不习惯,吃不吃得饱。

他们哈哈笑着说奉天比归化大多了,人也多多了,热闹多了,他们在这里很习惯,吃得也好,在这里还能吃到好多外国东西。

看到两个伙计都长得壮壮实实,何建朴放心地拍着他们的肩头,叫他们要吃饱吃好,长得比蒙古草原上的马还壮。他又问小少爷多长时间来一次。

博日格德告诉他说小少爷只要有空就过来帮忙做事,有时候随张大帅出门去了,一两个礼拜才来一回。

何建朴问他们今天小少爷会不会来。

额日敦巴日很有把握地说他今夜肯定要来。

何建朴与他们坐在一起,问了一些店铺的经营情况后,高兴地赞扬他们说大掌柜、二掌柜都出师了,叫博日格德上街去买两样好菜,说等小少爷来几兄弟一起好好喝两杯。

天刚擦黑,何建刚果然来了。他突然看见大哥,高兴得跳了起来,紧紧抱着他大叫一声大哥。

何建朴高兴地摸着他的脸,看到他脸上的那条刀疤已经变淡了,不仔细看,难得看出来,笑着说你长胖了,很好!他告诉建刚说他给他带来了娘亲手给他做的,他喜欢吃的东西。

何建刚听说娘给他带他喜欢吃的东西来了,连忙叫大哥拿出来,迫不及待地打开大哥背来的大背包，一样样拿出礼物，高兴地把腊鱼、腊肉和豆豉拿到厨房，叫博日格德蒸一大碗，说好久没吃娘做的美食了。

何建朴拉何建刚坐在炕上，问他买这个铺的事与房主谈过没有，他肯不肯卖。何建刚高兴地说房主答应卖，只要我们愿意买，什么时候签契约都可以。

何建朴收了笑脸对建刚说："我仔细考虑了一下，你看这样行不行。这个房子的真正主人是那个叫邓沂河的女孩子，现在是她伯伯代签。她还年幼，不懂事，我们得做两手准备。一个是签了约纸以后，把钱交给她大伯，但是她大伯如果把钱都花了，或者昧了良心把这笔钱私吞了，那我们就反而害了这个娃；二个是我们把这个房子和后院的地全部作价，把钱放在商行里，让这个娃做股东，年年拿分红，还可以水涨船高。那么她永远有饭吃，有衣穿，有钱上学读书。到她长大了，成家了，还有一笔稳定收入。如果我们把生意做垮了，可以保证她的股本不丢。这个娃的大伯看起来是个厚道人，我们也要帮他一把。"

"我赞成第二个。人心隔肚皮。如果她大伯把钱拿去吞了，那这个娃就没有出路了。"何建刚点着头说。

"这件事还是你去办。你身上有这身老虎皮她大伯要畏三分。"何建朴笑着说。

"只要我们凭良心，这个娃有好日子过。"何建刚苦涩一笑，答应由他出面找房主谈。他想到自己年少失怙，心隐隐地疼。对这个与他命运相同的女孩，他想帮她一把。

菜弄熟了，端上了桌。何建刚闻到腊鱼、腊肉香，拿起筷子哈哈笑着夹一块腊肉丢进嘴里，边吃边说好香，还是娘做的东西好吃。

何建朴哈哈笑着叫几个老弟一起坐在炕桌前，亲自执壶为他们斟了酒，端起酒杯说这算是今年过年的团圆酒，叫几兄弟一起干了。吃过饭后，何建朴坐在书桌前，提着小狼毫，认认真真地拟了一份约纸，另外抄了两份，才上炕睡觉。

奉天的春天比南方要迟到一个月，现在树木枝头才有绿叶，地上厚厚的积雪还没化尽，吸走了阳光洒下来的热量，寒气仍然袭人。

在湖北已经脱了棉衣的何建朴，又披起了棉衣，又在奉天城角角落落跑了一个大圈，仔细弄清楚了奉天城各种生意的经营概况。他发现在这个地方很少有南方的广货和下江货物，便暗中打算这一次回湖北去了以后，到广州和上海去跑一个圈，进些这里稀缺的南方新潮货到这里来卖。他谋划着将奉天商行经营成一个百货公司，不仅仅只做青砖茶生意，赚更多的钱去支持那些为中国的独立富强敢去死的革命者。

过了两日，何建刚利用休息天去找了那个叫邓福有的房主。也许他真的是被何建刚身上的那身"虎皮"吓到了，也许是他想巴结何建刚做靠山，当他听到何建刚说那几个蒙古人想买下他弟弟的房子时，他一口答应了，并对他们提出的将卖地款入股合作经营的想法，也一口应承。何建刚有些吃惊，问他为什么不把钱拿在手上。邓福有这才把他家的伤心事一五一十告诉他。

原来，邓福有的爷十几岁跟随村里的大人闯关东，从山东临沂过山海关到了东北，在吉林桦甸的一条河里，加入了浩浩荡荡的淘金队伍，赚了一点钱后回到山东老家娶了他的一个远房表妹，生了他。他爷后来到另一个金矿采金，在东北站稳脚跟以后，把他和他娘接到了东北，两年后相继生了他的弟弟邓福高和妹妹邓思沂。因为淘金太苦，矿工们几乎被矿主盘剥得所剩无几，他们便想尽一切办法私藏偷运自己淘得的金沙出矿，好多人被抓住了，不是被打死，就是被打残。那年冬天邓福有的爷有一天感染风寒病倒了，他将私藏的三颗金粒吞进肚子里，以治病为由逃出了金矿，带着一家人坐马车迅速逃到了奉天。这个时候，他爷肚痛得大汗淋漓。他爷咬着牙，在奉天城外租了一间破屋，将一家人安顿下来。当夜他爷痛得在床上打滚，晓得自己不行了，便偷偷告诉他娘说他吞了三粒金沙，叫她在他死后，拿刀剖开他的肚，把金子取出来卖了，在奉天买一处房子，把三个娃养大成人。邓福有记得那天天快亮的时候，四周黑得伸手不见五指，他爷断了气。他娘把嘴唇咬出了血，却不敢哭出声。等他爷的尸身冷了以后，他娘哄弟弟妹妹睡了，叫他举着灯，她拿了一把菜刀在石头上磨开口，割开了他爷的肚皮，在他的肚里找到了三颗大金粒，又用麻线把他爷的肚皮缝了起来，与他一起在这间破屋后面的一个荒坡上挖了一个坑，趁天还没亮，偷偷把他爷埋了。

他娘埋了他爷以后，拿一粒金子到奉天城内卖了，又在城内租了他现在住的这个地方落脚，带着他在街上卖糖葫芦、豆腐脑，做小生意糊口，送弟弟、妹妹进洋人的教会学堂读书。后来，这家房主因为惹上官司，要钱用，要卖靠近钟楼的这处房子，他娘又卖了一颗金粒，把这两间房子买了下来。

他的弟弟邓福高和妹妹邓思沂都会读书，他们都比没有上过学的哥哥聪明。后来他兄妹三个分别成了家。邓福有住在老房子里。邓福高成家时他娘又在西街买了这处老房子，给他做新房。邓思沂跟她的一个同学结了婚，到天津去了。

邓福高脑壳灵活，会做生意，赚了钱后把他的房子改成店铺，生意开始做大了。但是，让他一家人万万没想到的是他弟弟突然暴病死了，他的弟媳妇过了不久卷着家里的所有钱财，丢下女儿邓沂河偷偷跑了。他娘在悲愤之中不久又离开了人世。他收留了侄女沂河。后来与他弟弟邓福高关系好的一个相与偷偷告诉他，说他弟弟是被一个与他一起做生意的人害了，他弟媳妇与这个人暗中有奸情，他们两个人一起弄死了邓福高，卷走了他的全部活钱，他弟媳妇跟这个人跑到关内去了。

没有读过书，胆小怕事的邓福有最担心的是自己有个三长两短，这个乖巧懂事的侄女孤苦无依，不能长大成人。现在有一个在大帅府里穿军装的人不时在他家里进出，他感到很有面子，胆子也大了不少，特别是他出面为几个蒙古人租了他侄女的房子后，他感觉到自己家里多了几个能帮他撑场子的人。与他们交往后，他发现这些人特别善良，打消了原来担心这些人是奸人，在打他们家房子主意的想法。现在他们提出来用房子做股金入股经营，年年分红利。他晓得沂河这一生有着落了，不仅不愁吃穿，还有钱上学读书了。就是他有个三长两短，把侄女交给这伙人也有前途。

何建刚告别邓福有，回来把他一家人的苦难对大哥何建朴说了。

听完这一家人的故事，何建朴唏嘘不已，他也有了看一看这一家人的想法。

何建刚与邓福有约定签契约的头一夜，何建朴把弟弟建刚留在他的住处一起睡了一夜，详细与他谈了自己的想法，他叫建刚用他的名字印章签买卖房地产契，以后这处产业就名正言顺是他的。另外，对两个蒙古兄弟额日敦巴日和博日格德，因为他们也是孤儿，无依无靠，加上他们又善良、勇猛，正好做建刚的得力帮手，他建议他们两个人以人力入股，共同经营商行。

何建刚不同意大哥的想法，他说自己完全不懂做生意，尽管有额日敦巴日和博日格德两兄弟帮忙，因为他们是学徒，没见过世面，见识不广，难得把生意做好，更不说做成大商行。他认为还是大哥出面签约，一切以大哥为主，他们几兄弟帮大哥，一起把生意做好，也不愁赚钱。至于两个蒙古兄弟以人力入股的事，他完全同意，说他们成股东了，就会充分发挥他们的聪明才智，想方设法把事情做好。另外，他还谈了自己的真实想法，现在他在张作霖身边的卫队里当兵，只要他好好干，讨张大帅喜欢，他不愁出头之日。在这个人吃人的世界，手上没有枪，就是再有钱也是人家砧板上的肉，无论是官府还是土匪，哪个都可以拿枪上门来要钱，你说一个"不"字，就要死人。他到奉天来了以后，与张大帅一起到北京、天津，看见日本人、俄国人、美国人、英国人、法国人等长相各异的外国人在中国横行，不仅在东北开矿山，修铁路，还到处圈地建租界，在中国的地盘上搞独立王国，随意枪杀中国人。他想自己有朝一日也能带兵打仗，把这些外国强盗赶出中国去，让自己的同胞真正做自己的主人，不受外国人欺凌。他无意在商场消耗自己的一生，说他就是赚再多的钱也只能花天酒地过日子，于国家无益。

听了何建刚的话，何建朴暗暗吃了一惊，也暗自高兴。他惊奇地发现建刚长大了，不仅有血性，还有了很高的思想境界。与他原来立誓要杀大土匪卢金斗报家仇相比，他有了更大的抱负，有了忧国忧民的意识。在建刚心目中，家仇与国恨，建刚没有放弃报家仇，却又有了报国恨的更宏大理想。他很清楚，只要建刚发奋图强，他会成为一代枭雄，一位为国家独立而战的战将。何建朴意识到建刚打破了他的思想局限，在图谋一个更辉煌的前景。

对何建刚来说，他误打误撞进了张作霖大帅府，在这位东北王，也是几年后北京北洋政府最高统治者身边的卫队当兵，他看到了不一样的世界，接近了那些在这个人世有话语权的人，更接触了一些为这个国家前途担忧的有思想的人物。他的人生观、价值观已经发生了质的变化，从一个报家仇的冷血少年，蜕变成了一个报国恨的热血青年。

他已经站在了时代风口，他的选择无疑是正确的，高人一筹。只要站在风口上，任何人都会飞。这就是所谓的时势造英雄。

何建朴笑着对建刚说你长大了，大哥非常支持你的想法。你放心在外边做事，家里的事我会做好。你老裴家的家业，我兄弟两个一起来振兴。

了解了何建刚的真实想法以后，何建朴把自己想见一见邓福有一家人的想法告诉了他，叫他后天把邓氏一家人都请来一起吃一餐饭。

第二日吃过午饭后，何建朴把要与邓家签契约买下这处房产做商行的话对额日敦巴日和博日格德说了，也把房东的女儿用卖房钱入股和他们两个人以人力入股的话对他们说了，叫他们好好干，日后都当老板。他吩咐博日格德到奉天有名的"宝发园"菜馆订一桌好酒席，并特别叮嘱要点这家菜馆的特色菜"四绝菜"。

他之所以要选这家菜馆招待邓氏一家人，不仅仅因为它在奉天名气大，还因为这家菜馆是山东人开的。这家菜馆的主人姓国，是从山东宁河闯关东到奉天来的国钧璋、国钧瑞两兄弟。他们在奉天城落脚后，在小东门外开了一家小饭铺，起名"宝发园"，意为聚宝发财。前几年，一位穿着讲究的年轻人到这家菜馆点了四个菜，即熘腰花、熘肝尖、熘黄菜、煎丸子，他吃了以后连声称绝，并出手阔绰地把十块银元放在桌上起身而去。有人认出这是张大元帅的公子张学良。两位国老板大吃一惊。从此张学良点的四个菜成了此饭馆的名菜"四绝菜"。来这家饭馆吃饭的人也越来越多，"四绝菜"越做名头越响。前两年他们另外买地做起了这家大菜馆。在张学良回奉天时，何建刚不时陪他到这里来吃"四绝菜"，这里的生意越来越红火。何建朴用心在这家菜馆招待邓氏一家人，是让他们在山东人的地盘吃饭有一种归家的感觉。再一个这里是达官贵人经常光顾的地方，也让他们觉得自己没有被人低看，给他们一份身份享受。另外，他还叫建刚出面请国钧璋、国钧瑞两兄弟做中人，请山东人为山东人做证人，让邓氏一家人安心。

博日格德高兴地跑到宝发园订了一间贵宾大包房，点了"四绝菜"，又点了一些珍稀菜肴，满满一大桌。

何建刚向卢队长告了一天假，开着大帅府的小汽车，把邓氏一家人风风光光地接到宝发园，请他们入座贵宾大包房。

邓福有的内人李氏特地给一家老小换上了平时很少穿的好衣裤，把他们收拾得干干净净。当他们走进这家装饰华丽的大菜馆时，都有些收手收脚，不敢大声说话。

在宝发园后院，何建朴拜望了国钧璋、国钧瑞两位老板。因为一大早晨何建刚已经来把请他们做中人的话对他们说了，他们一个哈哈两个笑地答应了。何建朴把已经准备好的契约拿出来，分别给国钧璋和国钧瑞一份，征求他们的意见。在契约上，他特别写明房产的主人是那个六岁的邓沂河，她的伯父邓福有是代理人。何建朴这个时候把自己的真实身份告诉了国氏兄弟，向他们说明了原来以蒙古人身份租房的原因，请他们暂时保密，因为他的表弟祁祥在张大帅身边当警卫，不便声张。他也是威慑国氏兄弟不乱说话，以免招祸。他说的祁祥是卢奇义为掩人耳目，为何建刚改的名，祁是他的老家祁县，祥是吉祥。

"生牲川"青砖茶从蒙古进入东北，有钱人都喝这种茶。当国氏兄弟听见何建朴自我介绍是何氏茶业的掌门人，都吃了一惊，都说他们走鸿运了，结交上了贵人，保证封口，不对外说他在奉天办商行的事。其实他们也是胆小怕事的穷人出身，刚刚赚了钱发了家才被人高看一眼。但他们懂得祸从口出的道理，更懂得人贱言微不扯是非才明哲保身。

国氏兄弟仔细看罢契约后，都说何先生大仁大义，为这个娃考虑得非常周全，为他们做中人是他们的荣幸。国钧璋告诉何建朴，他兄弟俩都认识邓福有、邓福高，他们都是山东人，都是闯关东到奉天来的，对他们家的遭遇他兄弟俩听说过，闯关东出来的山东人都相互关照。其实他们对改名叫祁祥的何建刚有几分巴结之意，都认为这是一件很有面子的事。

看到国氏兄弟对契约没有异议，何建朴很高兴地邀请他们一同上楼吃饭。

贵宾房内，额日敦巴日已经准备好了签字台，台上摆着毛笔、砚台和印泥。

何建朴与国钧璋、国钧瑞一起上楼，先后进了贵宾房。

相貌敦厚的邓福有夫妇看见几位大掌柜进门来了，连忙起身相迎。三个娃儿坐在座位上扑闪着大眼，看着几个大人笑哈哈地互致打躬作揖。

何健刚已经把请国氏兄弟做中人的事对邓福有说了，他也很乐意请他们做中。

国钧璋坐在邓福有夫妇身边，高兴地对他们说："你一家人在奉天能靠上祁先生和他的表哥，是大好事，以后在这个地方就再也没有人敢欺负你们了。"

邓福有夫妇高兴地连连点头说托几位大人的福。

何建朴把契约递给邓福有，叫他仔细看看。邓福有不好意思地笑着说他没上过学堂，认不得几个字，他的名字还是弟弟福高教他写的。他诚恳地说几位大人做的事他一家人信任，不会坑他这一家可怜人。

何建朴听懂了他说这句话的用意，既是对他的巨大信任，也是在叮嘱他不要坑人，有违天地良心，日后不得好报。他对邓福有一笑，没有说叫他放心之类的话，把契约递给国钧瑞，请他念给邓氏一家大小听。他十分清楚欺大不欺小这个道理。何建朴发誓要杀卢金斗就是实事。他想让几个娃儿听清楚约纸内容，把它紧紧记在心里。

国钧瑞接过契约，一条一条仔细读了约纸内容，问邓福有夫妇有没有话要说。

聪明的邓福有夫妇连忙摇头说没有其他话说，他们一家人都照约纸上说的办。

国钧瑞又转头问坐在旁边的邓沂河，问她听懂了没有。邓沂河瞪着大眼睛点了点头，没有说话。

几个大人看见她似懂非懂地看着大人说话，一齐哈哈笑了，都称赞她精灵，长得漂亮。

何建朴笑着问几个娃儿都上学了没有，看见他们都在摇头，连忙问邓福有他们叫什么名字，几岁了。

邓福有歉意地说家里做一点小生意，仅够糊口，没有钱送娃儿上学读书。他指着自己的大儿子告诉何建朴说这是老大，叫邓山东，今年八岁了。他又指着邓沂河告诉他这是老二，叫邓沂河，今年六岁。他接着指着小儿子说这是老三，叫邓临沂，今年五岁。

何建朴听完他介绍，哈哈大笑说这几个娃的名字起得好，不用介绍，只要听见他们的名字，就晓得你这一家人是山东临沂人，住在沂河边。他的话逗得大家都哈哈大笑起来。

"是的，他们的名字都是我弟弟福高起的，他说要让他们记得山东，记得临沂，记得沂河。"邓福有笑着说。

"老哥，你马上送三个娃去上学读书，我明天先给你一笔红利，年终再算账。娃儿只有读书才有出路。"何建朴认真地对邓福有说，"你和李大嫂到商行去做工，拿工钱。"

"感谢阿大人！"邓福有只晓得何建朴签租房契时用的阿木尔这个名字，便叫他阿大人。

"阿木尔是我的蒙古名字，我叫何建朴。"何建朴哈哈大笑说，"叫阿大人或者阿先生都好！你们以后就叫我阿先生。"

何建朴说这句话的目的，与他要国氏兄弟对他的身份暂时保密一样，在卢金斗没有死之前，他不能让卢金斗和他的那伙土匪晓得他到奉天来了，以免坏大事。好在他们现在在天津驻防，离奉天远。如果卢金斗被杀了，他就无所顾虑了。

"既然你们两家都没有意见，那就签约吧！"国钧璋哈哈笑着说。

"好！"何建朴边说边起身，走到签字台前，铺好约纸。

邓福有也高兴地与国氏兄弟一起走了过来。

何建朴拿起毛笔在墨池里填好笔，递给邓福有，叫他先签字。

邓福有谦让了一下，接过笔，先后在三份约纸上端端正正地签下了自己的名字，从口袋里拿出私章在印泥上氐了氐，郑重地盖在自己的名字后面，抬头对大家不好意思地一笑说："我没上过学，献丑了。"

"写得好！写得好！"何建朴高兴地拍着巴掌说，眼泪却在眼眶里打转。他看得出来，"邓福有"这几个字写得有模有样，不比读书人差，说明这个厚道的山东人渴望读书，肯定认真练习过写字，并不是他所说的只认得几个字。

国钧璋、国钧瑞兄弟也拍掌说好，也不好意思地说他们也没上几天学，字还没有邓老弟写得好。

何建朴拿起毛笔，也一笔一划，认真地签下了自己的名字。本来他是可以一挥而就，但是为了照顾几个没有钱上学读书的人的面子，他没有这样做。写罢名字后，他又拿出私章盖了。

站在旁边的几个人看着何建朴几个非常漂亮的小楷字，都啧啧称赞说这才是读书人写的字。

国钧璋、国钧瑞兄弟先后拿起笔，紧紧抓在手上，用尽力气想写好自己的名字，还是有些歪扭。他们不好意思地说献丑了。但是放下笔的时候没有邓福有那样谦卑，因为他们现在是有身份的大老板，即使没文化，身上有钱也能让他们的腰板硬朗。

三方都签了字，何建朴招呼大家入席。何建刚一直没有说话。等大家坐定以后，何建刚拿起酒壶为大家斟酒。邓福有和国氏兄弟连忙站起来说不敢当，要接酒壶去斟酒。何建刚笑着说他今日是媒人，应该他斟酒。国钧璋笑着说他的媒做得好，应该坐在上席喝酒，不应该请邓福有坐上席。何建朴哈哈笑着说邓先生不答应，今天就没有这顿酒喝，应该他坐上席。

何建朴先端起酒杯敬邓先生夫妇，再敬他一家老小，然后敬国氏兄弟。接下来大家你敬我，我敬你，都喝得满脸红才下桌。

额日敦巴日把几份约纸仔细叠好，递给何建朴。何建朴分别给邓福有一份和国氏兄弟一份，他自己留了一份。叫他们收藏好，不要让老鼠咬了，又引得大家哈哈大笑。

博日格德先下楼到柜台结账，管账伙计告诉他说他的东家有交代，说这顿饭算东家请客，不用结账了。博日格德连忙跑上楼轻声告诉了何建朴。

何建朴诚恳地对国氏兄弟说："两位大哥，今日老弟请客，不能让您破费，账还是让我们结。"

国钧璋哈哈一笑说："各位都是我兄弟俩请都请不来的贵客。这点小事何大人就不说了，算我们的。"

他说这句话的时候，用眼睛余光扫了何建刚一眼，是在有意说给他听，讨好他。

"这样就对不住人了！"何建朴向他抱拳致谢。

"这笔账算我的！"何建刚连忙解围说，"以后我把大帅府的客人多带到这里来吃饭。"

"多谢！多谢！"国钧璋兄弟连忙向他道谢。

大家先后下了楼，国氏兄弟将客人送出大门。何建刚请邓福有一家人上了车，开车把他们送回去了。

何建朴向国氏兄弟告辞后，带着两个伙计一路吹着奉天的春风回到了商铺，叫他们明日请两辆马车到火车站去把他发过来的货拉回来。

说他回武昌去就请人设计商行图纸，明年就来拆屋建商厦。乐得两个伙计回到家里又手舞足蹈，一个拉马头琴，一个"咿咿呀呀哟哟嚯嚯"地吼蒙古长调。

二十一

第二日，额日敦巴日和博日格德雇了两辆大马车，从火车站把何建朴从汉口发来的货拉了回来。

何建朴帮两个伙计把新货摆上货架，又把二楼腾空，到木工厂买了一批新货架拉回来摆在二楼，把从汉正街进货来的新式衣裤、裙子、各式帽子、鞋袜等摆上货架，开辟出一个服装、鞋帽区。这些东西比做小百货生意赚钱得多。让何建朴没有想到的是，新货刚上架，顾客便接踵而至，络绎不绝，生意一日比一日红火。

看到店铺生意日渐红火，何建朴暗自高兴。照这样经营下去，明年盖商厦所用资金问题不大。但是，卢金斗一日不除，他和建刚一日不得安宁。特别是现在他到奉天来做生意，卢金斗带着一百多号土匪到奉天来投靠了张作霖，冤家路窄，他们又在奉天相遇。何建朴对卢金斗的底细很清楚，他与日本人勾搭在一起，特别是与黑龙会勾结，黑龙会的主要力量就在东北黑龙江，奉天肯定有不少黑龙会党徒。这对何建朴来说不仅仅是弟弟建刚的隐患，对他也是一个巨大的隐患。

这天下午何建刚吃过晚饭又到店里来了，何建朴把自己想到吉林去一趟，去拜望一下闻朝玉镇守使，敦促他快一点除掉卢金斗的话对他说了。何建刚也埋怨闻朝玉拿了钱不办事，叫大哥再去找一下那个齐先生。何建朴叫他去把卢奇义请了过来，三个人一起仔细商量了何建朴的这次吉林之行。卢奇义说他明天先给闻朝玉的书记长齐先生打个电话，叫他接待何建朴。

卢奇义之所以选择洮辽镇守使闻朝玉杀卢金斗，前面已经说过，他是靠出卖土匪信息给张作霖，立了功，被张作霖赏识重用，现在已经加陆军中将衔，还兼任吉林省清乡会办、一面坡剿匪司令。闻朝玉剿匪，手段极为残忍，人称"闻铡刀"。卢奇义告诉何建朴说，前年直奉大战奉军张作霖部失败，直隶曹锟、吴佩孚部取胜，曹锟当上了北洋政府总理。据可靠消息，驻扎在直隶辖区天津的卢金斗已经被曹锟、吴佩孚的直系势力收买，带着三百多名匪众移师热河、吉林、辽宁边界地区，以牵制张作霖的后方。卢金斗移师热河通辽、吉林洮南后，以索伦山为营地，网罗各路胡匪、马贼，队伍又发展到了两千多人，通辽县城屡遭其蹂躏。东三省陆军总司令部特派程祝三旅长率部驻防通辽地区，担负剿匪任务。但其官兵对地理环境不够熟悉，兵匪交锋，往往以官兵失败告终。

听说卢金斗的匪帮又发展到了二千多人，何建朴和何建刚又担起心来，不晓得闻朝玉杀不杀得了卢金斗。如果卢金斗的势力再越发展越大，以后要杀他就更难了，不说何建刚的家仇难报，何建朴要想在东北把生意做大，卢金斗晓得了又要拿枪来要钱，弄不好他计划在奉天做的商行做不成不说，还要丢命。

看到何建朴、何建刚一脸不安的神色，卢奇义又安慰他们说卢金斗被曹锟、吴佩孚一伙人收买来断张大帅的后路，张大帅对他这伙叛匪已经恨得咬牙切齿。现在张大帅在日本军方的支持下，已经在囤积枪械物资，准备与直系军队再战。如果这一次打赢了，卢金斗就死定了。他还告诉何建朴说，今年春节前闻朝玉到大帅府来送礼，正好遇到他与建刚值岗，他私下问了他办卢金斗的事，闻朝玉叫他放心。对闻朝玉来说，除掉卢金斗可以解除张作霖的后方大患，又是一次立功机会，他不会不干。

闻朝玉来大帅府送年节礼的事何建刚晓得，他也见到了张大帅的这位心腹将领，当时闻朝玉还拍着他的肩膀说如果抓住了卢金斗，他请他去铡卢金斗的脑壳。前些时他把闻朝玉的这句话对大哥何建朴偷偷说了，大哥叫他不要声张，说这件事要暗中办得万无一失，不然他们兄弟俩都要丢命。

天气热起来了，人们都脱了春装，换上了夏衫。

何建朴准备了一些礼物，准备到吉林去拜望闻朝玉，也想结交这位在东北举足轻重的人物，为以后把生意做到吉林做铺垫。

这天夜里，卢奇义和何建刚一起到店里来了。卢奇义告诉何建朴说，他已经与洮辽镇守使公署书记长齐先生通了电话，齐书记长叫何先生到吉林去，由他引荐何先生与闻镇守使见面。

何建朴得到了卢奇义的准信，很高心地说他明日一大早晨就出发，坐火车去吉林。

第二日早上，额日敦巴日起了个大早，早早把何建朴的早餐做好了，等他起床洗漱以后，服侍他吃了早餐，帮他背着包袱，把他送上了到火车站去的马拉火车。临别时，何建朴叫他把邓福有夫妇请过来做工。

何建朴上了火车后，在靠窗的一个位子上坐了下来，看着窗外已经绿树成荫的景致，心潮澎湃。这几年，建刚一家老小二十几口惨死，何氏茶业差一点倾家荡产，都是悍匪卢金斗作的恶。他听卢奇义的建议，出钱资助闻朝玉，与这个张作霖的干将搭上关系，托他除掉卢金斗，是上上策，这样避免了建刚年轻气盛，去暗杀卢金斗反而丢了性命。另外，搭上了闻朝玉更有益于何氏茶业在东北发展。借刀杀人可以明哲保身。

火车一路飞奔，天快黑的时候到了吉林。何建朴下车后叫了一辆马车，坐车直接到洮辽镇守使公署下了车，到值班室找值岗的一个班长说明了来意。那个班长听他说是从奉天来的，是大帅府卫队卢队长叫他来找齐书记长的，连忙恭恭敬敬地接待了他，叫他稍候，说镇守使和齐先生都没下班，他去给书记长打个电话。何建朴向他抱拳致谢，在值班室坐了下来。那个班长进里屋打电话去了。

过了一会儿，班长出来了，一脸笑地对何建朴说齐先生请何先生在这里稍候，他马上过来。何建朴接过他递过来的一杯茶，"咕噜咕噜"几口喝了，把杯还给他，向他道了谢。班长转身出了门。

何建朴忐忑不安地不时往门外看，过了不久，他突然听见门外传来急促的脚步声，接着听见那个班长叫齐书记长，晓得齐先生来了，连忙站起身来迎到门口。过了一会儿，齐先生匆匆进了门，看见何建朴便抱拳向他连连摇着说："何先生一路辛苦！有失远迎！有失远迎！"

何建朴也连忙抱拳施礼说："多谢！多谢！打扰齐先生休息了。"

齐先生转身吩咐班长到对面的"吉庆"宾馆去订一间客房，再到旁边的酒馆去订一桌菜，说他马上陪何先生和镇守使大人一起来吃饭。

班长答应一声连忙出门飞跑。

齐先生对何建朴说了一句："你来得正是时候，镇守使正在调兵剿匪。"他边说边叫何建朴跟他一起走。

何建朴跟着齐先生一起走进公署大门，到了他的办公室。

齐先生请他坐了下来，给他沏了茶，坐在他身边的椅子上，把今天突然发生的情况对何建朴说了，何建朴高兴得差一点跳了起来。

原来今日上午，通辽县城驻军奉命外出剿匪，县城内仅留一百多名士兵守城。卢金斗得知这一消息，马上率领他的匪部奔袭通辽县城。通辽县知事李新榜一面指挥官兵极力抵御，一面急电闻朝玉，请求派兵救援。闻朝玉立即命令参谋长陈在新率所部先行出兵驰援通辽，兵、匪在九家子、温都花一带遭遇。闻朝玉正在调兵，准备明天一大早亲自率兵接应。

听说官兵与卢金斗已经干上了，何建朴连声说好，问齐先生道："我能不能跟着闻将军一起去剿匪？我想亲手杀了卢金斗，替弟弟建刚一家人报仇。"

齐先生想了想说他等一会儿向镇守使大人推荐他一起去剿匪，叫他不急。

何建朴一边向他道谢，一边从包袱里拿出两只木匣子，放在齐先生面前的茶几上，对他说这是何氏茶业为慈禧太后七十大寿做的寿茶，他把家里偷藏的两块茶都带来了，送给齐先生和闻将军品尝。他说了一句假话，提防他们再找他要。

齐先生已经闻到了幽香，连忙叫他打开一盒看看，他边说边起身。何建朴打开一只木匣盖子，递给齐先生。齐先生接在手上，抽了抽鼻子说好香。他又仔细看了看茶品，高兴地说这是稀世珍品，感谢何先生。他一脸陶醉地盖上盒盖，拿起一盒，叫何建朴先坐一下，说他到闻大人办公室去一下，匆匆转身出了门。

何建朴的心松了下来。从齐先生的口气他听得出来，这次闻朝玉是非灭了自己作死的卢金斗不可。

一会儿工夫，齐先生急急忙忙进门来了，高兴地对何建朴说闻大人看他来了。

何建朴一惊，连忙站起身来，看见一个高大的身影进了门，连忙抱拳向他恭恭敬敬一拜，叫了他一声："闻将军！"抬起头来扫了他一眼，只见他浓眉大眼，鼻梁挺直，宽厚的下巴，薄唇阔嘴，一身戎装，气宇不凡。

"何先生好！"闻朝玉向他抱拳还礼，请他与他一起坐了下来，接着说，"何氏生甡川老字号我早就知道了，也早就喝过你们的茶。今天你送给我的是珍品，我一定好好珍藏。"

"将军过奖了！"何建朴不知道接下来该说什么好。

"何先生，你支持我的军费帮了我的大忙。你所托之事这两年我一直在找机会，现在机会来了。卢金斗作恶多端，这一次他跑不了。听我的书记长说你明天想跟我一起去剿匪，我热烈欢迎，多一个人多一分力量。我等一会儿叫我的卫兵给你一支枪，你也上战场去过一把当兵的瘾。"闻朝玉笑着对他说。

"我有枪！"何建朴边说边从腰带上抽出一把短枪，递给闻朝玉看。

"好枪！"闻朝玉接过这枪看了看，问他是从哪得来的。

"是绥远都统府布日固德参谋长给我防身的。前些年卢金斗经常抢我的商队。"

"噢！"闻朝玉点了点头说，"这个人在绥远干了不少坏事，又跑到东北来为祸一方，该杀！我要把他诱出匪窝，调到黑山去干掉！"

接着，闻朝玉叫齐书记长明天带上何先生与队伍一起出发，现在去吃饭，今夜都好好睡个觉。

吃过饭后，何建朴进客房洗了澡，上了床，躺在床上翻来覆去，兴奋得睡不着，好久才慢慢睡了。

第二日，天刚麻麻亮，对面军营里的集结号便响了。何建朴突然一惊，醒了，连忙跳下床，麻利地套上衣裤，趿着鞋打开门，边扯鞋跟边往门外跑，一口气跑到军营操场，看见士兵在往操场中央集结，他扫了一眼四周，没有看见闻朝玉和齐书记长在场，便站在门口等着。

不一会儿，闻朝玉和齐书记长领着卫队骑着马跑进操场。闻朝玉看见何建朴站在大门边，连忙下马。齐书记长也跟着下了马。闻朝玉对齐书记长说："我交给你一个新的任务。你把马给何先生，你回去马上给卢副队长打电话，就说我请他把祁祥赶快带到黑山县去，我们抓住卢金斗，叫祁祥铡下他的头，为他一家老少报仇。"他又上下打量了何建朴一眼，叫齐书记长把身上的军装脱下来，与何先生换着穿，又叫齐书记长马上到黑山去准备兵营。

齐书记长答应一声，把马缰递给何建朴，又脱下军装递给他。何建朴接过马缰，又连忙脱下长衫，换上军装，转头看见十几个士兵抬着八口雪亮的铡刀走进操场，捆在马背上。何建朴轻声问齐书记长："这是要干吗？"齐书记长笑着对他说："这是闻将军对付土匪的土办法。凡是抓住的土匪，全部用铡刀铡下他的头示众。"何建朴"哦"了一声，笑着点了点头。

闻朝玉看了一眼穿上军装的何建朴，笑着对他说："你现在是我的兵，我命令你当我的卫兵。"

何建朴一昂头，答应了一声："是！"

队伍很快集结完毕，闻朝玉骑着高头大马走到队伍前，扯开嗓子大声说："各位将士，大土匪卢金斗趁通辽城里的驻军奉命外出剿匪之机，突然袭击通辽县城。通辽县知事带兵奋力抵抗，向我请求派兵救援。昨天我立即派参谋长陈在新率兵驰援，他们在九家子、温都花一带与土匪遭遇，打了几个回合，把土匪围在那个地方，我们马上出发接应。"说完话，他扫了将士们一眼，又大声吼着："上马！"看见将士们一个个飞身上了马，他又吼了一句："开拔！"一抖马缰，掉转马头，打马率先冲出了营区大门，率领两个骑兵团向索伦山扑去。何建朴骑着马，跟着他的卫队一起出了大门。紧随其后的剿匪官兵也一个个飞出了军营。

骑兵们很快出了吉林城，向通辽方向飞奔。

清凉的晨风撩起出征剿匪的将士们的衣角，呼呼作响，仿佛战旗猎猎，威震敌胆。绿树掩映，莺飞草长，景色宜人的四野托起一匹匹飞驰的战马，一个个在马背上跃动的战士，形成一幅出征图。太阳出来了，渐渐给这幅出征图染上了金灿灿的色彩。

闻朝玉率领着两个剿匪骑兵团，一路狂奔，到中午时分，他命令队伍在一片草甸上停了下来。官兵们放了马围坐在草地上吃着随身带的干粮，喝着山涧的泉水。马儿在草地上欢快地吃着新长起来的绿草，战马有灵性，它们愉快地甩动着尾巴，仿佛预言这场剿匪战稳操胜券。

兵、马吃饱喝足以后，闻朝玉又命令队伍出发了。他们抄近路一路狂奔，到天上的日头偏西，队伍快到了温都花的时候，便远远听到了枪声。闻朝玉双脚用力一夹马肚，吼了一声："驾！"战马好像被枪声激发了斗志，扬起四蹄向战场冲去。

前面的索伦山已经清晰可见。根据参谋长陈在新战报，官兵已经将卢金斗匪部赶出了通辽，众匪徒已经逃到了索伦山。索伦山是卢金斗匪部的巢穴。这个时候，卢金斗匪部已经被陈在新的队伍追赶到索伦山下，卢匪正背靠索伦山与官兵对抗。

索伦山是大兴安岭余脉，在乌兰浩特境内，是张作霖的势力范围。

闻朝玉率领队伍冲了过去。匪徒突然看见有官兵增援来了，大吃一惊。

卢金斗本来得意洋洋，准备收拾掉陈在新的队伍，向曹锟、吴佩孚报功，没有想到突然杀出一路援兵。他立即命令一部分匪徒掉转枪口，与闻朝玉的队伍交上了火，命令另一部分匪徒对闻朝玉所部反包围。双方开始激战。

卢金斗凭手上的两千多人马，根本不畏惧这些官兵，拼死抵抗。

闻朝玉率领所部第一次向匪徒发起冲锋，因为对战况不熟悉，为了避免过大伤亡，他主动退出了战场，重新整顿队伍，准备再战。

何建朴跟着闻大人的卫队一起进退，他从一个被打死的土匪身边捡起一支长枪，加入了战斗。

闻朝玉整顿队伍以后，又向匪徒发起了进攻，在陈在新的配合下，官兵越战越勇，打得土匪尸横遍野。卢金斗开始收缩阵地，把匪众往索伦山集中，准备凭借索伦山巢穴打击官兵，闻朝玉把陈在新的队伍整合到一起，统一指挥，再一次向索伦山发起进攻，打得匪徒死的死、伤的伤、逃的逃，卢金斗率领匪众边打边往索伦山上退。官兵边追边打，不久占领了半边索伦山。

闻朝玉的指挥所跟着队伍往索伦山移动，便于就近指挥战斗。他举着望远镜紧盯着山上的战场，突然看见一股土匪从左边山坳蹿了出来，骑着马向山外飞跑。他连忙叫陈在新看看那是一伙什么队伍。陈在新举起望远镜仔细一看，高兴地对闻朝玉说："那是卢金斗的拜把兄弟刘省三，这个家伙非常凶残，他带一百多号人跑了。"闻朝玉看到匪帮在瓦解，哈哈大笑着说："他想脱单逃跑，不除掉他，他又要拉队伍祸害一方。"他边说边转头叫传令兵向前面待命的骑兵连传他的命令，追杀刘省三一伙土匪，一个不留。传令兵领命策马飞奔而去。

陈在新又举起望远镜望着索伦山上的战况，放下望远镜看了看将要落山的日头，对闻朝玉说："大人，我们对山上的地形不熟悉，那里是卢金斗的巢穴，他在山上建有地堡、暗道，现在太阳要落山了，天黑了对我们不利，是不是命令队伍停止进攻？"

闻朝玉也抬头用右手遮在眉头上看了一眼日头，放下手对陈在新说："命令部队停止进攻，把整个山包围起来。"陈在新答应了一句："好！"正要转身叫传令兵，闻朝玉又叫住了他说："你与卢金斗打过交道，你派人去劝他们投降。"陈在新又回答了一句："好！"接着告诉闻朝玉说他与卢金斗在天津相识，有过交往，那个时候大家都在张大帅手下当差，彼此均无恶感，他可以派人以他的名义去找卢金斗试一试。闻朝玉点了点头，叫他快去办。

陈在新命令一个传令兵去向各营地传达闻旅长的命令，停止进攻，包围索伦山。传令兵领命策马而去。

前年，闻朝玉任吉林省清乡会办、一面坡剿匪司令时，在郑家屯对黑龙江督军兼署长吴俊升的家眷多方照顾，密切了与吴俊升的关系，被吴俊升举荐加陆军中将衔，他的剿匪部队也改番号为奉军暂编第一混成旅。不久，他又出任洮辽镇守使。现在在战场上，参谋长陈在新叫他旅长是他的正当军职。

陈在新派出传令兵后，想了想，把他的副手赵辅臣叫到跟前来，又扫了一眼索伦山对他说："你跟我一起在天津的时候认识卢金斗，他对你也很客气。奉旅长命令，我马上给卢金斗写一封信，你送上山去，劝卢金斗投降，不要再抵抗了。这次旅长下了决心要围歼他们。你去告诉卢金斗，我这是看在昔日的情分上，给他指一条生路。"

"好！"赵辅臣点头答应了。

陈在新连忙叫随军文书拿来笔和纸，坐在木箱边提笔给卢金斗写信。

这时，追赶刘省三一伙逃匪的队伍回来了，追匪连长向闻朝玉报告说逃匪全部被消灭了。闻朝玉高兴地说打得好，叫他们到原地待命。

并告诉他传令各部，他将兵营移到山外的村子里。这个村子是他们与土匪交战过的地方，大家都知道。

陈在新迅速写罢信，递给闻朝玉看，闻朝玉匆匆看完信说："写得好！"叫赵辅臣赶快送上山去。叮嘱他多带几个卫兵一起上山，保证安全。

赵辅臣领命带着几个卫兵匆匆上马向索伦山上飞奔而去。

日头落山了，天快黑了，闻朝玉命令随行人员将兵营设到山外的村里去。大家跟着闻朝玉出了山，进了村子，把指挥所设在村头的一座寺庙里。

几个勤务兵到村里花钱请两户人家做了晚饭。闻朝玉带着陈在新等部将和卫队分别在两户人家吃了饭，回到寺庙打铺休息。

何建朴一直跟着闻朝玉，看到官兵已经胜券在握，他高兴地坐到闻朝玉身边递给他一支烟，划洋火给他点烟说："闻将军辛苦了！早点休息吧！"

闻朝玉重重吸了一口烟，从鼻孔慢慢吹出来说："等赵副参谋长回来再睡吧！我担心卢金斗翻脸不认人，把他们杀了。"

陈在新听见闻朝玉的话，起身过来，坐在他身边说："我看卢金斗不会对赵辅臣下毒手。在天津的时候他们交往不错。卢金斗对赵辅臣很好，有酒就叫他去喝。就是卢金斗不同意投降，他也不至于杀赵辅臣。"

"两军交战，不斩来使。这个理卢金斗该懂。如果他杀了我的信使，老子非活剥了他的皮不可。"闻朝玉重重将烟屁股摔在地上说。

何建朴又拿出烟，分别给闻朝玉和陈在新一支，划洋火给他们点燃。

"今天卢副队长和你兄弟应该到吉林了。齐书记长今天应该把他们带出来了，明天上午到得了。"

"那就好！"何建朴回了一句。

"我要祁祥亲自铡下卢金斗的脑壳，也算对得起朋友了。"

"感谢将军！我最担心的是祁祥年轻气盛，去暗杀卢金斗，反而丢了命。"

"卢金斗手下几千号人，个个都是喝人血的恶魔，你单枪匹马能杀得了他？"

"是的！幸得将军相助，他才能报此深仇大恨。"

"我也是为民除害，保一方平安！"

夜风起来了，刮得门外的树叶"沙沙"响，给这夏夜平添了一份宁静。天上的月亮快圆了，皎洁的月光，镶嵌在蓝色天幕上闪烁着钻石光芒的星星，将人世照得透亮。

闻朝玉坐立不安地与陈在新一起不时到门外去望。到了下半夜，他正躺下去打算休息一下，突然听见门外传来急促的马蹄声，又一跃而起。

匆匆赶到指挥所来的正是赵辅臣一伙人。

"他答不答应投降？"闻朝玉不等赵辅臣下马，便迫不及待地对几个来人吼了一句。因为他没有看清楚是不是赵辅臣回来，吼一句是想听到他的声音，好把悬着的心放下来。

"答应了！"

果然是赵辅臣的声音回了一句，闻朝玉这才放了心，等他们到门前下了马进了门，他又哈哈笑着说："他不答应投降，老子明天早晨就带队伍上山把他的头铡下来。"他边说边坐在一把大椅上，叫赵辅臣坐在他身边的椅子上把山上的情况仔细说说。

赵辅臣接过何建朴递给他的一杯茶，"咕咚咕咚"两口喝了，把空杯递给他，坐了下来，笑着对闻朝玉说："卢金斗打通辽县城得手以后很得意，但没想到闻将军那么快派陈参谋长率兵增援。他的匪徒与官兵又打了几个回合，双方都难取胜，他准备凭借索伦山匪巢的工事优势，与官兵再战。正在他打得官兵要退的时候，没想到闻将军亲自率兵增援来了。在与闻将军三次交战以后，他的匪帮死伤过半，有的头目见势不妙带着残部跑路了，这给了他更大的打击。卢金斗知道大势已去，再打下去只有死路一条，他也早就知道闻将军的剿匪威名，只得同意投降。他派一个能说会道的军师跟我一起下山来请降了。"

"请降？好呀！"闻朝玉高兴地一拍大腿，暗自一笑，在心里骂了卢金斗一句："老子是逼你投降，你他妈的还来请。"他又问赵辅臣："人呢？"

"在门外！"赵辅臣指了指候在门外的一伙人说。

"叫他进来！"闻朝玉边说边坐正身子，双手平放在双膝上，黑着脸，仿佛变成了一尊要度人的菩萨。

"把八哥放进来！"赵辅臣没有起身，对门外的卫兵吼了一句。他说的八哥便是卢金斗军师的绰号，因为他跟八哥一样能说会道，巧舌如簧，卢金斗给他起了这个绰号。

八哥被两个卫兵推进了门。他用一双滴溜溜转的贼眼迅速扫了一眼坐在屋里的几个人，看见一个军官端端正正坐在佛台前的大椅子上，晓得他便是杀土匪不眨眼的闻朝玉，连忙涎着笑脸向他走去。

"这位就是闻将军！"赵辅臣站起身来，向八哥介绍说。

"小人拜见闻将军。"八哥连忙装出十分恭敬的样子，跨前一步，双手抱拳，对闻朝玉深深一拜。

"坐吧！"闻朝玉指了指旁边的一把椅子，叫他坐。

"多谢将军！"八哥走到闻朝玉指的那把椅子前，屈膝将屁股刚刚沾椅，又连忙站起身来，装出一副十分恭敬，不敢冒犯闻将军的样子，半弯着腰说："我辈往日因为饥寒交迫，不得已而为绿林，造恶多端，罪不容赦。如今迷途知返，伏乞闻旅长宽宥死罪。眼下东三省正在扩军备战，乃急需用人之际，我辈愿诚心诚意归顺张大帅，助张大帅一臂之力，打败曹锟、吴佩孚，问鼎北京。我辈不图高官厚禄，但能有驰骋沙场、报效东三省父老的机会，便心满意足矣！"他此时称闻朝玉旅长，是有意提醒他被张作霖收编的卢金斗，是东北陆军骑兵第三旅旅长。

闻朝玉闻言，装出大喜的样子对八哥说："张大帅素闻卢旅长才智非凡，胆识过人，很是看重。此次本使率兵前来时，大帅特发电报训示，要本使切勿过分用武，务期达到收抚之目的。现在正是张大帅用人之时，卢旅长来归，前途不可限量。你今夜来请招，正合我意，使我不负大帅之期望。"他听出了八哥的言外之意，便称自己"本使"，即本镇守使，是有意不提旅长之职，不与卢金斗这个土匪平起平坐。

"多谢闻旅长！我一定把您的话如实转告卢旅长，叫他来与您共商大事。"八哥又双手抱拳，对闻朝玉深深一拜。

闻朝玉又听见他在叫自己旅长，皱了皱眉头，又哈哈笑着说："明天正午，我请卢旅长到通辽车力花去见面。我的兵营在车力花，这里只是临时指挥所，不方便招待卢旅长和各位兄弟。"

"好！好！好！"八哥连连点头弯腰答应着。

闻朝玉看见八哥表现出一副诚意，没有狡诈之色，暗自高兴，命令副官再到村里去弄几样菜、两壶好酒来好好款待来使。卫队长高兴地答应一声，转身匆匆出了门。

何建朴一直紧盯着八哥的脸，生怕他使诈，是卢金斗派他来摸官兵底细的，看到他的脸无奸色，心稍稍松了一点。

闻朝玉请八哥坐了下来，开心地与他聊着张大帅如何仁慈，如何讲义气，如何厚待部下之类的话安八哥的心，稳住他，不让卢金斗变卦。

过了不久，几个卫兵提着一口冒着热气的铁锅，端着炒鸡蛋、烧猪肉等几个菜，提着两壶酒进门来了。另外几个卫兵连忙抬出供桌，摆好椅子，将菜摆上桌。一个卫兵打开铁锅盖，舀出鸡汤端上桌。

"嗯！好香的鸡汤。"闻朝玉故意吸了吸鼻子说，有意激起八哥的贪欲，这几日在打仗，土匪们肯定不像往日一样大吃大喝。他哈哈笑着请八哥上桌喝酒，又叫陈参谋长作陪。

八哥早就闻到了肉香、鸡汤香，暗暗吞着口水。这几日被官兵追得到处跑，不说吃肉喝汤，连饱饭都没吃一餐。现在他正饿了，连忙边答应着边坐上了桌。

卫兵队长给他们面前的酒碗里倒满了酒。

闻朝玉起身亲自往八哥的碗里舀了一碗鸡肉，端起酒杯请他喝酒。

八哥确实饿了，边喝酒边狼吞虎咽地吃着肉，闻朝玉装出十分关心的样子，不停地给他夹菜，叫他少喝酒，多吃菜，等一会儿还要赶路回去复命。

他们你敬我一口，我敬你一口，八哥完全放下了戒心，连汤带肉吃了两大碗，还吃了不少烧肉、炒蛋，很少吃青菜，不一会儿便吃饱了，放下筷，打着饱嗝。

闻朝玉看见他们喝完了一瓶酒，哈哈笑着拧起另一瓶酒晃了晃，对八哥说："今夜不喝了，你还要赶路，留着明天喝。你回去告诉卢旅长，我明天在车力花恭候他，给你们多准备好酒好菜，我们喝个痛快。明天中午，我请卢旅长到车力花商议招安之事，望卢旅长毋得耽搁，负大帅之厚爱。"

"好！好！一定！一定！"八哥又打了一个饱嗝，点头答应着。

"参谋长，从军费中支出二十块大洋，给信使做辛劳费。"闻朝玉对坐在身边的陈在新吩咐了一句。

"好的！"陈在新边答应边起身，大声叫军需官过来，拿出二十枚袁大头放在八哥面前。

八哥看着面前白花花的银元，两眼顿时发光，连忙起身向闻朝玉和陈在新鞠躬道谢，一把抓起银元，塞进口袋里。

闻朝玉晓得这个贪财的家伙已经上了钩。高兴地起身叫赵辅臣带几个卫兵送客人上索伦山。

赵辅臣大声答应着，请八哥出了门，扶他上了马，自己又飞身上马，带着几个骑兵向索伦山飞跑。

闻朝玉看见他们走了又连忙在卫队长耳边耳语了两句，卫队长边点头边跑出门，飞身上马，追了上去。

闻朝玉站在门口，看见八哥消失在夜雾中，转身命令陈在新迅速集结队伍，连夜撤到车力花兵营去，说这个指挥所已经暴露，要提防卢金斗偷袭。

陈在新迅速集结了队伍，与闻朝玉一起率领指挥机关，向通辽方向转移。到下半夜，他们到了车力花，迅速安顿下来，抓紧时间休息。不久赵辅臣带着一伙送八哥上索伦山的卫兵回来，也纷纷找地方睡觉。

天快亮的时候，闻朝玉起了床，与陈在新和胡副官商量几句后，他带着卫队及一个营的骑兵迎着曙色，向奉天西南方向的辽沈道黑山县方向飞奔而去。何建朴夹在卫队中，跟着闻朝玉飞跑。

送走闻朝玉以后，陈在新又重新部署兵力，准备对索伦山匪巢进行彻底围剿。部署好兵力以后，他便不慌不忙地洗漱，吃早餐，坐在军营里等卢金斗来。到了中午时分，卢金斗果然带着几个得力干将和一百多个精干卫兵骑马来了。陈在新迎到村口，告诉他说昨夜闻旅长接到张大帅电令，要他火速赶到辽沈道黑山去了，他临走时叮嘱本职好好款待卢旅长，请卢旅长到黑山去共商大计，现在正是张大帅用人之时，卢旅长到黑山去可以面见张大帅，请张大帅安排军职。并告诉他说已经为卢旅长一行备好酒宴，请众将士用了中饭再走。

卢金斗很清楚张作霖现在急于用兵，便哈哈笑地带着部下跟着陈在新进了兵营，坐下来吃饭，毫不怀疑其中有诈。

吃罢中饭后，卢金斗向陈在新拱手告别，带着队伍向黑山方向打马而去。

再说闻朝玉一路风尘赶到黑山，天已经快黑了，他与已经赶到黑山的齐书记长和卢队长、祁祥会了面。齐书记长告诉他说黑山县长听说闻旅长要来很高兴，特地把城外的练兵大校场腾出来给他做兵营。

闻朝玉带着队伍进了兵营，安顿了下来。

何建刚看见大哥何建朴穿着军装，高兴地说大哥比他更像军人。何建朴拉他一起坐在操场边的石头凳上，把他这两天跟着闻朝玉剿匪的情况仔细对他说了，安慰他说这次卢金斗被闻司令打得无路可走了，只有来降一条路可走，卢金斗的死期到了。何建刚仍然高兴不起来，他担心卢金斗诈降，再一次逃脱官兵追剿。对他来说，卢金斗一日不杀，他一日不安。

黑山县长听说闻镇守使到了，连忙跑过来拜见，并特意在黑山最好的关东饭店设宴为他洗尘。

闻朝玉带着胡副官、骑兵营长、卫队长和卢奇义、何建朴、何建刚一起赴宴，都酒足饭饱才回兵营。

回到兵营后，闻朝玉命令骑兵营长在从通辽到黑山的路口设前哨，说如果卢金斗连夜赶来了就立即向他报告。胡副官叫他安心休息，说卢金斗不会黑灯瞎火的时候来。闻朝玉说他说得对，安心睡觉去了。

这一夜黑山城风平浪静。

第二日快到中午时分，闻朝玉起了床。副官告诉他几桌酒菜已经准备好了。一个营长过来报告说兵营四周已经埋伏好了队伍，只等卢匪来投。闻朝玉高兴地点了点头，"嗯"了一声，走出营房，向进黑山来的路上望去，没看到有人来，又掏出怀表看了看，皱了皱眉头。

"这个家伙很狡猾。不会不来吧！"胡副官有些担心地对他说。

"他如果今天不来，我们马上向索伦山进攻，把他的土匪窝全端了。"

"他已经没有退路了，来投降是唯一的出路。"

"来了也是死！"闻朝玉咬着牙说。

正在他们说话间，胡副官突然看见远处扬起一片尘土，连忙对闻朝玉说："来了！"

闻朝玉转身望去，果然看见一马队飞也似的向兵营奔来。"还识相！"他自言自语了一句，转身进了兵营，叫卢奇义和祁祥坐在营房里不要出来，他们点头答应了。

何建朴端着枪，与荷枪实弹的官兵们一起在兵营外警戒，严阵以待。他突然看见土匪队伍来了，心跳顿时加速，紧盯着来人，怕卢金斗没来。

这伙土匪有一百多人马，他们远远看见了路口警戒的官军，拉停了马。土匪们纷纷下了马，牵着马步行过来了，他们都把枪口朝下，斜背在身后，一副真诚来投降的样子。

何建朴紧盯着走在队伍前面那个大个子，看清楚是卢金斗了，连忙拉下帽檐，遮住半截脸，怕引起卢金斗注意。

胡副官在营房门口迎接卢金斗，看见卢金斗身材高大，体格魁梧，不禁暗自赞叹说："你不当土匪多好，凭你这长相可以做大官的。"看见土匪队伍过来了，他连忙迎了过去。

八哥看见胡副官迎过来了，连忙几步上前，指着卢金斗向他介绍说："这位就是我们卢旅长。"又指着胡副官向卢金斗介绍说："这位是胡副官。"

卢金斗和胡副官不约而同地抱拳致礼，胡副官笑着请卢旅长进兵营，说闻旅长在恭候他。卢金斗哈哈笑着大声说："我把我身边几个当家兄弟和一百二十五个精干卫兵都带来了。我是来坦诚相见的。"他是在有意威胁闻朝玉。

"好！好！闻大人也是坦诚邀请卢旅长来共商大计。"胡副官连忙附和着，边说边把他和几个匪首带到了闻朝玉的房门口，大声向他禀报卢旅长到。

闻朝玉闻声乐哈哈地迎出门来，当他第一眼看见身材魁梧，相貌端正的卢金斗，也一愣，暗想："你好歹也参加过反清起义，怎么就当土匪了呢？"连忙抱拳笑着说："有失远迎，卢老弟见谅！"他此时唤卢金斗老弟，是有意拉近他们之间的关系，打消他的戒心。

卢金斗果然顺杆爬，双手抱拳向闻朝玉深深一拜，起身笑着说："大哥抬举了，老弟是来负荆请罪的。"

"哪里！哪里！作为军人各为其主，何罪之有？"闻朝玉边说边请卢金斗和他手下的几员干将及众匪徒进门喝茶。

几个卫兵按照事先安排，连忙进门给卢金斗一伙人倒了茶，退出门外警戒。

闻朝玉又指着卢金斗说："待我电禀大帅之后，大帅肯定十分高兴。现在大帅正是用人之时，老弟再投大帅门下，不是个旅长，起码也是个团长，日后凭老弟的才智和众弟兄的赤诚相佐，前途不可限量。"他边说边指了指在座的几位土匪头目，哈哈笑着说："老弟飞黄腾达了，这几位兄弟也跟着你升迁。以后咱们俩还得相互关照点儿呢！"

卢金斗听了闻朝玉的话，确实放心不少。这几年他被官府追剿，原来的十兄弟在陕西、四川、云南、湖北、河南、河北一路相继丢了命，就剩他光杆儿司令跑回了老家丰镇，又拉起三百多人的队伍，却在绥远无法生存，便跑到奉天来投靠张作霖。哪晓得前年张作霖率奉军出关，与曹锟、吴佩孚的直隶军打了一场恶仗，不仅没有争得北洋政府的大位，还损兵折将狼狈逃回关内。他被吴佩孚收买，派回乌兰浩特堵张作霖的后院，为了扩大队伍，他又重操旧业，打家劫舍。哪晓得这次打劫通辽县城，遇到了闻朝玉这个剿匪司令亲自带兵远征，打得他无路可逃。此时他审时度势，晓得张作霖正在备兵再战，正急需扩充人马，与几个亲信干将商量后，他打算吃回头草，再投张作霖。却没想到他做出这个决定后，死期便到了。

其实剿匪老手闻朝玉是设计把他引出老巢，让他无依无靠，再一个卢金斗的队伍被打散了，还在索伦山及通辽一带活动，如果在通辽杀卢金斗，他有援兵，可能再一次逃脱，闻朝玉就与他结下了死梁子，以后不能保证这个杀人不眨眼的恶魔不找他算账。闻朝玉设计把他骗到离奉天很近的黑山来，他就成了瓮里的王八，无路可逃。

卢金斗恭敬地说："金斗以戴罪之身，倘能在闻旅长麾下听候驱使，于愿足矣，怎敢望团长、旅长之职。"

闻朝玉又哈哈笑着说现在正是张大帅用人之时，卢旅长诚心跟随大帅，日后定有高官厚禄。他又一一问了几个土匪头目的情况，得知他们其中有两个是跟着卢金斗一起反水的，有几个是在通辽、乌兰浩特一带活动的小股土匪头目，是被卢金斗收编来的，便叫他们好好跟着卢旅长干，以后都不愁高官厚禄。接着他哈哈笑地说："今天，我为各位好汉准备了便宴，欢迎各位弃暗投明。待各位日后荣升，我再办满汉全席庆贺。哈哈哈，请吧！"

卢金斗看见闻朝玉坦荡豪爽，说得在情在理，心里仅存的一点顾虑全部打消了。为免除闻朝玉对他的怀疑，他主动卸下枪械，走进餐厅。其他匪徒也纷纷效仿他取下枪，有的放在桌上，有的靠在墙上，相继进入餐厅，分别坐下来。

闻朝玉扫了众匪徒一眼，仍然哈哈笑着，大声吩咐胡副官上酒上菜。

胡副官站在门外，同样大声吼了一句："上酒，上菜！"

他的话音刚落，几队官兵突然从左右两边营房及大门口冲进餐厅，缴了土匪的枪，将他们团团围了起来。

正准备大吃大喝的土匪们突然被官兵围住了，一时还没醒悟过来，都坐着不敢动，一脸茫然地看着闻朝玉。

卢金斗大吃一惊，这才晓得自己中计了，正要起身抢枪与闻朝玉拼命。只见闻朝玉拔出手枪朝天一枪，大喝一声："全部拿下！"官兵们一齐动手，把土匪们按在座位上不许动。卢金斗见状，不禁仰天长叹："没想到我卢某人竟有今日。"

闻朝玉得意地走到他面前，笑着对他说："你早就应该想到有今日了。你作恶太多，天不容你。"

卢金斗看着踌躇满志，双手叉腰的闻朝玉，晓得他又要立功受奖了，便"啪"地向他吐了一口痰，破口大骂道："你个驴日的闻朝玉，你居心险恶，想拿我领赏，你将来和我一样，也有这一天的。"

闻朝玉再也不理卢金斗，命令士兵将所有土匪押往刑场。

众士兵一齐动手，用事先准备好的绳子将土匪们一个个捆了，押着一个个哭喊着上当了受骗了的土匪，出了兵营大门。

刑场设在黑山县城西边的山坡上，城里的百姓听说官兵要杀土匪，都跑出来围观。

闻朝玉端坐在一张太师椅上监斩，命令一伙士兵把八口大铡刀抬过来，一字摆开。他大声命令两个士兵把大土匪卢金斗押过来开斩。

卢金斗怒瞪着闻朝玉，挺起胸，仍然装着威风不倒，被推到了第一口铡刀前。

"裴载言，开铡！"闻朝玉对站在士兵队伍中，一直两眼喷火，瞪着卢金斗的何建刚下了开斩的命令。他已经搞清楚了何建刚的真实身份，也一直叫他祁祥，帮他隐瞒身份。现在他喊他真名，是想唤起卢金斗杀裴家二十多口人的记忆。

何建刚把紧握在手上的短枪插进枪套里，紧握双拳，一步一步走向卢金斗。

卢金斗突然看见何建刚，顿时一愣，紧盯着他那仿佛在喷火的双眼，看见他一副要扑上来咬人的相，不自觉地往后退了一步，叫了他一声："何少爷！"

"瞎了你的狗眼！"何建刚怒瞪着他骂了一句，接着说，"我是祁县裴家大院的小少爷，我叫裴载言。"

"裴家小少爷？"卢金斗有些不敢相信裴家还有人活着。

"我让你死个明白，你杀了我全家，抢走了我家全部财物，烧了我家房子，但是漏掉了在太原读书的我。我被何氏茶业的何老爷偷偷带到了湖北咸宁。为了不再遭你的毒手，何老爷把我改名何建刚，跟他的亲生儿子一样养大。我的大哥何建朴今天也来了。还有一个你想不到的人也来了，他是你的亲信卢奇义，他是我二姐的未婚夫，是他把我从土匪窝内带到奉天来投靠了张大帅。我发誓今生非杀了你不可！"何建刚咬着牙，一字一句地对卢金斗说。

听到何建刚的话，何建朴和卢奇义一齐走了过去。

卢金斗似乎一切都明白了，仰头叹了一口气说："没想到！"

"开铡！"闻朝玉又吼了一句。

几个士兵一齐动手，将卢金斗按在铡刀架上，将他的头按在锋利的刀口下。

何建刚一步跨到铡刀前，双手抓住刀柄，用尽全身力气按下铡刀。

卢金斗一声没吭，头颅滚掉在铡刀下，血从他的脖子上喷涌而出。卢金斗的眼睛还在眨，好像在问他怎么会死在裴家人手上。

何建刚看见卢金斗的身首已经分了家，突然泪流满面，转身对着山西方向重重地跪了下去，磕了三个响头，大声吼着说："大大，妈妈，卢金斗死了，我们家的仇报了！"

何建朴和卢奇义拉起他，一左一右紧紧抓着他的手，站在一旁观斩。

闻朝玉站起身来，向士兵们一挥手，吼着说："把这些祸害百姓的恶魔全部铡了。"

接着，土匪们一个个鬼哭狼嚎地被一排排拖上铡刀，一个个脑壳滚在了山坡上。

很快，一百多个土匪的头被铡了下来，百姓们开始拍手高呼铡得好！铡得好！

闻朝玉又大声命令骑兵营长将所有土匪人头挂在树上示众，把他们的尸身拖进一个土坑内，淋上事先准备好的煤油，点火焚烧。

何建朴看着冲天大火长长嘘了一口气，转头对何建刚说："建刚，从现在起你不需要隐姓埋名了。从此以后你可以堂堂正正地叫裴载言了。"

"对！叫裴载言！"卢奇义高兴地说。

"在山西，我叫裴载言。在湖北，我叫何建刚。"何建刚仰天叹了一口气，对何建朴说，"我在何家还有爸，有娘。"

"娘叫我今年带你回去过年。"何建朴对他一笑说。

"好！"何建刚的眼泪又一涌而出，哽咽着说，"我几年没见我娘了。"

何建朴伸手紧紧把他抱在怀里，叫他不哭。

第二日，陈在新传来战报说卢金斗部余匪已经被彻底剿灭，死的死，伤的伤，逃的逃，活捉的被活捉后杀了。他率领队伍进索伦山搜查了匪巢，缴获长枪三百多支，手枪一百三十多支，机枪四挺，马四百匹，牛羊三百多头，大车六十辆，布衾一百多套，大米八十余石，面粉三百多袋。此外，还缴获了大批金银饰物、银元纸钞。还解救了被土匪绑在山上的人票若干名。

闻朝玉剿灭了大土匪卢金斗，班师回吉林。他特地在奉天落脚，与卢奇义、何建刚一起进了大帅府，向张作霖请功去了。

临别时，何建朴要把一身军装还给齐书记长，齐书记长哈哈大笑说你参加了这次剿匪，也立了战功，这身军装就留给你作纪念吧！何建朴喜不自禁地连声向他道谢，说这身军装确实值得留作纪念，高兴地把自己用了多年的一块表壳是珐琅绘画的瑞士怀表送给他作纪念。齐书记长高兴地接受了，叫他到吉林去做生意，有事去找他。这正合何建朴之意，他打算把商行在整个东三省做强做大。

卢奇义、何建刚回大帅府去了以后，何建朴穿着军装特地跑到小西门电光照相馆，拍了一张戎装照片，高兴地回到商行。

正在忙着接待客人的额日敦巴日看见一个穿军装的人进门来了，

以为是何建刚来了，顺口叫了一声小少爷。何建朴晓得他认错人了，没有搭理他，继续往楼上走，想上去看看邓福有夫妇到商铺里来做工了没有。这时刚刚下楼的博日格德突然看见了何建朴，先是一愣，突然惊讶地瞪着大眼睛叫了一声东家。额日敦巴日听见他叫东家，连忙转过头，看见何建朴正一脸笑地盯着博日格德，也吃惊地跑过去叫东家，问他怎么去当兵了。

何建朴哈哈一笑说："我只当了三天兵，现在退伍了。"

"吓死我了。"博日格德轻轻嘘了一口气说，"你和小少爷都当兵去了，这个家怎么办？"

"不是还有你们两个吗？"何建朴哈哈大笑着说。

"我们只能办好这个地方的事。何氏茶业那么大一个商行我们没有那个能耐管。"额日敦巴日接过话说。

"迟早有一天何氏茶业要靠你们。"何建朴说到这里打住了话头，一是有客人在场，他不便多说；二是救国家于水火的想法，通过这几年他经历到的、看到的现实，已经在他的心里扎下了根。如果不是何氏茶业也需要他顶着天，他就弃商从军，拿起枪与外国列强和腐败无能的军阀拼杀，做一个像林祥谦和施洋一样顶天立地的男人。

"邓家两口子来做事了吗？"何建朴扯开话题，问了额日敦巴日一句。

"来了，在楼上。"额日敦巴日回了一句。

"好！"何建朴边对博日格德说："走，上去看看。"边抬脚往楼上走。

楼上有不少客人在挑选衣裤鞋袜。邓福有夫妇正在忙着向客人推荐货物。

何建朴突然看见换上新式衣服的邓太太李氏，吃了一惊，她完全变了一个样，长相本来就好看的李氏，蜕变成了一个时尚女郎，往日打成髻的头发，现在披在肩上，显得高贵大气。他又看了穿着一身新夏布长衫的邓福有，头发梳得一丝不乱，完全没有往日一副霉相，高兴得连连拍手说好。

邓福有和李氏看见何建朴一身军装站在门口，都先是一惊，接着高兴地跑过去叫阿先生。

何建朴哈哈大笑着称赞李大嫂这一打扮，他完全认不得了，变成了大美人。又称赞邓大哥一身长衫，变成了教书先生。

邓福有不好意思地笑了笑说："我和芙蓉都托了阿先生的福。我们只是穷了，做不起人。现在有您撑腰，我们两口子不能给您丢面子。"他说的芙蓉是他的媳妇李氏。

"对！"何建朴点了点头，收了笑脸说，"如果哪一天全天下的穷人都跟你们一样好看就好啦！"

三分人才七分打扮。人靠衣装马靠鞍。再好看的人穿着破衣烂衫，也好看不了。再雄的马，背一副破鞍也威风不起来。邓福有夫妇起早贪黑做一点小生意，要养几个儿女，没有闲钱来为自己添衣置服，破的补了又补再穿，再俊俏的人也一副讨饭相，做人当然挺不起腰。前日额日敦巴日和博日格德去请他们来做店员时，特意给他们夫妇各带去了两套从汉正街进货的时新衣服。昨日，他们把三个娃送进教会学校读书，特意到澡堂去洗了一个大澡，把浑身洗得干干净净，换上新装来上工，让额日敦巴日和博日格德大吃一惊。特别是李氏，学俄罗斯女人披着长发，眉清目秀，让他们赞不绝口，说跟画儿上的人一样好看。更让他们惊异的是，他们虽然没有读书，但对每一件商品的价格只听一遍便全部记住了，对顾客也非常热情，很会做生意。只两天时间，额日敦巴日和博日格德便放手了，将楼上的生意交给他们做。

在楼上楼下转了一个圈，何建朴满意地到卧室换下了军装，打水洗得干干净净，晾在院子里，打算等晒干以后，作为人生的一段记忆好好收藏起来。

当夜吃过晚饭，何建朴与两个伙计一起坐在炕上，边喝茶边把杀卢金斗的经过，仔仔细细，绘声绘色地对他们说了，乐得他们又一个拉马头琴，一个"咿咿呀呀哟哟嚯嚯"吼蒙古长调。何建朴听多了，也听熟了，便跟着他们吼。

二十二

接下来的一些时，何建朴每天吃了饭便出门，到各家大小商行、店铺去转。看到俄罗斯开的大商行都是俄罗斯货，日本人开的大商行都是日本货，美国人开的大商行都是美国货，英国人开的大商行都是英国货，法国、德国人开的商行也全部是法国、德国货，只有那些中国人开的小店铺里卖的是中国人自己做的土货。有几家南方人到北方来开的店，也规模不大，卖一些在上海、广州市场上看得到的东西，但不成气候，不能跟外国人开的商行比。转了十几天，他的心里也有了底，回到自己的店铺，他拿尺子把买来的这处店铺前前后后，仔细量了，估计建一座五层楼商行不成问题。

这天何建刚跟随张作霖出行回来休息，像往日休息一样到店里来帮忙，何建朴把改店的想法跟他谈了，说做生意先要做招牌，只有招牌硬，名气大，生意才兴旺。何建刚赞成他的想法，说"那达慕"这个名字别人一看就晓得是蒙古人开的店，对以后经营南方货不利，问他起什么名好。何建朴告诉他说，我早就想好了，在你爷爷裴柏寿和咱爸何安鹤的名字中各取一个字，代表这个商行永远是裴何两家的。我看就叫"寿鹤恒"好。何建刚一拍手说很好，就叫"寿鹤恒"。

当夜，他们几兄弟又坐在一起商量着把商行名定了下来。额日敦巴日和博日格德也很高兴，说他们虽然是蒙古人，但都是吃汉人家里的饭长大的，商行用这个名字好。

过了两日，何建朴在一张宣纸上端端正正地写了"寿鹤恒"三个字，拿到木匠铺去，请木雕师傅把它刻在一块又大又厚的松木板上，再刷黑添金描红，做成一块很大气的大匾搬了回来，在商店大门口放了一挂大鞭炮，把那块挂了两年的"那达慕"招牌取了下来，换上了"寿鹤恒"大匾。来买东西的客人和看热闹的四邻看了这块招牌都说好，既大气又好听。但是，他们没有人晓得这几个字其中的含义。

把奉天该处理的事都处理好了，何建朴出来一晃半年过去了。他准备回湖北去了。临行前，他叫建刚把卢奇义请过来一起吃一餐饭，正好第二日他们都休息，卢奇义和建刚一起来了，额日敦巴日到市场上去买了一大堆好菜，叫厨子做了一大桌酒席。何建朴叫邓福有把三个娃接了过来，大家欢欢喜喜地吃了一顿团圆饭。

饭后，邓福有夫妇领着几个娃回家去了。何建朴与卢奇义一起坐在炕上喝茶。卢奇义高兴地告诉何建朴说闻镇守使看上建刚了，有意把他的侄女嫁给建刚。何建朴高兴得差一点跳起来，说这是天大的好事，如果建刚立志从军，这是他的一座大靠山。何建朴问建刚有什么想法。何建刚笑了笑说他要看看那个女娃再说，如果长得不好看他不会答应。卢奇义很有把握地说你看看镇守使那个样子，他家里有钱有势，娶的都是好看女人，生出来的娃肯定好看。何建朴赞成他的这个说法，说龙生龙，凤生凤。再说十七八岁无丑女，叮嘱他一定认真对待这门亲事，说闻镇守使是张大帅面前的红人，搭上闻家这门亲，也就搭上了张大帅这门亲，不愁他日后不飞黄腾达。何建刚点头答应了，说他听大哥的，由大哥做主。何建朴高兴地说他回去就请人设计商行图纸，明年开春就来开工，另外再去买一块地皮，给他们几个人，包括卢奇义在内，一个人建一处院子，哪个先结婚哪个先建，结婚一个建一座院子。

坐在旁边的额日敦巴日和博日格德又高兴得手舞足蹈，笑着请卢奇义再帮他们介绍媳妇。卢奇义也高兴地答应了，叫他们自己先出去看，看中哪家闺女就告诉他，他上门去提亲。

何建朴晓得卢奇义心里还装着建刚的二姐，劝他再找一个。卢奇义苦苦一笑说把建刚安排妥了他再来办自己的事。何建朴便不再扯这个话题，而是将话锋一转，叫他今年跟建刚一起到湖北咸宁去过年。他高兴地答应了，说只要大帅府事情不多，他一定去给老太太拜年。何建朴想了想对额日敦巴日和博日格德说，这样吧，我看邓福有两口子已经可以放手让他们做生意了，你们把店铺里的生意安排好全交给他们管，你们也跟小少爷一起回咸宁去过年，咱娘也好几年没看见你们了，你们都长大了，娘可能都认不得你们了。额日敦巴日和博日格德高兴得又唱又跳。

奉天的天气冷下来了。穿着棉袍的何建朴坐着火车越往南走，越觉得身上燥热，到了河南，他干脆脱了棉袍，只穿着夹衣。他坐在窗口，看着窗外飞逝的景致，无暇欣赏，心仿佛挂在车轮上，在两根冰冷的铁轨上飞驰，巴不得车轮快一点，再快一点，离汉口站越来越近了，他的心反而越来越焦急，巴不得马上飞到汉口去。火车在京奉、京汉铁路上跑了两天两夜，终于在汉口火车站喘着粗气停了下来。

何建朴没等火车停稳便背着一个大背包跑到车门口，车门一打开他便跳到站台上，跑出车站，坐车跑到钱氏商行去看钱正丁。钱正丁晓得他不是来看他的，也不揭穿，高兴地把他带到家里吃中饭。

喻君知正抱着玉台出门，准备上街买酱油，看见钱正丁领着何建朴来了，便放下玉台，轻声对她说："你看是哪个来了。"

玉台看清楚了何建朴，向他飞跑过去。

何建朴看见玉台扑过来了，连忙放下背包，蹲下身去接住她，哈哈笑着叫了她一声玉台。

玉台扑进他怀里，双手抱着他的脖子，把头靠在他肩上，没有说话。

喻君知看到玉台如此举动，惊奇地发现血脉的强大吸引力，使这个不懂事的孩子找到了她渴望的亲情。她看了钱正丁一眼，对他苦楚一笑，摇了摇头，逗玉台说："玉台，你怎么不叫何叔叔啦？你天天在家里念何叔叔怎么还不来看你。"

玉台仍然没有开口叫叔叔，仍然把头倚在何建朴肩上，双手搂着他的脖子。

抱着玉台，何建朴百感交集，至今珍珠没有任何音信，玉台一天一天长大了，有父不能认，何日何时才是他们一家团圆的日子？要钱业浩接受何建朴这个对手进门，现在还不是时候，按他那脾气，弄不好要鸡飞蛋打，给珍珠和玉台带来莫大的伤害。一筹莫展的何建朴只能对钱正丁夫妇好，尽力帮钱氏商行做些生意，弥补他们养玉台的花费，让钱业浩察觉到他不计前嫌，并与钱正丁情同手足，逐渐消除对他的敌意。何建朴告诫自己要想得到珍珠，要等待时机，急不得。

"玉台乖，是叔叔不好，这么久没来看玉台了。"何建朴轻轻拍着玉台的背，突然感觉到肩头湿了，心顿时猫抓似的痛。他连忙对她说："玉台快看，叔叔又给你和你妈妈买好看的洋衣服来了。"他边说边伸手去提包。

钱正丁连忙提起地上的包，拍了拍灰尘，对何建朴一笑说："走吧！回家吧！"他没有扰玉台，很清楚血脉亲情把他们父女紧紧联系在一起，他更无意扯断连接着这父女俩的那根无形的线。

何建朴抱着玉台跟着钱正丁夫妇进了门，坐在椅子上，轻轻叫玉台松手，对她说让何叔叔看看玉台长胖了没有。玉台这才松开手，抬起头，直视着何建朴，何建朴看着她一双清澈的眼睛仍然含着泪，轻轻抬手擦干了她的眼泪，轻轻吻了吻她的脸。

钱正丁把包提到内屋放在桌上转身出来。喻君知倒了一杯凉茶递给何建朴，伸手接过玉台说："来，玉台跟妈妈一起去试新衣服。"抱着她进了内屋。

钱正丁抽出一支烟递给何建朴，"啪"的一声，打燃洋油打火机，给他点燃烟，坐在他对面的椅子上，自己点了一支烟，边吸着边问何建朴这一次去奉天办事顺不顺。何建朴吸了一口烟，"噗"的一声吹了出来，一五一十把大土匪卢金斗被铡了头的过程对他说了。钱正丁高兴得连连说好。他告诉何建朴，上个月他听到父亲无意中说卢金斗从四川逃到湖北，又被官兵一路追杀，死了不少人，他无处藏身，身边只剩下十几个随从了，准备过江，从武昌到汉口北上。卢金斗偷偷摸摸进了武昌城，找到钱业浩，要他给点钱他们做盘缠路费。钱业浩好肉好酒招待了他一餐，给了他一笔钱，打发他走了。何建朴接着说卢金斗离开湖北后，一路北上，在河南、河北又遭官兵围剿，最后他身边的土匪都被打死了，他成了光杆儿司令，一个人逃回了老家丰镇。何建朴又把在奉天准备为建刚做一个商行的事对他说了，拿出一张纸递给钱正丁，告诉他那块地的大小面积都量好了，请他在汉口帮他找一个洋人设计师，设计一座五层商厦。钱正丁看了一眼纸上写的尺寸，点头答应了，说在汉口有外国人开的建筑师事务所，可以请他们设计。

看到钱正丁在与何建朴说正事，喻君知给玉台换了一身新洋装，没有叫她过来打扰他们，把她抱到厨房帮邓妈做饭。这一次何建朴也给喻君知的一双儿女带来了几件洋装，让她很高兴。

饭熟了。喻君知把菜端上桌，拿出酒放在桌上唤钱正丁陪何建朴喝酒，给玉台打了一碗饭，夹了一些她喜欢吃的菜，带着她到一边去喂她吃。

钱正丁请何建朴一起上了桌，执壶给他斟了酒，与他一起你敬我一杯，我敬你一杯，开心地喝得有些醉意了才下桌。

何建朴又抱着玉台，问她吃饱饭了没有。玉台这才开心地叫他何叔叔，说吃饱了。何建朴又交代了她一些听爸爸、妈妈的话，帮爸爸、妈妈做事之类的话，吻了又吻她那张粉嫩的脸，依依不舍地告别了他们，回到了汉口茶庄。

一转眼腊月又来了，年关又近了，各家各户又在多多少少准备年货。有钱的人家办得周周到到。穷人家就缩手缩脚，不敢乱花钱，要顾及到开春后的生产投入和青黄不接时的衣食。

何建朴回到了咸宁，到柏墩中田畈老屋准备年事。前日他接到了建刚拍来的电报，说警卫营长批准卢奇义和他到湖北来过年。他高兴地跑回来告诉了娘。娘乐得忙进忙出，说家里今年喂了一头大肥猪，正好杀了过年，叫他到淦河边上去找打鱼的渔民订一些年鱼，特别叮嘱他要订两条大鲤鱼，三十日弄一条，初一弄一条，多订几样河鲜，好好款待几个从北方来的儿子。何建朴都一一照办了。他娘又忙着打豆腐、炸麻花、结砣、炒米泡、做糖粑、炒苕片、花生、蚕豆，还请人煮了一锅谷酒，准备了几大坛吃的、喝的，只等她日日念着的几个她同样巴心巴肝疼的儿子来过年。

何建刚与卢奇义、额日敦巴日、博日格德一起坐火车，腊月二十七到了汉口，在汉口茶庄吃了一餐饭。茶庄掌柜何功德和留在店里过年的几个伙计，都舍不得他们走，更希望跟他们一起在茶庄做过伙计的虎和鹰多玩两日，但何建刚要回咸宁见娘心切，他答应他们说等他和虎、鹰回奉天时，到汉口多住两日，与他们一起好好玩两天。当夜何建刚带着卢奇义和被湖北亲人叫虎和鹰的额日敦巴日、博日格德，一起坐船过长江到了武昌，在何氏茶业总部大楼过夜。茶楼总经理何立定和留守总部的员工们，见了小少爷和虎、鹰，都高兴地抱在一起又是蹦又是跳，带着他们在武昌城逛夜市，吃夜宵。

卢奇义把这些人对何建刚的态度看在眼里，这才晓得为什么他把何老爷霸占裴家产业的传闻告诉他，何建刚根本不相信。他相信何老爷把裴载言偷偷带到湖北，给他改名何建刚，是当自己的亲生儿子养育成人的，并给了他何家少爷的身份。这使他对何家更多了一些敬意，多了不少感激。如果不是何老爷偷偷把裴载言带出了山西，卢金斗一伙土匪得知裴家还有后人在，是要斩草除根的，那么裴家就永无再世之日。

当何建朴得知建刚一行人已经到了武昌，第二日就要坐火车回咸宁时，当夜他服侍母亲睡下以后，坐在母亲床边把卢金斗已经被建刚铡了头的消息告诉了她，母亲喜极而泣，说我儿再也不用躲了，可以堂堂正正在人世叫裴载言了。这时，她才一五一十把他爸匆匆把裴少爷带回来，交给她养育成人的话对长子说了。

原来何安鹤在归化开茶庄时，得到过年事已高，在绥远德高望重的巨商裴柏寿的多方照顾，与裴家结下了深厚情谊。这位裴老东家便是裴载言的爷爷。万万让何安鹤没有想到的是，裴家突然遭到巨匪卢金斗血洗，财物尽数被劫，裴家大院被卢匪付之一炬。当何安鹤吃惊地得到这个噩耗时，首先想到的是保住裴家的根，留住裴家的血脉，让裴家有再起之日，复仇之本。何安鹤没有去参加处理裴家后事，而是迅速骑马一路风餐露宿赶到太原，找到被其父托付相与关照，在太原读书的裴载言，把裴家已经被卢匪血洗的消息告诉了他的养父母，请求他们把小载言交给他带走，远走他乡，以免遭卢匪斩草除根，为裴家保住根脉。

因为何安鹤与裴载言的养父母素有来往，他们对他的话深信不疑，迅速把裴载言从学校叫回家，把他家里突遭巨变的消息告诉了他，叫他与何老爷远走高飞。裴载言听说全家人惨遭厄运，没有流泪，只紧咬着牙，紧紧握着双拳，跟着何老爷一起到了湖北。

何安鹤把裴载言带到武昌后，马上给他改名叫何建刚，再三叮嘱他封口，不能让任何人晓得他的真实身份。何安鹤对外人说这是他的小儿子。当大家突然看见何老爷带着一个小儿子回来了，都认为是他在外面跟别的女人生的，也不惊奇，看见他对这个儿子比对大儿子何建朴还要好，更不怀疑，何建刚有时听见别人在背地里说他是何老爷在外面跟别的女人生的儿子，也装作没听见。

为了稳住内人，让她接受建刚，何安鹤特地先回到柏墩中田畈老屋，把裴家的不幸遭遇对他的堂客说了。因为裴柏寿跟何安鹤一起到何家来过，她十分感激这位给了他男人诸多帮助的前辈，泪流满面地答应接受裴载言为她的小儿子，并把他视同已出，倍加疼爱。何氏家族的人看见她如此对待这个何老爷从外面带回来的儿子，也无话可说，都接受了何建刚，都叫他小少爷。何太太对何建刚的身世只字不提，对他比对大少爷何建朴还要好。

何建朴听罢母亲的话，更加佩服父母亲的大仁大义，不然建刚年轻气盛，凭一时之勇去与卢金斗拼命，也许早就丢了命。

第二日，何建刚带着卢奇义一行人，在武昌通湘门车站坐粤汉铁路上的火车，回到了咸宁，又到铁路外西河桥码头坐船，溯淦河而上，回到柏墩，在柏墩何家码头上了岸，背着背包过了何氏祖上何百川捐资修的石拱桥，向中田畈老屋飞跑，虎和鹰也跟着他飞跑。卢奇义跟在他们后面跑。

从柏墩的淦河边到中田畈只有两里多路，他们一口气跑进了何家祖屋大门。

何家祖屋一进四重，青砖青瓦门高庭大。大门门楣上嵌着一块刻有"三何世第"四个大字的青石大匾。"三何"指的是在此处开基建屋的何氏"廷"字辈三兄弟。何建朴一支是"三何"中的长房，住在二重。这栋祖居每一重左右两边有两间正屋，第一重天井两边各有一间厢房，从第二重开始，每一重左右两边巷道有二门出侧院，右边出二门是一个长方形大天井，过天井是堂屋，堂屋两边是正屋，正屋两边各有一间朝天井开门的住房。堂屋有后门，后门外是茅房、猪舍、牛栏。左边出二门过天井同样是堂屋、住房。出堂屋后门是厨房、鸡舍、柴屋、粮仓。

何建朴的母亲住在二重左边第二间正屋里。

何建刚跑进大门，直奔养母住处，当他迫不及待地推开门，看见母亲坐在火盆边烤火时，大叫了一声娘，顺手把背包丢在靠门口的大椅上，扑了上去，跪在母亲面前，紧紧抓着她的手。

何老太太看见建刚回了，一把把他的头抱在怀里，喜极而泣，高兴地叫着:"建刚!建刚我儿!"

额日敦巴日和博日格德也先后进了门,丢下背包高兴地大声叫娘,一左一右跪在她的膝下。

何老太太听着几个不是自己亲生却胜似亲生的儿子在撕心地叫娘,泪流满面,她晓得这几个没有娘的孩子需要娘,她张开了双手,一齐把他们的头抱在怀里,唤着:"我的虎儿!我的鹰儿!你们几年不回来看娘,娘老了,哪一天走了,你们就再也看不到了。"

"不!娘会长命百岁的!"何建刚连忙抬起头来阻止母亲再说下去,他不能再失去这个娘,如果娘真的走了,他就无家可归了。

"娘,你好好活着,我们几个都长大了,都来养您老。"额日敦巴日抬起头来说。

"我们还要给您娶儿媳妇,还要您老人家做主。"博日格德也接着说。

"好!好!我来给你们带我的孙娃。"何老太太哈哈笑着,从左衣襟上抽出手帕,擦着脸上的泪水。

站在门口的卢奇义看着眼前的一幕,百感交集,在心里说:"难怪何氏茶业一次次死里逃生,是因为他们大仁大义感动了上苍,老天爷在关照何家。"

刚刚从茶园里提着一大竹篮青菜、萝卜、葱蒜走进大门的何建朴,一眼看见了站在母亲门外,背对着他的卢奇义,高兴地叫了他一声奇义,飞跑过去,把菜篮丢在天井里,伸出双手要去抱他,突然发现自己的手上沾满泥巴,连忙收了回来。

卢奇义听到了何建朴的声音,连忙转身,看见他收回脏手,便伸出双手紧紧抱着他的腰,将他抱了起来,叫了他一声大哥。

何建朴转头看见何建刚、额日敦巴日和博日格德都跪在母亲膝下,眼泪顿时出来了,他没有想到这几个异姓兄弟以这种方式表达着对娘的孝敬、渴望和见到娘的喜悦,这一点他都没有做到。

何老太太听见长子在门口说话,边擦着眼泪边对他说:"建朴呀!你几个老弟回家来了,快到厨房去看看,叫厨子多弄几样好菜,今日先过团圆年。"

何建朴抹了抹眼泪,拉着卢奇义进了门。

何建刚和额日敦巴日、博日格德相继站了起来。

何建朴指着卢奇义对母亲说："娘，这就是奇义。"

"奇义呀！我儿也回来了。"何老太太连忙要起身，向他伸出了双手。

卢奇义连忙一步上前，双手紧紧抓着老太太的手，叫她不起来，他也双膝一屈，跪在她面前叫了一声娘。

"我儿！快起来，你不能跪。这几年你辛苦了，帮我建刚儿报了仇，娘应该谢谢你！"何老太太站起身来拉起卢奇义。

"娘！我也是你的儿子！如果建刚的二姐不被卢金斗杀了，我就是他的二姐夫。我代表裴家人感谢您老人家对建刚的养育之恩！"卢奇义仍然紧紧把老太太一双手抓在自己手上，看着她富态慈祥的脸，明亮的眼睛，仿佛找到了何老爷不纳妾的原因，找到了何氏茶业不倒的原因，找到了裴载言能被她视为己出的原因，找到了何建朴能够躲过劫难的原因。任何男人，只要他有一位贤惠善良，通情达理，长相丰厚的妻子，不愁发达不了。

何建朴叫他们自己泡茶喝，说他去帮厨子弄饭，提着菜篮往侧院走。何建刚连忙跑出来，从他手上接过竹篮，说他去帮忙。额日敦巴日和博日格德也跑过来闹着要帮忙，都跟着何建刚进了侧院。

卢奇义没有走，他拉过一把木椅坐在何老太太身边，陪她说话。

饭菜很快在大灶大火上弄熟了，何建刚和额日敦巴日、博日格德有的抹桌子，有的摆筷碗，有的端菜，饭菜不一会儿便上了桌。他们又一齐跑到正屋把何老太太扶到餐厅，扶在主席上坐了下来。

何建朴请卢奇义坐在母亲左手贵宾席上，亲自执酒壶为他们斟了酒。

何老太太今天兴致很高，叫长子给她斟了一小杯酒，举起杯哈哈笑着说："来，今日娘敬几个儿子的酒，娘等不得大年三十吃团圆饭了，今日就是我们娘儿几个团圆的日子，吃团圆饭。"她说完话，一仰头喝干了酒，放下杯，坐了下来，拿起筷给几个儿子一个人夹了一块大红烧肉，叫他们趁热吃。几个儿子也一个个先后给娘敬酒，叫她以茶代酒，祝娘身体健康，何老太太一一笑纳。

吃过饭后，何建刚带着卢奇义在屋前屋后，前山后岭的茶园里转了一个大圈。卢奇义看见茶园周边有很多大桂花树，问何建刚为什么何家人把桂花树栽在茶园里。何建刚对他一笑说这就是何氏青砖茶有一股奇香的原因。这茶园里的茶树与桂花树的根都盘根错节地缠在一起，茶里含有桂花香，不稀奇。卢奇义这才恍然大悟，啧啧称奇。其实，桂、茶伴生是天作之合。这个地方满山遍野是桂花树，桂花树下是茶树，它们根脉相连，桂中有茶，茶中蕴桂，奇香独藏，其他茶没有这种天意。

额日敦巴日和博日格德因为何老爷把他们带到老屋来住过一些时，对这里的环境熟，便没有跟着何建刚出来，只跟着何建朴在几重堂屋蹦上蹦下，抬树劈柴，准备过年用的柴火。

吃过晚饭后，他们又一起围在母亲的火盆边说了一阵话，何老太太看见他们一个个在打哈欠，便哈哈笑着叫他们去睡。何建刚说服侍娘洗了脚，扶她上床睡了再走，叫虎和鹰先去睡。何老太太叫他也去睡，说她等一会儿自个儿打水来洗。何建刚拿起脸盆架上的铜盆出了门，打来一盆热水，叫何老太太先洗了手、脸，又把水倒进一口小木盆内，再打半盆热水加进去，蹲下来帮娘脱鞋洗脚。额日敦巴日和博日格德也一齐动手，抱着娘的另一只脚，脱下又尖又小的棉鞋，一层层解开裹脚布，与何建刚一起把她的一双三寸金莲放进水盆内，轻轻捏着揉着。何老太太乐得笑声不止，说她有福气，几个儿子比闺女对她还贴心。

何建朴和卢奇义坐在一边，看着这几个小老弟像孩子似的围着娘，讨娘喜欢，逗娘欢喜，都笑着说娘这一辈子值得，有这么多孝顺的好儿子。

服侍娘上床躺下以后，何建刚坐在床边把自己要订婚的事仔细对娘说了，乐得何老太太合不拢嘴。她已经从长子何建朴口中得知建刚被一个大人物相中做女婿的事，连忙取下手指上的一只金戒指和耳垂上的一对金耳环，郑重地递给他，说路途太远，娘到奉天去不了，叫他代她转交给她的儿媳。何建刚连连摆手说不能要娘的东西。何老太太收了笑脸说："这是规矩！这两件东西是何家祖上传下来的，是我跟你爸订婚的时候，你奶奶从手上、耳朵上取下来交给我的。你现在先结婚我先传给我儿媳，一代传一代。"何建刚这才无话可说，含泪接在手上，紧紧攥在手心，紧紧抓着娘的手不再说话。对这个把自己当亲生儿子对待的娘，他不晓得自己此生如何报恩。

在娘的再三催促下，何建刚给娘掖好被子，起身出门，把门关好，轻轻推开旁边何建朴的房门。

何建朴还没有睡，正坐在火盆边与卢奇义说话，看见建刚进门来了，连忙叫他坐下来烤火。

何建刚在何建朴身边的椅子上坐了下来，摊开手指，把娘给他的金首饰递给他，说这是何家祖传之物，应该给大嫂才好。

何建朴一笑说我们兄弟俩，哪个媳妇先进门哪个先戴，叫他收好。他心里很清楚，父母亲把建刚视同己出，是同情建刚的遭遇，还有要为他在凶险莫测的商道上培养一个贴心兄弟的意思，让建刚做他的得力助手，共同光耀装、何两家门庭。

何建刚晓得大哥不会为这件事生气，大哥花重金在奉天为他建商厦，是在为他的未来着想，是在为他装家振兴做铺垫。他不声不响地掏出手帕，一层一层认真包好何氏传家宝，放进内衣口袋里。

何家大屋过年十分热闹。上下四重堂屋，孩子们穿着新衣服跳上蹦下，打打闹闹。家家灶里不断火，炉上壶起锅落。鞭炮炸得三口天井一片红。

大年三十中午的团年饭，晚上的年夜饭，都是额日敦巴日和博日格德做的，何老太太乐哈哈地帮他们打下手，大家吃得格外香。

建刚回了，何家族上几房近亲挨着排着队请他们一家人吃饭。大年初一一大早晨，住在二重的堂兄何楚瑛就上门来请何建朴一大家人到他家里去吃新年第一餐饭。何建朴带着何建刚、虎和鹰提着礼物先到族兄家送了礼，堂嫂热情地给他们泡了糖茶，侄儿何功伟端出糖粑、炒苕片等给他们吃，高兴地一个个叫叔。何建朴对族兄说功伟非常聪明好学，现在读私塾，以后应该把他送出去上新式学校。何楚瑛说过两年功伟就十岁了，他打算把他送到武昌去读书。何建朴高兴地连连点头说对！对！对！叫功伟去武昌读书就在何家茶庄住。

让何氏家族族人没有想到的是，他们的这个儿子长大后立志报国，以赶走外国列强，建立新中国为己任。在中华民族最危急时刻，何功伟不顾个人安危，出任中共湘鄂西区委书记、鄂西特委书记。他在恩施被国民党反动派逮捕后，坚贞不屈，甚至在其父受反动派游说到恩施来劝儿自首保命时，何功伟跪地谢父恩，反劝家严赶快离开虎口，以诀别信告诉父亲"儿除慷慨就死外，绝无他途可循"，慷慨赴死，给何氏"川"字青砖茶注入了血色。他就义时距二十六岁还差四天。这是后话。

从初一到大年初八，何建朴一家人吃遍上下四重堂屋，还有人家要请客。何建刚一一上门道谢，说他要到奉天去了，假期到了，以后得空再回来看望各位亲人。各家亲房才遗憾地叫他有空多回来看看，再来喝酒。因为何老太太把何建刚视若己出，何氏家族已经接受了建刚是何安鹤在外边的侧室所生的说法，把他当何氏后裔。

临行前，何建刚带着额日敦巴日和博日格德到祖堂烧香，跪拜了何氏列祖列宗。供台上有何安鹤的牌位。何建刚特地把他的牌位捧出来，同两个蒙古兄弟一起，仔仔细细把牌位擦拭干净再捧回原位。

何老太太一边抹眼泪，一边在众人的道别声中把她的建刚、虎和鹰送出大门。

面对娘的依依不舍和何氏族人的依依惜别，何建刚心潮难平，他万万想不到自己在离家千里之外的湖北，还有一个娘望儿归的家。他再也忍不住已经在眼眶里打转的眼泪，重重跪在大门外，对着娘和何氏族人重重磕了三个头。

额日敦巴日和博日格德也跟在何建刚身后跪在地上，磕了三个头。

"快起来，我的儿！"何老太太挪着小脚连忙几步上前，一个个拉起了让她痛惜不已的漠北孤儿。

卢奇义站在何建朴身边，看着眼前娘送子远行，子跪磕娘恩的一幕，眼泪也在眼眶里打转。其实他这一次与何建刚一起到湖北来过年，是特地向警卫营长告假来的。本来过春节张作霖大帅府里的卫队是不放假的，卢奇义有意告诉警卫营长说闻镇守使有意把侄女许配给何建刚，这是大事，他要跟何建刚一起回去一趟，听听何老太太的意见，好回来回答闻镇守使的话。警卫营长有意巴结闻朝玉，也不愿得罪只要攀上张大帅身边的大红人闻朝玉，日后不愁不飞黄腾达的何建刚，笑哈哈地答应了他的告假，并例外地给了他们半个月假期。这一次他真真实实地看到了何老太太对何建刚的态度，看到了何氏家族大小人等对他的热情，彻底放心了。无论日后他自己是死是活，最让他担心的裴载言，也是何氏家族里的建刚都有依靠，不会流落街头。他可以放心地去做自己想做的事了。

何建朴把他们带到柏墩街。何建刚和额日敦巴日、博日格德熟门熟路跑到梅阁去了。何建朴陪着卢奇义在街上转了一个大圈，到"长盛川""长裕川""生牲川"几个老字号茶庄看了，又把他带进梅阁，向他介绍了制茶厂。卢奇义看到他以前打劫的青砖茶都是从这里出去的，很内疚地说如果他早知道何家如此大仁大义，就不会去做土匪了。何建朴哈哈大笑说不打不相识，他们是打成了亲兄弟。

在梅阁吃了中饭后，他们一行坐船沿淦河西下，到咸宁城外的西河铁路大铁桥下的船码头上了岸，坐火车到了武昌。何建刚和额日敦巴日、博日格德带着卢奇义，与茶楼里的伙计们一起，在武昌城玩了一夜，第二日吃过早饭后搭船过长江，到了汉口，又与汉口茶庄的伙计们一起玩了一日，第三天才上火车，告别了何建朴和伙计们，离开了汉口。

送走何建刚几兄弟后，何建朴开始着手准备到上海、广州的市场上去看看。原来何氏茶业只做青砖茶生意，何建朴对百货不熟，现在他要去奉天建商行，卖百货，便打算把上海、广州等大都市市场上的好东西弄到奉天去卖，打破外国货独占奉天市场的局面。

现在从北京到山西大同的铁路修通了，何氏茶业运到漠北去的青砖茶，不必从汉口溯汉江北上，到河南起岸，用骡马送到黄河边，再租船过河，进入山西境内，再由驼队送到绥远了，可以直接从汉口火车站发货到山西大同，再由驼队运到绥远，少费了许多人力、物力。

过了正月十五，何氏茶业制茶厂开工了，何建朴回到梅阁，督促茶工们生产出了一批送到漠北去的各种型号青砖茶，全部用船运到汉口，把汉口仓库里的陈茶，腾出来发往大同，将新茶入库。

开春了，又到了莺飞草长的四月。

何建朴脱了冬衣，换上春装，提着皮箱从汉口客轮码头上了到上海去的轮船，进了二等舱，放下箱子走出船舱，站在船舷边，向送他来的何功德和司机刘师傅挥手示意他已经找到铺位了，叫他们回去。

过了不一会儿，客轮"呜呜"拉响了汽笛，缓缓离开码头，驶入江中心主航道，开足马力，向下游驶去。

江风吹拂着何建朴身上的长衫，轻抚着他的脸，让他感到浑身通透，十分清爽。他四顾着长江两岸景致，有一种说不出的喜悦。卢金斗被杀了，要置何氏茶业于死地的赵宏德父子不明不白地死了，钱业浩被吓得不敢出门，没有赵宏德的鼓动，他也不能对何氏茶业下黑手了。好在他把钱氏商行全部交给儿子钱正丁打理，钱正丁又与何建朴感情日深，很合得来，一起把生意做得风生水起。漠北的青砖茶生意，他放手与山西祁县巨商渠家二公子渠庆吉合作，他可以一心一意把奉天的商行办起来，把何氏茶业做成何氏商贸。

经过三天航行，客船靠在了上海十六铺码头。

何建朴提着皮箱上了岸，沿着江边一路欣赏着街景，步行到外滩，在黄浦江畔外白渡桥东侧的浦江饭店住了下来。天已经黑了。他拉开窗帘，眺望着黄埔江上船楫如梭，两岸灯火通明，街上行人如织，对这个大都市又多了一分幻想，在心里说："如果哪一天能把生意做到大上海来就好了。"但是，他目睹了日本黑龙会正在把内蒙古从中国版图上分裂出去，奉天满城的外国人商厦、店铺，汉口的外国租界，又忧心忡忡。外国列强向中国张开的血盆大口，中国军阀为各自利益的争斗，天下不宁，国将不国，为商又意义何在？

接下来的几日，他出门到各个大商场、零售批发市场去跑，一样样把奉天市场上没有看见过的国产稀奇货记下来，准备等奉天的"寿鹤恒"商厦建起来，他再来把这些国产稀奇货进到奉天去卖。

这天他在环龙路边上边走边看，当他走到环龙路一号楼房门口，无意中看见门左边墙上挂着"中国国民党陆军军官学校上海招生处"招牌，顿时一惊，他没有多想，连忙跑了过去，站在门口探头往房内看了看，没看见人，便喊了一声："有人吗？我来报名。"

这时，一个二十多岁的男子从里屋走了出来，笑容满面地对他说："先生，对不起，上海的招生初考已经结束了。"

"请问还有什么地方可以报名？"何建朴一愣，连忙问了一句。

"请问先生是哪个省的？"那个男子走到何建朴面前，也许是看见他一介书生相，目光炯炯有神，对他有了好感，又问了他一句。

"我是湖北人。"何建朴连忙回了一句，从他的笑容上，他仿佛看到了希望。

"你叫什么名字？我可以介绍你到广州去报考。"

"我叫何建朴。太感谢你了！"何建朴连忙向他抱拳致谢。

"何建朴？"那个男子突然瞪大眼睛，又从头到脚打量了他一眼，一脸惊诧地问道，"你是湖北咸宁的何建朴？"

"对，我家在咸宁。"何建朴也感到十分惊诧，打量着他说。却看他十分面生，不晓得他在什么地方见过他。

"你是何氏茶业的大掌柜？"那个男人又紧跟一句。

"对！对！"何建朴更吃惊了，问他道，"你是？"

"何先生好！快！快进来坐。"那个男人连忙伸出双手，紧紧握住何建朴的右手，把他拉进门，请他在一张大椅上坐了下来，又连忙给他倒了一杯茶，双手捧着递给他，自己坐在何建朴对面的椅子上，用十分感激的语气说："我叫张闻达，是邓福有的妹夫。"

"你是邓思沂的先生？"何建朴更吃惊地瞪大了双眼，紧盯着他说。

"对！"张闻达笑着点了点头。

"太巧了！不可思议！我怎么在这个地方碰到你！"

"这就是天意！你以仁义帮助了邓家，上苍就派我来感谢你！"张闻达哈哈大笑着说了一句笑话。

"不能言谢，只能说我们有缘。"何建朴也哈哈大笑着，连连摇头说太巧了。

"我和思沂今年春节前回奉天去了一趟，看见一家人突然都变了样，很吃惊，后来大哥大嫂把何先生的义举一五一十对我们说了，又把你们签的契约给我们看了，我和思沂十分敬佩何先生的仁义之举，救了思沂全家。我们本来打算等你的商厦建起来了，再回去祝贺你的，没想到在上海遇到你了。"

"缘分！缘分！"何建朴笑着说，又把话锋一转，问他道："张先生，你怎么到上海来了？"

"我和思沂结婚以后，先在天津谋了一份差事，后来经过朋友介绍，我带着思沂到了广州，在孙逸仙先生的广州国民政府谋了一个文书的位子。今年一月二十日，孙逸仙先生在广州主持召开了中国国民党第一次全国代表大会，大会通过了有共产党人参与起草的，以反对帝国主义、反对封建主义为主要内容的宣言，确定了联俄、联共、扶助农工的三大政策，将'民族、民权、民生'旧三民主义修定为新三民主义，这是第一次国共两党合作的大事，会议选举了李大钊、毛泽东、瞿秋白等十位共产党员为国民党中央执行委员会委员和候补委员。鉴于目前国民革命风起云涌，国共两党携手合作之机，孙先生希望通过创建革命军来挽救中国之危亡。孙先生说'教育为神圣事业，人才为立国之本'，他着手创建一文一武两所学堂，文是国立广东大学，武是陆军军官学校。现在正在全国招生的是陆军军官学校，培养革命军中的高级军事人才。"张闻达认真地把他所了解的情况告诉了何建朴。

"你是共产党？"何建朴紧盯着他，问了一句。对共产党他有深入的了解，但对国民党他知之不多。

"不！"张闻达摇了摇头说，"我是国民党员。不过在国民党第一次代表大会规定，国民党员可以加入共产党，共产党员也可以加入国民党。两党都有一个共同的目标打倒列强，除军阀。孙逸仙先生正要培养一支强大的国民革命军，准备北伐北洋军阀，统一中国。"

"好！太好了！"何建朴又一拍大腿说，"张先生，请你帮我报名。我要到陆军军官学校去参加革命军。"

"何先生，请问你，你去参军，何氏茶业怎么办？"张闻达疑惑地盯着何建朴问道。

"何氏茶业各地的茶庄都有掌柜管，奉天的商行也可以放心地交给额日敦巴日、博日格德和你大哥管，我把何氏茶业交给我的侄儿何功德去经营就行了。我早就想过了，在国家危亡之时，赚再多的钱也没有意义。我早就读过李大钊先生的著作，在武昌也参加了董必武先生的马克思学说研究会，一直向往革命，只是因为忙于商事，没有加入革命队伍，现在对我来说是一次难得的机会，请你帮我的忙。"

"好！"张闻达笑着点了点头说，"没有想到何先生早就接触了革命思想。这样吧！上海通过初考，选了一批学生到广州去参加考试，在上海负责招生的是毛泽东先生和恽代英先生，他们正送这批学生去了十六铺码头，现在有一班船去广州，你赶快跟他们一起到广州去，湖北有十二个招生名额。听说你是读了大学的，考上肯定没有问题。"

"太好了！"何建朴又一拍大腿问他道，"奉天有名额吗？"

"有！"张闻达点了点头说，"东三省、热河、察哈尔，有五十个名额。你到广州去了以后，到报名处报我的名字，可能有人认得我。"

"好！"何建朴连忙站起身来，向他抱拳一摇说，"何某就此告辞，来日见面再叙。"

"祝何先生成功！"张闻达抱拳向何建朴道别。

何建朴转身飞奔出门，叫了一辆人力三轮车向浦江饭店飞跑。到了饭店，他连忙收拾东西，到柜台结了账，又坐车飞跑到十六铺码头，买了去广州的船票。

十六铺码头上正停靠着一艘大客轮，上船的旅客都上得差不多了，有人在边往船上跑边吼同伴快一点，说船要开了。何建朴加快步子，跑上了船，站在船舷边喘着粗气，看见身边一伙年轻小伙子都在高兴地向码头上的两个男子挥手告别，他仔细看了那一高一矮两个男子一眼，只见高个子穿着灰色长衫，矮个子穿着蓝色长衫。突然，他听见那个高个子用湖南话说了一句："我们广州见！"顿时一愣，在心里问了自己一句："这个人是毛泽东？"他听董必武说过毛泽东先生是湖南人。他连忙转头问身边的一个小伙子码头上那两个人是谁。那小伙子回答他说穿灰色长衫的是毛泽东先生，穿蓝色长衫的是恽代英先生。他惋惜地"哦"了一声，很遗憾与两位招生官失之交臂。

客轮"呜呜"拉响了汽笛，不一会儿缓缓启动了，慢慢离开了码头，向黄浦江外的大海驶去。

出了黄浦江，客轮驶入大海。何建朴走出船舱，倚着船舷，望着茫茫大海，心潮如海浪般起伏难平。在与跟他一起上船的那伙年轻人的交谈中，他得知他们正是到上海来报名，参加了陆军军官学校上海招生处初考，通过了初考的考生。从年龄上看，他们都是十八九岁到二十多一点年纪的年轻人，一个个热血沸腾，要去军官学校学习，报效国家。他暗中打算跟着他们走，但没有把自己也去广州报考军官学校的事告诉他们。看着这群天真年少的年轻人，他晓得自己的年纪比他们大不少，见识也比他们多，不便与他们多说话，以免因为自己的老成坏了他们的烂漫。自从他接触到"革命"这个词之后，它便像魔一样在他的心里作怪，使他不再安宁。这些年，他接触了那么多人，经过了那么多事，使他对目前的北洋军阀越来越失望，对到中国来杀人越货的外国列强越来越悲愤。现在，革命党人要打倒列强，除军阀，让他看到了中国的希望，更有了投入这股革命洪流的冲动。尽管现在他把何氏茶业带出了险境，一步一步走上正轨，但是，国家将亡，他赚再多的钱也是亡国奴，只能蹲在列强胯下受辱。只有国家独立了，中华民族才有希望。至于何氏茶业，他打算交给侄儿何功德去经营，他要拿起枪，上战场去与外国列强和腐败无能的北洋军阀真刀真枪干，就是战死，也不足惜。

海风，吹拂着他的长衫，更吹得他热血澎湃，离广州越来越近了，他也越来越激动。晚上他梦见自己已经穿上了军装，拿着汉阳造步枪在与洋人开战，打得洋鬼子哭爹喊娘抱头鼠窜，他笑醒了。

经过几天的海上航行，客轮终于到了广州。何建朴跟着那一路憧憬着自己美好未来，报效国家的年轻人一起上了岸，到了广州东南部珠江边的黄埔岛，看到了"陆军军官学校"的大门，他不禁心跳加速，听得见"怦怦"的心跳声。他飞跑到学校门口，看见大门两边刻着"升官发财请往他处，贪生怕死勿入斯门"的对联，更加热血沸腾。这副对联正合他意，现在距离他的梦想只有一步之遥了，只要能入斯门，他不会贪生怕死，不图升官，更不图发财，只图能做一个像林祥谦、施洋一样顶天立地的男人。

大门旁边的招生报名处挤了不少从全国各地来报名，操着乱七八糟口音的年轻人，何建朴连忙跑了过去，挤到一张登记桌前，对一个正负责登记的年轻人说："先生，我来报名。"

那个年轻人抬头看了他一眼，对他一笑，表示满意，问他道："你的姓名？"

"何建朴！"他接过笔在另一张纸上写下自己的名字，把笔还给他。

"籍贯？"

"湖北咸宁！"

"年纪？"

"二十八！"他有意把自己的年龄说小一点，怕招生官不收他。

那个年轻人停下笔，抬头对他一笑，指了指贴在身后大墙上的《招生简章》，叫他先去看看。

何建朴晓得自己遇到难关了，连忙跑过去瞪着大眼睛逐条看着《招生简章》，吃了一惊。只见《招生简章》第一条明明白白写着招考者资格如下：年龄：十八岁以上，二十五岁以内。

"我超龄了！"何建朴顿时愣住了，脑壳仿佛钻进了一群蜜蜂，"嗡嗡"响。他连忙闭起眼睛，深深吸了一口气，定了定神，突然想起张闻达对他说过的话，又连忙跑到那个军人面前，对他说："先生，我是广州国民政府文书张闻达的朋友。"

"张闻达，我认识，他到上海招生去了。"那个年轻人对他笑着说，"对不起，你的年龄已经超过太多了，不符合招生要求。"

"噢！"何建朴突然像泄了气的皮球，长长叹了一口气，又连忙问道，"请问奉天有招生指标吗？"

"有！东三省、热河、察哈尔有五十个指标。"

"我弟弟二十四岁，能来报名吗？"

"当然可以！"

"那好！谢谢了！"何建朴连忙转身，向路上行人打听哪里有电报局，得到的答复是广州城内有。他又连忙搭车往广州市内跑，在电报局旁边的一家旅馆住了下来，到电报局给额日敦巴日发了一封电报，叫建刚速来广州黄埔报考陆军军官学校。他很清楚，张作霖与曹锟、吴佩孚一样，都是军阀，国民革命军才是真正为国家而战的正规军，他希望建刚能加入国民革命军，为国家而战，而不是为张作霖卖命。

过了两个时辰，电报局投送员送来了建刚的复电，电文说张大帅已经举荐他到东三省陆军讲武堂学习。闻镇守使要他近期与闻兰馨小姐订婚，他希望大哥到奉天去主持他的订婚仪式。

何建朴得知建刚已经在奉天上了军校，不好叫他脱离张作霖，南下广东投奔孙逸仙的国民革命军，便又给他拍了一封电报，祝贺他入军校读书，答应他说他近日赶到奉天，主持他与闻小姐的订婚典礼。

何建朴没有想到自己被点燃的革命热情被年龄卡住了，他有些失望。但是，他没有气馁，打算再找机会加入革命党，加入革命军，轰轰烈烈做一场男人。

接下来的几日，何建朴在广州城内的大商厦小店铺，又特地到十三行的怡和行、广利行、同孚行、东兴行、天宝行、兴泰行、仁和行、同顺行、安昌行等牙行一家家仔细看了，把要进到奉天去卖的商品一一记在本子上。

在广州匆匆跑了几日，何建朴买了一些样品，背着到了康乐码头，坐轮船到青岛，再转坐轮船到大连，在大连火车站坐南满铁路火车到了奉天，又坐马拉火车到了"寿鹤恒商行"。

额日敦巴日、博日格德和邓福有夫妇看见东家来了，都高兴得又蹦又跳。额日敦巴日吩咐厨子加两个好菜，温一壶好酒为东家洗尘。

何建朴把从上海和广州带来的货交给博日格德，叫他摆在柜架上做样品，看有几多顾客对这些货物感兴趣，又坐下来边喝茶边问额日敦巴日经营情况，得知商行的生意一日比一日好，何建朴放心了，哈哈笑着说我以后可以做甩手掌柜了。他又仔细问了何建刚的情况，得知他从湖北咸宁老家过完年回奉天后，便被张作霖亲自点名送到东三省陆军讲武堂读书去了，有意把他培养成军官，何建朴虽然很高兴，但又有些隐忧。对建刚来说，受到张大帅的青睐，被他重用，建刚肯定前途无量，说明他的聪慧、冷峻、刚毅、果敢、诚实的军人潜质被张作霖发现，对他有意栽培，日后很有可能要赋予他重任。但是，张作霖同样是军阀，正在准备与直系军阀曹锟、吴佩孚再起战端，企图打败直系，问鼎北洋政府总统大位，与有理想，有建立独立大一统中国目标的南方革命党有天壤之别。他们一个为一己之私利，一个为普天下劳苦之大众，为整个中华民族之独立富强。

作为军人，为谁而战必须十分清楚。对于目前的建刚来说，他没有接触过革命思想，不懂得为国家、为民族而战的大道理。现在张作霖对他有意栽培，他极有可能陷入愚忠困境，成为革命党和国民革命军的对手。如果日后建刚手握重兵，便极有可能对革命党和革命军造成严重伤害，把自己推到祸国殃民而万劫不复的境地，变成自己国家和民族的罪人。想到这里，何建朴有些后怕，他打算等建刚回来好好跟他谈谈。

看见大哥陷入沉思，额日敦巴日起身给他添了一杯茶。何建朴又问了他建刚订婚的事。他高兴地告诉他说闻镇守使在等他到奉天来，一起办小少爷订婚的事。何建朴又问他晓不晓得闻镇守使是么样说的。额日敦巴日摇了摇头笑着说那得要问卢队长。何建朴高兴地说建刚能娶闻家小姐，当然是一件大好事，不仅对建刚好，对我们的商行也好，现在这个年月没有硬后台，生意做不好。他叫额日敦巴日到大帅府去找一下卢奇义，请他到这里来吃晚饭、喝酒。额日敦巴日高兴地答应一声，跑出门去了。

看见额日敦巴日跑远了，何建朴转身上楼，把他在上海碰见张闻达的话对邓福有夫妇说了，叫他们把几个儿女教育好，说张闻达和邓思沂日后肯定有大发展，只要这几个孩子把书读好了，不愁日后没得出路。邓福有夫妇十分高兴，说就是一家人饿肚子也要让孩子们读书。邓福有也把张闻达和邓思沂到奉天来看到他一家的日子过好了，说托何先生的福的话对何建朴说了。

过了不久，额日敦巴日回了，告诉何建朴说卢大哥答应一下班就来。

天快黑的时候，卢奇义一路飞跑到"寿鹤恒商行"门口，人还没进门便大声喊何大哥。在里屋的何建朴听见声音连忙迎出来，哈哈笑着对他抱拳猛摇，连连说贵客，贵客。卢奇义也抱拳向何建朴还礼，打趣道："你才是贵客呢！我一个礼拜来几次。"何建朴连忙请他到里屋喝茶，说他已经把贡茶煮好了。卢奇义吸了吸鼻子，笑着说："嗯，我已经闻到桂花茶香了。"

何建朴领着卢奇义进了里屋，请他坐在炕上，提起茶壶给他倒了一杯茶，请他用茶。

卢奇义端起茶杯，"咕咚咕咚"两口喝了，一抹嘴唇说好喝，请他再倒一杯。

何建朴又给他倒满茶，放下茶壶，笑着问他闻朝玉是么样看中建刚的。

卢奇义又喝了一口茶，放下茶杯，对何建朴一笑，先压低声音对他说："前年曹锟、吴佩孚的直隶军把我们打败了，张大帅一直吞不下这口气，准备了两年，现在可能要去与吴佩孚开战了。前些时张大帅命令他到大帅府来开军事会议，可能这次会开得很好，他很高兴，看见建刚跟在大帅身边，突然问他有没有老婆孩子。建刚摇头说他还没结婚。闻朝玉当着张大帅的面说我的侄女闻兰馨在奉天读书，十九岁了，就许配给你。建刚吓得不敢说话。张大帅听了以后哈哈大笑，说闻朝玉这件事办得好，在他身边的人都要知根知底。我连忙跑过去叫建刚谢谢张大帅，感谢闻镇守使。"

"嗯！是个读书女子更好！"何建朴满意地点了点头。

"后来我打听了，这位闻兰馨小姐不缠足，在奉天省立女子师范学校读书。张大帅的大公子张学良的太太于凤至就是在这个学校读的书。"卢奇义又眉飞色舞地说,声音比刚才大得多。

"哦!那到这所学校去读书的不是一般人。"

"当然!这里的学生家庭非富即贵。"

"这位闻小姐是闻镇守使的哥哥还是弟弟的女儿?"

"闻家五兄弟,闻朝玉是老小,他爹死的时候他还小,就跟四哥一起过。他四嫂很聪明,看见闻朝玉会读书,便卖家当供他上学,后来他有了出息,对四哥四嫂很好,把侄儿侄女当自己的亲儿女。这个闻小姐就是他四哥的女儿。我也偷偷到学校去看了,长得好看。"

"原来是这样,那更好。"

"在学校里大家都知道她是闻镇守使的女儿,没有人知道她是他侄女。"

何建朴高兴地又执壶把卢奇义的茶杯添满茶,叫他快喝茶,又问他建刚是么时候到东三省陆军讲武堂去上学的。

卢奇义喝了一口茶,压低声音对何建刚说:"就在闻朝玉说把闻小姐嫁给建刚之后没几天,我们警卫营营长突然来宣布把建刚调到讲武堂去读书,我很吃惊,背地里问他,他才说是张大帅下的命令。我感觉这件事是闻朝玉暗中计划的,张大帅忙于准备开战,没有精力考虑身边一个小警卫的事。这件事说明闻朝玉是真心喜欢建刚,也是真的对他侄女好。你想想,张大帅与吴佩孚马上就要开战了,我们警卫队是要跟在张作霖身边的人,这一次张作霖是要必胜的,如果一旦战败,张作霖红了眼,把我们都赶上战场,那枪子儿是不长眼睛的,打到建刚怎么办?"

"照你这样说,我们还真得好好感谢闻朝玉,要好好善待闻小姐。"何建朴轻轻点着头,感觉到这是建刚现在躲避战争的最好去处。

"这个话也说不清楚,也许真的开起战了,张作霖要把讲武堂的学生拉到战场上去也有可能。"卢奇义又喝了一口茶,担心地说。

"我们只能求老天爷保佑建刚了。"何建朴双手合十,看着门外的天拜了拜。

"我想过了,如果建刚也去参战,我就把他要回来,跟我在一起,我来保护他,就是我死了,也不能伤了他。"卢奇义说得轻,落得重,也是让何建朴放心。

"对了！"何建朴又对卢奇义点了点头，把话锋一转说，"那我赶快去买块地，先把建刚的婚房建起来，赶快让他娶了闻小姐。一旦建刚真的做闻朝玉的女婿了，他会用他手上的权力保护建刚的。"

"可以！"卢奇义赞同地说。

"明日你抽一点空出来，我们一起去找找，看哪里有合适的地方，赶紧把它买下来。这块地要能建你们四个人的四合院。"

"好！"

这时，博日格德高兴地进门来叫两位大哥去喝酒，说菜已经上桌了。

何建朴起身下炕，请卢奇义去喝酒。卢奇义笑哈哈地说今夜要陪大哥好好喝几杯。何建朴也要给他建婚房，把他当兄弟待，让卢奇义对他又多了几分敬重。

从清太祖努尔哈赤率兵攻占了奉天城，把国都从辽阳东京迁了过来，因为人力、物力不够，他只加固了明代留下来的土筑城垣，到皇太极即位，开始大兴土木拓建奉天城，沿袭各朝各代都城建设的路子来建造，大体具备前朝后市、宫城和外城的格局。

第二日，卢奇义告了一天假，跟何建朴一起在城内转了一个大圈，没有看到能建四幢房子的空地，也没有找到可以拆建四幢房子的破败屋宇。何建朴叫卢奇义与他一起坐马拉火车出城，到通往火车站的路上去看看。他们一起坐车出了城，刚走不远便看见路边不远处有一处倒塌了的泥巴筑墙，茅草盖顶的房子，何建朴连忙说下车去看看。卢奇义叫停了马拉火车，与何建朴一起跳下车来，飞跑到那处茅屋前，四处看了看，发现这个地方很开阔，离奉天城也不远，何建朴连连点头说这是个好地方，可以建几幢独门独院的房子。卢奇义也觉得这个地方好，便拉何建朴一起到不远处的一户人家问了这处破败房子的情况，得知这户人家姓奉，很早以前是从南方迁移来的移民，世代在这个地方务农，到奉天城建成后，他们家太爷开始挑货担到城内做小生意，慢慢积了钱，到他爷爷手上便在东城门内盘下了一个商铺，开始做坐地生意，发了家以后，在城内建起了新屋，这处老屋便废了。

卢奇义听说是东门内奉家的老屋，高兴地对何建朴说这家人我认识，前不久奉东家被奸商欺诈了一笔货款，托人来求我帮忙，我出面帮他摆平了。他有把握地说就买这块地了，叫何建朴不用操心了，由他出面去找奉先生。

过了两天，卢奇义果然高兴地跑来，对何建朴说奉先生答应把那处破屋及房前屋后的地卖给他，奉先生说他家里还有几处田地，自己建房子还有地方，可以先成全他们，希望得到卢队长关照。他叫何建朴赶快写两份约纸，就在近两日把契约签了。

何建朴高兴地连连说好，说他马上来写地契，问卢奇义这块地要几多钱，说一定不能亏了奉家。

卢奇义哈哈一笑说奉家把这块地卖给我们不亏，奉先生还有一个大忙要我帮，这个忙我帮了，他们以后赚的不止这点钱。他叫何建朴把卖地款先空着，等奉先生来签约时自己填。

何建朴低头吸了一口烟，重重吹了出来，对卢奇义说老天有眼，做人做事不能欺天，人要天助才能够避祸成事。我买这块地是给几个老弟做发脉之地，一定要一是一，二是二，该给人家的一文不能少，这样你们住在那个地方也会少灾避难，多子多福。你尽力帮他们，是尽道义，别人有难处，伸手帮一把，人家会记得你的恩，但是买地的钱不能少。老辈人说占人田地，霸人妻，是人生大忌。这一点卢老弟要考虑。其实，对在土匪堆里滚了那么多年的卢奇义带着何建刚逃到奉天，不仅进了张作霖的警卫营，还做了张大帅的贴身警卫队副队长，在何建朴心里一直是个谜团。他欣赏卢奇义行侠仗义，但他毕竟做过杀人越货的土匪。尽管他是为了替裴家报仇而委身于大土匪卢金斗，为了取得卢金斗的信任能接近他，寻找刺杀他的机会，但他是因为心黑手毒而得到卢金斗赏识的。卢奇义的这些经历在何建朴的心里始终是一个疙瘩。

卢奇义本来以为能通过自己的权力让何建朴少出不少买地钱，他会很高兴，哪晓得何建朴的一番话让他吃了一惊。他与何建朴原来可以说是仇人，自从裴家被灭门后，他得到的消息是何家霸占了裴家店铺，何老爷收养裴家小少爷裴载言，把他改名何建刚，是想占有裴家余下产业，因此，打劫何氏商队，与卢金斗一起联合钱业浩、赵宏德搞垮何氏茶业，再除掉何建朴，是他前些年暗中在做的事。但是，自从与何建朴正面接触以后，得知何家为保住裴家血脉做出的良苦用心，他开始敬重何老爷，佩服何建朴，并且把他当兄长对待。现在他说的一番话，让他对他更加敬佩，晓得他是真心为他们这几个异姓兄弟好。

"大哥，我年少无知，你不要放在心上。"卢奇义也重重吸了一口烟，慢慢从鼻孔喷了出来，看着何建朴说，"我没读几多书，好多理搞不懂。但是，你放心，哪个是好人，哪个是歹人，我心里清楚。我杀过人，也救过人，懂得恶有恶报，善有善报的道理。我杀的那些人都多多少少有恶名，我放过了好多善良的人。现在张大帅的警卫营长陈行忠就是我放的。他原来带队伍到赤峰去剿匪，打败了，被卢金斗的手下烂头老二张德义抓住要砍他的头，在行刑的前一天晚上，我偷偷放了他，我告诉他我也恨土匪，临走的时候，我把我的马给了他，叫他快走。他跪在我面前给我磕了一个头，说他此生认我这个兄弟。烂头老二得知是我放了人，告到卢金斗那里去，他知道我是卢金斗的红人，不敢拿我怎么样。我对卢金斗说我放的人是我的一个远房亲戚，卢金斗也没有怪罪我。后来，我怕建刚被剿匪官兵打死了，便把他偷偷从大青山带出来，到奉天来找陈行忠，才知道他已经做了张大帅的警卫营长。我说来投靠他，他二话不说收留了我和建刚，把我们留在他身边观察了一段时间，看见我们两个人都会办事，做人正直，德行好，就把我和建刚推荐给张大帅，做了他的贴身警卫，陈行忠还提拔我做了警卫队副队长。何大哥，你没有把我当外人，我心里有数。你买这块地，是为我四兄弟建房，给我们一个家，我在心里感激你。我拿不出钱来帮你，就想让你少出点钱。你现在说这些话，我十分敬佩。这块地给多少钱，我听你的。"

"好！"何建朴点了点头，对他一笑，心里的那个疙瘩也解开了，高兴地对他说，"我们要图发家，就不能损人。这块地我们要给钱给得奉家人心服口服，只能多给不能少，钱财如粪土，仁义重千斤。"

"我知道了！"卢奇义十分内疚地说，"我家里还有老老小小一大家人，我每个月拿了工钱，除自己留一点吃饭、抽烟，都寄回家里养父母、弟妹去了，拿不出钱来帮你。"

"在你们四兄弟面前，我是兄长。长兄如父。你们的人生大事都归我这个长兄来做。你不必内疚。我这一生能得到你们这几个好兄弟，也是我前世修来的福分，我很珍惜。"何建朴一脸笑地安慰着卢奇义，赞扬他是个孝子。又把他托钱正丁请人设计的商厦图纸和住房图纸拿出来给他看了，说就现在天气好，准备开工。

吃中饭的时候，卢奇义把大哥为几个小弟买地建房的事对额日敦巴日和博日格德说了，感动得他们眼泪在眼眶打转。何建朴叫额日敦巴日到饭馆去订一桌好菜，叫卢奇义去把奉先生一家人都请来一起吃一顿饭，把地契签了。又问卢奇义这个礼拜日建刚会不会回来。卢奇义说他抽空到讲武堂去一趟，叫建刚礼拜日回来。何建朴高兴地端起酒杯，敬几个老弟，请卢奇义与闻镇守使约一个日子，他上门拜望闻氏一家人，把建刚订婚的日子定下来。

礼拜六晚上，何建刚匆匆跑回来了，进门看见大哥高兴得扑上去一把紧紧抓着他的手，温顺地叫了他一声哥。

何建朴也紧紧把何建刚的手抓在手上，好像怕他跑了，上上下下打量着他，高兴地说他长白长胖了，问他上学感觉吃不吃力。

何建刚笑着说在我们学员队里，数我的书读得最多，一些不懂的东西，好多学员还来问我。

何建朴这才放心地说："这就好！这就好！"

吃晚饭的时候，卢奇义也过来了，告诉何建朴说他已经与奉先生约定了，他答应明日带一家人来吃饭，顺便把卖地契约签了。

吃过晚饭后，何建刚又与何建朴睡在一张炕上。何建朴把南方革命党在广州建立了黄埔陆军军官学校的事对他说了，开导他说张作霖也是为一己利益而战的军阀，为他卖命是愚忠，而南方革命党和革命军是为国家独立富强而战的组织和军队，这才是中国的希望，跟他们走才是正道。他叫建刚多关注南方革命态势，争取做一个有益于自己国家和民族的军人。并把自己接触革命党的经历和对革命党人的认识详细对他说了。

听了大哥的话，何建刚若有所思地说，他以前只一心报仇，没有考虑为谁而战的问题。到了奉天以后，在张作霖身边做警卫，张作霖对他不错，他确实有为他尽忠报恩的想法。但是，经过大哥对目前国内外形势的介绍，他觉得南方革命党了不起。他看到张作霖与日本人暗中来往，为与吴佩孚开展争夺战得到日本人帮助，并把东北的许多利益让给日本人。照这样看张作霖也是一个卖国求荣的军阀，为他卖命看来不值得。

何建朴看到何建刚有了新的思想意识，暗自高兴，叮嘱他在陆军讲武堂认真学习军事知识，对革命党的话题什么话也不说，等待时机，为国效忠。

何建刚轻轻"嗯"了一声。大哥一番话，确实触动了他的灵魂。其实他原本无忧无虑，生活也那么简单，如果没有家庭变故，他也许今日到外国留学去了。可是，命运给他开了一个天大的玩笑，改变了他的人生历程，使他迅速成熟了，报仇成了他生命的全部。他也从一个无忧无虑的学生，变成了一个冷峻成熟的青年人。尽管他看到过官兵剿匪，为民除害，但他没有想过国家大事。自从跟了张作霖，他对张作霖悉心服务，寄希望他帮他杀掉卢金斗，他也深得张作霖喜爱。现在对他来说，应该是前途一片光明。但是外国列强在瓜分中国，北洋政府腐败无能，各路军阀争权争地盘大打出手，那些忧国忧民的有识之士在为国家存亡奔走呼号，甚至牺牲生命，他开始思考自己人生的走向。热血青年是很容易被唤醒的，只要他们认定了目标，战死沙场便是最终选择。

第二日，额日敦巴日在宝发园订了一桌好菜。卢奇义开车把奉先生一家人接了过来。何建朴请奉先生坐在上席，他们五兄弟一起陪奉氏一家人高高兴兴地吃了一顿饭，饭后又一起高高兴兴地把契约签了。何建朴以比奉先生提出来的高出一倍的价格，买下了那块可以安置他四个异姓兄弟的地。

奉天的六月不热。何建朴一边安排额日敦巴日在商铺对面暂时租下一处房子，把货物全部搬过去营业，腾空商铺，准备拆除旧铺开基建商厦，一边吩咐他们请工匠为建刚建婚房。

卢奇义已经把何建朴到了奉天，准备操持何建刚订婚仪式的话对闻镇守使说了，闻朝玉很高兴，他答应下月初六日到奉天来，初八日就在奉天为何建刚和闻兰馨订婚。何建朴忙着为闻小姐置办礼物，在奉天有名的"洞庭春"饭庄订了十桌酒席，请卢奇义去请闻小姐过来一趟，因为他不清楚她的身高多少，穿多大码子的鞋，请她来跟他一起去选购她喜欢、合身、合脚的衣服、鞋袜。卢奇义答应了，第二日上午，便到省立女子师范学校去把闻兰馨请了过来。

何建朴没有想到闻兰馨立马跟卢奇义一起来了，他以为闻小姐有所顾虑，要择日再来的，顿时有些手忙脚乱，一边请闻小姐坐，一边唤博日格德沏茶。他借机很快扫了闻兰馨一眼，只见她柳叶弯眉下，一双明眸顾盼清漪，高鼻梁唤启两片朱唇，浅露一行皓齿，一脸白里透红的肤色显出些许羞涩。她梳着两条齐腰长辫，上身穿一件白底蓝花滚黑边的大襟衣，下身穿一条黑色长裤，脚套两只白袜穿一双有搭黑布鞋，活脱脱一个女学生。

"大哥！"闻兰馨甜甜地叫了何建朴一声，在炕沿坐了下来。

何建朴高兴地答应着，笑着说闻小姐一进门，整个房子都亮堂了，这里什么都不缺，就缺女主人。

"大哥！"闻兰馨又婉声叫了何建朴一句，对他一笑，叫他坐，也叫卢队长坐。

何建朴已经喜昏了头，大声叫博日格德到宝发园去订几样好菜，叫他们送过来，又吩咐孙厨子弄两样拿手小吃来款待闻小姐。

闻兰馨连忙阻止他去菜馆订菜，对他婉丽一笑说："大哥，我到自己家里来吃饭，还要吃外边菜馆的菜呀！就吃自己家里的饭菜吧！"

"好！好！好！"何建朴连忙改口，叫博日格德赶快上街买些菜回来给孙师傅做。哈哈笑着说在自己家里吃更好。他边说边拉卢奇义一起坐在炕上。

"大哥！按规矩我今天不能到这里来，订婚也不能露面。但是，我听卢队长说大哥是在日本读了大学的大学生，我不怕你笑我不懂规矩，就跑来了。"闻兰馨微启朱唇，一脸婉和地对何建朴说，是想消除他对自己冒昧行动的误解。

"闻小姐说哪里的话，我最担心的就是奇义请不动你。我们都是读书人，老规矩暂时放一放。老辈人说新媳妇不能与婆母见早面，老太太没来，我是大哥，见早面不要紧。"何建朴被闻兰馨逗乐了。

"大哥！你以后就叫我兰馨。其实，我家里早就要把我许配人，我没答应。我跟我叔一起到大帅府去的时候，看见过建刚，我第一眼看到他，就好喜欢。前些时我叔特地到学校去，把他已经把我许配给建刚的话对我说了，我默认了。但是我不清楚他的身世，我问了卢队长，他仔细把他的身世告诉了我，我流了眼泪。听卢队长说大哥请我过来试衣服，我二话不说，来了，我是来感激大哥对建刚好，我不要大哥再在我身上花钱。订婚的那天，我就穿这身学生服。其实我十七岁还差三个月，我叔说我十九岁，是说我女大当嫁。大哥现在要建商行，还要给我们建婚房，要花很多钱，我不能再拖累大哥。只要我愿意嫁进您的家门，穿什么不重要。我很敬佩大哥对建刚对几个异姓兄弟的情谊。有您这样的大哥，我此生有幸。如果您再在我身上花钱，我反而不安，再好的衣服我穿在身上都不快乐。"

听着闻兰馨的话，何建朴慢慢收了笑脸，他没有想到她有如此情怀，对她轻轻点了点头，表示欣赏，认真地对她说："兰馨呀！如果不是路途太远，咱娘是要来操办建刚的婚事的，我现在是在替咱娘办事，无论如何不能让你穿旧衣，走新路。"

"大哥！咱娘的这份恩，到我跟建刚结婚了，我一定好好回报。我会在她老人家面前尽儿媳孝道。我会跟建刚一起回湖北去，请咱娘一针一线给我缝一身衣裤，我穿在身上，暖在心里。我把咱娘接到奉天来，好好尽孝。"闻兰馨用要穿婆母亲手缝的衣服，来说服何建朴不在她身上花钱。

听了闻兰馨的话，何建朴非常惊讶，完全看不出她是一个官宦人家的大家闺秀，更像一个知书识礼的小家碧玉。她识大体，弃小节，能得这样一个弟媳，他暗自欣喜。何建朴不晓得再说什么好，便转头看了卢奇义一眼，想听听他的意见，也希望他向闻朝玉转达他对闻小姐的看重，免得闻镇守使心生不满，影响他对建刚的关照。

卢奇义从何建朴的眼神里看出了他的心思，便开口对闻兰馨说："兰馨呀，婚姻是人生的大事，更何况你家是大户人家，更不能马虎。镇守使大人在奉天是个有头有脸的大人物，也是大帅面前的红人，闻家小姐办婚事，太简单说不过去，该行的礼还得行，你爸妈那边该给多少礼钱，按咸宁的风俗给，不能让他们的面子过不去。这些事你做不了主，等镇守使大人到奉天来了，大哥再跟他商量。依我看，你还是得置办两身新衣服，免得旁人说闲话。我晓得你敬重大哥。现在他正在为我们几兄弟办大事，需要用大钱，但是，该花的小钱还得花，不然建刚的心里也不舒服。"

"卢大哥，我同样感谢你，没有你也就没有建刚的今天。这件事是我的主意，等我叔来了，我会对我叔说清楚。我也会对建刚说清楚。"

她又转头叫了何建朴一声哥，笑着对他说："办酒席的事您跟我叔商量，他肯定要请客。"又向何建朴一嘟嘴，故意停顿了一下，接着说："不过，会有人来给他送礼，我叫他出酒席钱。"

何建朴看到她一脸调皮相，哈哈一笑说："那不行，酒席得我摆，没有哪家娶儿媳不摆席的理儿。你叔有人情往来，该收的礼他收。"

"这件事我说了算数，我叔听我的。"闻兰馨很有把握地说。其实闻朝玉一直把她当亲生女儿娇惯，她说这句话是有底气的。

卢奇义也被她逗得哈哈大笑，说兰馨小姐还没过门就巴婆家。

"我之所以在洞庭春饭庄订酒席，就是给你一个在自己家办婚事的感觉，洞庭湖的北边就是湖北。"何建朴也哈哈笑着说。

"大哥用心良苦。"闻兰馨大方地对他莞尔一笑。其实往日无忧无虑，不多言多语的她，在到这里来之前，突然听卢奇义讲了发生在何建刚身上的一切，仿佛顿时长大了，往日衣来伸手饭来张口的她，顿时有主见了，自己的婚事她要自己做主。

过了一会儿，孙厨子麻利地做了一桌菜。何建朴请邓福有夫妇、孙厨子和额日敦巴日、博日格德、卢奇义一起上桌，大家一起有说有笑地陪闻兰馨吃了一餐饭。卢奇义又开车把她送到女子师范学校去了。为她置办订婚衣裤的事还是被她拒绝了。

到了初六日，闻朝玉到奉天来了。他先到大帅府拜见了张作霖，请他出席兰馨的订婚酒席，张作霖高兴地答应了。他托卢奇义转告何大掌柜听他安排，因为何大掌柜对奉天不熟，又是南方人，不清楚北方的礼节。

何建刚昨日已经从讲武堂请假回了，听大哥哈哈笑地把闻兰馨来说的话对他说了，十分感动，笑着连连摆头说我又多了一个长官。

卢奇义把闻朝玉送上车，看着车开走以后，连忙开车跑过来找何建朴，高兴得手舞足蹈地对他说张大帅答应出席建刚和兰馨小姐的订婚宴，并把闻朝玉叫何大掌柜听他安排的话对他说了，哈哈笑着说张大帅要来，我们就办不好了，只有交给镇守使去办了。

听了卢奇义的话，何建朴有些为难了，张作霖这个东北王要来喝喜酒，这场订婚宴的规格就高了，来贺喜的客人就不是一般人物了，他也确实招架不住了。何建朴想了想，对卢奇义和何建刚一扬手，笑着说："走！我们现在就去拜见镇守使大人。"

卢奇义和何建刚一起跟着何建朴出了门。何建刚从卢奇义手上接过车钥匙，开车把他们送到了闻朝玉的私宅门口。卢奇义先下了车，到门口向卫兵亮明了自己的身份，请他去禀报镇守使说何大掌柜求见。卫兵答应一声向大门内跑去。

过了一会儿，闻朝玉的书记长齐先生笑哈哈地跑出门来，请何大掌柜赶快进门，说镇守使大人在客厅恭候。

何建朴向他抱拳还礼，跟着他进了大门，刚到客厅门口就看见闻朝玉笑哈哈地迎了过来，他连忙跨进门内，双手抱拳向他深深一拜，起身说："晚生拜见闻大人！"

"来来来，快请快请坐！何大掌柜不必多礼了，都是一家人了。"闻朝玉连忙请何建朴一行人坐了下来，大声唤兰馨给客人沏茶。

兰馨在里屋甜甜地答应了一声。

何建刚还没看见过闻兰馨，只听大哥和卢奇义说她长得好看，听到她清脆的声音，他的心开始狂跳，脸颊发烧，眼睛直直地盯着那个传出声音的门口。

闻朝玉是个直性子，也不拐弯抹角，坐在何建朴身边，一脸欢喜地对他说："何大掌柜，兰馨把你们的情况已经对我说了，她也是我的掌上明珠，她说的话我都听。她的婚事我们就听她的。她读了一肚子书，比我强多了。这件事就按她说的办。你在奉天人生地不熟，你就明面上做主人，我在背地里操持，算你何家的场面。张大帅答应来喝喜酒，那些在奉天大大小小的人物都要来凑热闹。我对兰馨说了，收的礼都归她置办嫁妆，酒席我办。"

何建朴同样哈哈笑着，一边感谢闻大人，一边从口袋里摸出一张空白银行支票，放在他的面前说："酒席还是我来办，这是空支票，您尽管用，用几多填几多。"

这时闻兰馨端着茶盘从内屋走了出来，突然与紧盯着门口的何建刚四目相对，她见过何建刚，对他羞涩一笑，端着茶盘走了过来。何建刚突然看见美若天仙的闻兰馨，愣了，连忙从她身上收回视线，低下头，心快从嗓子眼蹦出来了。

闻兰馨先把一杯茶放到何建朴面前，笑着请大哥用茶，又端一杯放在卢奇义面前请卢大哥用茶，再端一杯放在叔父面前没说话，最后走到何建刚面前，端着茶杯请他喝茶。

何建刚连忙站起身来，突然不知道说什么好，只"哦哦"着，双手从她手上接过茶杯，无意中碰在她的手上，满心酥酥潮起，抬眼紧盯着她娇美的脸，心慌意乱。

闻兰馨又对他羞涩一笑，低下头转身匆匆进了里屋。

何建刚连忙喝了一口茶，掩饰着心里的慌乱，坐回原位。

闻朝玉收了笑脸，把支票推到何建朴面前，叫了他一声何大掌柜。

"闻大人以后就叫我建朴吧！我和建刚都是您的晚辈。"何建朴连忙笑着说。

"建朴呀，我看中建刚不是他有万贯家财，是看中他行事稳，为人诚实。你已经仁义在先，建刚以后是我的女婿，我不能不仁不义。无论是现在他们订婚，还是以后他们结婚，我都包办。你要办大事，正要花大钱，这笔钱你还是用在他们身上，这里用，那里用都一样。"

坐在旁边的卢奇义看见闻朝玉一片诚意，便连忙打圆场说："何大哥，你就听镇守使大人的，反正你的钱也用在兰馨和建刚身上。"

"那我就恭敬不如从命了！"何建朴对闻朝玉一笑，收起支票说。

"这就对了！"闻朝玉高兴地点了点头，转头吩咐齐先生到饭馆去订一桌饭，说他请何先生好好喝一顿酒。

吃过饭后，何建朴因为多喝了一口，双脚打飘地走出饭馆，何建刚扶着他上了车，回到商铺。何建朴高兴地叫额日敦巴日拉马头琴，叫博日格德吼蒙古长调，他拉着卢奇义和何建刚随着马头琴声手舞足蹈，把已经搬空了货物，准备拆了建商厦的商铺变成了舞场。

初八日这天，在洞庭春饭庄，一场盛大的订婚宴如期举行。闻朝玉邀何建朴一起站在大门口迎接各方来贺喜的宾客。

今日何建刚换了一身新军装，显得格外精神，与卢奇义一起带着额日敦巴日和博日格德，听齐先生差遣，引领来客到事先安排好了的座位就座。大帅警卫营及讲武堂与何建刚共事和同学的军人来了不少，他们都被安排在大堂就座，闹哄哄地要何建刚把新媳妇先带过来看看。何建刚笑着说我自己都没看见。

正在他们嘻嘻哈哈闹得不可开交的时候，突然听见从大门口传来一群女孩子有说有笑的声音，这群都到了寻花问草年纪的男娃儿，顿时安静了下来，不约而同地一齐紧盯着门口，只见五个身穿一色蓝底印花鸟图案长旗袍，扎着两条辫子的女孩子，簇拥着一个身穿粉色镂花丝绸旗袍的女孩走了过来，他们都一个个瞪着大眼睛，情不自禁地"哇""哇"着。

何建刚扫了来客一眼，目光突然停在那个穿粉色旗袍的女子脸上，一愣，连忙走了过去，轻轻叫了她一声兰馨。这是他第一次叫她的名字，显得有些怯生生的硬。

闻兰馨对他莞尔一笑，"嗯"了一声。

"你说穿学生服来的，我差一点认不得了。"何建刚只见了她一面，突然面对打扮如此华丽的闻兰馨，确实差一点没认出来。

"这件旗袍是我婶给我定做的。"闻兰馨一脸羞红地指了指身边的几个同伴，对他说："她们穿的也是。"

"这位就是何公子吧！好帅哟！"站在闻兰馨身边的一个女孩惊叫起来。

那群原本坐着的公子哥，突然不约而同地站了起来，一齐围了过来，指着闻兰馨叽叽喳喳地问何建刚这位就是闻小姐吧！有的说好好看，有的说好漂亮，都把眼睛在她身边的几个女孩子身上扫，吵着叫闻小姐把她们介绍给他们做女友。

这时齐先生领着几个穿军官服的客人进门来了，请他们进包房就座，那群公子哥才住了口，连忙坐回原位，窃窃私语着，眼睛仍然在那群女娃身上瞟。

卢奇义跑过来把闻兰馨和她的女伴引进一间包房去了，转身出门叫何建刚跟他一起到门口去迎接张大帅。过了一会儿，三辆汽车开了过来，几个卫兵上前先后打开车门。第一辆小汽车上下来的是提着文明棍，穿着便装的张作霖，接着下来的是他的贴身警卫。第二辆小汽车上下来的是两位女性，其中一位下车后连忙扶着另一位。何建刚认得那个被扶的女人是张大帅的五夫人张寿懿，估计那个扶她的是闻朝玉的太太。第三辆大屁股车上下来的是一群卫兵。

闻朝玉连忙带着何建朴迎到车边，把何建朴介绍给了张作霖。张作霖哈哈笑着，抖动着八字胡对他们说："恭喜！恭喜！"闻朝玉吩咐何建刚和卢奇义把大帅扶进大包房去用茶，张作霖笑着对何建刚说："你小子有福气。"闻朝玉连忙接话说托您的福，转身和何建朴一起迎接两位夫人，把何建朴介绍给她们，同样得到她们的祝福，跟在她们身后进了洞庭春大门。

齐书记长把张作霖夫妇、闻朝玉夫妇、何建朴、何建刚、闻兰馨以及在奉天的几个军政商界头面人物，安排在大包房用餐，等他们坐定以后便叫门外的卫兵放鞭炮开席。

一阵震耳欲聋的鞭炮声过后，菜肴很快上了桌，各桌宾客开始杯起筷落，好不热闹。

大包房内，何建刚和闻兰馨一起先给几位长辈献了茶，何建刚又捧酒，闻兰馨捧茶敬了张作霖夫妇、闻朝玉夫妇和齐先生及各位贵宾，又敬了大哥，接受了大家的祝福。闻朝玉叮嘱兰馨好好照顾建刚，让他一心一意在大帅身边尽忠。闻兰馨很听话地点头答应了。

张作霖今天兴致很高，来者不拒地接受着大家的敬酒，喝到高兴处，他骂了一句妈了个巴子，对闻朝玉说直隶曹锟、吴佩孚那几个小子让老子憋屈了两年，老子这一次非要打到京城去，把他们赶出北京，把你们都带到北京去享福。

闻朝玉连忙附和说曹锟、吴佩孚该杀，他一定追随大帅率兵出征。

何建朴一直很少说话，听到张作霖此话，他暗自一惊，晓得北洋军阀们为了争夺北洋政府控制权，又将再起战事，一次军阀为各自利益而战的战争不可避免了，只可惜又苦了百姓。但是，在当前各路军阀依靠各外国列强纷争的时局下，打得稀烂的是中国国土，死伤的是中国人，得益的是外国人。这些军阀没有人能统一中国，因为他们的鼻子都被外国人牵着，外国人叫他往东，他便往东，叫他往西，他便往西，没有真正赶走外国列强，建立独立国家的雄才大略。从张作霖冤冤相报的言语中，何建朴更坚信中国独立自主的希望在共产党和革命军。

酒席散了以后，闻朝玉和何建朴先送走了张作霖一行，又送走了各方来宾。闻朝玉叫齐书记长安排车把闻兰馨和她的几个同学送到女子师范去了，他与何建朴几兄弟道别后，带着太太坐车走了。大门外只留下何建朴几兄弟了，何建朴借着酒性，高兴地叫几个老弟一路走回去，到家里去唱歌跳舞。

二十三

　　额日敦巴日和博日格德商量以后，两个人重新分工，额日敦巴日负责商厦和住房的基建，博日格德负责搬到对面租屋开业的商铺经营，都开始各忙各的。额日敦巴日已经请好了两伙建筑队，准备开基，一个队建商厦，一个队建住房。博日格德带着邓福有夫妇忙商铺里的生意。

　　这次何建刚订婚，何建朴没有花钱，给他省了一笔开销。他考虑到先把建刚的婚房建起来，把他们单门独户放在城外不安全，再一个以后又来请泥瓦匠给额日敦巴日、博日格德和卢奇义建婚房，麻烦，不如一次把他们四个人的婚房都建起来，让他们住在一起相互做伴，有么事可以相互照应，到以后他自己结婚时，再在旁边另外建一座四合院。

　　打定主意以后，何建朴打电话到武昌何氏茶业总部账房，问了资金周转情况，告诉他们要调一笔资金到奉天来。账房说马上新茶叶要上市，需要一大笔资金收新茶，调钱出来有困难。何建朴叫他去找钱利通钱庄商量，先拆借一笔资金过来。

　　落实好资金以后，何建朴把商厦和住房的图纸都交给额日敦巴日，叫他四套四合院一起建，说免得日后又来请建筑队，笑着说他把他们几兄弟的婚房都建好，只等他们找女娃子结婚了。

　　额日敦巴日虽然高兴，却担心大哥一次拿出这么多资金会不会影响何氏茶业的整体经营，叫大哥还是按原计划等这边商行赚了钱，哪个说好媳妇就建哪个的婚房。

　　何建朴叫他不要担心资金的事，只抓紧在冬天到来时赶快把房子建起来，年底把建刚的婚事办了，明年开春商厦开业。他叫额日敦巴日先抓紧时间把商厦的一、二、三层商场装修起来营业，四层的会客厅、账房、经理室等和五楼他的住处可以慢慢来装修。

一伙建筑工人只用一天时间便把旧商铺拆了。城外建四合院的地基也打平了。两边都在放线，准备开基。额日敦巴日把钢材、水泥、砖块、石头等建筑物资运到了场。

开基的第一夜何建刚和闻兰馨一起回了，卢奇义也过来了。额日敦巴日把大哥要把四套新房一起建起来，只等几兄弟说媳妇结婚的话对他们说了，乐得卢奇义热泪盈眶，边抹眼泪边笑着说他立马去找媳妇，叫闻兰馨把她的女同学介绍一个他认识。闻兰馨哈哈笑着叫他到她学校去选，看中哪个她就去从中牵线。额日敦巴日和博日格德听闻兰馨说可以去挑媳妇，也闹着要她介绍。闻兰馨一口答应下来，说她以后把最要好的几个女同学带来玩，到时候就看他们的本事了。

何建朴坐在旁边看热闹，这时也乐了，笑着说如果你们四兄弟都娶女师的学生，以后她们四妯娌是同学，好相处，不扯皮，这样更有利于兄弟团结，更好！

卢奇义突然一本正经地请闻兰馨先给大哥选一个好大嫂来做几个弟媳的头。何建朴连忙说他有妻子，叫他们不操心。几个老弟、弟媳晓得他不说假话，便不说这件事了。

吃过晚饭后，何建刚把闻兰馨送到她叔父家里去休息。闻兰馨挽着他的手，双双在灯火阑珊的奉天城内大街徜徉，好不得意。何建刚那颗刚刚苏醒的冰冷的心，被她用爱焐热了，使他感到一股暖意在通身洋溢，双脚在街面上飘，人也仿佛在空中飘。

何建刚和闻兰馨出门后，何建朴又留卢奇义坐了一会儿，忧心忡忡地对他说看来奉军与直隶军就要开打了，张作霖很有可能要把讲武堂的学生拉上战场，他叮嘱卢奇义一旦得知学生军要上战场，就想办法立即把何建刚弄回警卫队，在张作霖身边当警卫是不用上战场的，这样就可以避免建刚出事。

卢奇义叫大哥放心，说这件事他已经想好了，只要张作霖下令出关开战，他就以警卫队需要人保护张大帅安全的名义，向讲武堂要建刚。就是张作霖不把学生军拉出去参战，何建刚有了这样一段经历，日后也是被重用的资本。张作霖的贴身卫队是不会在前线打仗的，就是手上的官兵打光了，他也要留卫队保命。他告诉何建朴说直系江苏督军齐燮元与皖系浙江督军卢永祥在浙江打起来了，张作霖通电谴责曹锟、吴佩孚派兵攻打浙江，并且组织镇威军授助卢永祥，将奉军编为六个军，总兵力十五万人，准备出关攻击直隶军。

何建朴听了他的话，稍稍放了心，叮嘱他也要注意自己的安全。

送走卢奇义后，何建朴坐在房里等何建刚回来。过了不久，他回了。何建朴叫他坐在自己身边，把他刚才与卢奇义一起说的话对他说了，又告诉他北洋军阀都是依靠外国列强，瓜分中国利益的地痞流氓，叮嘱他不要为他们的个人利益牺牲自己的生命。叫他日后如果有机会接触革命党和革命军，争取加入其中，为国家为民族而战。何建刚点头说上次听了大哥的话，他找了一些革命党的文章看了，眼睛好像亮堂了。他说会记住大哥的话，原来报的是家仇，以后要报国恨。

这一夜，何建刚又与大哥睡在一张炕上，两兄弟说了很久的话才睡。第二天天一亮何建刚先起了床，打水让大哥洗漱，服侍大哥吃了早餐，便与他一起出了门，到堆满建筑材料的工地上等建筑队吃早饭后鸣炮动土。

额日敦巴日起得更早一些，他已经跑出城到建他们住房的工棚里，喊工人起床弄早饭吃，准备等东家过来开基。交代好该交代的事，他又匆匆跑回来，看见大哥与小少爷在跟包工头说话，便把那边工人已经起床的话对他们说了。

他们正说着话，卢奇义开车过来了。何建朴叫他与额日敦巴日一起赶快去吃早餐。卢奇义拉着额日敦巴日往厨房跑，不一会儿便边抹嘴上的油边跑了过来。

博日格德从店里搬出两卷鞭炮，与额日敦巴日一起在地基上铺开，准备请人看好的开基时辰一到，便点燃鞭炮动土。

这时闻兰馨坐着家里的包车来了，她跳下车叫车夫回去，高兴地跑了过来，笑吟吟地叫何建朴一声大哥，叫卢奇义一声卢大哥。额日敦巴日和博日格德没等她开口跟他们打招呼，不约而同地叫了她一声嫂子，羞得她一脸绯红。她从口袋里拿出一张票据，递给何建朴说这是她和建刚订婚时收的礼钱，叫大哥拿去用，说她现在在读书，没赚钱，这是一点心意。

何建朴看见她一副孩子气，哈哈大笑着说有我们这些大男人在，轮不到你出钱，你把钱留着办嫁妆，建刚要把自己存的一点钱拿出来用，我都叫他留着做彩礼，那就更不能动你的嫁妆了。

卢奇义在一旁帮腔说："兰馨呀，大哥说把你们的新房建起来就办你和建刚的婚事，到时候大哥手上的钱紧张你再拿出来用。"

博日格德和额日敦巴日在一旁凑热闹，说到时候娶嫂嫂要给他们两个弟弟封红包，叫她留着包红包。

何建刚站在旁边一直笑着不作声，他没有想到兰馨如此大方，心里暖暖的。闻兰馨羞红着脸看了他一眼。何建刚笑着说那就听大哥的。她这才不情不愿地把票据塞进口袋里。

这时包工头边看着天上升起来的太阳，边走过来问何先生吉日良辰到了没有。何建朴掏出怀表看了一眼，点头说快到了，叫他请工人们进场。何建朴紧盯着手上的怀表，看着时针指向八点，抬头对额日敦巴日和博日格德吼了一声："鸣炮！"

额日敦巴日和博日格德一齐点燃鞭炮，工地上顿时鞭炮声大作，住在周围的人都围过来看热闹。

等鞭炮声停了，包工头拿着一把系着红绸的铁锹递给何建朴，叫何东家动土开基。

何建朴接过铁锹在画好的基脚线内用力铲起两锹土，甩进地基内。

包工头用力向站在地基上的工人们一挥手，大吼一声："开工！"

工人们一拥而上，挖的挖，铲的铲，工地上一片欢声笑语。

何建朴转身叫卢奇义开车把几兄弟和兰馨送到建住房的工地上去鸣炮开基。卢奇义答应一声匆匆跑到车上发动了车，叫他们快上车，等他们上了车关好门，便一脚油门，开车上了大街，向城外飞驰，不一会儿便到了城外工地上。

工地上，这里的包工头带着工人正在等何建朴一伙人过来，看见他们下车来了，连忙跑过来问何东家吉时到没到。

何建朴又掏出怀表看了一眼说快到了，吩咐他们摆好鞭炮。

两个工人从棚内搬出两大盘鞭炮拆开，摆在地基上，等何东家发号令点火。

何建朴看着时针指向九点，一挥手吼了一声："鸣炮开基。"

两个工人连忙点燃鞭炮。工地上又响起了震耳欲聋的鞭炮声。

等鞭炮声停了，何建朴叫几个兄弟一起拿起铁锹、锄头，动土开基。何建刚、卢奇义、额日敦巴日、博日格德高兴地有的拿着锹，有的举着锄挖开起基。工人们也一拥而上，从他的手上接过工具挥舞起来。

何建朴看着一字排开的四个房基，哈哈笑着说他按北京四合院的样子给几个老弟建新房，建好以后你们自己去分，喜欢哪个院子住哪个院子。额日敦巴日高兴地说哪个先结婚哪个先选。卢奇义连忙问闻兰馨选哪个院子，又弄得她一脸通红，笑着看了何建刚一眼说她和建刚都听大哥的，不挑。

接下来的日子，何建朴和额日敦巴日两头跑，看着基脚起来了，开始行砖了，墙又一日比一日高了，心里逐渐踏实了。每到礼拜日，何建刚和闻兰馨都回来帮忙。卢奇义更是一有空便往工地跑，帮着联系需要的建筑材料，他出面买的东西比何建朴去买的要便宜不少。后来何建朴干脆把需要的材料开好单，一并交给他去采买。

时间一晃到了九月中旬，商厦的五层框架已经起来了，几套四合院已经建好了，正在粉刷。

这天卢奇义匆匆跑过来，告诉何建朴说张大帅已经向各部队下令十五号出兵，讲武堂的学生都要上前线，他已经把建刚调回来了。

何建朴的脸上没有喜色，只轻轻点了点头，说了个"好"字。

卢奇义说他要随张大帅出关，家里的事就顾不了，就辛苦大哥了。

何建朴叮嘱他注意安全，照顾好建刚。有些话他想对他说，考虑再三没有说出口。只轻轻叹了一口气说："现在北洋军阀打过去打过来，都是在伙同外国列强瓜分中国，有哪个在为这个国家着想。如果有机会，你了解一下革命党和国民革命军。"

听到何建朴说起革命党和革命军，卢奇义压低声音对他说："我听从北京过来的人对张大帅说，北京大学有一个叫李大钊的教授带学生在造外国人和北洋政府的反，要把一个叫孙逸仙的人弄到北京来当总统。张大帅说这些人胡闹。"

"李大钊和孙逸仙都在为赶走外国列强，谋求国家独立拼命，他们走的才是正道。"何建朴有意在启发他，但不便像启发何建刚那样直说。

"我懂了！"卢奇义若有所思地点了点头。

这天晚上何建刚带着闻兰馨一起回来了。他对何建朴说张大帅可能随时都要出发，他没有时间再回来了，叫大哥注意休息，别太劳累。

何建朴再三叮嘱他注意安全，别的话当着闻兰馨的面他也不便多说。

何建刚叫大哥放心，说他记得大哥的话。

闻兰馨有些忧伤，紧紧握着何建刚的右手，紧挨他坐着，好像怕一松手他就跑了，再也不回来了。

何建朴看了她一眼，淡淡一笑，他晓得这个女孩子已经深深爱上了长相英俊、成熟稳重的建刚，叫她好好读书，不要担心建刚，说他很聪明，晓得保护自己。

何建刚侧脸看了闻兰馨一眼，对她一笑说："我走了，你要经常回来看大哥，帮他洗衣服，好让他多休息。"

"嗯！"闻兰馨很乖巧地点了点头。

何建朴哈哈一笑对闻兰馨说："衣服不要你洗，你有空就回来看看。"

"我每个礼拜天都来。以后大哥的衣服我包洗。"闻兰馨看了何建刚一眼，对何建朴一笑。

何建刚和卢奇义跟随张作霖出关去与吴佩孚开战了，何建朴的心又悬了起来。为了了解战况，他一空下来就上街，把《东三省公报》《东三省民报》《醒时报》《新民晚报》《民声报》《晨报》等报纸买回来看。得知张作霖于九月十五日分兵两路向山海关、赤峰、承德方向进发。为抗击张作霖进攻，吴佩孚于九月十八日晚十时宣布自任总司令，以王承斌为副总司令兼直隶筹备司令，彭寿莘为第一军司令，王怀庆为第二军司令，冯玉祥为第三军司令，张福来为援军总司令，还有海、空军各一部，总兵力近二十万人，依托长城组织防御。

看到这里，何建朴的心一紧，张作霖带十五万人打吴佩孚的二十万人，有没有胜算？如果搞急了他会不会把身边的卫队赶上战场？他又反过来一想，上一次张作霖战败了，逃回奉天，身边的人都没有损失，他应该晓得保命，不会把卫队派出去。

接下来的日子他又从报纸上看到了奉军的好消息，张作霖指挥奉军第三军和第五军，兵分两路，分别由阜新、通辽向直军攻击。奉军攻占开鲁、朝阳后，又乘胜向凌源发起进攻。接着奉军骑兵部队由彰武出发，相继攻占了直军控制的建平、赤峰。

何建朴天天买报纸回来看，看到奉军初战取胜，悬着的心松了一点，只要奉军打赢了，何建刚和卢奇义就能平安回来。接下来他看见报纸上的战报说山海关战事激烈，直军居高临下打击奉军，但张学良、郭松龄率精锐部队奋勇仰攻，久攻不下。此时张、郭将军侦知九门口直军守备力量较薄，便转而集中兵力猛攻九门口，奉军于十月七日攻占了九门口，直军的长城防线被撕开一个缺口。九门口失守后，吴佩孚急调后援部队开赴前线，与奉军展开了争夺战，最终奉军占领了赤峰。

何建朴越往后看，心越松了。他在报纸上看到直军第三军司令冯玉祥倒戈，通电调所部回师北京，发动北京政变，推翻了直系贿选总统曹锟，占领了北京。吴佩孚亲率其嫡系七八千人乘车回救北京，企图与沿津浦铁路北上的齐燮元、孙传芳部，沿京汉铁路南来的李济臣、萧耀南部合攻冯玉祥，夺回北京，保住曹锟大位。到十月二十八日，奉军张宗昌部从平泉、冷口入关，攻占滦州，截断山海关直军退路和山海关与天津之间的交通线，直军纷纷崩退。三十一日，奉军占领山海关和秦皇岛，缴获直军枪支三万余支，直军主力丧失殆尽。过了两日，吴佩孚见大势已去，率残部两千余人从塘沽登军舰南逃。直军被打垮后，张大帅一鼓作气，挥师入京，赶走冯玉祥，推举段祺瑞为中华民国临时总执政。张作霖事实上控制了北洋政府。

张作霖打赢了，进驻北京了，何建朴的心也彻底放下来了。天气要冷下来了。商厦封顶了。几个老弟的四合院也快粉刷好了，在装门窗。他轻松了，巴不得建刚和卢奇义快点回来。这天他刚吃完晚饭，电话铃响了，博日格德拿起话筒"喂"了一声，立即跳了起来，大声吼："小少爷来电话了！小少爷来电话了！"何建朴从座椅上跳了起来，跑过去一把从他手上接过电话，开口叫了一声："建刚。"

电话那头，何建刚高兴地叫哥，问他好不好，问家里人好不好。

何建朴高兴地说都好！都好！兰馨每个礼拜都过来帮忙，她也很好，叫他放心。他告诉他说商厦封顶了，几套四合院也建好了，正在装门窗，他回来就可以结婚了。

何建刚哈哈笑着感谢大哥，说大哥辛苦了，额日敦巴日和博日格德也辛苦了，他回来请他们好好喝一顿酒。接着他把电话交给了卢奇义。

卢奇义也叫了何建朴一声大哥，说他和建刚都很好，一根汗毛都没掉，叫大哥放心。

何建朴一个劲地说好，责怪他这么久也不打个电话或写封信回，让家里人担心。

卢奇义说战事很紧张，奉军几次差一点失手，张大帅急得跳脚，他们没有空打电话或写信。现在好了，张大帅在北京站稳脚跟了。

何建朴又一个劲地说好！好！好！叫他们早一点回来。

卢奇义说看来张大帅一时半会儿不会回奉天，建刚可能要先回，讲武堂的学生都要回去复课。张大帅什么时候回奉天，他什么时候才能回。

何建朴高兴地说建刚先回来好，兰馨天天在盼他回来。

放下电话后，额日敦巴日又拉起了马头琴，博日格德又扯开嗓子吼蒙古长调，何建朴手舞足蹈地跳着八不像的蒙古舞。

为了激励工人在下雪之前把商厦外墙粉刷完，何建朴把十天一结的工钱改成三天一结，到了十一月底，商厦外墙粉刷完成了。四套四合院也装修完成了，从城里拉过去的电线牵进了各个四合院，四合院里通了电，也通了自来水。

奉天的冬天比南方来得要早一些，天开始下雪了。

这天早上何建朴刚起床便接到何建刚的电话，说他今日晚上上车明日跟学生军一起乘车回奉天来复课，高兴得何建朴一日在街上跑，想方设法买建刚爱吃的东西回来，又叫博日格德到女子师范学校去找闻兰馨，把建刚明日要回来的消息告诉她，叫她抽空回来，给建刚一个惊喜。

第二日一大早，闻兰馨便跑过来了，她一进门便碰到老四额日敦巴日出门上街，订新鲜出炉的李连贵熏肉大饼、马家烧麦和杨家吊炉饼，叫店家送过来款待建刚少爷和兰馨小姐，没等额日敦巴日开口，闻兰馨迫不及待地问他建刚回来了没有。额日敦巴日看见她一副猴急相，哈哈一笑说马上就回了，他昨夜上的车，今日早上就该到了，叫她进屋里等他回来。他边说边出了门。闻兰馨失望地叹了一口气，有气无力地进了门，一屁股坐在炕上。她叫额日敦巴日老四，是何建朴几兄弟按年纪排的，何建朴是老大，卢奇义是老二，何建刚是老三，额日敦巴日是老四，博日格德年纪最小，是老五。

正在里屋收拾房子的何建朴听见闻兰馨的声音，连忙迎出来，喊了她一声兰馨，说建刚可能马上就要回了，叫她先烤火，等建刚回来一起吃早饭。

闻兰馨叫了他一声大哥，有气无力地点了点头，眼巴巴地看着门口。

博日格德刚打开店铺大门，收拾妥店里的货物过来，看见闻兰馨闷闷不乐地坐在炕上，笑着叫了她一声三嫂。闻兰馨没有抬眼看他，只轻轻"嗯"了一声。博日格德感觉到她有些不对劲，担心地问她是不是哪里不舒服。闻兰馨仍然有气无力地叹了一口气，说我病了，我跟老师请假说头痛，出来看医生。正给闻兰馨泡了一杯热茶端过来递给她的何建朴，看着一脸孩子气的她哈哈一笑，对博日格德说："你三嫂这头痛病哪个医生也治不好，只有你三哥治得好。"博日格德听出了大哥的话里余音，也哈哈笑着说神医就要回了，叫三嫂先喝口热茶暖暖身子。闻兰馨仿佛没有听到他们在说什么，双手抱着热茶杯，呆呆地望着门帘。何建朴说建刚昨夜上的火车，应该马上就会回来，叫博日格德去看厨子要不要帮忙，与他一起进里屋去了。

过了不久，李连贵熏肉大饼、马家烧麦送过来了，何建朴把它交给厨子放在锅内热着。额日敦巴日提着杨家吊炉饼回了，一边说外边好冷，一边说手上的饼好热，叫闻兰馨先尝一个。闻兰馨摇了摇头，说没口味。额日敦巴日晓得她的心事，笑着说那就等小少爷回来一起吃，抱着吊炉饼进了厨房。

正在闻兰馨眼巴巴地看着门口的时候，突然听见门外传来一阵飞跑的脚步声，她突然一跃而起，向门口扑去。这个脚步声她很熟悉。

厚厚的门帘被掀开了，果然是何建刚飞进门来，他一掀开门帘便大叫一声大哥，却突然看见一个人影向他扑来，因为屋里比外边暗一些，加上他在雪地里跑过来，雪光耀得他的眼睛一时看不清楚屋里的人，他一惊，还没等他回过神来，那个人影已经扑进了他的怀里，双手紧紧抱着他的腰，他立即闻到了她身上的女儿香，心一阵酥酥的暖，伸出双手把她轻轻搂在怀里。

何建朴、额日敦巴日和博日格德听见何建刚的声音，一齐从里屋跑了出来，突然看见他们紧紧抱在一起，一个个已经张开的口却没有叫出声音来，怕打扰了这一对日思夜念的情侣的好事，都愣在进里屋的门口你看我，我看你。何建朴是过来人，晓得思念之苦。他向额日敦巴日和博日格德摇了摇手，示意他们退回里屋去。他们正要转身，何建刚已经看清楚了他们，开口叫了一声大哥，又叫老四、老五。何建朴这才笑着说何大夫回了。

何建刚轻轻推了闻兰馨一下，叫她去坐。闻兰馨仍然把头埋在他的怀里，紧紧抱着他不松手。

额日敦巴日高兴地拍着巴掌，大声叫着："结婚！结婚！"博日格德也附和着边拍巴掌边吼："结婚！结婚！"

何建朴看着这一对如胶似漆的恋人，格外开心，他没有想到闻兰馨对建刚有如此深的感情，从她平日的言谈中，他得知她在大帅府第一眼看见英俊挺拔的何建刚，便喜欢上了他。闻兰馨更没有想到自己的叔父也看中了何建刚，做主把她许配给了他，让她感觉到自己在做梦，好像天上掉下来的馅饼真的砸到她了，她连忙双手接住，不再松手。

"是结婚的时候了，新房建好了，只差婚礼了！"何建朴笑着说，又转头吩咐额日敦巴日和博日格德，明日就去给三哥三嫂选家具，只要他们看中的就买，不讲价钱。

何建刚有些不好意思了，羞红了脸，笑着说："兰馨还在读书……"

"我马上就毕业了！"闻兰馨没等他说完话，连忙抬起头来，抢过话头，怕他说出她不想听的话，她抬起头对何建刚嘟着嘴。

"还得上大学呀！"何建刚对她一笑，心里热乎乎的，他也没有想到老天爷把这样一个可心的美人送到他手上，更是舍不得松手。

"我可以结了婚再去上大学。"闻兰馨很明确地表明了自己的态度，她巴不得迅速拥有这个她喜欢的男人，日日相伴，夜夜相拥。

"对！结了婚还可以上学。"何建朴轻轻拍着巴掌，表示支持闻兰馨的想法，他巴不得建刚早日有自己的小家庭，早日有女人疼爱。这些年，尽管何家老老少少对他很好，但是，那份贴心贴肝的家庭温暖他难以得到。

"走，过去坐下来说话。"何建刚又轻轻推了闻兰馨一下，轻声对她说。

闻兰馨松开双手，又一双手紧紧抱着他的右手与他一起走到火炕边，坐了下来。

"大哥，老四、老五，你们也坐。"何建刚转头对他们说。

"正好！我们几兄弟坐下来商量一下你们的婚事。"何建朴脱了鞋，叫额日敦巴日和博日格德一起上了炕。

"兰馨你说你们什么时候办婚礼好？"何建朴问了兰馨一句。

"他说什么时候就什么时候！"闻兰馨看着何建刚，一脸欢喜地说。

"我想等明年天气暖和了，把咱娘接到奉天来，我要跟别人结婚一样，要有娘和岳父岳母坐在一起，我们给几位老人家下跪磕头，敬茶。"何建刚突然有些伤心，轻轻叹了一口气，伤感地说。他想把在最危难时刻接纳他的娘接到跟前来，让他尽一点孝，也让娘开心。

听了他的话，大家顿时不晓得说什么好了。过了一会儿，还是何建朴打破沉默，哈哈笑着连声说好，问兰馨是么想法。

闻兰馨理解得了何建刚的伤感，很同情他的遭遇，她只迫不及待地想跟他在一起，却没有顾及到他内心深处的疼。她仿佛突然醒了，对大哥说："我听建刚的，我也想把咱娘接过来，我好好在她老人家面前尽孝，我负责把咱娘服侍得好好的，天天逗她开心。"她说到这里，又看了何建刚一眼，有些不好意思地低下头说："再说新房已经建好了，我可以先搬过来住，建刚有空就可以回来，我同样可以服侍他。"她又抬起头对何建朴说："我还可以给你们洗衣服。"

"好！好！好！"博日格德情不自禁地拍起了巴掌，眼泪在眼眶打转，他也想在自己结婚的时候，有娘在场。

额日敦巴日也拍起巴掌说好，同样热泪盈眶。何建刚说到了他和博日格德的痛处。

看着几个异姓兄弟的表情，何建朴万分感慨，对这几个有情有义的弟弟，他无私地对他们好，希望他们像模像样地在人世做人。他扫了他们一眼，高兴地说："好！那就这样定了，等明年春暖花开的时候，我们去把娘接过来，叫咱娘来做主给你们完婚。"说到这里，他又指着额日敦巴日和博日格德说："你们两个赶快找媳妇，也叫咱娘来给你们做主。"

"三嫂，你那么多女同学，你给我们一个人介绍一个吧！"额日敦巴日连忙求闻兰馨说。

"我搬过来住了，我的那些同学自然要来玩，到时候你们不知道动手抓一个呀！"闻兰馨瞪了他们一眼说。

"多谢三嫂！那我们得挑与你一样好看的抓。"博日格德高兴得差一点跳了起来。

"那就看你们的本事了。"闻兰馨又瞪了他们一眼。

他们正说得热闹，厨子孙师傅从后院过来请大家去吃早饭，他突然看见何建刚回了，哈哈笑着叫小少爷、少奶奶快去吃饭，说有好多好吃的。

何建刚向他道了谢，说马上就来。孙师傅转身高兴地摆碗筷去了。

"你们几个人打算怎么分房子？"何建朴问了他们一句。

"我跟博日格德说好了，把中间两套给二哥、三哥住，我跟博日格德住两边。"额日敦巴日抢着说。

"好！"何建朴点了点头，又对何建刚和闻兰馨说："中间两个四合院，你们去选一个。"

"无论哪一个都可以，只要几弟兄都住在一起。以后我们几个再在前面给大哥建一个大四合院。"何建刚高兴地说。

"对！"

额日敦巴日和博日格德异口同声地说。

"吃了早饭以后，你们四个人上街去看家具，看好了博日格德就付钱，买回来，摆到新房里去，今夜建刚就可以在新房里睡。"何建朴高兴地说，他没接何建刚的话，不晓得自己此生能不能找到珍珠，只有意给建刚和兰馨一个他们表达爱意的地方。

"大哥，我手上存了一点钱，家具我来买。"何建刚开心地说，他不愿让大哥在他身上花钱，他晓得大哥手上的钱紧张。

"你手上的钱留着做彩礼，你们几个的家具都由我来买。"何建朴用不容商量的口气说。

"谢谢大哥！"何建刚晓得自己说了不起作用，便向大哥道了一声谢。

"我把话跟你们说在前头，如果双喜临门，咱娘更高兴。"何建朴哈哈笑着说，有意暗示他们既然已经爱火烧身，何不凤凰涅槃。

"我读了书，懂！"闻兰馨又瞪了何建朴一眼，让他放心，也暗示何建刚她不会挺着大肚子出嫁，伤风败俗。

"好！好！好！不说了，快去吃饭。"何建朴被闻兰馨逗乐了，连忙下炕穿鞋，往餐室走。何建刚牵着闻兰馨与额日敦巴日和博日格德一起进了里屋。

吃过早餐以后，额日敦巴日、博日格德和何建刚、闻兰馨一起上街选家具去了。何建朴留在家里帮邓福有夫妇照看店铺里的生意。到吃夜饭的时候，他们你一言我一语地把买了哪些东西对何建朴说了，叫何建朴去看。何建朴跟着他们一起说说笑笑地到了建刚的新房，看见新房内各种家具都买齐了，炕上还铺着新被褥，高兴地伸手摸了摸炕床，发现已经烧热了，哈哈笑着说办得好，叫建刚今夜就在这里睡。何建刚叫大哥也过来跟他一起睡。何建朴不以为然地说那可不行，你和兰馨的新床只能你们两个人睡，其他人不能沾。额日敦巴日和博日格德又开始起哄，叫三嫂就在这里陪三哥。闻兰馨又瞪了他们一眼，装着生气地说："你们何家人会做买卖呀！不花一文钱就空手套一个女人来洗床单呀！我才不干这蠢事。"她把他们都说成何家人，是有意赞赏何建朴有情有义，逗得大家都乐哈哈地笑。

"对！很对！花了钱才晓得珍惜，这几个家伙想不花钱娶媳妇，便宜他们了。"何建朴笑着说。

何建刚一直满面笑容，把何建朴引进另一间正屋，对他说咱娘来了就住这间。何建朴连连点头说好。

这四个四合院是何建朴请人按北京四合院模样设计的，正面有两间正房，一个大堂，两边各有两间侧屋，进大门口有照壁，上面雕着龙凤呈祥的图案。

何建朴叫额日敦巴日和博日格德先买一点简单家具，晚上轮流过来住，与建刚做伴，他们答应了，说等二哥回了，叫他住在这里，哪个都不敢靠近这个地方。何建刚笑着拍了拍腰上的盒子枪说："有这个家伙，我们哪个也不用怕。"何建朴边往门外走，边对何建刚说："把兰馨送回学校去吧！她出来一天了，头也不痛了，该回去读书了。"说是说笑是笑，他不能让还是学生的闻兰馨在校外留宿，这是校规，不能坏了规矩，没得规矩不成方圆。何建刚笑着说我晓得，牵着兰馨的手，跟着大哥一起出了大门。额日敦巴日锁了门，把钥匙交给三哥，跟着他们一路说说笑笑地进了城。何建刚送闻兰馨回学校去了。何建朴领着额日敦巴日和博日格德回到了住处。

何建刚把闻兰馨送到学校后，转身回来与几兄弟坐在一起，把这次他出去经历的事说给他们听了，听得他们一个个心惊肉跳。从他的口中何建朴得知不是直系军阀队伍内讧，冯玉祥倒戈，奉军不可能这么快取胜，张作霖也不可能这么快进京，并扶持段祺瑞做中华民国临时执政，其实由他掌控了北洋政府大权。何建朴还得知宣统皇帝在前些时已经被冯玉祥驱逐出了紫禁城，跑到天津去了。他摇着头苦笑着说这城头变幻大王旗的年月何时是个头。当他又从建刚口里得知在北京的李大钊一伙革命党人在呼吁孙逸仙先生北上，主政中华民国政府时，孙先生已经发表了《北上宣言》，他眼前又出现了希望之光。他认真地对几个异姓兄弟说中国的希望在革命党和革命军，叫他们审时度势，支持革命党和革命军赶走外国列强，建立自己独立自主的国家。

年关又来了。何建刚是学生，放了寒假，本来可以跟大哥一起回湖北咸宁老家过年，考虑到兰馨要人陪，何建朴把他留在奉天，与老四、老五一起过年，他一个人搭火车回了湖北，在汉口火车站下了火车，又背着一大包东西迫不及待地赶到钱正丁家里，见到了他日思夜想的玉台。

玉台还是那么乖，倚在何建朴怀里不肯下来。何建朴爱不释手地抱着已经长成了大姑娘的玉台，亲了又亲。

坐在一旁的钱正丁看见他们如此亲热，心里发酸，有些话他不好说出口。他打发内人抱走玉台后，问了何建朴在奉天做商行的情况，轻轻叹了一口气说："你都三十岁了，不能再一个人这样下去了，得找一个人服侍你。"

听了钱正丁的话，何建朴低着头好久没有说话，他用手擦了擦眼睛，好像将眼泪咽进了肚里，抬头对他说："正丁哥，除了珍珠，我不打算再找人。"

钱正丁重重吸了一口烟，重重吹出来说："她已经出家这么多年了，你何必再等！"

"听天由命吧！"何建朴长长叹了一口气。

钱正丁不好再说什么，只轻轻叹着气，陪他一起喝干了一瓶高粱烧。

回到汉口生甡川茶庄，何建朴高兴地与经理和伙计们见了面，问了他们一些家里还好吧、身体还好吧之类的话，休息去了。因为现在有电报、电话，方便了，在湖北、山西、绥远的各个茶庄有什么事情，随时都与他电报、电话往来，他掌握得了各处店铺的经营情况，没有必要多问。第二日他坐轮渡过长江，回到何氏茶业总部大楼，在武昌跑了一日，见了几个与他有生意往来的客户和老相与，又特地跑到抚院街去了，想拜见董必武先生，听听他对目前革命形势的见解，得到他的指导，可是董先生不在家。他又转身坐车到都府堤，找到了钱介磐，把自己从上海到广州黄埔去报考黄埔军校，因为超龄没有被录取的经历对他说了。

　　钱介磐高兴地赞扬他倾向革命的行动，对他说只要心怀天下，在哪里都可以为国家做出贡献。他还告诉何建朴，自从今年初孙逸仙先生主持第一次国民党全国代表大会以后，国共两党开始联合驱逐外国列强，打倒封建军阀。九月初，孙先生已经在广州组建了北伐军，也叫建国军，发表《北伐宣言》，开始讨伐北洋军阀，铲除北洋军阀赖以存在的帝国主义。从钱先生口中，何建朴还得知董必武先生现在是中共汉口区委书记，正在组建国民党湖北党部。他还得知孙中山先生，也就是孙逸仙先生已经抱病北上，准备将广州国民政府迁往北京，联合各方势力共同赶走帝国主义，一统中国。何建朴听得热血沸腾，也把他在奉天得知的一些事对钱先生说了，高兴地说中国有希望了。钱先生叮嘱他密切关注革命运动，投身革命浪潮，为自己的国家和民族的独立富强尽力。

　　告别钱介磐后，何建朴又到钱利通钱庄问了一下资金周转情况后，搭火车回到咸宁县城，又坐木船回到了老家柏墩，陪母亲过新年。大年初八他就打开梅阁大门，与来上工的茶工一起开工做青砖茶，打算赶制一批新茶出来，运到武昌、汉口入库，到开春后把仓库里的一批陈茶送到山西、绥远、呼伦贝尔和蒙古的各个茶庄去，做来年的生意，再把历年库存下来各种型号青砖茶选一部分出来，送到奉天去，摆在新商厦里卖，扩大何氏茶业在东北的市场。

　　时间一晃又到了春暖花开的时候。何建朴把母亲带到了武昌，准备等天气再暖和一点把她带到奉天去办建刚的婚礼。

这天他刚从外面忙完事回来，坐到书桌前喝茶，随手翻开桌上的报纸，突然看见孙中山在北京逝世的消息，大吃一惊，连忙仔细翻看了其他几份报纸，同样看见各大报纸都在大篇幅报道孙先生逝世。他放下报纸，点燃一支烟，呆坐在椅上，一口接一口地吸着烟，思绪万千。孙中山先生不幸去世了，中国将何去何从，各路军阀为争夺北京政权是不是又要开打？他想不到答案。他想去找董必武先生或钱介磐先生问广州国民政府还打不打算北伐，又怕在这个非常时期问一些不该问的话，为难他们，便呆呆地坐在桌前抽烟，胡思乱想。他清楚只要有李大钊、董必武和他只见过一面的毛泽东这些共产党人在，中国不愁独立富强不了。

　　天气慢慢热了。街上的行人脱了冬衣穿起春装了。

　　何建刚拍电报过来，催大哥尽快把母亲送到奉天去。何建朴复电何建刚说自己与娘今日启程赴奉，叫他转告额日敦巴日和博日格德抓紧装修商厦，尽早开业。接下来的几日，他帮钱利通钱庄到中国银行汉口分行办妥一笔贷款做周转金，将一部分钱汇到奉天"寿鹤恒商行"账上。办妥了该办的事，何建朴把母亲带到汉口，买了去北京转奉天的车票，给额日敦巴日拍了一封电报，告诉他说娘要到奉天来了，言外之意是要他们做好接待娘的准备。他牵着母亲的手一起从汉口火车站上了车，离开汉口北上。

　　一路上，何建朴看见母亲很开心，便把儿媳妇兰馨长得如何好看，如何通情达理，如何勤快的好话都说给她听，乐得老太太合不拢嘴。她又叹着气，催何建朴快点成家，伤心地说这些年亏了我的儿，把家业又做顺了，对得起何氏列祖列宗了，该考虑自个的终身大事了。何建朴哈哈笑着叫娘放心，说他等忙妥奉天商行的事就把她的儿媳和孙子一起带回去。又乐得老太太一个劲地说："好！好！"

　　火车到了北京正阳门车站以后，何建朴领着母亲在北京城玩了一天，买了晚上到奉天的火车票，又拍电报给额日敦巴日，告诉他明天早上娘就到奉天了。临上车前，他把娘带到前门北京烤鸭店吃了一顿烤鸭，又到瑞蚨祥给闻兰馨买了几块好布料，叫母亲到奉天去给兰馨量尺码做衣。到晚上十点，他与母亲一起上了去奉天的火车，把母亲安排在包厢里躺下后，他到硬座车座位坐了下来。

火车一路"哐哐当当"驶出了北京城，在黑色夜幕下向奉天飞驰。何建朴靠在车窗边，看着窗外黑乎乎的山野在飞逝，又开始胡思乱想起来，巴不得窗外月色皎洁，星光灿烂。

　　天亮了，太阳升起来了。何建朴看见了远处的奉天城，连忙起身跑到包厢，看到母亲已经起来了，便指着不远处的屋宇对她说到奉天了。老太太又乐得哈哈笑，说要看到我的几个儿了。

　　火车不久便喘着粗气在奉天火车站停了下来。何建朴背着一个大包袱，带着母亲下了车，随着出站的人流到了出站口，突然听见建刚在叫娘，叫大哥，他循声望去，看见建刚、卢奇义和额日敦巴日、博日格德都跑了过来，他们一路跑一路叫娘。

　　何老太太也看见了几个飞扑过来的儿子，高兴地大声答应着，一口一声我的儿，我的心肝，我的肉，伸开双手，准备抱她的宝贝儿子们。

　　何建刚、额日敦巴日和博日格德一齐扑了上去，一齐抱着何老太太拼命叫娘。卢奇义也紧紧抓着老太太的手，大声叫着娘。

　　何老太太一个一个抚摸着他们的脸，一声一声答应着他们的呼唤，激动得热泪盈眶，从衣襟上抽出手帕擦着眼泪。她没有想到她的男人从大漠北把这几个孤儿带到她面前，交给她照顾，他们对她如此依恋。

　　卢奇义从何建朴手上接过包袱，告诉他说建刚和他开两辆车来了，叫他坐他的车回去。

　　何老太太被三个儿子扶出了站台，扶上了建刚的车。两辆小汽车很快开出了车站，向奉天城外的四合院不紧不慢地驶去。何建刚怕母亲晕车，不敢开快。一路上，额日敦巴日和博日格德抢着把新屋建好了，三嫂如何好看的话对娘说着，乐得娘笑声不断。

　　两辆小汽车在一排四合院门前停了下来。额日敦巴日和博日格德连忙推开车门，扶着老太太下了车，边扶她往何建刚的住房门口走，边大声叫三嫂，说咱娘来了。

　　正在里屋收拾床铺的闻兰馨听到声音，连忙迎了出来，走了几步头突然一晕，她连忙用手撑着墙，闭眼深吸了一口气，定了定神，睁开眼慢慢向门口走去，刚走几步看见何建刚日夜思念的娘穿一身深蓝色大襟衣裤，花白的头发梳成发髻扎在脑后，一脸宽厚的福相，一脸慈祥的笑容向她走来了，她连忙打起精神迎了上去，笑着叫了一声娘，从额日敦巴日和博日格德手上接过娘的手，扶着娘向正屋走去。

孙师傅有意到这边来开火做早饭，听见声音也连忙迎了出来，高兴地向老太太请安。闻兰馨轻轻告诉老人家说这位是厨师孙师傅。何老太太连忙高兴地笑着说托孙师傅的福了。

闻兰馨把老太太扶到建刚的房里坐了下来，告诉她说她的住处在旁边一间正屋，转身把已经烧好的茶倒进加了红糖的茶杯内，双手捧着走到老太太面前，跪在她的面前，将茶杯举过头顶，叫娘喝茶。

何老太太顿时吃了一惊，连忙接过她手上的茶，放在旁边的炕桌上，双手把她拉起来说："我的儿，快起来，娘没养你，你不能下跪。"

闻兰馨双手紧紧把老人家的双手捧在手上，含着眼泪对她说："娘，您养大了我的建刚，跟养大我一样。"

"我的儿！"何老太太伸手紧紧把她抱在怀里，泪流满面。

站在旁边的何建刚眼泪一涌而出，他连忙抬起头，深深吸了一口气，想把它咽回去，眼泪却流落在胸前的军装上。

额日敦巴日和博日格德跑进厨房帮忙去了。何建朴和卢奇义站在门口看到这一幕，都百感交集，轻轻抹去眼角的泪水。

"建朴呀，把给兰馨买的布料拿来，我来给她做两身衣服。"何老太太大声对站在门外的儿子说。

"好！"何建朴连忙叫卢奇义把包袱提进门，打开包袱，拿出几块大红、淡红、橘红、浅蓝、深蓝等色布料，递给娘。

老太太接过布料，一块块搭在闻兰馨身上，上上下下打量着，高兴地说红色做衣，蓝色做裤。

闻兰馨也高兴地说："娘，我就穿着您做的衣出嫁。"

"好！好！就穿这大红色的，我来给我儿做一身大红嫁衣，我儿穿得红红火火出嫁。"老太太乐得又合不拢嘴地笑。

额日敦巴日和博日格德摆好了碗筷，高兴地跑过来扶娘去吃早饭，老太太看着围在一起的儿女，对几个还没有找到儿媳妇的儿子说："你们几个赶快去给我找儿媳，我一个一个来娶进门。"乐得他们一个个点头说好。卢奇义打趣地说我找不到就拿枪去抓一个回来。老太太笑着说："那不行，抓来的儿媳心不甘情不愿，我照顾不好。"卢奇义笑着说："我要她来照顾您，她不听话我就崩了她。"

"呃！这个玩笑开不得。捆绑不成夫妻，女人也是人。娘也是女人，你爸从来没对我说过一句重话，动过我一个手指头。你们要学你爸。做男人有狠在外边摆，千万不能在自己女人面前显威风。家不是摆狠的地方。你们都记住娘的话。"何老太太收了笑脸说。

"娘，我是开玩笑逗您乐的。"卢奇义连忙向娘道歉说。

"娘在一日就管你们一日，不许你们任何人动我儿媳一个指头。"老太太借汤下面，对几个儿子讲规矩，"这是我们家的规矩！"她又强调了一句。

"听到了！"

"记住了！"

几个儿子一齐笑哈哈地回答着。

吃过早饭后，他们又把母亲送到新商厦来转一个大圈，老人家连连赞扬几个儿子辛苦了，成大事了，再三叮嘱他们要重义轻财，做一辈子好兄弟。

当夜，闻兰馨服侍母亲洗了脚，与她睡在一起，高兴地把她如何见到建刚，如何一眼看上他的等等说给娘听，乐得娘笑个不止。她又把嘴唇贴在娘的耳朵上，轻轻告诉了她一个秘密，更乐得老太太连连说好！突然，她想起了什么，起身下炕，从柜里拿出一个小布包，拿出一对金耳环和一枚金戒指，递给何老太太说："娘，这是建刚给我的，我想在我结婚的那一天您亲手给我戴上，我要奉天的人都看到我娘把何家的传家宝给我了。"

何老太太笑着说："好！"从她手上接过耳环和戒指，重新戴在自己的耳朵和左手无名指上。

第二日起床后，额日敦巴日赶着马车把何建朴接到新屋来吃早饭。吃过早饭后，何老太太把何建朴叫到自己房里，喜不自禁地轻声告诉他兰馨有喜了。何建朴没有感到意外，他很清楚疯狂相爱的一对男女，不可能不奔向姹紫嫣红的伊甸园。他开心地一笑说："您老人家做主，把日子定下来，我来操办他们的婚礼。"老太太高兴地说好，叫儿子安排两家长辈见一面，把儿女的婚事商量着定下来。何建朴说他马上去安排。

看着长子出门以后，何老太太拿出从家里带来的竹尺、剪刀、画粉、顶针、针线等女红用具，把闻兰馨牵到她房里，量了她上下身的几处尺码，把布铺在炕上，开始动手画样，裁剪，给她做嫁衣。

闻兰馨坐在旁边，一边帮忙，一边问这问那，要娘教她女红，说她学会了以后给建刚和娃儿做衣缝裤。

何老太太高兴地一边教她如何画样，如何剪裁，如何走针用线，一边笑哈哈地说她把她的嫁衣做好以后，就买布料棉花回来，把她即将出生的孙子一年四季穿的衣裤、鞋袜、帽子、尿布都办齐全。

从北京到奉天，只几个时辰的车程，很方便。张作霖有专列，北京有事他去北京，奉天有事他来奉天，说走就走。他把段祺瑞推上大位，自己实际掌握着北洋政府的实权，但他的大部分队伍在东三省，他在奉天的日子不少。去年十月，冯玉祥倒戈发动北京政变，从正在与奉军开战的古北口率部返回北京，包围了总统府，迫使直系控制的北京政府下令停战，并解除吴佩孚的职务，监禁总统曹锟，宣布成立国民军，实际掌控北洋政府政权。冯玉祥虽然在古北口与张作霖秘密约定了奉军不入关协议，约定事成后请孙中山北上主持大局，但是张作霖的奉军已经从古北口入关，直逼北京城，吴佩孚大败而逃，张作霖成为真正的大佬。为了稳住阵脚，树立强大威信，保住在新政府的地位与话语权，冯玉祥借全国反对帝国主义、反对封建主义的浪潮，决定拿紫禁城里的清逊帝傅仪开刀，将傅仪赶出宫，以弥补辛亥革命没有彻底赶走皇帝的遗憾，树立铲除封建帝制的复辟祸根的革命者形象，获得巨大声望。此时很多与冯玉祥一起倒戈的将领，一举一动其实看的是张作霖的脸色，只要张作霖一到北京，这些人就会马上脱离冯玉祥转身效忠张作霖。张作霖听说冯玉祥赶走傅仪，大为光火，为这个龙脉在东北的废帝鸣不平，直接率兵进京。此时的北京政府由冯玉祥、张作霖、段祺瑞共同掌握。这个时候的冯玉祥已经因为与最早宣传马克思主义和列宁主义的李大钊交往颇深，接受了共产党的革命思想，极力主张邀请孙中山进京主持政局。此时的李大钊与孙中山深入交流后，最终争取苏联支持南方革命军北伐，对北方的北洋军阀发起战争。其实此时的李大钊还有一个秘密身份是共产国际在中国的代言人，他以此身份一并指挥共产党和国民党在北方的党务。这个时候张作霖也想用南方革命党来缓和北京局势，他们共同电邀孙中山北上，加上以李大钊为首的一批革命党人联合大学生在呼吁孙中山进京。为了争取国家统一，早日结束军阀混战的分裂局面，孙中山发表了《北上宣言》，表明反帝反封建的政治立场，主张召开国民会议来谋求中国的统一与建设。但段祺瑞又正式公布《善后会议条例》，与孙中山的国民会议相对抗。孙中山抱病入京，拟订召开国民会议草案，受到各地民众欢迎。一个月后，段祺瑞召开善后会议，使中国局势急转直下。此时，孙中山的病情亦随之恶化，于三月十二日在北京逝世。段祺瑞为临时执政的北洋军阀又控制了北京政权。此时，冯玉祥已受到段祺瑞、张作霖排挤，出任西北边防督办，带着被取消了国民军番号的中华民国西北边防军赴张家口就职。至此，张作霖已高枕无忧，但他认为李大钊勾结苏联和南方乱党，支持剑指北洋军阀的北伐战争，企图推翻由他掌握实权的北京政府，对李大钊起了杀心。他开始长住北京，不时回奉天，卢奇义也跟着他在奉天、北京之间去来。此时闻朝玉也率部回吉林驻防。

何建朴坐马车到城内，在店铺里打电话把卢奇义叫过来，高兴地告诉他说兰馨有喜了，叫他陪他去吉林一趟，与闻镇守使见个面，把建刚与兰馨结婚的日期定下来。

卢奇义听说闻小姐有喜了，高兴得差一点跳了起来，瞪着大眼睛问他是么样晓得的。何建朴说是兰馨告诉咱娘的。卢奇义哈哈大笑着长长嘘了一口气说："好，裴家有后了，她生得越多越好。"他边说边转身往门外跑，说回大帅府警卫队去用军用电话打给闻朝玉，问他近两日到不到奉天来，说如果他不来我们就去。

过了不久，卢奇义又开车跑过来了，哈哈笑着说闻镇守使听说何家老太太来了，答应近几日抽空来奉天一趟，与老太太见个面，与她共同商定建刚与兰馨的婚期。

何建朴说这样更好，免得他们两个人跑来跑去。

过了两日，张作霖回奉天大帅府召开军事会议。闻朝玉来开会，见到了卢奇义，说他今日晚上有空，可以去拜见何老太太。卢奇义灵机一动，请镇守使大人到兰馨的新房去吃晚饭，告诉他说何老太太与兰馨住在一起。闻朝玉高兴地答应了。卢奇义连忙跑过来找到正在商厦里忙的何建朴，叫他赶快准备晚餐。

段祺瑞这个临时执政手上没有兵，要抓住政权，保住大位，得依靠东北王张作霖。张作霖的队伍已经出了关，在北京、天津布防，基本上控制了直系军阀的核心地盘，凡事段祺瑞得听他的。但是，张作霖在这次胜利中得到了日本人的大力支持，日本人早就插手东北三省事务，又想通过控制张作霖来控制北京政府，张作霖不想背卖国的骂名，想甩掉日本佬。这次军事会议他开了一天，到天快黑了才结束。

一直在门外做警戒的卢奇义看见闻朝玉走出了会议室，连忙迎了上去，笑着告诉他说兰馨已经把晚饭弄好了，何老太太在恭候亲家公。闻朝玉很爽快，哈哈笑着说那就走。卢奇义连忙与他一起出了门，打开车门，请他和他的两个卫兵一起上了车，一脚油门，把他们拉到了几幢四合院前面的大场子上停了下来。

何建朴已经吩咐博日格德把门外的路灯和四个四合院里的电灯都拉亮了，整个四合院灯火通明。

卢奇义停下车，"嘟嘟嘟"按了几声喇叭，通知屋里的人客人到了。他下了车，看见被卫兵扶下车来的闻朝玉在打量四合院，连忙告诉他中间这个四合院是兰馨的，旁边一个是他的，左右两边是额日敦巴日和博日格德的。闻朝玉高兴地笑着连连点头说："好！好！"

在屋里的人都听见了喇叭声，何建朴连忙跑出大门，双手抱拳向闻朝玉打躬作揖，请他进门喝茶。何建刚跟了出来，连忙扶着闻朝玉进了大门。闻朝玉边走边感慨地对何建朴说何大掌柜大仁大义，不简单。何建朴谦逊地说："兄弟难得！我很感谢我的父母亲给我养大了几个好兄弟。"闻朝玉感叹地说："你的父亲大智大勇，母亲宽厚慈祥，这是你老何家发家的根本。"

何老太太紧紧抓着闻兰馨的手站在正堂门口迎接亲家。

闻朝玉转过照壁便看见侄女身边站着一个宽面大耳，穿着得体整洁，一脸笑容的老妇人，晓得是何家老太太在迎接他，连忙一路小跑过去，双手抱拳向她深深鞠了一躬，笑着说："老人家辛苦了！"

闻兰馨连忙对婆母说："这是我五叔。"

何老太太陪丈夫迎来送往，见过不少人物，对身着军装的人不陌生，大方地对闻朝玉双手合十一拜，笑着对他说："亲家辛苦，快请到兰馨房里用茶。"她没有说到客厅用茶，而是说到兰馨房里用茶，是有意告诉他这个地方他的侄女是主人，她只是客，表示对闻朝玉这位位高权重的大人物家人的看重。

闻朝玉听了何老太太这句话很受用，暗暗佩服这个老妇人精明至极，哈哈笑着请何老太太先进门，跟着她进门后，又请她先坐，吩咐兰馨先给婆母沏茶。他的这一顿神操作，让何老太太放了心，消除了对这个大人物的顾虑。

闻朝玉坐在何老太太对面的椅子上，问了一些老人家身体还好，一路坐车到奉天来累了之类的话。何老太太也说了一些感谢兰馨父母亲给她生了一个这么好看的儿媳妇，感谢她五叔看得起何家，把这么聪明懂事的闺女给她做媳妇之类的奉承话。闻朝玉把话锋一转，一个哈哈两个笑地对她说："现在您老人家这么远从湖北到奉天来了，我们两家人就把建刚跟兰馨的婚事办了。"他说到这里看见几个年轻人或坐或站在旁边，便用商量的语气对何老太太说："我可能要随张大帅出关去一些日子。就这两天兰馨带建刚回老家去一趟，建刚去拜见岳父、岳母。我听卢队长说建刚要把手上的积蓄拿出来帮大哥建房子，他大哥叫他留着做彩礼。他们两个回老家去的彩礼钱就由建刚自己拿，他拿几多，他岳父岳母收几多，我们不管，这是他岳父岳母跟女婿的事，您老人家不要拿钱出来。何大掌柜已经为他们做得很多了，现在商厦开业还要进货物，用大钱，也不拿钱了。兰馨回去跟你爸妈说清楚，他们答应把你送给我做女儿，你的嫁妆由我来办，我回去叫你婶准备，你手上的一点小钱你自己留着用。"

何老太太高兴地笑着连连点头说："好！好！我们该用的钱还得用，不能亏待了兰馨。她叔，您看这婚期定在哪天好？"

"您这万事俱备，只欠东风了。"闻朝玉哈哈一笑，转头与何建朴商量说："我看就在这个月二十八吧！还有十来天，你们可以做准备。"

"好！就按闻大人说的办。所有家具、用具都是兰馨和建刚一起选的，他们还要添置什么东西我再来办。至于请客，我在奉天的朋友不多，主要是您的亲朋好友。"何建朴连忙点头答应着说。

闻朝玉又转头问何老太太道："您老人家看就这个月二十八好不好？"

"好！好！二八重发，好！"何老太太哈哈笑着说。

闻朝玉又对闻兰馨哈哈笑着说："你这两天就带建刚回老家去见你

爸你妈，请他们到奉天来主持你们的婚礼。如果他们说建刚长得不好看，不同意，你就马上给我发电报，我派兵去把他们抓来。"

"建刚哪里不好看了！他们应该知足！"闻兰馨晓得五叔是在开玩笑，嘟着嘴回了他一句，逗得大家哄堂大笑。

"情人眼里出西施嘛！你说好看他们不一定说好看。"闻朝玉又逗了侄女一句。

闻兰馨从何老太太身边跑过来，坐在五叔身边，拉着他的手撒起了娇，又嘟起嘴说："我才不管他们喜不喜欢，只要您说建刚长得好就行了。"

"长得好！好！好！一表人才！一表人才！"闻朝玉紧紧把她的手抓在手上，笑着说。对这个乖巧、晓得讨好他的侄女，他确实很喜欢。

何建刚坐在母亲身边，一直把她的左手抱在手上，听到他们父女俩在打嘴仗，不好意思地低下了头。

"多谢亲家高看我们家建刚。依我看他还是有一点丑，配不上兰馨，应该一辈子对兰馨百依百顺。"何老太太也笑着逗两个即将步入婚姻殿堂的新人，也是在叮嘱养子珍惜来之不易的婚姻。

"娘！建刚好看！"闻兰馨听婆母说建刚有点丑，连忙跑过来抱起她的右手，撒着娇。

"哦！好看！好看！"何老太太连忙改口，又逗得一屋人哈哈大笑。

"好！吉日就这样定了！"闻朝玉开始收场，对何建朴笑着说："何大掌柜，饭弄妥了没有？"

"妥了！妥了！"额日敦巴日连忙抢着说。

"请闻大人去喝酒！"何建朴连忙起身说。

"好！走！今天高兴。"闻朝玉站起身来拉着侄女的手说，"我多喝两杯，回去对你婶下军令立即给你办嫁妆！"

"我手上有钱，给得我婶去办就行了。"闻兰馨接了一句。

"你那点钱只够买一瓶香水，我的女儿出嫁可不能马虎。"闻朝玉仍然哈哈笑着说，有意给侄女吃了一颗定心丸，他要厚嫁女儿，让她日后在大门大户的何家好做人。

何建朴请闻朝玉与他母亲一起坐在上席，请卢奇义和两个卫兵坐在闻朝玉旁边，叫兰馨挨母亲坐着，请厨子孙师傅坐在她旁边，叫何建刚、额日敦巴日和博日格德与他一起坐下席。孙师傅说他还有菜要弄，叫何东家坐在为他安排的位子上陪闻大人喝酒，他马上炒热菜上桌。何建朴叫他赶快忙完上桌来喝酒，端起酒杯先敬闻朝玉，一口干了酒，放下杯。闻朝玉也很干脆地一口干了杯中酒。何老太太连忙请他吃菜。

闻朝玉边吃菜边向何老太太道谢，又举杯向她道喜。何老太太高兴地喝了一小杯酒，也恭喜他有了一个好女婿。接下来几个晚辈你一杯我一杯敬两位长辈。闻朝玉来者不拒，都干了杯中酒，拜托他们善待兰馨，说兰馨年幼不懂事，请他们多包容。何老太太也哈哈笑着接了每个儿子他们一口酒，催他们都快结婚，她一个个来把孙娃引大。

酒宴在欢声笑语中落筷了。闻朝玉有了几分醉意，再三向何老太太道别后，被何建刚扶着内内外外看了他们的新房，满意地出了门，上了车。何建刚开车把他和两个卫兵送到他家里去了。

送走客人后，何老太太把几个儿子叫到一起，商量着置办给兰馨父母亲和她的亲戚带去的礼物，叫建朴明日赶快去办，叫建刚和兰馨后天动身去兰馨家里认亲。

第二日，何建刚带着闻兰馨与额日敦巴日和博日格德一起上街，买了几大包乡下稀罕的礼物，又回自家店铺扯了几套衣料，选了一些鞋袜。何建朴看着一堆大包小包，支走闻兰馨，叫额日敦巴日和博日格德明日做挑夫，跟建刚一起去见岳父岳母，正告他们说不许兰馨提东西动了胎气。何建刚不好意思地答应了。额日敦巴日和博日格德高兴得拍手称好，说他们不会让三嫂动一根手指头拿东西，说他们也有岳父岳母叫了。当夜，何建朴领着何建刚和闻兰馨提着认亲礼，到闻朝玉府上认了亲，问了他要办酒席的桌数。

第三天早上临出门前，何老太太再三叮嘱儿媳妇不要提东西，叫几个儿子一定照顾好兰馨。何建刚背着一个大包，牵着兰馨，额日敦巴日和博日格德挑着大包小包，何老太太高一声低一声："我儿万事顺意嘞！我儿一路平安哟！"送他们出了门，去奉天火车站坐火车到盘山县闻兰馨的家去了。

过了两日，何建刚一行把闻兰馨的父母亲接到奉天来了。两家亲家高高兴兴地见了面，说了许多相互祝福，相互拜托儿女的话，在一起吃了一餐饭，何建刚开车把他们送到闻朝玉家里去住了。

婚期越来越近了，何、闻两家请客的帖子都发出去了。何建朴又与额日敦巴日一起到洞庭春饭馆去把饭馆包了下来，准备在这个地方接待客人。

　　该办的事都办妥了，吉日良辰到了。卢奇义从几个大商户家里借来四部高档小汽车。何建刚换上了一身母亲一针一线给他做的长衫马甲，戴着镶红边的黑色礼帽，请在讲武堂与他交好的四个同学做伴郎，在震耳欲聋的鞭炮声中坐车离开四合院，到闻朝玉府上接闻兰馨。

　　过了一个多时辰，一队披红扎彩的小汽车出了城，向何建刚的住处来了。行驶在迎亲队伍最前面的是一辆崭新的雪佛兰小车，何建刚和闻兰馨坐在车上。紧跟其后的是闻兰馨父母坐的车，第三辆是闻朝玉的私家车，车上坐着他和他的太太及他的小儿子、小女儿。后面三辆车上坐着叽叽喳喳闹个不停的伴娘伴郎们。再后面是两台拉着各种嫁妆的军用卡车。

　　等在大院大门口的额日敦巴日一伙人看见迎亲的车队快到门口来了，连忙点燃鞭炮，何家大四合院门前顿时炮声雷动，红尘飞舞。何建朴站在大院内迎接新人。炮声住了，车队先后开进了大院，停了下来。伴娘、伴郎们闹哄哄地下车，簇拥着一对新人进了洞房。何建朴请兰馨的父母亲和叔父、婶母下车，到大堂用茶。何老太太高兴地陪着他们喝茶、说话。其他人七手八脚地把陪嫁品搬下车，把新房炕上、地上塞得满满当当。

　　闻朝玉掏出怀表看了一眼，对何建朴说客人快到了，都到洞庭春去迎客，何建朴连忙出门叫大家上车去洞庭春。闻朝玉走出厅堂门，从卫兵手上接过新雪佛兰小汽车钥匙，递给何建刚说："这是兰馨的陪嫁，现在交给你。"

　　何建刚一愣，已经晓得叔父要陪嫁她小汽车的兰馨推了他一把，他连忙双手接过钥匙，对几位长辈深深鞠了一躬，叫兰馨扶母亲上了车。何建朴叫卢奇义陪娘坐建刚的车。何建刚先开车出了门。各位来客也上了各自刚才坐来的车。何建朴和额日敦巴日等自家人上了大卡车，博日格德留在家里看门。

　　彩车一路浩浩荡荡开到洞庭春饭馆门口停了下来。大家簇拥着一对新人进了大门。闻朝玉和何建刚一起站在门口迎接各方来宾。

前几日张作霖开完军事会议便到儿子张学良任司令，郭松龄任副司令的京榆驻军司令部视察去了。卢奇义因为建刚的婚事告了假，没有随行。

客人们陆续到了，洞庭春饭馆内外恭喜声、道贺声不绝于耳。

大厅里，闻朝玉请来的大帅府乐队在吹奏着欢快的曲子，好不热闹。

婚礼台上正中摆着六把高靠背木椅。穿着蓝色长裤的年轻男司仪不时看一眼手上的怀表。

客人们都拿着请柬陆续入了席。看见客人差不多都到了，闻朝玉与何建朴一起进了门，到大包房内等司仪吩咐。

过了一会儿，乐曲停了。司仪高呼一声："鸣炮！"大门外的额日敦巴日连忙点燃了几卷鞭炮。震耳欲聋的炮声又响了起来。

待炮声停了以后，司仪宣布婚礼开始，请新人上场。乐队奏起了欢快的《婚礼进行曲》。

闻兰馨穿着婆母给她缝制的一身大红嫁衣，挽着何建刚的手，在四男四女伴郎伴娘的护送下走出大包房，穿过大堂，走上台。

司仪开始说了一大堆吉日良辰，春风和畅，天作之和之类的好话后，又问了他们一些你情我愿的话，请一对新人交换了戒指，按婚礼进程请出新人双方父母。

两位闻太太一左一右扶着何老太太先上了台，司仪安排闻兰馨父母亲坐在中间的座位上，安排闻朝玉夫妇坐在他们左手边的座位上，安排何老太太坐在他们右手边的座位上，何老太太身边空着一个位，何老太太把一个厚实的红包放在空位上，大家这才明白那个位子是何建刚的养父何老先生的座位。

等几位长辈坐定以后，司仪又说了一遍门当户对，佳缘永结之类的好话，请一对新人向父母亲敬茶。

何建刚和闻兰馨一起从侍女端着的茶盘里端起两杯茶，先敬了兰馨的父母亲。他们高兴地喝了茶，将两只大红包放进茶盘里。何建刚和闻兰馨接着敬了叔父、婶娘。他们同样喝了茶，把两只大红包放在茶盘上。两位新人这才走到何老太太面前，一齐从侍女手上接过上面放着两只茶杯的茶盘，举过头顶，跪了下来，请爸和娘喝茶。这个仪式是闻朝玉暗中安排的。乐手停止了吹奏，大家顿时住了口，大厅里一片寂静。

何老太太一惊，突然喜极而泣，泪流满面，她轻轻提了一口气，压了压抽搐的心跳，一脸笑地端起一个茶杯，一口喝了茶，将放在身边空座上的大红包拿起来放在茶盘里，笑着说："这是你爸的！"又端起另一杯茶一口喝了，从大衣袖里掏出一个大红包放在茶盘上，接着从自己耳朵上取下一对金耳环，戴在儿媳耳朵上，从左手无名指上取下一只金戒指，戴在儿媳左手中指上，然后伸出双手轻轻扶着儿子、儿媳，对他们说："我儿快起来！这对金耳环和这枚金戒指是我进何家门时，你们的奶奶传给我的，是何家的祖传宝物。你们要一代一代传下去。"

站在台上的何建朴突然看见这一幕，也愣住了。

兰馨没有叫建刚向她的父母亲和叔父、婶娘下跪，却与建刚一起对他的养父养母下跪，何建朴晓得这是闻朝玉暗中安排的大礼，这才清楚闻朝玉不是粗人。俗话说养母为大。闻朝玉让众人看到了。何建朴不免对他又多了几分敬意。众宾朋都清清楚楚地看见何老太太把祖传之宝戴在养子之妻身上，都感叹不已，说何家大仁大义。

仪式毕，司仪大呼："淡酒薄肴，各位贵宾、亲朋好友吃好喝好。"叫店方上菜上酒开宴。

饭馆里又杯起筷落，欢声笑语不绝于耳。

宴席结束后，何建刚把岳父岳母接到他的新居，住在东边侧屋里。从讲武堂和女子师范学校来的一大群学生闹得整个四合院热火朝天。激情是少男少女的感情催化剂，只要他们碰在一起，无论认识不认识，这催化剂很快让他们水乳交融，尽显俊情，吵得不亦乐乎。到他们闹累了，叫够了，卢奇义才安排几部小汽车把他们送回了各自的学校。

何老太太一直在与亲家母、亲家公说话，等那窝蜂散去了，整个四合院安静了下来，她拿着从老家带来的一个布包进了厨房，用红枣、花生仁、桂子、白木耳加冰糖，按咸宁老家风习，给兰馨熬了一碗婆婆汤，端给兰馨喝，叫他们早些休息。

累了一天的何建刚服侍娘和岳父岳母洗漱睡下以后，又要跟大哥和两个老弟一起坐下来说话，被他们赶进了新房，他才与兰馨一起洗净一身凡尘，脱干净衣裤，相拥着躺在床上，紧紧缠在一起，飘往仙境。

二十四

办妥了建刚的婚姻大事，何建朴了却了一宗心愿。他与额日敦巴日同工匠们一起忙上忙下，到了七月将整个商厦装修完毕，又到城内几家木匠行、铁铺按图纸订制了全部柜台、货架、桌椅等物件，把一楼摆成生牲川青砖茶销售区，二楼摆成百货区，三楼摆成衣帽鞋袜专营区，四楼是接待客人的客厅和办公区，五楼是何建朴的一套住房，门前是一个大凉台。

整个商厦摆设妥了以后，何建朴赶回汉口，把已经选好的各个年份各种型号的青砖茶，用货运火车发往奉天，又到汉正街选了一批货，发往奉天，手上的钱用得差不多了，他准备再通过钱庄到中国银行贷一笔款出来，到上海、广州去进一批货发到奉天去。

在汉口忙完了事，何建朴提着大包小包去看玉台，带着已经准备上学读书的玉台上街，给她买了新书包、新笔盒等学习用具，又带她到书店给她买了字典和一些她现在不认得字的书，叫她以后长大了再读。玉台牵着何建朴的手，跟着他一路蹦一路跳，好不高兴。何建朴把玉台送回了家，陪她吃了一餐饭，把在奉天办的事对钱正丁夫妇说了，又十分不舍地告别了玉台，坐轮渡船过江到了武昌，回到何氏茶业总部大楼，把钱利通钱庄经理叫过来，叫他去想法贷一笔款来去上海、广州进奉天商厦需要的货。

第二日，何建朴一个人出门，坐黄包车到了大东门外的蟠龙山下，上了蟠龙山，进了武昌、汉口一带唯一的一座佛教女众丛林——莲溪寺，山下人叫它尼姑庵。这几年他到这个地方来了几次，捐了一些钱。

他隐隐约约感觉到珍珠就在这个地方，只是她隐居在其中，他看不见她，也许她看得见他。他想让她清楚他年年在找她，希望她还俗与他再续情缘。现在她的父亲钱业浩已经老了，这些年的血雨腥风也让他恐惧了，他彻底退出了江湖，过起了隐居生活，不会再管女儿的情事。

何建朴拜了佛，往功德箱里捐了他身上仅有的几块银元，在尼姑庵里转了一个圈，只看见一些尼姑穿着袈裟，低着头在做佛事，无法看清楚她们的脸。他想去问她们珍珠在不在这里，又不晓得她的法号，无从问起，只好又垂头丧气地下了山，回到茶楼，倒在床上禁不住眼泪双流。他不清楚珍珠晓不晓得他等她等得好苦，更不清楚珍珠的心里是不是还有他。

八月桂花香了，中秋节到了。何建朴回到咸宁，在柏墩街梅阁与安逸叔和几个路远没有回家的茶工一起过了节，把收新茶的事安排妥了，把要制的青砖茶各型号的数量算好交给安逸叔，又回到武昌，拿着钱庄送过来的中国银行银票，到汉口坐船顺长江而下，到了上海，在上海采购了一批奉天稀有的货物运到十六铺码头，通过海运送到大连，再从大连通过铁路运到奉天。

在上海办好货后，何建朴又坐船到了广州，在十三行采购了一批广货，同样通过海运送到大连，拍电报叫额日敦巴日和博日格德一起到大连货运码头去取出货，搬上火车运到奉天。

在广州办妥该办的事后，何建朴忘不了黄埔陆军军官学校，他又坐车到了黄埔岛，到军官学校找到了邓福有的妹夫张闻达。

张闻达看见何建朴来了，十分高兴，把他带回家见了内人邓思沂。邓思沂十分感谢何建朴救了她一家人，让她的哥哥、嫂子都有一份体面的事做，月月有收入，几个侄儿、侄女又上了学。邓思沂再三留何先生在她家里住两日，说要给他做几顿好吃的东西以表谢意。何建朴答应了，把奉天商厦要开张的事告诉了他们。张闻达陪着他在军校各处看了看，带他看了正在加紧训练的学生，告诉他说广州国民政府正在加紧准备北伐，要一举打到北京去，推翻北洋军阀政府，打倒帝国主义，除掉所有军阀，统一中国。

听说国民军仍然要北伐，何建朴又看到了希望。他以为孙中山先生去世了，北伐就搁下来了。他期待北伐军打到北京去，统一中国，赶走外国列强，除掉祸国殃民的北洋军阀。

在黄埔岛转了两天后，何建朴告别了张闻达夫妇，乘船离开了广州，北上奉天。

站在船舷边的何建朴格外开心。于国家，他得知广州国民政府组织的国民革命军要北伐北洋军阀，赶走外国列强。于家庭，最让他放心不下的建刚大仇已报，有了好的归宿；"寿鹤恒商行"也很快要开张营业了，何氏茶业虽然一直在大漠北经营，通过呼伦贝尔进入了东三省，但东三省一直没有开设茶庄销售，现在何氏"川"字牌青砖茶要在奉天开庄了，他相信生意会不错，因为这里的人早就有喝青砖茶的习惯。只不过这几年赵宏德和钱业浩与日本黑龙会联合，把他们的青砖茶送到了东三省，却被日本人控制了，没有做出什么名堂。现在他带着何氏青砖茶大举进入奉天，向东三省扩展，有建刚通过闻朝玉依靠张作霖这个东北王做后台，他不怕黑龙会下手，东三省毕竟是中国的地盘，日本佬再怎么阴险也只能暗中做手脚。他倚着船舷，看着客轮迎着朝霞在一望无边的蓝色大海上破浪前行，看着海燕沐浴着金色阳光在大海上翱翔，仿佛看到了中国这艘大船在劈波斩浪驶向浩瀚海洋，中国人乘着这艘大船扬起的风，在大海上自由飞翔。他自言自语着："如果真有这一天，那该是多美的景致。"

几天后，客轮在大连港码头靠岸了。何建朴提着皮箱飞快地下了船，走出码头，跑到散货码头，问提货处的一个办事员他从上海和广州发过来的货到了没有，得知他从上海发来的货已经到了码头，运走了，从广州发来的货刚到，有人已经办理了提货手续，正在提货。何建朴连忙按他指的方向往货场跑，果然看见额日敦巴日和博日格德在往两辆马车上搬货，高兴地边叫他们，边跑了过去。

额日敦巴日和博日格德听到声音，转过身看到了何建朴，一齐大声叫大哥，向他挥着手。

何建朴跑到他们面前，放下皮箱边帮忙边问他们家里哪个管。额日敦巴日笑着说："三嫂挺着肚子在管。"何建朴高兴地说："这是个勤快媳妇，有这样的媳妇不愁发不了家。"

所有货物装了两大马车。马车夫用绳子捆好后，叫他们上车。何建朴坐在前面一驾马车上，额日敦巴日和博日格德上了后边的车。车夫大声："驾！驾！"地吼着，打马向大连火车站飞跑。

货物送到火车站后，他们办妥托运手续，搭当夜的火车回到了奉天。过了两日，货到奉天了，他们把货物全部拉回商厦，开始一层层往货柜、货架上上货。闻兰馨挺着大肚子要帮忙，被何老太太拉了回去。每天下午卢奇义一下岗，何建刚一放学便都跑过来帮忙，礼拜天他们跟着何建朴楼上楼下跑，听他指挥往架上摆货。只几天工夫货物全部摆好了，准备开张营业了。

这天吃晚饭的时候，何建朴问母亲选个么日子开张好。何老太太想了想说选日不如撞日，瞎子算命，算那个算这个，却一辈子算不好自个儿的命。做人只要勤俭二字不丢，命运就不会差。你几弟兄商量一下，选一个双日就可以了。

听到母亲如此说，何建朴高兴地答应了，正合他意。他扫了几个弟弟一眼，目光落在兰馨脸上，笑着问她道："兰馨，你说哪天开张好？你是这个家的吉星，你说哪一天就哪一天。"

闻兰馨对他一笑说："后天是九月初六，我说这个日子就好！"

"这个日子好！就这么定了！"何老太太拍板说。

"我肯定是吉星，我来了你们这些光棍就有家了。我跟咱娘一起来把你们管起，一个个给你们找媳妇。"闻兰馨又笑着说了一句。

她的话音一落，大家不约而同地哄堂大笑。卢奇义叫她多叫她的同学来玩，让他们一个人挑一个。额日敦巴日笑着说她那个做伴娘的叫燕子的女同学，对博日格德有点意思，有事没事找他说话，请三嫂烧一把火。博日格德又接话说那个叫秋红的伴娘每次来玩，总是找额日敦巴日说话，请三嫂也烧把火。

闻兰馨高兴地笑着说："那你们得一个个听我的，不许对我横眉毛鼓眼睛。"

"好！"

"好！"

"听！"

"听！"

额日敦巴日和博日格德高兴得差一点跳了起来，抢着感谢三嫂，一齐表忠心说他们一辈子听她的话，不翻眼。

闻兰馨被他们逗乐了，接着说："干脆我把我那四个伴娘都弄进门来，再给大哥二哥一个人一个。我们五个人在学校是好姐妹，到一家来更热闹，你们几弟兄情同手足，我们几妯娌也情同姐妹。"

"好！"

卢奇义、额日敦巴日、博日格德和何建刚不约而同地吼了起来。

何建朴一直笑而不语。

何老太太看着这一群好儿女，乐得满脸像开了的花，高兴地对兰馨说："你办成一个我给你炖一只老母鸡。"

额日敦巴日和博日格德看到了自己人生的希望，每日做事有使不尽的力气，回家也抢着做这做那，不让娘和三嫂做事。现在他们喝了两杯酒，兴头来了，一起拿起马头琴边拉边吼起了蒙古长调。卢奇义也借着酒性，拉起何建朴和何建刚，一齐舞动双手，有的扭屁股，有的扭腰，跟着曲子跳着七像八不像的蒙古舞。被这个气氛感染的兰馨也要起身跟着他们跳，被婆母一把拉住，按在座位上，叫她不要动，说伤了胎气不得了。

第二日何建朴又叫额日敦巴日在洞庭春饭馆订了几桌菜，发请柬请他们的朋友来参加开业典礼。

九月六日早晨，何老太太吃了早饭后，领着一群儿子儿媳聚在新商厦门口，八点一到，她从长子手上接过一把铜钥匙，打开了门上的大铜锁，用力推开两扇朱红色大门。何建刚和卢奇义取下了两边落地玻璃窗前的木挡板，拉开电闸，整个大楼亮了。

额日敦巴日和博日格德一齐点燃了摆在门前的鞭炮，"寿鹤恒商行"在惊天动地的鞭炮声中开了张。何建朴把临时租用的店铺关了，把雇来的几个学徒安排到各层柜台、货架前接待客人。邓福有夫妇仍然在卖衣裤鞋袜。

早来的客人一齐围过来向大掌柜何建朴道贺，向何老太太请安。何建刚把兰馨送在不远处租来的临时商铺里躲鞭炮声，等炮声停了她才过来把客人们引到四楼喝茶。

看热闹的邻居们一传十，十传百，看新鲜货的顾客不断拥进商行，整个商行楼上楼下人声沸腾。

何建朴与卢奇义一起领着从大帅府来的几个贵客，从一楼看到三楼。让他们没有想到的是陆续来了不少外国顾客。有好多俄罗斯人围在一楼看茶，买茶。一些美国、英国、德国等国的顾客看了茶又上楼挑各式衣裤、鞋帽。日本顾客有的看茶，有的买从中国南方运来的特产。

闻兰馨的一伙女同学也来了，围着她叽叽喳喳吵，有的说她有福气嫁了一个好男人，有的说她走好运嫁了个好人家。闻兰馨高兴地笑着叫她们到她家里来选，说她家里还有几个好男人。

吃饭的时候，闻兰馨特地把她的几个女同学安排和她一家人一起坐一桌，叫建刚去陪他从讲武堂来的一伙男同学，气得那些男学生找闻兰馨吵着要与她的女同学坐在一起。闻兰馨哈哈笑着说我的同学都怕你们这些兵哥，叫他们不急，慢慢来，以后有的是机会，相互认识了再说。

热闹了一天，"寿鹤恒商行"到晚上九点关门歇业了。博日格德把一天的营收汇总表送上楼来，给何建朴看，笑着对他说今日一天青砖茶的生意最好。何建朴边看表格边笑着说这就是我要的结果。

天气冷下来了，要下雪了。

何老太太给兰馨算了她生产的日子，今年过年何建朴说就与母亲一起留在奉天过，好让她服侍兰馨坐月子。

这天上午商厦开门不久，卢奇义慌忙跑过来对何建朴说郭松龄在滦州起兵谋反了，已经发表了反奉宣言，带七万兵攻占了山海关，正向奉天打来了。他告诉何建朴说张作霖已经下令讲武堂的学生出征，他把建刚调回警卫队了，现在建刚不能离队，他偷偷跑出来给一家人送信，叫一家人不要担心，说他会照顾好建刚。

何建朴吃了一惊，问他道郭松龄与张学良是拜把子兄弟，郭松龄为什么要起兵攻打张作霖？

卢奇义压低声音对他说："张作霖想做北京政府大总统，将大批奉军调进关内，占领各省。郭松龄很反对，向他提出退到关内，保境安民的建议。张作霖不听。郭松龄又受杨宇霆等人的排挤，一气之下带着太太到日本考察军事。他在日本听日本人说张作霖正派人在日本购买武器弹药，要与南方国民革命军开战，郭松龄愤怒至极，决定联络冯玉祥共同反奉，他没有想到被冯玉祥出卖了，郭松龄只得独自举起反奉大旗，率兵入关，攻击奉军，粉碎张作霖勾结日本强盗打击南方国民革命军的阴谋。"

"难道这个郭松龄是革命党？"何建朴又疑惑地问了他一句。

卢奇义点了点头，吸了一口烟吹出来说："我刚才来的时候，听大帅府的人在议论，说郭松龄在四川当连长的时候，就加入了新军中的同盟会，四川发生保路起义，保路同志军围攻成都的时候，他是营长，没有对保路同志军和铁路工人、民众开枪，被四川总督赵尔丰撤了职。辛亥年武昌暴动后，四川各地纷纷独立，他们这些外地人在四川无法立足，跑到奉天来了。他到奉天后又参加了联合促进会，与一个叫张榕的密谋起义，被清政府抓了。他在被捆到刑场去砍头的时候，一个女人跑出来拦住刑车，说郭松龄是她的未婚夫，他返回奉天是来与她举行婚礼的，从未参加革命党，他才被释放。不久他就跟这个叫韩淑秀的女子结了婚。后来孙中山组建护法军政府时，郭松龄到广州投奔了孙中山，被孙中山委任为广东省警卫营营长。孙中山护法失败后，他又返回了奉天，到东三省陆军讲武堂任教官，结识了当时在讲武堂读书的张学良。在张学良的关照下，他又做了团长，后来当了旅长，又与张学良一起当了第三军军长和副军长，去年在打吴佩孚时立了功，被张作霖任命为张学良任司令的京榆驻军司令部副司令。"

"噢！难怪他反对张作霖攻打国民革命军。"何建朴轻轻点着头说。叮嘱他注意安全，一定要保护好建刚。并轻声警告他不要为张作霖拼命。告诉他说中国的希望在革命党和革命军。

卢奇义点着头说他晓得了，叫大哥放心，他一定会把建刚平安带回来。

何建朴双手抱拳对他重重一拜，说了声："拜托！"再三叮嘱他两个人都要安全回来。

卢奇义一笑说："张作霖有日本人做后台，有打不完的子弹，郭松龄肯定打不赢。"

"如果郭松龄真的是为保护南方国民革命军开仗，也还算是个正派人物。"何建朴叹了一口气，接着说："希望老天爷保佑他。"

卢奇义起身告辞，匆匆走了。

晚上关了门后，何建朴叫几个学徒把大门闩好，轻声把建刚和卢奇义一起跟张大帅打仗去了的消息告诉了额日敦巴日和博日格德，叫他们千万不要把这个消息告诉娘和兰馨。他坐着马车与额日敦巴日和博日格德一起到了四合院，告诉娘和兰馨说建刚和卢奇义与张大帅一起出关，到北京、天津视察部队去了，近几日不会回来，叫她们不要担心。

天气越来越冷了。何建朴牵挂着上了前线的建刚和卢奇义，闲下来便上街到茶馆去喝茶，到饭馆去喝酒，想打听从前方来的消息。这天他刚走进野山红茶馆要了一壶茶坐下来，便听见邻座几个人在你一言我一语地说打仗的事，他连忙屏住气息，仔细听着，只听见他们说郭松龄的大军已经攻占了山海关，从张作霖手上夺取了绥中、兴城，占领了锦州。张作霖的队伍退到了辽河东岸驻守。何建朴的心顿时一开，想再听听下文，哪晓得茶馆东家过来笑着叫几位先生只喝茶，多说哪个女人好看，哪个女人风骚，千万莫谈是非，以免惹火烧身。那些人便收了嘴，果然扯起了这个摸过哪个女人的大奶子，哪个野女人骚得很之类的话，哈哈大笑着喝茶嗑瓜子。

这些时兰馨看到何建朴便问他建刚打电话来了没有，何建朴笑着安慰她说打了，叫她安心把娃儿养好。

接下来的几日，他到几家茶馆、饭馆去喝茶、喝酒，再没有听到打仗的消息，有些着急了。他天天买报纸看，也没看到确切的战况报道。他一直在坐立不安中过了二十来天，这天突然看到一张日本人办的报纸，报上说郭松龄率领军队在攻打新民县巨流河奉军驻地时，被日本关东军袭击，后方被从黑龙江赶来支援的奉军吴俊升部切断，白旗堡郭部的弹药库被烧毁，郭军无弹药可用，日军飞机对郭军阵地进行了轰炸，郭军不敌，一败涂地。郭松龄与夫人化装逃跑。

看到这里，何建朴的眉头紧皱。日本关东军已经在东三省立足了，并且明目张胆地在中国土地上开战了，日军飞机已经在中国领空不受制约地向中国人投炸弹了，这是一个非常危险的信号，如果张作霖真的敞开东北大门，引狼入室，让日本关东军在东三省的势力越做越大，东三省就要落入日本人之手，日本人就要把中国幅员辽阔，矿产丰富的东三省并入日本版图。

"郭松龄战败了，还有哪个能阻止张作霖与日本合谋，出卖中国！"何建朴站起身来，走出门，站在露天阳台上，看着奉天城内各种各样奇形怪状的外国建筑物十分伤感，巴不得南方国民革命军赶快北伐，打倒军阀，赶走外国列强，统一中国。

这天何建朴回四合院看母亲和兰馨。兰馨又不安地问他建刚什么时候回。他笑着告诉她说建刚近几日就要回了，建刚还特地打电话来叫她不要着急。兰馨脸上有了笑意。其实他没接到过他们的电话，只是凭战况判断来安慰弟媳。

十二月十六日，送报纸的邮差来了，他连忙打开《东三省民报》，突然看到了《叛将郭松龄夫妇被枪决》的大标题，连忙仔细往下看正文，文中说郭松龄战败后，与太太韩淑秀一起化装逃跑，二十四日在新民县一个农民家里的菜窖里被吴俊升部抓住了，二十五日被押至辽中县老达房，张大帅下令将他们枪决了，并命令暴尸三日方可收葬。

"完了！"何建朴放下报纸，仰靠在大椅上，长长叹了一口气。东三省还有哪个再举义旗打垮张作霖，阻止日本人占领东三省？何建朴一脸茫然，自言自语着说张作霖又有惊无险地逃过了一劫，该回奉天庆功了。张作霖为了夺得北洋政府总统大位，不惜与日本人勾结向南方国民革命军开战，如果没有外国势力支持的国民革命军战败，整个中国就要落入日本囊中。

天上已经大雪纷飞，整个东三省被厚厚的积雪掩埋了，只有等到春暖花开的日子，才能重见天日。

桌上的电话铃响了，何建朴有气无力地抓起听筒"喂"了一声，接着跳起来叫了一声建刚。电话中何建刚说他和卢奇义明日跟张作霖一起回奉天。

何建朴长长嘘了一口气，连连说好。何建刚问一家人都好不好。何建朴高兴地说都好得很，只是兰馨和娘天天在念叨你什么时候回来。

何建朴放下电话筒高兴地跑下楼，到三楼账房叫博日格德晚上回去的时候带几样好菜回去，告诉他建刚和卢奇义明日要回，叫他不要把这个消息告诉兰馨和娘，让建刚回来给她们一个惊喜。

第二日下午何建刚果然开着警卫队的车和卢奇义一起到了商行门口，他们停下车跳下来一齐往大门内跑，看见额日敦巴日和两个学徒在给一伙蒙古人和俄罗斯人介绍青砖茶，何建刚高兴地叫了额日敦巴日一声"虎"。额日敦巴日听见声音大叫一声三哥，跑过来又叫了卢奇义一声二哥。何建刚一把抱起他转了一个圈，把他放下来问他大哥呢。额日敦巴日高兴地告诉他大哥在四楼等他们回来。何建刚和卢奇义转身匆匆上了四楼，果然看见大哥倒背着双手在大厅里踱步，晓得他在焦急不安地等他们回。他们一到门口便不约而同地叫大哥，跳进门去。何建朴突然看见两个弟弟活蹦乱跳地回了，伸开双手一左一右紧紧抱住他们，仔细打量着这两个从战场上归来的，没有为正义而战的战士，看见他们毫发无损，只是瘦了一些，便开心地笑着说："好！回来了就好！"

在账房里忙着的博日格德听见声音，大叫着二哥、三哥，跑出门来与他们紧紧抱在一起。

何建刚又一把抱起博日格德，嘴里叫着"鹰""鹰"，打了两个转才放下来。对他来说，虎和鹰这两个与他一起先后走进何家的孤儿，比他的亲兄弟还亲。在他们落难时，是他们一口一声叫少爷，给他尊重，给他希望。在他为躲避土匪追杀不敢露面时，是他们做他的伙伴。现在他又是他们口中的三哥。他记挂他们不比记挂兰馨少。

"走吧！快回去！娘和兰馨的眼睛都望穿了。"何建朴连忙催他们走，叫博日格德锁好账房门。他的心放下来了，高兴地飞步出了门，带着几个弟弟下了楼。

额日敦巴日看见他们下楼来了，晓得他们要回家，叫他们先走，说他等一会儿就回。

何建朴一行出门上了车。何建刚一脚踏在油门上不松气，飞快地将小汽车开进了四合院大门，停在自己住的那套四合院门口，拔了车钥匙丢给卢奇义，向门内飞跑，边跑边大声叫娘，叫兰馨。

正坐在炕上帮婆母做娃儿帽的兰馨突然听见她日思夜念的声音，连忙丢下手上的针线，下了炕。何老太太也听见了建刚的声音，看见儿媳一副猴急相，吓得大声叫她慢一点慢一点，跟着她出了门。

何建刚看见挺着大肚子跑过来的兰馨，吓得大声叫她不要跑，几步飞奔了过去紧紧把她抱在怀里，看见娘出门来了，又伸手把娘抱在一起。

闻兰馨喜极而泣，紧紧抱着何建刚不松手。

卢奇义走过去紧紧抓着何老太太的手叫娘。

"我儿回了！我儿回了！快进屋喝茶。"何老太太高兴地说，叫兰馨不哭，别伤了肚里的娃，领着他们进了自己的房子，叫他们上炕，拿起茶杯要给他们倒茶。

博日格德连忙从何老太太手上接过茶杯，叫娘坐，提起热水瓶倒茶。

何建刚带着兰馨跟进门来。何老太太看见儿媳脸上还挂着眼泪，笑着对她说："看你羞不羞，快跟建刚一起回你们的房里去，叫他给你把眼泪抹干净。"

正在厨房忙着弄菜的孙师傅听到声音跑过来，与卢奇义和何建刚打招呼，说饭菜快弄妥了，叫他们先喝茶。

何建刚晓得娘的暗示，紧紧抓着兰馨的手，怕她摔了，把她牵进自己的卧室。闻兰馨反手关了门，又紧紧抱着何建刚哭了。何建刚轻轻把她抱在怀里，把嘴唇贴在她脸上，轻轻吻着她的脸。闻兰馨仰起头，将嘴唇滑到他的嘴唇上，与他紧紧咬在一起才止住眼泪。

吃过晚饭以后，卢奇义开车与何建朴一起回到商厦，坐在何建朴的房里一边喝茶一边谈着这次战争。

卢奇义说郭松龄的队伍像着了魔一样，打仗非常勇猛，一举攻下了山海关，连克几县，张作霖一时慌了神。如果冯玉祥当初不出卖郭松龄，与他一起攻打奉军，张作霖就够喝一壶了。更让人没想到的是张作霖打不赢就出损招，把日本关东军搞来打，把日军飞机搞来炸，这下郭松龄垮了。张作霖想当总统想疯了，把东洋人搞来打中国人。

"这就是最坏的事，请神容易送神难。日本人野心很大，占了东三省就要占全中国。"何建朴忧心忡忡地说。

"大哥，你说南方国民革命军要北伐，什么时候可以打过来呀？再不快一点，等日本人占领东三省了就不好办了。"卢奇义有些焦急不安地问何建朴。这两年他听了何建朴的一些话，又在张作霖身边看到他与日本人勾结，也对中国的未来担忧起来。他认为中国人自己怎么打，打得头破血流都不要紧，正如兄弟争祖宗留下来的财产、田地，可以打得不可开交，但坚决不能让外人插手，如果外人插手，下黑杆子，把兄弟们都打死了，那祖上的财产、田地就落到外人手上去了。

"我也不清楚国民革命军什么时候北伐，也希望他们快一点把外国人都赶走，把军阀都打倒，建立一个统一的国家。"

"这是梦，如果能够成真就好了。"卢奇义叹了一口气说。何建朴看见卢奇义有些困了，叫他就在这里睡。卢奇义摇着头说张作霖把郭松龄杀了，郭的部下被打散了，肯定有人要为他报仇。张作霖特别警惕，大帅府加强了警戒，我要回去带班。他边打哈欠边起身往门外走，叫大哥早些休息，说我们手上没有一兵一卒，只能看着日本人来占东三省干着急。何建朴叫他注意安全，如果真有人来刺杀张作霖，一定不要去挡，伤了自己。卢奇义笑着说他原来很感激张作霖，现在不这样想了。

送走卢奇义后，何建朴又去看了看住在一楼的几个学徒，摸了摸他们睡的炕，问他们冷不冷，往炉里添了些煤块，上楼睡去了。

春节来了，腊月二十六何建朴叫额日敦巴日把几个学徒的工钱结清，还给他们一个人包了一个红包，每个人换了一身新衣，给他们的父母亲一人扯了一身布料，给他们的家人发了一包乡下人稀罕的礼物，放了他们的假，叫他们回去过年。学徒们都非常高兴，十分感激东家。其他店铺里的学徒是三年不拿工钱的，还不许回去过年，更不必说给他们家里人送礼物了。但他们不一样，东家根本没有把他们当外人，月月给他们开工钱。邓福有夫妇更高兴，今年分了一笔红利不说，东家还给他们一家老小都换了一身新衣，叫他们二十六也回家准备过年。邓福有叫媳妇先回去了，因为商行还在做生意，他说到二十九关门歇业再走。几个学徒走了以后，何建朴和博日格德上了柜台，何建刚已经从讲武堂毕业了，回到了警卫队，他和卢奇义有空就来帮忙，没有耽误生意。

到腊月二十九晚上九点，何建朴送走了最后一个顾客，关了门，与额日敦巴日和博日格德一起坐着何建刚的新车回了家。

何老太太按照老家咸宁的规矩打了豆腐，炸了麻花、花饺，炒了花生、蚕豆等等，弄了一大堆吃的东西。

孙师傅临走前，把该蒸的鱼糕、肉糕，该炸的鱼圆、肉圆，该卤的牛肉，该炖的羊肉，煨汤的猪骨头剁好，要炒的肉切好，要用的鸡、鸭杀好弄干净，把活鱼放在一只大木桶内养着，交待额日敦巴日和博日格德做三天年饭，说他初三就来，这才回家过年去了。

大年三十天一亮，何老太太就起了床，打水烧开水，准备下肉丝面给儿女们过早。

何建朴也早早起来了，看见母亲在厨房里忙，过来帮忙。何老太太心疼儿子，叫他再去睡一会儿，等会儿她弄好了早饭去叫他起床。何建朴说今年添了两个人，一大家人在一起热热闹闹过年，商行刚开张，生意比他预计的好得多，他很开心，睡不着。

过了一会儿，额日敦巴日和博日格德也起床了，过来看见娘在弄早饭，连忙把娘扶到她的房里去了，说外边冷。他们又叫大哥去休息，说这几日的年饭都由他两个人来做，不要大哥动手。

这时卢奇义也起来了，过来凑热闹要帮忙。

何建朴笑着说家有长子，国有大臣，今年的年饭都由我做主做，叫所有人都休息。

额日敦巴日、博日格德和卢奇义都不同意，说大哥劳累了一年，该休息几日了。

何建朴连忙叫他们小点声，叫他们不吵醒了建刚和兰馨。几兄弟才压低了声音，一齐动手做饭。

何建刚听见响动起了床。何建朴叫他去陪兰馨，说过年什么事都不要他动手，他的任务就是把兰馨陪好。何建刚说兰馨饿了，要吃东西。何建朴笑着说她肚子里的小家伙在吵，赶快弄给兰馨先吃。连忙先下了一大碗鸡蛋瘦肉面，叫何建刚端走了。

吃过早饭后，这几兄弟又商量着做年饭，又热热闹闹地把年饭做好了。何建朴吩咐博日格德到大门口放鞭炮，关大门，回来吃年饭。博日格德搬着一大卷鞭炮跑出大门点燃，关了大门，跑了回来，高兴地吼着："过年喽！过年喽！"

何老太太拉着儿媳兰馨的手，坐在上席，几个儿子围着她坐在桌前，热热闹闹地开始吃年饭。

到大年初一吃中饭的时候，兰馨说她的肚子有点痛。何老太太哈哈笑着说她要生了，小家伙要出来过年了。

何建朴叫卢奇义和何建刚吃过饭后去找一家外国人开的好医院，把兰馨送到医院去生产有保障些。何老太太同意把儿媳送到医院去，说她没接过生，没得经验，再三叮嘱几个儿子一定要找一家好医院，说这是何家的长孙，一定要好好生出来。

何建朴低着头，喝了一口酒，在心里对娘说："您老人家的长孙都上学读书了。"

吃过饭后，卢奇义和何建刚一起出了门，过了一会儿高兴地回来了，说他们联系了一家英国人开的教会医院。

何老太太十分开心，她一直担心儿媳在家里生她接不好，现在放心了。问建刚么时候把兰馨送去。

何建刚说外国人不过年，无论是白天还是夜里，只要兰馨肚子痛狠了就可以送到医院去。

接下来的两日，闻兰馨说她的肚子隐隐约约有些痛，到了初四半夜，她叫何建刚起来，说她的肚子越来越痛了。何建刚连忙起床，叫醒了大哥、二哥、老四、老五，把兰馨抬进了博爱医院，住进了待产室。几个值班的洋医生给她仔细做了检查，叫他们放心，说孩子的胎位正，可能还得过两日才生出来。

听了医生的话，大家都放了心，何建刚叫大哥、二哥回去，说他在这里陪兰馨。何建朴叮嘱他不要乱跑，说他们两个人吃的喝的由家里人送过来，何建刚答应了。

到了初六下午，兰馨的肚子痛得她开始浑身冒汗，医生把她推进了产房。

何建朴几兄弟都闻讯赶到医院来，守在大门外。

何老太太要来，被几个儿子劝住了，他们说外边的天气特别冷，年轻人都受不了，娘年纪大了，冻病了不得了。何老太太把娃儿穿的戴的包了一个大包袱，叫建刚拿去交给医生，叮嘱他一定要把娃儿穿好，包好，又是喜又是急地在家里坐立不安地等消息。

何建朴一伙五个男人在产房外焦急不安地等待着，不时听见兰馨痛得大叫。何建刚更像热锅上的蚂蚁，不停步地在门口转。到了十点，产房里突然传出婴儿的啼哭声，他们先是一愣，突然高兴得跳了起来，轻声叫着吼着："生了！生了！"他们悬着的心一齐落了下来。何建朴连忙叫额日敦巴日和博日格德回去弄一碗热东西来给兰馨吃，说她肯定饿了。他两个人一齐答应一声跑出医院去了。

过了一会儿，一个洋护士从产房出来，笑着用不标准的东北话对几个站在门外的中国男人说："共希你闷，胜罗衣窝懒人。"

站在门外的三个中国男人听得一头雾水，你看看我，我看看你，何建朴突然笑了起来，问那个洋女护士："你说生了一个男人？"

"嗯哼！"哪个洋女护士笑着点了点头。

"好！我们家又多了一个男人！"何建朴连忙向她双手合十一拜，高兴地说。

"又有一个带把的了！"卢奇义高兴得差一点跳了起来。让裴家生生不息是他莫大的希望。

何建刚更是高兴得不晓得说什么好，拼命搓着手。

过了一会儿，两个洋女医生出来了，对他们笑着点了点头，走了。接着两个洋女护士推着一张病床出来了，床上躺着已经没有力气说话的兰馨和那个"懒人"。

何建朴一伙人从护士手上接过病床，把兰馨母子推进了病房，都把头伸着看那个睡得很甜的"懒人"。何建刚把刚才那个洋护士说的"恭喜你们生了一个男人"的话学给兰馨听，笑得她直叫肚子痛。何建刚连忙伸手给她轻轻抚着，叫她不笑。

"大哥，你给娃儿取个名字。"兰馨止住了笑，对何建朴说。

"依我说，他的乳名就叫懒人，大号叫裴承志。"何建朴笑得边抹眼泪边说。

"好！就叫懒人！"卢奇义也抹着眼泪赞同。

"大哥，还得取一个何家的名字。"何建刚止了笑，认真地对何建朴说。

"建刚，你的后人就不取何姓名字了，要让他们一心一意为裴家争气。"何建朴收了笑脸说。

"不！我要我的子子孙孙都记得何家的恩德。"何建刚很坚决地说。

"那就按何家辈分，懒人排在功字辈上，就叫功亨吧！取功名亨通之意。"何建朴看见建刚态度坚决，想了想说。

"好！"何建刚点了点头。

闻兰馨有些感动了，转头对儿子说："娃，大伯给你取了三个名字，一个叫懒人，一个叫裴承志，一个叫何功亨。你要记住哟！"

这时额日敦巴日和博日格德一个人抱着一个棉布包来了，从棉布包里拿出两只带盖铁饭盒，一盒是鸡蛋，一盒是鸡汤，叫三嫂趁热吃。

闻兰馨笑着说正饿了，叫何建刚把她扶着坐起来，披上棉衣，端起饭盒"呼哧呼哧"吃了起来。

卢奇义把娃儿叫懒人的来历学给老四、老五听，也笑得他们直不起腰。

闻兰馨母子在医院住了四天，初十出院了。几个大"懒人"把她娘儿两个高高兴兴地抬回了家。

何建朴又把"懒人"的来历说给母亲听了。何老太太抱着小孙子，乐得脸上开了花，轻声唤着："我的心肝！我的宝贝！我的懒人！"

这个新生命的到来，给这个因为命运捉弄走到一起来的大家庭多了不少欢声笑语。何老太太细心地照顾儿媳坐月子。何建朴干脆搬过来跟卢奇义一起住，帮着照顾懒人。几个大男人一空下来便跑回来洗尿布，给懒人端屎端尿，不让娘和兰馨沾冷水。懒人在一大家人的呵护中一天天长大了，晓得见人就笑了，晓得"咿咿哇哇"打招呼了。

商行的生意日见红火，特别是青砖茶的销售出乎何建朴意料格外地好。通过仔细观察，他发现俄罗斯人很喜欢米砖茶，这种茶如外国人喜欢吃的巧克力块一样大小，拿一块丢在壶里煮了就可以喝。因为它不如大块青砖茶那么大，何氏茶业给它取名叫米砖茶。何建朴打算回去为奉天市场特别设计一款米砖茶制作模型，生产出一批米砖茶送到奉天来销售。

又是一年春暖花开的日子。懒人脱了厚厚的棉衣，手脚乱舞乱弹，嘴里"哇哇"乱语，让何建朴爱不释手，临离开奉天前的几日，他一有空便把他抱在手上，舍不得放下来。他叫娘安心在这里带孙子，不要操心家里的事。

安排妥了该做的事，何建朴抱着懒人亲了又亲，叮嘱兰馨照顾好娃儿，叫卢奇义、额日敦巴日和博日格德抓紧兰馨的那些女同学，不要舍不得在她身上花钱，要在她们面前多说好听的话，哄她们开心。高兴地说你们谈妥一个我就来操办一场婚礼。哪个先结婚我就奖哪个一笔谈恋爱奖金。乐得他们去求兰馨帮忙，说大哥的奖金都给她。兰馨笑着逗他们说奖金对半分，我只负责把女同学请来玩，搞不搞得成就看你们的本事。

何建朴依依不舍地告别了一家人，何建刚开车把他送到了火车站，含着眼泪把大哥送上火车。何建朴搭车回到了汉口，又迫不及待地跑到钱正丁的家里，看了已经上学读书的玉台，百感交集地坐轮渡到武昌何氏茶业总部，开始了解各个茶庄的经营情况。

在掌握到山西、绥远、呼伦贝尔、蒙古等处茶庄的经营都不错以后，何建朴放了心。何氏茶业生意上的事不需要他操心了，何建朴打算去拜望董必武，打听一下广州革命军的情况，看原来孙中山领导的北伐还是不是继续进行。

这天办完手头上的事后，何建朴出了门，一个人坐车到了抚院街律师所，找到了正在与几个年轻人谈话的董必武。

董必武看见何建朴来了，连忙起身把他引进里屋，叫何建朴先坐一会儿，说他把一点事办完就来陪何先生，转身出门吩咐一个趴在桌上写东西的年轻人给何先生沏茶。

何建朴从那个年轻人手上接过茶杯，向他道了谢，看着他出了门才坐下来喝了一口茶，放下茶杯，顺手翻看着旁边桌上的一堆旧报纸，突然看一张旧报纸上《蒋介石调动军队扣留中山舰》一行标题，连忙展开报纸仔细看着，文中写道：三月二十日，蒋介石调动军队断绝了广州内外交通，宣布对广州实行戒严，并扣留中山舰，逮捕了舰长李之龙；派兵包围了省港罢工委员会，收缴其卫队枪械，还派兵包围了广州东山苏联顾问住所，又驱逐了黄埔军校中及国民革命军以周恩来为首的共产党员。看到这里他吃了一惊，轻声自言自语了一句："蒋介石驱逐共产党员！"

这时董必武送走了那伙年轻人，笑哈哈走了过来，说好久不见何先生了，身体可好？

何建朴连忙放下报纸站起身来，笑着说托董先生的福，身体还好。

董必武叫何建朴坐，自己在他对面的椅子上坐了下来，扫了一眼他身边的报纸。

"董先生，我刚才看到报纸上说蒋介石扣了中山舰，赶走了黄埔军校和国民革命军里的共产党员，这是真的吗？"何建朴不敢相信自己的眼睛，连忙问他道。

"嗯！"董必武收了笑脸，轻轻点了点头，语气沉重地说："没想到蒋介石对共产党下手。"

"孙中山先生不是在搞国共合作吗？蒋介石怎么另搞一套？"何建

朴得到了肯定的答案，更加瞪大了眼睛，又问了他一句。

"蒋介石已经背叛了革命，背叛了孙先生。"

"那国民革命军还北伐吗？"

"共产党在积极推动北伐。无论国民党和蒋介石对共产党如何打击，孙中山先生倡导的北伐大业还是要进行下去的，这是打倒反动腐败卖国求荣的北洋军阀，打倒帝国主义的最有力手段。"董必武紧握拳头，用力一挥，语气坚定地说。

"那就好！"何建朴高兴地说。接着他又把自己在奉天晓得的事仔细说给他听了，担心地对董必武说日本关东军和日军飞机已经在中国土地上开战了，这样很危险，只有打倒像张作霖那样的军阀，外国列强在中国就立不了足。

董必武点了点头，重重叹了一口气说就是打倒了旧军阀，蒋介石有可能成为新军阀，这个人更危险。

"现在不是还有共产党吗？怎么会让他们再做军阀！"何建朴有些不以为然地说。

"现在共产党手上没有枪。"董必武语气沉重地边说边起身，拉开桌子的抽屉，拿出一本油印小册子递给何建朴说："这篇文章你仔细看看。你多关注农民运动。"

何建朴接过书，看见封页印着《中国社会各阶级的分析》一行字，作者是毛泽东，点头答应了他一声："好！"

这时外屋有人在叫董先生。董必武答应了一声，对何建朴说："何先生，我们就先谈到这里，有时间再详谈。"

何建朴晓得他有事，站起身向他抱拳一摇，说了声："董先生多保重！"转身出了门。

董必武把他送出大门，叫何先生好走，转身进门接待新来的客人。

回到家里，何建朴迫不及待地打开书读了起来，开篇第一句话就让他怔住了，他一字一句念着："谁是我们的敌人？谁是我们的朋友？这个问题是革命的首要问题。"念到这里，他情不自禁地说了声："好！"又接着一行一行仔仔细细地读完了全文，放下书，抬头看着窗外的天，仿佛眼睛亮了许多。董必武叫他关注农民运动，使他想起了他去年回来，听别人说过湖北农民协会的事，听说有人从广州农民运动讲习所回来，搞农民运动被抓了，是董必武、钱介磐保出来的。当时他没在意，现在看了这本书，他仔细想想觉得发动广大农民起来革命，也许是中国的一条好路子。刚才董先生还有话没有跟他说完便来客了，何建朴感到很遗憾，打算再找时间去拜望董先生。

已经是六月了，天气热了。何建朴又在汉正街进了一批货发往奉天，把在武昌、汉口要办的事办了，便匆匆搭火车赶回咸宁，坐船回到柏墩，打算与茶工们一起赶制出一批米砖茶，迅速风干，发往奉天，他再南下广州，一是再去进一批货发往奉天；二是去找张闻达打听一下国民革命军北伐的事。

当何建朴日夜加班加点赶制出一船米砖茶，用大木船运到武昌的时候，他突然从报纸上看到国民革命军七月九日已经在广州誓师北伐，国民革命军共八个军，约十万人在广州誓师，宣告北伐战争正式开始。北伐军第四、第七军和唐生智的第八军，一路势如破竹，已经从广东打到了湖南，攻克了长沙，兵分左、右两个纵队，一路沿粤汉铁路攻击岳阳，一路从湖南平江入湖北境内，从通城过崇阳到咸宁，一齐剑指武昌，要一举击垮军阀吴佩孚所部。

他连忙丢下报纸，飞跑下楼叫司机赶快把他送到抚院街。

司机不晓得东家这么急急忙忙要出去干什么，只以为是生意上出了么事，不敢问，又看见他一脸喜色，估计是做成了一笔大买卖，便一脚踏在油门上，把他送到了抚院街。

何建朴没等车停稳便急忙打开车门跳下车，向律师所飞跑，一跑到门口便大声叫着董先生。

房屋里只有一个老律师在忙，听见有人来了，抬头推了推老花眼镜，看了何建朴一眼，对他说董先生前天就出去了，一直没有回来。

何建朴连忙向他道了一声谢，转身飞跑上车，叫司机赶快去都府堤。

司机仍然没有说话，只"嗯"了一声，一脚油门把何建朴送到了钱介磐家门口。

何建朴打开车门跳下车，飞跑到钱介磐家门口，大声叫着钱先生。

钱太太听到声音从里屋出来，看见是咸宁老乡来了连忙叫何先生进门喝茶。

何建朴谢了钱太太，迫不及待地问她钱先生在不在家。

"他昨天就出去了，一夜没回，去准备迎接北伐军去了。"钱太太压低声音对他说。她晓得何建朴来找她的先生做什么，每次他到她家里来，钱先生与他谈的都是革命话题，便告诉了他钱先生的去向。

"钱先生在哪里？"何建朴着急地问了钱太太一句，他巴不得立即找到他，与他一起去迎接北伐军。

"他与董必武先生一起走的，我不晓得他们到哪里去了。"钱太太回了他一句。

"好，那您忙。"何建朴边说边转身，飞跑上车，叫司机把车开到街上去转一个圈，他想到街上去找找他们。

司机开着车在大街上慢慢行驶着。何建朴看到有军警在跑，到处是岗哨，街上的行人远远躲着军警，武昌城内的气氛开始紧张起来了。何建朴在街上跑了一个大圈，没有看到他熟识的在武昌搞革命的人，只好回了家。

接下来的几日他都在街上跑。这天何建朴又上了街，突然碰到一伙准备搭火车回咸宁避难的人，他们告诉他说到咸宁去的客车不开了，车站上的工人说北伐军打到汀泗桥了，仗打得很惨，吴佩孚下令只允许军车运兵、运弹药，客车、货车全部停运。

何建朴的心提了起来，他急忙跑到徐家棚火车站，看见车站上全是北洋军，停在铁轨上的火车打开了车门，军官们大声吼着叫着，把士兵往车上赶。不大一会儿工夫，北洋军都上了车，车门很快关上了，火车"呜呜"吼了两声，慢慢启动了，向咸宁方向去了。

"坏了！这么多北洋军开到咸宁去了，北伐军打不打得赢？"他自言自语了一句，转身匆匆跑回家，他想到长江边去看看，看从北边汉口方向还有没有北洋军过来。何建朴刚跑到门口，看到司机跑出大门，连忙叫他把他送到码头去。

司机看到东家这几日像中了邪，到处乱窜，不好多问，又一脚油门把他送到轮渡码头。

何建朴推开车门跳下车，看见码头上挤了不少要过江的乘客，一问才得知渡船被北洋军征去了，要等运完了兵才能送他们过去。他连忙抬头望着江面，果然看见一艘渡船上挤满了穿着黄色军装的兵，正从汉口开到武昌来。

"东家，回去吧！如果我们的车被北兵征去了就要不回来了。"司机飞跑过来对何建朴说。大家把从北边来的北洋军叫北兵，从南方来的北伐军叫南兵。

"快走！"何建朴突然听进去了司机的话，与他一起飞跑上车，坐车回到何氏茶业总部大楼。他下车后，叫司机去找个地方把车藏起来。司机答应一声把车开走了。

武昌城里的气氛越来越紧张了。这天何建朴吃了早饭便往通湘门火车站跑，跑到车站挡住一个火车司机问他汀泗桥的仗打得么样了。

那个火车司机喜形于色地告诉他说南兵打赢了，吴佩孚带着大刀队到汀泗桥去督战，杀了不少逃兵都没守住汀泗桥，南兵打到咸宁县城了，北兵正往贺胜桥方向跑，南兵跟在他们后面追着打。

何建朴听说北伐军打赢了，高兴得跳了起来，从身上掏出一包烟丢给火车司机，转身往回跑。当他快跑到茶楼的时候，突然看见一队北洋军围在茶楼大门口，把楼里的人往外赶。何建朴大吃一惊连忙飞跑过去，被一个士兵用枪挡住了。

一个刚被赶出来的伙计看到了何建朴，几步跑过来叫了他一声："东家！"对那个士兵说："这是我们东家！"

站在旁边的一个军官扫了何建朴一眼，走过来对他说："这栋楼我们要征用做指挥部，你们赶快搬走！"

"做什么指挥部？"何建朴顿时一惊，反问了他一句。

"做守城指挥部！"那个军官瞪了他一眼，恶声恶气地说，"这是我们上司的命令。"转身走了。

这时楼内的人都陆续被赶了出来，他们看见何建朴一齐围了过来。

何建朴稍稍定了定神，叫他们不要急。转身走到那个军官面前笑着叫了他一声将军，对他说："你高抬贵手，容我今夜把楼内该拿走的账本一类的东西收拾一下，拿出来，贵军打赢了仗，我们还要回来做生意。"他又压低声音对他说："我进去一会儿，给你拿张汇票来，你拿去喝茶。"

那个军官上下打量了何建朴一眼，看见他一脸儒雅相，便点了点头，命令站在门口的士兵让东家进去。

何建朴连忙带着总账房进了门，匆匆上楼，叫他开一百块大洋的汇票给他，交代他赶快收账本。

总账房连忙开了一张汇票递给何建朴。

何建朴把汇票叠好，捏在手心里，匆匆下楼，出了大门，几步走到那位军官面前，把汇票塞在他手上，请他高抬贵手。

那个军官没有打开汇票看是几多钱，在这个非常时期他不敢因受贿弄丢了人头，他也清楚这位东家不会亏待他，如果日后他还在武昌城驻防，也能多一个捞外快的地方。他又扫了何建朴一眼，故意大声对他吼道："你们赶快收拾东西，该带走的都带走，我们明天一大早来接管大楼。"他又大声命令士兵去巡逻，带着队伍走了。

何建朴连忙附和着说："是！是！是！"转身叫伙计们进楼去收各自的东西。

伙计们先后进了门，开始收拾东西。

何建朴坐在大堂里，看着大伙把楼上楼下除搬不动的桌椅、柜台等重物外，能搬走的东西都用板车拉到仓库去了，他们忙了一天，一直到太阳快落山才搬完。

这时，城内突然骚动了起来，一些人背着包，推着车，拖儿带女地往城外跑，何建朴吃了一惊，连忙跑到街上看是么回事，却看见一个伙计飞跑过来，把一张布告递给他说："东家，要封城了，你快看。"

何建朴连忙展开布告迅速看了一眼，看见布告上有湖北督军陈家谟和武昌守城司令刘玉春的签名和官府大印，布告说今夜十二时封闭武昌城门，任何人不得进出。何建朴抬头看了一眼快黑的天，转身回到楼内，低头踱着步，仔细想了想，对围在他身边的员工们说："你们都出城去。此次封城不晓得要封多久，城外的生活物资进不来，在城内的人多了要饿死人。我一个人留在这里守着。"

大家都看着东家，七嘴八舌地说他留在这里叫东家先出城。

这时，街上的人都在大呼小叫着往城外跑，吼着叫着说马上就要关城门了。

"你们都不要说了，快走！"何建朴晓得北洋军这次吃了大亏，要死守武昌城。如果他们突然关了城门，这些员工只能跟他一起在这里饿死，他突然对他们大吼了起来。

员工们看见东家发火了，只好一个个低着头转身出了门，跟着人流向城门方向去了。

何建朴拉亮大楼门口的电灯，照着街上的逃难者逃命，又拉亮一楼所有的电灯，坐在大堂里点燃一支烟，吸着，不禁喜形于色。

北洋军要封城门，说明他们战败了，他相信武昌城最终要被国民革命军攻下来。他打算在这里坐等北伐军进城。

他吸完一支烟，把烟头丢在地上用鞋底踩灭，又抽出一支准备点燃，突然看见一个人影闪了进来，他吃了一惊，连忙起身，正要问是哪个，只见那个人已经扑到他面前，一把抓住他的手往门外拖。何建朴连忙甩开她的手，看见她穿着一身袈裟，头上戴着黄色僧帽，心里顿时有了数，一时语塞了，声音卡在喉咙里出不来。

那个僧人转过身，取下头上的僧帽，轻轻嘘了一口气，平和地对何建朴说："快跟我走，如果城门封了，城内的人只有死路一条，那些守城的兵是要杀人吃的。"

"珍珠！"何建朴终于叫出了口。

"建朴！"珍珠又轻轻抓着他的手，叫了他一声。

何建朴突然张开双臂，紧紧把她抱在怀里，泪流满面。

"快走，现在不是说话的时候。"珍珠轻轻推了他一把，抬手擦干他脸上的眼泪，心疼地吻了吻他的脸。

"这栋大楼马上就要被北洋军占去做指挥部打北伐军了。"何建朴轻声对她说。

"现在不管了，人命关天。"珍珠又一把抓住他的手往门外拖。

"不！"何建朴又挣脱她的手，紧盯着他的眼睛说，"我不能把它留给北洋军阀做指挥部打北伐军。"

"你现在也搬不走！"珍珠更加着急了，吼了他一句。

"烧了它！"何建朴斩钉截铁地说。

"好！"珍珠重重点了点头。

何建朴连忙关上门，把一楼的桌椅板凳都堆在柜台上，又把易燃的竹扫帚、竹茶簸箕等塞在桌椅下面，拿出打火机点燃了竹茶簸箕，又很快引燃了竹扫帚。何建朴看见火势越来越大了，这才一把抓住珍珠的手，对她说了一声："走！"拉着她一起飞快出了门，反手关上门，锁上大铜锁，与珍珠一起很快消失在出城的人流中。

他们一口气跑到通湘门，看见北洋兵正在吼："快一点，快一点，要关城门了。"何建朴在城门口止了步，珍珠也停了下来，他们一起转头往茶楼方向望去，看见那片天被火光映得通红，相视一笑，一起抬脚跟着人流挤出了城门。

他们一路飞跑，跑得离武昌城好远才停下来，这才不约而同地紧紧拥抱在一起，深深地吻在一处。

天地都闭了眼，没有一丝光亮。从贺胜桥方向传来的激烈的枪炮声，这一刻也仿佛停了，没有一点声响。他们疯狂地吻着，急促的呼吸声掩盖了人世的纷争。

"我们到哪里去？"何建朴将嘴唇滑到她的耳边，轻声问了珍珠一句。

"上蟠龙山，到莲溪寺去暂时避一下。"珍珠仰起头，任由他吻着她的脖子。

"不！"何建朴仿佛突然醒了，又听到了从贺胜桥方向传来的枪炮声，转头望着贺胜桥那边不时闪现的炮火，对珍珠说，"国家到了危难时刻，我们不能再苟且偷生了。"

"你的意思是……"

"我们一起去投奔北伐军，投身已经风起云涌的大革命洪流！"何建朴右手紧握拳头，用力一挥。

"好！"珍珠很干脆地应了他一句。

"走！我们沿着铁路往咸宁方向走，碰到北洋军阀我们就躲，碰到北伐军我们就拿起枪跟他们一起上战场。"

"我有枪！"珍珠从身上摸出那把小手枪，对何建朴一摇。

"我也有！"何建朴也从身上摸出短枪，拉着珍珠上了铁路。

他们脚下的两根铁轨现在成了指南针，指示着他们向北伐军飞奔而去。

（修定于二〇二一年九月十八日上午。窗外警报长鸣）

图书在版编目（CIP）数据

茶道通漠北 / 陈敬黎著 . —北京：作家出版社，2022.2
（2023.11 重印）

ISBN 978-7-5212-1644-8

I. ①茶⋯ Ⅱ. ①陈⋯ Ⅲ. ①长篇小说—中国—当代 Ⅳ. ① I247.5

中国版本图书馆 CIP 数据核字（2021）第 244362 号

茶道通漠北

作　　者：陈敬黎
责任编辑：桑良勇
装帧设计：周思陶
出版发行：作家出版社有限公司
社　　址：北京农展馆南里 10 号　　　邮　　编：100125
电话传真：86-10-65067186（发行中心及邮购部）
　　　　　86-10-65004079（总编室）
E-mail:zuojia @ zuojia.net.cn
http://www.ZUOJIACHUBANSHE.com
印　　刷：三河市北燕印装有限公司
成品尺寸：152×230
字　　数：469 千
印　　张：31
版　　次：2022 年 2 月第 1 版
印　　次：2023 年 11 月第 2 次印刷
ISBN 978-7-5212-1644-8
定　　价：60.00 元